Zum Buch:

»Hannah weigerte sich beharrlich, neidisch auf Ella und Caroline und deren Glück in der Liebe zu sein. Neid war etwas, das in ihrem Leben keinen Platz hatte. Aber allmählich wäre es vom Universum nett, ihr ein Zeichen zu geben, in welche Richtung ihr eigenes Privatleben sich entwickeln sollte. Denn wer außer dem Universum wusste wohl, wie ihr Schicksal aussah?
Sie hatte sich viele Jahre lang die große Liebe gewünscht, sie sich bis ins Detail ausgemalt, sich vorgestellt, dass der Mann fürs Leben ihr sprichwörtlich den Boden unter den Füßen wegziehen würde, damit sie auch ganz sicher wusste, dass er der Richtige war. Doch seit einiger Zeit schon hatte sie damit aufgehört. Wenn das Universum ihre Bestellung bis jetzt nicht aufgenommen hatte, war es wohl auf beiden Ohren taub. Man musste Geduld haben, das war Hannah bewusst.«

Zur Autorin:

Seit Petra Schier 2003 ihr Fernstudium in Geschichte und Literatur abschloss, arbeitet sie als freie Autorin. Neben ihren zauberhaften Liebesromanen mit Hund schreibt sie auch historische Romane. Sie lebt heute mit ihrem Mann und einem Deutschen Schäferhund in einem kleinen Ort in der Eifel.

Lieferbare Titel:

Nur eine Fellnase vom Glück entfernt
Plätzchen gesucht, Liebe gefunden
Kleines Hundeherz sucht großes Glück
Auf tapsigen Pfoten ins Glück
Das Kreuz des Pilgers
Das Geheimnis des Pilgers

Petra Schier

Kuschelglück und Gummistiefel

Roman

HarperCollins

1. Auflage 2023
Originalausgabe
© 2023 by HarperCollins in der
Verlagsgruppe HarperCollins Deutschland GmbH, Hamburg
Umschlaggestaltung von zero Werbeagentur, München
Umschlagabbildung von mauritius_images_06665031, © mauritius images /
nature picture library RF / Mark Taylor, 134822117,
@ silvae / shutterstock.com, 714052915,
© Dejan Gospodarek / shutterstock.com,
731122303 © Roman Sigaev / shutterstock.com
Gesetzt aus der Stempel Garamond
von GGP Media GmbH, Pößneck
Druck und Bindung von CPI books GmbH, Leck
Printed in Germany
ISBN 978-3-365-00293-3
harpercollins.de

1. Kapitel

»Wir sind bald da.« Erleichtert setzte Maik den Blinker seines silbernen Ford Kuga und nahm die Autobahnabfahrt. Die Fahrt von Berlin an die Nordseeküste war lang und anstrengend gewesen. Zweimal waren sie in einen zähen Stau geraten, und insgesamt viermal hatten sie eine Pause machen müssen, um etwas zu essen, sich die Beine zu vertreten oder weil mindestens einer der vier Insassen des Wagens zur Toilette gemusst hatte. Deshalb atmete Maik nun tief durch, als er am Ende der Ausfahrt nach links in Richtung ihres Zielortes abbog.

Noch vor einem Jahr hätte er sich nicht träumen lassen, dass er sich einmal auf die Ankunft in dem ruhigen kleinen Touristenstädtchen freuen würde, das sich malerisch an die Küste schmiegte und in dem sich, zumindest gemessen an einer pulsierenden Großstadt wie Berlin, Fuchs und Hase Gute Nacht sagten. Doch heute, um einen Burn-out samt unerfreulicher Nebenwirkungen und mehrere Monate Therapie reicher, rollte die Erleichterung, endlich hier zu sein, wie eine warme Welle über ihn hinweg. Er war nun so weit wie nur möglich von seinem alten Leben entfernt, hatte alle Brücken hinter sich abgebrochen, war bereit für einen Neustart.

Ein Blick in den Rückspiegel ließ die Besorgnis jedoch umgehend wieder die Oberhand gewinnen. Auf der Rückbank saßen seine vierzehnjährige Nichte Michelle und sein achtjähriger Neffe Jakob mit sprichwörtlichen Leichenbittermienen.

»Hier ist ja alles total grün, und nirgendwo sind Häuser.« Ablehnung und Verblüffung hielten sich bei Jakobs Bemerkung die Waage. »Da ist ein Traktor!« Für einen Moment überwogen Überraschung und Interesse. »Und Kühe, total viele! Wohnen wir jetzt auf einem Bauernhof?«

»Nein, selbstverständlich nicht.« Maik versuchte sich an einem heiteren Lächeln. »Aber es gibt hier einige Bauernhöfe in der Umgebung. Wenn du Lust hast, können wir bestimmt mal einen besuchen und uns alles ansehen.«

Jakob antwortete nicht darauf, von seiner Schwester hingegen kam ein lang gezogenes »Pfff«. Sie starrte missmutig vor sich hin. »Kühe! Und bestimmt lauter dämliche Dorftrampel.«

»Michelle.« Es fiel Maik nicht leicht, sein Lächeln beizubehalten und die Ratschläge der Psychologin zu beherzigen, die ihn seit seinem Burn-out betreut und vor einigen Wochen auch Michelle und Jakob unter ihre Fittiche genommen hatte, nachdem die Mutter der beiden an einer – hoffentlich! – versehentlichen Überdosis Tabletten verstorben war. »Ich bin sicher, es gibt hier keine Trampel, sondern jede Menge nette junge Leute. Gib ihnen erst mal eine Chance. Du willst doch auch nicht einfach vorverurteilt werden, oder?«

»Ich bin ja auch kein Dorftrampel. Bestimmt haben die hier nicht mal ein Einkaufszentrum oder ein Starbucks oder … irgendwas.« Sie schnaubte abfällig. »Nur Felder und Kühe …«

»Und Pferde«, warf er ein und deutete nach rechts, um sie auf eine große Pferdeweide hinzuweisen.

»Pferde sind toll«, murmelte Jakob gerade noch hörbar und drückte sich die Nase an der Fensterscheibe platt.

»Mir doch egal.« Trotzig schob Michelle das Kinn vor. »Es regnet«, setzte sie einen Moment später spöttisch hinzu, als ein leichter Schauer über sie hinwegzog. Just im selben Augenblick passierten sie das Ortsschild von Lichterhaven.

Maik seufzte innerlich. Zu ihrer Begrüßung zeigte sich das Wetter nicht gerade von seiner besten Seite. Der Himmel war von hell- bis dunkelgrauen Wolken verhangen, der für die Küste typische Wind ließ die Temperaturen nicht über fünfzehn Grad steigen, und der Regen tat nun sein Übriges, um die Stimmung dem Nullpunkt anzunähern. »Es hört bestimmt gleich wieder auf«, versuchte er, positiv zu bleiben. »Guckt mal, da hinten am Horizont hellt es bereits auf. Man kann sogar ein bisschen blauen Himmel sehen.«

Zur Antwort bekam er von Michelle lediglich ein weiteres lang gezogenes Schnauben, das Jakob nur einen Moment später nachmachte. Der Junge war vermutlich nicht annähernd so angefressen wie Michelle, orientierte sich jedoch momentan in so gut wie allem, was er sagte oder tat, an seiner großen Schwester.

Frau Dr. Busse hatte Maik bereits darauf vorbereitet, dass dieses Verhalten möglicherweise noch eine ganze Weile anhalten würde, ebenso wie Michelles sperrige Art und ihr Widerstand gegen alles und jeden – einfach die ganze Welt. Die beiden hatten erst vor knapp sieben Wochen ihre Mutter verloren. Da weder Michelles noch Jakobs Vater auffindbar oder überhaupt bekannt war, hatten die beiden niemanden gehabt, der ihnen in den ersten Tagen hätte beistehen können. Das Jugendamt hatte sie in ein Heim gebracht, bis man ihn, Maik, ausfindig gemacht hatte.

Marianne Zengler war seine Halbschwester gewesen; die Tochter seines Vaters aus erster Ehe und fünf Jahre älter als Maik. Sie hatten einander so gut wie nicht gekannt. Er konnte sich erinnern, sie als Kind zwei- oder dreimal getroffen zu haben. Danach war der Kontakt weitgehend abgebrochen. Die Ehe seiner Eltern war gescheitert, als er zehn Jahre alt gewesen war. Danach war er mit seiner Mutter von Berlin nach Straßburg gezogen, wo sie nach wie vor lebte, während sein Vater in mittlerweile vierter Ehe in einer Finca auf Mallorca wohnte. Zumindest nahm Maik an, dass dies der aktuelle Stand der

Dinge war, denn viel Kontakt hatte er zu seinem alten Herrn nicht.

Erst zum Studium war Maik nach Berlin zurückgekehrt und war dortgeblieben, hatte Karriere gemacht, ein Leben auf der Überholspur geführt und kaum jemals einen Gedanken an seine Halbschwester verschwendet. In seinem Leben hatte sie keine Rolle gespielt. Umso erstaunter war er gewesen, dass sie seinen Werdegang ganz genau gekannt zu haben schien. Kontakt hatte sie nie zu ihm aufgenommen, doch schon um Jakobs Geburt herum hatte sie ein Testament aufgesetzt, in dem eine Sorgerechtsverfügung hinterlegt war. Diese besagte, dass er, Maik Zengler, im Falle ihres Ablebens das Sorgerecht über ihre beiden Kinder erhalten sollte.

Maik war aus allen Wolken gefallen, als er das Schreiben der Nachlassverwalterin sowie ein weiteres vom Jugendamt erhalten hatte. Er hatte mit sich gehadert, mit seiner Mutter Rücksprache gehalten und sogar seinen Vater zu erreichen versucht. Auf dessen Antwort wartete er heute noch. Die Aussicht, ab sofort für zwei Kinder – oder vielmehr ein Kind und eine Jugendliche – verantwortlich zu sein, warf ihn einigermaßen aus der Bahn.

Auch mit seiner Therapeutin hatte er lange darüber geredet und war sich dabei klar geworden, dass er die Kinder seiner Halbschwester auf keinen Fall im Stich lassen wollte. Die beiden hatten sonst niemanden mehr. Zumindest niemanden, der geeignet war, sich um sie zu kümmern. Auch in dieser Hinsicht hatte Marianne sehr genaue und begründete Angaben in ihrem Testament hinterlassen. Weder ihrer Mutter noch ihrem und Maiks Vater hatte sie das Sorgerecht übertragen wollen. Im Falle ihrer Mutter hatte sie sogar explizit ein Verbot vom Notar formulieren lassen. Da die Frau derzeit in einer betreuten Wohngemeinschaft lebte, kam sie aber für das Jugendamt sowieso nicht infrage. In ein Heim oder zu Pflegeeltern wollte

Maik seinen Neffen und seine Nichte auf keinen Fall geben, deshalb hatte er Mariannes letzten Wunsch schließlich erfüllt. Dabei hatte er seinen Einfluss und seine Erfahrungen als Anwalt genutzt, um die bürokratischen Hürden so rasch wie möglich zu nehmen.

Seit knapp drei Wochen nun hatte er die volle Verantwortung für Michelle und Jakob. Drei Wochen, in denen sie sich seine ehemalige Eigentumswohnung mehr schlecht als recht geteilt hatten. Zudem hatte er sich reichlich unbeliebt gemacht, indem er nach Rücksprache mit Schule und Jugendamt ihrer aller Leben vollkommen und unwiderruflich auf den Kopf gestellt hatte.

Frau Dr. Busse hatte seine Pläne befürwortet. Ihrer Ansicht nach war ein Tapetenwechsel und Neuanfang genau das, was sie alle brauchten. Allerdings hatte sie Bedingungen gestellt. Die wichtigste war eine weitere therapeutische Betreuung für sie alle drei für mindestens weitere sechs Monate. Sie hatte ihm sogar schon Termine bei einer Psychologin in Lichterhaven verschafft, einer Dr. Nasira Scholz. Das erste Telefonat war nett und heiter gewesen, sodass Maik hoffte, bei ihr in guten Händen zu sein.

Während sie das pittoreske Städtchen durchquerten, stieß Michelle immer wieder leise Würgegeräusche aus, die Jakob natürlich sofort nachmachte, wenngleich nicht ganz so subtil. Maik erinnerte sich, dass er bei seinem letzten Besuch hier vor fast einem Jahr ebenfalls nicht sehr begeistert gewesen war. Dabei hatte er eigentlich nichts gegen die gepflegten Vorgärten der Einfamilienhäuser, in denen späte Azaleen neben bunten Polsterstauden und dichten Hundsrosenbüschen blühten, ebenso wenig wie gegen die aufwendig restaurierte Stadtmauer, die eine wunderschöne mittelalterliche Altstadt umgab. Weder der historische Museumshafen noch der Fischereihafen missfielen ihm. Er war nur einfach ein

Großstadtmensch durch und durch und hatte sich in diesem vergleichsweise verschlafenen Nest fehl am Platz gefühlt, wie der sprichwörtliche Fisch auf dem Trockenen.

Ein bisschen kehrte dieses Gefühl nun zurück, als sie hinter einem hoch mit Gras beladenen Erntewagen, gezogen von einem Monster von Traktor, die Stadtmitte durchquerten und den Marktplatz passierten, auf dem neben einem restaurierten Fischkutter aus dem 19. Jahrhundert auch die überlebensgroße Figur von Watti Wattwurm stand, einer lustigen Comicfigur und dem Maskottchen von Lichterhaven. Hoffentlich tat er wirklich das Richtige, indem er sich und die beiden Kids so vollständig entwurzelte und hierher in die Pampa verpflanzte.

Obwohl der Regen sogar noch zunahm und nur wenige Menschen auf den Straßen zu sehen waren, konnte Maik die Bemühungen von Stadt sowie Bewohnerinnen und Bewohnern erkennen, Lichterhaven für die bevorstehende Sommersaison herauszuputzen. Jetzt, Anfang Juni, waren vermutlich noch nicht allzu viele Touristen hier unterwegs, doch in nur einigen Wochen würde sich dieser Zustand drastisch ändern. In Blumenkästen vor Fenstern, in Ampeln und Rabatten zeigten sich die bunten Blüten verschiedener Blumen, deren Namen Maik nicht kannte. Von allem, was grünte und blühte, hatte er nicht allzu viel Ahnung; er konnte gerade so Rosen von Tulpen unterscheiden.

Einen Garten oder auch nur Balkon hatte er nie besessen und war als Junge der mit Blühpflanzen übersäten Terrasse seiner Mutter meist ferngeblieben. Er hatte schlicht andere Interessen gehegt, doch angesichts des fast zweitausend Quadratmeter großen Grundstücks, auf dem sich sein neues Heim befand, würde er wohl sehr bald einiges Neues dazulernen müssen.

»Hab ich's nicht gesagt?«, maulte Michelle. »Hier gibt es gar nix. Kein McDonald's, kein Starbucks, keine guten Geschäfte ... null! Bloß so Klitschen, in denen kitschige Postkarten und so Zeug verkauft werden. Und Leute gibt's hier auch nicht, und überhaupt! Ein öderes und langweiligeres Kaff hast du wohl nicht finden können, was?«

»Im Gewerbegebiet gibt es ein Einkaufszentrum, einen McDonald's, einen Burger King und ein Kentucky Fried Chicken«, korrigierte Maik. Von der Autobahnabfahrt aus konnte man die Schilder in der Ferne sehen.

»Hmpf«, kam es nur von Michelle.

»Ich will wieder nach Hause.« Jakobs Stimme klang weinerlich. »Hier gibt es bestimmt nicht mal andere Kinder.«

Maik schmunzelte wider Willen. »Doch, ganz bestimmt gibt es hier andere Kinder. Wir kommen sogar gerade an deiner neuen Schule vorbei. Siehst du, dort drüben.« Er bremste den Wagen etwas ab und deutete nach rechts auf ein großes, reetgedecktes Gebäude, das laut seinen Informationen im frühen 18. Jahrhundert erbaut und seither mit mehreren Anbauten versehen worden war.

»Das soll eine Schule sein?« Jakob starrte das Haus zweifelnd an. »Meine Schule zu Hause sieht ganz anders aus.«

»Das ist ja auch ein moderner Neubau«, erwiderte Michelle und rümpfte die Nase. »Das hier ist die Dorftrampel-Schule und daneben der Baby-Dorftrampel-Kindergarten. Siehst du? Steht sogar dran.« Sie deutete auf ein großes Hinweisschild. »*Neue Stadtgrundschule St. Barbara* und *KiTa Wattenzauber*. Wie albern!« Wieder schnaubte sie spöttisch. »Und wenn das die neue Schule ist, will ich nicht wissen, wie die alte aussieht. Die muss dann ja aus dem Mittelalter sein oder so.«

Maik räusperte sich lediglich. Er hatte die sogenannte *Alte Volksschule Lichterhaven*, die heute das Gemeindehaus beherbergte, im vergangenen Jahr kennengelernt und ganz ähnlich empfunden. Dies hatte vor allem an seiner schlechten seelischen Verfassung gelegen, doch ein bisschen konnte er auch jetzt noch Michelles Gefühle nachvollziehen. Von Berlin nach Lichterhaven zu kommen, glich einem Kulturschock auf mehr als nur eine Weise.

»Die Schulen in Lichterhaven, auch die Gesamtschule, auf die du gehen wirst, Michelle, haben einen sehr guten Ruf. Frau Morawek, die Rektorin, hat mich sogar darauf hingewiesen, dass die achte oder vielmehr ab dem Sommer neunte Klasse hier deiner früheren in Berlin im Stoff voraus sein wird. Sie hat versprochen, uns Material und Aufgaben zukommen zu lassen, damit du dich während der Sommerferien auf den Wechsel vorbereiten kannst.«

»Pfff, ja klar, lernen in den Ferien, so sehe ich aus.« Michelle verschränkte die Arme.

»Ja, ganz genau so siehst du aus.« Maik versuchte, über den Rückspiegel ihren Blick aufzufangen, doch sie starrte stur auf ihre Beine. »Die Sondergenehmigung, die ich für euch erwirken konnte, sieht ebenfalls vor, dass ihr, obwohl ihr eure Zeugnisse schon einen Monat früher bekommen habt, verpflichtet seid, euch auf das neue Schuljahr vorzubereiten, auch wenn ihr bis zum Beginn der Sommerferien nicht am Unterricht hier in Lichterhaven teilnehmen müsst.«

»Jaja, bla, bla.« Michelle stellte sprichwörtlich die Stacheln auf. »Und zu der ätzenden Psycho-Tussi müssen wir auch. Ich könnte kotzen. Eine Dorftrampel-Psycho-Tussi! Wie soll die uns denn bitteschön helfen? Die kennt uns nicht mal und hat ihren Doktor wahrscheinlich an der Dorftrampel-Uni gemacht. Die weiß doch rein gar nichts über uns.«

»Trotzdem werdet ihr zu ihr gehen, genau wie ich.« Maik setzte ein letztes Mal den Blinker und bog nach rechts in den Kranichweg ab. »Seht mal, hier wohnt mein Freund Henning Magnusson.« Als sie die dreistöckige, frisch renovierte Sandsteinvilla aus der Gründerzeit passierten, fuhr Maik rechts ran. »Toller Anblick, was?«

»Voll protzig«, murmelte Michelle, doch Maik glaubte, einen bewundernden Unterton herauszuhören.

»Henning Magnusson, der Formel-1-Fahrer?« Jakobs Interesse war eindeutig geweckt. »Bist du echt mit dem befreundet?«

»Ja, das habe ich doch schon erzählt.«

»Ich dachte, das wäre nur erfunden.«

Maik warf Jakob einen kurzen Blick über die Schulter zu. »Warum sollte ich so etwas erfinden?«

Der Junge zuckte mit den Achseln. »Weiß nicht. Einfach so. Erwachsene lügen manchmal.«

»Also ich lüge euch nicht an. Niemals. Ihr werdet Henning sicher schon ganz bald kennenlernen.«

»Jetzt gleich?« Jakob richtete sich auf. »Gehen wir da rein?«

»Nein, nicht jetzt.« Maik lächelte ihm zu. »Um diese Zeit ist Henning noch in seiner Autowerkstatt im Gewerbegebiet. Auch davon habe ich dir oder vielmehr euch schon erzählt.«

Jakob ließ sich enttäuscht wieder in den Sitz zurücksinken. »Kann sein.«

»Oder er ist drüben beim neuen Eventhaus am Hafen. Dort richtet seine Freundin Caroline mit ihren beiden Geschäftspartnerinnen gerade alles für die Eröffnung her.«

»Ein Eventhaus für Dorftrampel-Veranstaltungen?« Michelle grinste abfällig. »Was sollen die hier schon großartig feiern?«

Allmählich stieg Ärger in Maik auf, doch er ließ ihn sich nicht anmerken. »Ich schlage vor, du steigst jetzt mal von deinem hohen Ross ab, Gnädigste. Ich weiß, dass es dir nicht gefällt, aber Lichterhaven ist jetzt dein neues Zuhause. Gib ihm eine Chance, bevor du dich überall unbeliebt machst.«

»Berlin ist mein Zuhause«, schnauzte Michelle zurück. »Nicht dieses blöde Kaff am Arsch der Welt. Du kannst mich vielleicht zwingen, hier zu wohnen, weil Mama dich zu unserem Vormund gemacht hat, aber sobald ich achtzehn bin, mache ich die Fliege, dass das klar ist.«

»Ich auch«, pflichtete Jakob ihr bei, wurde dann aber sehr kleinlaut. »Du wirst aber schon in vier Jahren achtzehn und ich erst in zehn. Dann bist du vor mir weg und ich ganz allein.«

»In dreieinviertel Jahren werde ich achtzehn«, korrigierte Michelle ihn hochfahrend. »Na und? Bedank dich bei Onkel Maik dafür, dass du dann hier versauerst.« Die Worte klangen ruppig, doch das schlechte Gewissen war Michelle anzusehen. Jakob hing an seiner großen Schwester und verehrte sie, und das wusste sie ganz genau. »Hier kann man jedenfalls nicht länger bleiben als unbedingt nötig«, setzte sie schließlich etwas lahm hinzu. »Sonst geht man ja total ein oder mutiert selbst zum Dorftrampel.«

»Da sei Gott vor«, spöttelte Maik und ließ den Wagen erneut anfahren. Nach etwa zweihundert Metern erreichten sie schließlich ihr Ziel und neues Zuhause: ein vollständig renoviertes und modernisiertes, aus roten Backsteinen gemauertes zweistöckiges Reetdachhaus, erbaut im 19. Jahrhundert, mit weißen Fensterrahmen. Etwas seitlich stand eine im Stil des Hauses erbaute Doppelgarage. Vor dem Haus gab es einen Grünstreifen sowie links und rechts von Auffahrt und Zuweg üppige Staudenbeete und Wildrosenbüsche. Hinter dem Haus, das wusste Maik von den vielen Fotos, die Henning und die Maklerin ihm geschickt hatten, befand sich ein riesiges, eingezäuntes und von weiteren Wildrosenbüschen umgebenes Grundstück, das sich in einen ehemaligen, jetzt brachliegenden Nutzgarten und eine vom Maklerbüro vollmundig als Ruhezone bezeichnete Rasen- und Blühfläche aufteilte, auf der erst vor wenigen Jahren ein Schwimmteich angelegt worden war. Auch eine Terrasse mit Natursteinfliesen gab es, die in einen ganz frisch angebauten Wintergarten überging. Dieser hatte wohl den Wert der Immobilie noch einmal steigern sollen. Die rund hundertachtzig Quadratmeter Wohnfläche waren voll unterkellert und bereits größtenteils möbliert, denn Maik hatte sich die Einrichtung über verschiedene Online-Versandhäuser zusammengestellt, liefern und aufbauen lassen, während er sich in Berlin um das Chaos kümmerte, das der Tod seiner Halbschwester angerichtet hatte.

Henning hatte Maik den Tipp gegeben, sich dieses Haus unter den Nagel zu reißen. Eigentlich hatte er etwas Kleineres im Sinn gehabt, aber jetzt, mit den zwei Kids, erschien es ihm durchaus angebracht. Die Besitzerin war bankrott und musste möglichst schnell verkaufen, und nach kurzen Verhandlungen hatte Maik zugeschlagen. Das Geld, das ihm der Verkauf seiner Eigentumswohnung in Berlin eingebracht hatte, reichte mehr als aus, um dieses Haus am gefühlten Ende der Welt zu bezahlen und sogar noch etwas zur Seite legen zu können. Dafür tauschte er die Annehmlichkeiten und Kultur der Großstadt gegen Kleinstadtidylle, viel Natur und eine steife Brise, die über den nur etwa hundertfünfzig Meter entfernten Deich herüberwehte. Ein Kulturschock, ganz sicher. Ob es auch die richtige Entscheidung gewesen war, würde sich erst mit der Zeit herausstellen.

»Da sind wir.« Er lenkte den Kuga die Auffahrt hinauf bis vor das breite Garagentor auf der linken Seite und stellte den Motor ab. »Die Möbelpacker waren heute Vormittag schon hier und haben alles ins Haus gebracht und auf die Zimmer verteilt. Wir können also gleich mit dem Auspacken anfangen. Aber zuerst holt ihr Finchen aus ihrer Box, und Michelle geht ein paar Schritte mit ihr.«

Was? Wie? Wo? Sind wir etwa endlich angekommen? Und habe ich da meinen Namen gehört? Das wird aber auch echt Zeit! Ich dachte schon, ihr habt mich hier hinten ganz vergessen. Also los, worauf wartet ihr denn noch? Ich bin ein ungeduldiger Airedale Terrier – holt mich hier raus!

Als sie alle gleichzeitig aus dem Auto ausstiegen, begann die junge Terrierhündin in ihrer Box im Kofferraum wie wild zu bellen.

»Finchen muss bestimmt mal.« Jakob stürmte zur Heckklappe und sprang ungeduldig auf und ab, bis Maik die Fernbedienung gedrückt und sich der Kofferraum geöffnet hatte. Der strubbelige dunkelbraune Haarschopf des Jungen wippte dabei, und er musste seine dunkelrot gerahmte Brille zweimal hochschieben. Maik notierte sich im Geiste, dass er mit Jakob bald zum Optiker gehen musste, um die Brille neu anpassen zu lassen. Ganz offensichtlich saß sie dem Jungen zu locker auf der Nase.

»Hey, Finchen, musst du mal?« Jakob streckte die Hand durch das Gitter der Transportbox und streichelte die Hündin zärtlich. »Diesmal hat sie nicht gekotzt.«

Wau, ja, jetzt, wo du es sagst. Ich würde mich schon ganz gerne mal wieder erleichtern und vor allem endlich aus diesem schrecklich engen Ding raus. Zum Glück ist mir nicht wieder schlecht geworden. So etwas ist enorm unangenehm.

»Moment, ich öffne die Tür.« Maik machte sich an dem Schloss zu schaffen. »Michelle, nimm mal bitte die Leine.« Als keine Reaktion kam, sah er sich suchend um. »Michelle?«

Das Mädchen hatte sich ein paar Schritte vom Haus entfernt und stand nun mit hochgezogenen Schultern mitten auf der Straße, die Hände tief in den Taschen ihrer hautengen Jeans vergraben. Sie blickte starr zu der Wiese auf der anderen Straßenseite, auf der ein Traktor mit Mähwerk fuhr und das gut wadenhohe Gras mähte. Der Regen hatte endlich aufgehört, und der Streifen Blau am Himmel war näher gerückt und wurde immer größer. Der Wind war allerdings so nah am Deich recht frisch, die typische steife Brise eben, und zerrte an Michelles dichtem schulterlangen dunkelbraunen Haar.

»Michelle, ich rede mit dir!« Maik hatte Finchen mittlerweile auch ohne die Hilfe des Mädchens aus der Box geholt und trat nun neben sie. »Das ist ein anderer Anblick als das, was wir gewohnt sind, nicht wahr?« Er drückte ihr die Leine in die Hand. »Geh bitte ein paar Schritte mit Finchen. Aber nicht zu weit. Nur ein paar Minuten die Straße rauf und wieder runter. Wir haben viel zu tun.«

»Hm.« Michelle zuckte mit den Achseln. »Okay. Komm, Finchen.«

Au ja! Los geht's. Finchen sprang freudig wie ein Gummibällchen um Michelle herum und brachte sie damit tatsächlich zum Lächeln.

Maik tat, als bemerkte er es nicht, sondern legte Jakob, der neben ihm aufgetaucht war, eine Hand auf die Schulter.

»Ich will auch mit Finchen spazieren gehen.« Der Junge blickte seiner Schwester sehnsüchtig nach.

»Jetzt nicht.« Maik wollte die Gelegenheit nutzen, allein mit Jakob zu sprechen, weil er hoffte, doch noch dessen Vertrauen zu gewinnen. Sobald Michelle in der Nähe war, versuchte der Junge, sie in allem nachzuahmen, auch in ihrer generellen Ablehnung all dessen, was mit Lichterhaven zu tun hatte. »Sie ist doch in ein paar Minuten schon wieder zurück.« Zumindest hoffte er das. »Ich möchte, dass du mit mir zusammen das Haus und das Grundstück inspizierst.«

»Inspi… hä?« Fragend blickte Jakob zu ihm auf.

Spontan nahm Maik ihn an der Hand und ging auf das Haus zu. »Wir sehen uns alles an, und du sagst mir, wie es dir gefällt.« Vor der Haustür musste er zunächst den Schlüssel aus seiner Hosentasche kramen, dann schloss er auf und ließ dem Achtjährigen den Vortritt.

Jakob ging ein paar Schritte in den großzügigen Eingangsbereich, von dem aus eine helle Steintreppe ins obere Geschoss führte, blieb stehen, sah sich mit großen Augen um, dann rannte er weiter in die offene Küche rechter Hand, die in einen mehr als großzügigen Wohnbereich überging. Dort blieb er erneut stehen. »Boah«, war das Einzige, was er sagte.

Maik war geneigt, ihm zuzustimmen. Er hätte nicht für möglich gehalten, dass die Realität die Fotos, die er gesehen hatte, übertreffen würde. Seine Wohnung in Berlin war mit einhundertdrei Quadratmetern alles andere als klein gewesen, aber das hier war etwas ganz anderes. Die großen Fenster zur Gartenseite hin und der offene Wintergarten ließen trotz des eher tristen Wetters viel Licht herein, die cremefarbenen Ledersitzmöbel sowie die Schränke und Regale aus heller Eiche ließen den Raum freundlich und einladend wirken. Sein riesiger Flachbildfernseher stand noch verpackt an der Wand, die für ihn vorgesehen war, daneben stapelten sich die Umzugskartons.

Die Küche war eine Mischung aus antik wirkenden weißen und hellgrauen Oberflächen im Landhausstil und allem erdenklichen modernen Komfort samt passendem Küchentisch mit Eckbank. Maik hatte die Einrichtung von der Vorbesitzerin übernommen, die die Küche, ebenso wie den Wintergarten, erst kürzlich im Zuge der Renovierungsarbeiten an dem rund hundertfünfzig Jahre alten Gebäude hatte einbauen lassen. Es war nicht ganz Maiks Geschmack, passte aber perfekt zum Charme des alten Hauses. Alles harmonierte hervorragend mit dem dunklen Gebälk, das sich von den weiß gestrichenen Wänden abhob. Die hellgrauen Steinfliesen wirkten gleichermaßen alt wie edel, waren aber, wie man ihm beim Kauf erklärt hatte, ebenfalls erst bei der Renovierung verlegt worden und hatten einen alten Dielenboden ersetzt. Nun befand sich eine moderne Fußbodenheizung darunter, die von einer Erdwärmepumpe gespeist wurde.

Ein Gefühl der Zufriedenheit stieg in Maik auf. Er hatte sich mit dem Kauf dieses Hauses und der Einrichtung aus der Ferne auf ein riskantes und sehr spontanes Abenteuer eingelassen. Ursprünglich hatte ihm irgendetwas Kleines, Unauffälliges vorgeschwebt, das sich im Zweifelsfall schnell wieder abstoßen ließ, falls ihm Lichterhaven nicht zusagte. Doch dies hier war nicht klein, nicht unauffällig oder nur eine mögliche Zwischenstation auf einem unvorhersehbaren Weg. Dies war ein Zuhause. Ein Ort, um Wurzeln zu schlagen. Nichts, was man mal eben rasch wieder loswerden konnte – oder wollte.

»Das Wohnzimmer ist doppelt so groß wie unsere Wohnung in Berlin!« Nun hatte Jakob seine Stimme doch wiedergefunden. »Ich war noch nie in einem so großen Haus. Also außer in der Schule, die ist noch viel größer, aber da wohnt ja niemand.« Der Junge drehte sich zu Maik um. »Hier wohnen wir jetzt? Nur ich und Michelle und du und Finchen?«

»So ist es«, bestätigte Maik und freute sich insgeheim, dass Jakob allmählich aufzutauen schien. Als der Junge jedoch unvermittelt zu weinen anfing, erschrak er. »Jakob? Was ist mit dir?«

»Ich will hier nicht ohne Mama wohnen. Ich will nach Hause und dass sie wieder da ist und mit uns hier wohnt.«

»Jakob …« Maik wusste darauf keine Antwort. Unsicher, wie er sich verhalten sollte, trat er auf seinen Neffen zu und wollte ihn am Arm berühren.

»Lass mich!« Jakob riss sich los und stürmte aus dem Zimmer zurück in den Eingangsbereich. Dort fand Maik ihn immer noch weinend auf der drittuntersten Treppenstufe sitzend.

Vorsichtig, ohne ihn zu berühren, setzte Maik sich neben den Jungen. »Hey, Kumpel.«

»Ich will meine Mama.« Jakob schniefte. »Ich will nach Hause. Oder dass sie kommt und hier mit uns wohnt.«

Die Worte des Jungen schnitten Maik ins Herz, und immer noch wusste er partout nicht, was er sagen oder tun sollte. »Es tut mir so leid, Jakob, aber das geht nicht. Deine Mutter …«

»Ich weiß, sie ist jetzt im Himmel.« Fahrig wischte sich Jakob mit den Zeigefingern hinter den Brillengläsern über die Augen. »Sie hat ausgesehen, als ob sie schläft, aber ihr Mund stand ganz weit auf.«

Maik zuckte zusammen. Michelle und Jakob hatten ihre tote Mutter aufgefunden, als sie von der Schule nach Hause gekommen waren. Dies war einer der Gründe, weshalb sie nun beide in psychologischer Behandlung waren. Maik versuchte meist, sich diese scheußliche Situation nicht vorzustellen, wusste aber, dass er mit Jakob und Michelle darüber reden musste, wie über so vieles andere.

Seit einem Jahr kam es ihm so vor, als ob er kaum mehr etwas anderes tat, als zu reden, hauptsächlich natürlich mit Frau Dr. Busse. Und nun musste er auch noch irgendwie mit dem Leid und den schrecklichen Erinnerungen der Kinder klarkommen.

»Deiner Mama hätte es hier ganz bestimmt gut gefallen«, versuchte er, das Thema von den schlimmen Bildern fortzulenken.

»Ja.« Wieder schniefte Jakob und zog dann geräuschvoll die Nase hoch. Sogleich suchte Maik in seinen Taschen nach einem Taschentuch, fand aber keins. »Mama hat gesagt, irgendwann machen wir mal Urlaub an der See. Ganz toll und nobel in einem Viersternehotel, wo sie uns nach Strich und Faden bedienen. Aber wir hatten nie genug Geld dafür, weil Mama nicht arbeiten konnte, und vom Hartz IV kann man nicht in Urlaub fahren.«

»Ich weiß.« Und dieses Wissen schmerzte ihn. Er hatte sich nie um Marianne gekümmert und nicht gewusst, wie schwer sie es gehabt hatte. Sie hatte noch studiert, als sie mit Michelle schwanger geworden war, und ihr Studium abgebrochen, um für sich und das Baby Geld zu verdienen. Ohne abgeschlossene Ausbildung hatte sie anfangs nur Gelegenheitsjobs annehmen können, danach mehrere Jahre für eine Reinigungsfirma im Schichtdienst gearbeitet und später in einem Altenheim als ungelernte Pflegekraft. Kurz nach Jakobs Geburt war bei ihr Multiple Sklerose diagnostiziert worden, und schon zwei Jahre später hatte sie nicht mehr arbeiten können. Seither hatte sie mit den Kindern am Existenzminimum in einer winzigen Sozialwohnung gelebt.

Das alles hatte Maik erst nach ihrem Tod erfahren. Obgleich sie in derselben Stadt – natürlich in gänzlich anderen Vierteln – gelebt hatten, waren sie nie miteinander in Kontakt getreten.

Marianne hatte jedoch offenbar genau gewusst, wie und wo Maik gelebt hatte. Das war ganz sicher der Grund gewesen, weshalb sie ausgerechnet ihm das Sorgerecht übertragen hatte. Sie hatte gehofft, dass er im Fall der Fälle ihren Kindern ein besseres Leben würde bieten können. Warum sie ihm aber niemals etwas von ihrem Testament erzählt hatte, wusste er nicht. Vermutlich hatte sie Angst gehabt, dass er ablehnen und sie zurückweisen könnte. Einer Toten verwehrte man den letzten Wunsch nicht so schnell wie einer Lebenden. Oder sie hatte es noch tun wollen, jedoch nicht mit ihrem so frühzeitigen Tod gerechnet.

Sachte berührte er nun doch Jakobs Schulter. »Möchtest du dir die Zimmer oben ansehen?«

Jakob zuckte mit den Achseln, nickte dann aber zustimmend. »Ich muss aber erst mal.«

»Hier neben der Treppe ist das Gästebad.« Maik deutete auf eine weiße Tür. »Ich warte solange.«

»Mhm.« Schwerfällig erhob der Achtjährige sich und schlurfte ins Gästebadezimmer. Es dauerte eine Weile, bis Maik die Spülung hörte und gleich darauf den Wasserhahn. Als Jakob zurückkehrte, lag eine Mischung von Irritation und Verblüffung auf seiner Miene. »Das Bad ist riesig und hat sogar eine Dusche. Wir hatten nie Gäste, die bei uns duschen wollten.«

Maik schmunzelte, erleichtert, dass die düstere Wolke vorübergezogen zu sein schien. »Na, vielleicht haben wir ja bald mal welche. Oder wir duschen Finchen darin, wenn sie sich schmutzig gemacht hat.«

Um Jakobs Mundwinkel zuckte es, dann kicherte er los. »Und wenn Finchen nicht geduscht werden will?«

»Dann müssen wir uns wohl etwas einfallen lassen. Mit Schmutzpfoten und Schlamm oder Schlick im Fell kommt sie mir nicht ins Haus.«

»Oder auf die Couch.« Jakob kicherte noch mehr. »Die wird dann ganz dreckig.«

»Also müssen wir mit Finchen duschen üben.« Maik grinste. »Das könntest du übernehmen.«

»Duschen ist aber doof.«

»Mhm.« Maik hatte bereits festgestellt, dass der Junge es nicht so mit der Körperpflege hatte. So wie er selbst, als er noch ein Kind gewesen war. »Dann übt ihr beide zusammen.«

Jakob schob die Unterlippe über die Oberlippe. »Echt jetzt?«

»Und wie! Dreckspatzen haben hier im Haus nichts zu suchen, und dabei ist es egal, ob sie zwei oder vier Füße haben.«

Nun runzelte Jakob die Stirn. Offenbar überlegte er, ob er damit einverstanden sein wollte. »Können wir jetzt oben die Zimmer angucken?«

»Na klar.« Maik zwinkerte ihm zu und erhob sich, um ihm den Vortritt zu lassen. »Nach dir, junger Mann.«

2. Kapitel

Als Michelle den Deich erreichte, blieb sie für einen Augenblick unschlüssig stehen. Etwa alle hundert Meter führte eine Steintreppe hinauf zur Deichkuppe, so auch hier. Oben befand sich anscheinend ein Weg, denn sie konnte in der Ferne Menschen sehen, die spazieren gingen, und gerade fuhren zwei Frauen auf Fahrrädern vorbei. Auf den Gepäckträgern hatten sie Körbe befestigt, in denen sich leere Eierkartons stapelten.

Sie hatte es geahnt! Die Leute hier waren merkwürdig. Weshalb fuhren sie wohl Eierkartons durch die Gegend? Eier kaufte man im Geschäft, und die leeren Kartons kamen in den Müll. Außer natürlich, Jakobs Grundschullehrerin bat die Schüler, solche Kartons für den Kunstunterricht zu sammeln.

»Komm, Finchen, gucken wir mal, wie es da oben aussieht.« Sie zupfte an der Leine, um die Aufmerksamkeit der Hündin zu erlangen.

Was meinst du? Finchen hörte auf, am Wegesrand zu schnüffeln. *Ach, gehen wir weiter? Wohin denn? Da rauf? Das ist aber eine lange Treppe. So eine habe ich noch nie gesehen.* Als Michelle sich in Bewegung setzte, hüpfte Finchen fröhlich neben ihr her.

Oben angekommen, fuhr Michelle der Wind scharf ins Gesicht. Sie musste ein paarmal blinzeln, um sich daran zu gewöhnen, doch dann stand sie für eine ganze Weile einfach nur still da und nahm den Anblick in sich auf.

Vor ihr lagen grüne Wiesen, die teilweise abgezäunt und von Schafen bevölkert waren. Unten am Ufer führte ein asphaltierter Weg entlang, so weit das Auge in beide Richtungen reichte. Links waren noch mehr Schafweiden zu sehen, rechts in einiger Entfernung Liegewiesen, Strand und anscheinend der Hafen. Zumindest sah sie Segelboote und Fischkutter, die ein- und ausfuhren. Noch weiter entfernt entdeckte sie einen Leuchtturm.

Das Ufer war mit einer niedrigen Steinmauer befestigt, von der aus ebenfalls alle hundert Meter Stufen ins Wasser hinabführten oder, wenn Ebbe war, ins Watt. An jeder Treppe befanden sich eine Dusche sowie eine Handbrause und ein Wasserhahn. Als ob jemand so verrückt wäre, in die eiskalte Nordsee zu steigen und zu baden!

Michelle schüttelte sich und rieb sich über die Oberarme. Sie trug keine Jacke, was im Auto und beim Haus noch voll okay gewesen war. Doch hier oben pfiff der Wind ganz schön heftig und kalt. Dennoch blieb sie stehen und gaffte regelrecht das Wasser an, das in ruhigen, gleichmäßigen Wellen gegen die Uferbefestigung rollte. Es war nicht blau, wie sie gedacht hatte, sondern tiefgrau, fast genauso wie der Himmel, an dem inzwischen jedoch immer größere blaue Stellen sichtbar wurden. Bloß die Sonne war nicht zu sehen, noch nicht.

Michelle war noch nie am Meer gewesen. Um genau zu sein, war sie noch nie irgendwo gewesen, außer einmal in der Grundschule auf Klassenfahrt in Beelitz, doch daran konnte sie sich kaum noch erinnern, und letztes Jahr, ebenfalls mit der Klasse, in Leipzig, aber auch nur, weil Mama ganz lange dafür gespart hatte. Michelle hatte sich sogar einen Job suchen wollen, doch mit der Ganztagsschule war das nicht vereinbar gewesen, und Mama hatte gesagt, dass das Wochenende ihnen gehörte. Somit starrte Michelle nun die Nordsee an und kam sich vor wie auf einem fremden Stern. Irgendwo in der Nähe knatterte etwas, und es dauerte eine Weile, bis sie erkannte, dass es eine Wetterfahne war. So eine hatte sie mal im Fernsehen gesehen.

Über ihr kreisten Möwen, kreischten reichlich laut und sausten ab und zu so dicht über sie hinweg, dass sie automatisch jedes Mal den Kopf einzog. »Blöde Viecher«, murmelte sie, unsicher, ob die Vögel gefährlich werden könnten.

Mama hatte immer von einem Urlaub an der Küste geträumt. Als Kind war sie zweimal in Kur in St. Peter-Ording gewesen, und seither hatte sie immer wieder zurückgewollt. Aber das war natürlich nicht gegangen, weil das Geld gefehlt hatte. Vor nicht allzu langer Zeit hatte sie eine Mutter-Kind-Kur beantragt, aber das hatte auch nicht geklappt, weil die Bewilligung so lange gedauert hatte. Mama war gestorben, bevor die Krankenkasse eine Entscheidung gefällt hatte.

Und nun war sie, Michelle, hier am Meer, und Mama war tot. Den Stich, der sie durchzuckte, versuchte sie zu ignorieren, die Bilder zu verdrängen. Sie wollte nicht hier sein. Klar, ein Urlaub mit Mama wäre okay gewesen, so zwei Wochen oder so. Aber jetzt sollte sie mit Jakob und Onkel Maik für immer hierbleiben! Das ging gar nicht. Nie im Leben würde sie das aushalten. Onkel Maik ... Nein, so hatte sie ihn noch nie genannt und würde es auch nicht tun. Für Jakob war das vielleicht noch in Ordnung, aber sie war dazu eindeutig zu erwachsen. Außerdem empfand sie ihn irgendwie nicht als Onkel, auch wenn er der Halbbruder ihrer Mutter war. Für sie war und blieb er einfach nur Maik. Er war zwar ganz okay, wahrscheinlich eine Million Mal besser als ein Heim oder irgendwelche Pflegeeltern, aber sie kannten ihn kaum. Bis zu Mamas Tod hatten sie nur gewusst, dass sie einen ziemlich wohlhabenden Onkel hatten, aber nicht mal, dass er auch in Berlin wohnte.

Jetzt sollte er so etwas wie ihr Vater sein. Oder Vormund, wie das genannt wurde. Einfach so, von jetzt auf gleich, war ihr Leben und das von Jakob total verändert und würde nie wieder so werden, wie es gewesen war.

Wenn sie wenigstens in Berlin geblieben wären! Da hatten sie ihre Freunde und fühlten sich wohl. Aber Maik hatte sie ja in dieses blöde Nordseekaff verfrachtet, das buchstäblich am Rand der Welt lag. Sie gehörte hier nicht hin. Nie und nimmer würde sie sich hier einleben und zu Hause fühlen. Was sie vorhin gesagt hatte, war ihr Ernst gewesen. An ihrem achtzehnten Geburtstag war sie weg. Auch wenn Jakob das nicht gut fand und sie eigentlich auf ihn aufpassen und für ihn da sein müsste. Aber nicht hier in Lichterhaven. Nein, niemals nie nicht!

Was ist denn nun? Gehen wir weiter spazieren? Mir ist langweilig! Finchen tänzelte um Michelle herum und stieß sie immer wieder mit der Nase an. *Komm schon, lass uns was Lustiges anstellen!*

»Nicht, Finchen, ich hab keine Lust, zu spielen.« In dem Versuch, die quirlige junge Hündin zu beruhigen, streichelte Michelle ihr über Kopf und Rücken. »Wir müssen zurück, sonst flippt Maik noch aus und denkt, ich wäre abgehauen. Aber so blöd bin ich nicht. Wo soll ich denn auch hin? Nach Berlin zurück geht nicht, weil ich kein Geld habe. Außerdem würden die mich dort eh finden und wieder hierherbringen.« Sie seufzte. »Komm, ich muss helfen, das blöde neue Haus einzurichten.«

Ich weiß zwar nicht, warum du so genervt und traurig bist, aber na gut, von mir aus können wir auch wieder zurückgehen. Aber bitte nicht wieder in das Auto. Mir reicht's für heute mit dem Reisen! Bereitwillig folgte Finchen Michelle den Weg zurück, den sie gekommen waren.

Tief in ihre trübseligen Gedanken versunken, schlenderte Michelle die Deichstufen hinab und den Weg zu ihrem neuen Zuhause zurück. Sie nahm zwar das Brummen eines Traktors in der Nähe wahr, bemerkte aber erst, als er hupte, dass er dicht hinter ihr fuhr. Vor Schreck fuhr sie um ihre eigene

Achse und hätte fast aufgeschrien, als sie das Ungetüm so nah vor sich sah. Allein die Reifen waren höher als sie! Und hintendran zog er ein wunderlich aussehendes Ding mit zwei Armen und langen Zinken. Instinktiv blieb sie wie angewurzelt stehen und starrte nur. Finchen bellte erschrocken.

Was ist das? Huch, ein Ungeheuer. Michelle, tu doch was! Hallo? Na gut, dann verbelle ich das Ding so lange, bis es abhaut, jawohl!

Auf dem Fahrersitz des Traktors saß ein junger Mann, der heftig gestikulierte. Michelle atmete tief durch und versuchte, aus dem Wedeln seiner Hand schlau zu werden und gleichzeitig Finchen zu beruhigen. »Ist doch schon gut, Süße, das ist bloß ein Traktor.« Ein riesiger Traktor wohlgemerkt, der sie zu Tode erschreckt hatte.

Bloß ein Traktor? Du scherzt wohl! Das ist ein grausliches Monster-Ungetüm, und es soll verschwinden! Wau, jawohl, wau, wau und nochmals wau!

»Ist doch gut, Finchen, bitte hör auf, zu bellen, das ist ja peinlich. Ich ...«

»Sag mal, willst du da Wurzeln schlagen?« Der junge Mann war vom Traktor abgestiegen und ging mit verärgerter Miene auf sie zu.

Ui, ein Mensch! Wo kommt der denn her? Verblüfft hielt Finchen in ihrem Gebell inne, strebte aber stattdessen so wild auf den Fremden zu, um ihn zu beschnüffeln, dass Michelle beinahe die Leine entglitten wäre.

»Hey, Finchen, nicht! Das gehört sich nicht, komm sofort wieder her!« Ungeschickt zog Michelle die Hündin wieder zu sich heran.

»Finchen?« Der junge Mann grinste spöttisch. Er war ziemlich groß und breitschultrig und besaß kurzes dichtes blondes Haar, trug eine dunkelgrüne Latzhose, schwere Arbeitsstiefel und ein graues T-Shirt – und er besaß so strahlend blaue Augen, wie Michelle noch nie welche gesehen hatte. »Die Kleine scheint nicht sehr gut erzogen zu sein.« Seine angenehm dunkle Stimme klang nach wie vor verärgert.

Michelle schluckte, bevor sie ihre Stimme – und ihr Selbstbewusstsein – wiederfand. Da sie ihr Gegenüber auf siebzehn oder achtzehn schätzte, beschloss sie, ihn ebenfalls zu duzen. »Als du noch klein warst, hattest du auch noch keine Manieren, oder?«

»Wenn sie die von dir lernen soll, musst du dir aber auch erst mal welche zulegen. Latschst hier wie eine Gestörte ewig mitten auf der Straße. Ich hab was anderes zu tun, als im Schneckentempo hinter einer transusigen Urlauberin aus der Großstadt herzutuckern.«

»Ach ja? Was denn wohl?« Sie sah sich betont eingehend um. »Hier gibt es doch weit und breit nichts Sinnvolles zu tun.« Sie stockte. »Woher weißt du, dass ich aus der Großstadt komme?«

»Das sehe und rieche ich meilenweit gegen den Wind.« Er schnaubte spöttisch. »Kein Mädchen von hier würde derart tranig durch die Gegend tippeln. Außerdem weiß ich, dass du nicht von hier bist, weil ich dich dann bestimmt schon mal gesehen hätte.«

»Ich bin aber von hier.« Michelle wollte trotzig die Arme verschränken, unterließ es aber, weil sie sich fast in Finchens Leine verheddert hätte.

»Red keinen Quatsch. Du bist wohl in den Ferien hier, was? Ziemlich früh. In welchem Bundesland haben denn die Ferien jetzt schon angefangen?«

»In gar keinem. Ich wohne hier. Seit heute«, setzte sie schließlich doch hinzu. »Da vorne in dem roten Haus mit dem Reetdach.«

»Nee, echt jetzt?« Verblüffung zeichnete sich auf der Miene des Blonden ab. »Du wohnst jetzt im Haus von der Hanke?«

Er stieß wieder dieses spöttische Schnauben aus. »Das kann ja heiter werden. Dann leg dir mal bessere Ohren und eine noch viel bessere Reaktion zu, wenn du nicht willst, dass dich jemand mit dem Trecker überrollt. In der Erntezeit schon mal sowieso, weil es da echt flott gehen muss.«

»Warum?«, rutschte es Michelle heraus. »Ich dachte immer, auf dem Land ticken die Uhren anders ... langsamer.«

»Von wegen!« Der Blonde deutete vage zum Himmel. »Das Wetter kann hier schnell umschlagen. Sobald das Gras fürs Silo gemäht ist, muss es gewendet und später in Schwaden gelegt werden, damit es der Silowagen aufnehmen kann. Für heute Nacht ist mehr Regen gemeldet, deshalb müssen wir jetzt so viel ernten, wie es geht. Nasses Gras kann man nicht gut zu Silage verarbeiten, das fault zu schnell. Außerdem verklebt es schnell die Pick-up...« Er stockte und grinste breit. »Du hast nicht mal den Hauch einer Ahnung, wovon ich rede.«

Anstelle einer Antwort hob Michelle nur betont lässig die Schultern. »Es muss sich ja nicht jeder in der Landwirtschaft auskennen, oder?«

»Nein, aber merk dir trotzdem, dass man hier immer und überall auf Trecker aufpassen muss. Und dass man Bauern in der Ernte lieber nicht ewig aufhält.« Er ging zum Traktor zurück, drehte sich dort aber noch mal um. »Wie heißt du eigentlich?«

»Michelle.« Sie räusperte sich. »Michelle Zengler. Aus Berlin.«

»Freut mich nicht wirklich, Michelle Zengler aus Berlin.« Er öffnete die Fahrertür. »Ich bin Tim Dennersen.« Mit schräg gelegtem Kopf musterte er sie. »Bist du etwa die Neue für die neunte Klasse der Gesamtschule, die erst nach den Ferien zur Schule gehen muss?«

Verblüfft hob Michelle den Kopf. »Woher weißt du das?«

»Von meiner Mutter. Sie erfährt alles, was in Lichterhaven

abgeht, weil die Leute es ihr in unserem Hofladen erzählen.«
Wieder grinste er, jedoch nicht allzu freundlich. »Ich rate dir,
die Großstadt nicht so arrogant raushängen zu lassen. Das
kommt hier nicht allzu gut an.«

»Arrogant?«

»Michelle Zengler aus Berlin«, äffte er sie übertrieben af-
fektiert nach.

Wütend verzog sie die Lippen. »Ich komme nun mal aus
Berlin.«

»Nein, du wohnst jetzt hier. Hast du doch selbst gesagt.
Also kommst du aus Lichterhaven. Gewöhn dich dran.« Er
schwang sich auf die unterste Trittstufe zum Führerhaus.
»Hoffentlich kann Lichterhaven sich auch an dich gewöhnen.« Im nächsten Moment saß er auf dem Fahrersitz und
knallte die Tür hinter sich zu.

Michelle starrte ihn erbost an, sprang aber rasch zur Seite,
als das riesenhafte Gefährt sich langsam in Bewegung setzte,
und zerrte Finchen hastig zum Straßengraben. Als Tim das
Gespann an ihr vorbeilenkte, hupte er zweimal kurz. Irgendwie klang es wie spöttisches Gelächter.

»Blöder Bauerntrampel«, murmelte Michelle und sah zu,
wie er auf die große Wiese genau gegenüber von ihrem Haus
einbog. Das seltsame Ding mit den Zinken senkte sich, und
die Arme begannen, sich zu drehen, sodass das frisch gemähte
Gras aufgewirbelt und gewendet wurde. »Großartig.« Sie
legte die letzten Schritte bis zur Haustür eilig zurück. »Wenn
hier alle so sind wie der da, dann gute Nacht.«

3. Kapitel

»Das sieht wunderschön aus!« Behände kletterte Hannah von der Klappleiter herunter und betrachtete ihr Werk mit bewundernden Blicken. »Diese weißen Vorhänge mit dem gestickten Dahlienmuster sind einfach perfekt. Nicht zu aufdringlich und sehr freundlich und einladend. Ella, du bist ein Genie!« Lächelnd drehte sie sich zu ihrer Freundin um, die in dem zukünftigen Veranstaltungsraum gerade die frisch aufgestellten Tische herumrückte.

»Quatsch!« Ella lachte, kam aber näher, um ebenfalls die Vorhänge zu begutachten. »Es war reiner Zufall, dass ich den Stoff in diesem Einrichtungskatalog entdeckt habe. Aber du hast recht, die Vorhänge sind großartig geworden. Ich muss Mama und Carina noch mal ein großes Dankeschön dafür ausrichten, dass sie die Näharbeiten übernommen haben.«

»Wollen sie wirklich kein Geld dafür haben?« Hannah trug die Klappleiter neben die Tür und stellte sie dort ab.

»Nein.« Ella trat an einen der Tische aus antik wirkendem Nussbaumholz und lehnte sich dagegen. »Sie tun immer regelrecht beleidigt, sobald ich das Thema Bezahlung anschneide. Ich traue mich mittlerweile nicht mal mehr, darüber nachzudenken, wenn ich in ihrer Nähe bin.«

Hannah gluckste. »Die toughe Ella Jensen fürchtet sich vor ihrer Mama?«

»Hey!« Ella kicherte. »Es ist immerhin meine Mutter. Du weißt, wie energisch sie werden kann. Und Carina ist auch nicht zu unterschätzen. Die beiden sind nicht umsonst schon so lange ein Paar. Sie ergänzen sich einfach perfekt, vor allem, wenn sie sich gegen mich verschworen haben.«

»Tja, dann bleibt uns wohl nichts anderes übrig, als die beiden so oft wie möglich ins *Café Mauerblümchen* einzuladen, sobald es eröffnet ist, und uns zu weigern, Geld von ihnen anzunehmen«, folgerte Hannah.

»Von wem wollt ihr kein Geld annehmen?« Caroline, die dritte der drei Freundinnen und *Foodsisters*, betrat den Raum. »So ein geschäftsschädigendes Verhalten kann ich nicht gutheißen.« Ihre Stimme klang streng, doch in ihren Augen saß ein Lächeln.

»Wir sprechen von Ellas Mama und Carina«, klärte Hannah sie auf und raufte sich die kurzen leuchtend roten Haare, sodass auf wundersame Weise der freche Schnitt wieder perfekt saß.

»Ah, okay. Dann nehme ich alles zurück und behaupte das Gegenteil.« Lachend schnappte sich Caroline einen der neuen, hochlehnigen Stühle und setzte sich rittlings darauf. »Die zwei verdienen einen Orden für alles, was sie für uns getan haben. Die Vorhänge sind schick geworden. Überhaupt nicht kitschig, wie ich erst dachte.« Sie löste ihre Haarspange und schüttelte ihr schulterlanges hellbraunes Haar, um es gleich darauf wieder mit der Spange zusammenzufassen.

»Wenn die Stickereien bunt gewesen wären, hätte es kitschig gewirkt«, stimmte Ella zu. »Aber Weiß auf Weiß sieht richtig edel aus.«

»Genau«, erwiderte Hannah. »Hoffentlich halten sie auch lange. Hundert Jahre müssen es schon sein.«

Caroline ächzte. »Was? Willst du etwa in hundert Jahren noch hier arbeiten?«

Hannah kicherte. »Ich denke schon an die nachfolgenden Generationen. Die *Foodsisters*-Kids und -enkel, die alles hier mal erben werden.«

»Kids?« Ella warf ihre langen schwarzen Haare schwungvoll über die Schulter zurück. »Bist du schwanger?«

Hannah gab ihr einen scherzhaften Knuff gegen den Oberarm. »Nein. Wie auch, wenn ich seit anderthalb Jahren abstinent lebe? Aber du heiratest in ein paar Wochen und Caro bestimmt auch in absehbarer Zeit. Oder wollt ihr etwa keine Kinder haben?«

»Na klar doch.« Auf Ellas Lippen erschien ein verträumtes Lächeln, dann seufzte sie. »Aber erst muss das Eventhaus laufen.«

»Genau.« Caroline nickte zustimmend. »Aber doch, ja, ich will schon auch Kinder haben, irgendwann«, gab sie etwas verlegen zu. »Aber doch nicht jetzt schon. Henning und ich sind erst ein knappes Jahr zusammen, und da kann ich doch so ein Thema nicht bringen. Nicht, bevor er ... wir ... also das ist doch etwas zu früh.«

»Quatsch.« Hannah winkte lässig ab. »Henning betet den Boden an, auf dem du wandelst. Ich bin sicher, er ist der Idee gegenüber wesentlich offener eingestellt, als du denkst.«

»Warum?« Caroline richtete sich auf. »Hat er etwas zu dir gesagt?«

»Nein.« Hannah trat neben die Freundin und legte ihr eine Hand auf die Schulter. »Man muss euch beide nur einmal zusammen sehen und weiß Bescheid.«

»Wirklich?« Caroline hüstelte. »So offensichtlich?«

»Das ist doch schön.« Ella grinste verschmitzt. »Keine Frau traut sich auf zehn Schritte an deinen Mann heran, weil alle sofort wittern, dass er so was von vergeben ist.«

»Ich sage ja auch nicht, dass ihr gleich heute mit der Nachwuchsproduktion anfangen sollt«, kam Hannah auf das ursprüngliche Thema zurück. »Aber was wir hier geschafft haben, wohlgemerkt mit der nicht geringen Hilfe deiner besseren Hälfte«, sie drückte noch einmal Carolines Schulter, »ist ganz enorm und etwas für die Ewigkeit. Na ja, zumindest hoffe ich, dass das Eventhaus der *Foodsisters* über Generationen bestehen wird. Das ist der Fußabdruck, den wir in der Geschichte von Lichterhaven hinterlassen.«

»Da spricht die Romantikerin aus dir.« Ella grinste. »Übrigens bin ich sicher, dass auch du zum Fortbestehen dieses Generationenprojekts beitragen wirst.«

Hannah seufzte theatralisch. »Ja, als die verrückte Tante und Großtante eurer Sprösslinge, die im gesegneten Alter von neunzig noch aussehen wird wie zwanzig.«

»Hey, ist doch toll, dass du so ein Jungbrunnen-Gen hast«, befand Caroline. »Ich bin sicher, dass die meisten Frauen dich darum beneiden.«

»Nicht, wenn sie am eigenen Leib erfahren, wie es ist, wenn man mit fast einunddreißig immer noch nach dem Ausweis gefragt wird, wenn man Alkohol trinken möchte.« Hannah verdrehte die Augen. »In der Weinhandlung am oberen Stadttor haben sie eine neue Mitarbeiterin, die sich fast geweigert hätte, die Wein- und Weinbrandlieferung für den Geburtstag meines Onkels an mich zu übergeben. Als ich ihr meinen Ausweis gezeigt habe, wurde sie richtig pampig, so als hätte ich ihn womöglich gefälscht.«

»Dumme Leute gibt es überall.« Ella beugte sich vor und nahm Hannahs Hand. »Lass dich bloß nicht von so etwas ärgern. Außerdem kennen dich in Lichterhaven ja die meisten Leute und wissen, dass du kein Kind mehr bist.«

»Mhm.« Mit einem halb betrübten, halb amüsierten Lächeln nickte Hannah. »Leider ist ausgerechnet hier im Ort kein Mann zu finden, der mich auch nur ansatzweise reizen könnte. Also werde ich wohl oder übel weiterhin auf ein erfülltes Liebesleben verzichten müssen.«

»Ach, ich weiß nicht.« Ella schmunzelte. »Irgendwann wird der Richtige vor dir stehen. Man soll niemals nie sagen.

Ich hätte auch nicht gedacht, mal mit einem Lichterhavener Urgestein sesshaft zu werden. Oder, Caroline? Dir geht es doch ähnlich.«

»Stimmt, mit so was kann man einfach nicht rechnen«, pflichtete Caroline ihr bei. »Das passiert einfach, ohne dass man es aufhalten kann. Selbst wenn es dir im ersten Moment noch so absurd vorkommt.«

»Amen.« Ella grinste breit.

»Tja, gegen euren Erfahrungsschatz komme ich nicht an.« Lachend umarmte Hannah die beiden Freundinnen nacheinander. »Allerdings wäre es schon ein arger Zufall, wenn ich jetzt ganz plötzlich meinem Traummann begegnen würde. So im Jahrestakt nach euch beiden. So etwas passiert doch nur in Romanen.«

»Du liebst doch solche Romane«, gab Ella zu bedenken.

»Schon«, gab Hannah zu. »Aber inzwischen bezweifle ich, dass das wahre Leben so eine romantische Liebesgeschichte für mich in petto hat. Vielleicht bin ich ja auch dazu verdammt, ewig nur davon zu träumen und dabei absolut faltenfrei zu vertrocknen.«

Caroline prustete. »Solange du deinen Humor dabei nicht verlierst ...«

»Ich gebe mir Mühe.« Hannah schnappte sich ihren gelben Regenparka, den sie über eine Stuhllehne gehängt hatte. »Wenigstens lacht mir das Wetter. Die Sonne kommt raus. Ich muss jetzt los. Wenn ich diese Woche nicht verhungern will, muss ich dem Supermarkt einen ausgiebigen Besuch abstatten. Mit der Arbeit hier im Haus und unseren Cateringaufträgen war ich so beschäftigt, dass ich glatt vergessen habe, einkaufen zu gehen.«

»Oje, und jetzt ausgerechnet in den Feierabend-Andrang?« Caroline schauderte. »Ich glaube, da würde ich lieber hungern.«

»Die Feierabend-Schwadron könnte schon durch sein«, widersprach Ella nach einem Blick auf ihre Armbanduhr. »Hoffentlich haben sie dir noch etwas übrig gelassen.«

»Ja, hoffentlich.« Hannah hob seufzend die Schultern. »Glücklicherweise bin ich kreativ und kann auch aus irgendwelchen Resten etwas Schmackhaftes brutzeln.«

»Übrigens«, Ella feixte, »sind Supermärkte nicht die perfekten Orte, um Männer kennenzulernen?«

»Verheiratete Männer und Familienväter, meinst du?« Caroline lachte. »Was soll sie denn mit denen?«

»Um diese Zeit sind die bereits domestizierten Exemplare zu Hause bei Frau und Kindern«, dozierte Ella. »Glaubt mir, ich habe Erfahrung. Nach achtzehn Uhr trifft man bevorzugt Rentner …«

»Na, danke«, warf Hannah kichernd ein.

»Lass mich ausreden«, wies Ella sie milde zurecht. »Rentner und Single-Männer, wollte ich sagen. Also hopp, hopp, auf in den Supermarkt. Möglicherweise stößt du dort in Gang drei mit deinem Traumprinzen zusammen.«

»Pfff!« Hannah tippte sich amüsiert an die Schläfe. »In Gang drei stehen die Cerealien. Kein ausgewachsener Mann treibt sich dort herum.«

»Das glaubst auch nur du.« Ella prustete los. »Anscheinend warst du wirklich schon zu lange nicht mehr mit einem Mann zusammen, wenn du nicht weißt, was für Essgewohnheiten diese Spezies hat.«

»Außerdem haben sie neulich im Supermarkt umgeräumt«, warf Caroline ein. »In Gang drei haben sie jetzt die Fertiggerichte und Konserven.«

»Gott bewahre!« Hannah hob abwehrend die Hände. »Das ist ja zehnmal schlimmer. Ein Mann, der sich von Fertigfraß ernährt. Der geht mir doch viel zu schnell ein, weil ihm alle wichtigen Nährstoffe fehlen.«

Für einen langen Moment sahen die drei Frauen einander schweigend an, dann brachen sie wie auf Kommando in haltloses Gelächter aus.

Hannah hob kurz die Hand zum Abschied und verließ das sogenannte Dahlienzimmer. Selbst als sie in ihren grünen Mini-SUV stieg, kicherte sie noch. Erst als sie ins Gewerbegebiet einbog, wurde sie wieder halbwegs ernst.

So verzweifelt, wie sie manchmal tat, war sie in Wahrheit gar nicht. Nur manchmal ein bisschen traurig, dass sie, obwohl sie schon seit ihrem zwölften Lebensjahr von der großen Liebe träumte und wirklich aufmerksam die Augen offen gehalten hatte, immer noch Single war. Daran war bestimmt nicht nur die Tatsache schuld, dass sie außergewöhnlich jung aussah. Es hatte immer mal wieder Männer gegeben, die sie durchaus als Erwachsene erkannt und behandelt hatten. Leider war aber nie der Funke übergesprungen.

Dass ihre beiden besten Freundinnen den Mann fürs Leben inzwischen gefunden hatten und überglücklich waren, machte die Sache nicht unbedingt einfacher. Hannah weigerte sich beharrlich, neidisch auf Ella und Caroline und deren Glück in der Liebe zu sein. Neid war etwas, das in ihrem Leben keinen Platz hatte. Aber allmählich wäre es vom Universum nett, ihr ein Zeichen zu geben, in welche Richtung ihr eigenes Privatleben sich entwickeln sollte. Denn wer außer dem Universum wusste wohl, wie ihr Schicksal aussah?

Sie hatte sich viele Jahre lang die große Liebe gewünscht, sie sich bis ins Detail ausgemalt, sich vorgestellt, dass der Mann fürs Leben ihr sprichwörtlich den Boden unter den Füßen wegziehen würde, damit sie auch ganz sicher wusste, dass er der Richtige war. Doch seit einiger Zeit schon hatte sie damit aufgehört. Wenn das Universum ihre Bestellung bis jetzt nicht aufgenommen hatte, war es wohl auf beiden Ohren taub. Man musste Geduld haben, das war Hannah bewusst. Große

Wünsche erfüllten sich nicht über Nacht. In der Zwischenzeit hatte sie sich andere Wünsche und Träume erfüllt. Der größte war das gemeinsame Catering-Unternehmen mit ihren beiden besten Freundinnen gewesen.

Schon während der Schulzeit hatten sie gewusst, dass sie gemeinsam etwas auf die Beine stellen wollten. Sie waren seit dem Kindergarten unzertrennlich gewesen. Als sie nach dem Abitur ihre jeweiligen Ausbildungen begonnen hatten, war die Trennung auf Zeit ihnen schwergefallen. Ella hatte sich zur Floristin ausbilden lassen, Caroline hatte eine Ausbildung zur Bäckerin und Konditorin gemacht und dazu sogar eine Weile in Kiel gelebt.

Hannah war ebenfalls von Lichterhaven weggegangen und hatte in mehreren verschiedenen Restaurants ihre Ausbildung zur Köchin gemacht.

Alle drei hatten sie auch gleich den Meisterbrief gemacht und sich anschließend wie verabredet zusammen als die *Foodsisters* selbstständig gemacht. Der Anfang war nicht einfach gewesen, doch ihr Konzept, nicht nur Speisen und Getränke, sondern auch die passende Dekoration und den Blumenschmuck anzubieten, hatte bald schon zum Erfolg geführt. Sie hatten volle Auftragsbücher gehabt und ein absolut ideales Geschäftshaus in der Goldschmiedgasse. Sogar Gedanken ans Expandieren waren aufgekommen, doch dann hatte ihre Vermieterin, Frau Hanke, ihnen vor etwa einem Jahr eröffnet, dass sie insolvent sei und das Gebäude, in dem die Geschäftsräume der *Foodsisters* untergebracht waren, verkaufen musste. Leider hatte der Käufer, ein ebenso bekannter wie unbeliebter Bauunternehmer aus Lichterhaven, die erstbeste Möglichkeit genutzt, der anstehenden Verlängerung des Mietvertrags zu widersprechen, sodass sie mit ihrem aufstrebenden Unternehmen praktisch obdachlos waren.

Hannah seufzte innerlich bei der Erinnerung daran, wie

verzweifelt sie gewesen waren. Denn was nützte ihnen ein volles Auftragsbuch, wenn sie keine Küche, keine Kühl- und Vorratsräume und nicht einmal ein Büro besaßen? Glücklicherweise hatte der ehemalige Formel-1-Fahrer Henning Magnusson, inzwischen Carolines Freund, sie auf die Idee gebracht, ein leer stehendes Geschäftshaus am Hafen zu einem Eventhaus umzubauen. Erst waren sie skeptisch gewesen, weil ihnen für ein so ambitioniertes Projekt das nötige Kapital fehlte, doch dann war Henning als Investor eingestiegen, und jetzt, ein Jahr später, waren sie fast fertig mit dem Umbau.

Es war ein hartes Jahr gewesen, denn neben den Umbauten, die zu beaufsichtigen gewesen waren, hatten sie in wechselnden provisorischen Küchen und Arbeitsräumen ihrem Tagesgeschäft, dem Cateringservice, nachgehen müssen und sich nebenher über Gesetze und Bestimmungen für Gastronomiebetriebe und Veranstaltungshäuser informiert. Allein die Brandschutzverordnung mit unzähligen Bestimmungen hatte sie manchmal an den Rand der Verzweiflung getrieben.

Glücklicherweise war Ellas Verlobter Jörn der Wehrführer der Freiwilligen Feuerwehr Lichterhaven. Ohne seine Sachkenntnis und Geduld hätten sie irgendwann das Handtuch geworfen. Doch nun standen sie ganz kurz vor der Vollendung ihres neuen Traums. Am fünfzehnten September würden sie das Eventhaus offiziell eröffnen.

Bereits seit ein paar Tagen war ihre neue Website online, und Ella hatte entsprechende Seiten und Profile in den sozialen Netzwerken eingerichtet oder vielmehr die bestehenden umorganisiert. Es gab sogar schon die ersten Terminanfragen.

Zunächst einmal würden sie aber als eine Art Generalprobe Ellas und Jörns Hochzeit am achten September ausrichten. Deshalb war noch wahnsinnig viel zu tun, denn es sollte eine Gartenhochzeit werden, und die Außenanlagen, die einmal Blütenlaube heißen sollten, waren noch längst nicht fertig.

Ella rotierte dort zusammen mit einer Gärtnerei und einer Gartenarchitektin in jeder freien Minute.

Hannah schüttelte sich, um die Erinnerungen an das vergangene Jahr beiseitezuschieben und in die Gegenwart zurückzufinden. Ihr knurrender Magen half dabei nicht unerheblich. Mist, mit leerem Magen ging man nicht einkaufen! Aber es half nichts. Wenn sie ihren Kühlschrank füllen wollte, musste sie allmählich den Weg in den Supermarkt finden.

Glücklicherweise war der Parkplatz nicht sehr stark frequentiert. Somit würde zumindest kein Gedränge an den Kassen herrschen. Hannah schnappte sich einen Einkaufswagen und machte sich voller Schwung auf den Weg in den Laden. Sie ging gerne einkaufen, wenn sie es in Ruhe tun konnte. Dann hatte sie Muße, Etiketten zu lesen, Inhaltsstoffe zu vergleichen und neue Produkte zu entdecken.

Die Gemüseabteilung war auf den ersten Blick eine Enttäuschung, da die vorherige Kundschaft nicht mehr allzu viel Auswahl übrig gelassen hatte. Doch so etwas empfand Hannah als Herausforderung. Mit etwas Fantasie stellte sie das, was sie fand und noch als frisch genug einstufte, zu bunten Gerichten zusammen, wobei allerdings der reine Gedanke an all die Leckereien das Knurren ihres Magens noch verstärke.

Nachdem sie auch noch ihr Müsli, Kaffee und Kakao im Einkaufswagen verstaut hatte, wollte sie noch rasch ihre Vorräte an Einmach- und Gelierzucker auffüllen. Sie liebte es, Vorräte, Marmeladen und Gelees selbst einzukochen, und die Erdbeerzeit war bereits in vollem Gange.

Sie beschloss, eine Abkürzung durch Gang drei zu nehmen. Deshalb bog sie dorthin ab – und stieß so unsanft mit einem anderen Einkaufswagen zusammen, dass der ihre zur Seite schnellte, ihrem Griff entglitt und mit einem Knall gegen das Regal mit den Suppenkonserven krachte. Scheppernd fielen einige Dosen zu Boden, doch Hannah nahm es kaum wahr, denn fast wie in Zeitlupe prallte der fremde Einkaufswagen gegen ihre Hüfte. Sie hörte, wie jemand »Vorsicht!« rief und gleich darauf »Scheiße!«.

Hannah stieß einen erstickten Schrei aus, geriet ins Taumeln und fand sich im nächsten Moment auf ihren vier Buchstaben wieder. Für einen Moment blieb ihr die Luft weg.

»So ein Mist!« Die Stimme gehörte zu einem hochgewachsenen Mann, der nun neben ihr auftauchte. »Pass doch auf, Mädchen, wo du hinrennst. Hast du dir wehgetan?« Eine Hand erschien vor Hannahs Gesicht.

Benommen hob sie den Kopf und rieb sich gleichzeitig über die schmerzende Hüfte. »Nein, schon gut, es geht schon.«

Erst mit einer Sekunde Verspätung erkannte sie den Mann und die Stimme. »Sie!« Erbost schob sie die hilfreich ausgestreckte Hand beiseite und erhob sich. »Wie oft muss ich Ihnen noch sagen, dass ich kein kleines Mädchen bin?«

»Entschuldigung.« Der Mann hatte sie inzwischen ebenfalls erkannt, und auf seiner Miene erschien ein zerknirschter Ausdruck. »Tut mir wirklich leid, Frau Pettersson! Ist Ihnen wirklich nichts passiert? Soll ich sicherheitshalber einen Arzt rufen?« Er trat mutig näher und berührte sie an der Schulter.

Hannah blickte mit zusammengekniffenen Augen auf seine Hand, bis er sie hastig wieder zurückzog. »Quatsch, ich brauche keinen Arzt. Aber anscheinend Helm und Schutzkleidung, wenn Sie sich in der Stadt aufhalten. Fahren Sie hier die Rallye Monte Carlo, oder was?«

Der Mann strich sich sichtlich verlegen durch sein kurzes dunkelbraunes Haar. »Kann sein, dass ich ein bisschen flott unterwegs war. Alte Gewohnheiten legt man nicht so schnell ab, auch wenn man daran arbeitet.«

»Ach.« Mehr fiel Hannah dazu nicht ein. »Sie sind also tatsächlich nach Lichterhaven zurückgekehrt. Ich dachte, es gefällt Ihnen hier nicht. Arsch der Welt und so ...« Sie maß ihn mit bedeutungsvollen Blicken. Dabei fiel ihr auf, dass er heute ganz anders gekleidet war als vor einem Jahr bei ihrer ersten Begegnung. Damals war er im maßgeschneiderten Designeranzug in der ehemaligen Lichterhavener Volksschule aufgetaucht, in der sie mit Ella und Caroline gerade eine Veranstaltung vorbereitet hatte. Heute trug er schwarze Jeans und ein rot-grau gemustertes Hemd von zwar ganz sicher ausgesuchter Qualität, jedoch irritierend leger. »Wir dachten zuerst, das sei ein Scherz, als Henning uns von Ihren Plänen erzählt hat, hier ein Haus zu kaufen.«

»Wie Sie sehen, war es kein Scherz.« Zu Hannahs grenzenloser Überraschung lachte er. Und was für ein Lachen! Warm, weich und überaus ansteckend. Sie musste sehr an sich halten, um ihre neutrale Miene beizubehalten, doch er sprach bereits weiter: »Wir brauchten einen Tapetenwechsel. Nach allem, was passiert ist, erschien es mir richtig, nicht in Berlin zu bleiben.«

»Wir?« Sie schluckte an ihrer Überraschung. »Sie haben also wirklich die Kinder Ihrer verstorbenen Schwester hierher mitgebracht?«

Seine Augenbrauen wanderten eine Spur nach oben. »Sie sind ja gut informiert.«

»Henning hat uns eingeweiht. Aber abgesehen davon verbreiten sich Neuigkeiten in Lichterhaven immer schnell, besonders solche. Daran müssen Sie sich gewöhnen.«

»Mhm, wahrscheinlich. Für jemanden aus der Großstadt ist das eine ziemliche Umstellung.« Er lächelte leicht. »Übrigens sollten Sie Michelle besser nicht in ihrer Gegenwart als Kind bezeichnen. Darauf reagiert sie in etwa so allergisch wie Sie, obwohl sie erst vierzehn ist.«

»Mit vierzehn ist man ja auch kein Kind mehr.«

»Das teilt sie mir bei jeder sich bietenden Gelegenheit mit.« Hannahs Blick fiel auf den Inhalt seines Einkaufswagens, woraufhin sie hüstelte. »Und deswegen wollen Sie sie jetzt langsam, aber sicher vergiften, oder was?«

»Wie bitte?« Auch Maik Zengler richtete sein Augenmerk auf die Waren, die er zu kaufen beabsichtigte. »Was soll das denn heißen?«

»Das, was ich gesagt oder vielmehr gefragt habe.« Mit spitzen Fingern nahm Hannah ein Fertiggericht aus dem Wagen, legte es aber gleich wieder zurück. »Das wollen Sie den Kids doch nicht wirklich vorsetzen, oder?«

Zu ihrer Überraschung räusperte er sich verlegen. »Momentan schon. Wissen Sie ... Mit meinen Kochkünsten ist es nicht weit her.«

»Ach.« Schon wieder fiel ihr zunächst nicht mehr dazu ein.

»Ich weiß, es ist nicht ideal, aber ehe wir verhungern ... Ich meine, ich kann ja wohl auch nicht jeden Tag Pizza bestellen.«

»Könnten Sie wohl.« Sie verdrehte die Augen. »Das wäre auf Dauer bekömmlicher als dieses Fertigzeugs, bei dem man Vitamine und dergleichen selbst mit viel Fantasie nur erahnen kann. Akbays Gemüsepizza hat da deutlich mehr zu bieten. Oder seine Veggie-Lasagne. Oder seine Salatteller. Oder alles, was man im *Möwennest* auf der Karte findet.«

»Akbay? *Möwennest?* Ich fürchte, ich kann Ihnen nicht ganz folgen.« Nun sichtlich misstrauisch, beäugte er eine Dose Ravioli. »Ich soll das hier also alles nicht kaufen?«

»Nicht, wenn Ihnen Ihre Gesundheit und die der Kids wichtig ist.« Hannah hob die Schultern. »Akbay ist der Seniorchef des *Alibaba*. Das ist in der Lichterhavener Hauptstraße. Und das *Möwennest* ...«

»Daran erinnere ich mich«, fiel er ihr ins Wort. »Ein Bistro nicht weit vom Hafen, oder? Ich soll Ihrer Meinung nach also jeden Tag auswärts Essen bestellen?« Eine Spur Spott schlich sich in seine Stimme. »Kriegen Sie eine Vermittlerprovision, oder was?«

Hannah stellte automatisch bei seinem Tonfall die Stacheln auf. »Nein, ganz sicher nicht. Aber alles ist besser als das da.« Sie wies mit übertrieben angewiderter Miene auf die Dosen und Fertiggerichte. »Nehmen Sie Tiefkühlgerichte. Die geben wenigstens ein bisschen mehr an Inhaltsstoffen her.«

»Tiefkühlgerichte?« Er sah sie fragend an. »Die muss man doch auch kochen.«

»Aufwärmen.« Wieder verdrehte sie die Augen. »Lieber Himmel, das werden Sie doch wohl hinkriegen, oder? Pfanne oder Topf auf den Herd, erhitzen, Tiefkühlgericht hinein und immer wieder umrühren, bis alles gar ist.« Sie legte den Kopf schräg. »Oder können Sie wirklich nur eine Mikrowelle bedienen?«

»Mehr oder weniger«, gab er zu. »Ich hatte bisher kaum jemals Zeit oder Gelegenheit, zu kochen.«

»Und wovon haben Sie sich all die Jahre ernährt? Fast Food?«

»Das oder später gutes Essen aus Restaurants. Es gab etliche in Laufweite der Kanzlei oder auch meiner Wohnung. Mehr als Kaffee und ein paar kalte Getränke brauchte ich selten in der Wohnung zu haben.«

»Wissen das die Leute, die Ihnen erlaubt haben, für zwei Kinder zu sorgen?« Nun herrschte auch in ihrer Stimme der Spott vor. »Das ist ja beinahe schon als grob fahrlässig zu bezeichnen.«

Maik Zengler hustete. »Eine Menge Eltern können nicht gut kochen. Das hat mit Fahrlässigkeit nichts zu tun.«

»Es besteht ein Unterschied zwischen nicht gut und gar nicht«, giftete Hannah zurück. »Wenn ich Sie wäre …«

»Welch ein Glück, dass Sie das nicht sind.«

»Ganz meine Meinung, Herr Dr. Zengler.« Sie verzog unwillig die Lippen. »Trotzdem: Wenn ich Sie wäre, würde ich mir eine Köchin suchen.«

»Sie etwa?«

Entgeistert starrte sie ihn an. »Gott bewahre! Aber entweder eine Köchin oder einen Koch ...«

»Oder?«

»Na, was wohl?« Sie schnappte sich ihren Einkaufswagen. »Lernen Sie selbst kochen!« Damit ließ sie ihn einfach stehen und ging hocherhobenen Hauptes davon.

**

Einigermaßen sprachlos blickte Maik der kleinen rothaarigen Frau nach. Sie war noch eine genauso nervige Giftziege wie damals. Dabei hatte er sich wirklich bemüht, seine frühere Antipathie hinunterzuschlucken, die, wie er inzwischen wusste, von einem viel zu hohen Stresslevel genährt worden war. Was wusste sie schon? Gut, sie war eine ausgebildete Köchin, an Kenntnissen über gesunde Lebensmittel mangelte es ihr also bestimmt nicht. Musste sie ihm das aber derart unverblümt unter die Nase reiben? Ja, er war eine Niete in der Küche, das war ihm bewusst. Und ebenfalls ja, er musste seine Lebensgewohnheiten ändern. Dazu gehörte auch gesünderes Essen. Doch eins nach dem anderen! Er sah sich nicht in der Lage dazu, gleich alles auf einmal anders zu machen. Himmel, er war gerade erst seit ein paar Stunden hier und hatte schon genug damit zu kämpfen, Michelle und Jakob irgendwie zumindest ansatzweise für ihr neues Zuhause zu begeistern. Er bezweifelte, dass ein Frontalangriff mit gesundem Essen der Sache zuträglich wäre.

Verärgert starrte er auf die Konserven und Fertiggerichte in seinem Einkaufswagen. Für den Anfang würden sie es schon tun. Nicht auf Dauer natürlich. Soweit er wusste, hatten die Kinder zuletzt auch nichts großartig anderes bei ihrer Mutter gegessen, dazu war Marianne zu krank gewesen, und außerdem hatte das Geld gefehlt. Eine Hartz-IV-Empfängerin hatte es selbst im besten Falle schwer, ihre Familie zu ernähren. Gesund war da eine Vokabel, die nicht selten auf der Strecke blieb.

In den Wochen, die seit Mariannes Tod vergangen waren, hatte er meistens Essen bestellt, weil er gar nicht dazu gekommen war, sich um eine angemessene Verpflegung zu kümmern. Glücklicherweise hatten Michelle und Jakob zumindest mittags in der Schulmensa essen können, doch das fiel ja nun erst einmal bis zum Ende der Sommerferien weg.

Mit einem unterdrückten Fluch fuhr Maik sich durchs Haar. Dann stellte er alle Dosen und Packungen zurück in die Regale, auch die, die beim Zusammenstoß mit Hannah Petterssons Einkaufswagen zu Boden gegangen waren und die sie geflissentlich ignoriert hatte, wohl, weil sie der Ansicht war, dass der Unfall allein seine Schuld war. Womit sie möglicherweise recht hatte. Er war in alte Muster verfallen. Schnell mal eben einkaufen, hastig von einem Ort zum anderen. Vielleicht, weil er sich fragte, was Jakob und Michelle in seiner Abwesenheit treiben mochten. Oder ob sie noch da waren, wenn er zurückkehrte.

Panik zu schieben, würde weder ihm noch den beiden helfen. Panik war Stress, und Stress führte zu weiterer Panik. Zu Schlaflosigkeit oder dem schweißgebadeten Hochschrecken mitten in der Nacht aus wirren Träumen. Zu Engegefühl in der Brust und Atemnot.

Seufzend schob Maik schließlich seinen Einkaufswagen weiter, der jetzt nur noch Cornflakes, Batterien, zwei Gläser Marmelade, ein Glas Nutella und Vollkorntoastbrot enthielt. In der Tiefkühlabteilung betrachtete er einigermaßen ratlos die verschiedenen Schachteln und Tüten und hoffte dabei inständig, nicht noch einmal Hannah Pettersson zu begegnen.

4. Kapitel

»Das riecht komisch.« Jakob stocherte mit seiner Gabel im Nasi Goreng und rümpfte die Nase. »Und schmeckt auch komisch. Ich will Ravioli haben. Die in Tomatensoße.«

»Ich habe keine Ravioli gekauft«, erklärte Maik und ärgerte sich bereits darüber, dass er gleich alle Konserven im Supermarkt zurückgelassen hatte. »Das hier ist viel gesünder. Da ist Gemüse drin und Reis ... Außerdem können wir nicht jeden Tag aus der Dose essen.«

»Das Zeug ist angebrannt«, bemüßigte sich nun auch Michelle zu meckern. Mit ihrer Gabel deutete sie auf eine zugegebenermaßen sehr dunkelbraune Stelle an ihrem Reis. »In der Schule haben wir gelernt, dass angebranntes Essen nicht gut ist und sogar giftig. Wegen dem Acrylamid, das nämlich beim Anbrennen entsteht. Und davon kann man Krebs kriegen.«

»Iiih! Giftig?« Jakob ließ die Gabel fallen, die daraufhin klirrend auf seinem Teller landete. »Ich will kein Krebs von dem verbrannten Nasizeug!«

Michelle grinste sichtlich zufrieden. »Können wir jetzt was anderes essen?«

»Nein.« Maik wusste nicht, ob er lachen oder fluchen sollte. »Wir essen das, was auf dem Tisch steht.«

»Auch den Salzstreuer?« Michelle feixte. »Und die Untersetzer?«

»Alles, was ihr auf euren Tellern habt«, präzisierte Maik, der wusste, dass Michelle wieder einmal auf Krawall aus war. Darauf durfte er nicht eingehen, so viel hatte er bereits gelernt.

»Aber das Acrylamid!« Wieder deutete sie auf die ange-
brannte Stelle.

»Iss einfach drum herum.« Maik seufzte innerlich, als es
in diesem Moment an der Haustür klingelte. Der melodische
Gong veranlasste Finchen, von ihrem Bettel- und Beobachtungsposten neben dem Esstisch aufzuspringen. Wie der Blitz
raste sie zur Tür und bellte wie verrückt.

*Was war das? Was war das? Da ist jemand. Ich kann ihn
durch die Tür sehen! Ein großer Mann steht da! Was soll ich
jetzt tun? Wau?*

»Finchen!« Maik erhob sich und folgte der aufgeregten
Hündin.

Ja? Wau? Finchen hörte auf, zu bellen, und sah ihn erwartungsvoll an.

»Brav!«, lobte er sofort, weil er gelesen hatte, dass man erwünschtes Verhalten bei Hunden sofort anerkennen sollte.
»Kein Grund zur Aufregung. Da will uns nur jemand besuchen.«

*Nur ist gut! Ich hab mich total erschreckt. Dieses Gong-
Dings ist ziemlich laut. Und jetzt bin ich sooo neugierig, wer
das da draußen ist!* Wild wedelnd und schnüffelnd versuchte
Finchen, ihre Nase in den Türspalt zu strecken, als Maik dem
Besucher öffnete.

»Finchen!«, wiederholte er protestierend, konnte das wu-
selige Airedale-Terrier-Mädchen jedoch nicht zurückhalten.

*Schnüff, ein großer Mann, wie interessant! Riecht gut nach
Kuchen und … hm … einem anderen Hund! Wie spannend!
Und was hat er denn da in dem Plastikkorb mitgebracht? Das
riecht noch besser!*

»Hey, na das ist ja mal eine Begrüßung!« Lachend wich
Henning Magnusson der fröhlich um ihn herumtänzelnden
Hündin aus und hielt gleichzeitig den roten Korb außerhalb
ihrer Reichweite. »Du musst Finchen sein.«

Ja, wau, bin ich. Zeig doch mal, was du da mitgebracht hast.

»Finchen!« Diesmal sprach Maik den Namen mit etwas mehr Nachdruck aus. Gleichzeitig erwischte er ihr Halsband und zog sie sanft von dem Besucher fort. »Schluss jetzt mit dem Affentheater. Lass unseren Gast doch mal reinkommen.«

Menno! Ich bin aber doch so neugierig. Ich will wissen, was da so gut riecht und wer das ist und überhaupt.

»Komm, Finchen! Komm zu mir.« Michelle war ebenfalls näher gekommen und lockte die Hündin erfolgreich zu sich. »Wer ist denn …?« Sie brach ab und starrte den Gast geradezu schockiert an. »Oh, hi«, brachte sie schließlich mit viel zu hoher Stimme hervor und wurde rot.

Maik staunte, ließ sich aber nichts anmerken. »Das ist Henning Magnusson.« Er wandte sich an Henning. »Hallo. Komm doch herein in unsere Chaosbude.«

»Gerne.« Lachend trat Henning ein. »Hallo, Maik. Und du musst Michelle sein.« Er nickte dem Mädchen freundlich zu. »Freut mich sehr, dich kennenzulernen.«

»Ja, äh … Hi«, wiederholte sie und zupfte sichtlich nervös an ihrem schwarzen Shirt herum. »Mich, äh, freut mich auch.«

»Wer ist denn da gekommen?« Nun kam auch Jakob näher und riss bei Hennings Anblick die Augen weit auf. »Boah. Das ist ja Henning Magnusson!«

»Na klar bin ich es.« Lächelnd wandte Henning sich dem Jungen zu. »Und du heißt Jakob, nicht wahr? Euer Onkel Maik hat mir schon eine Menge über euch erzählt.«

»Echt?« Mit großen Augen blickte Jakob zu ihm auf. »Was denn alles?«

»Na, zum Beispiel, dass ihr jetzt bei ihm lebt und dass es bestimmt ein Weilchen braucht, bis ihr euch aneinander gewöhnt habt. Wart ihr beide schon mal hier oben an der Küste?«

»Mh mh.« Jakob schüttelte den Kopf. »Noch nie. Wir waren noch gar nirgendwo außer in Berlin, und Michelle hat gesagt, sie ist hier sofort wieder weg, wenn sie achtzehn wird.«

»Jakob!«, zischte Michelle warnend und wurde erneut rot.

»Was denn?« Jakob drehte sich arglos zu seiner Schwester um. »Das hast du doch gesagt und auch, dass das total lange, schreckliche Jahre werden hier im Kaff und so mit den ganzen Dorftrampeln. Aber ich muss ja noch viel länger hierbleiben, weil es noch zehn Jahre dauert, bis ich achtzehn werde.«

Henning warf Michelle einen aufmerksamen Blick zu. »Dir gefällt es also nicht in Lichterhaven?«

Michelle wand sich sichtlich vor Verlegenheit. »Weiß nicht. Berlin ist viel schöner und besser und so. Hier gibt es doch nichts.«

Henning lachte. »Also nichts ist vielleicht dann doch ein bisschen hart, aber ich verstehe, was du meinst. Berlin ist eine Großstadt, Lichterhaven hingegen … Na ja. Man kann beides nur sehr schwer miteinander vergleichen. Ihr solltet Lichterhaven aber dennoch eine Chance geben. Hier lebt es sich nämlich gar nicht mal so schlecht, und die Menschen sind fast alle sehr nett und geben aufeinander acht. Das hat man in der Großstadt oft nicht so. Da ist alles viel anonymer.«

»Ich brauche niemanden, der auf mich aufpasst.« Allmählich trat Michelles trotzige Haltung wieder zutage. »Das konnte ich in Berlin auch ganz allein.«

»Ganz bestimmt.« Henning lächelte ihr friedfertig zu. »Aber vielleicht stellst du ja irgendwann fest, dass dir auch Lichterhaven ganz gut gefällt.«

»Glaube ich nicht.«

»Fahren Sie auch noch Autorennen?«, mischte Jakob sich ein. »In der Formel 1?«

»Lasst uns doch erst mal an den Tisch zurückkehren«, schlug Maik vor. »Wir waren gerade beim Essen.«

»Ich wollte euch bestimmt nicht stören.« Henning hob den roten Plastikkorb an. »Caro hat mich nur gebeten, das hier herüberzubringen. Sie muss heute Abend noch arbeiten, Vorbereitungen für ein Catering morgen Vormittag. Deshalb konnte sie nicht mitkommen. Aber sie lässt euch herzlich willkommen heißen und viele Grüße ausrichten.«

»Was ist denn da drin?«, wollte Jakob wissen und reckte den Hals, um einen Blick auf das Innere des Korbes zu erhaschen.

»Kuchen und englische Scones.« Henning folgte den dreien ins Esszimmer und sah sich amüsiert um. »Jetzt verstehe ich, was du mit Chaosbude gemeint hast, Maik. Da habt ihr noch eine Menge Kartons auszuräumen.«

»Und das ist nur das Zeug für hier unten.« Maik seufzte. »Oben steht in den Zimmern noch mehr. Setz dich. Kann ich dir etwas anbieten? Bier, Wasser, Cola, Saft?«

»Wenn du ein alkoholfreies Bier dahast, würde ich das nehmen.«

»Klar.« Maik ging zum Kühlschrank und kehrte mit einer Bierflasche für seinen Freund zurück. »Hier, bitte sehr. Wohl bekomm's.«

»Danke.« Henning nahm gleich einen Schluck, dann holte er die Platte mit dem Kuchen und die Schüssel mit den Scones aus dem Korb und stellte beides auf den Tisch.

»Was ist das für Kuchen?«, wollte Jakob wissen. »Brauchen wir dann das Nasidings nicht mehr zu essen?« Hoffnungsvoll sah er zu Maik auf.

»Kuchen ist Nachtisch«, bestimmte er daraufhin. »Erst esst ihr das Nasi Goreng auf.«

»Nasi Goreng?« Henning schmunzelte. »Das ist ein bisschen angebrannt, oder?«

»Nur ganz am Rand ein bisschen.« Maik schoss einen warnenden Blick auf Henning ab.

»Aber unsere Lehrerin hat gesagt, dass das Acrylamid giftig ist«, warf Michelle sofort ein.

»Genau«, pflichtete Jakob ihr bei. »Und der Kuchen sieht nicht verbrannt aus und ist bestimmt ganz viel leckerer.«

»Trotzdem gibt es den Kuchen erst zum Nachtisch.« Maik war entschlossen, sich durchzusetzen.

»Aber das Nasidings auf meinem Teller ist schon ganz kalt«, protestierte Jakob.

»Dann misch es mit ein bisschen aus der Pfanne.« Maik gab dem Jungen einen Löffel voll von der asiatischen Reis-Gemüse-Pfanne auf den Teller. »Das ist noch warm.«

»Aber das schaffe ich nicht alles!«

Maik lächelte fein. »Wenn du das bisschen nicht schaffst, wie soll denn dann noch Kuchen in dich reinpassen?«

»Kriege ich Kuchen, wenn ich das hier esse?« Hoffnungsvoll schielte Jakob zu der Kuchenplatte hin.

»Ja, selbstverständlich«, bestätigte Maik. »Du auch, Michelle.«

»Na gut, aber du bist schuld, wenn ich eine Acrylamid-Vergiftung kriege.« Missmutig begann Michelle, ihre Portion zu essen. Nach kurzem Zögern tat Jakob es ihr schließlich gleich.

»Das ist übrigens Rosenkuchen mit Quark-Kirsch-Füllung«, erklärte Henning. »Eine von Caros Spezialitäten. Und für die Scones hat sie Blaubeeren anstatt Rosinen genommen.«

»Bäh, Rosinen mag ich nicht«, nuschelte Jakob zwischen zwei Bissen Nasi Goreng. »Aber Blaubeeren sind lecker.«

»Dann hatte Caro ja den richtigen Riecher.« Henning schmunzelte. »Um auf deine Frage von vorhin zurückzukommen: Nein, ich fahre keine Autorennen mehr. Diese Zeiten liegen hinter mir. Ich habe jetzt eine große Autowerkstatt, in der ich für die Leute in Lichterhaven und Umgebung Autos repariere, und nebenher restauriere ich Oldtimer. Wenn du Lust hast, kannst du mich gerne mal besuchen kommen und dir alles ansehen.«

»Klar!« Jakob sah Maik an. »Darf ich?«

»Aber sicher doch.« Maik nickte, froh, dass der Junge Interesse zeigte.

»Die Einladung gilt auch für dich, Michelle«, sprach Henning das Mädchen an. »Interessierst du dich für Oldtimer?«

Michelle zuckte mit den Achseln. »Weiß nicht. Ich glaube, nicht so.«

»Na, vielleicht kommt das noch. Ihr dürft euch gerne jederzeit alles anschauen. Und kommenden Monat biete ich in den Ferien einen kleinen Grundkurs in Automechanik für Kinder und Jugendliche an. Das war Ellas und Jörns Idee. Jörn macht ja schon viel mit der Kinder- und Jugendfeuerwehr, und irgendwie kamen wir dann neulich darauf, dass es sinnvoll wäre, den jungen Leuten auch ein bisschen was über Motorräder und Autos beizubringen. Zum Beispiel, wie man einen Reifen, Wasser und Öl wechselt und so etwas alles. Viele junge Leute hier im Ort machen Mofa- und Roller- oder Motorradführerscheine, bevor sie mit dem Autofahren anfangen. Da können solche Grundkenntnisse von Vorteil sein. Jörn organisiert auch wieder einen Erste-Hilfe-Kurs, der sogar für die verschiedenen Führerscheinprüfungen anerkannt wird.« Er suchte Michelles Blick. »Hast du schon mal so einen Kurs gemacht?«

»Erste Hilfe?« Sie schüttelte den Kopf. »Nein. Und Autos und so interessieren mich auch nicht so dolle.«

»Aber Formel 1 hast du auch schon oft geguckt«, warf Jakob ein. »Ganz oft sogar.«

»Das ist doch was anderes.« Nun war Michelle eindeutig wieder verlegen.

»Weil du immer die Fahrer anguckst und süß findest.« Jakob grinste breit.

»Gar nicht!« Michelles Wangen färbten sich dunkelrot.

»O wohl!« Der Junge deutete auf seinen Teller. »Ich hab aufgegessen. Krieg ich jetzt von dem Kuchen?«

***

»Da hast du dir ja zwei Hände voll Arbeit und Probleme an-gelacht«, befand Henning etwas mehr als eine halbe Stunde später. Michelle und Jakob waren nach dem Essen nach oben in ihre Zimmer verschwunden, um weiter Kartons auszuräumen. Finchen hatte sich Maik zu Füßen gelegt und beobachtete ihn aus halb geschlossenen Augen.

»Ich fürchte, zwei Hände reichen da nicht.«

»War es wirklich klug, die beiden Kids zu dir zu nehmen?« Henning musterte ihn skeptisch. »Immerhin hast du gerade erst einen Burn-out hinter dir. Ob da die Sorge für die Kinder deiner Schwester wirklich heilsam ist?«

»Wer soll sich denn sonst um die beiden kümmern?« Maik blickte kurz zur Zimmerdecke hoch. »Die Väter der beiden sind unbekannt, und Mariannes und mein Vater ist nun auch nicht wirklich als Vormund geeignet. Dafür können die bei-den aber nichts. Sie haben ihre Mutter verloren, die, warum auch immer, mich in ihrem Testament als Sorgeberechtigten eingesetzt hat. Hätte ich das ignorieren und die Kinder ins Heim geben sollen?« Seine Stimme war eine Spur lauter ge-worden. »Hättest du das getan?«

»Ich weiß es nicht.« Henning hob die Schultern. »Nein, wahrscheinlich nicht. Sie gehören zu deiner … Nein, sie sind jetzt deine Familie. Deine Schwester ist wohl davon ausgegan-gen, dass ihre Kinder es bei dir am besten haben würden. Du verdienst gut, bist ein ordentlicher Kerl … Mit deinem Burn-out hat sie bestimmt nicht gerechnet. Aber du darfst es nicht au-ßer Acht lassen. Mag sein, dass du dem Stress der Großstadt und der dortigen Kanzlei den Rücken gekehrt hast, aber zwei Kids sind eine große Verantwortung, die du nun lebenslänglich auf dich genommen hast.« Er warf einen Blick auf Finchen. »Von der Kleinen hier ganz zu schweigen.« Ein Grinsen erschien auf seinen Lippen. »Ich hätte nie gedacht, dass du mal auf den Hund kommen würdest – oder auf ein Leben in der Provinz.«

»Ich auch nicht«, gab Maik freimütig zu. »Mit meiner Therapeutin habe ich sehr ausführlich darüber geredet, und das werde ich hier wohl noch eine Weile fortsetzen. Ich habe übermorgen einen Termin bei Frau Dr. Scholz.«

»Nasira hat einen guten Ruf als Psychologin.« Beifällig nickte Henning. »Wir sind zusammen zur Schule gegangen. Nicht in dieselbe Jahrgangsstufe, aber hier in Lichterhaven kennt man sich halt. Ich hoffe, sie kann dir helfen.«

»Meine Therapeutin in Berlin hat sie mir empfohlen. Offenbar haben die beiden zusammen studiert.« Maik griff nach seinem Bier. »Aber genug von mir. Wie läuft es bei dir Schrägstrich euch?«

»Es könnte kaum besser sein.« Ein versonnenes Lächeln breitete sich auf Hennings Gesicht aus. »Nachdem Caro begriffen hatte, dass ich es bitterernst mit ihr meine, ist sie für die Aussicht, den Rest ihres Lebens mit mir zu verbringen, mehr als aufgeschlossen. Wir haben sogar in einigen Wochen so eine Art Date …« Das Lächeln vertiefte sich. »Sagen wir mal so: Ich bin auf alles vorbereitet.«

»Auf alles?« Aufmerksam musterte Maik seinen Freund. »Das klingt sowohl kryptisch als auch vielversprechend. Sind Glückwünsche angebracht?«

»Noch nicht, aber ich gebe dir sofort Bescheid, wenn dieser Zustand sich ändert.« Henning lachte. »Erst mal müssen wir Ella und Jörn unter die Haube bringen. Der Hochzeitstermin ist am …«

»Achten September, ich weiß. Ich bin eingeladen. Oder vielmehr wir sind es.« Maiks Blick wanderte kurz in Richtung Treppe. Hin und wieder waren von oben ein Rumpeln und Schritte zu hören.

»Die drei Frauen waren extrem fleißig. Sie wollen die Hochzeit als Generalprobe vor der Eröffnung des Eventhauses nutzen. Wenn ich kann, helfe ich ebenfalls, aber da Ella so unglaublich gut organisiert ist und alles im Griff hat, bleiben mir meist nur noch die Botengänge oder niedere Arbeiten.« Schmunzelnd griff auch er nach seinem Bier und nahm einen Schluck. »Du kannst dir nicht vorstellen, wie geschickt ich inzwischen mit dem Besen und dem Kehrblech bin.«

Maik stieß ein erheitertes Schnauben aus. »Das muss ich mir bei Gelegenheit live ansehen.«

»Tu dir keinen Zwang an. Aber wundere dich nicht, wenn du eins, zwei, drei ebenfalls einen Besen in der Hand hast. Oder eine Malerrolle. Oder was immer gerade anliegt.«

»Ich weiß mich meiner Haut schon zu erwehren«, behauptete Maik im Brustton der Überzeugung.

Henning grinste nur. »Wie du meinst. Aber sag hinterher nicht, ich hätte dich nicht gewarnt. Ella hat manchmal etwas von einem Feldwebel an sich. Caro übrigens auch, wenn sie in Fahrt gerät.« Es war ihm anzusehen, dass er diese Eigenschaft an den beiden Frauen sehr schätzte. »Wenn du ihnen entkommen willst, musst du dich in der Küche bei Hannah verstecken. Sie ist mit Abstand die Sanftmütigste von den drei *Foodsisters.*«

Maik, der gerade getrunken hatte, verschluckte sich und hustete. »Hannah? Sanftmütig?« Diese Bezeichnung für die kleine Rothaarige hätte in seinen Augen nicht unpassender sein können.

Verwundert runzelte Henning die Stirn, doch dann schien er sich an den Vorfall vor einem Jahr zu erinnern, bei dem Maik und Hannah äußerst unschön aufeinandergestoßen waren. »Ach so, stimmt, sie war nicht sehr begeistert von dir.« Er feixte. »Daran hattest du allerdings nicht unbeträchtliche Schuld, so, wie du dich damals aufgeführt hast.«

»Ich weiß.« Missmutig blickte Maik auf das Etikett der Bierflasche, das sich an einer Ecke wellte. Mit dem Daumen begann er, daran herumzuspielen.

»Ich wusste damals schon, dass etwas mit dir nicht stimmt«, fuhr Henning fort. »Das waren bereits die Vorboten des Burnouts. Anders ist nicht zu erklären, wie wenig diplomatisch du auf sie reagiert hast. Das wäre dir früher nicht passiert.«

»Ich weiß«, wiederholte Maik. Das Etikett löste sich immer mehr von der Flasche.

»Aber das ist nun schon so lange her, dass sie dir inzwischen bestimmt verziehen hat.«

»Wohl kaum.«

Henning lachte auf. »Hey, unterschätz sie mal nicht.«

»Keine Sorge, das tue ich nicht.«

»Hannah ist eine tolle Frau. Unheimlich liebenswürdig und top in ihrem Job. Und das sage ich nicht nur, weil es sich reimt. Bestimmt kriegst du noch eine Chance, deinen guten Ruf bei ihr zu verteidigen, wenn ihr euch das nächste Mal trefft.«

Maik hüstelte. »Schon geschehen. Hat nicht funktioniert.«

»Was?« Verblüfft richtete Henning sich auf. »Wo seid ihr euch denn so schnell begegnet? Ihr seid doch noch gar nicht lange hier.«

»Heute Abend im Supermarkt.«

»Oh. Aha. Und was hast du angestellt, dass sich ihr schlechter Eindruck von dir verfestigen anstatt auflösen konnte?«

»Nichts!« Maik seufzte ergeben. »Sie ist mit ihrem Einkaufswagen in mich reingerasselt.«

»Autsch!«

»Kann sein, dass sie mich dabei auf dem falschen Fuß erwischt hat.« Mit wenigen Worten schilderte Maik den Vorfall und nahm pikiert zur Kenntnis, dass Henning sich vor Lachen bog. »So witzig ist die Sache nun auch wieder nicht.«

»Doch, unsagbar!« Henning rang nach Atem. »Du scheinst ja ein ausgesprochenes Talent zu haben, die arme Hannah auf die Palme zu bringen. Sie kann dich also nach wie vor nicht ausstehen?«

»Sie hat den Inhalt meines Einkaufswagens bekrittelt.«

»Ah.« Endlich schien Henning sich wieder beruhigt zu haben. »Woraus bestand dieser Inhalt?«

Wieder hüstelte Maik. »Konserven, Fertiggerichte, so was halt.«

Henning prustete erneut los. »Für eine versierte Köchin wie Hannah natürlich ein rotes Tuch.« Sein Blick fiel auf die Reste der asiatischen Gemüsepfanne auf dem Tisch. »Warte mal. Sag bloß, sie konnte dich überreden, stattdessen was anderes einzukaufen? Weiß sie, dass du sogar Wasser anbrennen lässt?« Er wischte sich eine Lachträne aus dem Augenwinkel.

»Sie hat mir nahegelegt, einen Kochkurs zu belegen.«

»Bei ihr?« Ruckartig hob Henning den Kopf.

»Gott bewahre, nein!« Entsetzt hob Maik beide Hände. »Das fehlt mir gerade noch.«

»Ihr vermutlich ebenfalls. Nicht, dass sie dich vergiftet.« Grinsend erhob Henning sich. »Ich mache mich jetzt mal wieder vom Acker. Hast du am Samstagnachmittag Zeit?«

»Ich schätze schon.« Auch Maik erhob sich und begleitete seinen Freund zur Tür. »Wenn du mir sagst, wofür.«

»Wir bauen einen neuen Festwagen für die Kinder- und Jugendfeuerwehr für das große historische Stadtfest Mitte Juli. Der reguläre Festwagen der Feuerwehr muss ebenfalls auf das diesjährige Motto angepasst werden. Lichterhaven in den 1970er-Jahren, mit Schlaghosen, Discomusik und allem Drum und Dran. Da können wir jede helfende Hand brauchen.«

»Ich bin aber doch gar nicht bei der Feuerwehr.«

Henning winkte ab. »Das ist keine Bedingung, um helfen zu dürfen. Und wer weiß, vielleicht bekommst du ja Lust, irgendwann beizutreten. Die freiwillige Feuerwehr ist immens wichtig und braucht viel Unterstützung.«

Ein mulmiges Gefühl breitete sich in Maiks Magengrube aus. War er für so etwas überhaupt schon bereit? »Ich weiß nicht recht. Michelle und Jakob sind ja auch noch da, und ich will die beiden in der ersten Zeit nicht so oft und so lange sich selbst überlassen. Das wird schon schwierig, wenn ich nächste Woche meine neue Arbeitsstelle in der Kanzlei antrete.«

»Schon klar.« Henning nickte ihm verständnisvoll zu. »Bring die beiden doch einfach mit. Das ist die beste Gelegenheit, ein paar Lichterhavener kennenzulernen. Es werden Kinder in Jakobs Alter dabei sein und auch jede Menge Teenager, und natürlich wird unsere aktive Truppe fast vollzählig versammelt sein. Im Anschluss an die Arbeit an den Festwagen wird gegrillt. Es gibt wohl kaum eine bessere Gelegenheit, erste Kontakte zu knüpfen – für euch alle drei.«

»Du machst es mir schwer, ein Gegenargument zu finden.«

Henning lächelte leicht. »Ich nehme das als Zusage und gebe Jörn Bescheid, dass ihr kommt. Also mach's gut. Man sieht sich.«

Ehe Maik reagieren konnte, war Henning bereits draußen und ging die Straße hinab. »Grüß Caroline von uns, und sag ihr Danke für den Kuchen und die Scones«, rief er ihm etwas verspätet hinterher.

Henning hob daraufhin nur noch einmal kurz die Hand, drehte sich aber nicht um, sondern war kurz darauf um die Wegbiegung verschwunden.

Nanu, wo ist denn der Henning-Mann hin? Finchen tauchte neben Maik auf und stupste ihn mit ihrer kalten Nase an. *Ähm, Herrchen? Ich muss noch mal. Außerdem riecht es draußen so interessant, ganz anders als da, wo wir sonst sind. Gehen wir spazieren?* Sie wedelte heftig und blickte erwartungsvoll zu Maik auf.

»Na, was ist denn, Finchen? Willst du noch mal raus?«

Ja, ja, ja! Nun wedelte die junge Hündin wie wild und begann, auf und ab zu hüpfen. *Lass uns raus-, raus-, rausgehen! Hopp, schnell!*

»Schon gut, schon gut.« Lachend nahm Maik Leine und Geschirr vom Haken an der Garderobe. »Jakob? Michelle?«, rief er, während er versuchte, Finchen das Geschirr überzustreifen. »Wollt ihr mit? Ich gehe noch mal mit Finchen raus. Halt doch mal still! Du zappelst ja schlimmer als ein Sack Flöhe.«

Ich freue mich doch nur so aufs Spazierengehen. Da kann ich unmöglich stillhalten. Wiff!

»Jakob? Michelle?« Maik trat an die Treppe.

»Keine Zeit«, kam es etwas muffelig von Michelle. »Muss mein Zimmer einrichten.«

Jakob kam zum oberen Treppenabsatz. »Muss ich auch, oder?« Unsicher blickte er über die Schulter zu Michelles Zimmertür.

»Ihr dürft ruhig eine Pause machen.« Endlich hatte Maik alle Verschlüsse geschlossen und die Leine am Geschirr eingehakt. »Ihr werdet doch sowieso heute nicht fertig. Also los, zieht eure Jacken an, und los geht's.«

»Okay.« Jakob rannte bereitwillig die Stufen hinab.

»Muss ich echt?« Michelle erschien oben an der Treppe, in der Hand ihr Smartphone. »Ich chatte gerade mit meinen Freunden.«

Maik war sich nicht sicher, wie er reagieren sollte, entschied sich dann aber für Strenge. »Komm schon, ein halbes Stündchen wirst du es wohl draußen aushalten.«

»Echt jetzt?« Michelle zog einen Flunsch, tippte in Windeseile etwas auf ihrem Smartphone und kam schließlich die Treppe herab. »Wird es nicht bald dunkel?«

»Das dauert noch eine ganze Weile.« Aufmunternd reichte Maik ihr die blaue Windjacke und warf sich seine über. »Na los, schauen wir uns mal die Nordsee an.«

»Die sieht man bestimmt jetzt gar nicht.« Michelle nahm Maik die Leine aus der Hand. »Ist jetzt nicht bald Ebbe? Heute Nachmittag war Flut.«

»Na, dann schauen wir uns eben das Watt an.«

Maik schob sich den Schlüsselbund in die Hosentasche. »Was meinst du, Jakob?«

»Ist dann echt das ganze Meer weg?«, wollte der Junge wissen. »Das habe ich mal im Fernsehen gesehen. Wohin geht denn das ganze Wasser und warum?«

»Das hat etwas mit der Mondanziehung zu tun«, versuchte Maik sich an einer Erklärung. »Dadurch wird hier an der Nordseeküste ...«

»Das Meer ist ständig in Bewegung«, unterbrach Michelle ihn. »Der Mond hat ein Magnetfeld wie die Erde, und damit sorgt er dafür, dass sich das Wasser ständig vor und zurück bewegt. Draußen auf dem Meer merkt man das nicht so, weil da der Unterschied nur so zwanzig bis dreißig Zentimeter beträgt, aber an den Küsten ist der Unterschied so stark, dass bei Ebbe gar kein Wasser zu sehen ist. Die Gezeiten, also Ebbe und Flut, wechseln grob gerechnet alle sechs Stunden, weil durch die Gravitationskräfte des Mondes das Wasser angezogen wird. Auf der dem Mond zugewandten Seite sind diese Kräfte stärker als die Fliehkräfte, deshalb entstehen die Flutberge. Auf der mondabgewandten Seite ist es genau andersherum, deshalb entstehen Ebbtäler, wenn sich dadurch die Wassermassen wieder in die andere Richtung bewegen, und natürlich auch wieder ein Flutberg auf der gegenüberliegenden Seite. Die Erde dreht sich dabei immer weiter und sozusagen immer unter diesen Flutbergen durch. Deshalb haben wir zweimal am Tag Ebbe und zweimal Flut, immer abwechselnd.« Michelle begleitete ihre Erklärungen mit ausholenden Handbewegungen. »Irgendwie hebt sich dabei auch die Erdkruste und senkt sich wieder, aber das habe ich nicht ganz kapiert.«

»Wow.« Maik sah sie beeindruckt an.

»Was?« Michelle tat, als wäre nichts. »Ich kann zufällig lesen.«

»Das bezweifle ich nicht«, erwiderte Maik. »Ich hatte nur nicht gedacht, dass du dich so sehr für die Gezeiten interessierst.«

Michelle zuckte nur lässig mit den Achseln. »Das tue ich auch nicht. So was gehört zur Allgemeinbildung.«

»Ach so.« Sicherheitshalber ging Maik nicht weiter darauf ein.

»Und was ist, wenn der Mond hinter den Wolken versteckt ist?«, wollte Jakob wissen. »Gibt es dann keine Flut und Ebbe?«

»Quatsch, Dummerchen.« Michelle blickte ein klein wenig herablassend auf ihren kleinen Bruder hinab. »Das funktioniert immer. Der Mond ist so weit weg, den stören ein paar Wolken nicht. Magnetfelder gehen da ganz einfach durch, so als wären die Wolken gar nicht da.«

Inzwischen hatten sie die Deichmauer erreicht und stiegen hintereinander hinauf. Oben angekommen, fuhr eine heftige Windbö sie an. Mittlerweile schien die Sonne, stand aber schon recht tief. Der Wind hatte jedoch nicht nachgelassen, deshalb zog Maik sich die Kapuze seiner Windjacke über und zurrte den Kragen fest um seinen Hals. »Jakob, zieh bitte auch deine Kapuze über. Nicht, dass du morgen Ohrenschmerzen hast.«

»Dahinten laufen aber Leute, die alle keine Kapuze aufhaben«, protestierte Jakob.

»Das sind vermutlich Einheimische«, erklärte Maik. »Die sind an den ständigen Wind gewöhnt. Wir aber nicht. Also müssen wir uns dagegen vorläufig noch schützen.«

»Na gut.« Leise maulend nestelte Jakob sich seine Kapuze über die Ohren und zurrte sie fest.

Zu Maiks Überraschung hatte Michelle sich sofort ihre Kapuze übergezogen. Aber wahrscheinlich wollte sie einfach verhindern, dass ihre Frisur zerzaust wurde. Er hatte sie bisher zwar nicht als besonders eitel kennengelernt, aber immerhin schminkte sie sich bereits, manchmal in ziemlich grellen Farben.

»Wollen wir ein Stück Richtung Zentrum gehen oder lieber in die andere Richtung?«, wandte Maik sich an die beiden.

»Mir egal.« Beide Geschwister hatten gleichzeitig gesprochen.

Innerlich seufzend entschied Maik sich dafür, in Richtung Westen zu gehen und sich damit etwas von Lichterhaven zu entfernen. Ein Gesprächsthema fiel ihm nicht ein, deshalb schwieg er zunächst und überließ die beiden ihren Gedanken, während er selbst versuchte, sein inneres Gleichgewicht zu finden. Der Tag war anstrengend gewesen, was ihm sonst niemals aufgefallen wäre. Er hatte monate- und jahrelang ständig unter Strom gestanden, und so etwas wie Erschöpfung hatte er nicht gekannt. Erst im vergangenen Jahr, praktisch von jetzt auf gleich, hatte ihn eine schwere Grippe umgehauen, und danach hatte er sich nicht mehr richtig erholt. Er hatte Herz- und Atembeschwerden bekommen, zunehmend unter Schlaflosigkeit und Panikattacken gelitten. Es hat eine Weile gedauert, bis er sich eingestanden hatte, dass sein Körper ihm offenbar zeigen wollte, dass es so nicht weiterging.

Er hatte sich von seinem Hausarzt durchchecken lassen, der ihn wiederum auf direktem Wege zu einer Psychotherapeutin geschickt hatte. Die Diagnose – Burn-out – war Maik anfangs als vollkommen irrwitzig erschienen. So etwas bekamen nur andere. Doch inzwischen wusste er, dass er nicht das kleinste bisschen anders war als diese anderen. Er hatte zu lange auf der Überholspur gelebt, ohne Rücksicht auf Verluste und vor allem ohne Rücksicht auf sich selbst.

Ausgerechnet als er sich wieder berappelt hatte, war Marianne gestorben. Damit war ihm erneut innerhalb von weniger als einem Jahr der Boden unter den Füßen weggezogen worden. Ihm war klar, und ganz sicher nicht erst, seit Henning ihn darauf aufmerksam gemacht hatte, dass die Verantwortung für die beiden Kinder in seiner Situation nicht unbedingt heilsam war. Er war gerade erst auf dem Weg, sich wieder zu erholen und mit sich selbst klarzukommen. An ein Leben, wie er es früher gelebt hatte, war zukünftig nicht mehr zu denken, wenn er nicht riskieren wollte, dass er in einigen Jahren einem Herzinfarkt erlag. Das allein, die Tatsache, dass er sein Leben vollkommen neu ausrichten musste, war für ihn schon schwierig genug zu verkraften. Nun kam auch noch die Sorge für zwei junge Menschen dazu, und er würde sie wohl kaum wieder abgeben können. Das wollte er auch gar nicht, dazu fühlte er sich zu sehr verantwortlich für die beiden.

Seine Halbschwester hatte ein unglaubliches Vertrauen in ihn gesetzt, indem sie diese Sorgerechtsverfügung in ihr Testament aufgenommen hatte. Er hätte wirklich gerne gewusst, was sie sich dabei gedacht hatte, was in ihr vorgegangen war. Und warum hatte sie ihn nie darüber informiert? Wahrscheinlich hatte sie nicht damit gerechnet, dass es einmal zu diesem Ernstfall kommen würde. Aber wer tat das schon? Wer rechnete wirklich damit, so früh zu sterben? Zwar war sie krank gewesen, aber er wusste, dass Multiple Sklerose heutzutage mitnichten ein Todesurteil war. Zumindest nicht bei einem jungen und ansonsten gesunden Menschen. Es gab Behandlungsmethoden, Medikamente ... Vieles davon hatte sie sich vermutlich nicht leisten können. Er fragte sich, ob er sie unterstützt hätte, wenn sie ihn um Hilfe gebeten hätte. Wahrscheinlich hätte er das getan. Er war zwar ein notorischer Workaholic gewesen, aber weder kalt noch herzlos. Er hatte schlicht und ergreifend nicht gewusst, in welcher prekären finanziellen Lage sie sich befunden hatte.

Wie es zu der Überdosis an Medikamenten gekommen war, die den Tod durch Herzstillstand verursacht hatte, konnte niemand mit Sicherheit sagen. Es hatte zwar eine Obduktion gegeben, die jedoch keine weiteren Aufschlüsse über den Hergang ihres Ablebens geliefert hatte, sah man einmal davon ab, dass sie mehr als die doppelte Menge ihrer üblichen Medikamente eingenommen hatte. Auch Schmerzmittel waren in ihrem Blutkreislauf nachgewiesen worden. Deshalb ging die Staatsanwaltschaft von einem Selbstmord aus. Maik konnte sich das nicht vorstellen, denn er glaubte nicht, dass seine Schwester es fertiggebracht hätte, ihre beiden Kinder einfach so im Stich zu lassen. Andererseits war natürlich nicht auszuschließen, dass sie durch ihre beständigen Schmerzen und die schwierige wirtschaftliche Situation in eine Depression abgeglitten war.

Für Michelle und Jakob war es natürlich ganz besonders schwierig, sich mit solchen Gedanken auseinanderzusetzen. Hatte ihre Mutter sie, so unfassbar es auch klingen mochte, im Stich gelassen, um ihnen ein besseres Leben zu ermöglichen? Oder war das Ganze tatsächlich nur ein fürchterlicher, tragischer Unfall gewesen? Diese Fragen würde niemand jemals beantworten können. So etwas wie einen Abschiedsbrief gab es nicht, was für Maik dafürsprach, dass ein Selbstmord eher unwahrscheinlich war. Aber was wusste er schon über die Gefühle und Gedanken seiner Schwester? Gar nichts. Er hatte sie schlicht und ergreifend nicht gekannt.

Also irgendwie ist es gerade ziemlich langweilig mit euch. Spazieren gehen macht doch eigentlich Spaß. Sollen wir nicht etwas spielen? Finchen stupste Michelle an und wedelte auffordernd mit der Rute. *Wir könnten ein bisschen rennen oder mal schauen, was dahinten auf dieser großen weiten Fläche so los ist. Da glitzert es so interessant und sieht matschig aus. Außerdem riecht es so merkwürdig. Das würde ich gerne näher untersuchen.*

»Ich glaube, Finchen ist langweilig.« Jakob tätschelte das Airedale-Terrier-Mädchen am Kopf.

Aha, endlich bemerkt es mal jemand! Finchen stieß ein kurzes Bellen aus und wedelte noch mehr.

»Darf ich mal die Leine nehmen?« Auffordernd streckte der Junge seine Hand in Michelles Richtung aus. »Ich könnte ein bisschen mit ihr rennen.«

»Von mir aus. Hier.« Michelle drückte ihrem kleinen Bruder die Leine in die Hand.

»Warte!« Maik hielt Jakob am Ärmel seiner Jacke fest, bevor dieser losstürmen konnte. »Ich dachte, wir schauen uns zusammen das Watt an. Das habt ihr doch noch nie von Nahem gesehen, oder?« Er deutete auf eine der Treppen, die alle hundert Meter vom Deichweg hinunter zu den Schafwiesen und dem Uferweg führten. »Lasst uns mal dort hinuntergehen. Laufen kannst du mit Finchen gleich immer noch.«

Wieder maulte Jakob ein bisschen, fügte sich jedoch und folgte Maik die Stufen hinab. Auch Michelle kam ihnen nach, wenn auch etwas langsamer.

»Hier ist ja echt nix los«, brummte sie vor sich hin. »Keine Menschenseele weit und breit. Wie kann man das nur aushalten? Da wird man ja verrückt.«

»Das kommt dir nur so vor«, erwiderte Maik. »Du bist den Lärm der Großstadt gewohnt. Da geht es mir ganz ähnlich wie dir. Aber tu doch einfach mal nur so, als wäre dies ein Urlaub. Dann würdest du die neuen Eindrücke doch bestimmt auch genießen, oder etwa nicht?«

»Das ist aber kein Urlaub!« Erbost funkelte Michelle ihn an. »Wir müssen jetzt hier wohnen. Für immer. Am Arsch der Welt.«

Jakob gluckste.

»Na, na, Michelle. Ganz so schlimm ist es nun auch wieder nicht.« Maik suchte ihren Blick. »Du weißt, dass ich gute Gründe hatte, mit euch hierherzuziehen. Wir brauchen alle einen Tapetenwechsel. Wenn es wirklich nicht funktionieren sollte, können wir uns immer noch etwas anderes überlegen. Aber wir sollten uns mindestens ein Jahr Zeit geben, um herauszufinden, ob es uns in Lichterhaven nicht doch gut gefallen könnte.«

»Wenn es uns also in einem Jahr immer noch nicht hier gefällt«, hakte Michelle mit lauerndem Blick nach, »kehren wir dann nach Berlin zurück?«

Da sie inzwischen den Uferweg erreicht hatten, blieb Maik stehen und blickte auf das Watt hinaus. Das Wasser hatte sich schon weit zurückgezogen, war in der Ferne aber immer noch glitzernd im Abendsonnenschein zu erkennen. »Ich würde sagen, das entscheiden wir, wenn es so weit ist. Ich möchte, dass ihr Lichterhaven eine Chance gebt. Ich weiß selbst, dass es wie eine Art Kulturschock auf euch wirken muss. Wie gesagt, da geht es mir sehr ähnlich. Ich war schon immer ein Großstadtmensch. Doch Menschen können sich ändern, manchmal müssen sie es sogar. Ich wäre auch ohne euch von Berlin fortgegangen. Vielleicht hierher, vielleicht auch nicht, aber nun hat es sich eben so ergeben. Ich glaube bestimmt, dass es euch mit der Zeit hier gefallen wird. Ihr müsst euch nur erst einmal eingewöhnen.«

»Ich habe aber keine Lust, mich einzugewöhnen.« Michelle verschränkte die Arme vor der Brust. »Hier gibt es nichts, hier ist nichts los, und die Dorftrampel sind fürchterlich.«

»Woher willst du das eigentlich wissen? Du kennst doch noch niemanden, mal abgesehen von Henning. Und es kam mir nicht so vor, als ob du ihn fürchterlich finden würdest.«

Michelle schnaubte erbost. »Der Typ, dem ich heute Nachmittag begegnet bin, als ich mit Finchen draußen war, hat mir schon gereicht! Total eingebildet und von oben herab, so als ob es ein Privileg wäre, ein Bauerntrampel zu sein.«

Verblüfft sah Maik sie von der Seite an. »Was denn für ein Typ? Davon hast du noch gar nichts erzählt.«

»Na, der Typ, der heute Nachmittag mit dem großen Traktor über die Wiese gegenüber gefahren ist und das Gras …«, sie schien nach dem richtigen Wort zu suchen, »gewendet hat.«

»Mit dem hast du gesprochen?« Interessiert musterte Maik sie.

»Nur weil er mich angemotzt hat. Woher sollte ich auch wissen, dass er es so verdammt eilig hatte? Er hat getan, als wäre ich die größte Transuse der Welt. Dabei hat er überhaupt keine Ahnung. Und überhaupt, was weiß der schon?«

Schmunzelnd blickte Maik wieder auf das Watt hinaus. »Auch wenn du nicht gleich am ersten Tag deinen besten Freund gefunden hast, bedeutet das doch nicht, dass es hier nicht viele nette junge Leute gibt. Möglicherweise hatte er auch einfach einen schlechten Tag.«

»Mir doch egal!« Trotzig schob Michelle das Kinn vor. »Wenn die hier alle so sind wie der Typ, dann halte ich es keine zwei Wochen aus.«

»Warten wir's doch erst einmal ab«, schlug Maik vor. Dann wechselte er sicherheitshalber das Thema. »Seht mal, sieht das nicht großartig aus?« Er wies auf die stille Weite des Wattenmeeres. Die Sonne stand schon sehr tief und würde bald untergehen. Dennoch schossen immer noch Möwen um sie drei herum und stießen dabei ihre unverkennbaren Schreie aus. »Ich könnte mal nachfragen, wann hier geführte Wattwanderungen stattfinden«, schlug er vor. »Oder auch Fahrten zu den Seehundbänken. Ich habe gelesen, dass die sehr lehrreich sein sollen. Hennings Freund Jörn ist Kapitän auf einem Ausflugskutter und kann uns bestimmt eine Menge über das Wattenmeer und die Tierwelt erzählen.« Er kam sich seltsam vor, denn bislang hatte er sich selbst noch nie für so etwas interessiert. Doch wenn er wollte, dass Lichterhaven ihr Zuhause wurde, dann war es wohl nur richtig und wichtig, sich ein bisschen über die Umgebung und die Gegebenheiten zu informieren. Über die Nordseeküste und das Wattenmeer wusste er kaum mehr, als er irgendwann mal in der Schule gelernt hatte. Hin und wieder hatte er auch eine Dokumentation im Fernsehen gesehen. Das reichte jedoch längst nicht aus, um ein echtes Verständnis für die hiesige Natur zu erlangen.

Natur – das war etwas, worüber er sich bisher in seinem Leben nur sehr selten Gedanken gemacht hatte. Zwar hatte er als Anwalt auch schon Naturschutzorganisationen vertreten, aber letztendlich war das alles für ihn nur Theorie geblieben. Er hatte sich nie etwas vor Ort angesehen, wenn es nicht zwingend notwendig gewesen war. Doch nun lebten sie inmitten der schönsten Natur, da war es wohl nur richtig, wenn man sich wenigstens ein bisschen damit auskannte.

»Sieht ziemlich matschig aus«, brummelte Michelle.

»Kann man da drauf auch laufen?«, wollte Jakob wissen. »Sollen wir das mal machen?«

»Nein, nicht jetzt.« Maik schüttelte den Kopf. »So interessant das Watt auch aussieht, es ist nicht ungefährlich, wenn man sich nicht auskennt. Aber wie gesagt, wir können so bald wie möglich eine geführte Wattwanderung machen.«

»Was sind das da denn für komische kleine Häufchen?«, wollte Jakob wissen. »Haben da die Möwen hingemacht?«

Michelle schnaubte. »Nee, ganz bestimmt nicht, so viel können die gar nicht machen.«

»Seht ihr, das ist ein weiterer Grund, an so einer Wattwanderung teilzunehmen.« Maik bedeutete den beiden, weiterzugehen. »Ich bin sicher, da wird uns genau erklärt, woher diese komischen Häufchen stammen.«

»Dafür brauche ich keine Wattwanderung«, murrte Michelle. »Das sind Wattwürmer, das weiß doch jeder.«

»Dein Bruder offensichtlich nicht«, erwiderte Maik. Er verbiss sich, zu ergänzen, dass auch Michelle nicht ganz recht hatte. Nicht die Wattwürmer waren es, die als gekringelte Häufchen auf dem Watt zu sehen waren, sondern lediglich deren Hinterlassenschaften. Wahrscheinlich war es besser, wenn sie das von einem erfahrenen Wattführer erfuhr und nicht von ihm. Sie hatte sich mal wieder in ihre Austernschale zurückgezogen und machte auf rebellisch. Nichts, was er jetzt sagte, würde diesen Zustand ändern, so viel hatte er in der kurzen Zeit, die sie nun zusammen waren, bereits gelernt.

»Darf ich jetzt mit Finchen ein bisschen rumrennen?« Jakob hampelte herum, was auch Finchen dazu veranlasste, erneut wild auf und ab zu hüpfen.

Ja, ja, unbedingt! Lass uns spiiiielen!

»Na gut.« Maik gab lächelnd nach. »Aber bleibt immer auf dem Weg. Rennt nicht über die Wiesen, und pass auf, dass Finchen ihr Geschäft nicht irgendwo mitten auf dem Weg macht. Michelle, hast du ein paar Plastikbeutel mitgebracht?«

Michelle nickte und zog eine Rolle kleiner Plastiktüten aus der Jackentasche. »Du hast ja gesagt, dass wir die immer mitnehmen müssen, wenn wir mit Finchen unterwegs sind.«

Jakob schnalzte mit der Zunge und sauste gleich darauf Seite an Seite mit der jungen Hündin los. Schmunzelnd sah Maik den beiden nach. Es war eine gute Idee gewesen, das Airedale-Terrier-Mädchen zu adoptieren. Sie war zwar manchmal ziemlich frech und benahm sich auch gerne mal daneben, aber das gab sich vermutlich mit der Zeit. Am besten würde er sich so bald wie möglich nach einer guten Hundeschule erkundigen. Er hatte noch nie zuvor ein Haustier besessen, deshalb war es sicherlich sinnvoll, sich den Rat von Experten einzuholen. So hatte er es in seinem Beruf bisher immer gehalten, und inzwischen sah er ein, dass es auch im Privatleben nicht schaden konnte, sich bei Problemen an jemanden zu wenden, der sich damit auskannte.

Diese Erkenntnis war ihm allerdings erst im Laufe des vergangenen Jahres gekommen. Zuvor hatte er immer geglaubt, mit allem allein fertigwerden zu können. Wie falsch er mit dieser Annahme lag, hatte er erst begriffen, als die ersten Panikattacken wie aus dem Nichts aufgetaucht waren. Danach war sein Leben vollkommen aus den Fugen geraten.

Jakob und Finchen rannten ein gutes Stück voraus, kehrten wieder zurück und rannten gleich darauf wieder los. Maik war froh, dass der Junge von sich aus in Sichtweite blieb. Das war allerdings nur der Vorteil, den er jetzt noch hatte, weil Jakob sich hier nicht auskannte. Sobald der Junge sich heimisch fühlte, war es vermutlich nicht mehr so einfach, ihn unter Kontrolle zu halten. Andererseits war es hier auf dem Uferweg nicht besonders gefährlich. Schon gar nicht, wenn gerade Ebbe herrschte.

Mehr oder weniger einvernehmlich verfielen Michelle und Maik wieder in Schweigen, während sie weiter den Uferweg entlanggingen. Der frische Wind, die Schreie der Möwen und der Geruch nach Salzwasser und Schlick trugen dazu bei, dass er sich immer mehr entspannte. Noch vor einem Jahr hätte er so etwas nie für möglich gehalten. Selbst wenn er mal Urlaub gemacht hatte, was selten genug vorgekommen war, hatte er nie Orte ausgewählt, an denen eine so friedliche Ruhe geherrscht hatte. Er hatte immer Action gesucht und geglaubt, dass er ohne nicht auskommen konnte. Nach einem Dreivierteljahr Therapie wusste er nun, dass ihm genau diese Rastlosigkeit die Gesundheit geraubt hatte.

»Jetzt wird es doch bald dunkel.« Michelle zupfte am Kragen ihrer Windjacke herum. »Sollen wir nicht besser mal zurückgehen?«

Tatsächlich senkte sich inzwischen allmählich die Dämmerung über das Land, sodass Maik zustimmend nickte. Er hielt nach Jakob Ausschau, und als er den Jungen in Sichtweite erblickte, winkte er ihn zu sich heran. »Ich denke, für den ersten Tag ist es jetzt wirklich genug. Ihr seid bestimmt erschöpft, oder?«

Michelle hob nur die Schultern, sagt aber nichts. Jakob, der inzwischen ziemlich außer Atem war, grinste schief. »Ich bin nicht müde. Aber wir müssen ja noch unsere Zimmer weiter einrichten.«

5. Kapitel

Sie brauchten nur eine knappe Viertelstunde, bis sie wieder zu Hause waren. Auch auf dem Rückweg hatten sie überwiegend geschwiegen. Diesmal allerdings, so argwöhnte Maik, weil sowohl Michelle als auch Jakob erschöpft waren. Zugeben würden die beiden das selbstverständlich nie, und das würde er auch nicht von ihnen verlangen. Er überprüfte nur kurz, ob beide bereits ihre Betten bezogen hatten, und schickte Jakob schließlich ins Bad, damit er sich die Zähne putzte und bettfertig machte, während Michelle sich mit ihrem Smartphone hinter ihre geschlossene Zimmertür zurückzog.

Als der Junge im Bett lag, betrat Maik das erst halb eingerichtete Kinderzimmer, nachdem er kurz gegen den Türstock geklopft hatte. »Alles okay?«, fragte er leise. »Hast du es dir bequem gemacht?«

Jakob hatte sich die Bettdecke bereits bis zur Nasenspitze hochgezogen und hielt einen dunkelbraunen Plüschaffen im Arm. Seine Brille lag auf dem Nachttisch. »Glaub schon.« Die Stimme des Jungen klang ein bisschen dünn, und seine Augen wirkten gerötet. Hatte er geweint? Ein ungutes Gefühl stieg in Maik auf. Immer wenn Jakob weinte, stieß er an seine Grenzen. Er hatte keinerlei Erfahrung mit Kindern, mit trauernden Kindern schon gleich gar nicht. Er redete sich ein, sein Bestes zu tun, für Jakob und Michelle da zu sein, hatte jedoch ständig das Gefühl, es nicht gut genug zu machen. »Brauchst du noch etwas? Soll ich dir etwas zu trinken holen?«

Jakob schüttelte den Kopf und deutete mit dem Kinn neben sein Bett. »Ich hab da noch eine halbe Flasche Wasser. Aber ich will nichts trinken.« Er strampelte unter der Decke und schlug sie schließlich zurück. »Ich glaube, ich kann nicht einschlafen. Und Willi auch nicht.«

Zögernd setzte Maik sich auf den Rand des Bettes. »Es sieht aber aus, als ob Willi sich hier ganz wohlfühlt«, befand er schließlich und kam sich dabei reichlich seltsam vor.

»Findest du?« Jakob musterte den Plüschaffen aufmerksam. »Ja, vielleicht.«

»Fühlst du dich denn auch wohl?« Maik zupfte etwas ungelenk an der Bettdecke herum.

Jakob schwieg eine geraume Weile, und fast wirkte es so, als wollte er darauf gar nicht antworten. Doch dann begann sein Kinn zu zittern. »Ich will wieder nach Hause. Zu meiner Mama.« Seine Stimme schwankte, und in seinen Augen glänzten die ersten Tränen.

In Maiks Magen bildete sich ein unangenehmer Knoten. Verzweifelt suchte er nach Worten. »Das hier ist jetzt unser Zuhause.« Er zögerte. »Jakob ... Du weißt doch, dass deine Mama nie wieder zurückkommt, oder? Sie ist ...« Der Knoten schwoll schmerzhaft an. »Sie ist jetzt im Himmel. Bei den ... Engeln.«

»Ich weiß.« Die Tränen begannen, über die Wangen des Jungen zu rinnen. Fahrig strich er sie mit dem Handrücken weg, was jedoch nichts nützte. Sie flossen einfach weiter. »Aber ich will sie wieder. Ich will, dass alles wieder so ist wie früher. Ich will nicht hier sein, wo alles anders ist und wo ich niemanden kenne außer dir und Michelle.« Seine Stimme erstarb fast, und er schluchzte immer wieder. »Warum ist Mama gestorben? Sie hat mir noch ganz normal mein Pausenbrot gemacht und gesagt, dass ich nicht vergessen soll, dass ich am Nachmittag Schwimmstunde habe. Und dann ...« Er schluchzte und schniefte gleichzeitig und rieb sich mit beiden Händen über die Augen. »Sie lag einfach so da. Als wir nach Hause gekommen sind, lag sie da, einfach auf der Couch und halb auf dem Boden. Und ihre Augen waren ganz weit offen. Aber sie hat uns nicht angesehen und auch nicht mehr geatmet. Und nichts gesagt und …«

»Ich weiß, Jakob.« Maik schnürte sich die Kehle zu. Unsicher griff er nach der Hand des Jungen. »Ich weiß. Das muss schrecklich für euch gewesen sein. Es tut mir so leid, dass ihr das erleben musstet. Niemand, auch nicht Arzt oder Polizei, wissen genau, was passiert ist. Vielleicht ist ihr schlecht geworden, und sie hat deshalb zu viele Medikamente genommen. Ich bin ganz sicher, dass es ein schlimmer Unfall war.« Zumindest hoffte er inständig, dass Marianne sich nicht das Leben genommen hatte. Er konnte es sich einfach nicht vorstellen. »Versuch doch, an etwas anderes zu denken. Zum Beispiel an unseren Spaziergang heute. Der war doch ganz lustig, oder?«

»Ja, schon.« Wieder schniefte Jakob und presste kurz die Lippen zusammen. »Ich träume manchmal davon. Also von Mama und der Couch und so. Dann wache ich auf und bin ganz traurig.« Er schluckte und blickte zu Maik auf. »Kann ich … Wenn ich so schlecht träume, darf ich dich dann rufen?«

»Selbstverständlich darfst du das.« In Ermangelung einer anderen Idee, wie er den Jungen trösten sollte, drückte er dessen Hand. »Du darfst immer zu mir kommen, wenn du etwas hast.«

»Und Finchen?« So etwas wie ein Funken Hoffnung glomm in Jakobs Augen.

»Was ist mit Finchen?«

»Darf Finchen bei mir schlafen?«

Hat da jemand nach mir gerufen? So als hätte Finchen nur auf ihr Stichwort gewartet, stieß sie die angelehnte Zimmertür mit der Nase auf und kam hereingeschwänzelt. *Huch, was ist denn hier los? Warum sieht Jakob denn so traurig aus? Das mag ich aber gar nicht. Ich habe es lieber, wenn meine*

Menschen fröhlich sind. Ob ich ihn mal trösten soll? Bevor Maik es verhindern konnte, war die Hündin bereits mit den Vorderpfoten aufs Bett gekrabbelt und streckte ihre Nase hin zu Jakobs Gesicht.

Der Junge kicherte, als Finchen ihm über die Wange leckte. »Igitt!«

Juhu, er lacht wieder! Aber er schmeckt ganz salzig. Wie seltsam.

»Hey, was soll denn das?« Im ersten Impuls wollte Maik die Hündin wieder vom Bett herunterscheuchen, entschied sich dann jedoch dagegen. »Na gut, von mir aus darf Finchen hier schlafen. Aber nicht im Bett, sondern auf ihrem Kissen. Ich bringe es nachher herein.«

Jakob hatte inzwischen einen Arm um Finchen gelegt, im anderen hielt er immer noch seinen Plüschaffen. »Gut, dann kann sie auf mich aufpassen. Genauso wie Willi. Vielleicht träume ich da nicht mehr so schlimm.«

»Das will ich sehr hoffen.« Maik lächelte ihm zu. »Manchmal hilft es, sich etwas ganz Schönes vorzustellen, bevor man einschläft.«

»Das hat Mama auch immer gesagt. Manchmal hat sie mir auch etwas vorgelesen. Oder Michelle, aber die hat meistens keine Lust dazu.«

»Im Vorlesen bin ich, glaube ich, nicht so gut.« Maik grinste schief. »Aber ich kann es ja mal ausprobieren. Allerdings müssen wir dazu erst herausfinden, in welcher Kiste deine Bücher sind. Das sollten wir morgen gleich mal angehen, meinst du nicht? Dann kannst du dir auch überlegen, ob die Regale so stehen bleiben sollen oder ob wir hier noch etwas ändern müssen.«

»Ändern?« Verwundert hob Jakob den Kopf.

»Klar. Es ist ja schließlich dein Zimmer, also muss es vor allen Dingen dir gefallen. Jetzt haben wir noch die Möglichkeit, die Möbel umzustellen. Wenn die Regale und Schränke erst mal eingeräumt sind, wird das schwieriger.« Ihm kam eine Idee, aber er wusste nicht recht, ob er sie wirklich aussprechen sollte. Doch schließlich entschied er sich dafür. »Irgendwo in den Kartons im Wohnzimmer sind doch bestimmt auch Fotoalben, nicht wahr? Ich dachte, ich hätte so etwas beim Einpacken gesehen.«

Jakob rutschte unter seiner Bettdecke hin und her und setzte sich schließlich auf. »Wir haben ganz viele alte Fotos, auf denen ist Mama noch ganz klein. Und dann haben wir noch so Schuhkartons, in denen haben wir auch Fotos gesammelt. Aber eigentlich haben wir die meisten Fotos auf Michelles und Mamas Handys.«

Maik lächelte. »Wie wäre es, wenn wir die ganzen Fotos zusammen durchsehen und uns die schönsten heraussuchen? Dann besorgen wir schöne Bilderrahmen und ordnen die Fotos darin an. Damit hätten wir dann auch gleich ein bisschen was, um unsere Wände im Wohnzimmer zu dekorieren. Wenn du möchtest, können wir auch ein schönes Foto von deiner Mama in einen einzelnen Rahmen stecken, den du dir dann hier aufstellen oder aufhängen kannst.«

Jakob schwieg eine Weile und schien zu überlegen, nickte dann aber und gähnte gleichzeitig.

»Müde?«

»Mh mh.« Wieder gähnte Jakob, dann grinste er schief. »Glaub schon. Und Finchen darf wirklich bei mir schlafen?«

Maik erhob sich. »Ich hole rasch ihr Schlafkissen her. Aber denk daran, sie soll nicht zu dir ins Bett.«

Jakob schob sich erneut unter die Bettdecke und umschlang seinen Affen fest mit dem Arm.

Und was mache ich jetzt? Finchen hatte sich inzwischen neben das Bett gesetzt und schaute fragend zwischen Jakob und Maik hin und her.

»Du bleibst schön hier sitzen, Finchen.« Maik ging zur Tür. »Ich bin gleich wieder da.«

Warum soll ich denn hier sitzen bleiben? Ich will doch wissen, wo du jetzt hingehst. Kaum hatte Maik das Zimmer verlassen, als Finchen ihm schon fröhlich wedelnd hinterherrannte.

Halb seufzend, halb lachend schüttelte Maik den Kopf. »Das mit dem Gehorchen üben wir wohl besser noch ein bisschen.« Er trug das dunkelrote ovale Schlafkissen der Hündin aus dem Wohnzimmer herauf und legte es neben Jakobs Bett. Woanders war im Moment kein Platz. »Schlaf gut, Jakob«, sagte er leise zu dem Jungen, dessen Augen bereits halb geschlossen waren.

»Mhm.« Jakobs Nicken war kaum zu erkennen.

Als Maik sich in der Tür noch einmal umdrehte, sah es aus, als sei der Junge bereits eingeschlafen. Erleichtert zog er die Tür so weit zu, dass nur noch ein schmaler Spalt offen blieb, und löschte das Licht. Für einen Moment überlegte er, ob er auch noch kurz mit Michelle reden sollte, doch als er an ihrer Zimmertür vorbeiging, wollte ihm so gar nicht einfallen, was er zu ihr sagen sollte. Außerdem war es ganz still im Raum; vielleicht schlief sie schon. Also ging er leise weiter, um im Erdgeschoss noch ein bisschen aufzuräumen.

Es gab neben dem Wohnzimmer noch zwei mittelgroße Räume, die wohl früher einmal Gästezimmer gewesen waren. Den einen würde er als Gästezimmer belassen, wenn er auch noch nicht wusste, welche Gäste er dort wohl beherbergen sollte. Seine Mutter vielleicht, wenn sie ihn mal besuchen käme. Der andere Raum eignete sich hervorragend als Büro. Auch in Berlin hatte er einen kleinen Arbeitsraum in seiner Wohnung gehabt. Alle Möbel und Aktenschränke sowie deren Inhalt stapelten sich nun in diesem Raum, der einen wunderschönen Blick in Richtung Deich bot. Als er den Raum betrat, prasselte allerdings gerade ein heftiger Regenschauer, angetrieben von Sturmböen, gegen die Fensterscheiben. An das extrem wechselhafte Wetter würde er sich wohl auch erst gewöhnen müssen. Woher die Regenwolken so schnell gekommen waren, war ihm vollkommen schleierhaft. Zum Glück waren sie auf ihrem Spaziergang nicht nass geworden.

Mit einiger Mühe versuchte Maik, möglichst ohne zu viel Lärm zu machen, für die Regale und Aktenschränke sowie den Schreibtisch den richtigen Platz zu finden. Nach und nach öffnete er die Kartons, nahm Aktenordner zur Hand, stellte sie in die Regale, räumte sie wieder um. Erst gegen Mitternacht beschloss er, dass es für heute genug war.

Er machte noch einmal einen Rundgang durch das Haus, überprüfte, ob der Kellerausgang verschlossen war, schloss auch die Haustür ab und machte sich auf den Weg ins Badezimmer. Als er an Jakobs Zimmer vorbeikam, blieb er kurz stehen und schob die Tür ein klein wenig auf. Der Junge schlief inzwischen tief und fest, den Affen Willi fest in den Armen. Auch Finchen schlummerte – allerdings nicht auf ihrem Schlafkissen, sondern fest an Jakob gekuschelt.

Maik seufzte, verdrehte die Augen, brachte es jedoch nicht über sich, die junge Hündin von ihrem Schlafplatz zu verscheuchen. Also ging er leise weiter und blieb noch einmal vor Michelles Tür stehen. Kein Lichtstrahl fiel unter der Tür durch, sodass er davon ausging, dass das Mädchen ebenfalls bereits fest schlief. Sehr, sehr vorsichtig drückte er die Klinke herunter, drückte die Tür einen Spalt weit auf und warf einen Blick in das dunkle Zimmer.

Michelle hatte sich fest unter ihrer schwarz-rot gemusterten Bettdecke zusammengerollt und drehte ihm den Rücken zu. Für einen langen Moment blickte er ratlos auf die Gestalt des Mädchens, das mit seiner Haltung selbst im Schlaf Abwehr auszudrücken schien.

»Raus!« Ihre Stimme klang ungehalten. »Ich schlafe.«

»Schon gut.« Maik machte unwillkürlich einen Schritt rückwärts. »Ich wollte nur sehen, ob bei dir alles okay ist. Brauchst du noch etwas?«

»Nein. Nur meine Ruhe.«

»Okay, okay. Ich bin schon weg.« Maik wollte die Tür schon wieder schließen, als Michelle sich ruckartig zu ihm umdrehte.

»Wir müssen doch nicht wirklich am Samstag zu diesem Feuerwehrdingens gehen, oder? Ich meine, was sollen wir denn da? Das ist doch total übel langweilig und überhaupt. Was haben wir mit der Feuerwehr zu tun?«

Maik trat wieder zwei Schritte auf das Mädchen zu. »Hast du uns belauscht?«

Michelle zuckte mit den Achseln. »Ich war nur mal kurz auf dem Klo und hab euch gehört. Ihr habt ja nicht gerade geflüstert. Oder war das etwa geheim?«

»Nein, geheim ganz bestimmt nicht.« Maik versuchte, in der verschlossenen Miene des Mädchens zu lesen, doch es gelang ihm wie immer nicht. »Ich finde die Idee gar nicht so schlecht, dass wir uns diese Sache am Samstag mal ansehen. Ich hatte auch noch nie viel mit der Feuerwehr zu tun, wahrscheinlich, weil es in Berlin eine Berufsfeuerwehr gibt. Hier in Lichterhaven wird der Feuerwehrdienst freiwillig und ehrenamtlich verrichtet. Die Feuerwehr selbst ist aber hier genauso wichtig wie in Berlin. Brennen kann es überall, und auch andere Notfälle kommen immer wieder mal vor. Henning hat mir erzählt, dass die freiwillige Feuerwehr hier in Lichterhaven hauptsächlich dann hilft, wenn durch Unwetter oder Sturmfluten Not am Mann ist … Oder an der Frau«, setzte er mit einem Lächeln hinzu. »Sie sind auf jede Hilfe und Unterstützung angewiesen und auf alle, die freiwillig Feuerwehrmann oder Feuerwehrfrau werden wollen. Ich weiß auch nicht, ob das etwas für mich ist. Aber nun sind wir schon einmal eingeladen, und ich glaube nicht, dass es schadet, wenn wir ein paar Leute kennenlernen. Deshalb müssen wir ja nicht gleich der Truppe beitreten.«

»Ich habe aber keine Lust auf Dorftrampel und auf die Feuerwehr auch nicht. Ich will einfach nur hier weg.«

»Ich weiß.« Solche und ähnliche Gespräche hatte er schon häufig mit Michelle geführt, und es würde wohl auch nicht das letzte gewesen sein. »Aber nun sind wir hier, und ich finde, wir sollten wirklich versuchen, das Beste daraus zu machen.« Er wusste, dass er das Mädchen mit diesen Worten kaum erreichte. Sie war noch zu sehr in ihrer Trauer gefangen und in ihrem Widerwillen gegen alles, was er tat oder vorschlug. Er war nur froh, dass sie in ihrer Rebellion bisher nicht versucht hatte, wegzulaufen. Dazu war sie glücklicherweise zu klug. Sie wusste, dass es nichts bringen würde und dass sie auch niemanden sonst hatte, zu dem sie gehen konnte. Das war traurig, aber nicht zu ändern. Sie waren jetzt aufeinander angewiesen. »Jetzt schlaf erst einmal, und morgen sehen wir weiter.«

»Bei dem Sturm und dem Regen kann ich nicht schlafen.« Michelle zog, ihrem Bruder nicht unähnlich, die Bettdecke bis zur Nasenspitze hoch. »Man hört hier echt nur das Wetter. Und wenn es nicht stürmt und regnet, dann hört man überhaupt nichts.«

»Du hast recht. Hier auf dem Land ist es sehr still. Man hört keine Autos, keine Sirenen, keine Großstadtgeräusche. Daran muss ich mich ebenfalls erst gewöhnen. Aber es hat auch etwas Gutes. Wenn es nicht gerade regnet, kannst du das Fenster öffnen und die Grillen zirpen hören.« Zumindest vermutete er das. Er erinnerte sich, dass er, als er vergangenes Jahr bei Henning zu Gast gewesen war, solche Geräusche durch das gekippte Fenster vernommen zu haben glaubte. »Und morgen früh kannst du bestimmt die Vögel singen hören.«

»Will ich aber gar nicht.«

Innerlich seufzte Maik. »Gib doch wenigstens den Vögeln eine Chance. Die können nämlich nichts dafür, dass du sie nicht ausstehen kannst.«

Michelle runzelte die Stirn. »Ich habe nicht gesagt, dass ich die Vögel nicht mag. Ich will nur nicht …«

»… hier sein«, vollendete Maik den Satz. »Das haben wir bereits geklärt.« Er wandte sich zur Tür, drehte sich dort aber noch einmal um. »Schlaf gut, Michelle. Und denk daran, morgen ist ein neuer Tag, mit vielen neuen Möglichkeiten.« Damit wollte er das Zimmer verlassen, als er noch einmal ihre Stimme hörte.

»Das sagt Mama auch immer.« Es entstand eine kurze Pause. »Das hat sie immer gesagt.« Die Bettdecke raschelte. »Gute Nacht, Maik.«

Er hielt inne, blickte über die Schulter, nickte dann knapp und schloss die Tür hinter sich.

6. Kapitel

Sehnsüchtig blickte Hannah auf den Stapel Kochbücher, der auf der Anrichte ihrer kleinen Küche lag, und dann auf die Uhr. Es war bereits später Vormittag, und ärgerlicherweise hatte sie sich von Caroline und Ella dazu überreden lassen, beim heutigen Aktionstag der Feuerwehr mitzumachen. Ein neuer Schauwagen für die Jugendfeuerwehr sollte gebaut werden, soviel sie wusste. Natürlich war das sehr wichtig, denn die Freiwillige Feuerwehr Lichterhaven präsentierte sich immer mit Begeisterung und großartigen Ideen auf dem Lichterhavener Stadtfest, das traditionell Mitte Juli stattfand. Sie hatte auch überhaupt nichts dagegen, bei den Bauarbeiten mit Hand anzulegen. Auch dass sie stets, wie auch Caroline, für die Versorgung mit Speisen und Getränken mit verantwortlich war, störte sie nicht im Geringsten. Immerhin war sie Köchin aus Leidenschaft. Was sie jedoch gerade einigermaßen fuchste, war die Tatsache, dass heute Samstag war. Die Samstage waren normalerweise für ihre Versuchsküche reserviert. Sie liebte es, neue Rezepte auszuprobieren, sie mit eigenen Ideen zu verfeinern und zu vervollkommnen. Warum nur, warum hatte sie nicht nachgedacht? Die *Foodsisters* hatten immer so viel zu tun, nicht nur mit ihrem Catering, sondern derzeit auch mit dem Um- und Ausbau des Eventhauses, dass ihr für ausufernde Kochsessions immer seltener Zeit blieb. Doch nun hatte sie leichtsinnigerweise bereits zugesagt, und es kam nicht infrage, dass sie ihr Wort brach. Deshalb würde sie, anstatt sich mit neuen Ideen für lukullische Genüsse zu beschäftigen, wohl oder übel zwei große Schüsseln mit ihrem legendären Kartoffel- und Nudelsalat zubereiten und außerdem noch einen vegetarischen Mais-Bohnen-Salat sowie ein paar vegetarische und vegane Dips, die sowohl zu dem Brot und den Brötchen passen würden, die Caroline vorbereitete, als auch zu allem, was am späteren Nachmittag auf dem Feuerwehrgrill landete.

Mit einem letzten bedauernden Blick trug sie die Kochbücher zurück ins Wohnzimmer und stellte sie dort ins Regal, dann legte sie alle Zutaten bereit, die sie benötigen würde. Zum Glück war sie am Donnerstag noch einkaufen gewesen, anderenfalls hätte sie jetzt auch noch zum Supermarkt fahren müssen, und das hätte bedeutet, dass die Vorbereitungen in Stress ausgeartet wären. Sie hasste es, unter Zeitdruck kochen zu müssen. Ganz gleich, wie viele Speisen sie für ein Catering vorzubereiten hatte, sie war immer in der Lage, sich ihre Zeit sorgfältig einzuteilen, sodass stets alles pünktlich fertig wurde, ohne dass sie sich überschlagen musste. Leider funktionierte diese fast schon generalstabsmäßige Planung mittlerweile in ihrem Privatleben kaum noch, weil sie und ihre Freundinnen mit der vielen Arbeit kaum hinterherkamen.

Sie begann, die Kartoffeln, die sie ebenso wie die Nudeln bereits vor einigen Stunden gekocht hatte, damit sie abkühlen konnten, in Scheiben zu schneiden. Unwillkürlich wanderten ihre Gedanken zurück zum Donnerstag und zu ihrer unerfreulichen Begegnung mit Maik Zengler im Supermarkt. Dieser Mann war einfach unmöglich! Sie hasste nichts mehr, als von fremden Leuten für ein junges, womöglich sogar noch minderjähriges Mädchen gehalten zu werden. Dass der Anwalt aus Berlin diesen Fehler nun schon zum zweiten Mal begangen hatte, ging ihr gehörig gegen den Strich. Immerhin hatte er Augen im Kopf. Hätte er sie dann nicht gleich erkennen müssen? Sie hatte ihn ja auch sofort wiedererkannt. Die Freude über das Wiedersehen hätte sich jedoch auch ohne den Zwischenfall in

Grenzen gehalten, denn er war ihr hauptsächlich als ungehobelt, übellaunig und wenig charmant in Erinnerung geblieben.

Seltsam, dass ihr jetzt gerade nicht diese negativen Eigenschaften in den Sinn kamen, sondern sein Lachen. Dieses warme, raue und doch zugleich weiche, ansteckende Lachen. Selbst bei der Erinnerung daran richteten sich die Härchen an ihrem Körper auf. Was sollte das? War sie von allen guten Geistern verlassen? Dieser Mann war nicht einmal im Entferntesten das, was sie als ihren Typ bezeichnet hätte. Dennoch setzte er sich nun, da er sich in ihre Gedanken gestohlen hatte, dort fest. Wahrscheinlich lag es nur daran, dass sie sich so sehr über ihn geärgert hatte. Über ihn, aber auch über die Tatsache, dass er jetzt für zwei Kinder verantwortlich war – ein Kind und eine Jugendliche, korrigierte sie sich im Geiste – und sich nicht einmal Gedanken über deren sinnvolle Ernährung machte. Fertiggerichte und Dosenfraß! Etwas Schlimmeres gab es für sie kaum. Das Einzige, was sie, wenn auch nur ansatzweise, versöhnlich stimmte, war, dass sie sich einbildete, Maik Zengler wenig später auf dem Weg in die Tiefkühlabteilung entdeckt zu haben. Sie hatte ihn natürlich nicht beobachtet. So weit kam es noch!

Überhaupt konnte sie sich ihn als Familienvater so gar nicht vorstellen. Nun gut, Vater war er ja auch nicht, sondern der Onkel der beiden Kids. Dennoch war er jetzt für die beiden verantwortlich, etwas, was sie ihm im Grunde hoch anrechnete. Nicht jeder, insbesondere kein eingefleischter Junggeselle, hätte sich so spontan bereit erklärt, für die Kinder einer Halbschwester zu sorgen. Henning hatte erzählt, dass diese Frau Maik, obwohl sie ihn gar nicht gekannt hatte, in ihrem Testament als Sorgeberechtigten eingesetzt hatte. War das nicht verrückt? Welche Frau tat das?

Nun gut, Maik Zengler war mit Sicherheit kein schlechter Kerl. Er war ein sehr erfolgreicher Anwalt, hatte Geld und sicherlich auch die Möglichkeiten, zwei Kinder bei sich aufzunehmen. Aber so, wie sie ihn bisher eingeschätzt hatte, war er nicht der familiäre Typ.

Doch was wusste sie schon? Vielleicht irrte sie sich ja in ihm. Wahrscheinlich sogar, denn sonst wäre sie nicht so überrascht gewesen, als sie erfahren hatte, dass er mit seiner Nichte und seinem Neffen in ein Haus am Stadtrand von Lichterhaven ziehen wollte. Ausgerechnet nach Lichterhaven! Sie erinnerte sich noch sehr genau, wie abfällig er mit gerümpfter Nase über seine Reise hierher geschimpft hatte, als sie damals wegen des Vertrags mit Henning besucht hatte. Er passte einfach nicht in eine Kleinstadt und hatte völlig deplatziert gewirkt. Verstärkt hatte diesen Eindruck noch sein teurer, maßgeschneiderter Designeranzug mit der Seidenkrawatte. Davon war inzwischen offenbar nicht mehr viel übrig, zumindest seine Kleidung hatte sich seit damals stark verändert.

Henning hatte erzählt, dass sein Freund nach dem Burn-out eine Therapie gemacht hatte – ebenfalls etwas, was Hannah über alle Maßen wunderte. Er hatte damals nicht so gewirkt, als würde er jemals die Hilfe von jemand Außenstehendem annehmen. Schon gar nicht, wenn es um seine Psyche ging.

Warum grübelte sie eigentlich darüber nach? Missmutig hackte sie auf das Gemüse ein, das Bestandteil des Nudelsalats werden sollte. Hatte sie nichts Besseres zu tun, als sich in Gedanken mit einem Mann zu beschäftigen, der ihr so dermaßen gegen den Strich ging? Sollte sie sich nicht lieber überlegen, wie sie das zukünftige *Café Mauerblümchen* im Eventhaus gestalten könnten? Das war auf jeden Fall sinnvoller, als sich in Gedanken über einen Mann zu ärgern, für den sie sich nicht einmal interessierte.

Wieder kam ihr sein Lachen in den Sinn. Nein! »Hör sofort damit auf«, schalt sie sich verärgert. Eine Blume machte noch keinen Sommer und ein Lachen noch keinen Mann, der auch nur ansatzweise in ihr Beuteschema passte. Ganz egal, ob es ihr eine Gänsehaut verursachte.

Sie war nicht auf der Suche nach Problemen. Dieser Mann versprach jedoch eine ganze Menge davon. Nicht nur wegen seiner kantigen Art, sondern auch, weil er aus einer völlig anderen Welt stammte. Eine Großstadt wie Berlin war für Hannah so ziemlich der schlimmste Ort, an dem sie sich zu leben vorstellen konnte. Sie war in Lichterhaven geboren und aufgewachsen, hatte eine Weile anderswo gelebt, um ihre Ausbildung zu machen. Doch sie war wieder hierher zurückgekehrt, weil sie es in der Fremde einfach nicht lange ausgehalten hatte. Sie brauchte die Ruhe, die Natur, die Nordsee und die liebenswürdigen, manchmal aufdringlichen und hin und wieder auch recht schrulligen Einwohner dieser kleinen Stadt, um glücklich zu sein. Außerdem war sie, das gab sie unumwunden zu, eine unheilbare Romantikerin. Sie träumte seit ihren jungen Mädchentagen von ihrem Ritter hoch zu Ross oder doch zumindest von dem perfekten Gentleman – ihrem Mr. Right. Ein Maik Zengler würde diesen Ansprüchen nicht einmal mit der allergrößten Anstrengung entsprechen.

Vermutlich dachte sie nur so ausufernd über ihn nach, weil es im Augenblick in ihrem Leben keinen anderen Mann gab, der auch nur den kürzesten Tagtraum wert war. Wenn die Urlaubssaison wieder losging, würde sie wahrscheinlich die eine oder andere neue Bekanntschaft machen, wenn sie es darauf anlegte, auch wenn solche Techtelmechtel garantiert pünktlich zum Urlaubsende wieder vorbei sein würden. Kein Mann hatte sich bisher so sehr für sie interessiert, dass er länger hätte bleiben wollen oder mit ihr Verbindung gehalten hatte. Allerdings hatte sie selbst ebenfalls noch nie das Bedürfnis gehabt, einen dieser Flirts zu intensivieren.

Vielleicht stellte sie zu hohe Ansprüche, vielleicht gab es einfach keinen Mann, der ihrem Traumbild entsprach.

Vielleicht musste sie früher oder später ihre Ansprüche herunterschrauben. Aber so weit, dass Maik Zengler in die engere Auswahl kam, würde es doch wohl eher nicht kommen.

Mit geschickten, routinierten Handgriffen mixte sie in der einen Schüssel den Nudelsalat, in der anderen den Kartoffelsalat mit ihrer streng geheimen Marinade und stellte beide abgedeckt in den Kühlschrank. Der Mais-Bohnen-Salat und die Dips waren ebenfalls schnell zubereitet, sodass ihr schließlich nichts mehr weiter zu tun blieb, als die Küche wieder aufzuräumen und danach in ihr Schlafzimmer zu gehen, um sich umzuziehen.

Was zum Geier sollte sie bloß anziehen? Und was in drei Teufels Namen war mit ihr los, dass sie sich das überhaupt fragte? Es ging um ein einfaches Treffen mit den Mitgliedern der freiwilligen Feuerwehr, nichts weiter! Und überhaupt, wer sagte eigentlich, dass Maik Zengler überhaupt dort sein würde? Das war doch gar nicht seine Kragenweite. Zwar hatte Caroline erzählt, dass Henning seinen Freund am Donnerstagabend besucht und für Samstag eingeladen hatte, doch Hannah ging fest davon aus, dass der schnieke Anwalt aus Berlin etwas Besseres zu tun haben würde, als beim Bau eines Festwagens der Jugendfeuerwehr zu helfen.

Jeans und ein einfaches T-Shirt würden vollkommen ausreichen und wären wohl auch die sinnvollste Bekleidung für die Tätigkeiten, die heute anstanden. Also suchte sie sich ein Paar bequeme Jeans aus ihrem Schrank heraus und wollte schon ein einfaches, bunt geringeltes Shirt dazulegen, als ihr Blick auf die hübsche dunkelblaue Bluse mit dem figurbetonten Schnitt und dem tiefen V-Ausschnitt fiel. Sie war noch ganz neu und mit hübschen Stickereien und Spitzenabschlüssen am Kragen und an den dreiviertellangen Ärmeln verziert. Es war eine wunderschöne Bluse – bequem und außerdem schick, aber nicht so sehr. Hannah hatte sich auf den allerersten Blick in sie verguckt, als sie sie in einer der kleinen Boutiquen in der Lichterhavener Hauptstraße entdeckt hatte. Deshalb, und nur deshalb, warf sie das Shirt mit den fröhlichen Kringeln zurück in den Schrank, zog das einfache Top, das sie bisher getragen hatte, über den Kopf und machte sich in ihrer Wäscheschublade auf die Suche nach einem Bustier und einem Slip, die farblich zu der Bluse passten.

✳✳✳

»Da vorne muss es sein.« Maik wies auf ein Gehöft in einiger Entfernung vor ihnen, während er seinen Wagen abbremste und hinter einem anderen Auto am Straßenrand parkte, das vermutlich einem der Feuerwehrleute gehörte. Fast der gesamte Weg, der auf den Bauernhof von Max Paulsen zuführte, war bereits von Fahrzeugen gesäumt. Es war früher Nachmittag, und eigentlich hatte Maik geglaubt, pünktlich zu sein. Doch wie es aussah, waren alle übrigen Helfer und Helferinnen bereits vor Ort. »Hier scheint ja schon ganz schön was los zu sein.« Er warf Michelle auf dem Beifahrersitz einen kurzen Blick zu. »Das beweist zumindest, dass es hier nicht ganz so einsam ist, wie du immer behauptest.«

Michelle antwortete nicht darauf. Die Arme vor dem Bauch verschränkt, blickte sie mit finsterer Miene zum Seitenfenster hinaus. Sie machte einen auf bockig, hätte Maiks Mutter dieses Verhalten bezeichnet. Nur mit einiger Mühe und schließlich einfach strengem Durchgreifen hatte Maik sie überhaupt dazu bewegen können, mit zu dem Treffen zu kommen. Jakob auf dem Rücksitz wirkte um einiges zugänglicher, auch wenn er immer noch versuchte, das Verhalten seiner Schwester nachzuahmen. Er rutschte jedoch auf der Rückbank ein Stück nach vorne und beugte sich vor, um zwischen den Vordersitzen hindurchzublicken.

»Ist das echt ein Bauernhof? So mit Kühen und Schweinen und Hühnern?«

»Das weiß ich nicht genau.« Maik schaltete den Motor ab und löste seinen Sicherheitsgurt. »Ich nehme an, wir werden es gleich erfahren. Henning hat nur erwähnt, dass Jörns Bruder Max Landwirtschaft betreibt. Na, dann kommt mal mit.« Er stieg aus dem Auto aus und wartete, bis Michelle und Jakob neben ihm standen. Auch Finchen war natürlich mit von der Partie. Maik holte sie aus ihrer Box im Kofferraum und lachte, als sie wie verrückt um ihn herumhüpfte. »Nun mal langsam, Kleine! So eilig haben wir es nun auch wieder nicht.«

Von wegen! Ich bin total aufgeregt und muss mal. Finchen sauste an den Straßenrand und verrichtete ihr kleines Geschäft. *Und jetzt will ich wissen, wo wir hier sind und was wir hier machen. Einen schönen Spaziergang vielleicht? Das fände ich großartig. Ich würde aber auch gerne spielen.*

»Finchen hatte noch gar nicht ihren Nachmittagsspaziergang.« Michelle nahm Maik die Leine ab. »Soll ich nicht lieber eine Runde mit ihr gehen?«

»Das kannst du später immer noch tun.« Maik setzte sich in Bewegung und bedeutete erst Jakob, dann Michelle, ihm zu folgen. »Lasst uns erst mal sehen, was hier los ist, und die Feuerwehrleute kennenlernen.«

Zunächst sah es so aus, als wollte Michelle protestieren, doch dann schien sie es sich anders zu überlegen. Schweigend und mit Leichenbittermiene trottete sie neben ihm her. Jakob hingegen blickte sich neugierig in alle Richtungen um und schien guter Dinge zu sein. Als sie dem Gehöft näher kamen, waren tatsächlich eine ganze Menge Menschen zu erkennen, die zwischen dem reetgedeckten Wohnhaus auf der linken Seite und den gegenüberliegenden Stallungen und der Scheune umherwuselten. Ein unförmiges Gebilde aus Holz, Metall und Pappmaschee stand fast genau in der Mitte des gepflasterten Hofes – offenbar der zukünftige Festwagen der Jugendfeuerwehr. Was aus dem Ungetüm einmal genau werden sollte, war nicht zu erkennen. Vor dem Hauseingang standen Sonnenschirme, unter denen lange Klapptische mit Getränken, Schüsseln und Platten voller Lebensmittel aufgebaut waren. Unschlüssig blieb Maik stehen und sah sich um.

»Da seid ihr ja endlich!« Von irgendwo hinter dem Festwagen tauchte Henning auf und kam mit großen Schritten breit grinsend auf sie zu. »Ich dachte schon, ihr hättet es euch anders überlegt.«

»Sagtest du nicht etwas von *gegen zwei Uhr*?« Stirnrunzelnd blickte Maik auf seine Armbanduhr. »Eigentlich sind wir ziemlich pünktlich.«

Henning lachte. »Irgendwie sind alle früher gekommen, um schon mal alles vorzubereiten. Aber Hauptsache, ihr seid überhaupt hier. Am besten teile ich euch gleich für ein paar Arbeiten ein. Bekannt machen könnt ihr euch ja mit den Anwesenden nach und nach selbst. Jörn!« Er winkte einem breitschultrigen blonden Mann zu, der gerade aus dem Hauseingang trat. »Komm mal her, und begrüße unsere neuesten Helfer.«

Jörn Paulsen, der Wehrführer der Freiwilligen Feuerwehr Lichterhaven, trat sichtlich erfreut zu ihnen. »Moin Moin. Herzlich willkommen in Lichterhaven. Ich hoffe, es gefällt Ihnen und euch hier bei uns.«

»Ach du liebe Zeit.« Henning stieß Jörn mit dem Ellenbogen an. »Du wirst Maik doch wohl nicht siezen wollen? Das ist viel zu kompliziert. Maik, das ist Jörn, Jörn, Maik.« Während er sprach, wies er mit der rechten Hand zwischen ihnen hin und her. »Überhaupt duzen sich alle bei der Feuerwehr. Du hast doch nichts dagegen, Maik?«

»Nicht im Geringsten.« Maik schüttelte Jörns Hand und trat dann einen Schritt zur Seite, um ihm die Gelegenheit zu geben, auch Michelle und Jakob per Handschlag zu begrüßen.

Michelle zog ihre Hand so schnell zurück, wie sie sie Jörn gereicht hatte; Jakob versuchte, es ihr gleichzutun, und trat dann einen halben Schritt hinter Maik. Im nächsten Moment spürte er, wie der Junge nach seiner Hand griff und sie umfasste. Für einen Moment blickte er überrascht auf Jakob hinab, zugleich spürte er ein merkwürdiges Ziehen in seiner Magengrube, das er nicht zuordnen konnte.

»Nun, also …« Suchend ließ Jörn seinen Blick über den Hof schweifen. »Henning, hast du den dreien schon eine Aufgabe zugedacht?«

Henning schüttelte den Kopf. »Dazu bin ich noch nicht gekommen. Ich würde sagen, Maik hilft uns mit den Verstrebungen auf der Wagenrückseite. Da sind kräftige Hände vonnöten, jedoch kein Fachwissen.« Er grinste breit. »Ich nehme doch nicht an, dass du dir in den letzten Monaten ein handwerkliches Talent zugelegt hast?«

Bedauernd schüttelte Maik den Kopf. »Damit kann ich leider nicht dienen.«

»Das dachte ich mir schon. Aber festhalten und Draht wickeln kannst du bestimmt. Jakob, du könntest da vorne in die Scheune gehen und beim Malen der Schilder helfen. Was hältst du davon?«

Jakob schob sich noch ein bisschen weiter hinter Maik. »Ich kann nicht so gut malen.«

So schüchtern kannte Maik den Jungen gar nicht. Aber er hatte ihn auch noch nie unter Fremden erlebt.

»Die anderen auch nicht.« Jörn schmunzelte. »Da fällt einer mehr nicht auf. Aber es sind ein paar Jungs und Mädchen ungefähr in deinem Alter dabei. Ich hoffe, ihr versteht euch gut.« Er machte eine einladende Geste. »Na, komm mal mit, ich bringe dich hin.« Kurz nickte er Henning zu und führte den sichtlich zögernden Jakob mit einer leichten Berührung an der Schulter in Richtung Scheune.

Jakob ging zwar mit, warf Maik aber über die Schulter mehrmals unsichere Blicke zu.

Ermunternd nickte Maik ihm zu. »Viel Spaß!«, rief er dem Jungen nach.

Unterdessen wandte Henning sich an Michelle. »Wie wäre es, wenn du dort hinten zu der großen Laube gehst? Dort hat Ella sich mit einem Berg Krepppapier eingerichtet und sucht händeringend nach Leuten, die ihr beim Rosendrehen helfen. Hast du das schon mal gemacht?«

Michelle schüttelte den Kopf. »Was denn für Rosen?«

Henning grinste. »Das wirst du schon sehen. Im Augenblick hat sie Elke und Bruno zwangsverpflichtet. Ich glaube, Bruno kriegt dabei allmählich die Krise. Er hat zu große Hände. Du wirst schon sehen, was ich meine. Falls dir zufällig Celeste und Mirko begegnen sollten, dann sag ihnen, sie sollen ebenfalls Ella helfen.«

»Ich weiß doch gar nicht, wer das ist«, erwiderte Michelle widerwillig.

»Celeste und Mirko sind Zwillinge, beide blond, etwa deine Größe, beide frech und fröhlich. Du kannst sie gar nicht verfehlen, sie müssen hier irgendwo sein. Elke hat schon nach ihnen gefragt, weil sie eigentlich bei den Vorbereitungen für das Essen helfen wollten. Alex hat versprochen, uns seinen großen Holzkohlegrill zu leihen, und auch Ben und Lars wollten Grills mitbringen. Die müssen alle noch aufgebaut werden, und ich fürchte, jemand muss noch losfahren und mehr Holzkohle besorgen. Aber das soll nicht deine Sorge sein. Schau erst mal, dass du Ella ein bisschen zur Hand gehst.«

»Aber was ist mit Finchen?« Michelle blickte auf das Airedale-Terrier-Mädchen hinab. Finchen zappelte neben ihr an der Leine herum, setzte sich immer wieder, sprang auf und setzte sich gleich darauf wieder.

Ja genau, was ist mit mir? Ich würde so gerne die ganzen Menschen hier begrüßen und beschnüffeln. Warum muss ich denn an dieser blöden Leine bleiben? Komm schon, lass uns alle kennenlernen!

»Nimm sie einfach mit. Kann sie noch nicht ohne Leine herumlaufen?« Henning ging kurz vor Finchen in die Hocke. »Na, du Süße? Du bist ja ganz aufgeregt.«

Na klar bin ich aufgeregt. Wärst du auch, wenn du so viele neue Menschen sehen und Eindrücke riechen würdest. Überhaupt riecht es hier seltsam. Irgendwie nach ganz vielen Tieren und nach Essen und nach Kuchen und nach lauter Dingen, die ich noch nicht kenne.

Lächelnd streichelte Henning die Hündin, dann richtete er sich wieder auf. »Du kannst ihre Leine drüben in der Laube am Tisch oder am Zaun festbinden. Das wird ihr zwar nicht so gut gefallen, sie scheint ja ziemlich viel Energie zu haben. Aber vielleicht beruhigt sie sich auch, wenn sie merkt, dass alle nett zu ihr sind und es nicht viel Aufregendes zu erleben gibt.«

Also bitte! Was aufregend ist und was nicht, entscheide doch wohl ich.

»Aber eigentlich wollte ich noch mit ihr spazieren gehen«, protestierte Michelle.

Mit einem eindringlichen Blick in ihre Richtung schüttelte Maik den Kopf. »Später, Michelle. Nun lern erst mal ein paar Leute kennen.«

Der Blick, mit dem Michelle ihn daraufhin bedachte, hätte tödlicher nicht sein können. Sie fügte sich jedoch, schnalzte und ging mit Finchen an dem Ungetüm von Festwagen vorbei zu der von Knöterich und Clematis berankten Laube, die sich zwischen dem Hof und dem angrenzenden Garten befand.

Mit einem unterdrückten Seufzen blickte Maik ihr nach. »Sie wollte erst gar nicht mitkommen.«

Auch Henning beobachtete Michelle für einen Moment, bevor er sich Maik zuwandte. »Sie wird schon noch auftauen. Es sind viele junge Leute hier, die sie bestimmt früher oder später aus der Reserve locken.«

»Wenn sie das schaffen, verdienen sie einen Orden.« Maik rieb sich über die Stirn. »Michelle ist wirklich eine harte Nuss. Manchmal glaube ich, dass ich zu ihr durchdringe und sie ein bisschen zugänglicher wird, und im nächsten Moment klappt ihr Visier herunter und sie verkriecht sich. Dann ist nichts mehr zu machen.«

»Sie hat immerhin gerade ihre Mutter verloren. Auf so einen schrecklichen Verlust reagiert jeder Mensch anders. Wart ihr schon bei Nasira?«

»Gestern Nachmittag.« Maik schob die Hände in die Taschen seiner Jeans.

»Und? Wie ist es gelaufen?«

»Schwer zu sagen. Wir haben erst alle drei zusammen mit ihr gesprochen, aber das war mehr eine Art Kennenlernrunde und ist nicht besonders in die Tiefe gegangen. Danach hat Frau Dr. Scholz einzeln mit uns gesprochen. Was dabei herausgekommen ist, weiß ich natürlich nicht, denn in der Hinsicht gilt ja die ärztliche Schweigepflicht. Das ist auch vollkommen in Ordnung, ich hoffe nur, dass sie Michelle helfen kann. Und Jakob ... Er ist manchmal schrecklich still.«

»Schüchtern scheint er auch zu sein«, fügte Henning hinzu. »Aber das gibt sich bestimmt bald, wenn er ein paar Kinder in seinem Alter kennengelernt hat.« Er musterte Maik mit schräg gelegtem Kopf. »Da hast du wirklich eine ganz schöne Verantwortung auf dich geladen. Ich hoffe, sie wächst dir nicht über den Kopf.«

»Das hoffe ich auch. Aber genug davon.« Auch wenn er sich deplatziert fühlte, war Maik entschlossen, Michelle und Jakob ein gutes Vorbild zu sein, was bedeutete, dass er versuchen musste, sich in die neue Gemeinschaft einzufügen. »Du hast irgendetwas von Draht gesagt, der gewickelt werden muss?«

»O ja!« Das breite Grinsen kehrte auf Hennings Lippen zurück. »Sehr, sehr viel Draht. Spätestens in einer halben Stunde wirst du mich verfluchen.«

***

»Hast du schon gesehen?« Elke Dennersen stieß Ella sachte mit dem Ellenbogen in die Seite, während sie gleichzeitig aus einem weißen Krepppapierstreifen geschickt eine Rosenblüte drehte. »Unsere drei neuen Lichterhavener sind soeben eingetroffen.«

Ella hob den Kopf von ihrer Krepprose und blickte in die Richtung, in die Elke nun mit dem Kinn wies. »Tatsächlich! Dr. Maik Zengler höchstpersönlich.« Sie schmunzelte. »Und so leger gekleidet! So kennt man ihn gar nicht. Zumindest wir nicht. Und die beiden Kids … Begeistert sehen sie nicht gerade aus.«

»Sie sind neu hier.« Elke winkte lässig ab. »Lass sie erst mal mit uns warm werden. Ich stelle es mir nicht einfach vor, erst die Mutter zu verlieren und dann auch noch von der Großstadt in die Provinz verpflanzt zu werden. Ich weiß selbst noch, dass es mir nicht ganz leichtgefallen ist, mich hier einzuleben, als ich damals zum ersten Mal meinen Fuß in unseren schönen Ort gesetzt habe. Und ich hatte nicht einmal so einen schlimmen Verlust zu beklagen. Es braucht Zeit, um über so etwas hinwegzukommen.«

»Das glaube ich auch.« Ella legte die fertige rote Rose in eine große quadratische Holzkiste und schnappte sich sogleich den nächsten Streifen Krepppapier. »Ich wundere mich nur, dass ausgerechnet Herr Dr. Zengler sich bereit erklärt hat, für seine Nichte und seinen Neffen zu sorgen.«

Erstaunt sah Elke sie an. »Warum? Soweit ich es verstanden habe, ist er doch der einzige noch lebende Verwandte, oder etwa nicht?«

»Nicht ganz, aber fast.« Ella nickte. »Er scheint aber der Einzige zu sein, der dafür infrage kommt. So, wie wir ihn allerdings vergangenes Jahr kennengelernt haben … Sagen wir mal so, ich hätte nie gedacht, dass er der Typ für so etwas ist. Offenbar habe ich mich geirrt.«

»Erste Eindrücke können manchmal trügen«, philosophierte Elke. Dann wandte sie sich an ihren Mann Bruno, der schweigend und hoch konzentriert versuchte, ebenfalls eine Krepprose zwischen seinen großen Pranken zu drehen. Selbst nach fünf Minuten war es ihm noch nicht geglückt. Inzwischen wirkte der Streifen Krepppapier reichlich zerfranst. »Ich glaube, das lässt du jetzt mal bleiben, Bruno.« Sie gab ihm einen schnellen Kuss auf die Wange. »Wir haben dich lange genug damit gequält. Warum gehst du nicht rüber zum Festwagen und schaust, ob du dich dort nützlich machen kannst? Wie es aussieht, hat Henning das Mädchen zu uns geschickt. Also kann sie dich ablösen.« Stirnrunzelnd blickte sie sich um. »Kann mir mal jemand verraten, wo Mirko und Celeste stecken? Hoffentlich hecken die beiden nicht wieder irgendeinen Unsinn aus. Das letzte Mal, als sie sich heimlich verdrückt hatten, hatten sie alle unsere Hunde mit Fingerfarbe beschmiert.« Sie versuchte, eine ernste Miene beizubehalten, doch um ihre Mundwinkel zuckte es verdächtig. »Man sollte doch wohl meinen, dass sie inzwischen alt genug sind, um solchen Unfug sein zu lassen. Immerhin sind sie kürzlich vierzehn geworden! Ich kann mich nicht erinnern, dass ich als Jugendliche noch so viel Unsinn im Kopf gehabt habe. Zumindest nicht solchen.«

»Vielleicht sitzen sie auch einfach nur mit ein paar Freundinnen und Freunden drüben auf der Wiese.« Ella deutete vage hinter sich. »Oder unter den Obstbäumen.«

»Oder *in* den Obstbäumen«, murrte Elke, musste dann aber doch lachen. »Ja, vielleicht. Sie sind ja auch nicht verpflichtet, mitzuhelfen. Immerhin gehören sie beide nicht zur freiwilligen Feuerwehr. Celeste überlegt zwar noch, aber Mirko hat eigentlich mit dem Fußball und dem Hockeytraining schon genug zu tun. Ich will ihn da nicht zwingen, noch eine weitere Verpflichtung einzugehen. Das muss er selbst entscheiden. Vielleicht, wenn er noch etwas älter ist.«

»Immerhin konnte Jörn ja schon euren Tim rekrutieren.« Ella lächelte Elke zu. »Darüber ist er heilfroh, und Tim scheint sich auch in den Lehrgängen sehr verständig anzustellen. Jörn ist immer froh über neue Mitglieder, vor allem, wenn man sich wirklich auf sie verlassen kann. Dass Tim außerdem noch ein bisschen Ahnung von Maschinen, Motoren und technischen Geräten hat, ist natürlich ein zusätzlicher Pluspunkt.« Sie brach ab, weil in diesem Moment Maik Zenglers Nichte mit einem übermütig herumhüpfenden jungen Airedale Terrier an der Leine im Eingang der Laube erschien. »Hallo!« Sie lächelte dem Mädchen herzlich zu. »Du bist bestimmt Michelle. Hat Henning dich zum Rosendrehen verdonnert?«

»Mhm.« Das Mädchen nickte vage, schien sich dann aber auf seine guten Manieren zu besinnen. »Ja, also, ich bin Michelle. Ich habe noch nie Rosen gedreht.«

Elke deutete auf einen der Gartenstühle, die im Halbkreis um den großen Holzkasten herum verteilt standen. »Setz dich doch. Ich bin Elke, und das ist Ella. Und das hier«, sie deutete auf Bruno, der sich bereits erhoben hatte und dankbar die zerfledderte Rose von sich warf, »ist mein Mann Bruno. Sag Danke, Bruno, dass Michelle jetzt deinen Platz einnimmt.«

»Aus tiefstem Herzen vielen, vielen Dank, min Deern!« Bruno verbeugte sich schwungvoll vor Michelle. »Für diese Rettung hast du was gut bei mir.« Damit ergriff er die Flucht. Michelle sah ihm etwas irritiert hinterher, Elke lachte jedoch herzlich. »Na komm, Michelle. Ich zeige dir, wie das mit dem Rosendrehen geht. Es ist ganz einfach, und da du im Gegensatz zu meinem Göttergatten kleine Hände hast, wird es dir leichtfallen.« Sie reichte Michelle, nachdem diese sich gesetzt hatte, einen Streifen weißen Krepppapiers, zog es jedoch gleich mit einem erschrockenen Laut wieder zurück, weil die Hündin danach gehascht hatte. »Huch!« Sie hielt das Krepppapier außerhalb von Finchens Reichweite. »Was bist du denn für ein freches Untier?«

Gar keins! Ich bin bloß neugierig. Was ist das für ein Flatterding? Das sieht lustig aus, und ich möchte spielen!

»Entschuldigung … Äh, Finchen wollte Sie nicht erschrecken. Sie spielt nur gerne.« Instinktiv nahm Michelle die Leine der Hündin noch kürzer.

»Finchen heißt die Kleine?« Entzückt erhob Elke sich und ging um den Kasten herum auf die Hündin zu. »Sie ist noch ganz jung, nicht wahr? So ein hübscher Name. Wer hat ihn denn ausgesucht?«

»Ich.« Michelle räusperte sich sichtlich verlegen. »Sie hat in ihren Papieren so einen ganz langen, komplizierten Namen stehen. Josephine Friederike von und zu Haselnussbaum oder so etwas Ähnliches. Das fanden wir alle blöd. Und Finchen ist doch eine Kurzform von Josephine.«

»Und es passt auch viel besser zu einer Hündin«, bestätigte Elke. »Willst du ihre Leine da vorne an dem Pfosten festmachen? Dann kann sie nicht weglaufen. Bestimmt ist sie noch nicht gut genug erzogen, dass du sie frei herumlaufen lassen kannst, nicht wahr?«

»Ich weiß nicht, ob sie weglaufen würde.« Michelle beugte sich zur Seite und befestigte die Leine an einem Eckpfosten der Laube.

Hey, menno! Was soll das denn? Ich finde es total blöd, angebunden zu werden. Finchen schnaubte verärgert und bedachte den Pfosten mit einem scheelen Blick. *Und überhaupt, was machen wir denn jetzt hier? Ich dachte, wir spielen.*

»Ich hoffe, wir finden gleich noch ein paar weitere Helferinnen oder Helfer.« Ella blickte nicht sehr hoffnungsvoll hinüber in den Hof. »Sonst haben wir heute Abend alle wunde und zerstochene Hände.«

»Wir vielleicht.« Elke gluckste. »Du doch bestimmt nicht, Ella. Du bist es doch gewohnt, mit diesem Basteldraht und Krepppapier umzugehen. Du bist nicht umsonst die Deko-Queen von Lichterhaven.«

»Deko-Queen?« Ella kicherte. »Seit wann das denn?«

»Na, schon immer!« Elke stieß sie erneut mit dem Ellenbogen an. »Als ob du das nicht wüsstest. Niemand kann so wunderschöne Dekorationen zaubern wie du. Wenn ich da nur an das Stadtfest von vor zwei Jahren und das Feuerwehrjubiläum denke! Wenn du nicht gewesen wärst, wären die Festwagen der Feuerwehr nicht halb so schön geworden. Ach, was sage ich? Nicht mal ein Viertel. Ganz zu schweigen von den großartigen Blumendekorationen, die du immer für Festlichkeiten zusammenstellst. Dafür hast du wirklich ein Händchen.« Erneut reichte sie Michelle den Streifen Krepppapier. »Aber nun sollten wir wirklich weitermachen. Und wenn nicht bald Mirko und Celeste hier auftauchen, dann gehe ich sie höchstpersönlich suchen.«

»Ich dachte, sie wäre nicht verpflichtet, uns zu helfen.« Auch Ella nahm sich einen neuen Streifen Krepppapier.

»Ich habe es mir gerade anders überlegt.« Elke setzte eine grimmige Miene auf. »Denn wie ich schon sagte, wenn die beiden sich so heimlich, still und leise aus dem Staub machen, kommt selten etwas Gutes dabei heraus.« Sie lehnte sich zu Michelle hinüber. »Hier, schau, es geht ganz einfach. Du musst nur das eine Ende des Streifens so zwischen die Finger nehmen und dann das Papier immer hübsch gleichmäßig im Kreis darum herum drehen.« Während sie sprach, demonstrierte sie die Vorgehensweise ganz langsam, damit Michelle es ihr nachmachen konnte.

✳✳✳

»Wenn wir mit dem Drahtwickeln fertig sind, müssen wir noch die Lichterketten anbringen.« Henning warf einen nicht ganz freundlichen Blick auf den großen Karton, in dem sich ein wildes Sammelsurium von weißen und bunten LED-Lichterketten befand. »Das wird ein Spaß!«

»Wenn wir mit dem Wickeln fertig sind?« Maik warf einen skeptischen Blick auf die Drahtrollen und die vielen Streben, die noch damit umwickelt und verbunden werden mussten. »Falls wäre wohl das richtige Wort. Ich habe das Gefühl, das hier ist eine Arbeit für die Ewigkeit. Wer hat sich denn bloß ausgedacht, diesen Wagen als fahrende Diskothek herzurichten?«

»Da musst du den Vorstand fragen.« Henning warf ihm ein verbissenes Grinsen zu. »Oder vielmehr die dortigen Beigeordneten der Jugendfeuerwehr. Auf dem Papier sah die Idee noch ziemlich gut aus, und Lars hat, dafür dass er eigentlich Jachten und Segelboote entwirft und baut, ziemlich gute Arbeit bei der Konstruktion geleistet. Wie gesagt, auf dem Papier. Wenn wir nicht so viele Helferinnen und Helfer hätten, würde es wohl auch nur bei den Papierzeichnungen bleiben. Aber was tut man nicht alles für die liebe Allgemeinheit?«

»Du musst dich gerade beschweren!« Mit einem unterdrückten Fluch schüttelte Maik seine linke Hand, die er sich versehentlich an einer Strebe geklemmt hatte. »Du hast doch neulich so getan, als ob das hier heute ein riesengroßer Spaß

wird. Von schmerzhafter Sklavenarbeit war nicht die Rede.«
Er griff nach einer neuen Drahtrolle. »Du solltest Verkäufer
werden. Im Anpreisen bist du jedenfalls erstklassig.«

»Besser nicht.« Henning lachte. »Wenn ich mich dann
ständig mit solchen Beschwerden wie deiner herumschlagen
müsste, hätte ich ja nicht viel gewonnen, oder?« Er hielt inne,
und seine Miene hellte sich auf. »Ah, da kommt das beste Essen des Tages! Dafür lohnt es sich, noch ein bisschen zu leiden.« Er wies mit dem Kinn in Richtung Haus, vor dessen
Eingang die Tische mit den Speisen und Getränken aufgebaut
waren.

Maik folgte dem Blick seines Freundes und runzelte beim
Anblick der hübschen rothaarigen Frau, die offenbar gerade
angekommen war, die Stirn.

Henning seufzte übertrieben. »Am besten ist es wohl, ich
gehe gleich mal rüber zu Hannah und bitte sie darum, mir eine
Portion von ihrem Kartoffelsalat zu reservieren. Andernfalls
könnte es sein, dass ich nichts mehr bekomme. Eins musst
du nämlich wissen: Feuerwehrleute sind wie die Heuschrecken, wenn es um ein gutes Grillbüfett geht. Und wo Hannah
mitmischt, ist das Wort gut noch weit untertrieben. Ich hatte
schon Sorge, dass sie nicht kommen könnte. Sie ist nämlich
ziemlich spät dran.«

»Hast du nicht gesagt, Caroline hätte auch etwas für dieses
Büfett beigesteuert?« Während er sprach, folgte Maik Hannah
mit Blicken und beobachtete, wie sie eine große Glasschüssel
aus dem Kofferraum ihres Wagens hob.

»Natürlich hat sie das. Sie hat Baguettebrote, Brötchen,
Kuchen und selbst gemachte Laugenbrezeln mitgebracht.
Aber zu einem guten Grillbüfett gehören nun einmal auch le-
ckere Salate. Wenn es darum geht, ist man einfach bei Hannah
an der besten Adresse. Sie ist nicht umsonst die Starköchin der
Foodsisters.«

»Solange es dir Caroline nicht übel nimmt, dass du derart vom Essen einer anderen Frau schwärmst, will ich nichts gesagt haben.«

»Keine Sorge, Caroline ist selbst ganz verrückt nach Hannahs Kartoffelsalat.«

»Na, dann ...« Maik stockte, als sein Blick erneut auf Hannah fiel. »Moment mal!« Rasch legte er die Drahtrolle zur Seite und sprang von dem Festwagen hinunter.

»Hey, was ist denn jetzt los?«, rief Henning ihm verblüfft hinterher. »Wo willst du denn hin?«

»Bin gleich wieder da.« Mit großen Schritten eilte Maik auf das Auto der rothaarigen Köchin zu. Sie war gerade dabei, eine riesige Klappbox mit weiteren Schüsseln und Krügen in ihrem Kofferraum hin und her zu schieben. »Warten Sie, ich helfe Ihnen.«

»Danke, äh ...« Lächelnd drehte sie sich zu ihm um, dann weiteten sich ihre Augen. »Oh, Sie sind das.« Sie klang, als gäbe es nichts Überraschenderes als die Tatsache, dass ausgerechnet er ihr zu Hilfe geeilt war. »Ich, äh, wusste gar nicht, dass Sie auch hier sind. Ella und Caro haben zwar so etwas angedeutet, aber ich hätte nicht gedacht, dass ...« Sie vollendete den Satz nicht. Stattdessen rückte sie erneut an der schweren Klappbox herum.

Maik versuchte sich an einem Lächeln. Immerhin wollte er ja ein gutes Vorbild sein. Zwar waren weder Michelle noch Jakob irgendwo zu sehen, aber das war gar nicht so wichtig. Auch wenn ihn diese Frau schon allein durch ihren skeptischen Blick erneut zu ärgern drohte, würde er sie nicht diese schwere Kiste allein aus dem Auto heben lassen. »Vermutlich hätte ich mir selbst niemals träumen lassen, dass ich einmal bei ... so etwas hier«, er machte eine ausholende Geste, die die vielfältigen Aktivitäten im Hof, in der Laube und der Scheune einschlossen, »mitmachen würde. Sie sind also mit Ihrem

Erstaunen nicht allein. Aber nun bin ich schon mal hier, also lassen Sie mich bitte mit anfassen.« Er deutete auf die Klappbox. »Wo soll die hin?«

»Da vorne auf die Bank.« Hannah deutete auf eine Holzbank neben der Haustür. »Von dort aus kann ich die Schüsseln auf den Tischen verteilen. Ich könnte sie natürlich auch alle einzeln hinübertragen. Dann brauchen Sie nicht ...«

»Schon gut.« Maik umfasste die Griffe der Klappbox und hob sie an. »Das ist doch keine große Sache.«

»Warten Sie, ich fasse mit an.« Hannah wollte einen der Griffe packen, doch Maik wich ihr aus.

»Lieber nicht.« Die Andeutung eines Grinsens erschien auf seinem Gesicht. »Sonst stoßen wir am Ende schon wieder zusammen und verursachen einen Unfall.« Damit ging er los. Nachdem er die Klappbox auf der Bank abgestellt hatte, drehte er sich zu ihr um. »Haben Sie noch mehr schwere Sachen zu tragen?«

»Nein, das war alles.« Hannah trat zögernd auf ihn zu. »Danke für die Hilfe.«

»Keine Ursache. Reservieren Sie mir einfach eine Portion von Ihrem Kartoffelsalat als Bezahlung. Ich habe gehört, der sei Spitzenklasse und ich müsse ihn unbedingt probieren.« Damit machte er sich auf den Weg zurück zum Festwagen.

»Normalerweise nehme ich keine Reservierungen oder Bestellungen an.« Hannah grinste, als er stehen blieb und sich zu ihr umdrehte.

»Auch nicht für einen Gentleman?«

Sie hob die Schultern. »Das kommt darauf an.«

»Worauf?«

»Ob Sie wirklich einer sind, dauerhaft, meine ich, oder ob das ein einmaliger Ausrutscher war.«

Irrte er sich, oder lag in ihrem Tonfall eine gewisse Herausforderung? Er war sich nicht ganz sicher. Vielleicht war sie auch nur so giftig wie eh und je. »Dann ist es wohl an Ihnen, das herauszufinden.«

»Und an Ihnen, es zu beweisen.« Damit wandte sie sich ihren Salatschüsseln zu.

»Was war das denn?« Mit hochgezogenen Brauen sah Henning ihm entgegen, als Maik erneut auf den Festwagen kletterte.

»Nichts. Ich habe nur Frau Pettersson geholfen, die Box mit den Salaten aus ihrem Auto zu heben.«

»Ach, nennt man das jetzt so?«

»Was meinst du?« Maik griff erneut nach der Drahtrolle und begann, zwei weitere Streben miteinander zu verbinden.

»Na so, wie du eben losgerannt bist, dachte ich schon, du wolltest etwas von ihr.«

»Was soll ich von ihr wollen?«

Henning verdrehte die Augen. »Was halt ein Mann so alles von einer schönen Frau wollen könnte.«

Maik bedachte ihn mit einem beredten Blick. »Wo sind wir hier? Im Kindergarten?«

»Ich hoffe, nicht.« Henning schmunzelte. »Das wäre doch zu schade. Aber falls du tatsächlich vorhaben solltest …«

»Habe ich nicht.«

»Falls du tatsächlich vorhaben solltest, Hannah näher kennenzulernen«, fuhr Henning ungerührt fort, »solltest du zuerst versuchen, den schlechten Eindruck zu revidieren, den du bei ihr hinterlassen hast.«

»Das versuche ich ja.« Maik nahm einen Seitenschneider zur Hand und kappte den Draht. »Ich kann es leider nicht ändern, dass sie so nachtragend zu sein scheint.«

»Ha!« Ein triumphierendes Grinsen erschien auf Hennings Gesicht. »Also doch.«

»Nein! Autsch, verdammt noch mal.« Seitenschneider und Drahtrolle waren Maik aus der Hand gefallen und genau auf seinen Zehen gelandet. Fluchend hob er beides wieder auf. »Da ist überhaupt nichts. Bilde dir bloß nichts ein. Und überhaupt, was soll ich mit einer Frau, die ständig nur ihre Giftstacheln aufstellt? Da kann ich mir eindeutig Angenehmeres vorstellen.«

»Schon gut, schon gut.« Das Grinsen verließ Hennings Gesicht immer noch nicht. »Ich sage ja schon gar nichts mehr.«

Dazu blieb nun auch wenig Gelegenheit, denn weitere Feuerwehrleute erschienen, um Maik und Henning zu helfen. Dadurch entwickelte sich das Gespräch sehr schnell in Richtung Fußball, Autos, die letzten Einsätze, Familienerlebnisse und die letzten Folgen irgendeiner Dokusoap. Doch trotz dieser bunten Mischung an Ablenkungen konnte Maik nicht umhin, immer wieder zu den Tischen vor dem Hauseingang zu blicken. Inzwischen war Hannah Pettersson dabei, mit Caroline Meierbach und mehreren hochgewachsenen Männern die offenbar frisch eingetroffenen Grills aufzubauen. Von den Männern erkannte Maik nur Alexander Messner, den Anwalt und Notar, in dessen Kanzlei er ab kommender Woche mitarbeiten würde. Zunächst nur als angestellter Anwalt, jedoch mit der Aussicht auf eine Teilhaberschaft, falls die Zusammenarbeit sich positiv entwickelte und Maik tatsächlich dauerhaft in Lichterhaven bleiben würde.

Mit einigem Erstaunen und einem seltsamen Unwohlsein nahm Maik zur Kenntnis, dass die rothaarige Köchin im Kreise dieser ihr nur allzu bekannten Männer und ihrer Freundin Caroline regelrecht aufblühte. Das war eine blöde Bezeichnung, fand er, doch ihm fiel keine bessere ein. Ihre Miene wirkte offen und zugänglich, sie scherzte mit ihnen, und ihr Lachen, angenehm klar und warm, war bis zum Festwagen zu vernehmen. Aus unerklärlichen Gründen wünschte Maik sich plötzlich, sie würde auch ihn eines Tages einmal so offen und herzlich anreden. »Mist«, murmelte er und versuchte, sich auf die Arbeit zu konzentrieren, die er gerade verrichtete. Als er kurz in Hennings Richtung blickte, begegnete er dessen wissendem Blick. Dreimal Mist!

※※※

»Das machst du richtig gut«, lobte Ella, nachdem Michelle einen ganzen Berg bunter Krepprosen gebastelt hatte. »Ich glaube, du hast dir eine Pause redlich verdient. Meinst du nicht auch, Elke?«

»Unbedingt.« Elke lächelte Michelle mütterlich zu. »Weißt du was? Wie wäre es, wenn du losziehst und Celeste und Mirko suchst? Ich habe sie vorhin bei der Scheune herumlungern sehen, und nun ist es allmählich Zeit, dass die beiden irgendetwas Vernünftiges tun. Sonst kommen sie wirklich noch auf irgendwelche verrückten Gedanken.«

»Ich habe doch gleich gesagt, dass sie mit den anderen Mädels und Jungs drüben auf der Wiese waren.« Ella lachte. »Solange sie im Rudel unterwegs sind, ist es doch nicht so schlimm. Da sind sie beschäftigt und abgelenkt.«

Elke gluckste. »Da hast du wohl recht. Aber zumindest beim Verteilen der Getränke könnten sie jetzt helfen. Der Festwagen sieht ja schon recht vielversprechend aus. Es hat zwar länger gedauert als gedacht, aber soweit ich es erkennen kann, wird das Ding richtig klasse. Jetzt weiß ich endlich auch, was sie mit den ganzen Metallstreben wollen. Wenn jetzt noch die bunt angemalten Außenwände angebracht sind, sieht das Ganze wirklich so aus wie eine Disco, in die man wie durch Glasfenster hineinsehen kann. Und ganz obenauf kommt eine riesige glitzernde Discokugel. Da hat Lars sich wieder einmal selbst übertroffen.«

»Absolut.« Ella nickte zustimmend, dann wandte sie sich wieder an Michelle. »Na los, du bist erlöst. Dafür, dass du es so lange mit uns beiden Quasselstrippen ausgehalten hast, verdienst du ja fast schon einen Orden. Insbesondere, weil du uns ja heute zum ersten Mal begegnet bist. Ich hoffe, wir haben dich nicht allzu sehr verschreckt. Am besten gehst du jetzt erst einmal eine kleine Runde mit Finchen. Sie hat ja wirklich wunderbar brav ausgehalten.«

Wie? Was? Wer will etwas von mir? Wo bin ich eigentlich? Finchen, die schon seit einer guten Stunde neben Michelles Stuhl auf der Seite gelegen und gedöst oder geschlafen hatte, sprang wie ein Springbällchen in Sekundenschnelle auf die Pfoten und sah sich gleichermaßen verdattert wie neugierig um. *Ach ja, stimmt, wir sind immer noch bei diesen ganz vielen verschiedenen Leuten. Das wird aber allmählich langweilig. Jetzt will ich wirklich endlich mal ein bisschen spielen. Außerdem muss ich mal.*

Michelle warf die letzte fertige Rose in den mittlerweile hochvollen Kasten und erhob sich. »Nö, war schon okay. Ich, äh, gehe dann mal.« Sie war tatsächlich erleichtert, von der eintönigen Tätigkeit befreit zu sein. Außerdem wusste sie nicht recht, was sie von den zwei Frauen halten sollte. Die beiden hatten einfach die ganze Zeit – fast zwei Stunden! – ununterbrochen über alles Mögliche gequatscht. Natürlich alles Sachen, über die Michelle nicht Bescheid wusste. Irgendetwas über eine Yogagruppe und lauter Leute, die Michelle natürlich nicht kennen konnte, weil sie ja nicht von hier war. Da hatte irgendjemand sich den Fuß verstaucht, jemand anderes war auf Weltreise gegangen, und wieder jemand anderes hatte sich erdreistet, die Strandkörbe in der Nähe vom Meerwasser-Wellenbad mit Graffiti zu verunzieren. Das und noch vieles mehr hatte Michelle erfahren, sich jedoch an dem Gespräch nicht beteiligt. Das schienen die beiden Frauen jedoch auch nicht von ihr erwartet zu haben. Sie hatten sie zwar hin und wieder angesprochen, jedoch immer nur, um sie zu loben oder um ihr einen neuen Kniff beim Drehen der Rosen zu zeigen.

Jetzt brummte ihr ein bisschen der Schädel, und in ihren Ohren summte es. »Komm, Finchen.« Sie löste die Leine von dem Pfosten und musste lächeln, als die junge Hündin ihr fast ins Gesicht sprang und versuchte, sie abzuschlecken. »Ich, äh, gehe dann also mal«, wiederholte sie und kam sich dabei reichlich dumm vor.

»Viel Spaß«, wünschte Ella ihr.

»Und vergiss nicht, Mirko und Celeste zu mir zu schicken«, fügte Elke hinzu.

Mit einem vagen Nicken verließ Michelle die Laube. Dabei hatte sie das Gefühl, als ob die beiden Frauen ihr hinterherblicken würden. Als sie sich kurz umdrehte, stellte sie jedoch fest, dass sowohl Elke als auch Ella sich einträchtig über ihre Arbeit beugten und sie nicht weiter beachteten.

Na los, los, los! Lass uns endlich was spielen oder spazieren gehen. Finchen bellte aufgeregt, hüpfte auf und ab und zerrte an der Leine.

»Immer noch ganz schön frech, die Kleine«, erklang hinter Michelle eine männliche Stimme, die ihr seltsam bekannt vorkam. Als sie sich umdrehte, erschrak sie. Tim Dennersen, heute in einer schwarzgrauen Arbeitshose, die sie auch bei einigen anderen anwesenden Männern und Frauen gesehen hatte, und einem dunkelblauen Poloshirt mit dem Aufdruck der Freiwilligen Feuerwehr Lichterhaven, grinste sie reichlich unverhohlen an. »Auch auf die Gefahr hin, dass ich mich schon wieder unbeliebt mache, weil ich dir einen guten Rat gebe: Geh mit der verrückten Töle in die Hundeschule.«

»Lass mich in Ruhe. Ob, wie und wo ich meinen Hund erziehe, geht dich gar nichts an.« Sie nahm die Leine etwas kürzer. »Und nenn sie nicht Töle! Finchen ist nur aufgeregt, weil hier so viele Leute sind. Außerdem muss sie mal. Deshalb gehe ich jetzt mit ihr spazieren.« Schon wieder kam sie sich dumm vor, vor allen Dingen, weil sie es offenbar nicht schaffte, mehr als ein paar abgehackte Sätze zu sagen, wenn dieser Typ vor ihr stand. Er ging ihr gehörig auf den Keks. Deshalb ließ sie ihn einfach stehen und lief beinahe im Laufschritt über den Hof.

»Tüddeltrine!«, rief Tim ihr hinterher.

Michelle erschrak und zog den Kopf ein, weil nun natürlich etliche Leute zu ihr herüberblickten. In ihrer Magengrube zwickte es unangenehm.

»Michelle?« Das war Maiks Stimme.

Verärgert, hauptsächlich über sich selbst, blieb Michelle stehen. »Was denn?«, fragte sie patziger als nötig.

Maik sprang von dem Festwagen herunter und kam auf sie zu. »Gehst du mit Finchen spazieren? Dann geht aber nicht so weit, ja? Und merk dir gut den Weg zurück.«

»Schon klar.« Genervt stieß Michelle die Luft aus. »Ich werde mich schon nicht verlaufen. So groß ist Lichterhaven ja wohl nicht, oder?«

»Na gut, dann bis später. Hast du eigentlich mal nach Jakob geschaut?«

»Nee, wann denn? Ich musste doch stundenlang Rosen aus Krepppapier basteln.« Obwohl ihr diese Tätigkeit gar nicht so arg gegen den Strich gegangen war – immerhin hatten sie dabei alle in Ruhe gelassen –, tat sie, als sei sie besonders verärgert darüber. »Und jetzt muss erst mal Finchen ihr Geschäft erledigen.«

»Hast du an die Schmutztüten gedacht?«

Michelle verdrehte nur die Augen, zog eine schmale Rolle Plastiktüten aus der Tasche ihrer Jeans, zeigte sie ihm und schob sie zurück in die Tasche. »Bis dann.« Damit ging sie einfach los, sehr zur Freude von Finchen, die erneut wie verrückt um sie herumsprang und an der Leine zog. Dabei hatte Michelle allerdings schon wieder das Gefühl, als würde jemand sie beobachten. Als sie vorsichtig über die Schulter blickte, erkannte sie, dass sie recht hatte. Feixend stand Tim Dennersen nicht weit von ihr entfernt neben dem Festwagen und wackelte nun auch noch bedeutungsvoll mit den Augenbrauen.

Fast hätte sie laut geflucht, und am liebsten wäre sie weggerannt. Doch diesen Triumph wollte sie ihm nicht gönnen. Deshalb stolzierte sie betont langsam und hocherhobenen Hauptes durch die Zufahrt zum Hof auf die Straße.

7. Kapitel

»Danke, Hannah. Du bist ein Schatz.« Inette Paulsen, Jörns Mutter, zog Hannah spontan an sich und drückte sie kurz. »Ich wüsste gar nicht, wo mir der Kopf steht, wenn du hier nicht am Büfett das Zepter schwingen würdest. Wir haben zwar immer viele Leute, die Salate, Fleisch und andere Dinge spenden, aber wenn sich nicht jemand federführend darum kümmert, wo was hinkommt und wer was zu tun hat, geht es doch am Ende drunter und drüber.«

Hannah lachte. »Immerhin ist das mein Job.«

»Nein, nein.« Energisch schüttelte Inette den Kopf. »Heute bist du doch privat hier. Niemand bezahlt dich dafür, dass du die Oberaufsicht über unsere Verpflegung übernommen hast. Aber du machst es einfach perfekt. Allerdings haben wir jetzt ein bisschen Leerlauf, nicht wahr?« Sie deutete auf die Feuerwehrleute, die alle noch mit dem Bau des Festwagens der Jugendfeuerwehr schwer beschäftigt waren. Inzwischen hatten auch ein paar Männer und Frauen den Festwagen vom letzten Jahr hergebracht und begonnen, ihn umzudekorieren. »Also könntest du dich jetzt eigentlich ein bisschen ausruhen.«

»Oder irgendwo anders mithelfen.« Jörn, der gerade an ihnen vorbeiging, grinste schalkhaft. »Wir haben noch jede Menge zu tun, sich drücken ist nicht.«

»Also wirklich, Junge, du bist unmöglich!« Inette gab ihrem Sohn einen Klaps gegen den Arm. »Hannah tut doch wirklich schon genug, oder etwa nicht? Wir sind doch hier kein Sklavencamp.«

»Was bitte ist ein Sklavencamp?« Jörns Grinsen verbreiterte sich.

»Ich glaube, ich sehe mal nach, was Caroline und Ella so treiben.« Auch Hannah grinste und gab Jörn ebenfalls einen Klaps gegen den Oberarm. »Von wegen drücken! Du siehst auch gerade nicht so aus, als würdest du dich überarbeiten.«

»Jemand muss darauf achten, dass die ganze Arbeit richtig gemacht wird. Und dieser Jemand ist zufällig meine Wenigkeit«, erwiderte Jörn ungerührt.

»Jaja, bla, bla.« Noch einmal versuchte Hannah, seinen Arm zu erwischen, doch diesmal wich er ihr geschickt aus.

Lachend machte sie sich auf den Weg in Richtung Laube. Dabei kam sie am weit offen stehenden Scheunentor vorbei und ging hinein, um zu sehen, was die Kinder und Jugendlichen inzwischen alles geschafft hatten. Wandelemente, Plakate und große Holztafeln standen und lagen überall herum und waren bereits bunt angemalt. Es herrschte ein lautes Stimmengewirr, Gelächter war von allen Richtungen zu vernehmen, und über allem hing der Geruch nach Ölfarben und Stroh. Hannah grüßte hier und da ein paar bekannte Gesichter, bestaunte die künstlerischen Fortschritte und wollte die Scheune gerade wieder verlassen, als ihr Blick von einer Bewegung am hinteren Scheunentor angezogen wurde. Dort saß ein Junge von etwa acht oder neun Jahren auf einem umgestülpten Eimer und rieb sich über die Oberarme.

Neugierig umrundete sie ein auf zwei Metallböcken abgelegtes Wandelement, auf dem in silbernen Lettern das Wort Disco geschrieben stand, und trat auf den Jungen zu. Als sie näher kam, hob er ruckartig den Kopf.

»Hallo.« Sie blieb in einigen Schritten Entfernung stehen, um ihn nicht noch mehr zu erschrecken. »Was sitzt du denn hier ganz allein herum? Ist das nicht schrecklich langweilig?«

»Ich hab vorhin so eine Platte grün angemalt.« Der Junge

deutete in Richtung der Wandelemente, die an der Scheunen-
wand standen. »Aber jetzt bin ich fertig.«

»Aha. Hast du denn keine Lust, noch etwas anderes anzu-
malen?« Vorsichtig machte Hannah zwei Schritte auf ihn zu.
»Das ist doch bestimmt lustiger, als hier allein in der Ecke zu
sitzen.«

»Schon, ja. Aber die«, er deutete auf die übrigen anwesenden Jugendlichen, »sind alle älter als ich und wollen mich
nicht dabeihaben.«

Hannah warf über die Schulter einen Blick auf die bunt zu-
sammengewürfelte Gruppe an Jungen und Mädchen im Alter
zwischen ungefähr zwölf und fünfzehn Jahren. Die meisten
von ihnen kannte sie. »Also, das kann ich mir gar nicht vorstellen. Haben sie dir das gesagt?«

Der Junge zuckte mit den Achseln. »Nö, aber meine
Schwester ist vierzehn, und die will auch nie, dass ich irgendwo mitmache, wenn ihre Freunde dabei sind.«

»Ich bin sicher, die anderen würden dich trotzdem mitmachen lassen. Die Feuerwehr, auch die Jugendfeuerwehr, ist eine
richtig tolle Gemeinschaft. Da wird niemand ausgeschlossen.
Auch nicht, wenn er oder sie jünger ist. Aber wo sind denn
die Jungen und Mädchen aus der Kinderfeuerwehr? Haben
sie hier nicht auch mitgeholfen? Da sind doch einige dabei, die
ungefähr in deinem Alter sein müssten. Wie alt bist du denn?«

»Acht.«

»Und wie heißt du?«

»Jakob Zengler.« Der Junge rutschte ein bisschen auf dem
Eimer hin und her. »Ich bin mit meinem Onkel Maik hier.«

Hannah ging vor dem Jungen in die Hocke. »Du bist also
Jakob. Es freut mich, dich kennenzulernen. Ich habe schon
eine Menge von dir gehört.« Als der Junge überrascht den
Kopf hob, lachte sie. »Okay, nicht gerade eine Menge, aber
hier in Lichterhaven spricht sich schnell herum, wenn neue

Leute herziehen. Ich bin übrigens Hannah und schon fast einunddreißig Jahre alt.«

Um Jakobs Mundwinkel zuckte es. »Wieso fast?«

»Na, weil mein Geburtstag erst im September ist. Und ich
fand es auch immer blöd, wenn ich irgendwo nicht mitmachen
konnte. Und weißt du auch, warum?«

Jakob richtete sich auf. »Warum?«

»Weil ich total jung aussehe. Dir fällt das jetzt nicht so auf,
weil für dich alle Erwachsenen irgendwie gleich aussehen,
nicht wahr?« Sie lächelte verständnisvoll. »Aber glaub mir, ich
sehe nicht aus wie fast einunddreißig, sondern viel, viel jünger.
Und das war auch schon so, als ich tatsächlich noch jünger
war. Ich habe immer so ausgesehen, als ob ich nicht zu den
anderen dazugehören würde. Wenn ich meinen Ausweis nicht
dabeihatte, haben mich manchmal die Türsteher oder Karten-
verkäufer bei irgendwelchen Veranstaltungen nicht reingelas-
sen. Das war richtig schlimm. Zum Glück hatte ich zwei gute
Freundinnen, die immer an meiner Seite geblieben sind. Wenn
ich irgendwo nicht hineindurfte, sind sie auch nicht gegangen.
Aber trotzdem war das immer blöd für mich. Verstehst du
das?«

Jakob nickte. »Das ist ja total doof. Ich hab keine Freunde.
Also nicht hier. In Berlin schon, da haben wir vorher gewohnt.
Aber hier kenne ich niemanden, das ist nicht so schön.«

»Das kann ich gut verstehen.« Hannah lächelte ihm aufmunternd zu. »Ich bin sicher, dieser Zustand wird nicht lange
anhalten. Bestimmt findest du hier ganz bald neue Freunde.
Aber erst einmal müssen wir schauen, wo all die Kinder in
deinem Alter hingegangen sind. Ich dachte, sie würden auch
alle helfen. Waren denn, als du angekommen bist, Jungen und
Mädchen in deinem Alter hier?«

»Ja, schon. Aber die haben alle nicht an dem grünen Brett
gemalt, und als ich fertig war, habe ich keinen mehr gesehen.«

»Das ist aber dumm gelaufen.« Hannah erhob sich und sah sich um, doch im Augenblick waren nur die Jugendlichen in der Scheune, jedoch keine erwachsene Aufsichtsperson. »Die sind bestimmt mit Max oder Thorsten und Martina nach draußen gegangen. Hast du einen von den Erwachsenen kennengelernt?«

»Da war eine Frau, ich glaube, die heißt Martina. Die hat mir die Farbe und den Pinsel gegeben und gezeigt, was ich machen soll. Aber danach war sie weg.« Kurz hielt Jakob inne. »Sie ist schwanger, oder?«

Hannah lachte. »Das ist nicht zu übersehen. Bestimmt musste sie sich ein bisschen ausruhen. Wenn die anderen Aufsichtspersonen nicht mitbekommen haben, dass du hier bist, haben sie dich einfach deshalb nicht mitgenommen.« Aufmerksam musterte sie den Jungen. »Hast du wirklich nichts mitbekommen?«

»Mh mh.« Der Junge schüttelte den Kopf. Seine Miene verschloss sich, und plötzlich wirkte er sehr traurig. »Ich habe an meine Mama gedacht. Wir haben immer zusammen gemalt, und sie hat gesagt, dass ich richtig gut bin, obwohl meine Kunstlehrerin gesagt hat, ich hätte zu viel Fantasie.«

»Wie kann man denn zu viel Fantasie haben?«, fragte Hannah verblüfft. »Gerade im Kunstunterricht soll man doch seiner Fantasie freien Lauf lassen.«

Wieder zuckte Jakob mit den Achseln. »Ja, aber sie fand es nicht so gut, wenn ich Pferde mit Hörnern gemalt habe oder Katzen mit zwei Köpfen oder Menschen mit vier Armen. Da hat sie immer gesagt, das wäre total unrealistisch und ich soll lieber alles so malen, wie es wirklich ist.«

Innerlich schüttelte Hannah den Kopf über diese Lehrerin. »Warum hast du denn Katzen mit zwei Köpfen und Menschen mit vier Armen gemalt? Und Pferde mit Hörnern? Meinst du Einhörner?«

»Ja. Einhörner, aber auch welche mit zwei Hörnern. Das waren außerirdische Katzen und Menschen und Pferde. Die sind hier auf der Erde mit einem Raumschiff gelandet.«

»Ach so. Hast du das deiner Lehrerin auch erklärt?«

»Ja, aber sie fand es trotzdem blöd. Sie fand immer alles blöd, was ich male. Sie wollte immer nur, dass wir alles ganz genau so zeichnen, wie es wirklich in der Natur vorkommt.«

»Das ist wirklich schade«, konstatierte Hannah. »Also hast du eben darüber nachgedacht und dabei gemalt und alles um dich herum vergessen?«

Der Junge nickte, den Blick zu Boden gerichtet. »An meine Mama habe ich am meisten gedacht.«

Unangenehm berührt, biss Hannah sich auf die Unterlippe. Sie hatte keine Ahnung, wie sie mit einem Kind umgehen sollte, das gerade die Mutter verloren hatte. Deshalb suchte sie nach den rechten Worten, um Jakob von diesem Gedanken abzulenken. »Weißt du, so etwas passiert mir auch immer mal wieder. Vor allem, wenn ich ein neues Rezept ausprobiere oder in meinen Kochbüchern lese. Ich bin nämlich Köchin, musst du wissen, und beim Kochen geht es mir anscheinend so ähnlich wie dir beim Malen. Ich bin dann ganz konzentriert und bemerke oftmals nicht, was um mich herum vorgeht. Was hältst du davon, wenn wir beide zusammen losziehen und die anderen Kinder suchen? Irgendwo müssen sie ja sein, denn bestimmt haben sie sich nicht in Luft aufgelöst, oder?«

Jakob, der bei ihren Worten den Kopf wieder gehoben hatte, kicherte. »Vielleicht haben sie sich ja irgendwo versteckt.«

»Meinst du wirklich?« Impulsiv streckte Hannah ihm die Hand hin und freute sich, als der Junge sie tatsächlich ergriff. »Na, dann mal los. Suchen wir die Rasselbande!«

Gemeinsam verließen sie die Scheune. Auf dem Hof blieb sie kurz stehen, sah sich um, und als sie von der Ferne das Lachen eines Kindes hörte, ging sie zusammen mit Jakob genau in diese Richtung. »Ich glaube, ich weiß, wo sie stecken«, verriet sie dem Jungen. »Hinter dem Haus ist ein großer Garten, und dahinter befindet sich eine Wiese. Wahrscheinlich haben Max und Thorsten die Kids dorthin gebracht, um mit ihnen irgendetwas einzuüben. Einen Tanz oder irgendeine andere Aufführung für das Stadtfest.«

»Einen Tanz?« Skeptisch blickte Jakob zu ihr auf. »Ich kann nicht tanzen.«

»Die anderen auch nicht.« Hannah lachte. »Das ist doch gerade der Spaß. Dann könnt ihr es alle zusammen lernen. Oder auch nicht, aber auch das ist bestimmt sehr lustig. Sehen wir mal nach, ob ich recht habe.« Mit einem ermutigenden Lächeln führte sie Jakob um das Haus herum in Richtung Garten.

***

Die Arbeiten am Festwagen der Jugendfeuerwehr waren inzwischen so weit vorangeschritten, dass Maik nicht mehr an den Streben basteln musste, sondern dabei half, die Seitenteile und Wandelemente zu befestigen. Er hielt gerade ein Element in Position, damit Henning und zwei Männer namens Hinnerk und Helge es gleichzeitig an allen Seiten mit den Streben verbinden konnten. Dabei nahm er aus den Augenwinkeln wahr, dass Hannah Pettersson in der Scheune verschwand. Darüber hätte er nicht weiter nachgedacht, wenn sie nicht einige Minuten später mit Jakob an der Hand wiederaufgetaucht wäre. Überrascht beobachtete er, wie sie etwas zu Jakob sagte und dann mit ihm um das Wohnhaus herum in Richtung Garten verschwand.

»Ist das dein Junge?« Hinnerk war ein kräftiger, untersetzter Mann von etwa Mitte sechzig mit Hornbrille und einer auffälligen Knubbelnase sowie weißblondem Haar, das wegen diverser Wirbel strubbelig von seinem Kopf abstand. Nun sah er Maik neugierig von der Seite an. »Den Kleinen bei meiner Nichte meine ich.«

Verblüfft erwiderte Maik den Blick des älteren Mannes. »Hannah Pettersson ist Ihre ... ich meine, deine Nichte?« Er konnte sich noch nicht ganz daran gewöhnen, einfach jeden um sich herum zu duzen.

Hinnerk nickte, und auf seinen Lippen erschien ein überaus stolzes Lächeln. »Und wie sie das ist. Ein Goldmädchen! So was von hübsch und nett und talentiert. Sie ist die allerbeste Köchin weit und breit, das kannst du mir glauben. Mindestens genauso gut wie meine Mutter, ihre Großmutter. Die war zu ihrer Zeit in ganz Lichterhaven und darüber hinaus berühmt für ihre Kochkünste, und dieses Talent hat Hannah von ihr geerbt. Schade nur, dass Mutter nicht mehr lebt. Die beiden zusammen in einer Küche wäre der Traum deiner schlaflosen Nächte gewesen.« Er lachte scheppernd. »Da wäre dir allein schon bei den guten Gerüchen, die dich umweht hätten, das Wasser in Strömen im Mund zusammengelaufen. Glaub mir, ich weiß, wovon ich spreche. Als Mutter noch lebte, hat sie mit Hannah häufig neue Rezepte ausprobiert. Überhaupt hat sie Hannah das Kochen beigebracht, da war die Kleine noch in der Grundschule. Leider ist Mutter vor vier Jahren verstorben.« Sein Blick umwölkte sich für einen Moment. »Herzversagen. Sie hatte leider schon immer ein schwaches Herz. Zum Glück ging es ganz schnell. Aber wir vermissen sie alle noch heute.«

Maik nickte nur verständnisvoll und blickte noch einmal in die Richtung, in die Hannah mit Jakob verschwunden war.

»Also, das war dein Junge, oder?«, kam Hinnerk erneut auf seine Frage zurück.

»Mein Neffe«, bestätigte Maik.

»Ich habe schon davon gehört.« Hinnerk drehte die letzte Verschraubung an seinem Ende der Platte fest. »Du kannst wieder loslassen. Das Ding sollte jetzt halten.« Mit einem Wink gab er zwei weiteren Feuerwehrleuten zu verstehen, dass sie das nächste Wandelement herbringen sollten. »Keine Sorge, Hannah wird ihn schon nicht entführen.« Wieder lachte er scheppernd. »Ich schätze, sie bringt ihn zu den anderen Kindern in seinem Alter. Warum Max und Thorsten ihn vorhin nicht gleich mitgenommen haben, weiß ich allerdings nicht. Wahrscheinlich ist das in dem Trubel da drinnen in der Scheune untergegangen.« Wie um seine Worte zu unterstreichen, war aus dem Inneren der Scheune der Schrei eines Mädchens zu vernehmen, dann ein Kichern, dann schrille Schreie und schließlich eine Mischung aus Poltern, Lachen und Kampfgeräuschen. »Siehste.« Hinnerk schnaubte amüsiert. »Schon geht es wieder los.«

Verwundert blickte Maik nun auch zu dem offen stehenden Scheunentor. »Was geht los?« Noch während er sprach, rannten mehrere Mädchen kreischend in den Hof, gefolgt von mindestens genauso vielen Jungen im Alter zwischen vierzehn und siebzehn, die allesamt Pinsel und Farbeimer in den Händen hielten.

»Farbenschlacht, was denn sonst?« Grinsend und erstaunlich flink stellte Hinnerk sich einem der Jungs in den Weg, der gerade versuchte, ein Mädchen mit gelber Farbe anzupinseln. »He, he! Mal nicht ganz so wild, Bürschchen. Und du auch, Tino, übertreibt es nicht.«

Weder das Bürschchen noch der junge Mann namens Tino beachteten Hinnerk auch nur im Geringsten. Sie wichen ihm einfach aus und nahmen erneut die Verfolgung der Mädchen auf. Diese rannten mittlerweile kichernd quer über den Hof, und einige von ihnen kehrten schon wieder in die Scheune zurück, doch nur, um Augenblicke später ebenfalls mit Farbeimern und -tuben zurückzukehren und ihrerseits die Verfolgung ihrer männlichen Gegner aufzunehmen.

»Das war ja klar.« Nachsichtig blickte Hinnerk auf das wilde Durcheinander, das die Bande verursachte, und fast schien es, als sei er sogar stolz darauf. »Ich hatte mich schon gefragt, wann die da drinnen aufhören, brav zu arbeiten. Normalerweise dauert es nicht so lange.«

Ringsum erklang nun auch von den Erwachsenen Gelächter, hier und da eine milde Zurechtweisung, und sogar ein paar Anfeuerungsrufe waren zu vernehmen. Einigermaßen erstaunt sah Maik sich um und wich in letzter Sekunde aus, als mehrere Jugendliche äußerst dicht an ihm vorbeirannten und dabei mit ihren Pinseln und Farbeimern dem Festwagen erschreckend nah kamen.

»Vorsicht, weg da!« Hinnerk stellte sich mit ausgebreiteten Armen so vor den Wagen, dass er wie ein Bollwerk wirkte. »Sonst können wir mit der ganzen Arbeit gleich noch mal von vorne anfangen.«

Seine Ermahnung verklang erneut unbeachtet, zumindest wirkte es auf den ersten Blick so. Doch auf den zweiten Blick bemerkte Maik, dass die jungen Leute nun tatsächlich mehr Abstand zu dem Gefährt hielten.

In diesem Moment durchschnitt ein schriller Pfiff das Getöse der wilden Verfolgungsjagd. Wie auf Knopfdruck blieben alle stehen und hielten inne, fast wie zu Salzsäulen erstarrt. Alle Blicke waren in die Richtung gerichtet, aus der der Pfiff gekommen war. Maik starrte verblüfft auf die vollschlanke blonde Mittfünfzigerin, die auf einen Stuhl geklettert war und nun zufrieden auf die Schar Menschen vor ihr herabblickte. Maik hatte Inette Paulsen, Jörns Mutter, vorhin ganz kurz kennengelernt.

»Gut«, sagte sie knapp. »Und nun gehen alle wieder brav an ihre Arbeit. Wenn nicht, gibt es nachher für die Faulenzer nichts zu essen.« Zwar war auf ihre strengen Worte hin hier und da protestierendes Gemurmel zu vernehmen, doch zu Maiks grenzenloser Überraschung gehorchten die Jungen und Mädchen ihr aufs Wort und begaben sich zurück in die Scheune.

»Hey!«, rief eines der Mädchen und schubste den jungen Mann, den Hinnerk als Bürschchen bezeichnet hatte, zur Seite. Dieser hatte offenbar versucht, ihr mit dem Pinsel einen gelben Farbklecks auf die Wange zu malen.

»Das gilt auch für dich, Tim«, erklang noch einmal Inettes Stimme. »Behalte deinen Pinsel bei dir.«

Ringsum wurde geprustet und gelacht.

»Ist dein Mädchen nicht dabei?«, fragte Hinnerk. »Ich kann sie nirgendwo entdecken.«

Mit einem Anflug von Bedauern schüttelte Maik den Kopf. »Sie ist mit Finchen spazieren gegangen. Dem Hund«, fügte er erklärend hinzu, als Hinnerk fragend die Augenbrauen hob. Michelle hätte dieses Durcheinander ganz gutgetan, sie möglicherweise endlich einmal richtig zum Lachen gebracht. Doch sie hatte sich, wie es leider häufig ihre Art war, aus der Affäre gezogen.

»Aha.« Hinnerk nickte leicht. »Na, dann beim nächsten Mal. Und das lässt bestimmt nicht lange auf sich warten, so, wie ich unsere Jugendfeuerwehr kenne.« Vielsagend wackelte er mit den Augenbrauen. »Schlimmer als ein Sack Flöhe, aber eintauschen würden wir sie auch nicht wollen.« Damit wandte er sich wieder der Arbeit zu, und auch Maik versuchte, sich wieder voll auf die Aufgabe, die vor ihm lag, zu konzentrieren und achtzugeben, dass er sich dabei nicht die Finger klemmte.

***

Yay, so macht das Leben Spaß! Mit hocherhobenem Kopf und fröhlich aufgerichteter Rute hüpfte Finchen federnd neben Michelle her über den asphaltierten Feldweg, der auf den

Deich zuführte. So weit östlich vom Ortskern waren sie bisher noch nie gewesen, sodass Michelle sich aufmerksam umsah. Der Bauernhof von Max Paulsen lag außerhalb der Ortsgrenze inmitten von Feldern, Wiesen und Weiden. Ein Stück weiter südlich war die Baumgrenze eines Waldes zu erkennen. Heute wechselten sich Sonne und Wolken ab, sodass immer wieder Licht-und-Schatten-Muster auf die Erde fielen und für eine seltsam unbeschwerte Stimmung sorgten. Michelle hörte Vögel zwitschern, Möwen schreien und das beständige Rauschen des Windes, der heute jedoch weit weniger stark wehte als in den letzten Tagen. Elke hatte es eine sanfte Brise genannt, obgleich Michelle für diese Windstärke das Wort sanft reichlich untertrieben fand. Denn obwohl der Wind nicht mehr wie wild an Haaren und Kleidern zerrte, war er doch ziemlich deutlich zu spüren. Die Temperatur bewegte sich bei angenehmen zwanzig Grad, sodass Michelle die dünne Windjacke vollkommen ausreichte. Einzig die Tatsache, dass die Jacke bereits über ein Jahr alt war und das blaugraue Muster schon etwas verschossen aussah, missfiel ihr. Sie war nicht eitel, denn sie hatte über Jahre gelernt, mit den wenigen Klamotten auszukommen, die sie sich hatten leisten können. Dennoch kam sie sich im Vergleich zu den meisten ihrer Altersgenossinnen oftmals ein bisschen schäbig vor. Doch hier draußen, allein zwischen abgezäunten Pferde- und Kuhweiden, konnte sie diese Tatsache einigermaßen ignorieren.

Eigentlich, so gab sie widerwillig bei sich zu, war die Landschaft hier ganz nett. Sie hatte im Internet gelesen, dass es nicht weit von hier ein kleines Naturschutzgebiet gab, das die Stadt Lichterhaven kürzlich sogar noch erweitert hatte. Dort gab es Biotope, wild belassene Wiesen und Baumbestände, und auch ein Stück der Küste und des Wattenmeeres gehörte zu diesem besonders geschützten Bereich, den Menschen nur mit Erlaubnis betreten durften. Es gab geführte Wanderungen und auch ein kleines Seminarzentrum, in dem Vorträge über die Flora und Fauna der Nordseeküste gehalten wurden. Ob sie sich einmal für einen solchen Vortrag anmelden sollte? Oder für so eine Wanderung? Wenn Maik dazu keine Lust hatte, würde sie auch allein hingehen. Oder zusammen mit Jakob. Naturschutz hatte sie schon immer wichtig gefunden, und bestimmt tat es auch ihrem kleinen Bruder gut, wenn er so früh wie möglich mit solchen Themen in Berührung kam. Allerdings, so musste sie zugeben, war das Thema Natur und Naturschutz für sie bisher eigentlich reine Theorie gewesen. Sie hatte kaum jemals die Gelegenheit gehabt, von Berlin wegzukommen. Dort gab es zwar schöne Parks, aber das war etwas vollkommen anderes.

Bislang war es ihr schwergefallen, einzuschlafen. Am ersten Abend hatte der Sturm sie wach gehalten, danach diese unglaubliche, ungestörte Stille, die nur ab und zu vom Wind oder vom Zirpen einer Grille durchbrochen wurde. Sie hatte alles Mögliche versucht: das Fenster ganz geschlossen, es auf Kipp gestellt, doch beides hatte nicht über die fehlende Geräuschkulisse der Großstadt hinweghelfen können. Irgendwie hatte die Stille ihr sogar Angst gemacht, weil ihr dadurch jedes winzigste Geräusch überlaut vorgekommen war und sie erschreckt hatte. Das Knarren einer Bodendiele oder eines Deckenbalkens, ein Rascheln vor ihrem Fenster, das von einer Maus oder von einer Katze oder irgendeinem anderen Tier verursacht worden war, sogar das Motorengebrumm eines vorbeifahrenden Autos, was allerdings wirklich sehr selten vorkam. Der Kranichweg lag, ähnlich wie Max Paulsens Bauernhof, am Ortsrand, fast schon außerhalb des Ortes und führte, genauso wie der Weg, auf dem sie sich gerade befand, geradewegs auf den Deich zu.

Während Michelle noch darüber nachdachte, ob sie anschließend oben auf dem Deich weiterlaufen, zum Uferweg gehen oder lieber doch im Windschatten des Deichs die Straße in Richtung Osten ausprobieren sollte, bemerkte sie zu spät die kleine Gruppe Mädchen und Jungen, die fröhlich schwatzend die Deichtreppe herunterkam. Sie erschrak und blieb stehen, während Finchen fröhlich nach vorne strebte.

Hey, was ist denn? Warum gehst du nicht weiter? Da sind Menschen, die ich gerne kennenlernen will.

Den Impuls, kehrtzumachen, unterdrückte Michelle sofort. Es war doch vollkommen albern, Angst vor der Begegnung mit ein paar Gleichaltrigen zu haben. Nein, sie hatte keine Angst, sondern einfach keine Lust auf Dorftrampel. Unwillkürlich griff sie Finchens Leine etwas fester, straffte die Schultern und ging weiter.

»Ist der aber süß!« Ein Mädchen mit weizenblonden, etwas über schulterlangen Haaren löste sich aus der Gruppe und kam in großen Schritten auf Michelle zu. »Das ist ein Airedale Terrier, oder? Die fand ich schon immer toll!« Dicht vor Michelle blieb sie stehen. Sie war ungefähr dreizehn oder vierzehn Jahre alt und eine Handbreit größer als Michelle, also ungefähr eins fünfundsiebzig. Aus einem ovalen, ebenmäßigen Gesicht mit hohen Wangenknochen blickten Michelle zwei strahlend blaue Augen entgegen, was sie für einen Moment irritierte, obwohl sie nicht gleich zuordnen konnte, warum das so war. »Darf man ihn streicheln?«

»Nein, äh, also …« Michelle hob die Schultern. »Ich weiß nicht. Sitz, Finchen!«

Warum denn Sitz? Im Stehen kann ich das Mädchen doch viel besser beschnüffeln. Michelles wiederholte Aufforderung ignorierte Finchen völlig und tänzelte stattdessen neugierig mit hochgereckter Nase um das blonde Mädchen herum.

»Finchen? Ist das sein Name? Oder vielmehr ihr Name«, korrigierte das Mädchen sich. »Sie ist noch ganz jung, oder?«

»Ein bisschen mehr als ein halbes Jahr«, bestätigte Michelle. »Wir haben sie noch nicht so lange, deshalb ist sie auch noch nicht so gut erzogen.«

»Ist doch egal.« Das Mädchen hielt Finchen vorsichtig ihre Hand hin, damit die Hündin sie beschnüffeln konnte. »Wir haben auch Hunde. Zwei Golden Retriever und einen Schäferhund und mehrere Katzen.« Sie lachte. »Und jede Menge Vieh im Stall. Kühe, Rinder, Schweine, Hühner und so weiter.« Zu Michelles grenzenloser Überraschung streckte sie nun Michelle die rechte Hand hin. »Ich heiße Celeste Dennersen. Und du?«

»Michelle Zengler.« Obwohl sie sich ein bisschen seltsam vorkam, ergriff sie Celestes Hand und staunte über deren selbstbewussten Griff. Rasch zog sie ihre Hand wieder zurück. »Wir sind vor Kurzem hergezogen.« Fast hätte sie die Worte kaum herausgebracht, denn nun wusste sie plötzlich, warum sie die strahlend blauen Augen ihres Gegenübers so irritiert hatten. Genau die gleichen Augen hatte dieser Tim Dennersen, dieses Scheusal! Offensichtlich handelte es sich bei ihr um seine jüngere Schwester.

Inzwischen waren auch die anderen herbeigekommen und stehen geblieben. Finchen geriet darüber regelrecht außer Rand und Band. Freudig bellend und wedelnd strebte sie von einem zum anderen und versuchte, alle gleichzeitig zu beschnüffeln und zu begrüßen, Hände abzuschlecken und auf und ab zu hüpfen wie ein Springbällchen.

Celeste machte eine ausholende Geste. »Das hier sind Annika, Swantje, Marleen, Ingo, Tobias und mein nerviger Zwillingsbruder Mirko.« Sie deutete nach und nach auf die anderen, sprang aber bei Erwähnung ihres Bruders rasch beiseite und kicherte, da dieser versucht hatte, nach ihr zu schlagen. »Und das hier ist Michelle. Sie ist gerade neu nach Lichterhaven gezogen.«

Die anderen nickten Michelle freundlich zu und grüßten entweder mit Hallo oder dem hier so typischen Moin Moin.

»Wenn eine nervig ist, dann doch wohl eher du«, konterte Mirko mit einem breiten Grinsen, das ihn seinem älteren Bruder deutlich ähneln ließ. »Ignorier Celeste einfach«, wandte er sich an Michelle. »Sie weiß eh die halbe Zeit nicht, was sie redet.«

»Hey!« Diesmal versuchte Celeste, ihren Bruder zu schlagen, doch ähnlich wie sie zuvor wich er ihr geschickt aus. Die anderen lachten.

»Am besten ignorierst du sie gleich beide«, schlug das Mädchen vor, das Celeste als Annika vorgestellt hatte. »Vor allem, wenn sie sich zanken, und das ist dauernd der Fall.«

»Ist doch gar nicht wahr!«, widersprach Celeste sofort. »Man darf Mirko nur nicht alles durchgehen lassen. Ich als seine ältere Schwester schon mal gar nicht.«

Wieder wurde gelacht und sogar gejohlt. Offenbar hatten die anderen Ähnliches von Celeste schon häufiger gehört.

»Von wegen ältere Schwester!« Mirko schnaubte. »Elf Minuten älter! Das ist doch wohl gar nichts.«

Celeste reckte sich. »Elf Minuten sind elf Minuten, da beißt die Maus keinen Faden ab. Das sagt auch Oma immer.«

»Wir sollten uns mal langsam beeilen«, unterbrach der hochgewachsene dunkelhaarige Tobias das Gezänk. »Wenn wir nicht langsam noch ein bisschen mithelfen, kriegen wir Ärger.«

»Oder nichts zu essen«, gab nun auch Mirko zu bedenken. »Die schmeißen bestimmt bald den Grill an.«

»Kannst du eigentlich immer nur ans Essen denken?« Celeste verdrehte übertrieben die Augen. Wieder wandte sie sich an Michelle. »Meine Brüder essen beide wie die Scheunendrescher. Mama sagt immer, dass sie uns irgendwann die Haare vom Kopf gefressen haben, und wenn wir keinen Bauernhof hätten, wären wir längst am Bettelstab. Aber egal. Tobias hat recht, wir müssen jetzt wieder zurück. Kommst du mit?«

Michelle zögerte. »Ich weiß nicht. Eigentlich wollte ich mit Finchen noch ein bisschen weiter spazieren gehen.«

»Hey, wenn Tobias recht hat, dann auch ich!« Mirko grinste seine Schwester triumphierend an. »Dass ich das noch erleben darf. Meine Schwester gibt mir recht!«

»Bild dir bloß nichts ein und hau ab!« Ungehalten wedelte Celeste mit der rechten Hand, als wollte sie Mirko wie ein lästiges Insekt vertreiben. »Wisst ihr was? Lauft einfach schon mal vor. Ich gehe noch ein Stück mit Michelle und versuche, sie zu überreden, nachher mit zu Max zu kommen.«

Celeste schien in dieser Gruppe das Sagen zu haben, denn die anderen verabschiedeten sich knapp und zogen gleich darauf weiter. Kurz blickte das blonde Mädchen ihnen hinterher, bevor es sich wieder Michelle zuwandte. »Du gehst nach den Ferien in die neunte Klasse der Gesamtschule, oder? Dann sehen wir uns, das ist nämlich auch unsere Klasse.« Auf Michelles erstaunten Blicken zuckte sie mit den Achseln. »So etwas spricht sich hier sehr schnell herum. Vor allem, wenn deine Mutter Elke Dennersen ist.« Auf ihren Lippen erschien ein breites Grinsen. »Mama weiß irgendwie immer alles von allen. Das wirst du schon noch erleben, auch am eigenen Leib. Aber keine Sorge, wenn man ihr nicht blöd kommt, ist sie ganz lieb.«

Michelle räusperte sich, um etwas Zeit zu gewinnen, weil sie nicht wusste, was sie antworten sollte. »Ich, äh, ich habe vorhin mit deiner Mutter und einer Ella zusammen Krepprosen gebastelt. Deine Mutter hat gesagt, ich soll dich und Mirko zu ihr schicken, wenn ich euch treffe.«

Celeste lachte. »Kann ich mir denken. Sie hat immer Angst, dass Mirko und ich irgendetwas anstellen. Was das angeht, waren wir als Kinder ganz schön schlimm. Irgendwie glaubt sie immer noch, dass wir aus dieser Phase noch nicht heraus sind. Dabei sind wir doch schon vierzehn.« Mitfühlend legte sie Michelle eine Hand auf den Arm. »Dann musstest du also den Sklaven-Rosendienst verrichten? Das tut mir echt leid. Wir haben vorhin geholfen, die alten Kostüme aus den letzten Jahren vom Dachboden der Scheune herunterzuholen. Jetzt suchen sie noch Leute, die daraus irgendetwas Neues schneidern. Keine Ahnung, wie das gehen soll. Oder kannst du dir vorstellen, wie man aus einem Kleid aus den Dreißigern oder aus dem vorigen Jahrhundert oder aus dem Mittelalter irgendetwas nähen kann, das auch nur ansatzweise aussieht wie aus den Siebzigerjahren? Letztes Jahr war es einfacher, da war das Motto Lichterhaven im 21. Jahrhundert. Niemand musste sich verkleiden. Stattdessen hatten die Feuerwehrleute alle ihre brandneuen Einsatzklamotten oder Uniformen an. Ich überlege ja immer noch, ob ich auch bei der Feuerwehr mitmachen soll. Mirko will das tun, aber erst, wenn er sechzehn ist. Ich bin mir nicht so sicher. Mithelfen muss ich aber trotzdem, weil mein Vater und mein älterer Bruder Tim bei der Truppe sind. Da kann man sich nicht drücken.« Wieder hob sie die Schultern. »Außer man *ver*drückt sich. Leider lässt Mama das nicht lange gelten.« Sie musterte Michelle von der Seite. »Bist du, äh, mit deinem Onkel mitgekommen? Irgendjemand hat gesagt, dass Henning euch eingeladen hat. Du hast auch noch einen kleinen Bruder, nicht wahr?«

Michelle nickte. »Jakob ist acht. Für ihn ist das alles bestimmt interessant. Feuerwehr und so«, setzte sie auf Celestes fragenden Blick hinzu. »Meine Welt ist das nicht so wirklich. Überhaupt …« Zögernd brach sie ab.

»Was überhaupt?«

»Ich weiß ehrlich gesagt nicht, was ich hier soll«, brach es aus Michelle hervor. »Ich komme aus Berlin! Da ist alles anders … Besser. Größer. Und überhaupt. Also …« Sie wandte sich ab. »Ich gehe jetzt mal weiter mit Finchen spazieren. Das hatte ich ja sowieso vor.« Sie schnalzte, um Finchens

Aufmerksamkeit zu erlangen, die mittlerweile dazu übergegangen war, in den Gräsern und niedrigen Büschen am Wegesrand zu schnüffeln. »Komm, Finchen!« Damit ging sie einfach weiter in Richtung Deichtreppe und stieg entschlossen hinauf. Wenn sie allerdings gedacht hatte, dass sich Celeste so einfach abwimmeln ließ, hatte sie sich geirrt. Schon nach wenigen Augenblicken war sie wieder an Michelles Seite.

»Warte doch mal! Warum bist du denn so motzig? Haben wir dir etwas getan? Oder ich? Von Höflichkeit hast du wohl noch nie was gehört.«

»Vielleicht will ich einfach nur meine Ruhe haben.« Aus unerfindlichen Gründen begannen Michelles Augen zu brennen. Daran war ganz bestimmt der Wind schuld, der oben auf der Deichkuppe ein bisschen kräftiger wehte.

Wuff! Was ist denn los? Warum rennst du denn jetzt plötzlich so? Sind wir vor irgendetwas auf der Flucht? Finchen bellte leise und stupste Michelle mit der Nase an.

Michelle blieb neben einer Parkbank stehen. »Schon gut, Finchen. Es ist alles okay.« Celeste warf sie einen ungehaltenen Blick zu. »Warum rennst du mir hinterher?«

»Bist du immer so biestig?« Celeste erwiderte ihren Blick diesmal ganz und gar nicht freundlich. »Glaubst du vielleicht, dass du was Besseres bist, nur weil du aus Berlin kommst? Aus der ach so tollen Großstadt?«

Ärger stieg in Michelle auf und noch ein anderes Gefühl, das sie fuchsteufelswild machte: Verlegenheit. »Hat dein Bruder also schon von der blöden Großstadttussi erzählt? Na toll. Dann richte ihm aus, dass er sich seinen überheblichen Mist an den Hut stecken kann.«

»Was hat Mirko denn damit zu tun?« Erstaunt runzelte Celeste die Stirn. »Und wann seid ihr euch denn schon mal begegnet?«

»Doch nicht Mirko!« Michelle verdrehte die Augen,

wandte sich ab und wollte davonstürmen. Doch Celeste hielt sie am Ärmel fest.

»Nun bleib doch mal endlich stehen! Hast du nicht gelernt, dass es unhöflich ist, mitten in einem Gespräch wegzurennen?«

Erbost riss Michelle sich los. »Wir reden nicht. Wenn überhaupt, dann streiten wir.«

»Auch bei einem Streit rennt man nicht einfach weg«, konterte Celeste ungerührt. »Anscheinend lernt ihr in Berlin nicht besonders viel, oder? Zumindest nicht, wie man sich als normaler Mensch verhält. Also noch mal: Wenn es nicht Mirko war, dann also Tim. Er hat überhaupt nichts davon erzählt, dass er dir schon mal begegnet ist. Wann soll das denn gewesen sein?«

Das Gefühl der Verlegenheit verstärkte sich noch. Michelle zuckte mit den Achseln. »Egal. Er ist mir nur auf die Nerven gegangen.«

»Das kann er gut.« Für einen Moment grinste Celeste, wurde dann aber gleich wieder ernst. »Niemand hat etwas von einer blöden Großstadttussi gesagt, aber so, wie du dich verhältst, würde es mich nicht wundern, wenn das ziemlich bald dein Spitzname wird. Zumindest, wenn du dich nicht bald mal wieder einkriegst. Niemand hier kann etwas dafür, dass du aus Berlin wegziehen musstest. Also tu nicht so, als wären wir daran schuld. Und überhaupt. Was ist an Berlin schon so toll? Wir waren letztes Jahr für vier Tage auf Klassenfahrt dort. So zum Besuchen ist das ja ganz schön, aber auf Dauer würde ich dort nicht wohnen wollen. Meine ältere Schwester Lynn überlegt gerade, ob sie für ihr Medizinstudium nach Berlin gehen soll. Sie war auch schon zwei- oder dreimal kurz dort, und es gefällt ihr eigentlich ganz gut, aber sie hat gesagt, dass sie auch nicht für immer dort wohnen wollte. Ich meine, so eine Großstadt ist bestimmt spannend und so, und es ist immer was los, aber mir wäre es da zu laut und zu eng, und überall sieht man Penner und Obdachlose und all so was. Also wenn überhaupt, dann müsste man erst mal dafür sorgen, dass in so großen Städten nicht zu viele Menschen in Armut leben. Vielleicht fände ich es dann auch schöner, dort zu leben. Ich will zwar, wenn ich erwachsen bin, möglichst viel von der Welt sehen, aber wenn ich davon genug habe, würde ich, glaube ich, immer wieder hierher zurückkommen. Es gibt auch welche in unserer Klasse, die wollen von hier weg, sobald sie achtzehn sind, weil sie es hier total öde finden. Aber das ist ja jedem selbst überlassen.«

»Wenn ich achtzehn bin, bin ich auch wieder von hier weg.« Michelle hätte gerne die Arme vor der Brust verschränkt, doch wegen Finchens Leine ging das nicht. »Das sind zum Glück nur noch drei Jahre und drei Monate.«

Celeste maß sie mit halb spöttischem, halb neugierigem Blick. »Diese Zeit kann ziemlich lang werden, wenn man so drauf ist wie du.«

Schon wieder begannen Michelles Augen, zu brennen. Verärgert über sich selbst, wandte sie den Blick ab. »Lass mich in Ruhe. Du hast ja gar keine Ahnung.«

»Hey!« Celeste ging einen Schritt auf sie zu. »Ich wollte dich nicht zum Weinen bringen.«

»Hast du nicht. Lass mich einfach allein.«

Celeste rührte sich nicht von der Stelle. »Du hast erst vor Kurzem deine Mama verloren, oder? Tut mir leid, daran habe ich nicht gedacht. Weißt du was? Komm einfach mit zu den anderen, und wir fangen noch mal von vorne an.« Sie streckte die Hand aus, so als wollte sie die von Michelle ergreifen. Als Michelle sie jedoch nur verständnislos anblickte, stieß Celeste ungeduldig die Luft aus. »Jetzt stell dich nicht so an! Komm einfach mit.« Trotz Michelles leichter Gegenwehr schnappte sie sich den Ärmel von deren Windjacke und zog sie einfach hinter sich her die Deichtreppe hinab.

Finchen bellte vergnügt und sauste fröhlich voran, bis sich die Leine spannte.

8. Kapitel

»Endlich!« Celeste stöhnte übertrieben theatralisch, als Inette Paulsen erneut auf einen Stuhl kletterte und lautstark verkündete, dass das Büfett eröffnet sei und auch die Grills auf den Ansturm warteten. Ringsum erhoben sich Jubel und Applaus. »Ich dachte schon, wir müssten hier noch ewig aufräumen.« Ohne Umschweife nahm sie Michelle den Besen aus der Hand und erklärte damit das Hofkehren für beendet. »Los, komm, beeilen wir uns, sonst müssen wir gleich ewig anstehen.« Sie griff, wie es inzwischen offenbar schon zu ihrer Angewohnheit wurde, einfach Michelles Jackenärmel und zog sie mit sich in Richtung Büfett.

Während sie hinter Celeste herstolperte, sah Michelle sich nach Finchen um, die bereits seit einer Weile neben Maik ausharrte, während er zusammen mit einigen jungen Männern sowie Henning in der Scheune Pinsel auswusch und sortierte sowie die Überreste der Maleraktion beseitigte. Jakob hingegen war nirgendwo zu sehen. Michelle nahm an, dass er sich irgendwo mit den anderen Kindern in seinem Alter aufhielt. Einerseits freute sie sich für ihren kleinen Bruder, dass er so gut beschäftigt war und Anschluss fand. Andererseits ärgerte sie sich auch darüber, denn das bedeutete wohl, dass er begann, sich hier einzuleben, während sie selbst sich immer noch ziemlich fehl am Platz fühlte.

»Mist«, schimpfte Celeste derweil, weil sich trotz ihrer Eile bereits eine recht lange Schlange vor dem Büfett gebildet hatte. »Du musst echt schneller werden, Michelle! Die fressen uns sonst wie die Heuschrecken alles weg.«

»Na, na, junge Dame.« Ein Mann mit schneeblondem Haar und einer enormen Knubbelnase drehte sich zu den Mädchen um. »Pass ein bisschen auf deine Wortwahl auf, sonst setzt es was vom Ältestenrat.«

»Nee, klar.« Celeste grinste den Mann frech an. »Und du bist der Vorsitzende, oder was?«

»Viel schlimmer. Ich bin der ausführende lange Arm.« Mit einem schalkhaften Grinsen zupfte der Mann an Celestes Ohr und tat so, als wollte er es ihr lang ziehen. »Und mit so jungem Gemüse wie dir habe ich leichtes Spiel.«

Kichernd schlug Celeste nach seiner Hand. »Lass das, Hinnerk, du zerstörst mir meine Frisur.«

»Ach, dieses strubbelige Rattennest nennt sich jetzt Frisur?« Mit einem scheppernden Lachen wuschelte Hinnerk ihr durch das bereits leicht zerzauste Blondhaar. »Viel zerstören kann man da doch wohl nicht. Du solltest dich mal mit einem Kamm bekannt machen. Ich hätte hier sogar einen.« Grinsend zog er einen schmalen Kamm aus der Brusttasche seines dunkelblauen Feuerwehr-Poloshirts.

»Igitt!« Immer noch kichernd wehrte Celeste ab. »Geh mir mit dem Ding weg!« An Michelle gewandt erklärte sie: »Den Kamm hat Hinnerk immer und überall dabei. Das war schon so, als ich noch im Kindergarten war. Pass bloß auf, sonst versucht er auch noch, dich zu kämmen.«

»Ich weiß gar nicht, was du hast.« Amüsiert schob Hinnerk den Kamm zurück in die Brusttasche. »Ein bisschen Ordnung auf dem Kopf kann nicht schaden.«

»Nee, auf gar keinen Fall.« Celeste schüttelte energisch den Kopf. »Mich darf man nur kämmen, wenn man vorher eine Friseurausbildung gemacht hat.«

»Damit kann ich leider nicht dienen, Miss Naseweis.« Hinnerk drehte sich wieder um, blickte dann aber noch mal kurz über die Schulter. »Das mit den Heuschrecken war nicht nett.«

»Aber wahr.« Celeste stemmte die Hände in die Seiten. »Oder etwa nicht?«

Hinnerk lachte wieder. »Doch, doch. Schlimm so was. Aber noch schlimmer ist die freche Jugend von heute.« Er zwinkerte ihnen gutmütig zu und wandte sich dann endgültig anderen Gesprächspartnern zu.

»Das ist übrigens Hinnerk Pettersson«, erklärte Celeste. »Er ist Hannahs Onkel.«

Michelle runzelte die Stirn. »Und wer ist Hannah?« Sie erinnerte sich, den Namen heute schon mehrfach gehört zu haben, wusste aber nicht mehr so genau, in welchem Zusammenhang.

»Die da vorne mit den knallroten Haaren.« Bereitwillig deutete Celeste auf eine junge Frau hinter den Büfetttischen. »Sie ist die Köchin bei den *Foodsisters*, die machen ganz tolles Catering, und jetzt bauen sie sogar unten am Hafen das alte Bootshaus um, damit es ein sogenanntes Eventhaus wird. Meine Schwester Lynn hat gesagt, dass sie dort unbedingt im Herbst ihren zwanzigsten Geburtstag feiern will. Mama hat sogar schon wegen eines Termins nachgefragt, obwohl das Eventhaus noch gar nicht eröffnet ist. Lynn sagt, sie will eine richtig große Party, weil sie direkt danach zum Studieren von hier weggeht. So als große Erinnerung, weißt du? Und wenn Tim nächstes Jahr im März achtzehn wird, feiert er auch dort. Ich weiß aber noch nicht so genau, ob ich so was auch will. Ich meine, ich habe sowieso noch lange keinen runden Geburtstag, und bis ich achtzehn werde, dauert es ja auch noch eine Weile. Außerdem habe ich mir überlegt, dass ich lieber mit Mirko zusammen eine Strandparty mache. Das wäre super Mitte April.«

Erstaunt sah Michelle sie ein. »Eine Strandparty im April? Ist es dann nicht noch viel zu kalt?«

»Nein, gar nicht.« Celeste schüttelte den Kopf. »Also, kalt ist es dann natürlich meistens schon, aber das ist doch der halbe Spaß. Alle packen sich richtig schön dick ein, und dann gibt es unten an einer der Liegewiesen einen Grillplatz, auf dem wir ein Lagerfeuer machen und Marshmallows und Stockbrot grillen können. Das macht total viel Spaß. Warst du noch nie auf einer Strandparty?«

»Nein.« Michelle zuckte mit den Achseln. »Noch nie. In Berlin gibt es nicht so viele Strände.«

»Krass! Dann müssen wir auf jeden Fall mit dir ... Oh, hallo, Mama.«

»Celeste Dennersen«, erklang hinter ihnen Elkes strenge Stimme. »Was hatten wir über das Wörtchen krass gesagt?«

»Wir sind aber doch hier gar nicht zu Hause.« An Michelle gewandt erklärte Celeste: »Mama hat gesagt, wenn sie das Wort krass noch ein einziges Mal zu Hause hört, dann geht sie die Wände hoch und wir müssen etwas von unserem Taschengeld abgeben.«

»Vielleicht sollten wir diese Regel auf ganz Lichterhaven ausdehnen«, schlug Elke vor, lächelte dann aber freundlich in Michelles Richtung. »Wie ich sehe, hast du eine Hälfte meiner Zwillingsbrut gefunden. Das ist schön. Die andere Hälfte habe ich inzwischen selbst eingefangen und zur Zwangsarbeit verdonnert.« Sie deutete hinter sich. Michelle entdeckte dort Mirko, der gerade die riesige Kiste voller Krepprosen in Richtung Scheune schleppte. Sein Bruder Tim half ihm dabei, was Michelle dazu veranlasste, schnell wieder wegzusehen.

Elke war ihrem Blick kurz gefolgt. »Aber nun will ich es mal gut sein lassen. Ich schätze, ihr habt inzwischen alle großen Hunger. Seht ihr, ihr seid gleich dran.« Sie deutete auf die Büfetttische, die inzwischen in greifbare Nähe gerückt waren. »Lasst es euch schmecken.« Damit eilte sie geschäftig weiter.

Zwar hatte Michelle ursprünglich vorgehabt, die gesamte Veranstaltung zu boykottieren, doch angesichts ihres laut knurrenden Magens beschloss sie, zumindest dem Büfett eine

Chance zu geben. Sie nahm sich von verschiedenen Salaten sowie ein Körnerbrötchen, das laut der Frau namens Caroline, die sich inzwischen zu der rothaarigen Köchin gesellt hatte, ganz frisch gebacken war. Dabei staunte sie insgeheim, dass eine so junge Frau wie diese Hannah Pettersson schon eine fertig ausgebildete Köchin sein sollte. Die war doch allerhöchstens zwanzig Jahre alt oder so. Aber im Grunde ging sie das ja nichts an.

»Komm mit!« Wieder einmal zog Celeste sie einfach hinter sich her zu den nebeneinander aufgebauten Grills, an denen sich so einige ziemlich beeindruckende, ja, wie Michelle insgeheim zugeben musste, ausgesprochen gut aussehende Männer als Grillmeister betätigten. »Wir müssen unbedingt was von dem Grill da vorne haben. Dem von Alex Messner.« Fast schon rücksichtslos drängte sich Celeste durch die Reihen der Wartenden und jubelte triumphierend, weil an dem von ihr bevorzugten Grill gerade eine ganze Reihe von Würstchen und Steaks fertig geworden waren. »Alex ist nämlich der totale Grill-Guru«, erklärte sie. »Das steht sogar auf seiner Schürze. Na ja, nicht ganz«, schränkte sie lachend ein. »Aber ein Steak von Alex ist Kult. Das musst du unbedingt probieren. Oder bist du Vegetarierin?« Sie warf einen Blick auf Michelles Teller. »Nee, anscheinend nicht. In unserer Klasse sind ein paar Vegetarier und Veganer. Irgendwie schade, dass du erst nach den Ferien zu uns kommst. Dann dauert es ja noch total lange, bis du alle kennenlernst. Denn in den Sommerferien fahren ja manche weg oder haben Jobs oder so.«

»Was denn für Jobs?« Unauffällig musterte Michelle den hochgewachsenen Mann, den Celeste ihr als Alex Messner vorgestellt hatte. In natura sah er viel besser und beeindruckender aus als auf den Fotos auf der Internetseite, die Maik ihr vor einiger Zeit gezeigt hatte. Dr. Alexander Messner war nämlich der Anwalt und Notar, in dessen Kanzlei Maik ab kommender Woche eine Anstellung haben würde. Irgendwie hatte sie sich so jemanden immer ganz anders vorgestellt, das war ihr bereits bei den Fotos aufgefallen, und dieser Eindruck verstärkte sich jetzt noch, als sie ihn leibhaftig vor sich sah.

Er hatte hellbraunes gewelltes Haar, das bis auf die Schultern reichte und das er zu einem ordentlichen Zopf zusammengebunden hatte. Dazu kamen sein markantes Kinn und die hohen Wangenknochen, wodurch er eher wie ein Freibeuter aus einem Abenteuerfilm wirkte als wie ein seriöser Anwalt. Auch seine Klamotten, Jeans und ein dunkelblaues dezent gemustertes Hemd, waren so ganz anders als das, was sie irgendwie erwartet hatte. Zwar trug Maik zu Hause auch meist legere Kleidung, aber als sie ihn das erste Mal kennengelernt hatte, war er voll in seiner Rolle als Anwalt aufgegangen und hatte auch so ausgesehen in seinem teuren maßgeschneiderten Anzug und dem strahlend weißen Hemd. Aber wahrscheinlich war hier in Lichterhaven wirklich alles anders. Auch die Anwälte und Notare.

»Hallo, ihr beiden Hübschen.« Alex Messner lächelte erst Celeste, dann Michelle freundlich zu. »Was darf es denn sein? Würstchen? Brust? Übrigens ganz kross gebraten und innen noch saftig. Oder doch lieber ein schönes blutiges Steak?« Er wackelte grinsend mit den Augenbrauen.

Celeste schüttelte sich angeekelt. »Nichts, wo noch Blut raustrieft! Ein Steak bitte schön, aber medium oder gut durch. Und du, Michelle?«

»Gut durch ist ein Sakrileg!« Alex warf ihr einen milde strafenden Blick zu, während er ihr ein Steak auf den Teller legte. »Medium lass ich aber noch durchgehen. Gute Wahl. Und du?« Nun richtete auch er seinen Blick auf Michelle.

»Ich glaube, ich nehme so eine Hähnchenbrust«, entschied sie nach kurzem Zögern.

»Oh, oh, Mist, ich hätte dich warnen sollen.« Celeste kicherte.

»Auch eine ausgezeichnete Wahl«, lobte Alex Messner. »Ich mag Frauen, die ordentlich was vertragen.«

»Was, äh …?« Verunsichert blickte Michelle auf die ziemlich große doppelte Hähnchenbrust, die einen Augenblick später auf ihrem Teller landete.

»Bei Alex ist eine Hähnchenbrust immer die ganze Brust, also beide Seiten«, erklärte Celeste. »Das hätte ich dir vorher sagen sollen. Man muss immer sagen, dass man eine halbe Brust haben will, wenn die Portion nicht so groß sein soll.«

»Oh, äh, also … Das, äh, geht schon klar.« Skeptisch beäugte Michelle die große Fleischportion, die quer über ihren Salaten lag.

»Die schaffst du schon nach der ganzen Arbeit heute«, meinte Alex Messner. »Und wenn nicht, dann laufen hier genügend Hunde herum, die sich über einen Leckerbissen freuen. Habt ihr nicht sogar selbst einen? Du bist doch die Nichte von Maik Zengler, nicht wahr? Er hat mir bei seinem Einstellungsgespräch erzählt, dass ihr euch einen Hund angeschafft habt.«

»Ja, Finchen.« Automatisch sah Michelle sich suchend um, konnte aber weder Maik noch die Hündin irgendwo sehen.

»Na, siehst du. Im Zweifelsfall hat Finchen bestimmt auch Hunger.« Alex Messner nickte ihr noch einmal lächelnd zu. »Jetzt lasst es euch erst einmal richtig schmecken. Und entschuldigt mich, ich habe noch zu tun.« Er deutete auf die immer länger werdende Schlange hinter den beiden Mädchen.

»Ups.« Celeste kicherte. »Komm, Michelle, suchen wir uns irgendwo einen gemütlichen Platz, sonst halten wir noch den ganzen Betrieb auf.« Mit energischen Schritten strebte sie einem der vielen Holzklapptische zu, die wie aus dem Nichts im Hof aufgetaucht zu sein schienen. In Wahrheit hatten natürlich einige Feuerwehrleute dafür gesorgt, dass Tische und Bänke aufgestellt worden waren. Doch Michelle war so abgelenkt gewesen, dass sie es kaum wahrgenommen hatte.

»Hier ist es ganz okay.« Celeste stellte ihren Teller auf einem freien Tisch ab und winkte gleichzeitig mehreren ihrer Freundinnen und Freunde, sich zu ihnen zu gesellen. »Willst du auch eine Cola oder etwas anderes?« Fragend blickte sie Michelle an. »Ich hole uns schnell was.«

»Nicht nötig.« Beim Klang der männlichen Stimme hätte Michelle beinahe ihren Teller fallen gelassen. Viel zu hastig drehte sie sich um und wäre beinahe mit Tim zusammengestoßen, der einen Getränkekasten mit Cola, Limo und Wasserflaschen vor sich hertrug und nun mitten auf dem hölzernen Tisch abstellte. »Ich hab euch ein bisschen was mitgebracht.« Seine Worte waren an seine Schwester gerichtet, doch sein wie immer spöttischer Blick war auf Michelle gerichtet. »Wenn du den Teller noch ein bisschen schiefer hältst, kannst du dein Essen gleich vom Boden kratzen.« Dann hatte er auch noch den Nerv, ihr vielsagend zuzuzwinkern. Bevor sie auch nur Luft holen konnte, um irgendetwas zu erwidern, war er bereits weitergegangen.

Da er ärgerlicherweise recht hatte, stellte Michelle ihren Teller hastig neben den von Celeste. Warum nur erwischte dieser blöde Kerl sie immer ausgerechnet in den unvorteilhaftesten Situationen? Das ging ihr allmählich gehörig auf den Keks. Noch viel mehr allerdings ärgerte es sie, dass sie ihm noch nicht einmal ordentlich hatte Kontra geben können. Sie kam jedoch nicht dazu, weiter darüber nachzudenken, denn nun gesellten sich immer mehr Gleichaltrige, aber auch ein paar Erwachsene zu ihnen an den langen Tisch. Auch Maik tauchte mit Finchen wieder auf und setzte sich an den benachbarten Tisch, begleitet von Jakob, der ebenfalls plötzlich wieder auf der Bildfläche erschienen war und ohne Punkt und Komma, jedoch mit leuchtenden Augen, auf Maik einredete.

Celeste war schnell in Gespräche mit ihren Freundinnen und Freunden verstrickt, sodass Michelle einerseits aufatmen konnte, sich andererseits jedoch ausgeschlossen fühlte. Doch das eindringliche Knurren ihres Magens lenkte sie schnell von ihren zwiespältigen Gefühlen ab. Sie nahm sich eine Limoflasche aus dem Kasten und sah sich suchend nach einem Öffner um. Mirko, der ihr schräg gegenübersaß, kam ihr jedoch zuvor, griff nach der Flasche und öffnete sie mit dem unteren Ende seiner Gabel. Grinsend gab er sie ihr zurück.

Sie nickte ihm ein Dankeschön zu und hätte dabei zu gerne gewusst, wie er das mit dem Öffnen hinbekommen hatte. Diesen Trick mit Gabeln, Feuerzeugen, Taschenmessern oder anderen Gegenständen, die man als Flaschenöffner benutzen konnte, kannte sie auch aus ihrem Freundeskreis in Berlin. Sie selbst hatte es jedoch nie geschafft, mit einem dieser Gegenstände eine Flasche aufzubekommen. Doch auch dieser Gedanke verflüchtigte sich rasch, als sie die erste Gabel voll Kartoffelsalat probierte. Beinahe hätte sie vor Genuss laut aufgestöhnt. Etwas Besseres hatte sie seit ziemlich langer Zeit nicht mehr gegessen.

Celeste schien ihre unwillkürliche Reaktion bemerkt zu haben, denn sie stieß sie mit dem Ellenbogen an und grinste. »Gut, oder? Hannah macht den besten Kartoffelsalat in ganz Lichterhaven. Der von Mama ist auch sehr lecker, aber irgendwas macht Hannah da rein, was süchtig macht. Keine Ahnung, was, sie verrät es nämlich nicht. Der Nudelsalat ist mindestens genauso gut. Wir hatten echt Glück, dass wir gleich drangekommen sind und noch etwas abbekommen haben.«

»Na, schmeckt es euch?«, erklang hinter ihnen eine angenehme weibliche Stimme. Gleichzeitig spürte Michelle, wie sich eine Hand auf ihre Schulter legte. Die rothaarige Köchin namens Hannah Pettersson beugte sich zwischen ihr und Celeste vor und lächelte ihnen zu.

»Total lecker«, nuschelte Mirko, und auch einige andere am Tisch brachten enthusiastisch ihre Begeisterung zum Ausdruck.

»Da bin ich ja froh.« Hannahs Hand verschwand von

Michelles Schulter. »Dann lasst es euch mal weiter schmecken. Oje.« Sie gluckste, als ihr Blick auf Michelles Teller fiel. »Bist du etwa ein Opfer von Alex' Fleischwahn geworden? Du liebe Zeit, warum habt ihr dem armen Mädchen nicht gesagt, dass es eine halbe Hähnchenbrust bestellen muss?«

Celeste zuckte mit den Achseln und kicherte. »Habe ich nicht dran gedacht.«

»Du Ärmste.« Hannah wandte sich wieder an Michelle. »Bist du sicher, dass du diese große Portion schaffst?«

»Das geht schon.« Michelle erschrak, als in diesem Moment Finchen an ihr hochsprang und versuchte, auf ihren Schoß zu klettern.

Mjam! Das riecht aber verboten lecker. Ist das Hühnchen? Kriege ich davon auch was ab? Finchens Hals und Nase schienen immer länger zu werden, als sie versuchte, an Michelles Teller zu gelangen.

»Hey, nicht, Finchen! Das ist doch nicht dein Futter.« Erschrocken versuchte Michelle, die Hündin wieder von ihrem Schoß hinunterzuschieben, doch es gelang ihr nicht. Finchen war ganz aufgeregt und wedelte so heftig mit der Rute, dass praktisch der gesamte Hundekörper in Bewegung geriet. Dabei stieß sie immer wieder gegen den Tisch, sodass die Flaschen darauf ins Wanken gerieten.

»Na, na! Nicht so stürmisch. Du schmeißt ja alles um«, schalt Hannah erheitert. Sie ergriff beherzt Finchens Halsband und stellte die Hündin wieder auf ihre vier Pfoten.

Menno, ich will doch so unbedingt ein bisschen was von dem Hühnchen probieren. Und von dem anderen Zeug auf dem Teller, das riecht nämlich auch total gut. Finchen schnaubte und schüttelte sich und versuchte gleich wieder, auf Michelles Schoß zu klettern.

Diesmal schaffte Michelle es, die Hündin abzuwehren und dazu zu bringen, sich hinzusetzen.

»Da habt ihr aber ein ganz schönes Energiebündel, was?«
Hannah ging um Michelle herum, um, falls nötig, Finchen davon abzuhalten, erneut am Tisch oder an Michelle hochzuspringen. »Capone, das ist der Hund meiner Schwester, ist auch so ein Kaliber. Ständig hat er Unsinn im Sinn. Aber er ist total süß und lieb. Sie hat ihn allerdings heute nicht mitgebracht, weil sich unsere Eltern um ihn kümmern. Überhaupt sind heute vergleichsweise wenige Hunde hier. Normalerweise wimmelt es bei solchen Treffen geradezu von Fellnasen.« Sie lachte leise. »Manchmal kommt es mir so vor, als ob mindestens jede zweite Familie in Lichterhaven einen Hund besitzt. Oder sogar mehrere, so wie ihr.« Der letzte Satz war an Celeste gerichtet.

Celeste nickte, musste jedoch erst zu Ende kauen und schlucken, bevor sie antwortete: »Wir haben drei Hunde. Mama hat ein Händchen dafür, sie zu erziehen. Tim auch.« Offen sah sie Michelle von der Seite an. »Bestimmt könnte er dir ein paar Tipps geben. Er ist wirklich richtig gut darin. Aber du kannst natürlich auch zu Christina gehen. Sie hat eine ganz tolle Hundeschule im Sandburgweg.«

Michelle nickte nur vage. Nur über ihre Leiche würde sie Tim Dennersen nach Tipps zur Hundeerziehung fragen. Die Idee mit der Hundeschule gefiel ihr da schon deutlich besser. Sie wusste ja selbst, dass Finchen noch total unerzogen war. Außerdem musste sie irgendwie die Zeit totschlagen; ein Kurs in der Hundeschule würde sich dafür wahrscheinlich gut eignen.

Da Hannah Pettersson inzwischen weitergegangen war und Celeste erneut in ein Gespräch mit einigen anderen Mädchen verwickelt wurde, konzentrierte Michelle sich erneut auf ihr Essen. Es schmeckte wirklich ganz hervorragend, und das nicht nur, weil sie total ausgehungert war. Zu gerne würde sie wissen, was das für Gewürze waren, die sie aus den beiden

Salatdressings herausschmeckte. Ob sie diese Hannah mal danach fragen sollte? Celeste hatte gesagt, die Köchin würde ihre geheimen Rezepte niemandem verraten, aber vielleicht hatte sie ja Glück. Fest stand jedenfalls, dass Maik überhaupt nicht kochen konnte und sie auf Dauer keine Lust auf Tiefkühlfraß hatte. Auch ihre Mutter war nicht die begnadetste Köchin gewesen und hatte darüber hinaus immer sehr aufs Geld achten müssen, aber wenigstens hatte es nicht ständig dieselben Dosen- oder Tiefkühlgerichte gegeben.

Leider konnte Michelle ebenfalls nicht sehr gut kochen oder backen. Mehr als Nudeln mit Tomatensoße oder Salzkartoffeln mit Sahnehering aus der Dose brachte sie nicht zustande. Das lag einfach daran, dass ihre Mutter das Kochen stets übernommen hatte, weil Michelle und Jakob in Ganztagsschulen gegangen waren. Dort hatten sie sich zumindest mehrmals in der Woche in der Schulkantine satt essen können, aber auch nur, weil ihre Mutter das Geld dafür mühsam von ihrem geringen Einkommen abgeknapst hatte. Zuschüsse hatte es dafür leider nicht gegeben, deshalb hatten sie sich mindestens zweimal in der Woche mit simplen Pausenbroten begnügen müssen.

Vielleicht sollte sie einfach mal versuchen, kochen zu lernen. Mama hatte im Bücherschrank ein paar alte Kochbücher gehortet, jedoch so gut wie nie benutzt. Viele der alten Bücher hatten sie beim Auszug aus der Wohnung in Berlin in einen offenen Bücherschrank gegeben, aber die Kochbücher waren noch da. So schwer konnte das doch wohl nicht sein, oder? Bei Maik hatte sie nicht allzu große Hoffnungen, denn der stellte sich tatsächlich nicht besonders geschickt in der Küche an. Immer wieder ließ er Sachen anbrennen. Das Einzige, was ihm einigermaßen zuverlässig gelang, wenn er nicht vergaß, den Kurzzeitmesser zu stellen, war Tiefkühlpizza. Die kam einem jedoch nach einer Weile zu den Ohren heraus.

Mit dem Vorsatz, noch an diesem Abend Mamas Kochbücher herauszusuchen, ließ Michelle sich das gute Essen nun wirklich so richtig schmecken.

***

»Hannah, Kind, was machst du denn noch hier?« Mit mütterlich strenger Miene musterte Inette Paulsen Hannah. »Findest du nicht, du hast jetzt mal genug getan? Das gute Essen vorbereitet, das Büfett mit aufgebaut und was weiß ich nicht noch alles. Nun setz dich endlich mal hin, und iss selbst etwas! Du hast doch bestimmt Hunger, oder etwa nicht?«

»Hunger ist gar kein Ausdruck.« Hannah lachte. »Ich habe seit heute früh nichts mehr in den Magen bekommen. Aber bist du sicher, dass du hier allein zurechtkommst? Immerhin musst du ja auch noch ein Auge auf die Zwillinge halten.« Sie wies mit dem Kinn in Richtung der sechsjährigen Zwillinge Lilly und Jonathan, die Kinder von Jörns jüngerem Bruder Max, die gerade dabei waren, rund um die Büfetttische Fangen zu spielen.

»Ach was.« Als die beiden Kinder an Inette vorbeirennen wollten, griff diese beherzt zu und fing sie geschickt auf. »Na, ihr beiden Schlümpfe? Was treibt ihr denn schon wieder für einen Unsinn? Habt ihr nicht viel mehr Lust, eurer Oma zu helfen?« Sie lächelte Hannah zu. »Siehst du, schon habe ich zwei billige und fähige Helferlein. Und nun mach, dass du dir einen Teller schnappst. Da vorne am Tisch ist sogar noch ein Sitzplatz neben Caroline und Henning.«

Während Inette die Zwillinge mit liebevoller Strenge ein Stückchen zur Seite schob und ihnen erklärte, wie sie ihr helfen konnten, atmete Hannah innerlich auf. Ihr Magen knurrte tatsächlich schon seit einer geraumen Weile. Von ihrem Kartoffel- und Nudelsalat waren jeweils nur noch kleine Reste

145

übrig, deshalb versorgte sie sich mit einem von Carolines vorzüglichen Brötchen, einer Portion Reissalat von Inette sowie einem Steak von Alex Messners Grill. Als sie auf Caroline zusteuerte, winkte die Freundin ihr bereits fröhlich zu.

»Na endlich, Hannah!« Auffordernd klopfte Caroline auf den freien Sitzplatz neben sich. »Wir dachten schon, du wolltest hinter dem Büfett festwachsen. Selbst Ella und Jörn waren schneller hier als du.« Sie deutete auf das Paar, das ihnen schräg gegenübersaß. »Und das will schon was heißen, immerhin ist Jörn der Feuerwehrboss und Ella seine rechte Hand.« Grinsend deutete sie auf Hannahs Teller. »Und jetzt hast du nicht einmal etwas von deinen eigenen guten Salaten bekommen. Ich sage dir, du musst dir zukünftig gleich zu Anfang etwas beiseitestellen.«

Hannah schnaubte amüsiert. »Ja klar, und bei der Gelegenheit dann auch noch für diverse andere Leute. Dann sind die Schüsseln leer, bevor das Büfett eröffnet ist.« Ihr Blick wanderte zu dem Mann, der ihr direkt gegenübersaß. Erst jetzt wurde ihr bewusst, dass es sich um Maik Zengler handelte. Als er ihr zulächelte, nickte sie knapp, war sich jedoch nicht ganz schlüssig, ob sie weiter an dem unausgesprochenen Waffenstillstand festhalten sollte. Die Entscheidung wurde ihr jedoch in diesem Moment von Jakob abgenommen. Der Junge winkte ihr mit einem breiten Lächeln zu.

»Hallo, Hannah.«

Sie konnte gar nicht anders, als sein Lächeln zu erwidern. »Hallo, Jakob, na, wie war der Nachmittag mit den anderen Kindern hinten auf der Wiese?«

»Total toll.« Der Junge griff nach seinem Limonadenglas und trank einen großen Schluck, bevor er weitersprach. »Wir haben einen Bändertanz gelernt, und Max hat gesagt, dafür, dass ich das noch nie gemacht habe, bin ich richtig gut. Ich hab mich nämlich nur einmal in den Bändern verheddert, die anderen aber dauernd. Und er hat gesagt, dass ich Du zu ihm sagen darf, obwohl ich ihn ja noch gar nicht lange kenne. Das ist nämlich, weil sich bei der Feuerwehr alle mit Du anreden, weil alles Kameraden und Kameradinnen sind. Mama hat aber immer gesagt, dass ich Erwachsene nicht einfach duzen soll, weil das unhöflich ist. Aber Max hat gesagt, ich darf das. Jedenfalls hier, bei allen, die zur Feuerwehr gehören. Und er hat gefragt, ob ich auch mal zur Feuerwehr gehen will. Das weiß ich aber gar nicht, weil ich ja zum ersten Mal hier war und noch nie bei der Feuerwehr gewesen bin.«

»Also hat es dir Spaß gemacht?« Hannah lehnte sich zu dem Jungen hinüber. »Es spricht doch eigentlich nichts dagegen, wenn du dir mal eine Übungsstunde bei der Kinderfeuerwehr ansiehst.« Sie wandte sich an Jörn. »Leitet nicht sogar Max die Kinderfeuerwehr-Gruppe?«

Jörn nickte. »Er und manchmal auch Karl oder unser Vater, wenn Max wegen der Arbeit auf dem Hof keine Zeit hat.« Auch er beugte sich zu Jakob vor und lächelte dem Jungen zu. »Wir freuen uns über jede neue Nachwuchskraft.« Er hob seinen Blick zu Maik. »Das gilt übrigens nicht nur für Kinder. Du hast dich heute ganz passabel geschlagen, wenn man bedenkt, dass du zwei linke Hände hast. Aber was will man von einem Anwalt schon anderes erwarten?«

»He, he!« Alex, der gerade hinter ihnen vorbeiging, knuffte ihn gegen die Schulter. »Das habe ich genau gehört.«

Jörn versuchte zurückzuknuffen, verfehlte Alex jedoch. Gleichzeitig sprach er ungerührt in Maiks Richtung weiter: »Wie ist es? Lohnt es sich, dir noch ein bisschen auf den Geist zu gehen, bis du dich entschlossen hast, ebenfalls der Feuerwehr beizutreten?«

Maik hob die Schultern. »Das muss ich mir erst noch überlegen. Ich hatte bislang noch nie etwas mit der Feuerwehr zu tun. Ob ich mich für so eine Aufgabe eigne, kann ich wirklich nicht sagen. Nur weil ich heute kilometerweise Draht um Streben geschlungen und danach den Handlanger gegeben habe, bedeutet das ja noch lange nicht, dass ich eine Eignung zum Feuerwehrmann besitze.« Er legte Jakob eine Hand auf die Schulter. »Aber wenn du Lust hast, bei der Kinderfeuerwehr mitzumachen, dann habe ich natürlich nichts dagegen.«

Jakob nickte begeistert, und es dauerte nicht lange, bis er Jörn mit leuchtendem Blick lauschte, als dieser ihm von all den Aktivitäten erzählte, die ihn bei der Kinderfeuerwehr erwarteten.

»Kinderfeuerwehr und mäßig begabter Handlanger, ja?« Hannah musterte Maik schmunzelnd. »Jetzt geben Sie sich anscheinend wirklich Mühe, sich im Überschallflug einzuleben, was?«

»Stört Sie das?«

»Nicht im Geringsten. Wenn Sie es wirklich auf Dauer hier in Lichterhaven aushalten wollen, dann tun Sie gut daran, sich der Gemeinschaft anzuschließen.«

»Maik?« Jakob zupfte ihn am Ärmel seiner Jacke. »Musst du Hannah nicht eigentlich auch duzen? Weil das bei der Feuerwehr alle machen?«

Maik warf Hannah einen fragenden Blick zu. »Also, streng genommen bin ich ja kein Mitglied der Feuerwehr.«

»Ach was, so ein Quatsch!«, rief Ella und gestikulierte heftig mit der Gabel. »Jetzt sind wir mal nicht päpstlicher als der Papst. Immerhin hast du einen ganzen Samstag lang deine Arbeitskraft zur Verfügung gestellt. Damit bist du praktisch schon so etwas wie ein Ehrenmitglied. Genau genommen laufen hier einige Leute herum, die nicht offiziell der Feuerwehr angehören, aber trotzdem immer helfen.« Sie bedachte ihn mit ihrem strahlendsten Lächeln, das bekanntlich Steine erweichen konnte. »Also nur keine falsche Bescheidenheit oder, Gott bewahre, Schüchternheit. Ich bin Ella«, sie deutete erst auf sich, dann auf ihren Verlobten, »das ist Jörn, das dort sind

Caroline und Hannah, und mit Henning bist du doch sowieso schon lange befreundet. Wozu also die Förmlichkeit?«

»Also gut.« Wieder warf Maik Hannah einen kurzen Blick zu. »Wenn es euch allen recht ist.«

»Klar, warum nicht?«, antwortete Hannah, da sie den Eindruck hatte, dass seine Frage hauptsächlich ihr galt.

»Darauf trinken wir!« Henning hob seine Radlerflasche, und auch alle anderen griffen nach ihren Getränken.

Rasch schnappte Hannah sich eine Colaflasche aus dem Kasten, der mitten auf dem Tisch stand, und sah sich suchend nach dem Öffner um.

»Hier.« Mit einem fast unmerklichen Lächeln reichte Maik ihr den silbrig glänzenden Flaschenöffner.

»Danke.« Verhalten erwiderte sie sein Lächeln.

»Prost!«, rief Ella.

»Auf neue und alte Freunde!«, fügte Henning hinzu. Dann beugte er sich ein wenig zur Seite und fing Michelles Blick auf. »Das gilt auch für dich.«

Michelle antwortete nicht darauf, doch Hannah entging nicht, dass es um die Mundwinkel des Mädchens zuckte. Damit Michelle sich nicht beobachtet fühlte, wandte Hannah sich erneut Maik zu. »Wie ist eigentlich die Sache mit den Konservendosen ausgegangen?« Sie konnte sich ein Grinsen nicht verkneifen. »Kommen euch die Ravioli allmählich aus den Ohren heraus?«

Maiks Augen verengten sich eine Spur. »Ich habe die Dosen nicht gekauft. Nachdem du es mir gegenüber so dargestellt hast, als ob ich damit den schleichenden Tod meiner Nichte und meines Neffen zu verantworten hätte, musste ich mich wohl oder übel umorientieren.«

»Ach?« Erfreut hob sie den Kopf. »Du hast auf meinen Rat gehört?« Nun wandte sie sich doch wieder Michelle zu. »Euer Onkel hat für euch gekocht?«

Michelle nickte, wobei sie mit den Achseln zuckte. »Schon, ja. Wenn man das Kochen nennen kann.«

»Er hat das Nasidings anbrennen lassen«, rief Jakob kichernd. »Und die Kartoffelpfanne mit dem Gemüse auch, und die Frühlingsrollen, die wir gestern zum Abendessen hatten, waren außen schwarz und innen noch gefroren.«

Maik räusperte sich. »Es ist wohl noch kein Meister vom Himmel gefallen.«

Hannah versuchte standhaft, nicht zu lachen, konnte jedoch nicht verhindern, dass ihr ein Prusten entfuhr.

Erneut verengten sich Maiks Augen. »Nur zu, lach ruhig, sonst erstickst du noch daran.«

»An was soll die arme Hannah ersticken?«, wollte Caroline wissen, die offenbar nur Maiks letzten Satz mitbekommen hatte.

»An ihrer Schadenfreude darüber, dass ich nicht kochen kann.« Maik seufzte. »Obwohl ich wirklich nicht weiß, was daran so ungewöhnlich sein soll. Nicht jeder ist ein Meisterkoch. Oder eine Meisterköchin.«

»Ich habe keinerlei Meisterleistungen von dir erwartet.« Endlich hatte Hannah sich wieder unter Kontrolle. »Nur ein klein wenig Einsicht. Da diese vorhanden zu sein scheint, ist das ja schon einmal der erste Schritt zur Besserung.« Während sie sprach, beobachtete sie, dass Michelle auch noch den letzten Rest Dressing mit einem Stückchen ihres Brötchens vom Teller wischte. Aufmerksam musterte sie das Mädchen. »Hat es dir geschmeckt?«

»So nach dem Motto: *Alles ist besser als das, was Onkel Maik kocht*?«, warf Henning feixend ein und kassierte dafür einen Rippenstoß seines Freundes.

»Ich gebe neidlos zu, dass ich mich nicht erinnern kann, schon einmal einen besseren Kartoffel- oder Nudelsalat gegessen zu haben.« Maik nickte Hannah ungewohnt friedfertig zu.

Sie lächelte leicht. »Danke.«

»Das hat echt gut geschmeckt.« Michelle schob den leeren Teller von sich. »Da sind irgendwelche Gewürze drin, die …« Sie zögerte.

»Ja? Die was?«, hakte Hannah nach.

»Die das Essen irgendwie …« Michelle schien nach Worten zu suchen. »Besonders machen«, schloss sie schließlich. »Ist das ein Geheimrezept?«

Hannah nickte vage. »So könnte man es nennen. Kannst du kochen?«

Michelle nickte, schüttelte gleich darauf den Kopf und zuckte schließlich mit den Achseln. »Nicht so richtig. Ich kann Spaghetti mit Tomatensoße und so was.«

»Besser als dein Onkel?« Hannah grinste erst in Michelles, dann in Maiks Richtung.

»Was ich so gesehen und gehört habe, dürfte das keine große Kunst sein.« Wieder feixte Henning. »Das angesengte Nasi Goreng habe ich mit eigenen Augen gesehen.«

»Es war nicht angesengt!«, protestierte Maik. »Nur ein bisschen kross um die Ränder herum.«

Diesmal prustete Michelle. »Ja, nee, klar.«

»Ich mag den Nudelsalat auch total gerne.« Jakob deutete mit der Gabel auf den kleinen Rest Salat auf seinem Teller. »Ist davon noch was da?«

»Nein, tut mir leid, ich glaube nicht.« Hannah schüttelte den Kopf. »Als ich eben geschaut habe, war die Schüssel schon fast leer, und bestimmt hat sich inzwischen jemand auch noch den Rest geholt.«

»Schade.« Der Junge zog einen Flunsch. »Kannst du uns noch mal welchen machen?« Arglos blickte Jakob zwischen Hannah und Maik hin und her. »Oder Onkel Maik zeigen, wie der geht?«

»Das kann sie nicht«, entgegnete Michelle. »Das Rezept ist doch geheim.«

»Menno.« Wieder zog der Junge einen Flunsch.

»Sind Sie, äh, bist du schon lange Köchin?«, wandte Michelle sich an Hannah und musterte sie sehr eingehend.

»Schon eine Weile, ja«, bestätigte Hannah. »Warum fragst du?«

Michelles Wangen röteten sich, trotzdem hielt sie Hannahs Blick stand. »Na ja, also, weil, du bist ja noch total jung und so.«

Erneut konnte Hannah das Lachen nicht unterdrücken. Normalerweise ärgerte sie sich ja, wenn jemand sie für viel jünger hielt, als sie wirklich war, aber in diesem Fall ließ sie Gnade vor Recht ergehen. »Ganz so jung bin ich gar nicht mehr. Ich werde bald schon einunddreißig.« Sie schmunzelte, als das Mädchen verblüfft die Augen aufriss. »Ich sehe bloß scheußlich viel jünger aus, als ich bin. Ich weiß, manche Frauen fänden das toll, aber stell dir mal vor, du würdest mit zwanzig oder fünfundzwanzig noch fast genauso aussehen wie jetzt. Wie fändest du das?«

Michelle runzelte die Stirn, dann schüttelte sie sich ein bisschen.

»Nicht so toll, oder?« Hannah nickte mit Nachdruck. »Ich sehe vielleicht nicht mehr aus wie vierzehn, aber zumindest immer noch so jung, dass ich immer mal wieder nach meinem Ausweis gefragt werde. Das kann ganz schön lästig werden.« Sie hielt kurz inne. Irgendwie gefiel ihr Michelle. Sie hatte etwas Widerspenstiges an sich, das vermutlich gut und gerne in Bockigkeit umschlagen konnte, wirkte gleichzeitig aber auch irgendwie verloren. Möglicherweise war das der Grund, warum Hannahs Zunge vorauspreschte, noch bevor sie weiter nachdenken konnte. »Hast du Interesse am Kochen?«

»Weiß nicht.« Hannah konnte regelrecht zusehen, wie Michelle sich in sich selbst zurückzog, fast wie eine Auster, die zuklappte. »Kann sein. Ich wollte nachher mal Mamas alte Kochbücher raussuchen.« Sie wich Hannahs Blick aus und spielte an ihrem Teller herum. Waren das Tränen, die in ihren Augen glitzerten? Hannah erschrak. Man vergaß so leicht, dass Michelle und Jakob erst vor Kurzem ihre Mutter verloren hatten.

»Wenn du möchtest, kann ich dir ein paar Tricks zeigen«, versuchte sie, das Gespräch wieder auf sicheren Boden zu lenken. »Natürlich nur, wenn du Lust hast.« Innerlich staunte sie über sich selbst. Hatte sie da gerade tatsächlich der Nichte von Maik Zengler angeboten, ihr das Kochen beizubringen? Was sollte das denn?

Michelles Kopf hatte sich ruckartig gehoben. Das Mädchen sah aus, als ob es herauszufinden versuchte, ob Hannah ihr Angebot wirklich ernst meinte. »Ich kann aber echt nicht gut kochen.«

»Hast du es überhaupt schon einmal richtig versucht?«, konterte Hannah. »Also mal abgesehen von Nudeln mit Tomatensoße. Da kann man eigentlich fast nichts falsch machen.« Als Michelles Blick spöttisch in Richtung Maik wanderte und gleichzeitig Jakob zu kichern begann, hüstelte sie. »Dachte ich zumindest immer.«

»Letztens hat Onkel Maik mal Spaghetti gemacht«, berichtete Jakob mit einem breiten Grinsen. »Das war noch in Berlin. Die waren nachher ganz weich und pappig und haben ganz doll am Boden zusammengeklebt. Wir haben dann ganz viel Soße drübergeschüttet, dann ging es. Aber in der Soße war kein Salz.«

»Himmel!« Maik hob wie flehend die Hände. »Ist ja schon gut, ich habe es kapiert. Meine Kochkünste sind für die Tonne. Und was nun?«

»Na, ist doch klar.« Ella, die dem Gespräch ebenso wie Caroline amüsiert gelauscht hatte, warf Hannah einen vielsagenden Blick zu. »Unsere Starköchin muss euch beiden Kochunterricht erteilen.«

9. Kapitel

»Wie bescheuert kann man eigentlich sein?« Wütend starrte Hannah ihr Spiegelbild an. Sie stand, noch im kurzen dunkelblauen Pyjama, in ihrem Badezimmer vor dem Spiegel und wollte sich am liebsten die Zunge herausstrecken. »Kochunterricht!« Verzweifelt raufte sie sich ihr kurzes rotes Haar. Wie in aller Welt hatte sie sich nur zu solch einem albernen Unterfangen hinreißen lassen? Sie hatte noch niemals jemandem Kochunterricht gegeben, schon gar nicht einem nervtötenden Anwalt und seiner pubertierenden Nichte. Wahrscheinlich wäre es besser gewesen, die Sache gleich wieder abzusagen. Nun waren aber bereits einige Tage vergangen, seit sie so leichtsinnig ihre Zusage gegeben hatte, am heutigen Donnerstagnachmittag zu Maik Zenglers Haus zu kommen, um dort die erste Kochstunde abzuhalten.

»So was Idiotisches! Und Caroline und Ella hatten natürlich nichts Besseres zu tun, als mich darin auch noch zu bestärken.« Sie verdrehte die Augen und streckte sich nun tatsächlich die Zunge heraus, dann wandte sie sich vom Spiegel ab und kehrte in ihr Schlafzimmer zurück, um sich anzuziehen.

Sie hatten den Donnerstagnachmittag ausgemacht, weil die *Foodsisters* heute keine Cateringtermine hatten, sondern nur einige Vorbereitungen für das Wochenende treffen mussten, an dem sie gleich zwei große Geburtstagsfeiern auszurichten hatten. Dafür würde der Vormittag reichen, den Rest des Tages hatten sie sich alle drei reserviert, um im Eventhaus weiterzuarbeiten. Vor allem in den Außenanlagen war noch sehr viel zu tun, wenn sie bis zu Jörns und Ellas Hochzeitstermin perfekt aussehen sollten. Deshalb wählte Hannah heute auch nur einfache blaue Jeans, die an den Oberschenkeln schon etwas abgeschabt aussahen, und eine taillierte marineblaue Bluse mit kleinen Rüschen an der Knopfleiste. Die Ärmel krempelte sie bis über die Ellenbogen hoch, auf Schmuck verzichtete sie ganz. Rasch schlüpfte sie in ihre blauen Sneakers und eilte in die Küche, um sich einen Orangensaft zu genehmigen. Dabei fiel ihr Blick auf die Liste, die sie am Abend zuvor erstellt hatte. Lebensmittel, die sie für ihre erste Kochstunde besorgen wollte. Besorgen musste, korrigierte sie sich im Geiste. Natürlich würde sie sich die Kosten von Maik erstatten lassen. Überhaupt! Sollte sie nicht eigentlich ein Honorar verlangen? »Kochunterricht!«, wiederholte sie seufzend. Was hatte sie sich nur dabei gedacht?

***

Ihre nicht allzu begeisterte Stimmung war ihr offenbar anzusehen, denn als sie die bereits fertig eingerichtete Küche im Eventhaus betrat, warfen sich Ella und Caroline vielsagende Blicke zu. Ella stieß sich von der Anrichte ab, an der sie gelehnt hatte. Rasch stellte sie ihre leere Kaffeetasse in die Spülmaschine. »Ich fahre dann mal los, um noch ein paar Sachen aus dem Bastelladen zu besorgen.« Schon wollte sie sich an Hannah vorbei durch die Tür schieben.

Im letzten Augenblick bekam Hannah ihren Arm zu fassen. »Halt, hiergeblieben! Warum hast du es denn so eilig?«

»Hab ich doch gar nicht.« Ella grinste schief. »Ich wollte euch bloß eurem jeweiligen Wirkungskreis hier in der Küche überlassen. Außerdem habe ich noch zu tun.«

»Und deshalb machst du dich aus dem Staub, ohne mir auch nur einen guten Morgen zu wünschen?« Hannah warf der Freundin einen beredten Blick zu.

»Entschuldige. Guten Morgen, Hannah.« Ellas Grinsen wurde noch eine Spur schiefer. »Und nun muss ich wirklich …«

»Hierbleiben und mir noch einmal erklären, warum weder du noch Caroline«, sie warf ihrer anderen Freundin ebenfalls einen eindringlichen Blick zu, »dafür gesorgt habt, dass ich mich nicht auf diesen Unsinn einlasse.«

»Ich weiß gar nicht, was du meinst.« Ella sah sie mit großen Augen und übertriebenem Unschuldsblick an. »Was denn für ein Unsinn?«

»Ja, genau. Wovon sprichst du?« Caroline sah aus, als ob sie im nächsten Moment an ihrem Lachen ersticken würde.

Verärgert, zugleich aber ebenfalls mit einem unguten Lachdrang kämpfend, verschränkte Hannah die Arme vor der Brust. »Warum habt ihr das zugelassen? Ich bin doch keine Kochschule. Und überhaupt habe ich für so was gar keine Zeit.«

Nun stieß auch Caroline sich von der Anrichte ab und begann, verschiedene Zutaten für das Gebäck, das sie zubereiten wollte, aus den Schränken zu holen. »Du bist vielleicht keine Kochschule, aber du könntest durchaus eine leiten. Hatten wir nicht sogar schon einmal überlegt, ob wir hier ab und zu Koch- oder Backkurse anbieten sollen? Natürlich nur, wenn das nicht mit unseren Catering-Aufträgen kollidiert? Wir könnten dafür auch die kleinere Küche hinten im *Café Mauerblümchen* benutzen. Ich finde die Idee gar nicht so schlecht. Oder wir sprechen mal mit der Volkshochschule und fragen, ob es da eine talentierte Köchin oder einen Koch gibt, die oder der uns dabei unterstützen könnte. Mehr Personal müssen wir so oder so einstellen, denn nur mit den bisherigen Aushilfen werden wir die ganze Arbeit nicht stemmen können. Wahrscheinlich würde auch Kai bei der Sache mitmachen, denn seine Küche in der *Seemöwe* und im *Möwennest* ist ja weithin bekannt und beliebt. Ich könnte mir vorstellen, dass so einige

Leute bereit wären, bei ihm die eine oder andere Kochstunde zu nehmen.«

»Jaja.« Konsterniert starrte Hannah ihre Freundin an. »Lenk nicht vom Thema ab! Ihr habt mutwillig dafür gesorgt, dass ich dem nervigsten Anwalt auf diesem Planeten und seiner Nichte Kochstunden geben muss.«

»Na, na, ganz so war es aber nicht«, widersprach Ella. »Du warst es doch, die Michelle gefragt hat, ob sie ein paar Tricks von dir lernen will. Alles andere war nur eine logische Schlussfolgerung. Es ist doch gar nicht so verkehrt, auf diese Weise zwei Fliegen mit einer Klappe zu schlagen. Du lenkst dieses nette Mädchen ein bisschen von seinen trüben Gedanken ab und sorgst gleichzeitig dafür, dass es zukünftig kein angekokeltes Essen mehr zu sich nehmen muss. Natürlich nur, wenn Maik sich einigermaßen anständig zeigt. Möglicherweise gehört er auch zu der Sorte Mann, die man besser komplett aus der Küche aussperren sollte.« Sie kicherte. »Wobei ich sagen muss, dass es auch einige Frauen gibt, auf die das zutrifft.«

Hannah seufzte und raufte sich wieder einmal die Haare. »Das war ein gemeiner Tiefschlag von dir.« Seufzend griff sie nach dem Kaffeebecher, den Caroline ihr auf dem Weg vom Vorratsschrank zur Anrichte in die Hand drückte, und mit der anderen Hand nach der Kaffeekanne, um sich einzugießen. »Die Kleine sah wirklich traurig aus, nicht wahr? Irgendwie geht sie mir gar nicht mehr aus dem Kopf. Es muss schrecklich sein, in dem Alter die Mutter zu verlieren.«

»Und sie noch dazu nach der Schule tot in der Wohnung zu finden«, fügte Caroline mit einem heftigen Schaudern hinzu. »Das stelle ich mir ganz entsetzlich vor! Henning sagt, dass alle drei bei Nasira in Therapie sind. Sie waren wohl schon in Berlin bei einer Psychologin, Maik wegen seines Burn-outs und die beiden Kids wegen dieser traumatischen Erlebnisse.«

»Von seinem Burn-out scheint Maik sich allmählich erholt

zu haben«, befand Ella. »Zumindest sah er längst nicht mehr so gestresst aus wie noch vor einem Jahr. Damals wirkte er, als stünde er permanent unter Strom. Ich glaube, entspannen konnte er sich überhaupt nicht mehr.«

Caroline schmunzelte. »Den Eindruck hatte ich auch. Ich frage mich, ob dieser One-Night-Stand letzten Sommer mit dieser Touristin aus Berlin in dieser Hinsicht irgendetwas gebracht hat. Henning hat nur gemeint, dass diese Carina ihn wohl eine Woche danach noch mal angerufen hat. Anscheinend hatte sie sich seine Nummer aus dem Internet herausgesucht, was vermutlich nicht sehr schwierig war. Immerhin war er Teilhaber einer bekannten Anwaltskanzlei. Aber er muss sie ganz schnell losgeworden sein. Das spricht nicht unbedingt dafür, dass ihr Zusammensein ihn sonderlich beeindruckt hat – oder entspannt.«

Ella gluckste. »So schlecht kann der Sex ja nicht gewesen sein, sonst hätte sie sich nicht mehr bei ihm gemeldet.«

»Stimmt auffallend.« Caroline kicherte. »Ausgebrannt oder nicht, der Mann scheint also einige Talente zu besitzen, zumindest was Matratzensport angeht. Und sind wir mal ehrlich, hässlich ist er auch nicht.«

»Hässlich wäre nun auch nicht die Bezeichnung, die mir für ihn einfallen würde«, stimmte Ella zu. »Gut aussehend, intelligent und gut im Bett. Gar keine schlechte Mischung, oder? Wobei wir das mit dem Sex ja nur vermuten können. Vielleicht war diese Touristentussi ja auch nur hinter seinem Geld her.«

»Das glaube ich nicht.« Caroline begann, Mehl und Zucker abzuwiegen und in einer großen Schüssel zu vermischen. »So zufrieden und selbstgefällig, wie sie an dem Morgen ausgesehen hat, als ich sie aus dem Bett geklingelt habe, hatte sie garantiert eine befriedigende Nacht hinter sich.«

Die beiden Frauen prusteten.

Hannah musterte ihre Freundinnen halb befremdet, halb

amüsiert. »Warum reden wir über Sex und nennen Maik Zenglers Namen dabei in einem Atemzug?«

»Das tun wir doch gar nicht«, widersprach Ella grinsend.

»Nein, gar nicht.« Caroline warf Hannah über die Schulter einen unschuldigen Blick zu. »Genau genommen hast nur du das gerade getan. Wir haben uns über eine Touristin unterhalten, die ich rein zufällig vergangenes Jahr kennenlernen durfte.«

»Was nicht heißen soll, dass wir nicht gerne mit dir über Sex reden«, fügte Ella hinzu. »Hattest du denn welchen mit Maik?«

»Oder planst du welchen?« Ein weiterer Unschuldsblick traf Hannah, bevor Caroline sich wieder ganz auf ihren Kuchenteig konzentrierte.

»Seid ihr des Wahnsinns?« Entgeistert starrte Hannah die beiden an. Ihre halb volle Kaffeetasse klirrte, als sie sie auf der Marmorplatte der Anrichte abstellte. Dabei schwappte etwas Kaffee über den Rand. Mit einem unterdrückten Fluch griff Hannah nach einem Schwammtuch und wischte den feuchten Fleck fort. »Ich kenne diesen Mann doch so gut wie gar nicht, und bis vergangenen Samstag hatte ich auch keinen Grund, diesen Zustand zu ändern. Nur weil ich in einer schwachen Minute und in einem Zustand von geistiger Umnachtung zugesagt habe, ihm und Michelle ein paar Grundbegriffe im Kochen beizubringen, hüpfe ich doch nicht gleich mit ihm ins Bett! Schon mal gleich gar nicht, weil er überhaupt nicht mein Typ ist. Und eine Nervensäge ist er obendrein«, setzte sie grimmig hinzu. »Also grinst nicht so unanständig. So nötig habe ich es nun auch wieder nicht, dass ich mich an den Nächstbesten heranschmeißen muss.«

»Darüber kann man geteilter Meinung sein, ganz abgesehen davon, dass Maik ja nicht gerade der Nächstbeste ist.« Ella grinste wieder, diesmal schalkhaft. »Für mein Dafürhalten bist du schon viel zu lange Single.« Bevor Hannah etwas erwidern konnte, hob sie beschwichtigend die Hände. »Schon gut, schon gut! Ich weiß ja, dass du auf deinen Märchenprinzen wartest. Die Frage ist nur, ob du ihn findest, wenn du nicht zwischendurch mal ein paar Frösche küsst.«

»Von Küssen bis Sex ist es aber ein ziemlich weiter Weg«, gab Hannah zu bedenken.

»Nicht zwangsläufig«, widersprach Caroline. »Solche Dinge gehen manchmal schneller, als man denkt.«

»Aber nicht bei mir.« Hannah begann nun ebenfalls, Zutaten aus den Vorratsschränken zusammenzusuchen. »Ich kann mich beherrschen.«

»Wenn du das sagst.« Ella schenkte ihr ein feines Lächeln.

»Ja, das sage ich, und ich meine es auch so.«

»Das dachte ich auch einmal. Und dann, bums, war es zu spät. Und das sollte jetzt kein unanständiges Wortspiel sein.«

Wider Willen musste Hannah lachen. »Ihr beide seid unmöglich, wisst ihr das? Ich werde nicht mit Maik Zengler ins Bett gehen. Schon gar nicht, nur weil ihr glaubt, ich sei in dieser Hinsicht unterversorgt. Ich gebe ihm lediglich Kochunterricht. Warum auch immer.«

»Um noch einmal auf das Küssen und die Frösche zurückzukommen«, wandte Caroline ein. »Du hast gesagt, von einem Kuss bis zum Sex sei es ein langer Weg. Bedeutet das, du hast zumindest schon einmal über die Sache mit dem Küssen nachgedacht?«

»Nein!« Hannah knallte die Dose, in der sie frischen Sellerie im Kühlschrank aufbewahrte, ein bisschen zu heftig auf die Platte der Arbeitsinsel. »Habe ich nicht.« Hatte sie doch nicht, oder etwa doch? Nein, beschied sie sich im Geiste, hatte sie wirklich und ehrlich ganz und gar nicht. Sie warf Ella einen vielsagenden Blick zu. »Wolltest du nicht schon längst auf dem Weg in den Bastelladen sein?«

10. Kapitel

»Sollen wir schon irgendetwas vorbereiten?« Michelle tigerte sichtlich nervös in der Küche auf und ab. »Schüsseln oder Töpfe hinstellen oder irgend so etwas?« Sie blieb bei der Spüle stehen und blickte durch das Fenster hinaus auf die Zufahrt zum Haus. »Haben wir überhaupt irgendetwas im Haus, aus dem man etwas kochen kann?«

»Keine Ahnung.« Maik, der sich mit der Tageszeitung an den Küchentisch gesetzt hatte, zuckte mit den Achseln. »Die Sache mit dem Kochunterricht war nicht meine Idee.«

»Na und?« Michelle verschränkte die Arme und drehte sich zu ihm um. »Du hast aber gesagt, dass du mitmachst, also müssen wir doch auch irgendwas im Haus haben.«

»Wenn wir mit Hannah den Kartoffelsalat machen wollen, brauchen wir Kartoffeln«, warf Jakob ein. Der Junge saß neben Maik auf der Eckbank und malte mit seinen Buntstiften etwas Farbenfrohes auf einem großen Malblock.

»Genau«, pflichtete Michelle ihm bei. »Und all die Gewürze. Da sind nämlich total viele drin, aber ich weiß nicht, welche.«

»Wenn wir nicht wissen, was die Zutaten sind, dann können wir sie auch nicht kaufen.« Maik warf ihr einen vielsagenden Blick zu. »Bis auf die Kartoffeln natürlich. Hat sie denn gesagt, dass sie Kartoffelsalat machen will?«

»Sie hat gar nichts gesagt.« Michelle hatte sich wieder dem Fenster zugewandt. »Nur dass sie heute Nachmittag herkommt.«

»Dann warten wir einfach, bis sie hier ist. Wahrscheinlich bringt sie etwas mit, oder wir fahren einfach mit ihr zusammen einkaufen.« Maik bemühte sich bewusst um einen ruhigen, gleichgültigen Tonfall. Er wollte auf keinen Fall, dass Michelle und Jakob merkten, wie unwohl er sich selbst fühlte. Unwohl, nervös, irgendetwas dazwischen. Er wusste selbst nicht, was mit ihm los war. Warum in aller Welt hatte er diesem albernen Unterfangen zugestimmt? Sah man einmal davon ab, dass Kochunterricht ihm sicherlich guttat, war es wahrlich keine gute Idee, ihn ausgerechnet bei der kleinen rothaarigen Köchin zu nehmen, mit der er bereits mehrfach unangenehm aneinandergeraten war. Wobei er zugeben musste, dass das Beisammensein mit ihr am vergangenen Samstagnachmittag recht zivilisiert und ruhig abgelaufen war.

Sie war auch bei Weitem nicht so giftig gewesen wie bei ihren vorherigen Begegnungen. Das lag natürlich vor allem daran, dass er selbst ihr gegenüber nicht so ungehobelt aufgetreten war. Er wusste, dass er sich bisher nicht von seiner besten Seite gezeigt hatte. Wenn er heute über sein Verhalten vor einem Jahr nachdachte, fragte er sich ernsthaft, ob das wirklich er gewesen war oder ob nicht irgendein unguter Geist in ihn hineingeschlüpft war.

Nein, kein Geist, korrigierte er sich. Es war der Burn-out gewesen, der aus ihm gesprochen und wegen dem er sich wie der sprichwörtliche Elefant im Porzellanladen benommen hatte. Das war ganz offensichtlich die schlimmste und übelste Version seiner selbst gewesen. Wiedergutmachen konnte er sein Verhalten zwar nicht, aber ganz sicher war er in der Lage, sich zukünftig Hannah Pettersson gegenüber wie der Mensch zu verhalten, der er wieder sein wollte. Er war ziemlich aus der Übung, nachdem er sich die letzten zwei, drei Jahre mehr oder weniger sehenden Auges in einen gefühllosen Roboter verwandelt hatte. Die Rückverwandlung in den Mann, von dem er hoffte, dass er sich noch irgendwo tief in seinem Inneren verbarg, war nicht ganz einfach, aber notwendig.

Entschlossen faltete er die Zeitung zusammen, als Michelle mit einem halb erfreuten, halb nervösen »Da kommt sie!« ihren Platz am Fenster verließ und Richtung Haustür eilte.

Wer kommt da? Hab ich was verpasst? Kriegen wir etwa Besuch? Wo denn? Wau! Das muss ich sehen! Finchen, die ein Nickerchen unter dem Küchentisch gehalten hatte, sprang, wie von der berühmten Tarantel gestochen, mit allen vieren gleichzeitig in die Höhe und raste bellend hinter Michelle her zur Haustür.

»Finchen!« Maik verdrehte die Augen und erhob sich. »Michelle, halt Finchen fest!« Noch während er sprach, vernahm er Michelles beruhigende Stimme, die auf das aufgeregt bellende Airedale-Terrier-Mädchen einredete. Aus seiner stehenden Position konnte er nun selbst durch das Küchenfenster Hannahs Wagen sehen, der gerade in der Auffahrt hielt. Obwohl Fenster- und Windschutzscheiben sowie mehrere Meter Luft zwischen ihnen lagen, trafen sich ihre Blicke kurz. Hannah lächelte ihm zu. Maik lächelte automatisch zurück. Seltsamerweise schien sich sein Magen um einige Meter abzusenken. Energisch unterdrückte er diese Empfindung, weil er sie nicht einordnen konnte, dann folgte er Michelle und Finchen zur Haustür. Noch ehe er dort angekommen war, hatte Jakob ihn bereits überholt.

»Hallo, Hannah!«, rief der Junge, kaum dass Michelle die Haustür geöffnet hatte.

Innerlich verdrehte Maik halb amüsiert, halb resigniert die Augen. Hannah Pettersson konnte bei solch einer Begrüßung kaum im Zweifel darüber sein, dass man sie bereits aufgeregt erwartet hatte.

»Hallo, Jakob, hallo, Michelle.« Hannah winkte den beiden zu, ging jedoch zunächst einmal um ihr Auto herum und öffnete den Kofferraum. »Helft ihr mir mal, die Lebensmittel reinzutragen?«

»Ja klar.« Michelle und Jakob stürmten nach draußen, so-dass es an Maik war, in letzter Sekunde Finchen am Halsband zu fassen, damit sie nicht ausbüxte.

Hey! Lass los. Ich will unsere Besucherin begrüßen! Die Hündin zappelte wild und gab eine Mischung aus Knurren und Jaulen von sich, die eindeutig besagte, was sie eigentlich vorgehabt hatte.

»Schön brav, Finchen.« Maik bemühte sich um einen ru-higen, gelassenen Tonfall, damit die Hündin nicht noch mehr aufdrehte. »Mach Sitz!«

Nö! Will ich nicht! Lass mich Hannah begrüßen! Komm schon, lass los.

»Finchen!« Es war nicht ganz einfach für Maik, die Ruhe zu bewahren. Er merkte selbst, dass er viel zu schnell aus der Haut zu fahren drohte. Auch ein Überbleibsel seines Burn-outs, das loszuwerden ihn noch einige Anstrengung kosten würde. »Nun mach doch nicht gleich die ganze Welt verrückt. Hannah ist ja sofort hier, dann kannst du sie begrüßen.«

Das dauert mir aber viel zu lange! Wenn du mich loslassen würdest, könnte ich sofort zu ihr hinlaufen, an ihr hochsprin-gen, sie beschnüffeln und überhaupt alles machen, wozu ich gerade echt viel Lust hätte. Ich liebe es, Besuch zu begrüßen. Finchen ließ sich von seinen Worten nicht im Geringsten be-eindrucken, sondern gab weiterhin dieses jaulende Knurren oder knurrende Jaulen von sich und zappelte wie verrückt.

»Was machst du denn da?« Einen großen blauen Plastik-korb am Arm, trat Hannah auf ihn zu und musterte ihn mit gerunzelter Stirn. »Lass sie doch los, sie erwürgt sich ja fast.«

»Ich will verhindern, dass sie wegläuft.« Er hatte inzwi-schen einige Mühe, die völlig außer Rand und Band geratene Hündin weiterhin festzuhalten.

»Warum sollte sie das denn tun? Sie will mich doch nur begrüßen.« Hannah stellte den Korb einfach neben sich auf der Stufe vor dem Eingang ab und ging vor Finchen in die Hocke. Mit einem überrschend energischen Griff löste sie Maiks Hand vom Halsband der Hündin, woraufhin diese ihr praktisch mit einem Satz in die Arme sprang und sie umwarf. Hannah landete unsanft auf ihrem Hinterteil, kicherte dabei jedoch haltlos. »Hey, du verrückte Nudel! Was machst du denn mit mir?« Vergeblich versuchte sie, der schnüffelnden Hundenase und der feuchten Zunge zu entgehen.

Erschrocken machte Maik einen Schritt auf Hannah zu. »Du liebe Zeit, hast du dich verletzt?«

»Quatsch.« Hannah kicherte immer noch. »So ein Unsinn.« Spöttisch blickte sie zu ihm auf. »Das war allein deine Schuld.«

»Ach ja?« Irritiert runzelte er die Stirn. »Inwiefern?«

»Das verrate ich dir, wenn du mal endlich den Gentleman herauskehren und mir wieder aufhelfen würdest.« Auffordernd streckte sie ihm die rechte Hand entgegen.

Rasch ergriff er sie und zog sie mit einem Ruck auf die Füße. »Entschuldige.«

»Schon okay.« Sie griff wieder nach dem Henkel des Korbes. »Du hast nicht allzu viel Ahnung von Hunden, oder?« In ihren Augen blitzte es amüsiert. »Wenn du Finchen nicht so festgehalten hättest, dann wäre sie nicht so ausgeflippt. Wäre sie nicht so ausgeflippt, dann hätte sie mich eben nicht umgeworfen. Ganz einfache Logik.«

Ja, wuff, ganz genau. Finchen schnaubte und nickte dabei so heftig mit dem Kopf, dass es wie Zustimmung aussah.

»Aha.« Er verzog skeptisch die Lippen. »Wie hätte ich sie denn sonst davon abhalten sollen, einfach abzuhauen?«

»Sie ist doch gar nicht abgehauen.« Hannah grinste immer noch, wurde nun jedoch wieder ernst. »Vielleicht solltest du ihr ein kleines bisschen mehr Vertrauen entgegenbringen. Sie ist doch nun schon eine ganze Weile bei euch, oder etwa nicht?

Ihr seid jetzt ihre Menschen. Wenn ihr sie nicht gerade verjagt, hat sie doch gar keinen Grund, von euch wegzulaufen. Schon gar nicht, wenn sie einfach nur Besuch begrüßen möchte. Was natürlich nicht heißen soll, dass man ihr in dieser Hinsicht nicht noch ein paar bessere Manieren beibringen könnte.«

Bessere Manieren? Was ist das? Finchen umschwänzelte Hannah eifrig und stieß sie immer wieder auffordernd mit der Nase an. *Was ist, spielen wir? Oder zeigst du mir, was da in dem Korb ist? Darin riecht nämlich irgendetwas verboten gut.*

»Hast du das für uns eingekauft?«, wollte Jakob wissen, der ebenfalls einen blauen Plastikkorb herbeigetragen hatte und nun neben sich abstellte. »Was ist denn da alles drin?«

»Das wirst du gleich sehen.« Hannah lächelte ihm zu. »Das muss erst mal in die Küche. Du kannst gerne schon anfangen, den Korb auszupacken.« Sie wandte sich an Michelle, die einen dritten Korb herbeitrug. »Du natürlich auch.«

Kaum waren Michelle und Jakob in Richtung Küche verschwunden, als sie Maik einen vielsagenden Blick zuwarf. »Die Kassenzettel habe ich hier.« Sie griff in die Tasche ihrer dunkelblauen Windjacke und zog ein Bündel Papierstreifen hervor. »Das Geld kannst du mir später wiedergeben.« Damit folgte sie Jakob und Michelle und ließ ihn einfach stehen.

Für einen Moment blickte Maik ihr einfach nur hinterher. Dann schloss er eilig die Haustür und nahm die Verfolgung auf.

***

Es gab keinerlei Grund, sich seltsam zu fühlen. Dennoch verspürte Hannah ein ungutes flaues Gefühl in der Magengrube, gepaart mit einem Kribbeln, das ihr so ganz und gar nicht in den Kram passte. Schuld daran, da war sie sich vollkommen sicher, waren nur diese unmöglichen Andeutungen, die

Caroline und Ella vorhin gemacht hatten. Warum ließ sie sich davon überhaupt beeindrucken? Sie hatte ganz sicher nicht vor, Maik Zengler in irgendeiner Form nahezukommen, zu nahe schon gleich gar nicht. Wie kamen die beiden überhaupt auf so einen Unfug? Zwischen ihr und Maik waren doch wohl wirklich nicht die geringsten Funken geflogen, weder vor einem Jahr noch jetzt, und so würde es auch bleiben. Warum also um alles in der Welt hatte ihr Magen nun beschlossen, sich derart unvernünftig zu betragen und beständig zu kribbeln? Um sich abzulenken, konzentrierte Hannah sich voll und ganz auf Michelle und Jakob, die bereits eifrig dabei waren, den Inhalt der drei blauen Plastikkörbe auf der Arbeitsinsel auszubreiten.

Da sie davon ausgegangen war, dass Maik abgesehen von Salz und Pfeffer und einem Schrank voller Fertiggerichte und Cerealien nicht allzu viel an Lebensmitteln aufzubieten haben würde, hatte sie einen regelrechten Großeinkauf getätigt. Frisches Obst, Gemüse, Salat, Eier, Milch, diverse Gewürze, Mehl, Zucker, Nudeln, Kartoffeln und noch einiges mehr hatte sie bei ihrem Streifzug durch verschiedene Läden und den Supermarkt erstanden. Natürlich war das insgesamt viel zu viel des Guten, doch in Anbetracht der Tatsache, dass es wohl nicht bei dieser einzelnen Kochstunde bleiben würde, hatte sie kurzerhand vorgesorgt. Sie hatte noch nie Kochunterricht gegeben, schon gar nicht jemandem, mit dem sie praktisch bei null anfangen musste. Oder zumindest fast, wenn man einrechnete, dass zumindest Michelle schon ein paar rudimentäre Kenntnisse am Herd besaß.

An genau diese Kenntnisse wollte sie heute anknüpfen, indem sie Spaghetti mit einer Tomaten-Bolognese-Soße geplant hatte. Dazu sollte es einen bunten Salat und zum Nachtisch eine leichte Vanille-Quarkcreme mit Obstsalat-Topping geben. Das war so ziemlich das Einfachste, was ihr eingefallen war.

Während Michelle und Jakob sich durch die verschiedenen Lebensmittel wühlten, sah Hannah sich aufmerksam in der Küche um, öffnete Schubladen und Schranktüren, um einen Überblick über die vorhandenen Kochutensilien zu erlangen. »Ich hoffe, das macht dir nichts aus?«, fragte sie in Maiks Richtung und zog gleichzeitig eine Pfanne mit hohem Rand aus dem Schubfach unter dem Herd.

Er trat neben sie und beäugte die Pfanne argwöhnisch. »Nein, nein, fühl dich nur ganz wie zu Hause.«

Aus unerfindlichen Gründen stellten sich in seiner unmittelbaren Nähe die Härchen auf Hannahs Armen und in ihrem Nacken auf. Sie ließ sich jedoch nichts anmerken. »Schau nicht so verschreckt. Die Pfanne beißt nicht.«

»Haha.« Er trat einen Schritt beiseite, um ihr Platz zu machen, als sie die Pfanne auf den Herd stellte und gleich darauf einen großen Kochtopf samt Deckel aus der Schublade hob.

»Michelle? Wärst du bitte so nett, den Topf zu etwas mehr als zwei Dritteln mit Wasser zu füllen?«

Neugierig kam Michelle näher und nahm den Topf entgegen. »Was kochen wir denn?« Sie trat an die Spüle, stellte den Topf darunter und ließ das Wasser hineinlaufen.

»Etwas, was du schon kannst, zumindest teilweise.« Hannah nahm eine Packung Spaghetti von der Arbeitsinsel und legte sie neben die Herdplatte. »Jakob, du könntest Mehl, Zucker und die übrigen Nudeln schon mal in euren Vorratsschrank legen.« Sie drehte sich zu Maik um. »Ihr habt doch einen Vorratsschrank?« Beinahe blieb ihr die Luft weg, denn Maik stand überaus dicht hinter ihr, sodass sie den Kopf heben musste, um ihm ins Gesicht zu sehen.

Rasch machte er einen Schritt rückwärts, offenbar hatte er sich selbst über ihre abrupte Drehung erschreckt. »Selbstverständlich haben wir einen Vorratsschrank. Sogar eine ganze Vorratskammer, hier.« Er deutete auf eine weiße Tür auf der gegenüberliegenden Seite des Raumes. »Im Augenblick ist sie nur relativ leer.«

Neugierig ging Hannah zu der Tür und öffnete sie. Ein knapp zwei mal drei Meter großer Raum befand sich dahinter, in dem eine fast zwei Meter hohe und ungefähr einen Meter vierzig breite Kühl-und-Gefrier-Kombination stand. Der Rest der Wände war von hohen Regalen und mehreren verschließbaren Schränken gesäumt. Durch ein schmales Fenster fiel etwas Licht in den Raum. Sie gluckste. »Relativ leer ist wohl die Untertreibung des Jahrhunderts.« Tatsächlich standen nur in einem Regal zwei Packungen Cornflakes und Frosties, daneben zwei Toastbrote, von denen eines zumindest Vollkorn war, sowie zwei Gläser Nutella und mehrere Gläser Marmelade. Auch ein paar Beutel Orangen- und Apfelsaft entdeckte sie. Unter dem Regal und im untersten Fach hatte Maik einige Getränkekisten verstaut. Ansonsten waren die Regale leer, und auch als sie die Schränke öffnete, fand sie nichts als Luft darin.

»Wozu Lebensmittel einkaufen, die ich doch nicht verarbeiten kann?« Maik war hinter ihr in die Vorratskammer getreten und öffnete den Gefrierschrank. »Hier sind noch ein paar Beutel Tiefkühl-Pfannengerichte.« Ehe sie sich die besagten Beutel näher ansehen konnte, schloss er die Tür rasch wieder. »Ich schätze, die brauchen wir heute nicht, oder?«

»Ganz sicher nicht«, bestätigte sie grinsend. »Und ehrlich? Mir blutet das Herz. Ich wünschte, ich hätte eine so schöne Vorratskammer samt zweitem Kühlschrank! Und du hast eine und lässt sie einfach leer stehen. Das ist ja schon fast ein Sakrileg.«

»Nicht in meinen Augen«, widersprach er, nun ebenfalls mit dem Anflug eines Grinsens. »Wäre es nicht viel schlimmer, wenn ich hier jede Menge Lebensmittel bunkern würde, die ich doch nicht brauchen oder verarbeiten kann? Würdest du dann nicht erst recht mit mir schimpfen?«

»Ich habe nicht geschimpft.«

»Noch nicht, aber wenn ich mir die Geschichte unserer Bekanntschaft so ansehe, kann es nicht mehr lange dauern.« In seinen Augen funkelte es amüsiert.

Sie hätte etwas Spaßiges erwidern können, bestimmt auch etwas überaus Gescheites. Doch sie grinste nur und schob sich rasch an ihm vorbei zurück in die Küche. Dass sie ihn dabei streifte, ließ die Gänsehaut von vorhin noch einmal aufleben. Höchst merkwürdig, höchst unwillkommen. Am liebsten hätte sie in diesem Moment Caroline und Ella erwürgt.

»Wir kochen also Spaghetti?« Michelle stöberte noch immer in Hannahs Einkäufen. »Mit Tomatensoße?« Sie hob eine Schale mit frischen Tomaten an und beäugte sie von allen Seiten.

»Fast«, bestätigte Hannah. »Wir werden zu den Nudeln eine Tomaten-Bolognese-Soße kochen.« Sie stellte auch noch eine Flasche Pflanzenöl neben dem Induktionsfeld ab und legte das Päckchen mit dem frischen gemischten Hackfleisch daneben. »Genauer gesagt wirst du das tun. In der Zwischenzeit kann dein Onkel mir helfen, den Salat und das Gemüse klein zu schneiden.«

»Und was mache ich?«, wollte Jakob wissen.

»Du darfst erst einmal kurz mit Finchen nach draußen in den Garten gehen«, antwortete Maik, noch bevor Hannah etwas sagen konnte. »Sie muss bestimmt mal.«

Gut erkannt! Als sie ihren Namen hörte, kam Finchen sofort herbeigerannt und setzte sich mit gespitzten Ohren neben Maik. *Mal kurz nach draußen zu gehen, wäre tatsächlich nicht schlecht.*

»Aber dann verpasse ich hier doch alles und kann nicht mitkochen«, protestierte Jakob.

»Du verpasst überhaupt nichts«, widersprach Hannah eilig. »Für dich habe ich nämlich eine ganz andere Aufgabe.«

»Echt?« Die Miene des Jungen hellte sich auf. »Welche denn?«

Hannah zwinkerte ihm verführerisch zu. »Du kannst mir nachher helfen, den Nachtisch zuzubereiten.«

»Au ja!« Jakob blickte neugierig auf die verbliebenen Lebensmittel auf der Arbeitsinsel. »Was für ein Nachtisch wird das denn?«

»Das verrate ich dir, nachdem du mit Finchen draußen warst«, versprach Hannah. »Und nun an die Arbeit!« Sie klatschte in die Hände. »Michelle, du setzt das Wasser auf. Maik, du holst zwei Schneidbretter und zwei Küchenmesser, dann zeige ich dir, wie man im Handumdrehen einen gesunden, leckeren gemischten Salat zubereitet.« Sie maß ihn mit einem abschätzenden Blick. »Du magst doch Salat?«

»Ich hatte noch nie etwas gegen Salat«, erwiderte er. »Was Michelle und Jakob angeht, bin ich mir nicht so sicher.«

»Salat ist okay«, murmelte Michelle. Sie setzte den Topf mit dem Wasser auf den Herd und schaltete die Platte ein. »Jakob wird sich aber anstellen. Grünen Salat mag er, aber keine Zwiebeln, keine Paprika und auch keine rohen Tomaten. Mais müsste aber gehen. Zumindest hat er den bisher noch nie liegen gelassen. Muss da nicht Salz ins Wasser?« Sie deutete auf den Topf.

Hannah schüttelte den Kopf. »Erst, wenn das Wasser kocht. Wenn du das Salz schon zu Beginn ins Wasser gibst, dauert es viel länger, bis es kocht. Auch Öl geben wir nicht ins Wasser. Manchmal hört man ja, dass so etwas empfohlen wird, damit die Nudeln nicht aneinanderkleben. Das ist aber Unsinn. Das Öl schwimmt nur an der Wasseroberfläche, sonst gar nichts.«

Während sie Maik und Michelle zeigte, was sie Schritt für Schritt tun sollten, entspannte sie sich allmählich wieder. Die Küche war ihr Element, hier konnte ihr so rasch niemand etwas vormachen. Wenn sie kochte, fühlte sie sich sicher, glücklich und, so seltsam es auch klang, geborgen. Wahrscheinlich lag es daran, dass sie schon als Kindergartenkind ihrer Großmutter beim Kochen zugesehen hatte. Oma Ilka war eine begnadete Köchin gewesen und dabei stets geduldig und darauf bedacht, Hannah jeden ihrer Handgriffe kindgerecht zu erklären. So hatte sie in Hannah von klein auf die Liebe zum Kochen geweckt und genährt. Viele ihrer schönsten Kindheitserinnerungen verband Hannah mit der Küche ihrer Großmutter, den Kräutern auf der Fensterbank, den vielen wohlriechenden Gewürzen, dem Brodeln eines Eintopfes auf dem Herd oder dem Zischen von schmelzendem Fett in der Pfanne und dem Duft gedünsteter Zwiebeln.

**

Maik staunte nicht schlecht. Unter Hannahs kundiger und geduldiger Anleitung stellte Michelle rasch und ohne Probleme eine duftende Hackfleischsoße her. So entspannt und gut gelaunt hatte er das Mädchen, soweit er sich erinnerte, noch nie erlebt. Offenbar hatte Hannah etwas geschafft, was ihm bislang nicht geglückt war: Sie hatte einen Draht zu Michelle gefunden. Ganz einfach so, ohne große Anstrengung. Überhaupt hatte er den Eindruck, als würde die Küche in Hannahs Anwesenheit heller strahlen. Aber vielleicht lag es auch nur daran, dass die Sonne durch die Wolken gebrochen war und durch eines der Küchenfenster hereinfiel.

Er selbst kam sich einigermaßen ungelenk vor, als er versuchte, den grünen Salat so in Streifen zu schneiden, wie Hannah es ihm vorgemacht hatte. Ganz gleichmäßig wurde das Ergebnis nicht, aber zumindest schnitt er sich nicht in den Finger. Die Geschwindigkeit, mit der Hannah mehrere Frühlingszwiebeln klein hackte, machte ihn hingegen beinahe schwindelig. Der Anblick erinnerte ihn an die berühmten Chefköche, die man hin und wieder im Fernsehen in Kochsendungen sah. Da schnippelten und hackten sie auch wie die Weltmeister, und Maik wunderte sich jedes Mal, dass dabei nicht mindestens ein oder zwei Finger draufgingen.

Auch die frischen Kräuter – Schnittlauch und Petersilie waren die zwei Sorten, die er davon erkannte – hackte sie mit einer Geschwindigkeit und Präzision, die ihn überaus beeindruckt zurückließ. Dabei streifte ihn der Gedanke, dass er diese Frau besser nicht zu sehr reizte, wenn sie ein Messer in der Hand hielt.

Jakob hatte sich eine ganze Weile mit Finchen im Garten beschäftigt, doch inzwischen hatte Hannah auch den Jungen mit einer einfachen Aufgabe betraut. Nun saß er am Tisch und rührte eifrig mit einem Schneebesen in einer hohen Plastikschüssel, in die Hannah Quark, Zucker und echte Vanille gegeben hatte. Später, so hatte sie erklärt, würden sie die fertige Creme noch mit ein paar anderen Gewürzen abschmecken und mit einem einfachen Obstsalat garnieren.

Wann hatte er zuletzt Obstsalat gegessen? Das musste vor seinem Studium gewesen sein, als er noch bei seiner Mutter in Straßburg gelebt hatte. Die Erinnerung daran ließ ihn für einen Moment innehalten. Prompt spürte er Hannahs Ellenbogen, den sie ihm in die Seite stieß.

»Nicht träumen!«, schalt sie milde. »So etwas kann beim Kochen schnell zu Unfällen führen. Insbesondere dann, wenn man sowieso schon nicht so genau weiß, was man tut.«

»Entschuldige.« Pflichtschuldig konzentrierte er sich wieder auf seine Aufgabe. »Was nun?«, fragte er, nachdem er die Salatstreifen in eine große Glasschüssel verfrachtet hatte.

Hannah betrachtete das Ergebnis seiner Bemühungen eingehend, nickte beifällig und sah sich dann einmal kurz in der Küche um. »Du könntest schon mal den Tisch decken.«

Er runzelte überrascht die Stirn. »Ich dachte, ich soll Kochen lernen.«

Sie zuckte nur beiläufig mit den Achseln. »Im Augenblick gibt es hier nicht mehr viel, was ich dir beibringen könnte. Michelle macht ihre Sache ganz ausgezeichnet, der Salat ist so weit fertig, aber der Tisch eben noch nicht gedeckt. Irgendjemand muss diese Aufgabe übernehmen. Anschließend darfst du gerne noch das Salatdressing anrühren.«

»Ach, darf ich das?« Er grinste halb spöttisch, halb erheitert. »Ich fühle mich geehrt.«

»Das ist durchaus angebracht«, erwiderte sie mit einem feinen Lächeln. »Das Dressing ist nämlich das Wichtigste an einem Salat. Grüne Blätter und klein geschnittenes Gemüse kann jeder in einer Schüssel zusammenwerfen. Das wahre Geheimnis liegt in den Gewürzen, die man im Dressing miteinander vereint und die besagtem Gemüse und Salat erst das richtige Aroma verleihen. Also tu einfach, was ich sage, und lerne.« Den letzten Satz hatte sie absichtlich in einem übertrieben militärischen Befehlston ausgesprochen.

»Yes, Ma'am!« Zackig salutierte er. Dann begab er sich zum Geschirrschrank, um Teller, Gläser und Besteck hervorzuholen.

Während er den Tisch deckte und sogar zur Feier des Tages dunkelblaue Papierservietten neben jedem Teller drapierte, beobachtete er, wie Hannah sich ganz beiläufig neben Michelle stellte und ihr zusah, wie sie in dem Topf mit der Bolognese-Soße rührte. Sie sagte etwas zu dem Mädchen, jedoch so leise, dass nur Michelle es verstehen konnte. Daraufhin zuckte Michelle regelrecht zusammen, im nächsten Moment prustete sie los und ließ den Rührlöffel in den Topf fallen.

»Igitt!« Mit einem großen Satz sprang sie zurück und trat dabei versehentlich Finchen auf die Pfote.

Au, au, au! Was machst du denn? Das tut doch weh! Meine arme Pfote, die ist jetzt ganz platt! Mit einem schrillen Jaulen fuhr die Hündin auf, bellte los und sauste unter den Küchentisch. Dabei stieß sie unsanft gegen einen Stuhl, der von dem

Zusammenstoß zur Seite geschleudert wurde und umgekippt wäre, wenn Maik ihn nicht geistesgegenwärtig aufgefangen hätte. *Wau, Hilfe! Was war das denn jetzt schon wieder? Ein böser, gemeiner, harter Stuhl. Was macht ihr denn nur mit mir?*

»O Gott, Finchen! Das tut mir leid.« Erschrocken eilte Michelle zum Küchentisch, ging in die Hocke und krabbelte darunter, um Finchen zu beruhigen. »Habe ich dir wehgetan? Ich wollte dir nicht auf den Fuß treten. Aber Hannah hat gesagt …« Sie brach ab, sodass Maik nicht erfuhr, womit Hannah Michelle so zum Lachen gebracht hatte. Stattdessen rückte sie noch weiter unter den Tisch. »Au!«, fluchte sie, als sie sich den Kopf stieß. »Finchen, alles ist gut! Ich wollte dir wirklich keine Angst einjagen.«

Das hast du aber, und wie! Finchen winselte, schnaubte heftig und versuchte im nächsten Moment, in Michelles Arme und zugleich auf ihren Schoß zu klettern. *Aber wenn du schon mal hier bist, können wir ja eigentlich ein bisschen kuscheln und spielen, nicht wahr?*

»Hey!« Michelle kicherte, stieß erneut unsanft mit dem Kopf gegen die Tischplatte und stöhnte. »So ein Mist. Was machst du denn da, Finchen? Wir können doch hier nicht einfach … Finchen, nicht!« Sie kicherte noch lauter. »Nicht ablecken! Pfui Teufel, jetzt muss ich mich waschen.«

Wieso denn? Ist doch nur ein bisschen was von meiner Zunge. Du schmeckst übrigens richtig lecker. Irgendwie nach Essen. Es riecht auch schon so verboten gut in der Küche. Hoffentlich gebt ihr mir was davon ab.

Inzwischen versuchte Michelle umständlich, wieder unter dem Tisch hervorzukriechen, was aber gar nicht so einfach war, da Finchen immer noch auf ihr herumkrabbelte. »Kann mir vielleicht mal jemand helfen?«, verlangte sie außer Atem.

Jakob, der das Geschehen mit offenem Mund und großen Augen beobachtet hatte, legte den Schneebesen neben die Schüssel, sprang auf und gesellte sich zu den beiden. »Ich glaube, Finchen will mit dir spielen.«

Und wie ich das will! Endlich hat es jemand begriffen. Begeistert sprang Finchen von Michelle herunter und an Jakob hoch, der dadurch ins Straucheln geriet und auf seinem Hinterteil landete. Kichernd, schnaufend und quietschend kugelten die beiden über den Küchenboden.

Hannah trat, die Hände in die Hüften gestemmt, neben Maik und betrachtete das ausgebrochene Chaos. »Geht es bei euch immer so zu?«

»Bisher nicht.« Schon während er die Worte aussprach, wurde ihm bewusst, dass er dies bedauerte und sich gleichzeitig freute, dass die beiden Geschwister offenbar endlich auftauten.

Hannah schien ihm seine Gefühle anzusehen oder aus seinem Tonfall herausgehört zu haben, denn sie nickte ganz leicht. »Ein paar Hundehaare im Essen werden uns nicht schaden. Allerdings«, nun hob sie die Stimme, »wird aus dem Essen nur etwas, wenn es nicht anbrennt oder verkocht. Nicht wahr, Michelle?« Sie warf dem Mädchen einen auffordernden Blick zu.

»Oh, Mist!« Michelle sprang auf die Füße. »Die Soße!« Mit wenigen Schritten war sie am Herd und begann erneut, zu rühren. »Nichts passiert«, verkündete sie erleichtert.

»Glück gehabt.« Wieder stellte Hannah sich neben sie. »Aber nur, weil ich die Hitze heruntergedreht habe. Egal, was passiert, man muss immer die eingeschalteten Herdplatten im Auge behalten. Sonst hat man im besten Fall angebranntes Essen und im schlimmsten einen Wohnungsbrand.«

»Sorry.« Zu Maiks größter Verwunderung zog Michelle den Kopf ein. Bei ihren nächsten Worten schnappte er nach Luft. »Aber eigentlich warst du schuld. Immerhin hast du eben zu mir gesagt …«

»Ich weiß, was ich gesagt habe.« Hannah lachte und warf Maik gleichzeitig einen undeutbaren Blick zu. »Jetzt sollten wir uns aber wirklich ranhalten, damit das Essen fertig wird. Sieh mal nach den Nudeln, die müssten inzwischen gar sein.« Sie drehte sich zu Jakob um, der noch immer am Boden saß. Inzwischen hielt er Finchen im Arm und kraulte sie. »Und was ist mit dir? Ist die Quarkcreme schon fertig?«

»Nö, noch nicht.« Der Junge rappelte sich auf und kehrte zum Tisch zurück. »Oh, oh.« Mit spitzen Fingern hob er den Schneebesen an, den er einfach auf die Tischplatte hatte fallen lassen. Darunter und um den Schneebesen herum hatten sich viele kleine und größere Quarkflecken verteilt.

Maik nahm ihm den Schneebesen vorsichtig aus der Hand. »Wasch erst mal deine Hände, und dann bringst du gleich einen Spüllappen mit.« Rasch versenkte Maik den Schneebesen in der Schüssel mit der Creme, dann wartete er, bis Jakob mit dem Lappen zurückkam und die Tischplatte gereinigt hatte, bevor er mit dem Tischdecken fortfuhr.

»Nun das Salatdressing«, forderte Hannah ihn in fröhlichem Befehlston auf.

Rasch verteilte er das Besteck, dann eilte er zur Arbeitsinsel. »Jawohl, Ma'am!« Wieder salutierte er zackig. »Sage mir, o Meisterin, was ich tun soll.« Er gab seiner Stimme einen übertrieben theatralischen Ton.

Hannah prustete zwar, blieb jedoch einigermaßen ernst. »Zunächst einmal benötigen wir eine kleine Rührschüssel, dann Essig und Öl, Joghurt, Zitrone, Zucker, Salz und Pfeffer und etwas Senf.«

»Senf und Zucker?« Verwundert runzelte er die Stirn. »Das soll zusammenpassen?«

»Zweifle nicht an der Meisterin, niederer Schüler!« Hannah tat hochfahrend. »Anstelle des Zuckers können wir Honig verwenden. Hatte ich nicht auch Honig mitgebracht?«

»Ja, hast du.« Jakob kam mit seiner Schüssel zur Insel. »Ich hab das Glas in das Regal neben der Tür im Vorratsraum gestellt. Soll ich es holen?«

Hannah nahm ihm die Schüssel ab und begutachtete deren Inhalt. »Ja. Und bring bei der Gelegenheit auch gleich die Essigflasche mit.«

Die offenbar zu ihrer Zufriedenheit gerührte Quarkcreme stellte sie in den Kühlschrank. Dann gab sie abwechselnd Michelle Anweisungen, wie sie die Nudeln abgießen und weiterverarbeiten sollte, und erklärte Maik, wie er das Salatdressing zusammenmixen musste. Als er damit fertig war, nahm sie ihm die Rührschüssel ab und verteilte deren Inhalt über dem Salat. »Jetzt nimmst du nur noch das Salatbesteck und mischst das Ganze.« Ohne ihn weiter zu beachten, wandte sie sich wieder Michelle zu und erklärte ihr, wie sie die Bolognese-Soße abschmecken sollte.

✳✳✳

Nachdem alle Teller geleert waren, lehnte sich Hannah überrascht und zufrieden in ihrem Stuhl zurück. »Das ging besser als gedacht.« Sie ließ ihren Blick über ihre drei Kochschützlinge wandern. »Hat es euch geschmeckt?«

»Und wie! Total lecker.« Jakob nickte heftig.

Michelle und Maik stimmten ihm zu.

»Na also.« Sie konnte sich ein stolzes Lächeln nicht verkneifen. »Und war das nun so schwierig?« Ihre Frage galt hauptsächlich Maik, der daraufhin die Achseln zuckte.

»Solange ich nur Anweisungen befolgen muss und jemanden neben mir stehen habe, der oder vielmehr die meine bescheidenen Versuche, etwas Essbares zu fabrizieren, jederzeit retten kann, wenn ich etwas falsch mache, ist es natürlich einfach. Abgesehen davon musste ich ja nur den Salat machen.«

»Ich fand die Bolognese-Soße gar nicht so schwierig«, befand Michelle. »Aber ich weiß nicht, ob ich sie allein noch mal so hinbekommen würde. Kannst du mir das Rezept aufschreiben?«

»Das machst du am besten selbst«, erklärte Hannah. »Alles, was du dir eigenhändig aufschreibst, merkst du dir automatisch besser. Ich sage dir die Zutaten, Mengen und die Schritte, und du schreibst sie am besten in ein Notizbuch, das du extra dafür anlegst. Hast du so etwas da?«

Michelle nickte vage. »Ich glaube schon.«

»Na, dann los! Hol es am besten gleich her. In der Zwischenzeit räumen die Männer das Geschirr in die Spülmaschine, und Jakob holt die Quarkcreme aus dem Kühlschrank. Die müssen wir nämlich noch mit ein paar geheimen Gewürzen abschmecken.«

Sofort sprang Jakob auf und rannte zum Kühlschrank. »Echt, sind das geheime Gewürze? Dürfen wir die niemandem verraten?«

»Stopp, Kumpel!« Maik war ebenfalls aufgestanden und hielt Jakob an seinem T-Shirt fest, bevor er den Kühlschrank öffnen konnte. »Erst wird der Tisch abgeräumt.«

»Menno!« Der Junge wehrte sich zunächst, kehrte schließlich aber doch zum Tisch zurück und begann, das Besteck einzusammeln.

»Nicht schlecht.« Sie warf Maik einen anerkennenden Blick zu. Dass er durchaus imstande zu sein schien, gewisse Regeln durchzusetzen, überraschte sie. Warum eigentlich? Immerhin war er ein erfolgreicher Anwalt. Ohne Regeln und Disziplin ging in diesem Beruf wohl nicht allzu viel. Sie hätte nur nicht gedacht, dass er, so unerfahren er im Hinblick auf Kindererziehung war, Recht und Ordnung zumindest ansatzweise auch gegenüber seiner Nichte und seinem Neffen durchzusetzen imstande war. Lange lebten die drei immerhin noch nicht zusammen. Vielleicht hatte er auch einfach nur Glück, dass seine Schwester ihre beiden Kinder gut erzogen hatte.

Eigentlich ging sie das alles gar nichts an. Es war nicht notwendig, sich darüber Gedanken zu machen, ob er mit Michelle und Jakob zurechtkam. Sie war schließlich nur hier, um durch ihren Kochunterricht zu verhindern, dass die drei über kurz oder lang an Dosenfraß und Fertiggerichten eingingen. Und auch das war letztlich gar nicht ihr Problem. Sie wusste selbst nicht so genau, warum sie sich neulich im Supermarkt überhaupt eingemischt hatte. Die einzige logische Erklärung, die ihr einfiel, war die Tatsache, dass sie Dosenfraß und Fertiggerichte auf den Tod nicht ausstehen konnte.

Als der Tisch abgeräumt war und Maik Dessertschälchen und Löffel verteilt hatte, durfte Jakob endlich die Schüssel mit der Quarkcreme aus dem Kühlschrank holen. Hannah zog sich mit ihm an die Arbeitsinsel zurück, verdonnerte Maik und Michelle dazu, sich an den Tisch zu setzen, und tat übermäßig geheimnisvoll, als sie zusammen mit dem Jungen die Quarkspeise abschmeckte. Immer wieder schickte sie ihn los, um ein ganz bestimmtes Gewürz zu holen. Davon hatte sie absichtlich jede Menge mitgebracht, auch solche, die sie vorerst überhaupt nicht benötigen würden, sondern höchstens, wenn ihre Kochschützlinge ein wirklich fortgeschrittenes Stadium erreicht hatten. Falls das überhaupt jemals der Fall sein würde. Doch eine Küche ohne vielfältige Gewürze war für sie keine richtige Küche. Außerdem machte es Spaß, Maik und Michelle zu irritieren, indem sie Jakob losschickte, um Cayennepfeffer, Piment, Lorbeerblätter und Knoblauchsalz zu holen. Nichts davon verwendete sie selbstverständlich für die Quarkspeise. Sie tat nur so, ließ Jakob immer wieder eifrig in der Schüssel rühren und gab der ganzen angeblichen Mixtur am Ende noch den letzten Pfiff mit einer guten Prise Muskatnuss, die sie eigenhändig auf der Muskatreibe rieb. Sie zeigte zwar auch Jakob, wie er die Reibe benutzen musste, doch so ganz kam er noch nicht damit zurecht. Da sie verhindern wollte, dass er sich an den scharfen Riefen der Reibe schnitt, übernahm sie schließlich diesen letzten Schritt selbst. Jakob durfte noch ein letztes Mal kräftig umrühren, dann füllten sie die Creme in die Schälchen, und sie gab von dem Obstsalat dazu, den sie ganz nebenher zubereitet hatte, ohne dass es den dreien offenbar so richtig aufgefallen war.

»Wann hast du denn noch das ganze Obst geschnippelt?«, fragte dann auch Maik ungläubig. »Du hast doch die ganze Zeit nur aufgepasst, dass wir nichts falsch machen.«

Sie grinste triumphierend. »Das wüsstet ihr wohl gerne, was? Aber ein paar Geheimnisse werde ich vorläufig noch für mich behalten, bis ich weiß, ob ihr ihrer würdig seid.«

Michelle und Jakob lachten, Maik schmunzelte, ging jedoch nicht weiter darauf ein.

Nach einem kurzen Blick auf die Armbanduhr erschrak Hannah. Der Nachmittag war längst in den frühen Abend übergegangen. Sie war bereits eine gute Stunde länger hier, als sie eigentlich geplant hatte. Etwas unbehaglich räusperte sie sich. »Ich schätze, ich sollte jetzt allmählich wieder gehen. Für eine erste Kochstunde ist das hier ja ganz gut gelaufen.« Sie wandte sich an Maik. »Ich kann allerdings nicht versprechen, dass ich jedes Mal so viel Zeit haben werde. Überhaupt ...« Sie zögerte kurz. »Wir haben noch gar nicht darüber gesprochen, wie oft dieser Kochunterricht stattfinden soll.«

»Stimmt.« Maik richtete sich etwas in seinem Stuhl auf. »Du brauchst das natürlich auch nicht kostenlos zu machen. Das Geld für die Lebensmittel kann ich dir gleich geben, und dann sagst du mir, was du als Honorar haben möchtest. Was die Zeiten angeht ...« Er hielt einen Moment inne. »Reicht einmal die Woche? Oder zweimal? Dreimal ist bestimmt zu viel, immerhin hast du einen Job ... Und ich auch.«

Hannah rief sich ihren gewöhnlichen Wochenplan ins Gedächtnis. Solange sie mit dem Eventhaus noch nicht durchstarteten, waren ihre Arbeitszeiten völlig unberechenbar. »Was haltet ihr von Montag und Donnerstag?« Das waren die Tage, an denen sie vermutlich am ehesten regelmäßig Zeit haben würde. Wenn das Eventhaus erst einmal seinen Betrieb aufnahm, würden sie einiges an Personal einstellen und damit sicherstellen, dass die drei *Foodsisters* nicht an sieben Tagen in der Woche von morgens früh bis in den späten Abend arbeiten mussten. Sie hatten sogar schon mehrere Szenarien erstellt und berechnet, wie sie auch das *Café Mauerblümchen* einigermaßen reibungslos am Laufen halten könnten. Einfach würde es nicht werden, aber vor harter Arbeit hatten sie alle drei keine Angst.

Glücklicherweise versetzte Henning als solventer Investor sie in die Lage, das benötigte Personal in ausreichender Anzahl einstellen zu können. Allerdings waren sie wählerisch. Jeder Mitarbeiter und jede Mitarbeiterin, die sie ins Auge fassten, wurde zuvor auf Herz und Nieren geprüft und würde sich innerhalb der Probezeit wirklich bewähren müssen. Dieses Eventhaus war ein heimlicher Traum von ihnen dreien gewesen, und sie wollten nur mit Menschen zusammenarbeiten, die sich mit diesem Traum identifizieren konnten und ihn mittragen und mitleben würden.

»Von meiner Seite aus geht das in Ordnung«, antwortete Maik und riss sie damit aus ihren Gedanken, die unbemerkt abgeschweift waren. »Und … Wie lange soll das gehen?«

»Das bleibt abzuwarten.« Sie hob die Schultern. »Vielleicht bis zum Ende der Sommerferien? Danach können wir dann weitersehen. Mit ein bisschen Glück seid ihr ja talentierter als gedacht und kriegt ganz schnell die Kurve.«

»Talentierter als gedacht?« Amüsiert hob Maik die Augenbrauen. »War das auf mich gemünzt?«

Sie zuckte mit den Achseln und versuchte, nicht zu grinsen. »Ein Salatdressing macht noch keinen Meisterkoch, Sir. Was das angeht, musst du dich erst noch beweisen.«

»Oder ich überlasse Michelle das Feld«, schlug er vor. »Sie scheint ja ein Naturtalent zu sein.«

»Möglich.« Tatsächlich hatte sie hinsichtlich Michelles Fähigkeiten ein recht gutes Gefühl. Dennoch wollte sie Maik nicht so einfach vom Haken lassen. »Feigling.«

»Wie bitte?« Empört starrte er sie an.

»Würdest du vor Gericht auch so schnell klein beigeben? Falls ja, müsste ich mich ernsthaft fragen, wie du zu deinem guten Ruf als Anwalt gekommen bist.«

»Versuchst du gerade, mich bei meiner Ehre zu packen?«

»Funktioniert es?«

»Woher kommt auf einmal das Bestreben, mich bei der Stange zu halten?«

»Gute Frage«, gab sie zu. »Keine Ahnung. Köchinnen-Ehre vielleicht? Wenn ich etwas angefangen habe, bringe ich es auch zu Ende. Ich gebe mich nicht gerne geschlagen.«

»Ach was?« Ein amüsiertes Funkeln trat in seine Augen. »Bin ich jetzt so etwas wie ein Projekt?«

»Möglicherweise.« Darüber musste sie in einer ruhigen Minute einmal genauer nachdenken. Im Grunde hatte er nämlich recht. Sie könnte sich auch einfach darauf beschränken, Michelle das Kochen beizubringen, die sich ganz offenbar dafür interessierte. Maik hingegen machte zwar mit, doch sie hatte nicht den Eindruck, dass er auf Dauer mit Herz und Seele dabei sein würde. Im Augenblick war er in einer Notlage und deshalb ein anstelliger Schüler. Doch Verzweiflung war selten ein guter Ratgeber und auch kein dauerhafter Antrieb. Wahrscheinlich blieb ihr nichts anderes übrig, als abzuwarten, wie sich die Sache entwickelte.

Entschlossen erhob sie sich. »Dann mache ich mich jetzt

mal auf den Heimweg.« Sie wandte sich an Michelle und Jakob. »Ihr habt eure Sache beide heute schon sehr gut gemacht. Michelle, du solltest dir unbedingt so ein Notizbuch besorgen. Beim nächsten Mal schreiben wir dann zusammen das Rezept von heute auf, okay?«

»Klar, mach ich.« Michelle nickte. Sie wirkte mit einem Mal auf Hannah, als ob sie sich verschlossen hätte, einer Auster sehr ähnlich. Den Grund konnte Hannah allerdings nicht erkennen.

»Soll ich das Rezept für den Quark auch aufschreiben?«, mischte Jakob sich ein.

Hannah machte ein geheimnisvolles Gesicht und senkte die Stimme, als sie antwortete: »Das ist ein ganz furchtbar geheimes Geheimrezept. Sag bloß, du hast dir die Zutaten und Mengen nicht gemerkt! Das ist ja fürchterlich! Ich weiß sie nämlich auch nicht mehr.«

Mit weit aufgerissenen Augen starrte Jakob sie an. »Echt jetzt? Du weißt die Zutaten nicht mehr? Und was jetzt?«

»Tja, was jetzt?« In einer übertrieben ratlosen Geste hob sie die Hände. »Da bleibt eigentlich nur eins.«

»Was denn?« Gebannt hing der Junge an ihren Lippen.

Sie beugte sich verschwörerisch zu ihm vor. »Wir müssen uns beim nächsten Mal ein neues geheimes Geheimrezept ausdenken.«

Für einen langen Moment starrte er sie noch an, dann breitete sich ein Grinsen über sein ganzes Gesicht aus. »Cool. Ja, das machen wir! Kann ich mir auch jetzt schon mal eins ausdenken, bis wir das nächste Mal zusammen kochen?«

»Klar.« Hannah blinzelte ihm zu. »Dann mache ich das auch, und beim nächsten Mal vergleichen wir unsere Ideen, okay?« Sie streckte die rechte Hand aus.

»Okay.« Begeistert schlug er ein.

11. Kapitel

Froh, endlich, endlich Feierabend zu haben, breitete Hannah mitten auf dem Deichweg ihre Arme aus, hielt ihr Gesicht in die heute eher leichte Brise und schloss für einen Moment die Augen. Gleich zwei anstrengende, aber glücklicherweise sehr erfolgreich verlaufene Geburtstagsfeiern lagen hinter ihr. Mit nicht geringem Stolz konstatierte sie bei sich selbst, dass die *Foodsisters* sich einmal mehr, oder besser gesagt zweimal mehr, selbst übertroffen hatten. Beide Auftraggeber sowie sämtliche Gäste waren voll des Lobes gewesen, vermutlich standen nun auch zwei oder drei Folgeaufträge an. Zumindest hatten sich einige der Gäste von Ella eine Visitenkarte geben lassen. Mit etwas Glück konnten sie diese potenziellen neuen Kunden sogar dazu überreden, ihre Feste im neuen Eventhaus stattfinden zu lassen. Natürlich feierten manche Leute lieber in ihren eigenen vier Wänden oder anderen Örtlichkeiten, doch über kurz oder lang wollten die *Foodsisters* das Eventhaus zu einer festen Größe in Lichterhaven machen.

Im Augenblick war Hannah allerdings nur froh, dem Trubel und der Hektik entkommen zu sein. Die Arbeit mit ihren beiden Freundinnen machte ihr unbestritten eine Menge Spaß, doch nach zweieinhalb Tagen Dauereinsatz hatte sie sich vorhin nur rasch zu Hause umgezogen und war auf direktem Weg zum Deich gegangen. Nun stand sie hier oben und ließ sich vom Wind das Haar zerzausen. Sie genoss das Spiel von Licht und Schatten, das die vorüberziehenden Schäfchenwolken verursachten. Wenn die Sonne die Oberhand gewann, erwärmte sie die Luft auch jetzt am Abend noch auf gut und gerne zwanzig Grad, doch sobald sich ein Schatten über die Landschaft legte, schien es gleich um mindestens drei oder vier Grad abzukühlen. Typisches Nordsee-Sommerwetter. Hannah liebte es.

Da es inzwischen schon früher Abend war, ihre Armbanduhr zeigte kurz vor sieben Uhr, war auf dem Deichweg nicht mehr allzu viel los. Ein paar vereinzelte Touristen gingen noch spazieren, doch die Hauptsaison hatte gerade erst richtig begonnen, und die Touristenscharen waren noch nicht gänzlich über Lichterhaven hereingebrochen. Die meisten Einheimischen wiederum saßen vermutlich um diese Zeit zu Hause beim Abendbrot und würden später entweder den *Tatort* ansehen oder wahlweise ein anderes unterhaltsames Sonntagabendprogramm. Die besten Voraussetzungen also, um sich ungestört zu entspannen, dem Rauschen des Windes zu lauschen und den Möwen zuzusehen, wie sie in halsbrecherischen Kapriolen über das Watt und den Deich hinwegsausten und sich immer wieder auf Leckerbissen im Gras oder im Schlick stürzten.

Nach einer Weile des stillen Verharrens öffnete Hannah die Augen wieder und beschattete sie mit einer Hand, um gegen das im Augenblick grelle Licht der Sonne etwas in der Ferne erkennen zu können. In etwa einer Dreiviertelstunde würde die Ebbe ihren Tiefstand erreicht haben, doch auch jetzt schon sah man das Glitzern des sich zurückziehenden Wassers in den Prielen nur noch in weiter Ferne.

Schade eigentlich, dachte sie bei sich, dass jetzt nicht Flut war. Die Füße taten ihr vom langen Stehen und Hin-und-Her-Hasten während der heutigen Geburtstagsfeier weh, und sie hätte sie gerne ins kalte Salzwasser getunkt. Sie liebte es, ihre Füße im kühlen Nass zu erfrischen. Trotzdem steuerte sie die nächste Deichtreppe an, die zu den Liegewiesen führte, stieg hinab und begab sich auf den Uferweg. Im ersten Impuls wollte sie sich auf die Ufermauer setzen und ihre Beine über den leicht abgeschrägten, mit Natursteinen ausgemauerten Rand baumeln lassen. Aus den Augenwinkeln nahm sie jedoch ein gutes Stück westlich eine Bewegung wahr, die ihre Aufmerksamkeit weckte. Erneut beschattete sie ihre Augen und versuchte, mehr zu erkennen.

Es war gänzlich unerklärlich, warum sie ein leichtes Zucken in der Brust verspürte, als sie die drei Menschen zu erkennen glaubte, die etwa dreihundert Meter von ihr entfernt auf dem Uferweg auf sie zukamen und von einem fröhlich auf und ab hüpfenden Hund begleitet wurden. Ohne sich bewusst dafür zu entscheiden, ging sie ihnen entgegen. Dabei hatte sie sich doch eigentlich darauf gefreut, ein bisschen ungestörte Zeit zu verbringen. Die hatte sie nämlich verdammt nötig.

Allerdings musste sie schmunzeln, als sie bemerkte, dass Finchen versuchte, loszupreschen, und sich wie wild gebärdete, da sie ganz offensichtlich Hannahs Witterung aufgenommen hatte. Maik, der die Hündin an der Leine führte, hatte sichtlich Probleme, sie zu halten und zu beruhigen.

Auch Jakob schien Hannah nun erkannt zu haben, denn er winkte wild und rannte ihr entgegen.

Ein wenig beschleunigte Hannah ihren Schritt. Dann winkte auch sie dem Jungen zu.

Es dauerte nur ein paar Augenblicke, bis er sie erreicht hatte. »Hallo, Hannah! Was machst du denn hier? Wir gehen gerade spazieren.«

»Das sehe ich.« Hannah deutete auf die gelben Gummistiefel, die der Junge trug. »Wart ihr auch schon im Watt?«

»Nein, noch nicht.« Jakob schüttelte den Kopf und deutete vage in Richtung seiner Schwester und seines Onkels. »Wollen wir aber noch. Aber erst sind wir nur spazieren gegangen, weil Onkel Maik gesagt hat, dass wir Bewegung brauchen. Vor allem Michelle und ich, weil Michelle fast den ganzen Tag am Handy gehangen hat, und ich hab ganz viel ferngesehen.

Maik hat gesagt, das reicht jetzt, und wir müssen raus an die frische Luft. Man kann aber nicht überall mit Finchen ins Watt, hat Maik gesagt. Da müssen wir an den Hundestrand gehen oder dahin, wo die Schilder sind, auf denen steht, dass Hunde erlaubt sind.«

Anerkennend nickte Hannah. »Da hat er vollkommen recht.« Sie blieb stehen. »Ihr habt Glück. Genau ab hier«, sie deutete auf ein Schild, das sich ein Stück entfernt auf der Liegewiese befand, »sind nämlich Hunde im Watt erlaubt.«

»Cool.« Jakob drehte sich um und winkte Maik und Michelle eifrig zu, die inzwischen ein gutes Stück näher gekommen waren. »Beeilt euch mal! Hannah ist hier, und auf dem Schild steht, dass wir hier mit Finchen ins Watt dürfen.« Er rannte auf Maik zu. »Dürfen wir?«

Hannah verstand zwar Maiks Antwort darauf nicht, doch sie schien positiv ausgefallen zu sein, denn Jakob wirbelte erneut um die eigene Achse und steuerte im Laufschritt die nächsten Stufen an, die hinab ins Watt führten. Dort blieb er stehen und wandte sich Maik und Michelle zu. »Nun macht doch endlich! Ihr seid ja total lahm. Ich will Muscheln sammeln und gucken, ob in den Pfützen Krebse herumkriechen. Der Mann auf der Wattwanderung hat gesagt, dass man sie nicht anfassen soll. Und dass die Häufchen, die man überall auf dem Schlick sieht, von den Wattwürmern gemacht werden. Und dass man nicht zu weit rauslaufen soll, weil das gefährlich werden kann, wenn die Flut kommt und man dann nicht mehr zurückfindet.« Nun drehte er sich wieder zu Hannah um. »Wir haben nämlich gestern Morgen endlich eine Wattwanderung mitgemacht. Das wollten wir schon lange, aber dann musste Maik arbeiten, und Michelle hatte keinen Bock, und dann waren alle Termine ausgebucht, weil dauernd alle Leute auf Wattwanderung gehen wollen. Die gestern ist schon um sieben Uhr morgens losgegangen. Michelle hat total gemotzt, weil sie ausschlafen wollte, aber Maik hat gesagt, sie muss mit.« Er grinste breit. »Das fand sie total ätzend. Aber sie ist dann trotzdem mitgegangen.«

»Soso. Eine Wattwanderung.« Da Maik und Michelle inzwischen vor ihr standen, lächelte sie ihnen zu. »In aller Herrgottsfrühe? Hallo, Maik, hallo, Michelle.«

»Guten Abend, Hannah.« Maik erwiderte ihr Lächeln. »Mit dir hätte ich heute gar nicht gerechnet. Ich dachte, ihr habt das ganze Wochenende viel zu tun. Henning meinte, Caroline hätte sich bei ihm mehr oder weniger komplett für das Wochenende abgemeldet.«

»Wir durften endlich Feierabend machen.« Hannah lachte, weil Finchen sich immer noch wie wild gebärdete. »Hallo, Finchen, du kleine Verrückte. Na, freust du dich, mich zu sehen?«

Aber hallo! Und wie. Endlich begrüßt du mich mal, das wurde auch Zeit. Freudig sprang Finchen an Hannah hoch, obwohl Maik versuchte, sie davon abzuhalten. *Lass dich mal beschnüffeln und knutschen!*

Kichernd ließ Hannah sich die Begrüßung der Hündin für ein paar Augenblicke gefallen, dann trat sie energisch zwei Schritte zurück. »Jetzt ist es aber gut, Finchen. Sei lieb, und beruhige dich endlich.«

Nö, warum denn? Ich habe doch gerade erst angefangen, mich zu freuen. Aber lieb bin ich immer.

»Finchen! Schluss jetzt.« Maik nahm die Hundeleine so kurz wie möglich. »Sitz!«

Echt jetzt? Anklagend blickte Finchen zu ihm hoch, schnaubte, setzte sich dann aber. *Na gut, wenn es sein muss.*

»Fein!«, lobte Jakob begeistert.

»So ist es brav«, fügte Maik erfreut hinzu.

Gern geschehen. Wie ein Springbällchen hüpfte Finchen sogleich wieder mit allen vier Füßen gleichzeitig in die Höhe.

»Für genau zweieinhalb Sekunden«, brummelte Maik und verdrehte die Augen.

Hannah bemühte sich nach Kräften, ernst zu bleiben.

Prompt warf er ihr einen flüchtigen Blick zu. »Jaja, lach du nur. Sehr lustig.«

Nun zuckte es wirklich um ihre Mundwinkel. »Zumindest kennt sie das Kommando, das ist doch schon mal etwas. Darauf könnt ihr aufbauen. Wart ihr schon mal in Christinas Hundeschule und habt euch über ihre Kurse informiert?«

»Noch nicht.« Maik hob die Schultern. »Dazu war noch keine Zeit. Die vergangenen zwei Wochen waren, wie du mitbekommen haben dürftest, ein bisschen chaotisch wegen meines neuen Jobs. Aber es steht schon auf meiner To-do-Liste für kommende Woche.« Er musterte sie kurz. »Was treibt dich denn am Sonntagabend hierher ans Watt?«

»Das Gleiche wie euch, schätze ich.« Sie breitete die Arme aus. »Ein Spaziergang. Ich brauchte unbedingt frische Luft und Ruhe.« Sie grinste schief. »Und dann bin ich euch begegnet.«

»Was in etwa das genaue Gegenteil von Ruhe bedeutet«, schloss Maik trocken. »Dann sollten wir dich jetzt wohl besser nicht weiter stören, was?«

»Ich will jetzt ins Watt!«, rief Jakob dazwischen. »Kommst du mit, Hannah? Du kannst mir beim Muschelsammeln helfen. Hast du die Krebse auch schon gesehen? Und die Wattwurmhäufchen?«

»Na klar.« Hannah lachte. »Ich bin ja schließlich in Lichterhaven aufgewachsen. Du kannst dir nicht vorstellen, wie viele Muscheln ich in meinem Leben schon gesammelt habe. Ich habe sie tonnenweise nach Hause geschleppt, bis meine Mutter ein Muschelverbot verhängt hat. Schlimm, oder? Dabei gibt es doch so viele schöne Muscheln, und jede ist schöner als die andere.«

Jakob ging auf Maik zu und fasste ihn an der Hand. »Komm jetzt! *Biiiitte!*« Mit der anderen Hand griff er nach Michelles Arm. »Du auch. Los jetzt, sonst wird es dunkel, bevor wir irgendwas gemacht haben.«

Maik lachte. »Bis zur Dunkelheit wollte ich mich eigentlich nicht hier draußen herumtreiben. Das wäre auch viel zu spät, Jakob. Du musst nämlich eigentlich um acht Uhr ins Bett. Spätestens um halb neun. Und das auch nur, weil ihr Ferien habt.«

»Och!« Jakob zog einen Flunsch. »Dann beeilt euch jetzt erst recht mal! Was ist, kommst du mit, Hannah?«

Maik musterte Hannah erneut, diesmal von Kopf bis Fuß. »Ich glaube nicht, dass sie dafür die richtigen Klamotten anhat.« Er deutete auf die weißen Sneakers, die sie zu ihren Jeans, der hellgelben Bluse und der blauen Windjacke trug. Dann deutete er erst auf Jakobs Gummistiefel, dann auf seine und die von Michelle. »Wir haben im Gegensatz zu ihr das passende Schuhwerk an. Sie würde sich doch nur im Schlick die Schuhe verderben.«

Hannah schmunzelte. »Das wäre wohl das kleinste Problem.« Noch ehe sie weiter darüber nachdenken konnte, hatte sie ihre Schuhe bereits abgestreift, zog die Söckchen aus und steckte sie in einen der beiden Schuhe.

Verblüfft starrte Maik sie an. »Was hast du denn jetzt vor?«

»Na, was schon?« Sie zuckte mit den Achseln. »Ich nehme Jakobs Einladung an und gehe mit ins Watt.«

»Au ja, toll!« Diesmal schnappte Jakob sich Hannahs Hand und zog sie resolut mit sich zur Treppe. Dort angekommen, blickte aber auch er unsicher auf ihre Füße. »Ist dir das nicht zu kalt?«

»Nein, gar nicht.« Wie zum Beweis stieg sie vor ihm die Stufen hinab. »Ich bin daran gewöhnt. Außerdem gibt es nichts Schöneres, als mit nackten Füßen durchs Watt zu laufen. Habt ihr das etwa noch nie versucht? Auch nicht während der geführten Wattwanderung?«

»Dazu war es gestern Morgen eindeutig viel zu kühl«, befand Maik. »Da hätten wir uns doch nur erkältet.«

Hannah lachte. »Großstadtpflanzen! Ihr seid echt nichts gewohnt, oder?« Genüsslich verdrehte sie die Augen, als ihre Fußsohlen mit dem kalten, glitschigen Schlick in Berührung kamen, und vergrub absichtlich tief ihre Zehen darin.

Jakob, der neben ihr ins Watt gesprungen war, sah ihr mit leuchtenden Augen dabei zu. Dann drehte er sich zu Maik um. »Darf ich auch mal?«

Maik bedachte sie mit einem vielsagenden Blick. »Wenn ich jetzt Nein sage, werde ich die Großstadtpflanze vermutlich nie los, oder?«

Hannah zuckte nur grinsend mit den Achseln.

»Na gut. Aber zieh die Stiefel bitte hier oben aus, Jakob, nicht da unten im Matsch.«

Jubelnd rannte Jakob die Stufen wieder hinauf und entledigte sich in Windeseile seiner Stiefel und Socken.

Hannah krempelte indes ihre Hosenbeine hoch, damit sie nicht verschmutzt wurden. Jakob machte es ihr nach und kehrte dann kichernd ins Watt zurück.

»Igitt! Ist das kalt!« Der Junge quietschte in höchstem Vergnügen. Auch er bohrte seine Zehen tief in den Schlick, rieb seine Füße darüber und verspritzte dabei Wasser aus einer Pfütze.

»Pass auf!«, schalt Maik erschrocken. »Du machst Hannah ja ganz schmutzig.«

»Damit muss man im Watt rechnen.« Hannah winkte ab. »Was ist denn mit euch? Traut ihr euch nicht? Ohne Stiefel, meine ich?« Sie warf erst Maik, dann Michelle einen auffordernden Blick zu.

Michelle, die bisher noch gar nichts gesagt hatte, zuckte nur mürrisch mit den Achseln, streifte jedoch ebenfalls ihre Stiefel und Socken ab und krempelte die Hosenbeine hoch. Hannah fragte sich, was wohl mit ihr los sein mochte. Am vergangenen Donnerstag war das Mädchen noch so offen und durchaus fröhlich gewesen, als sie ihre vierte Kochstunde absolviert hatten. Erst kurz bevor Hannah sich verabschiedet hatte, war Michelles Stimmung umgeschwungen. Jetzt schien es Hannah beinahe so, als sei das Mädchen aus irgendeinem Grund wieder einmal böse auf sie. Das kam öfter vor, ohne dass Hannah erkennen konnte, wo der Gefühlsumschwung bei Michelle herrühren mochte. Oder war sie nur genervt, weil sie mit ihrem Onkel und ihrem kleinen Bruder am Sonntagabend spazieren gehen musste? Jakob hatte gesagt, dass sie fast den ganzen Tag am Handy verbracht hatte. Vermutlich hatte sie mit ihren Freunden in Berlin gechattet oder telefoniert. Das war verständlich, denn bestimmt vermisste Michelle ihre alte Heimat. Andererseits war es wahrscheinlich gut gewesen, dass Maik sie überredet hatte, sich davon loszureißen. Auf Dauer war es nicht sinnvoll, in der Vergangenheit zu leben.

»Bäh!«, maulte Michelle, als sie vorsichtig die kalten Stufen hinabstieg und schließlich das Watt erreichte. »Muss das sein?«

»Nein, natürlich nicht.« Hannah trat auf sie zu. »Du musst nicht barfuß gehen, aber versuch es doch erst einmal. Es ist nur im ersten Moment kalt. Wenn du in Bewegung bleibst, werden deine Füße ganz schnell warm. Es ist sogar gesund, barfuß im Watt zu wandern. Wurde euch das auf der Wattwanderung nicht erzählt?«

»Doch, schon.« Michelle zuckte mit den Achseln. Ohne ein weiteres Wort ging sie ein paar Schritte zur Seite und tat, als blickte sie angestrengt hinaus zu den Prielen.

Hannah wollte ihr schon folgen, doch als sie hörte, wie Maik sich leise räusperte, wandte sie sich stattdessen ihm zu. Er stand immer noch oben an der Treppe, Finchen an der Leine, und schüttelte, als ihre Blicke sich trafen, den Kopf.

Anscheinend war er der Ansicht, dass es besser war, Michelle in Ruhe zu lassen.

Auch wenn sie anderer Meinung war, nickte Hannah zustimmend. »Was ist? Wollt ihr da oben festwachsen? Ich bin sicher, Finchen würde nichts lieber tun, als durch den Schlick zu sausen.«

Maik verdrehte die Augen. »Das befürchte ich allerdings auch.«

Wau! Hannah hat recht. Warum darf ich nicht zu Jakob und Hannah und Michelle? Da unten sieht es total interessant und lustig aus, und ich will zu gerne mal an diesen Wasserpfützen schnüffeln. Und buddeln! Bestimmt kann man da unten in dem Matsch wunderbar buddeln. So was liebe ich.

Als hätte sie jedes Wort verstanden, stieß Finchen ein helles Bellen aus und strebte immer wieder in Richtung der Treppenstufen.

»Ich würde sagen, du bist überstimmt.« Hannah winkte Maik auffordernd zu. »Na los! Trau dich. So schlimm ist es nun wirklich nicht. Aber du kannst natürlich auch die Stiefel anbehalten.«

»Und mich dann für den Rest aller Tage als Feigling bezeichnen lassen? Oder als Großstadtpflanze?«

»Oder als Weichling«, schlug sie amüsiert vor. »Noch hast du die freie Auswahl.«

Der bezeichnende Blick, der sie traf, erheiterte sie. Grinsend sah sie ihm zu, wie er sich etwas ungelenk, weil Finchen immer ungeduldiger wurde, von seinen Stiefeln und Strümpfen befreite und dann vorsichtig die Steinstufen herunterstakste. Rasch ging sie ihm entgegen und nahm ihm die Leine ab, damit er nicht versehentlich ausglitt.

O wau! Wiff! Ist das schön! Noch viel toller, als ich dachte! Das Airedale-Terrier-Mädchen geriet regelrecht außer Rand und Band, als es mit dem kalten Schlick in Berührung kam. Sie sprang fast einen halben Meter hoch und dann zielgerichtet in die nächstbeste Pfütze, sodass das Wasser nach allen Seiten spritzte.

Jakob lachte begeistert, Michelle quietschte empört und rannte ein paar Schritte zur Seite.

Lachend ließ Hannah der Hündin mehr Leine. »Ich glaube, du brauchst ein bisschen Bewegung, was? Du sprühst ja geradezu vor Energie. Komm, machen wir einen Wettlauf!« Schon preschte sie los und schnalzte dabei auffordernd.

Au ja! Ich liebe Wettrennen! Laut bellend raste Finchen neben ihr her über das Watt.

»Hey, wartet!« Kreischend und lachend stürmte Jakob hinter ihnen her.

So albern benahm sie sich nicht oft, aber das fröhliche Bellen des Hundes und das Lachen des Jungen animierten Hannah dazu, nicht nur eine kleine, sondern eine große Runde durch das Watt zu rennen und schließlich in einem weiten Bogen wieder zu Maik und Michelle zurückzukehren. Es war anstrengend, in dem weichen, glitschigen Schlick zu laufen, deshalb war sie vollkommen außer Atem, als sie schließlich wieder in der Nähe der Treppe stehen blieb.

Auch Finchen hechelte wild, schien aber keineswegs ermüdet zu sein, sondern, im Gegenteil, gerade erst richtig loslegen zu wollen. *Was denn? War das schon alles? Es war doch gerade so lustig. Wie blöd, dass ihr Menschen nur zwei Beine habt. Damit seid ihr immer so langsam. Macht mich doch mal von der Leine los, dann könnte ich so richtig lossausen.* Finchen stupste Hannah auffordernd mit der Nase an. *Hallo? Die Leine? Hm, schade, sie hört nicht. Na, dann suche ich mir eben eine andere Beschäftigung.* Die Nase tief am Boden, begann Finchen, eifrig zu schnüffeln.

***

Maik hatte seine Hosenbeine ebenfalls ein Stück weit hochgekrempelt und beobachtete nun amüsiert, wie Hannah zusammen mit Finchen und Jakob in einem weiten Bogen über das Watt rannte. So viel Albernheit hätte er ihr gar nicht zugetraut. Sie hatte zwar, das war ihm bereits mehrmals aufgefallen, durchaus viel Sinn für Humor, aber die beinahe kindliche Freude, die sie versprühte, während sie mit Hund und Kind herumtollte, war etwas gänzlich anderes.

»Na, was ist? Willst du auch mal?« Mit einem breiten Grinsen und einer ausholenden Armbewegung deutete Hannah auf das Watt.

»Ich glaube, davon sehe ich vorerst lieber ab.« Er blickte auf seine nackten Füße und bewegte vorsichtig seine Zehen in dem kalten, glitschigen Schlick. Ein bisschen fühlte er sich zurückversetzt in seine Kindertage. Natürlich hatte er damals auch manchmal im Matsch gespielt. Seither, so hatte er zumindest gedacht, war er jedoch zu erwachsen dafür geworden, und an dieser Einschätzung wollte er vorerst festhalten. Es war eine Sache, einen Burn-out zu überwinden, indem man lernte, wieder entspannter mit dem Alltag umzugehen. Das hier war ihm jedoch eindeutig zu viel des Guten. Er war einfach kein alberner Mensch und auch noch nie besonders spontan gewesen. Nicht, dass er jeden seiner Schritte planen musste, doch einfach so ohne Anlass oder Vorbereitung solch einer Aufforderung nachzukommen, entsprach ihm nun einmal nicht im Geringsten. »Ich muss mich erst mal an dieses neue Element gewöhnen.« Er verzog die Lippen und deutete auf eine fast knöcheltiefe Pfütze, in die er soeben versehentlich hineingetreten war.

»Na gut, wie du meinst.« Hannah schmunzelte und setzte schließlich so leise, dass nur er es hören konnte, hinzu: »Anfänger.«

»Ich habe nie etwas anderes behauptet.« Aufmerksam sah er sich um. »Und was machen wir jetzt?«

»Ich will Muscheln suchen!«, wiederholte Jakob seinen Wunsch von vorhin. »Ganz viele. Ich hab sogar eine Tüte mitgebracht. Hier.« Er zog aus seiner grünen Jacke eine Plastiktüte hervor und schüttelte sie aus.

»Na, dann mal los.« Hannah nickte dem Jungen auffordernd zu. »Am besten gehen wir dazu ein Stück weiter in Richtung des ersten Priels. Siehst du ihn?« Sie deutete auf die breite Rinne im Watt, über die sich das Wasser mehr und mehr zurückzog und die in der frühen Abendsonne glitzerte.

»Das ist aber ziemlich weit.« Michelle schloss zu ihr auf und beschattete ihre Augen mit der rechten Hand. »Sollen wir echt so weit rausgehen? Der Wattführer gestern hat gesagt, dass man das nicht machen soll, wenn man sich nicht auskennt.«

Zustimmend nickte Hannah ihr zu. »Da hat er auch recht. Allerdings habt ihr das Glück, dass ich schon mein ganzes Leben lang an der Küste lebe und mich wirklich gut auskenne. Ihr braucht euch also keine Sorgen zu machen, dass wir uns verlaufen könnten, und vor dem Einsetzen der Flut sind wir natürlich längst wieder zurück am Ufer. Im Augenblick zieht das Wasser sich noch zurück, und bis die Flut ihren Höchststand erreicht, ist es tiefe Nacht. Wir werden nicht einmal so lange auf dem Watt bleiben, bis das Wasser wieder anfängt, zurückzufließen. Denn immerhin muss Jakob ja schon bald ins Bett, nicht wahr?«

»Menno! Will ich aber gar nicht.« Jakobs Miene besagte deutlich, dass er es alles andere als nett fand, dass Hannah sich in dieser Sache auf Maiks Seite schlug. »Es ist doch noch hell und so schönes Wetter und überhaupt.«

»Dann lass uns jetzt dieses schöne Wetter und die Helligkeit noch ausnutzen. Im Dunkeln findest du nämlich keine Muscheln mehr«, befand Hannah und deutete vor sich auf den Boden. »Schau mal, da ist schon eine. Die ist sogar richtig

schön. Und sie schimmert weiß, rosa und ein bisschen grau.«
Sie bückte sich, nahm die Muschel zwischen zwei Finger,
spülte sie kurz in einer Wasserpfütze ab und reichte sie dem
Jungen.

Maik, der drei Schritte hinter den beiden hergegangen war,
wich ihr aus und hüstelte unterdrückt. Er hatte nicht verhindern können, dass sein Blick genau in dem Moment, in dem
sie sich nach der Muschel bückte, auf ihr rundes, durchaus
ansehnliches Hinterteil gefallen war. Überaus ansehnlich, korrigierte er sich in Gedanken und hüstelte prompt erneut. War
er übergeschnappt? Solche Gedanken, ebenso wie die spon-
tane Reaktion seines Körpers darauf, waren alles andere als
angebracht.

»Stimmt etwas nicht?« Hannah wandte sich zu ihm um und
musterte ihn fragend.

Hastig schüttelte er den Kopf. »Nur …« Verflucht, seine
Stimme krächzte! Diesmal räusperte er sich energisch. »Frosch
im Hals.« Himmel! Was gab er denn jetzt für einen Blödsinn
von sich?

Glücklicherweise ging Hannah nicht weiter darauf ein,
sondern drehte sich einfach wieder um und konzentrierte sich
auf Jakob, der nun mit Feuereifer den Wattboden nach weiteren schönen Muscheln absuchte.

Um sich abzulenken, richtete Maik seinen Blick auf
Michelle, die mit verdrossener Miene neben ihm herstapfte.
»Hey.« Er senkte seine Stimme. »Ist etwas nicht in Ordnung?
Du siehst aus, als wolltest du jemanden fressen.«

Michelle zuckte nur mit den Achseln, antwortete jedoch
nicht darauf.

Maik senkte seine Stimme noch ein bisschen mehr. »Stört es
dich, dass Hannah sich uns angeschlossen hat?«

Wieder erhielt er nur ein wortloses Achselzucken zur Antwort.

Unsicher, ob er weiter nachhaken sollte, sah er sie von der Seite an. Michelles Gesicht war wieder einmal verschlossen wie die sprichwörtliche Auster. Er wünschte, er könnte begreifen, was in ihr vorging. Sollte er sie einfach danach fragen? Mit mehr Nachdruck? Oder war es besser, sie in Ruhe zu lassen, bis sie vielleicht, hoffentlich, irgendwann von selbst zu ihm kam und darüber redete?

»Michelle, bist du bitte so lieb und nimmst die Leine für eine Weile?« Hannah ließ sich ein paar Schritte zurückfallen, bis sie neben Michelle herging. In einer auffordernden Geste hielt sie ihr den Griff der Leine hin. »Dann habe ich beide Hände frei. Das ist praktischer, wenn man nach Muscheln sucht. Oder willst du mitsuchen?«

Michelle schüttelte den Kopf, übernahm aber wortlos die Leine.

»Danke.« Hannah lächelte dem Mädchen herzlich zu. »Ich überlege schon seit gestern, was wir in unserer nächsten Kochstunde zubereiten können. Hast du eine Idee?«

»Nö.« Wieder schüttelte Michelle den Kopf.

»Wenn dir etwas einfällt, was du unbedingt ausprobieren möchtest, dann gib mir Bescheid, ja? Ich gebe dir nachher meine Handynummer. Du kannst jederzeit eine Textnachricht schicken oder mich anrufen.«

Das unverständliche Brummeln, das Michelle daraufhin von sich gab, konnte alles bedeuten von einer simplen Zustimmung bis hin zu *Lass mich in Ruhe*.

»Michelle.« Eindringlich suchte Maik den Blick des Mädchens. »Geht es auch ein bisschen wortreicher und vor allen Dingen höflicher?«

Der Blick, den Michelle ihm zuwarf, hätte giftiger nicht sein können. Mit verkniffener Miene wandte sie sich an Hannah. »Okay. Aber ich glaube nicht, dass mir was einfällt.« Sie schnalzte und blickte auf Finchen hinab, die erstaunlich brav neben ihr hergegangen war. »Komm, Finchen! Ich brauche ein bisschen Bewegung.« Ohne Hannah oder Maik noch weiter zu beachten, lief sie mit ausholenden Schritten los und entfernte sich rasch immer weiter von ihnen.

»Michelle! Bleib hier«, rief Maik ihr erschrocken nach.

»Nein, lass sie doch.« Auch Hannah sah dem Mädchen nach, jedoch ohne eine Spur von Besorgnis. »Ihr passiert doch nichts im Watt. Im schlimmsten Fall rutscht sie aus und macht sich schmutzig. Das ist doch nicht so schlimm.«

»Und wenn sie sich irgendwo verletzt?« Nervös fuhr Maik sich mit gespreizten Fingern durch sein kurzes Haar. Dieses völlig neue, intensive Gefühl der Sorge um seine Nichte und seinen Neffen war neu für ihn und traf ihn immer wieder völlig unvorbereitet. Er hatte sich noch nie um jemand anderen als sich selbst kümmern müssen. Seit Jakob und Michelle bei ihm lebten, sah er die Welt mit anderen Augen und seltsamerweise überall lauernde Gefahren.

»Das kann theoretisch immer passieren. Sie könnte sich an einer Muschel schneiden oder in eine Glasscherbe treten oder von einem Krebs gezwickt werden«, zählte Hannah lächelnd auf. »Aber das kann auch passieren, wenn sie neben uns hergeht. Sie wird schon aufpassen. Sie ist alt genug und hat Augen im Kopf.«

»Das sagst du so leicht.« Noch einmal griff Maik sich in sein Haar. »Ich trage jetzt die Verantwortung für sie.«

»Natürlich tust du das. Ich kann mir nicht vorstellen, wie das sein muss, praktisch über Nacht ins kalte Wasser geworfen zu werden. Ich meine, das Sorgerecht für zwei Kinder, oder vielmehr ein Kind und einen Teenager, ist ja nicht gerade das übliche Erbe, das einen erwartet, wenn eine enge Verwandte stirbt.« Sie hatte die Stimme gesenkt, damit Jakob, der ebenfalls ein Stück weit vorausgelaufen war und sich immer wieder nach Muscheln bückte, sie nicht hörte. »Kommst du damit klar?«

Er hob die Schultern. »Irgendwie. Das muss ich ja wohl. Eine andere Wahl habe ich nicht. Meine Schwester wollte, dass ich mich um die beiden kümmere. Ich weiß nicht, warum sie ausgerechnet mich ausgesucht hat. Wir kannten uns kaum. Möglicherweise war meine gute Stellung als Anwalt der Grund dafür, aber das allein qualifiziert mich ja noch nicht als Ersatzvater.« Er blickte zum Himmel hinauf, auf der Suche nach einer Antwort, die dort oben natürlich nicht zu finden war. »Ich fürchte, selbst als Onkel mache ich mich nicht wirklich gut. Michelle will die meiste Zeit nichts von dem wissen, was ich sage. Sie redet nicht mit mir über ihre Probleme oder das, was …« Er zögerte. »Über das, was mit ihrer Mutter passiert ist.«

»Geht ihr denn deswegen nicht zur Therapie?«

»Doch, schon.« Seufzend richtete er nun seinen Blick in die Ferne, in der die Sonnenstrahlen auf dem Wasser des Priels glitzerten. »Ich bin nur nicht sicher, ob das reicht. Wegen der ärztlichen Schweigepflicht weiß ich nicht einmal genau, ob und über was Michelle mit der Therapeutin redet. Ich kann nur hoffen, dass Frau Dr. Scholz mehr aus ihr herausbekommt als ich.«

Auch Hannah richtete ihren Blick in die Ferne, beschattete ihre Augen, schwieg für einen Moment. »Vielleicht musst du ihr einfach mehr Zeit geben. Es ist alles noch zu neu, die schlimmen Erlebnisse sind ganz frisch in ihrer Erinnerung. Das ist alles vermutlich nicht leicht für sie. Bestimmt nimmt sie dir auch übel, dass du sie zu allem Überfluss auch noch hierher in die Pampa verpflanzt hast. Ich könnte mir gut vorstellen, dass das für ein Mädel im Teenageralter aus der Großstadt, das nie etwas anderes erlebt hat, ein ziemlicher Kulturschock sein muss.«

Verlegen zog er den Kopf ein. »Dass sie von dem Umzug nicht begeistert ist, hat sie mir von Anfang an klargemacht.

Sie sagt, sie hat keine Lust, zwischen Kühen, Schafen und Dorftrampeln zu versauern.« Auf ihren halb erheiterten, halb befremdeten Blick hin ergänzte er: »Michelles Worte, nicht meine. Sie glaubt, sie ist hier am Arsch der Welt gestrandet. Entschuldige.«

Hannah lachte hell auf. »Wofür? Es ist doch die Wahrheit. Lichterhaven ist mehr oder weniger der Arsch der Welt, wenn auch, wie ich finde, ein sehr schöner. Aber natürlich sieht Michelle das im Augenblick nicht. Das kann sie wohl auch gar nicht. Sie trauert nicht nur um ihre Mutter, sondern auch um ihre Heimat und um alles, was ihr Leben bislang ausgemacht hat. Sie muss sich in einer völlig neuen Umgebung zurecht-finden und weiß nicht, wie ihre Zukunft aussehen wird. Ich schätze, das ist ein guter Grund, öfter mal schlechte Laune zu haben.«

»So siehst du das also?« Nachdenklich sah er Hannah von der Seite an. »Ja, vermutlich hast du recht. Soll ich das also ignorieren?«

»Das weiß ich nicht. Wie gesagt, wahrscheinlich musst du ihr einfach mehr Zeit geben. Aber ich würde an deiner Stelle trotz-dem immer wieder versuchen, sie aus ihrem Schneckenhaus zu locken. Wahrscheinlich vertraut sie dir einfach noch nicht. Wie sollte sie auch? Immerhin hast du ja selbst gesagt, dass ihr euch im Grunde fremd seid. Mag sein, dass ihre Mutter Michelle und Jakob etwas über dich erzählt hat, aber wenn ihr euch nie persönlich begegnet seid, dürften ihre Informationen nur auf Hörensagen beruhen. Jetzt steht Michelle plötzlich vor den Scherben ihres bisherigen Lebens, und ein Mann, von dem sie nur weiß, dass er der Halbbruder ihrer Mutter ist, darf plötz-lich über ihr Leben bestimmen.« Sie stieß geräuschvoll die Luft aus. »Sie ist vierzehn Jahre alt. Ich weiß noch, wie ich in dem Alter war. Da schlägt die Pubertät voll zu. Das Gehirn ist eine einzige und unstrukturierte Gummimasse, vom Herzen ganz zu schweigen. Man weiß die meiste Zeit nicht, wo oben und unten ist oder was richtig und falsch. Man testet Grenzen aus und fällt mehr als einmal auf die Nase und muss lernen, wieder aufzustehen, das Krönchen zu richten und weiterzugehen. Von dem Durcheinander, das die Hormone anrichten, mal ganz zu schweigen.« Sie kicherte, als er entsetzt das Gesicht verzog.

»Hör bloß auf! Sprich nicht von Hormonen. Das will ich mir gar nicht vorstellen müssen.« Fahrig griff er sich an die Stirn. »Sie ist erst vierzehn!«

Aus Hannahs Kichern wurde ein Lachen. »Sie ist *schon* vierzehn«, korrigierte sie. »Bald fünfzehn, wie sie mir verraten hat. Du wirst dich wohl oder übel damit befassen müssen. Es wird dir gar nichts anderes übrig bleiben. Sie ist hübsch, klug, und ganz bestimmt ist das nicht nur mir aufgefallen, sondern wird auch der männlichen Hälfte der jungen Leute im Ort ins Auge stechen.«

»Großer Gott!« Allein der Gedanke ließ ihn schaudern. »Ich schicke sie ins Kloster.«

Hannah prustete los. »Ja, nee, klar. Ausgerechnet der Mann, der laut allem, was ich über ihn gehört habe, vergangenes Jahr ein höchst zweideutiges oder sollte ich sagen eindeutiges Abenteuer mit einer gewissen Studentin aus Berlin erlebt hat, während er für eine, wie ich hinzufügen möchte, sehr kurze Zeit hier in Lichterhaven geweilt hat. Wie hieß sie noch gleich?« Bevor er etwas darauf antworten konnte, fuhr sie grinsend fort: »Ganz egal. Gib dir keine Mühe, eine Ausrede zu finden. Henning hat uns alles erzählt. Oder vielmehr Caroline, denn sie ist der jungen Dame am Morgen nach eurem Stelldichein persönlich begegnet.«

Natürlich wusste er, dass diese Geschichte in Hennings Freundeskreis die Runde gemacht hatte. Tatsächlich hatte er sich bisher gar nichts weiter dabei gedacht. »Was hat das mit Michelle zu tun? Ich bin erwachsen! Sie hingegen …«

»Sie wird gerade erwachsen«, entgegnete Hannah. »Du solltest sie also nicht wie ein Kind behandeln oder sie auch nur so sehen. Sie ist eine junge Frau, und wenn sie sich irgendwann einmal verlieben sollte, was sich in absehbarer Zeit vermutlich gar nicht verhindern lassen wird, dann solltest du mental darauf vorbereitet sein und ihr nicht mit irgendwelchen altertümlichen Rollenbildern oder Moralpredigten kommen. Verbieten kannst du es ihr sowieso nicht. Mädchen in dem Alter machen nun einmal ihre Erfahrungen, ob es den Eltern gefällt oder nicht. Na ja«, schränkte sie ein, »es sei denn, du hast Eltern wie Caroline, die dir alles und jedes verbieten, selbst den ganz normalen Umgang mit Gleichaltrigen des anderen Geschlechts außerhalb der Schule. Wenn es hier in Lichterhaven eine reine Mädchenschule gegeben hätte, dann hätten Carolines Eltern sie dorthin geschickt. Glaub mir, eine Jugend, wie Caroline sie hatte, möchtest du Michelle nicht antun.«

»Davon war ja auch gar keine Rede!«, erwiderte er aufgebracht. »Aber entschuldige, wenn ich mich nicht wohl dabei fühle, darüber nachzudenken, was irgendwelche aufgescheuchten Hormone bei Michelle anrichten und wohin das führen könnte.«

In Hannahs Augen blitzte es amüsiert. »Hast du Angst, mit ihr über die Bienchen und Blümchen zu reden? Keine Sorge, darüber weiß sie mit Sicherheit schon längst Bescheid.« Ein schalkhafter, fast schon verschlagener Ausdruck trat auf ihr Gesicht. »Was du aber sicherheitshalber tun solltest, ist, mit ihr über das Thema Verhütung zu sprechen. Die Verwendung von Kondomen zum Beispiel …«

»Himmelherrgott noch mal!« Ihm wurde übel bei dem Gedanken.

»Was denn?« Hannah sah ihn mit einem derart unschuldigen Augenaufschlag an, dass ihm die Haare zu Berge standen. Verstärkt wurde ihre Unschuldsmiene noch durch ihr extrem jugendliches Aussehen. Als sie ihre graublauen Augen absichtlich weit aufriss, wirkte das, gepaart mit ihren leuchtend roten Haaren, plötzlich auf ihn, als stünde eine freche Pippi Langstrumpf vor ihm und wollte ihn aufziehen. Eine verflucht sexy Pippi Langstrumpf wohlgemerkt, denn abgesehen von ihrem mädchenhaften Gesicht war bei genauerem Hinsehen nichts an ihr, das auch nur ansatzweise an ein junges, womöglich unschuldiges Mädchen erinnerte. Bei ihrem ersten Zusammentreffen war ihm das nicht aufgefallen, doch inzwischen hatte er genügend Zeit gehabt, genauer hinzusehen. »Hat es dir die Sprache verschlagen?«, hakte sie feixend nach.

»Ja. Nein!« Doch, genau das war passiert. Er hatte seinen Blick einen Moment zu lange über ihre kurvige, wohlproportionierte Gestalt wandern lassen. Nicht gut. Gar. Nicht. Gut. Er riss sich zusammen. »Entschuldige, aber können wir bitte das Thema wechseln? Ich glaube nicht, dass das auf einer Wattwanderung angemessen ist. Ganz abgesehen davon, dass ich in Gegenwart von Michelle wohl kaum ein solches Thema anschneiden werde, solange sie nicht einmal über wesentlich einfachere Dinge mit mir reden möchte.«

»Guter Punkt.« Hannah nickte zustimmend. »Womit wir wieder beim Thema wären. Gib ihr ein bisschen mehr Zeit.« Der Schalk blitzte erneut in ihren Augen auf. »Aber bedenke: Aufgeschoben ist nicht aufgehoben.«

Maik stöhnte gequält auf, wissend, dass sie recht hatte. Glücklicherweise wurden sie in diesem Moment von Jakob unterbrochen, der in einiger Entfernung an einer Art Gezeitentümpel stand und heftig winkte.

»Onkel Maik, Hannah, kommt mal schnell her! Guckt mal, was ich gefunden habe. Seesterne!«

»Ach herrje.« Ohne weiter auf Maik zu achten, rannte Hannah los. »Nicht anfassen, Jakob! Seesterne sterben, wenn man sie aus dem Wasser nimmt.«

Auch Maik beschleunigte seinen Schritt, musste jedoch aufpassen, dass er nicht auf dem glitschigen Watt ausrutschte. Ganz eindeutig hatte Hannah in dieser Hinsicht weit mehr Übung als sie alle zusammen.

»Nee, klar, ich fasse die nicht an.« Jakob hatte sich hingehockt und planschte mit den Fingern in dem seichten Wasser. »Das hat der Mann gestern auf der Wattwanderung auch gesagt. Seesterne darf man nicht anfassen. Dann kommen nämlich Luftbläschen in sie rein, und davon können sie gelähmt werden und sterben. Aber ich hab noch nie welche in echt gesehen. Gestern haben wir nämlich keine entdeckt, sondern nur welche auf Fotos angeschaut. Aber die hier sehen voll schön aus. Onkel Maik, kannst du Fotos von denen machen? Du hast doch dein Handy dabei.«

»Klar, kein Problem.« Maik zog sein Smartphone aus der Gesäßtasche, rief die Kamera-App auf und schoss ein paar Fotos von den Seesternen, die sich fröhlich in dem Gezeitentümpel tummelten. Der Anblick war spannend und hochinteressant. Neugierig trat er näher an den Rand des Tümpels und wäre beinahe ausgerutscht.

»Pass auf, Onkel Maik! Hier ist es total glitschig.« Wie zum Beweis rutschte Jakob, als er sich aufrichten wollte, zur Seite und fiel auf die Knie. »Oh! Igitt!« Der Junge kicherte begeistert. »Jetzt bin ich voller Matsch.«

»Als hätte ich es geahnt.« Schmunzelnd versuchte Maik, am Rand des Tümpels besseren Halt zu finden, um weitere Fotos zu schießen.

»Wenn du dich hinkniest, geht es ganz sicher besser«, schlug Hannah grinsend vor.

»Danke für den Hinweis, Frau Klugscheißerin.« Vielsagend blickte er zu ihr auf.

»Du hast Klugscheißerin gesagt!«, rief Jakob sichtlich begeistert. »Das ist ein Wort, das wir nie sagen dürfen. Hat

Mama gesagt. Weil es nicht nett ist, und eine Beleidigung ist es auch.«

»Stimmt auffallend«, bestätigte Hannah, und er sah ihr an, dass sie schon wieder das Lachen unterdrückte.

»Entschuldige.« Weil es tatsächlich keinen anderen Weg zu geben schien, an richtig gute Fotos zu kommen, kniete er sich vorsichtig in den Schlick. Die Nässe durchdrang sofort seine Jeans, die Kälte ließ ihn überrascht schaudern. Seine Füße hatten sich inzwischen an das kalte Watt gewöhnt, sein restlicher Körper offensichtlich noch längst nicht.

»Schon gut.« Hannah bedachte ihn mit einem gnädigen Augenaufschlag. »Ich schätze, deine kalten Knie und die schmutzige Hose sind Strafe genug.« Sie deutete auf die inzwischen wohlgefüllte Tüte in Jakobs Händen. »Das ist ja eine beeindruckende Ausbeute. Darf ich mal sehen?«

»Hier.« Bereitwillig öffnete Jakob die Tüte und ließ Hannah einen Blick hineinwerfen. »Das sind echt viele. Die muss ich zu Hause alle waschen und sortieren. Was kann man denn damit alles machen?«

»Ich habe sie immer in großen Einmachgläsern gesammelt und auf meinen Schränken oder Regalen ausgestellt«, erzählte Hannah. »Aber natürlich kann man noch viel mehr damit machen. Ketten zum Beispiel oder Windspiele, oder man kann sie auf Sperrholzplatten aufkleben und sie zu Bildern legen. Meine Freundin Ella hätte sicher noch weit mehr Vorschläge für dich. Sie ist ein Genie, wenn es darum geht, aus einfachen Dingen wunderschöne Dekorationen zu zaubern. Soll ich sie mal fragen, ob sie ein paar Ideen hat? Bestimmt weiß sie auch genau, was man alles für Werkzeuge und sonstige Utensilien braucht, um aus Muscheln schöne Sachen herzustellen.«

»Ja! Frag sie mal.« Jakob nickte begeistert. »Ein Windspiel würde ich gerne basteln. Wir hatten immer eins im

Wohnzimmerfenster hängen, das war aber aus Holzröhrchen. Ich weiß gar nicht, wo das ist. Michelle hat es, glaube ich, eingepackt. Das hat immer geklimpert, wenn Wind ging, und manchmal hat es auch ganz unheimliche Geräusche gemacht, wie ein Heulen.« Jakob versuchte, die Töne, die das Windspiel hervorgebracht hatte, nachzumachen. »Und ein Bild mache ich auch. Wenn man die Muscheln aufkleben will, braucht man dafür ganz viel Kleber. Und wenn ich nicht genug Muscheln habe, dann gehen wir noch mal los und suchen neue, ja, Onkel Maik?«

»Sicher, warum nicht.« Rasch nickte er. »Immerhin wohnen wir jetzt hier. Wir werden noch viel Gelegenheit haben, im Watt nach Muscheln zu suchen.« Suchend blickte er sich um, für einen Moment erschrocken, weil er Michelle und Finchen nicht sofort entdeckte. »Wo …?«

»Dahinten am Priel sind sie.« Hannah deutete schräg hinter sich.

Maik folgte ihrer Geste mit Blicken und atmete auf, als er in ziemlicher Entfernung und beinahe winzig die Gestalt seiner Nichte entdeckte und daneben etwas Dunkles, das sich rasch hin und her bewegte. Finchen schien den Ausflug ins Watt ganz besonders zu genießen. Dass Michelle mit der Hündin jedoch derart weit hinausgelaufen war, verursachte ihm ein ungutes Gefühl. »Sie ist aber ziemlich weit draußen. Auf der Wattwanderung wurde uns erklärt, dass man mit diesen Prielen sehr gut aufpassen muss, weil sie gefährlich werden können. Die Strömung kann darin sehr stark sein.«

»Sie wird schon nicht hineinspringen.« Hannah musterte ihn aufmerksam. »Mach dir mal keine Sorgen. Wenn du willst, gehe ich zu ihr und sage ihr, dass wir jetzt zurückmüssen. In der Zwischenzeit könnt ihr euch noch weiter die Seesterne ansehen und Fotos machen.«

»Bist du sicher? Danke.« Erleichtert atmete er auf.

Hannah nickte ihm nur kurz zu, drehte sich um und ging mit forschen Schritten über das Watt auf den Priel, Michelle und Finchen zu. Für einen langen Moment sah er ihr schweigend hinterher, dann über die Schulter in Richtung Ufer. Kurz verschlug es ihm den Atem, als er bemerkte, wie weit draußen sie selbst sich schon befanden. Ohne Hannah wäre er niemals so weit mit den Kindern über das Watt gegangen.

»Hier, guck mal, Onkel Maik!«, riss Jakob ihn aus seinen Gedanken. »Die haben alle andere Farben. Kannst du die hier bitte auch noch fotografieren?«

12. Kapitel

Also, ich muss schon sagen, solche abendlichen Spaziergänge finde ich richtig klasse. Endlich ist es nicht mehr so warm wie den ganzen Tag über. Mal ehrlich, das war heute wirklich eine unangenehme Hitze! Ich wusste gar nicht mehr, wohin ich mich legen soll. Am besten war es im Flur auf den Steinfliesen. Die waren wenigstens schön kalt. Aber jetzt, am Abend, finde ich es höchst angenehm hier draußen. Schade, dass wir nur zu zweit spazieren gehen. Jakob musste nämlich schon ins Bett gehen, und Michelle hatte keine Lust. Das kann ich gar nicht verstehen! Spazieren ist doch wunderbar. Man kann sich den Wind um die Nase wehen lassen, und das Fell wird einem angenehm zerzaust, man trifft interessante Menschen und andere Hunde, und überhaupt! Na ja, Menschen haben kein Fell, und anscheinend sind sie auch nicht so begeistert vom Wind, aber trotzdem. Für mich gibt es nichts Schöneres, als mit meinen Menschen draußen durch die Gegend zu streifen. Was das angeht, habe ich es wirklich sehr gut getroffen. Ich meine, mal ehrlich! Ich habe drei nette Menschen, wohne in einem tollen großen Haus mit ganz vielen gemütlichen Liegeplätzen, die mir aber im Moment alle viel zu warm sind, deshalb die Steinfliesen. Meine Menschen spielen gerne mit mir, ich habe einen großen Garten, in dem wir toben können, und dann diese Spaziergänge. Herrlich! Findest du nicht auch, Maik? Wuff?

»Hm? Was?« Durch Finchens leises Bellen aus seinen Gedanken gerissen, blickte Maik fragend auf die fröhlich wedelnde Airedale-Terrier-Dame hinab. Er lächelte leicht. »Wolltest du mir etwas sagen?«

Das wollte ich in der Tat. Es ist immer schön, wenn du mir deine Aufmerksamkeit schenkst und nicht einfach so still und in dich gekehrt neben mir hergehst.

»Lass uns über den Deich und runter ans Ufer gehen«, schlug Maik vor, wohl wissend, dass es albern war, mit der Hündin zu reden. Oder mit sich selbst. Hoffentlich sah ihn niemand und hielt ihn für übergeschnappt. »Nach der Hitze heute Nachmittag ist dieser Küstenwind angenehm, nicht wahr? Ich hätte nicht gedacht, dass es hier im Norden so heiß werden könnte.«

Ich auch nicht.

»Für dich mit deinem dichten Fell ist die Sommerhitze bestimmt auch nicht gerade angenehm, was?«

Da sagst du was! Ehrlich, wenn ich mich anders abkühlen könnte, würde ich es tun. Kann ich aber nicht, also muss ich dauernd wie wild hechelnd. Hecheln und kalte Steinfliesen. Wie gesagt, da gefällt mir dieser abendliche Spaziergang deutlich besser.

Als sie die Deichkuppe erreichten, blieb Maik einen Augenblick stehen und blickte in die Ferne. Wieder einmal war von der Nordsee nicht allzu viel zu sehen, da die Ebbe eingesetzt hatte. Zwar konnte er in weiter Entfernung noch das Glitzern des Wassers erkennen, doch auf dem Watt tummelten sich bereits oder immer noch eine Menge Menschen. Zumindest wenn er Richtung Osten blickte, wo sich die Liegewiesen und Touristenstrände befanden. Hier, an dem seinem Haus nächstgelegenen Küstenabschnitt, waren nur sehr vereinzelt Menschen auf dem Uferweg zu erkennen. Ein Stück weit draußen im Watt sah er zwei Gestalten in flottem Tempo über das Watt joggen. Sie wurden von zwei hellbraunen Hunden umkreist, von der Statur her vermutlich Labrador Retriever oder Golden Retriever. Ganz genau konnte er es nicht erkennen, dazu waren sie zu weit entfernt.

Finchen hatte sich neben ihn gesetzt und blickte ebenfalls sehr aufmerksam in Richtung Watt.

»Na, was meinst du, Finchen?« Langsam setzte er sich wieder in Bewegung und stieg auf der Uferseite die Deichtreppe hinab. Finchen folgte ihm prompt mit federnden Schritten. »Sollen wir es auch wagen?«

Was denn wagen? Neugierig blickte Finchen zu ihm auf.

»Wenn du dich nur nicht immer so mit Schlick einsauen würdest. Jedes Mal, wenn ich dir erlaube, übers Watt zu laufen, siehst du hinterher aus wie ein Schlammspringer, und ich darf dich dann duschen.«

Au ja! Finchen hüpfte begeistert auf und ab. *Watt klingt gut und duschen noch besser. Ich liebe Wasser. Komm, beeilen wir uns!*

»He, he, immer schön langsam«, protestierte Maik, als Finchen voranpreschte und mit einem Ruck in die Leine sprang. »So eilig haben wir es nun auch wieder nicht.«

Du vielleicht nicht, aber ich! Warum ihr Menschen bloß immer so langsam sein müsst. Zweibeiner! Nicht zu gebrauchen, wenn es darum geht, mal so richtig aufzudrehen.

»Wir kommen noch früh genug ans Ufer. Aber in meinem Tempo, Finchen, nicht in deinem.« Sicherheitshalber rief er sich ins Gedächtnis, was Christina Brungsdahl, die Inhaberin der örtlichen Hundeschule, ihm und den anderen im Junghunde-Anfängerkurs am vergangenen Mittwoch erklärt hatte. Am besten war es, nicht mit dem Hund zu schimpfen, sondern ihn mittels Zuwendung und Belohnung dazu zu bringen, erwünschtes Verhalten zu zeigen. Deshalb griff er nun in die kleine Tasche, die er an seinem Gürtel befestigt hatte, und holte das Plüschentchen hervor, mit dem Finchen so gerne spielte. Laut Christina eignete es sich hervorragend als Anreiz für die junge Hündin, und er hatte festgestellt, dass sie recht hatte. Zwar hatte er neuerdings auch immer einen kleinen

Vorrat an Leckerchen dabei, wenn sie unterwegs waren, aber meistens konnte er Finchen mit der Ente noch besser motivieren. »Guck mal hier, Finchen!«, sprach er die Hündin an, die immer noch eifrig versuchte, durch Ziehen an der Leine ihren Willen durchzusetzen. »Hier ist Ducky! Die magst du doch, oder?«

Bei dem Wort Ducky hielt Finchen prompt inne und drehte sich um. Beim Anblick der kleinen Plüschente begann sie, wild zu wedeln, und wollte sofort an ihm hochspringen. Dies konnte er gerade noch verhindern, indem er einen Schritt rückwärts machte.

»Nichts da. Ducky kriegst du nur, wenn du lieb bist und gehorchst.« Er hielt das Plüschtier außerhalb von Finchens Reichweite.

Hey, das ist aber gemein. Ich will meine Ducky! Was soll ich denn jetzt schon wieder dafür machen?

Als Finchen sich auf ihr Hinterteil setzte und erwartungsvoll die Ohren spitzte, nickte Maik beifällig. »Sehr schön.« Mit etwas höherer und begeisterter Stimme fügte er noch ein »Fein!« hinzu. Auch das hatte Christina gesagt. Jedes positive, erwünschte Verhalten sofort belohnen, auch mit der Stimme. Zwar kam er sich dabei oft ziemlich albern vor, aber was tat man nicht alles, um hinterher einen hoffentlich gut erzogenen Hund zu haben? Er zeigte Finchen wieder die Plüschente und ließ sie sogar daran schnuppern. »Und jetzt gehen wir zusammen weiter, ganz langsam und ohne an der Leine zu ziehen.«

Als er sich in Bewegung setzte, sprang auch Finchen auf und trabte willig neben ihm her, die hochgereckte Nase ganz dicht an Ducky, die Maik so hielt, dass Finchen gerade so nicht herankam. Immer wieder lobte er die Hündin überschwänglich, und als sie endlich den Uferweg erreicht hatten, warf er Finchen das Plüschtier zu, und sie fing es begeistert auf. »Toll gemacht, Finchen! Ganz, ganz fein. Du bist ein braver Schatz.« Auch wenn der Tonfall ihm albern vorkam, meinte er doch jedes Wort genau so. Deshalb setzte er sich auf die Ufermauer, zog Finchen zu sich heran und kraulte sie ausgiebig hinter den Ohren, während sie immer wieder, aber überaus sanft, fast zärtlich, auf Ducky herumkaute. Es gab sicherlich Hunde, die solch ein Plüschtier in Sekundenschnelle in seine Einzelteile zerlegten. Doch nicht Finchen. Sie liebte diese Plüschente über alles und behandelte sie fast wie einen Welpen.

Hach, wie angenehm! Ich liebe es, gestreichelt und gekrault zu werden. Vor allem von Herrchen. Anscheinend gefällt es ihm wirklich, wenn ich so dicht neben ihm hergehe und nicht an der Leine ziehe. Wobei ich zugeben muss, dass mir das Ziehen auch nicht allzu angenehm ist. Hmmm, ja! Bitte auch noch hinter den Ohren kraulen, da mag ich es am liebsten. Finchen stieß Laute des Wohlbehagens aus und drängte sich fest an ihn, die Streicheleinheiten sichtlich genießend.

Da er es nicht sonderlich eilig hatte, Jakob lag bereits im Bett und Michelle hatte sich zwar in ihr Zimmer zurückgezogen, würde sich aber um ihren Bruder kümmern, wenn es nottat, blieb Maik noch eine Weile auf der Ufermauer sitzen und ließ sich die laue Brise um die Nase wehen. Schon seit Tagen hatte kein scharfer Wind mehr geweht, was wohl mit ein Grund dafür war, dass die Temperaturen bereits mehrfach die Marke von dreißig Grad überschritten hatten. Viele Lichterhavener stöhnten unter dieser Hitzewelle. Alex, sein Kollege und Arbeitgeber in der Kanzlei, hatte bereits mehrfach darauf hingewiesen, dass solche Temperaturen an der Nordseeküste alles andere als normal waren. Auch dass schon seit Tagen kaum einmal ein Wölkchen am Himmel zu sehen war, galt als überaus ungewöhnlich. Für Sonntag und Montag hatten die Wetterfrösche allerdings einen Wetterumschwung mit heftigen Gewittern und sogar Unwetterpotenzial vorausgesagt. Von

Henning hatte Maik erfahren, dass die Freiwillige Feuerwehr Lichterhaven sich deshalb bereits für alle Eventualitäten vorbereitete. Falls es eine Sturmflut gäbe, würden an die Bevölkerung in Deichnähe Sandsäcke verteilt. Darüber hinaus gab es noch etliche weitere Sicherheitsvorkehrungen, die getroffen werden mussten. Henning hatte erklärt, dass bei schweren Unwettern die Lichterhavener alle zusammenhielten und einander halfen, sich gegen die Naturgewalten zu schützen.

Den Gedanken fand Maik vorbildlich, dennoch konnte er sich das Ganze nicht so recht vorstellen. Aber wie sollte er auch? Zwar hatte er in Berlin sicherlich auch schon das eine oder andere Unwetter erlebt, aber in einer Etagen- oder Dachgeschosswohnung mit Nachbarn, die man bestenfalls dem Namen nach kannte, war das etwas ganz anderes als hier in der Kleinstadt, wo alle aufeinander achtgaben.

Selbst er als gerade erst Zugezogener hatte bereits die Erfahrung gemacht, dass seine Nachbarn, wenn man sie denn so nennen konnte, denn die nächsten Häuser waren ja ein gutes Stück von seinem neuen Zuhause entfernt, und auch die Leute in den Geschäften, in der Bäckerei oder einfach so auf der Straße ihn nicht nur zu jeder Tageszeit freundlich grüßten, sondern auch durchaus gerne zu einem kleinen Schwätzchen bereit waren. Sie erkundigten sich danach, ob er sich bereits eingewöhnt hatte, nach Michelle und Jakob und danach, wie es ihm in Lichterhaven gefiel.

Und dann gab es noch diese ganz andere Art von Einwohnern. Diejenigen, die zwar auch höflich grüßten, jedoch von ihm nicht mehr als ein gemurmeltes *Moin Moin* erwarteten. Da konnte es schon einmal sein, dass man jemandem begegnete, bei ihm stehen blieb, grüßte und dann mehr oder weniger lange mit ihm oder ihr einfach nur schwieg oder in kargen Einwortsätzen die wichtigsten Informationen austauschte. Das Ganze meist, zumindest vonseiten der Lichterhavener, in diesem drolligen norddeutschen Platt. Maik hütete sich, auch nur zu versuchen, es nachzuahmen. Er hatte schon immer nur Hochdeutsch gesprochen, und obgleich er lange Jahre in Berlin gelebt hatte, war er auch des dortigen Dialekts nicht mächtig.

So, genug gekuschelt! Was stellen wir denn als Nächstes an? Finchen schüttelte sich heftig, streckte die Nase in die Luft und stellte schließlich die Vorderpfoten auf die Deichmauer. Neugierig und unternehmungslustig blickte sie hinaus aufs Watt.

Maik schmunzelte. »Schon gut, schon gut. Ich muss aber erst meine Schuhe und Socken ausziehen.« Gesagt, getan. Die Schuhe platzierte er gleich neben der nächsten Steintreppe, die ins Watt hinabführte. Anfangs war ihm dabei noch unwohl gewesen, weil er gedacht hatte, jemand könnte seine Schuhe stehlen. Doch inzwischen wusste er, dass er sich keinerlei Sorgen zu machen brauchte. Seit dem Spaziergang mit Finchen, den Kindern und Hannah im Watt vor knapp einer Woche war er noch zweimal mit Jakob und mehrere Male allein im Watt gewesen. Michelle hatte er nicht noch einmal dazu bewegen können, obwohl er den Eindruck gewonnen hatte, dass sie sich durchaus für die örtliche Natur interessierte. Zumindest hatte er auf dem Tablet, das er der gesamten Familie spendiert hatte, im Browserverlauf gesehen, dass sie sich entsprechende Seiten im Internet angesehen hatte. Doch nach wie vor zog sie sich lieber in ihr Schneckenhaus zurück und blieb für sich allein. Auf Dauer, das wusste er, war das nicht gut. Doch Frau Dr. Scholz hatte in der letzten Therapiesitzung gesagt, dass er Michelle noch ein bisschen Zeit geben solle. Es bestand durchaus die Möglichkeit, dass das Mädchen sich allein aus der selbst gewählten Isolation befreite. Zwar durfte die Therapeutin ihm nichts über ihre Gespräche mit Michelle verraten, aber zumindest hatte er den Eindruck gewonnen, dass sie wusste, wovon sie sprach, und dass sie die berechtigte Hoffnung hegte, Michelle würde sich bald wieder fangen.

Nachdem er seine Hosenbeine hochgekrempelt hatte, stieg Maik vorsichtig, jedoch inzwischen deutlich sicherer als noch vor einer Woche, die unebenen Stufen ins Watt hinab.

Finchen bellte übermütig, hüpfte wieder einmal wie ein Springbällchen auf und ab und wollte am liebsten in alle Richtungen gleichzeitig lossausen. Rasch befestigte Maik die neue, zehn Meter lange Schleppleine an ihrem Geschirr und die deutlich kürzere Lederleine neben der Tasche an seinem Gürtel. Auch die Schleppleine war ein Utensil, zu dem Christina ihm geraten hatte, und er hatte festgestellt, dass es sich damit vor allem im Watt sehr angenehm laufen ließ. Der einzige Nachteil war, dass er die Leine hinterher jedes Mal ausgiebig reinigen musste. Aber sie gab sowohl ihm als auch Finchen mehr Sicherheit. Er sorgte sich noch immer, die Hündin könnte einfach weglaufen. Zwar hatte auch Christina ihn, ähnlich wie Hannah zuvor, in dieser Hinsicht beruhigt, doch sie hatte ihm auch erklärt, dass gerade Neulinge in der Hundehaltung oftmals zumindest in der Anfangszeit sehr von der Sicherheit profitierten, die eine Schleppleine ihnen bot.

Noch ließ er die Leine nicht einfach nur über den Boden schleifen, sondern hielt sie locker an der Griffschlaufe fest. Finchen hatte sehr schnell bemerkt, in welchem Radius sie sich an dieser Leine um Maik herum bewegen konnte, und das schien ihr sehr zu gefallen. Allerdings musste er hin und wieder aufpassen, dass er sich, wenn sie, wie es nun einmal ihre Art war, blitzschnell die Richtung wechselte, nicht in der Leine verhedderte.

Es erstaunte ihn immer wieder, wie sehr ihn die Anwesenheit der Nordsee erdete und seine Nerven beruhigte. Oder auch, wie im Augenblick, die Abwesenheit des Wassers. Das Gefühl des kühlen, weichen, manchmal glitschigen Schlicks unter den Fußsohlen bewirkte irgendetwas in ihm. Fast wie eine Fußmassage und doch anders, viel intensiver. An die

Kälte hatte er sich längst gewöhnt. Überhaupt war nach einem heißen Sommertag wie heute das Watt wesentlich wärmer als nach einem kühlen Regentag. Inzwischen sorgte er sich auch nicht mehr so sehr darum, auszurutschen. Je öfter er über das Watt wanderte, desto sicherer fühlte er sich und desto mehr erfreute er sich an den verschiedenen Sinneseindrücken, die ihn über seine Fußsohlen erreichten. Kleine Unebenheiten am Boden, weichere Stellen, bei denen er bis zu den Knöcheln ins Watt einsank, hin und wieder eine Muschel oder eine Pfütze, in der kleine Krabbeltiere wuselten oder Tang und sonstige Meerespflanzen waberten. Dazu das mal kräftige, mal leise, jedoch stetige und kaum jemals vollkommen nachlassende Rauschen des Windes, das Knattern der Wetterfahnen am Ufer, die Schreie und das Gelächter der Möwen über ihm und um ihn herum. Manchmal ein Segelflieger, der weit oben seine Runden zog. Ruhe. Frieden.

Noch vor einem Jahr hätte er nicht geglaubt, dass er beides noch einmal wiederfinden würde. Vielmehr hatte er über lange Zeit gar nicht bemerkt, dass er beides brauchte und sogar vermisste. Er war in seinem Hamsterrad gefangen gewesen, hatte nicht mehr links oder rechts geschaut, sondern war blindlings dem Tunnel gefolgt, in den er sich selbst katapultiert hatte.

Der Tapetenwechsel war drastisch gewesen, und auch, wenn er spürte, dass ihm Lichterhaven guttat, war er sich noch nicht sicher, ob eine Großstadtpflanze wie er hier auf Dauer zufrieden leben können würde.

Zufriedenheit. Diesen Zustand strebte er an. Das war weit mehr, als er lange Zeit gehabt hatte. Alles, was darüber hinausging, Glück etwa, war ihm so vollkommen fremd geworden, dass er nicht wusste, ob er es überhaupt jemals wiederfinden würde. Doch möglicherweise war das gar nicht wichtig. Gefühle erzwingen zu wollen, zu denen er die Verbindung so völlig verloren hatte, war kontraproduktiv. Stattdessen würde er Schritt für Schritt, Tag für Tag daran arbeiten, wieder zu sich selbst zu finden.

Bei dem Ausdruck Großstadtpflanze, der ihm durch den Kopf geschossen war, musste er unwillkürlich an Hannah denken. Am vergangenen Dienstag hatte sie Michelle und Jakob erneut eine Kochstunde gegeben. Leider hatte er selbst kurzfristig absagen müssen, da er einen Besuch bei einem neuen Klienten hatte machen müssen, der erst am frühen Abend Zeit für eine Besprechung gehabt hatte. Zwar hatten sie ihm von dem Reisauflauf mit Hühnchen etwas übrig gelassen, dennoch hatte er es insgeheim bedauert, nicht an der Kochstunde teilgenommen zu haben. Überstunden hatte er zwar nicht machen müssen, denn zum Ausgleich für die späten Arbeitsstunden hatte er eine längere Mittagspause machen können, in der er Besorgungen gemacht hatte, dennoch erinnerten ihn solche späten Arbeitszeiten ungut an seine letzten beiden Jahre in Berlin. Wie oft hatte er zwölf oder vierzehn Stunden, manchmal sogar noch mehr, am Tag gearbeitet, spätabends noch Klienten getroffen oder mit Kollegen über Fälle und Gerichtsverhandlungen gesprochen.

Alex hatte ihm glücklicherweise versichert, dass so etwas hier in Lichterhaven die absolute Ausnahme war. Wenn sie nach siebzehn Uhr noch Klienten empfingen, dann wirklich nur, weil diese aus beruflichen Gründen nicht anders konnten. Im Falle seines neuen Klienten war es genau so gewesen. Er hatte einfach nicht früher von seiner Arbeit als Altenpfleger fortgekonnt. Der Fall war jedoch zu wichtig, so hatte Alex ihm erklärt, als dass man ihn weiter hätte aufschieben dürfen.

Für den Donnerstagabend war dann wie immer erneut eine Kochstunde anberaumt worden, jedoch hatte Hannah sie diesmal absagen müssen, weil die *Foodsisters* kurzfristig ein Catering in dem neuen Konferenz- und Seminarzentrum von Lichterhaven übernommen hatten.

Vielleicht war es ganz gut, dass er auf diese Weise Abstand zu der jungen Köchin gewonnen hatte. Dieser seltsame Anflug von körperlicher Anziehung, den er neulich in ihrer Gegenwart verspürt hatte, verunsicherte ihn. Er war nie ein großer Frauenheld gewesen, sonderlich schüchtern jedoch auch nicht. Vielmehr hatte er sich einfach vom Leben treiben lassen, hin und wieder auch in die Arme einer schönen Frau. Probleme, mit Frauen zu reden, sich in ihrer Gegenwart wohlzufühlen, hatte er nie gehabt. Doch irgendwie waren ihm sein Feingefühl und seine Fähigkeit, auf charmante und diplomatische Weise mit dem anderen Geschlecht umzugehen, vor und während seines Burn-outs abhandengekommen. Sicherlich war es besser, wenn er erst einmal wieder festen Boden unter den Füßen gewann, bevor er sich erlaubte, über so etwas wie ein Abenteuer nachzudenken. Abgesehen davon war er nicht mal sicher, ob Hannah ihn nicht schlicht und ergreifend auslachen würde – wenn nicht sogar Schlimmeres. Auch wenn ihre anfängliche strikt ablehnende Haltung ihm gegenüber sich inzwischen deutlich verändert hatte und sie bei einer kameradschaftlichen Basis angelangt waren, bedeutete das noch lange nicht, dass sie irgendein physisches oder gar romantisches Interesse an ihm haben könnte.

Es erstaunte ihn, dass er diese Anziehung, diesen gewissen Reiz, in ihrer Gegenwart verspürt hatte. Sie war alles andere als sein Typ. Woran genau er das festmachte, konnte er selbst nicht genau sagen. Möglicherweise lag es daran, dass sie so unglaublich jung aussah. Es war wirklich erstaunlich, wie sehr ihn dieser erste Eindruck von ihr damals schockiert hatte und auch heute noch befangen machte. Fast wirkte sie wie eine verbotene Frucht auf ihn. Dabei war das Unsinn. Sie war eine erwachsene Frau und besaß ganz eindeutig auch den entsprechenden Körper dazu. Einen kurvigen, unglaublich sexy Körper. Doch dann blickte er in ihr ebenmäßiges jugendliches Gesicht mit den großen graublauen Augen, die von dem schicken

Kurzhaarschnitt und der roten Haarfarbe noch betont wurden, und hatte tatsächlich das Gefühl, vor so etwas wie einer modernen Pippi Langstrumpf zu stehen – oder einer frechen Koboldin, die ihn, ob er wollte oder nicht, in ihren Bann zog.

»Du bist ja verrückt!« Er zuckte zusammen, als er bemerkte, dass er laut gesprochen hatte. Doch da außer ihm und Finchen weit und breit niemand zu sehen war, redete er einfach weiter. »Anscheinend hast du nicht nur einen Burn-out, sondern dir sind auch ein paar Sicherungen im Gehirn durchgebrannt. Anders ist der Unsinn, den du da gerade zusammenfantasierst, nicht zu erklären.«

Was? Wovon redest du da? Meinst du mich? Beim Klang seiner Stimme kam Finchen näher, musterte ihn neugierig, machte aber wieder kehrt. *Nein, anscheinend doch nicht. Na, dann schnüffle ich mal weiter dieser Spur nach, die ich gerade gefunden habe. Riecht irgendwie nach Fisch und nach Schlick. Neuerdings meine liebste Mischung!*

Inzwischen traute er sich schon recht weit aufs Watt hinaus, was er sich noch vor einer Woche nicht hatte vorstellen können. Anfangs hatte er noch Sorge gehabt, zu weit von der Stelle abzukommen, an der er seine Schuhe zurückgelassen hatte, doch inzwischen war sein Orientierungssinn geschärft.

Heute ging er mit Finchen bis zu einem Priel, in dem das Wasser ungefähr knietief stand. Nur ungefähr hundertfünfzig oder zweihundert Meter weiter konnte er die natürliche Wassergrenze erkennen, die sich bis zum späten Abend noch ein gutes Stück zurückziehen würde. Eine ganze Weile blieb er am Rand des Priels stehen und beobachtete, wie einige Möwen, die ihm gefolgt zu sein schienen, in akrobatischen Kapriolen vom Himmel herabschossen und dicht über die Wasseroberfläche hinwegglitten. Ihre Schreie klangen lebensfroh, sorglos, unbeschwert. Ab und zu stieß eine von ihnen ins Wasser und schnappte sich eine Beute. Maik genoss es, den Vögeln zuzusehen, und er spürte jedes Mal, wie er sich dabei mehr und mehr entspannte.

Nach einer Weile griff er nach seinem Handy und schoss mehrere Fotos von den Möwen, vom Sonnenlicht, das sich im Wasser spiegelte, von Finchen, die wie wild in einem kleinen Gezeitentümpel buddelte, sodass der Schlick nach allen Seiten spritzte.

»Schluss jetzt, du kleines Ferkel!« Lachend schob er das Smartphone in die Gesäßtasche zurück, wich dabei dem umherfliegenden Schlick mehr oder weniger geschickt aus und machte eine auffordernde Handbewegung in Richtung Ufer. »Wir gehen jetzt zurück. So wie du aussiehst, darf ich dich wirklich gleich erst einmal ausgiebig duschen.« Er blickte an sich hinab und runzelte die Stirn, als er einige kleine braune Flecken auf seinen Jeans erblickte. »Und mich selbst anscheinend auch«, murmelte er.

Na klar, duschen klingt super! Am liebsten zu Hause im Bad, da ist nämlich das Wasser schön warm. Das mag ich noch lieber als das kalte Wasser aus den Duschen, die überall am Ufer stehen. Aber zur Not begnüge ich mich auch damit. Wasser. Ist. Toll! Wuff.

Maik grinste. »Jaja. Schon klar. Du bist eine Wasserratte.«

Du hast es erfasst. Wobei … Nein, eigentlich nicht. Viel eher bin ich eine Wasserhündin. Ratten sind doch diese kleinen Viecher, die so aussehen wie Mäuse, nur ein bisschen größer. Neulich habe ich eine hinten im Garten gesehen. Mit der habe ich nun wirklich keinerlei Ähnlichkeit!

Finchen schien sich inzwischen ausgetobt zu haben, denn sie lief nun gemächlich neben ihm her und brummelte dabei leise vor sich hin.

Aufmerksam blickte Maik zu ihr hinab. »Was erzählst du mir denn da? Manchmal wüsste ich zu gerne, was in deinem Hundekopf vorgeht.«

Tja, leider kann ich dir das so genau nicht mitteilen. Du verstehst ja die Hundesprache nicht. Zumindest bei Weitem nicht so gut, wie ich inzwischen die Menschensprache gelernt habe. Aber was soll's, meistens errätst du ja ganz richtig, was ich dir mitteilen möchte. Ich hoffe, mit der Zeit wird das noch besser. Ich werde mir auf jeden Fall Mühe geben, dich und Michelle und Jakob entsprechend zu erziehen. Und Hannah auch. Schade, dass sie uns schon so lange nicht mehr besucht hat. Ich finde sie sehr nett, und sie riecht auch immer so gut! Meistens nach irgendetwas Essbarem. Leider lässt sie sich nicht ganz so leicht von mir erziehen wie ihr, das habe ich schon bemerkt. Sehr oft durchschaut sie meine Winkelzüge, das macht die Sache zu einer echten Herausforderung.

»Was meinst du, machen wir nachher noch einen Schlenker durch Lichterhaven, oder gehen wir gleich nach Hause?« Obwohl er natürlich wusste, dass er keine Antwort erhalten würde, behielt er seine neue Angewohnheit, laut mit Finchen zu reden, weiterhin bei. Möglicherweise entwickelte er hier einen etwas kauzigen Wesenszug, doch das war ihm im Augenblick herzlich egal. Sollten die Leute ihn doch für verrückt halten! Selbst Frau Dr. Scholz hatte ihn schon mehrfach dazu angehalten, endlich einmal das zu tun, zu denken und zu machen, was er wirklich wollte. Sich nicht anzupassen. Nicht das zu tun, wovon er glaubte, dass man es von ihm erwartete, sondern das, was ihm guttat. Und wenn es ihm nun einmal gefiel, mit sich selbst zu reden – oder mit seinem Hund –, dann war das eben so. Nun gut, zumindest hier draußen auf dem Watt. So weit, dies auch in aller Öffentlichkeit und in Gesellschaft anderer zu tun, war er noch längst nicht. Immer einen Schritt nach dem anderen, mahnte er sich. Nicht hetzen, nichts übereilen. Er hatte alle Zeit der Welt, wieder mit sich ins Reine zu kommen. Niemand verlangte von ihm, dass er morgen oder übermorgen wieder ganz gesund war und perfekt schon gleich gar nicht.

Perfektion anzustreben, war sowieso nicht zielführend, so viel hatte er inzwischen längst begriffen. Doch auch hier würde es wahrscheinlich noch eine Weile dauern, bis sich sein Wissen auch voll und ganz in seinen Handlungen widerspiegelte. Er hatte noch einen langen Weg vor sich, doch je mehr er sich entspannte, den kühlen, matschigen Schlick unter den Füßen und zwischen den Zehen spürte und die würzige Seeluft einatmete, desto mehr wuchs in ihm die Hoffnung, das Ziel eines Tages zu erreichen.

***

»Du meine Güte, was für ein Tag!« Stöhnend sank Hannah auf der Deichkuppe auf die nächstbeste Steinbank, lehnte sich zurück und schloss die Augen. Hinter ihren Schläfen pochte es unangenehm, und sie hatte das Gefühl, als würden ihr die Ohren von den unzähligen Telefonaten, die sie heute geführt hatte, regelrecht sausen.

»Nanu, was ist denn mit dir los? Das ist aber kein schöner Anblick, wenn du dich so hängen lässt.« Beim Klang der halb missbilligenden, halb amüsierten weiblichen Stimme fuhr Hannah hoch und öffnete augenblicklich die Augen wieder. Vor ihr stand Francesca Hayderoglu, die italienische Ehefrau von Akbay, dem Inhaber des türkisch-griechisch-italienischen Restaurants *Alibaba* in der Lichterhavener Hauptstraße. Die schwarzhaarige, vollschlanke und überaus energische Mittsechzigerin hatte die Hände in die Hüften gestemmt und musterte sie eingehend. »Eine junge, hübsche Frau wie du sollte doch wohl mehr darauf bedacht sein, sich in der Öffentlichkeit nicht wie ein nasser, ausgewrungener Waschlappen zu zeigen. Das macht doch nun wirklich keinen guten Eindruck. Schon gar nicht auf die Männerwelt.« Auch wenn ihre Worte harsch klangen, blitzte es doch in ihren Augen schalkhaft, und um ihre Mundwinkel war ein kleines Lächeln zu erkennen. »So schlimm?«

»Schlimmer!« Hannah rückte ein Stückchen beiseite, und prompt setzte Francesca sich neben sie. »Du machst dir keine Vorstellungen, was wir heute alles erlebt haben. Die Bezeichnung ausgewrungener Waschlappen trifft meine Verfassung geradezu perfekt.«

»Was hat es denn gegeben?« Aufmerksam wandte Francesca sich ihr zu. »Habt ihr Probleme in eurem neuen Eventhaus?«

»Das kann man wohl sagen! Wir sollten heute die komplette IT- und Internetinstallation für unsere Büroräume, aber auch die Veranstaltungsräumlichkeiten erhalten. Der Termin ist schon seit Wochen, nein, Monaten mit der Firma abgesprochen.«

»Und dann sind sie nicht aufgetaucht?«, folgerte Francesca mitfühlend.

»Doch, doch! Die Techniker sind sogar zu dritt da gewesen. Leider ohne das passende Material. Weder Computer noch Kabel noch Internetrouter oder irgendetwas sonst haben sie mitgebracht.« Hannah verdrehte die Augen. »Auf unsere Frage, wo sie die ganzen Sachen denn hätten, meinten sie doch glatt, die hätten schon vor vier Wochen geliefert werden müssen. Angeblich gibt es sogar eine Lieferbestätigung. Die ist allerdings nicht bei uns angekommen, sondern bei der Firma IT-Tec, sodass man dort davon ausging, alles sei in Ordnung.«

»Du liebe Zeit!« Francesca richtete sich auf. »Wo sind die Sachen denn gelandet? Die können doch nicht einfach verschwunden sein.«

»Das ist die Frage aller Fragen.« Ratlos hob Hannah die Schultern. »Caroline und ich haben den ganzen Tag damit verbracht, genau das herauszufinden. Die Sachen wurden mit einem speziellen Kurierdienst versendet, mit dem IT-Tec bisher immer zusammengearbeitet hat. Allerdings hat dieser Kurierdienst vor vierzehn Tagen Insolvenz angemeldet. IT-Tec wusste davon nichts, woher auch? Sie hatten seit unserem Großauftrag keine Kundschaft mehr, die sie per Kurierdienst beliefert haben. Deshalb ist es einfach nicht aufgefallen. Es war gar nicht so einfach, überhaupt jemanden zu finden, der sich zuständig gefühlt hat. Stattdessen wurden wir immer wieder an den Insolvenzverwalter verwiesen, der uns aber auch nicht weiterhelfen konnte, weil er gerade erst dabei ist, sich einen Überblick über die Lage bei diesem Kurierdienst zu verschaffen. Anscheinend gibt es auch keine Aufzeichnungen über unseren Auftrag. Es steht also zu befürchten, dass irgendjemand bei dieser Kurierdienstfirma unsere Sachen heimlich beiseitegeschafft hat. Inzwischen haben wir sogar die Polizei verständigt, doch dort meinte man nur, dass wir uns vermutlich darauf einstellen müssen, dass die Sachen auf Nimmerwiedersehen verschwunden sind. Das können wir natürlich unserer Versicherung melden, aber das bringt uns die Geräte nicht wieder. Wir müssen also alles noch einmal bestellen, und du weißt ja bestimmt, wie lange bei solchen Sachen manchmal die Lieferzeiten sind. Das wirft unseren gesamten Zeitplan durcheinander.

Ella ist beinahe ausgeflippt, aber sie konnte uns heute gar nicht helfen, weil sie sich um die Dekorationen und Blumengestecke für eine Goldene Hochzeit kümmern musste, die morgen stattfindet. Glücklicherweise, so muss man fast sagen, liefern wir diesmal bis auf Blumen, Kuchen und Gebäck nichts weiter dorthin, denn sonst hätten Caroline und ich heute nicht mal Zeit gehabt, uns um diese Angelegenheit zu kümmern. Caroline hatte schon einiges für morgen vorbereitet, und den Rest macht sie morgen Vormittag. Ich hätte heute eigentlich freigehabt, oder vielmehr wollte ich die Einbauarbeiten überwachen. Stattdessen komme ich mir vor, als hätte ich einen stundenlangen Ringkampf mit dem Bürokratie-Monster geführt.« Noch einmal seufzte sie aus tiefstem

Herzen. »Natürlich mussten die Techniker unverrichteter Dinge wieder abziehen. Zwar haben wir die Neubestellung mit ihnen bereits abgesprochen, aber vermutlich werden wir vor Mitte kommender Woche nicht wissen, wann die neuen Sachen geliefert werden. Dabei hatten wir uns alles so schön ausgemalt! Wenn im Haus alles fertig gewesen wäre, hätten wir uns voll und ganz auf die Außenanlagen konzentrieren können. Da sind wir nämlich noch längst nicht so weit, wie wir es gerne hätten. Wenn wir Ellas und Jörns Hochzeit dort ausrichten wollen, müssen wir uns wirklich ranhalten.«

»Ach, ach! Das ist wirklich mehr als ärgerlich.« Mitfühlend tätschelte Francesca Hannahs Arm. »Diebstahl! Wie abscheulich. Aber so etwas Ähnliches ist uns auch einmal passiert, als wir den neuen Steinbackofen für die Küche des *Alibaba* bekommen haben. Du wirst es kaum glauben, aber wir mussten ihn insgesamt dreimal bestellen, bis er einmal bei uns geliefert wurde. Die ersten beiden Geräte sind völlig unerklärlich auf dem Transportweg verschollen. Bis heute bin ich mir nicht sicher, ob sie wirklich jemals von der Herstellerfirma versendet wurden oder ob man uns dort nur hinhalten wollte, weil die Produktion nicht rechtzeitig fertig geworden ist. Zwar gab es jeweils so eine Trackingnummer vom Versanddienstleister, aber richtig nachverfolgen konnte ich die Lieferungen nie, weil auf der Internetseite immer nur stand, dass die Sendung elektronisch angekündigt worden sei.« Bei der Erinnerung verzog Francesca verärgert die Lippen. »Ich meine, wie kann denn ein riesengroßer, bleischwerer Steinbackofen gleich zweimal irgendwo verschwinden? Den klemmt man sich nicht einfach mal so unter den Arm und macht sich aus dem Staub. Da braucht man ja schon einen kleinen Lkw. Ich kann dir sagen, das hat mich auch jede Menge Nerven gekostet.« Noch einmal tätschelte sie Hannahs Arm. »Ich kann deine Erschöpfung also vollkommen nachvollziehen.« Ihre Miene wurde wieder etwas strenger. »Trotzdem darfst du dich nicht so hängen lassen. Das macht wirklich keinen guten Eindruck. Du bist so eine hübsche junge Frau, von dem, was du im Köpfchen hast, ganz zu schweigen. Wie willst du jemals das passende Deckelchen für deinen Topf finden, wenn du deine Vorzüge nicht ins rechte Licht rückst?« Sie zwinkerte Hannah aufmunternd zu. »Also setz dich hübsch aufrecht hin, Schultern zurück, Brust heraus! Und lächle. Mit deinem Lächeln kannst du, da bin ich mir ganz sicher, so gut wie jeden Mann im Nullkommanichts verzaubern.«

Der energische Tonfall der älteren Frau und ihre typischen, beinahe schon legendären Bemühungen, jeden Single, der sich dauerhaft in Lichterhaven aufhielt, möglichst rasch mit einem passenden Gegenstück zu verkuppeln, ließen Hannah tatsächlich grinsen. »Versuchst du es jetzt auch bei mir?«

Francescas Miene zeigte vollkommene Unschuld. »Ich weiß gar nicht, was du meinst. Ich habe dir lediglich einen guten Rat gegeben, der von Herzen und aus lebenslanger Erfahrung kommt.«

»Na klar.« Hannah gluckste. »So, wie du vergangenes Jahr versucht hast, Caroline und Henning zu verkuppeln, was?«

»Caroline und Henning?« Immer noch behielt Francesca ihre Unschuldsmiene bei. »Mir war nicht so, als hätten die beiden viel Ermutigung gebraucht. Und soweit ich erkennen kann, sind sie nach wie vor sehr glücklich miteinander. Es ist schmeichelhaft, dass du mir einen Anteil an dem Glück der beiden zugestehen möchtest, aber ich versichere dir, ich hatte damit rein gar nichts zu tun.«

»Ach so.« Hannah warf der älteren Frau einen vielsagenden Blick zu. »Dann war es also purer Zufall, dass zum Beispiel just an dem Abend, an dem die beiden sich mit uns im *Alibaba* getroffen haben, der allerletzte Stuhl, auf den Caroline sich hätte setzen können, leider, leider kaputtgegangen ist? Und es ist ein ebensolcher Zufall, dass genau dasselbe vor vielen Jahren schon einmal passiert ist, mit dem Ergebnis, dass in beiden Fällen Caroline auf Hennings Schoß sitzen musste?«

Zu Hannahs grenzenloser Überraschung färbten sich Francescas Wangen einen Hauch rötlich. »Tja, also das ...« Sie räusperte sich umständlich. »Das war wirklich ein ganz, ganz merkwürdiger Zufall. Dieser Stuhl ...« Sie zuckte mit den Achseln. »Nun ja, er ist schon recht alt. Ich habe schon länger überlegt, ob es nicht allmählich Zeit wird, das *Alibaba* ganz neu einzurichten. Was meinst du? Neue Tische und Stühle, eine neue Verkleidung für den Tresen? Dazu passend ein paar frische neue Farben bei den Vorhängen und bei der übrigen Deko.«

Hannah grinste wissend. »Eine ausgezeichnete Idee, Francesca. Das wird bestimmt ganz toll aussehen. Gut vom Thema abgelenkt! Hoffen wir, dass dann die neuen Stühle deutlich stabiler sein werden und nicht beim nächsten Paar, dem du auf die Sprünge helfen möchtest, erneut den Geist aufgeben.«

Francesca hüstelte nur, antwortete jedoch nicht darauf. Ein seltener Zustand, Francesca sprachlos zu sehen. Hannah freute sich insgeheim diebisch, der sonst so resoluten, selbstbewussten Italienerin ausnahmsweise einmal den Wind aus den Segeln genommen zu haben.

»Wo wir schon beim Thema sind«, fuhr Hannah ermutigt fort, »könntest du mir eigentlich auch gleich beichten, welches arme, unschuldige männliche Opfer du für mich auserkoren hast.«

Sichtlich empört verzog Francesca die Lippen. Ihre vorübergehende Verunsicherung war augenblicklich verflogen. »Opfer! Also wirklich. Das klingt ja fürchterlich. Und auserkoren habe ich für dich ganz sicher niemanden. Ich habe nur ganz allgemein gesprochen, als ich dich drauf hingewiesen habe, dass es für eine tüchtige junge Frau wie dich stets von Vorteil ist, sich von der besten Seite zu zeigen.«

Hannah glaubte ihr selbstverständlich kein Wort. »Da gebe ich dir grundsätzlich sogar recht, aber ich glaube kaum, dass mir an einem schon recht späten Samstagabend hier auf dem Deichweg mein Traumprinz begegnen wird. Nach einem Tag wie heute fehlt mir außerdem die Kraft, mich von meiner besten Seite zu zeigen. Ganz abgesehen davon kann mir ein Mann, der mich nicht auch von meiner schlimmsten Seite akzeptiert, ganz bestimmt gestohlen bleiben, meinst du nicht?«

»Natürlich, natürlich.« Mit einem wohlwollenden Lächeln nickte Francesca. In ihre Augen war wieder dieses mutwillige Blitzen getreten, das Hannah in Alarmbereitschaft hätte versetzen müssen, doch sie war einfach zu erschöpft, um wirklich darauf zu achten. Zum dritten Mal tätschelte Francesca mütterlich Hannahs Arm. »Man muss die Männer aber nicht gleich zu Anfang mit allen Persönlichkeitsfacetten überhäufen und damit ziemlich sicher aufs Höchste verunsichern. Oder sogar in die Flucht schlagen. So etwas sollte man sich tunlichst aufheben, bis man sicher ist, dass der Betreffende es wert ist, mit allen deinen Seiten vertraut gemacht zu werden.« Der mütterlichen Geste folgte ein ebensolches Lächeln. »Ich weiß, ich weiß, ihr jungen Leute denkt, ich sei in dieser Hinsicht grässlich altmodisch. Aber bisher, so möchte ich betonen, hatte ich mit meinen Eingebungen noch immer recht. Es kann also bestimmt nicht schaden, auf den Rat einer alten Nebelkrähe wie mir zu hören.«

Hannah kicherte. »Du bist doch keine Nebelkrähe! Und alt ganz sicher auch noch nicht.«

Francesca lächelte ihr zu. »Gute Antwort. Genau das wollte ich hören.« Sie rutschte auf der Bank hin und her, lehnte sich bequem zurück und ließ ihren Blick wie zufällig über die Umgebung und das Watt schweifen, das im Licht der allmählich immer tiefer sinkenden Sonne glitzerte. Nach einer Weile richtete sie sich wieder auf und beschattete die Augen, wohl um irgendetwas genauer zu betrachten. »Na, sieh mal einer an! Ist das nicht der neueste Einwohner von Lichterhaven samt seinem hübschen Vierbeiner? Anscheinend machen die beiden eine kleine abendliche Wattwanderung.«

»Wo?« Hannah folgte Francescas Blick und ärgerte sich sogleich über ihre Reaktion, denn prompt erschien auf Francescas Lippen ein geradezu gemeingefährliches Lächeln.

»Dort.« Francesca wies mit der Hand nach Westen. »Das ist doch dieser Anwalt, nicht wahr? Maik Zengler? Und sein süßer Hund. Ich liebe ja Airedale Terrier. Dieser hier ist besonders putzig. Finchen heißt die Kleine, nicht wahr? Wirklich ulkig. Wie ich hörte, geht Herr Zengler, Pardon, Herr Dr. Zengler, seit Neuestem mit der Kleinen in Christinas Hundeschule. Eine ausgezeichnete Entscheidung, finde ich. Es zeugt von einem gesunden Menschenverstand, dass er so rasch nach seinem Umzug hierher mit Finchen einen von Christinas Kursen belegt hat. Findest du nicht auch?«

»Sicher.« Vorsichtshalber blieb Hannah wortkarg, denn ihr schwante nichts Gutes. Ihr Verdacht bestätigte sich, als Francesca weitersprach.

»Er sieht ausgesprochen gut aus, oder? Nicht klassisch schön, aber er hat was. Groß, breite Schultern, markante Gesichtszüge. Und soweit ich gehört habe, ist er stets zu allen höflich und zuvorkommend. Hat er nicht sogar neulich bei den Vorbereitungen der Feuerwehr für das Stadtfest geholfen? So etwas spricht sich schnell herum. Das zeigt ja, dass er bereit ist, sich in unsere Gemeinschaft einzugliedern. Ich muss zugeben, anfangs war ich erstaunt, als ich hörte, dass er ganz hierherziehen wollte. Ich habe ihn ja vergangenes Jahr kurz kennengelernt, als er euch wegen der Sache mit Verhoigen und dem Vertrag für das Eventhaus geholfen hat. Damals hatte ich nicht den Eindruck, als würde er sich hier in Lichterhaven sonderlich wohlfühlen. Vielmehr wirkte er auf mich wie ein rastloser, ständig unter Strom stehender Großstadtmensch. Als mir dann zu Ohren kam, dass er hier ein Haus gekauft hat, habe ich mich gefragt, ob das gut gehen kann. Sich so einfach von heute auf morgen zu entwurzeln und ein völlig neues Leben anzufangen – da muss schon einiges dahinterstecken. Ein Burn-out, wie ich hörte.«

»Du scheinst ja sehr genau über ihn Bescheid zu wissen.«

»Ach, na ja.« Francesca winkte lässig ab. »Man hört eben so einiges. Du weißt ja, wie das ist.« Sie hielt einen Moment inne, bevor sie weitersprach: »Was mich aber wirklich überrascht hat, ist, dass er hier nicht etwa allein aufgetaucht ist, sondern mit den beiden Kindern. Ich sage dir, mir ist fast das Herz stehen geblieben, als ich erfahren habe, dass die beiden erst vor ganz kurzer Zeit ihre Mutter verloren haben. Und nun leben sie ausgerechnet bei ihm! Er muss ein großes Herz und sehr viel Verantwortungsbewusstsein besitzen, um diese Bürde klaglos auf sich zu nehmen. Doch, doch! Schau mich nicht so an. Natürlich war es genau das Richtige. Es wäre fürchterlich gewesen, wenn die beiden ins Heim gemusst hätten. Ich hätte es nur einfach nicht von ihm erwartet, zumindest nicht nach allem, was ich von damals über ihn wusste. Es passiert nicht oft, aber manchmal irre sogar ich mich in einem Menschen. Vermutlich war er damals schon krank. So ein Burn-out verzerrt oftmals die wahren Wesenszüge eines Menschen sehr. Allerdings scheint es mir, dass er es mit den beiden nicht ganz einfach hat. Zumindest nicht mit dem Mädchen, Michelle. Ich habe die Kleine jetzt schon ein paarmal von Weitem gesehen und den Eindruck gewonnen, dass sie ganz besonders unter dem Verlust ihrer Mutter leidet. Was ist sie jetzt? Vierzehn oder fünfzehn Jahre alt?«

»Vierzehn.«

»Ach, ja, ein besonders schwieriges Alter noch dazu. Da kann Herr Zengler sich ganz sicher noch auf einiges gefasst machen. Aber das wird er schon schaffen. Für meine Begriffe beginnt er gerade, sich hier so richtig einzuleben.« Sie wies noch einmal mit dem Kinn in Richtung Watt, dann erhob sie sich unvermittelt. »Vielleicht solltest du ihm Gesellschaft leisten. Ein Abendspaziergang bei so schönem Wetter ist allein doch nur halb so schön.« Sie hob lächelnd die Hand zum Abschied. »Jetzt muss ich aber los! Ich bin auf dem Rückweg von der Versammlung unserer Lichterhavener Frauengemeinschaft. Auch wir haben einiges für das Stadtfest geplant, weißt du? Aber ich habe Akbay versprochen, nicht zu lange zu bleiben, weil Mustafa und Peter noch immer in Urlaub sind und Mutlu und Loukia allein im Restaurant kaum über die Runden kommen. Vor allem nicht, wenn, wie im Augenblick, die Kinder alle eine Sommergrippe haben. Die arme Loukia rotiert geradezu, deshalb mache ich mich jetzt mal auf den Heimweg, damit ich sie ein bisschen unterstützen kann. Also, mach's gut, Hannah! Man sieht sich.«

Ehe Hannah auch nur reagieren konnte, eilte Francesca bereits mit großen Schritten zur nächstgelegenen Deichtreppe und war Augenblicke später verschwunden.

Nicht ganz sicher, was sie von dieser überstürzten Flucht halten sollte, ließ sie ihren Blick noch einmal in Richtung Watt wandern. Inzwischen waren Maik und Finchen bereits so nah herangekommen, dass sie sie genau erkennen konnte. Hannah sah zu, wie die beiden die Ufertreppe heraufstiegen. Mit der dort angebrachten Handbrause reinigte Maik seine Füße und begann dann, Finchen zu duschen.

Ganz sicher nicht, weil Francesca es vorgeschlagen hatte, sondern einzig und allein, um ein paar Worte mit Maik zu wechseln und einen neuen Termin für die nächste Kochstunde auszumachen, erhob Hannah sich und stieg die Deichtreppe hinab, überquerte die noch von einigen sonnenhungrigen Touristen belagerte Liegewiese und blieb schließlich ein paar Schritte von Maik und Finchen entfernt stehen.

***

Hach, ja, wie toll! So eine Dusche ist doch was Wunderbares. Das tut so gut und ist herrlich nass! Bitte hier noch an den Pfoten und am Bauch, da ist noch ganz viel Matsch. Mit nach Hause nehmen möchte ich den nämlich nicht. Wenn dieser Schlick trocknet, fängt er an, unangenehm zu jucken. Außerdem meckert ihr Menschen ja immer, wenn ich Dreck in die Bude schleppe. Mir macht das ja nichts aus, aber ihr Menschen seid in so was doch ziemlich empfindlich, wie ich festgestellt habe.

»Nun halt doch mal still!« Verzweifelt versuchte Maik, mit der Handbrause sämtliche Stellen an Finchens Fell, die mit dem Schlick in Berührung gekommen waren, zu erreichen. »Wenn du so herumhampelst, kann ich dich doch nicht richtig duschen.«

»Brauchst du Hilfe?«

Beim Klang von Hannahs Stimme fuhr Maik verblüfft herum und hätte beinahe die Handbrause fallen gelassen.

Oh, da ist ja Hannah! Wie toll, hallo, hallo! Begeistert schoss Finchen auf Hannah zu und sprang an ihr hoch. Gleich darauf schüttelte sie sich heftig, wodurch das Wasser nur so in alle Richtungen spritzte. *Lass dich mal begrüßen, begrüßen, begrüßen! Ich freue mich riesig, dich zu sehen.*

»Pfui, igitt! Ich wollte doch eigentlich gar nicht duschen. Nicht so wild!« Lachend wehrte Hannah die übermütige Hündin ab und zupfte gleichzeitig an ihrer sandfarbenen Bluse herum, die nun, ebenso wie ihre blauen Jeans, über und über mit Wassertropfen übersät war.

Ach, warum denn? Ich bin doch nur so begeistert, dich zu sehen.

»Stopp jetzt, Finchen!« Beherzt fasste Maik nach Finchens Geschirr und zog sie von Hannah fort. »Sieh dir nur mal an, was du gemacht hast! Hannahs Klamotten sind jetzt ganz nass und sogar schmutzig.«

Na und? Ist doch nicht so schlimm. Das trocknet doch wieder. Genau wie mein Fell.

Seufzend fuhr Maik sich mit der freien Hand durchs Haar und lächelte Hannah schief an. »Entschuldige bitte. Deine Sachen sind ja wirklich ganz nass, und leider ist das nicht nur Wasser, sondern auch flüssiger Schlick. Wenn du willst, bezahle ich gerne die Reinigung.«

Sein zerknirschtes Gesicht schien Hannah zu amüsieren, denn sie blickte grinsend an sich hinab. »Ach was, schon gut. Das ist nichts, was eine Waschmaschine nicht wieder in Ordnung bringen kann. Ich bin ja selbst schuld. Man sollte niemals einen Mann und einen Hund hinterrücks ansprechen, wenn sie frisch aus dem Watt kommen und mit Wasser hantieren. Das kann nur ins Auge gehen.«

Froh, dass Hannah nicht verärgert zu sein schien, erwiderte Maik ihr Grinsen. »Finchen hat ein neues Hobby gefunden. Sie buddelt gerne in Pfützen und Gezeitentümpeln. Danach sieht sie immer aus wie ein Schlammmonster. Glücklicherweise ist ihre zweitliebste Beschäftigung nach dem Baden im Matsch das Duschen.«

Hannah kicherte. »Da hast du ja Glück gehabt. Es gibt viele Hunde, die allein beim Gedanken an eine kalte Dusche schon Reißaus nehmen.« Sie beschattete ihre Augen und blickte in die Ferne. »Anscheinend habt ihr beide Gefallen am Watt gefunden. Vergangenen Sonntag hatte ich noch den Eindruck, dass du dich nicht ganz damit anfreunden würdest.«

»Ich bin selbst überrascht, wie gut es mir gefällt«, gab Maik freimütig zu. »Es hat etwas … Urtümliches? Archaisches? Keine Ahnung, wie ich es bezeichnen soll. Auf jeden Fall tut es mir gut, und meine Therapeutin hat mir nahegelegt, möglichst ausschließlich Dinge zu tun, die mir guttun. Zumindest für die absehbare Zukunft.«

»Das ist eine Einstellung, die man eigentlich immer beherzigen sollte.« Hannah seufzte. »Auch wenn man das längst nicht immer schafft. Ich hatte heute zum Beispiel einen Tag, den ich lieber aus dem Kalender streichen würde.«

Maik wurde ernst. »Probleme?« Noch bevor Hannah reagieren konnte, hob er beschwichtigend die Hand. »Nein, antworte nicht darauf. Das geht mich gar nichts an. Die Frage war bloß ein … Reflex.«

»Beruflich, meinst du?«

Er zuckte mit den Achseln. »Eher ein menschlicher. Deine Stimme klang eben, als käme sie aus den tiefsten Untiefen einer verärgerten Seele.«

»Interessante Wortwahl.« Auf Hannahs Lippen erschien ein kleines Lächeln. »Ich wusste gar nicht, dass du eine theatralische Ader hast. Aber davon abgesehen hast du ganz gut beobachtet. Ich hatte keinen besonders angenehmen Tag. Und ja, auch Probleme.«

Noch einmal hob Maik beschwichtigend die Hand. »Du brauchst wirklich nichts darüber zu erzählen, wenn du nicht willst. Wir sind ja schließlich nicht …«

»Befreundet?« Hannahs Lächeln verbreiterte sich eine Spur. »Was denn dann?«

Für einen Moment war er ratlos. »Du bist … meine … unsere … Kochlehrerin?« Noch während er sprach, wusste er, dass er sich lächerlich machte. »Ich meine, ich bin mir nicht sicher! Gilt das, was wir haben, schon als Freundschaft? Wenn man bedenkt, wie die Sache begonnen hat, würde ich bestenfalls hoffen, dass du mir einen Waffenstillstand zugestehst. Immerhin war ich wiederholt nicht sehr nett zu dir.«

»Stimmt auffallend.« Nun lachte Hannah ihn offen an. »Ein

Hauklotz hätte nicht unsensibler sein können. Ich hatte allerdings schon den Eindruck, dass wir seither Fortschritte gemacht haben. Also würde ich sagen, dass wir über den Status eines Waffenstillstandes schon hinaus sind. Allerdings muss ich dir recht geben, das Wort Freundschaft dürfte übertrieben sein, denn immerhin kennen wir uns dafür bei Weitem nicht gut genug. Was hältst du von gute Bekannte?«

Überrascht, aber durchaus von ihrer heiteren Art angetan, nickte er. »Damit kann ich gut leben. Was führt dich denn um diese Uhrzeit noch hier heraus ans Watt? Ich habe mit Finchen einen größeren Spaziergang gemacht, nachdem ich versucht habe, in unserem Garten ein bisschen für Ordnung zu sorgen. Ob es mir geglückt ist, sei einmal dahingestellt. Zumindest habe ich bergeweise Unkraut gerupft. Allerdings weiß ich nun nicht, wohin damit. Denn das, was früher wohl mal ein Komposthaufen gewesen sein muss, ist jetzt nur noch ein verrotteter Erdhügel.«

»Was weißt du denn über Komposthaufen?« Verblüffung zeichnete sich auf ihrem Gesicht ab.

Verzagt hob er die Schultern. »Nur das, was Tante Google mir darüber an Informationen geliefert hat. Ich wusste noch vom Hauskauf, dass der Vorbewohner einen Komposthaufen angelegt hatte. Allerdings stand das Haus eine ganze Weile leer, wurde dann zwar von der Besitzerin vor ihrer Insolvenz noch renoviert, aber um den Garten hat sich niemand gekümmert. Das muss ich, fürchte ich, nun ausbaden. Um ganz ehrlich zu sein, ich weiß überhaupt nicht, was ich da tue. Aber irgendjemand muss es in Angriff nehmen. Jakob hat zwar eine Weile mitgeholfen, aber dann sind zwei Jungs vorbeigekommen, die er neulich bei dieser Feuerwehrsache kennengelernt hat, und ich habe ihm erlaubt, mit den beiden spielen zu gehen.«

Zu seiner Überraschung trat Hannah einen Schritt auf ihn zu und musterte ihn sehr eingehend. »Kann es sein, dass du einen Sonnenbrand hast? Hast du etwa den ganzen Nachmittag draußen verbracht? Bei dieser Hitze? Ohne Sonnenschutz?«

Schmerzlich verzog Maik das Gesicht. »Ich fürchte, an den Sonnenschutz habe ich etwas zu spät gedacht. Ich hätte allerdings auch nicht vermutet, dass es hier so heiß werden könnte.«

»Und du bist es generell nicht gewohnt, dich an der frischen Luft zu betätigen, nicht wahr? Gib es zu.« Sie hob die Hand, und im ersten Moment hatte er den Eindruck, sie wollte ihn am Gesicht berühren. Doch sie strich sich nur eine ihrer kurzen Haarsträhnen aus der Stirn. »Du solltest das heute Abend unbedingt mit einer Pflegelotion eincremen. Hast du so etwas im Haus?«

»Nur normale Sonnencreme.«

Hannah warf einen Blick auf ihre Armbanduhr. »Die Läden haben jetzt leider alle geschlossen. Wenn du willst, kann ich dir meine Pflegelotion von zu Hause holen.«

Überrascht erwiderte er ihren Blick. »Das ist wirklich nicht nötig! Ich komme schon zurecht.«

Auf Hannahs Miene zeichnete sich deutlich Skepsis ab. »Ganz ehrlich? Das sieht mir nicht so aus. Eigentlich hättest du heute Abend gar nicht mehr hinaus aufs Watt gehen dürfen. Das Wasser in den Pfützen und Tümpeln reflektiert die Sonnenstrahlen und verstärkt ihren Effekt. Dein Gesicht und auch deine Arme sehen alles andere als gut aus. Kann sein, dass das noch richtig wehtun wird. Ganz zu schweigen davon, dass du dich in ein paar Tagen schälen wirst wie eine Zwiebel. Wenn du wenigstens eine Kappe getragen hättest. Aber nun ist es leider zu spät, und es bringt nichts, sich darüber zu ärgern oder dir Vorhaltungen zu machen. Merk dir einfach für die Zukunft, dass die Sonne an der Küste ein gefährliches Biest sein kann.« Noch einmal blickte sie auf ihre Armbanduhr. »Am besten mache ich mich gleich auf den Weg nach Hause, hole die Lotion und fahre dann mit dem Auto zu dir. Das wird ungefähr eine Viertelstunde dauern. Bis dahin seid ihr doch wieder zu Hause, oder?«

Immer noch nicht ganz sicher, was er von ihrem Angebot halten sollte, strich er sich erneut mit gespreizten Fingern durch die Haare. Dabei streifte er mit der Handkante seine Stirn und zuckte zusammen. Die Berührung fühlte sich alles andere als angenehm an. Vorsichtig tastete er mit den Fingerspitzen über Stirn und Wangen. Erst jetzt merkte er, dass die Haut zu brennen begonnen hatte. Kläglich verzog er die Lippen. »Ich fürchte, du hast recht. Aber ich kann wirklich nicht von dir verlangen, dass du extra nach Hause gehst und dann noch einmal zu mir fährst. Ich kann die Lotion auch bei dir holen kommen.«

»Unsinn.« Energisch winkte sie ab. »Geh mit Finchen nach Hause, und such dir dort etwas, mit dem du die Haut kühlen kannst. Keine Kühl-Akkus, die sind zu kalt; das könnte die Haut schädigen. Nasse Waschlappen eignen sich sehr gut. Oder auch Quark.«

Irritiert runzelte er die Stirn. »Quark?«

»Hast du welchen im Haus?«

»Sehe ich so aus, als hätte ich Quark im Haus?«

Sie schmunzelte. »Nimm die nassen Waschlappen. Bis nachher!« Sie wuschelte Finchen noch einmal durchs Fell, dann drehte sie sich einfach um und ging mit ausholenden Schritten davon.

Einigermaßen verunsichert, blickte Maik ihr nach. Als sie sich kurz vor der Deichtreppe noch einmal zu ihm umdrehte und winkte, spürte er ein seltsames Zwicken in der Magengrube. Gleichzeitig stellte er fest, dass die Haut auf seinem Gesicht und seinen Oberarmen immer mehr zu prickeln und zu brennen begann. Seufzend schaltete er erneut die Handbrause ein. »Komm, Finchen. Beeilen wir uns. Sonst steht Hannah gleich vor unserer Tür, und wir sind noch nicht da.«

13. Kapitel

Was tat sie eigentlich hier? Hatte sie sich nicht auf einen ruhigen Feierabend gefreut? Stattdessen hastete sie quer durch Lichterhaven, bloß um eine Flasche Pflegelotion gegen Sonnenbrand bei einem Mann abzuliefern, der eindeutig selbst die Schuld an seinem Zustand trug. Dummerweise hatte der Anblick seiner sonnengeröteten Haut Mitleid bei ihr hervorgerufen und das ärgerliche Bedürfnis, sich um ihn zu kümmern. Als sie nun ihren Wagen in seiner Zufahrt parkte, ausstieg und auf die Haustür zusteuerte, gesellte sich noch etwas hinzu: ein vollkommen deplatziertes Kribbeln in der Magengrube. Wo zum Teufel kam das plötzlich her?

»Hör auf damit!«, schimpfte sie in Richtung des Organs, in dem es sich anfühlte, als sei dort ein Trupp Ameisen auf Wanderschaft gegangen, und erschrak, als sich gleichzeitig die Haustür öffnete und Maik vor ihr stand.

»Wie bitte?« Fragend musterte er sie.

Fast hätte sie sich verschluckt. »Äh, nichts. Ich war nur gerade … in Gedanken. Hier.« Sie hielt ihm die hellblaue Flasche mit der Pflegelotion hin. »Davon kannst du ruhig alle halbe Stunde etwas auftragen, später dann in etwas größeren Abständen. So, wie dein Sonnenbrand aussieht, wird die Haut am Anfang die Feuchtigkeit aufsaugen wie ein Schwamm. Hast du schon gekühlt?«

Anstelle einer Antwort hob Maik die linke Hand, in der er einen feuchten Waschlappen hielt.

Beifällig nickte sie und zog ein Päckchen Quark aus ihrer Umhängetasche. Schweigend hielt sie es ihm hin.

Maik runzelte die Stirn. »Das ist jetzt nicht dein Ernst, oder? Was soll ich damit?«

»Auftragen. Nicht zu dick, aber auch nicht zu dünn.« Sie lachte auf, als er entsetzt die Augen aufriss. »Wirklich, Quark hilft bei Sonnenbrand. Du kannst ihn auch auf ein Geschirrtuch streichen und dann auf die betroffenen Stellen legen. Aber lass ihn nicht zu lange drauf. Höchstens zehn Minuten, sonst trocknet er an, und dann erreichst du genau das Gegenteil von dem, was du wolltest.«

»Ich schmiere mir doch keinen Quark ins Gesicht!« Abwehrend hob Maik die rechte Hand und schüttelte vehement den Kopf.

»Na gut, wie du meinst.« Trotzdem drückte sie ihm das Päckchen in die Hand. »Du kannst ihn natürlich auch aufs Brot streichen, jetzt, wo er schon mal da ist. Aber glaub mir, Quark kühlt Sonnenbrand sehr gut, das ist ein altes Hausmittel. Außerdem gibt er deiner Haut Feuchtigkeit zurück.« Unschlüssig blickte sie zu ihrem Auto. »Ja, also … Ich schätze, ich mache mich dann mal wieder auf den Heimweg. Gute Besserung.« Sie wollte sich gerade abwenden, als seine Stimme sie zurückhielt.

»Warte!« Als sie sich ihm wieder zuwandte, lächelte er schief. »Danke. Ich … Also … Möchtest du noch für einen Moment hereinkommen? Wir haben noch gar nicht über die nächsten Kochstunden gesprochen.«

Die Ameisen drehten eine weitere Runde in ihrer Magengrube, und Hannah, sonst normalerweise gegenüber Krabbeltieren aller Art mit einer gleichmütigen, buddhistisch anmutenden Leben-und-leben-lassen-Einstellung gesegnet, hätte am liebsten wütend auf ihnen herumgetrampelt. Da dies allerdings schon rein anatomisch nicht machbar war, riss sie sich zusammen, setzte ein Lächeln auf und nickte. »Klar, warum nicht? Wenn ich schon mal hier bin, bietet sich das an.« Als

Maik daraufhin einen Schritt beiseitetrat, ging sie an ihm vorbei und vor ihm ins Haus. »Du solltest aber wirklich zuerst von der Lotion auftragen. Je eher du mit der Behandlung beginnst, desto erträglicher wird deine Nacht.«

»Das klingt, als würdest du aus Erfahrung sprechen.« Er blieb neben der Tür zum Gästebad stehen. »Geh doch schon mal in die Küche, und setz dich. Oder ins Wohnzimmer, wenn dir das lieber ist. Ich bin gleich wieder da.« Mit einem kläglichen Lächeln gab er ihr das Päckchen Quark zurück, dann verschwand er im Bad.

Schmunzelnd trug sie den Quark zum Kühlschrank und legte ihn hinein. Dabei entdeckte sie eine halbe belegte Pizza, die aussah, als sei sie aus dem Supermarkt, jedoch nachträglich mit weiteren Zutaten belegt worden. Hauptsächlich Gemüse. Zu gerne hätte sie gewusst, wessen Idee das gewesen war. Aber letztlich war das wohl gleichgültig. Hauptsache, die Lebensmittelversorgung in diesem Haushalt machte Fortschritte. Sie wollte sich schon an den großen Esstisch mit der gemütlichen Eckbank setzen, als ihr Blick durch den Durchgang ins Wohnzimmer fiel. Maik hatte den Fernseher eingeschaltet. Auf dem Bildschirm erkannte sie die Startseite eines Streamingdienstes. Neugierig trat sie näher, um sich die eingeblendete Favoritenliste näher anzusehen.

In diesem Moment vernahm sie das Geräusch von Hundepfoten auf den Fliesen, die rasch näher kamen. Im nächsten Augenblick sauste Finchen auf sie zu und sprang begeistert an ihr hoch.

Hallo, hallo! Da ist ja Hannah! Wie schön, dich zu sehen! Aber huch, wie peinlich! Ich habe dich gar nicht kommen hören. Ich habe mit Jakob gekuschelt, und der hatte die Zimmertür fast ganz zu. Da ist mir doch glatt entgangen, dass jemand gekommen ist. Hoffentlich merkt niemand, dass ich nicht aufgepasst habe. Immerhin bin ich doch hier im Haus

*die Wachhündin! Da darf mir so etwas nicht passieren. Glück-
licherweise waren es keine Einbrecher, sondern nur Hannah,
und die mag ich sehr.*

»Hey, du kleine Verrückte!« Lachend wehrte Hannah das
stürmische Airedale-Terrier-Mädchen ab. »Wo kommst du
denn jetzt her? Warst du oben?«

*Ja, in Jakobs Zimmer. Wenn dort die Tür zu ist, oder fast
zu, dann hört man gar nicht richtig, was hier unten vorgeht.
Peinlich, peinlich!* Immer noch eifrig wedelnd, ließ Finchen
sich von Hannah hinter den Ohren kraulen. *Hach, tut das gut!
Mach ruhig weiter.*

»Hallo, Hannah.«

Hannah richtete sich auf und drehte sich überrascht um, als
sie die Jungenstimme vernahm. Jakob war in der Küche aufgetaucht. Er trug einen blauschwarzen Schlafanzug mit Astro-
nautenmotiven und war barfuß. Rasch ging sie zwei Schritte
auf ihn zu. »Guten Abend, Jakob. Entschuldige bitte. Habe
ich dich etwa geweckt? Das tut mir leid.«

»Mh mh.« Jakob schüttelte den Kopf. »Ich hab noch nicht
geschlafen. Finchen war bei mir oben, aber plötzlich ist sie
losgerannt, und ich wollte sehen, was los ist. Sie hat sogar mit
der Nase meine Zimmertür aufgemacht, die war nämlich an-
gelehnt. Ich mag es nicht, wenn meine Zimmertür ganz zu ist.
Aber ich wusste nicht, dass Finchen sie aufmachen kann.«

*Aber hallo, natürlich kann ich das! Es hat ein bisschen ge-
dauert, aber dann hatte ich den Dreh heraus. Anfangs, das
muss ich zugeben, habe ich die Tür dabei manchmal mit der
Nase ganz zugedrückt. Inzwischen weiß ich aber, wie es geht.*

»Bestimmt wollte sie nach dem Rechten sehen. Um diese
Uhrzeit empfangt ihr wahrscheinlich normalerweise keinen
Besuch mehr, oder?«

»Was machst du denn hier? Wir kochen doch so spät nicht
mehr.«

Hannah lachte. »Nein, natürlich nicht. Ich habe deinen Onkel Maik vorhin beim Spazierengehen getroffen, und weil er sich so einen schlimmen Sonnenbrand geholt hat, habe ich ihm meine Pflegelotion vorbeigebracht.«

»Ach so. Echt? Er hat einen Sonnenbrand?«

»Ja, leider«, antwortete Maik und betrat hinter Jakob die Küche. »Da war ich offensichtlich sehr unvorsichtig.«

»Boah, du bist ja knallrot im Gesicht!« Jakob starrte Maik mit großen Augen an. Dann kicherte er los. »Du siehst aus, als hättest du dich angemalt. Und du glänzt ganz doll.«

Maik tastete über seine Wange, ließ die Hand jedoch rasch wieder sinken. »Das ist von der Lotion. Ich komme mir vor, als hätte ich mich mit einer Speckschwarte eingerieben.«

Wieder kicherte Jakob. »Genauso siehst du auch aus.«

Spielerisch drohte Maik ihm mit dem Zeigefinger. »Nun werde mal nicht frech, kleiner Mann! Was machst du überhaupt hier unten? Du solltest doch schon längst im Bett liegen und schlafen.«

»Ich war noch gar nicht müde. Und dann ist Finchen plötzlich weggerannt, nach unten, und da wollte ich wissen, wer hier ist.«

»Na gut, jetzt weißt du es.« Maik deutete in Richtung Treppe. »Dann kannst du ja wieder ins Bett gehen.« Als Jakob nicht sofort reagierte, setzte er hinzu: »Jetzt!«

»Menno, muss ich echt?«

»Aber so was von!« Noch einmal deutete Maik zur Treppe.

»Ich bin aber nicht müde, und ich kann gar nicht einschlafen.«

Spontan schaltete Hannah sich ein: »Soll ich mit dir nach oben gehen? Ich kenne ein paar tolle Tricks, mit denen man ganz einfach einschlafen kann.«

»Das ist wirklich nicht …«, setzte Maik an. Doch sie schnitt ihm mit einem kurzen Blick das Wort ab.

»Na, komm mal mit, Jakob.« Ohne weiter auf Maik zu achten, ergriff sie die Hand des Jungen und ging mit ihm zusammen hinauf in sein Zimmer.

Finchen folgte ihnen eilig. *Moment, ich will mit! Was macht ihr beiden denn jetzt da oben? Das muss ich unbedingt mitbekommen.*

***

»Was sind das denn für Tricks?«, wollte Jakob wissen, nachdem er sich unter seine Bettdecke gekuschelt hatte.

»Das zeige ich dir gleich.« Hannah setzte sich zu dem Jungen auf die Bettkante. »Dein Onkel Maik ist ganz schön streng, oder?«

Jakob nickte, zuckte dann aber mit den Achseln. »Manchmal schon. Vor allem, wenn ich ins Bett gehen soll. Fast genauso streng wie Mama. Aber Mama hat mir abends ganz oft noch etwas vorgelesen oder mir Sachen erzählt.«

Aufmerksam blickte Hannah den Jungen an. »Was denn für Sachen?«

»Weiß nicht. Sachen halt. Wenn sie jemanden im Supermarkt getroffen hat oder im Wartezimmer beim Arzt oder die Nachbarin oder so. Dann hat sie mir immer genau erzählt, was sie gesagt haben und so.« Jakob schwieg für einen langen Moment. »Das war manchmal total langweilig, aber trotzdem schön, weil ich mich dabei an sie kuscheln durfte. Und dann bin ich auch immer ganz schnell eingeschlafen.«

Nachdenklich nickte Hannah. So etwas Ähnliches hatte sie sich fast schon gedacht. »Erzählt Onkel Maik dir nie solche Sachen? Oder liest dir vor?«

Wieder zuckte Jakob mit den Achseln. »Vorgelesen hat er mir schon mal, weil ich ihn gefragt habe, ob er das machen kann. Aber er ist irgendwie nicht so richtig gut darin. Mama konnte das viel besser.«

»Weißt du, das liegt vermutlich nur daran, dass er keine Übung hat. Du solltest ihn viel öfter darum bitten, dir etwas vorzulesen.« Sie sah sich in seinem Zimmer um und entdeckte auf dem Nachttisch ein Kinderbuch, an das sie sich selbst noch sehr gut erinnern konnte. Unwillkürlich griff sie danach. »Das ist ja *Die kleine Hexe*! Die habe ich als Kind geliebt! Ich wollte immer einen Raben haben, der Abraxas heißt.«

Jakobs Augen leuchteten auf. »Das ist mein liebstes Lieblingsbuch. Mama hat es mir gegeben. Eigentlich gehört es ihr, hat sie mir erzählt. Es ist schon ganz alt und ein bisschen zerfleddert. Siehst du?« Er nahm ihr das Buch ab und deutete auf die abgestoßenen Kanten und den vom vielen Auf- und Zuklappen in Mitleidenschaft gezogenen Buchrücken. »Michelle hat sie früher daraus auch immer vorgelesen und später dann mir. Ich mag Abraxas auch total gerne, aber die kleine Hexe auch. Und überhaupt alle, die in dem Buch vorkommen. Natürlich nicht die Bösen. Jetzt lese ich manchmal selbst die Geschichte.« Die Stimme des Jungen wurde leiser und schwankte ein wenig. Hannah sah, dass er heftig blinzelte. Das Herz zog sich ihr zusammen, als er fortfuhr: »Aber es ist nicht dasselbe, wie wenn Mama mir daraus vorliest. Manchmal, wenn ich selber lese, ist es, als würde ich ihre Stimme hören. Aber manchmal auch nicht. Und dann werde ich traurig.«

In Hannahs Kehle bildete sich ein Kloß. Es war so leicht, zu vergessen, dass dieses Kind erst vor Kurzem die Mutter verloren hatte. Meistens war Jakob ein fröhlicher, aufgeweckter Junge. Das täuschte darüber hinweg, dass er sich in tiefer Trauer befand. Ihr Blick wanderte zu dem gerahmten Foto, das ebenfalls auf dem Nachttisch stand. Es zeigte eine Frau mit halblangen welligen dunkelbraunen Haaren, die Michelle und Jakob in den Armen hielt. Sie war weder ausgesprochen hübsch noch hässlich. Als unscheinbar hätte Hannah sie bezeichnet. Doch ihr Lächeln war warm, und ihre Augen strahlten all die Liebe aus, die sie für ihre beiden Kinder empfand. Das Foto schien schon etwas älter zu sein, denn Jakob war darauf höchstens vier oder fünf Jahre alt und Michelle ungefähr zehn.

Hannah versuchte, sich den Kloß in ihrem Hals nicht anmerken zu lassen. Ihre Stimme war jedoch nicht ganz fest, als sie vorschlug: »Soll ich dir ein bisschen aus dem Buch vorlesen? Aber du darfst nicht meckern. Ich bin nämlich auch nicht geübt im Vorlesen.«

»Mhm.« Jakobs Augen leuchteten auf, und er nickte eifrig. »Ganz von Anfang an? Ich mag den Anfang so gerne.« Er gab Hannah das Buch wieder zurück.

»Okay. Dann muss ich mich aber ein bisschen anders hinsetzen.« Auf Jakobs überraschten Blick hin setzte sie sich so neben sein Kopfkissen, dass er sich, wenn er wollte, an sie lehnen konnte. Tatsächlich rutschte er nah an sie heran, und sein Kopf sank auf ihre Seite. Ganz locker legte sie ihm den Arm um die Schultern, schlug das Buch auf und begann, vorzulesen.

* * *

Maik stellte zwei Gläser und Getränke auf den Couchtisch und setzte sich dann auf die Couch. Unsicher, wie er sich verhalten sollte, griff er nach der Fernbedienung, legte sie jedoch gleich wieder zurück. Er stand auf, ging in die Küche, blickte aus dem Fenster in die hereinbrechende Dämmerung hinaus, lauschte. Von oben waren keinerlei Geräusche zu hören. Es war wirklich nett von Hannah, sich des Jungen anzunehmen, wenngleich Maik sich nicht ganz sicher war, ob er das zulassen sollte. Eigentlich wäre es seine Aufgabe gewesen, den Jungen ins Bett zu bringen. Einmal an diesem Abend hatte er das schon getan, jedoch offensichtlich ohne großen Erfolg.

Tagsüber war es einfacher, sich um Jakob und Michelle zu kümmern. Irgendetwas gab es immer zu tun, und seit Jakob ein paar neue Freunde gefunden hatte, war es noch einmal leichter geworden, ihn aus seinem Schneckenhaus herauszuholen. Bestimmt würde Hannah gleich wieder herunterkommen und ihm bestätigen, dass der Junge eingeschlafen war.

Wieder griff Maik nach der Fernbedienung und klickte sich durch das Angebot des Streamingdienstes. So recht wusste er nicht, worauf er Lust hatte. War es angebracht, den Fernseher einzuschalten, wenn er Besuch hatte? Früher wäre ihm dies angesichts weiblicher Gesellschaft niemals in den Sinn gekommen. Doch Hannah war keine weibliche Gesellschaft im herkömmlichen Sinne. Sie waren gute Bekannte; sie wollte ihm und den Kindern das Kochen beibringen. Bestenfalls würde sich daraus irgendwann eine Freundschaft entwickeln. Weniger war wohl bei Hannahs Naturell, ihrer offenen Art und ihrer Hilfsbereitschaft nicht zu erwarten; zu mehr war er nicht bereit. Noch nicht. Nein, grundsätzlich nicht. Nicht, solange er sein Leben nicht wieder auf Kurs gebracht hatte.

Alles, was auch nur annähernd einer romantischen Beziehung glich, würde sein Leben nur unnötig verkomplizieren, und Komplikationen, da war er sich einigermaßen sicher, würden nicht zu seiner Genesung beitragen. Wie er dies allerdings seinen Hormonen klarmachen sollte, die in Hannahs Gegenwart neuerdings Anstalten machten, außer Kontrolle zu geraten, war ihm noch nicht ganz klar. Doch das würde er schon noch in den Griff bekommen.

Unruhig blickte er auf die Armbanduhr, lauschte noch einmal in Richtung Treppe, ging erneut in die Küche, sah wieder aus dem Fenster. Draußen fuhr ein riesiger Traktor mit einem noch riesigeren Güllefass vorbei. So etwas hatte er bislang nur im Fernsehen gesehen. Doch auch, wenn er sich, was das Landleben anging, noch nicht besonders gut auskannte, ahnte er doch, dass es sinnvoll sein könnte, alle Fenster zu schließen. Gülle, das wusste sogar ein Stadtmensch, verbreitete alles andere als Wohlgerüche.

Glücklicherweise war nur das Fenster im Gästebad gekippt, alle anderen Fenster im Erdgeschoss waren geschlossen. Beruhigt kehrte Maik ins Wohnzimmer zurück, wollte sich setzen. Stattdessen ging er wieder in die Küche und stellte sich erneut ans Fenster. Nach weiteren zwei Minuten, die er damit zubrachte, zwischen Küche und Wohnzimmer hin und her zu tigern, hielt er es nicht mehr aus und stieg die Treppe hinauf. Nun vernahm er doch ganz leise Hannahs Stimme. Sie schien Jakob irgendetwas zu erzählen. Oder las sie ihm vor? In einer Mischung aus Neugier und Verlegenheit schlich Maik zu der nur angelehnten Tür des Jungen. Durch den Türspalt konnte er die beiden sehen, wie sie aneinandergekuschelt auf dem Bett saßen. Hannah las Jakob tatsächlich vor; der Junge lauschte andächtig, die Augen halb geschlossen. Es sah aus, als würde es nicht mehr lange dauern, bis er einschlief.

In Maik rührten sich mehrere verschiedene, eigenartige Gefühle, die er nicht einordnen konnte.

Als sich Michelles Zimmertür öffnete, wich er erschrocken zurück. Mit tief in den Hosentaschen vergrabenen Händen ging das Mädchen auf ihn zu und blieb ebenfalls vor Jakobs Zimmertür stehen. Ohne etwas zu sagen, linste sie durch den Türspalt, und für einen kurzen Moment war es Maik, als ob er auf ihren Lippen ein kleines Lächeln erkennen würde. Der Moment war jedoch so rasch vorbei, dass er es nicht mit Bestimmtheit sagen konnte. Ohne ein Wort ging Michelle weiter zur Treppe.

Maik sah ihr stirnrunzelnd nach und folgte ihr sicherheitshalber. »Michelle? Wo willst du denn jetzt noch hin?« Er hatte bemerkt, dass sie sich eine schwarze lange Strickjacke angezogen hatte. Die trug sie normalerweise nicht im Haus. »Gehst du noch mal raus?«

Schon auf halbem Weg die Treppe hinab, drehte Michelle sich zu ihm um. »Ich will noch mal in den Garten.« Ihre Stimme klang mürrisch. »Ist das genehmigt?«

Mehr aus Gewohnheit denn aus Notwendigkeit warf Maik einen Blick auf die Armbanduhr. »Es wird schon dunkel. Bleib nicht zu lange draußen.«

Michelle nickte nur, wandte sich ab und verließ nur Augenblicke später das Haus. Als die Tür leise hinter ihr ins Schloss klappte, wandte Maik sich wieder um und ging zu Jakobs Zimmer. Als er diesmal durch den Türspalt blickte, traf ihn Hannahs Blick. Ohne sich anmerken zu lassen, dass sie ihn bemerkt hatte, las sie noch den Rest des Kapitels vor. Erst dann schlug sie das Buch zu und legte es vorsichtig auf den Nachttisch.

»Hörst du schon auf?« Jakobs Stimme klang schläfrig, und er gähnte herzhaft. »Es war gerade so schön.«

»Du schläfst doch schon fast, Jakob. Ich kann ja ein andermal weiter vorlesen.« Hannah streichelte gedankenverloren immer wieder über Schläfe und Haare des Jungen. Als sie sich jedoch vorsichtig aufrichtete, schlang er einen Arm um ihre Hüfte.

»Bleibst du noch hier, bis ich eingeschlafen bin?«

»Klar doch.« Wieder traf Maik ein beredter Blick, doch immer noch gab sie gegenüber Jakob nicht zu erkennen, dass außer ihnen noch jemand anwesend war.

Wieder gähnte Jakob. »Jetzt hast du mir gar nicht deine Tricks verraten.«

Hannah lächelte leicht. »Weil das heute gar nicht nötig war.«

»Weil ich auch so müde geworden bin?« Mehrmals blinzelnd sah Jakob zu ihr auf.

»Genau.«

»Aber irgendwann verrätst du mir die Tricks doch, oder?«

Hannah nickte. »Versprochen. Aber nun erst einmal Gute Nacht. Schlaf gut, und träum etwas Schönes.«

»Mhm.« Die Augen waren dem Jungen bereits zugefallen. Er rutschte noch ein wenig hin und her, bis er bequem lag, und selbst von seinem Beobachtungsposten aus konnte Maik genau erkennen, wie er einschlief. Erst jetzt bemerkte er, dass Finchen sich am Bettende des Jungen zusammengerollt hatte und tief und fest zu schlafen schien. Nach wie vor von einer merkwürdigen Verlegenheit erfasst, zog er sich zurück und ging ins Wohnzimmer. Er hatte sich gerade auf die Couch gesetzt, als Hannah den Raum betrat.

»Du musst ihm häufiger vorlesen.« Ohne Umschweife setzte sie sich neben ihn auf die Couch und griff nach der Limonadenflasche, die er auf dem Couchtisch abgestellt hatte, öffnete sie und goss etwas davon in eines der beiden Gläser. »Du auch?«, fragte sie und deutete auf das zweite Glas.

»Ich mach das schon.« Er wollte ihr die Flasche aus der Hand nehmen; dabei streiften sich ihre Finger. Höchst merkwürdige Empfindungen durchrieselten ihn. Rasch goss er sich selbst ebenfalls etwas Limonade ein, schraubte die Flasche zu und stellte sie zurück auf den Tisch. »Ich bin nicht allzu gut im Vorlesen.«

»Na und? Ist doch egal.« Hannah trank einige Schlucke von ihrer Limonade. »Es kommt nicht so sehr darauf an, ob du es gut machst oder nicht. Hauptsache, du tust es. Und …«

Als sie nicht weitersprach, sah er sie fragend an. »Was und?«

Sie schwieg einen langen Moment, und fast glaubte er, sie wolle die Frage nicht beantworten. Dann tat sie es doch. Allerdings mit einer Gegenfrage: »Hast du eigentlich schon mal mit Jakob gekuschelt?«

»Gekuschelt?« Da war sie wieder, diese tiefe Verlegenheit, die er sich nicht erklären konnte.

»Nun sag mir nicht, du weißt nicht, was kuscheln ist. Hast du das mit deinen Eltern nie gemacht, als du klein warst?«

»Ich denke schon, zumindest mit meiner Mutter. Zu meinem Vater hatte ich nie ein enges Verhältnis. Ich glaube auch nicht, dass er der Typ fürs Kuscheln gewesen wäre.«

Nachdenklich nickte Hannah vor sich hin. »Jakob ist erst acht Jahre. Das ist ein Alter, in dem noch ganz viel Liebe über Körperkontakt vermittelt werden kann.«

Seine Kehle verengte sich. »Liebe?«

Sehr langsam hob sie den Kopf, bis sich ihre Blicke trafen. »Ja, Liebe. Kinder brauchen nicht bloß ein Dach über dem Kopf, etwas zu essen und zu trinken und eine Beschäftigung. Sie brauchen Liebe und im besten Fall eine Familie, die sich um sie kümmert und ihnen genau diese Liebe schenkt. So wie ich das sehe, scheint es mit weiterer Familie in eurem Fall eher dünn gesät zu sein. Das bedeutet, du bist jetzt die einzige und wichtigste Person im Leben der beiden. Deshalb musst du versuchen, ihnen alles zu geben, was sie brauchen.«

Die Enge in seiner Kehle hielt ihn für einen Moment vom Atmen ab. Erst als er schluckte und sich räusperte, bekam er wieder Luft. »Ich weiß nicht … Ich bin nicht so der Kuscheltyp. Das ist alles … neu … und … nun ja.«

»Hast du Angst, die beiden zu sehr ins Herz zu schließen?«

Ihre Frage warf ihn völlig aus der Bahn. »Nein!« Abwehrend hob er die Hände, schüttelte heftig den Kopf und fühlte sich unangenehm ertappt. »Ich … Ich mag die beiden, wirklich! Ich bin nur nicht …« Er zögerte, suchte nach Worten. »Ich bin nicht ihr Vater. Für mich ist das alles … Ich weiß auch nicht.«

»Nur eine Pflicht?« Aufmerksam musterte Hannah ihn.

»Nein!« Mit beiden Händen griff er sich an den Kopf, fuhr sich durchs Haar. »Nein, natürlich nicht. Sie sind meine Familie, und ich würde sie niemals im Stich lassen. Das würde gegen alles gehen, was ...« Er ließ die Hände wieder sinken. »Ich würde es niemals tun. Reicht das nicht?«

»Glaubst du denn, dass es reicht?« Ihr Blick wanderte kurz zur Tür, dann wieder zu ihm zurück. »Sie brauchen dich, alle beide. Aber beide auf ganz unterschiedliche Art und Weise. Michelle ist schon eine junge Frau, sie erlebt das alles aus einer ganz anderen Perspektive als Jakob. Allerdings schadet es bestimmt nicht, wenn du sie hin und wieder einmal in den Arm nehmen würdest. Was aber Jakob angeht ...« Zu seiner Überraschung ergriff sie seine Hand und drückte sie leicht. »Ich schätze, da wirst du wohl über deinen Schatten springen müssen. Er braucht Nähe, jemanden, dem er bedingungslos vertrauen kann. Den einzigen Menschen, für den das galt, hat er verloren. Oder«, schränkte sie ein, »einen der beiden Menschen, für den es gilt. Diesen fehlenden Platz in seinem Herzen wirst nun du wohl oder übel einnehmen müssen. Er hat sonst niemanden«, setzte sie schließlich noch hinzu. Dann ließ sie seine Hand wieder los und griff erneut nach ihrem Glas. »Zum Wohl.« Mit der Andeutung eines Lächelns nippte sie an der Limonade.

Geräuschvoll ausatmend, ließ er sich in die Polster der Couch zurücksinken. Ein bisschen fühlte er sich, als habe sie ihn mit einem Vorschlaghammer vor den Kopf gestoßen. Dabei war das, was sie gesagt hatte, nichts anderes als die Wahrheit. Eine Wahrheit, um die er sich bisher mit mehr oder weniger Erfolg herumgedrückt hatte.

Was war nur aus ihm geworden? Hatte er schon immer solche Probleme gehabt, mit Gefühlen umzugehen? Oder war das eine der vielen Auswirkungen seines Burn-outs? Wahrscheinlich. Andererseits war er in der Vergangenheit auch noch niemals in solch einer Situation gewesen und hatte weder die Notwendigkeit gesehen noch das Verlangen gehabt, seine Gefühle zu zeigen. Liebe schon gleich gar nicht. Er hatte nie darüber nachgedacht, eine Familie zu gründen. Nun hatte er eine geerbt.

»Willst du dir einen Film ansehen?« Hannah beugte sich vor und griff nach der Fernbedienung.

Verblüfft über den abrupten Themenwechsel, blickte Maik zwischen dem Fernsehbildschirm und ihr hin und her. »Ich, äh, ja, wahrscheinlich schon.«

Auf ihren Lippen erschien ein amüsiertes Schmunzeln. »Wahrscheinlich schon, aha. Und was für einen?« Sie klickte sich, wie zuvor er, durch die angebotenen Filme. »Kann es sein, dass du ein Western-Fan bist?«

»Gewissermaßen.« Er hob die Schultern. »Warum? Ist das gut oder schlecht?«

»Gut.« Grinsend klickte sie auf einen der Filme. »Hast du den schon mal gesehen? *News of the World* mit Tom Hanks und Helena Zengel. Kannst du Englisch? Ich meine, richtig gut?«

»Ja, also nein.« Nun musste er doch über sich selbst lachen. Allmählich benahm er sich wirklich albern und wie ein verunsicherter Teenager. »Ja, ich kann ganz gut Englisch. Nein, den Film kenne ich noch nicht. Sollte ich das ändern?«

»Auf jeden Fall. Das ist der beste Western, den ich seit langer Zeit gesehen habe.« Hannah lehnte sich ebenfalls in die Polster zurück. »Was ist? Du guckst auf einmal so merkwürdig.«

»Tue ich das?« Tat er das? Ja, ganz eindeutig. Hatte er den Verstand verloren? Ja, ebenfalls ganz eindeutig. Ein aufregendes, haltloses Gefühl breitete sich in seiner Magengrube aus, unbekannt, und doch irgendwie vertraut, nur lange vergessen. Je länger er Hannah ansah, desto intensiver wurde es.

Hannah erwiderte seinen Blick schweigend. Ihre Augen weiteten sich leicht, dann verengten sie sich. Sie schluckte deutlich hörbar. »Vergiss es.«

»Vergiss was?«

Sie atmete hörbar ein und wieder aus. Dann deutete sie zwischen ihm und sich hin und her. »Das hier.«

Zu dem haltlosen Gefühl gesellte sich ein angenehmes Prickeln. Nicht lange vergessen, sondern gänzlich neu. Angenehm. Die Sache begann, ihm Spaß zu machen, deshalb stellte er sich dumm. »Was meinst du?«

Wie erwartet, zeichnete sich Empörung auf Hannahs Miene ab. »Das weißt du ganz genau.«

»Ach ja?«

»Tu nicht so unschuldig!« Hannah verschränkte die Arme vor der Brust. »Das war so nicht vereinbart.«

»Vereinbart?« Diese Frau brachte ihn zum Lächeln und vermutlich noch zu einigem mehr, wenn er sie ließ. Schon beugte er sich testweise in ihre Richtung und ließ sie dabei nicht aus den Augen.

Nun weiteten sich Hannahs Augen wieder deutlich, sie schluckte, schüttelte den Kopf, die Arme noch immer verschränkt. Doch dann löste sie sie und hob die Hände in einer abwehrenden Geste. »No, Sir, Sie sind nicht meine Kragenweite.«

Er verharrte in der vorgebeugten Haltung, fing ihren Blick auf. »Gleichfalls, Ma'am.«

Ein ganz klein wenig entspannte sie sich wieder, ließ ihn jedoch nicht aus den Augen und die Hände weiter erhoben. »Gut, dass wir uns einig sind.«

»Nun ja, einig …« Die Sache machte ihm inzwischen wirklich Spaß. »Immerhin kann ich nicht riskieren, dass mich jemand womöglich wegen Unzucht mit Minderjährigen anzeigt, wenn wir zusammen gesehen werden.«

»Haha.« Er konnte sehen und hören, wie sie erneut schluckte. An ihrer Halsschlagader bemerkte er ein deutlich sichtbares Pochen. »Ich wüsste nicht, wo uns jemand sehen sollte. Hier drinnen ist doch außer uns niemand. Und da draußen …« Vage wies sie mit der Hand in Richtung Haustür. »Wie sollte da jemand auf die Idee kommen, dass wir, dass du und ich, irgendetwas miteinander haben?«

»Stimmt. Aber man kann ja nie wissen, ob die Dinge sich nicht irgendwann ändern.«

»Das werden sie nicht. Auf gar keinen Fall!«

»Vielleicht. Wie es jetzt ist, kann ich zumindest immer behaupten, du wärst eine von Michelles Freundinnen.« Nun erlaubte er sich endlich, was er sich bisher immer wieder verboten hatte: sie von oben bis unten eingehend zu mustern, sie als Frau wahrzunehmen. Ganz bewusst. Sie gefiel ihm, das ließ sich nicht leugnen. Deshalb fuhr er fort: »Zwar eine ausgesprochen sexy Freundin …«

»Hör auf damit!« Erbost schlug sie nach seinem Arm.

Lachend wich er ihr aus. »Womit?«

Diesmal griff sie sich mit beiden Händen an den Kopf, raufte sich ihr kurzes, leuchtend rotes Haar. »Es reicht mir schon, dass meine beiden besten Freundinnen versuchen, mir einzureden, ich müsse anfangen, Frösche zu küssen.«

Verblüfft hielt er inne. »Was bitte? Frösche?« Nun konnte er ihr definitiv nicht mehr folgen.

Sie stieß einen verzweifelten Laut aus, irgendwo zwischen Seufzen und Stöhnen. »Du weißt schon, die Prinzessin küsst so lange Frösche, bis sie ihren Prinzen gefunden hat.«

Er brauchte einen Moment, bis er den Zusammenhang herstellte. Dann lachte er auf. »Du siehst dich demnach als Prinzessin. Interessant. Und zu was werde ich dadurch? Etwa zu einem Frosch?« Er gab sich empört.

»Nein, ja, doch, so in etwa.« Nun verschränkte Hannah wieder die Arme vor der Brust. »Aber es ist nicht mein Stil, reihenweise Frösche zu küssen, um irgendwann den richtigen Mann zu finden.«

Er musterte sie mit einer Mischung aus Erheiterung und

Faszination. »Ich weiß nicht recht, ob ich mich beleidigt oder geschmeichelt fühlen soll, damit in deine Frösche-Riege aufgenommen worden zu sein.«

»Bist du ja nicht. Und ich küsse keine Frösche.«

Er lächelte über die Vehemenz, mit der sie dies vorbrachte. »Verständlich. Der gemeine Frosch ist wohl nicht sehr appetitlich.« Dass es bei dieser Feststellung um ihre Mundwinkel zuckte, freute ihn. Mutig wagte er sich weiter vor: »Wobei ich allerdings zu bedenken geben möchte, dass dieser spezielle Frosch dafür bekannt ist, ausgesprochen gut küssen zu können.« Vorsichtig näherte er sich ihr wieder, hielt jedoch inne, bevor er ihr zu nahe kam. »Ich kann dir zwar nicht versprechen, dass ich mich in einen Prinzen verwandeln werde. Viel eher wäre vermutlich das Gegenteil der Fall – wobei, was ist eigentlich das Gegenteil eines Prinzen? Aber zumindest bin ich weder schleimig, noch quake ich.«

Für einen langen Moment starrte Hannah ihn einfach nur an. Dann begann sie zu lächeln. »Als Märchenprinz eignest du dich wirklich nicht.«

Er zuckte mit den Achseln. »Ich hatte auch nie vor, einer zu sein.«

»Aber ganz schön eingenommen bist du von dir und deinen Fähigkeiten«, fuhr sie fort. »Überheblich wie eh und je.«

Vorsichtig rückte er noch näher an sie heran, immer darauf bedacht, keine falsche Bewegung zu machen. »Wenn du mich lässt, beweise ich dir, dass ich nicht übertrieben habe.«

Für einen Moment schien sie Für und Wider gegeneinander abzuwägen, dann nickte sie fast unmerklich und beugte sich ebenfalls vor. »Das wirst du wohl tun müssen.« In ihre Augen schlich sich ein gleichermaßen schalkhaftes wie verheißungsvolles Funkeln. »Irgendwann.« Sie hob die Fernbedienung, drückte auf Play und lehnte sich wieder in die Polster zurück. »Aber zuerst sehen wir uns diesen Film an.«

14. Kapitel

Sie benahm sich scheußlich albern. Am liebsten hätte sie sich selbst gegen das Schienbein getreten. Warum nur? Warum war sie um diese Zeit noch nach draußen gegangen? Die Sonne stand schon tief, doch bis es dunkel wurde, war noch etwas Zeit. Also hatte sie doch eigentlich jedes Recht, jetzt noch spazieren zu gehen. Einen guten Grund noch dazu, denn es war endlich nicht mehr so unerträglich heiß.

Ihre Gedanken ärgerten sie. Selbst wenn es bereits stockfinster gewesen wäre, hätte sie ja wohl jedes verdammte Recht gehabt, frische Luft zu schnappen. In Berlin hätte sie sich zwar um diese Zeit nicht mehr allein auf die Straße getraut, dazu war das Viertel, in dem sie gewohnt hatten, zu unsicher gewesen. Doch hier in Lichterhaven war ja wohl absolut nichts los. Hier sagten sich Fuchs und Hase Gute Nacht. So sagte man doch wohl? Gangster, Drogendealer und andere gefährliche Gestalten gab es hier nicht. Schon gar nicht am Ortsrand, wo man nicht einmal einen Nachbarn traf, weil das nächste Haus so weit entfernt stand, dass man sich fast so vorkam, als sei man ganz allein auf der Welt. Im Dunkeln konnte man zwar die Lichter in den Fenstern der Nachbarhäuser erkennen, aber viel mehr auch nicht.

In Berlin hatten sie immer schon früh alle Rollläden heruntergelassen, damit niemand in die Wohnung schauen konnte. Hier in Lichterhaven hatte sie sich sogar schon mal getraut, sich vor dem geöffneten Fenster auszuziehen. Aber nur, bis sie ein Auto hatte vorbeifahren hören. Ihr Zimmer lag zwar zum Garten hinaus, aber sie hatte sich trotzdem ziemlich erschreckt. Wer wusste schon, ob hier nicht doch irgendwelche Stalker herumliefen. Obwohl die Wahrscheinlichkeit zugegebenermaßen sehr gering war. Aber man konnte ja nie wissen.

Shit! Das war doch total bescheuert. In Lichterhaven wussten sie wahrscheinlich nicht einmal, wie man Stalker buchstabierte. Allerdings, und das ärgerte sie am meisten, fühlte sie sich im Augenblick selbst wie eine Stalkerin. Und alles nur, weil sie zufällig durch das Badezimmerfenster gesehen hatte, wie Tim Dennersen auf einem riesigen Geschoss von Traktor plus Güllefass die Straße heraufgefahren und auf die Wiese gegenüber dem Haus eingebogen war. Wahrscheinlich hatte sie völlig den Verstand verloren, anders war nicht zu erklären, dass sie deshalb nach draußen gegangen war.

Spazieren! Sie ging bloß spazieren. Und vielleicht, nur ganz vielleicht, wollte sie mal sehen, wie das mit der Gülle funktionierte. Immerhin hatte sie so etwas noch niemals live gesehen. Bescheuert war es trotzdem, denn selbst als Stadtkind wusste sie genau, dass Gülle fürchterlich stank. Sie würde sich also die Klamotten verderben und garantiert später noch die Haare waschen müssen.

Mit solchen und ähnlichen Gedanken haderte Michelle, während sie wie zufällig die Straße entlangging und nach etwa siebzig Metern in einen der vielen Feldwege einbog, die die Wiesen und Felder in mehr oder weniger große Quadrate unterteilten. Wahrscheinlich hätte sie Finchen mitnehmen sollen, überlegte sie. Eine Hunderunde wäre eine ziemlich gute Ausrede gewesen, sich um diese Uhrzeit noch draußen herumzutreiben. Doch die Hündin hatte sich bereits in Jakobs Bett niedergelassen und schlief. Außerdem: Brauchte sie überhaupt eine Ausrede? Nein, nicht im Geringsten. Sie wohnte jetzt hier, also konnte sie auch zu jeder Tages- oder Nachtzeit spazieren gehen, mit und ohne Hund.

Die abgemähte Wiese war ziemlich groß. Tim fuhr mit dem

riesigen Güllefass immer in Streifen hin und her und befand sich im Augenblick ganz am anderen Ende, sodass sie ihn, während sie so dahinschlenderte, einigermaßen unauffällig beobachten konnte. Viel erkennen konnte sie natürlich nicht, denn er saß ja auf dem Traktor, und die tief stehende Sonne spiegelte sich in der Windschutzscheibe.

Selbstverständlich war sie nicht wegen Tim hier, sondern nur aus reiner Neugier, was die Gülle betraf. Das riesige Gefährt, das er scheinbar so mühelos über das Feld steuerte, verlangte ihr einiges an Respekt ab. Natürlich hatte sie schon Traktoren im Fernsehen gesehen, doch erst jetzt wurde ihr bewusst, wie riesig diese Fahrzeuge waren. Dort oben im Führerhaus musste man sich geradezu vorkommen wie ein Riese, der auf eine Zwergenwelt hinabblickte. Ein seltsamer Gedanke.

Je näher der Traktor kam, desto nervöser wurde sie. Natürlich ließ sie sich das nicht anmerken. Sie blickte nicht einmal hinüber, als der Traktor schließlich nicht weit von ihr in einer überraschend engen Kurve wendete und wieder in die andere Richtung fuhr.

Michelle blieb stehen. Sie drehte sich um, ging ein paar Schritte zurück, runzelte die Stirn, ging wieder weiter. Diesmal jedoch deutlich langsamer. Etwas war seltsam. Nachdem sie etwa zwanzig Meter gegangen war, blieb sie ganz stehen. Neugierig beobachtete sie, wie der Traktor auf der gegenüberliegenden Wiesenseite erneut die Richtung wechselte und wieder auf sie zukam. Hinter dem Güllefass gab es links und rechts je ein Gestell, an dem Schläuche bis auf den Boden hingen. Durch sie wurde offenbar die Gülle auf das Feld aufgebracht. Sie konnte die dunklen Spuren im Gras genau erkennen. Aber etwas stimmte trotzdem nicht.

Kurz bevor der Traktor sie erreicht hatte, machte sie rasch ein paar große Schritte zur Seite, um nicht versehentlich von der braunen Brühe getroffen zu werden. Zu ihrem Schrecken hielt der Traktor plötzlich an. Ihr Herz machte einen wilden Satz und pochte danach heftig und viel zu schnell weiter. Mist. Warum war sie bloß hierhergekommen? Natürlich konnte sie jetzt nicht einfach abhauen. Das wäre feige gewesen und außerdem ziemlich kindisch. Sicherheitshalber versenkte sie die Hände in den Taschen ihrer Jeans, als sich die Fahrertür des Traktors öffnete und Tim Dennersen ausstieg.

Für einen langen Moment blieb er einfach neben dem Traktor stehen und blickte zu ihr herüber. Als sie schon dachte, er wolle sie nur ärgern, indem er sie schweigend anstarrte, stemmte er lässig die Hände in die Seiten und ging auf sie zu.

Mist, Mist, Mist! War er schon immer so groß und breitschultrig gewesen? Er trug ein dunkelrotes T-Shirt zu schwarzen, ausgefransten Jeans und eine ebenfalls dunkelrote Baseballkappe. Seine schweren Arbeitsschuhe waren von einem undefinierbaren Braunton und hatten eindeutig schon bessere Zeiten gesehen. Ein Dorftrampel wie er im Buche stand, dachte Michelle. Nichts weiter. Warum also drehte ihr Herzschlag gerade regelrecht durch?

»Kleiner Spaziergang?« Eigentlich war seine Stimme angenehm dunkel, doch sie hatte ständig das Gefühl, einen spöttischen Unterton herauszuhören. Prompt stellte sie die Stacheln auf.

»Was dagegen?«

»Warum sollte ich?« Ungefähr zwei Schritte vor ihr blieb er stehen. »Ist vielleicht nicht gerade der beste Weg, solange ich hier fahre.«

»Warum stinkt die Gülle nicht?«, platzte Michelle heraus, bevor sie sich bremsen konnte.

Tim warf einen kurzen Blick auf das Güllefass, dann wandte er sich ihr wieder zu – und lächelte! Er grinste nicht genervt oder gehässig, nein, er lächelte! Michelles Herz machte erneut einen heftigen Satz. »Wir behandeln die Gülle regelmäßig mit einer speziellen Mikroorganismenmischung und Pflanzen-kohle. Dadurch wird sie fermentiert, und die Inhaltsstoffe werden viel besser vom Boden aufgenommen. Ein positiver Nebeneffekt ist, dass die Gülle danach nicht mehr so sehr stinkt. Gar nicht, würde ich jetzt nicht sagen.« Er ging ein paar Schritte in die Richtung des Feldabschnitts, den er bereits mit der Gülle behandelt hatte. »Im Augenblick steht der Wind günstig, sodass du es nicht sofort bemerkst.«

Zögernd folgte sie ihm. Als sie nur etwa einen halben Meter neben ihm stehen blieb, roch sie es nun auch. Ein durchaus intensiver, jedoch nicht so unangenehmer Geruch stieg aus der Wiese auf.

»Es ist auf jeden Fall angenehmer als unbehandelte Gülle«, befand Tim. »Wir arbeiten schon lange damit, und auch die anderen Bauern in Lichterhaven haben das inzwischen übernommen. Seitdem gibt es kaum noch Beschwerden wegen des Gestanks. Früher haben viele Anwohner und Touristen gemeckert, wenn die Gülle ausgebracht wurde. Dabei achten wir schon immer darauf, dass wir das möglichst nur dann tun, wenn es bald Regen gibt, so wie heute. Durch die Feuchtigkeit zieht nämlich die Gülle schneller in den Boden ein, und sämtliche Gerüche werden gedämpft oder verfliegen ganz. Wenn es hingegen trocken ist und bleibt, nachdem man die Gülle ausgebracht hat, kann es sein, dass sie tagelang stinkt. Oder vielmehr gestunken hat.« Er lachte. »Unsere Gülle stinkt ja nicht. Zumindest nicht so sehr, dass man es nicht aushalten könnte. Oder?«

Michelle nickte. »Was sind das für Mikroorganismen? Von so etwas habe ich noch nie gehört. Also, ich weiß natürlich, was Mikroorganismen sind. Aber wie kriegt ihr hin, dass davon die Gülle nicht mehr stinkt?«

Offensichtlich angenehm überrascht, maß Tim sie mit eingehenden Blicken. »Wenn dich das ehrlich interessiert, kann ich dir mal ein oder zwei Bücher darüber ausleihen. Darin geht es übrigens nicht nur um die Behandlung von Gülle, sondern auch um ganz viele andere Anwendungsgebiete. Zum Beispiel im Haushalt und im Garten. Meine Eltern benutzen diese Mikrobenmischung einfach überall. Würden das mehr Menschen tun, wären wir im Hinblick auf den Umweltschutz bestimmt schon ein riesiges Stück weiter.«

»Interessierst du dich für Umweltschutz?« Michelle hatte ihre Nervosität vergessen.

»Klar, wer nicht? Also …« Er grinste schief. »Bei dir hätte ich das jetzt nicht gedacht.«

»Warum nicht?« Michelle runzelte die Stirn. »Nur weil ich aus der Großstadt komme, heißt das noch lange nicht, dass ich nicht weiß, dass unser Planet vor die Hunde geht. Natürlich muss man dagegen etwas tun. Unsere Schule hatte so ein Projekt zur Müllvermeidung, und Mama hat auch ganz oft im Unverpackt-Laden eingekauft.« Bei der Erinnerung an ihre Mutter zog sich unerwartet ihr Herz zusammen. Sie schluckte. »Blöderweise waren die Sachen dort auch ohne Verpackung nicht billiger. Oft konnten wir uns das nicht leisten.« Sie richtete ihren Blick auf den Boden vor ihren Füßen und versuchte, die Erinnerung an ihre Mutter zu verdrängen. Natürlich gelang ihr das nicht.

»Hey, alles okay mit dir?« Tim stieß sie sachte mit dem Ellenbogen an. »Ich wollte nicht …«

»Schon gut. Es ist nichts.« Noch einmal schluckte sie. »Nur manchmal, wenn ich an Mama denke …« Sie zuckte mit den Achseln. »Ist schon wieder gut.«

»Bist du sicher?« Als sie den Kopf hob, begegnete sie seinem besorgten Blick, und der tat ihr erst recht nicht gut. Nun legte er ihr auch noch eine Hand auf den Arm. »Tut mir leid, ich habe nicht daran gedacht, dass deine Mutter gestorben ist.« Sichtlich hilflos brach er ab.

Hastig entzog sie sich ihm wieder. Ihr Herz hämmerte wie wild. »Ich sag doch, es ist schon gut.« Sicherheitshalber atmete sie einmal tief durch, bevor sie weitersprach. »Warum glaubst du, dass es heute regnen wird?«, wechselte sie das Thema. Prüfend warf sie einen Blick zum Himmel hinauf. »Es ist nicht einmal ein Fitzelchen von einer Wolke zu sehen.«

Tim schnaubte spöttisch, doch diesmal klang es nicht so abfällig wie sonst. Eher amüsiert. »Die Großstadttussi muss noch eine Menge über das Wetter an der Nordseeküste lernen. Auch wenn es jetzt gerade nicht so aussieht, es wird Regen geben. Ziemlich bald sogar.«

»Du kannst mir viel erzählen. Hier.« Sie zog ihr Handy hervor und öffnete die Wetter-App. Eilig rief sie die Anzeige für Lichterhaven auf. »Für die nächsten drei Tage ist nur Sonnenschein gemeldet.«

Tim lachte. »Ich brauche keine Wetter-App, um vom Gegenteil überzeugt zu sein. Schau mal dort hinüber zum Deich und dann in die andere Richtung zum Wald. Wenn wir oben auf der Deichkuppe wären, könnte ich es dir sogar noch deutlicher zeigen.«

»Was zeigen?« Irritiert blickte sie von der einen in die andere Richtung.

»Merkst du, wie klar die Luft ist? Wie nah alle Dinge zu sein scheinen, die doch eigentlich weit entfernt liegen? Oben auf dem Deich kann man das ganz besonders gut erkennen, wenn man über das Watt oder das Wasser schaut und vorbeiziehende Frachter in der Ferne sieht. Es reicht aber auch schon, wenn man rüber zum Leuchtturm schaut. Von hier aus ist er fast drei Kilometer entfernt, aber wenn du jetzt oben auf dem Deich stehen würdest, hättest du das Gefühl, dass du ihn mit der Hand greifen kannst.« Wieder lachte er. »Schau mich nicht so an, das stimmt wirklich! Wenn du mir nicht glaubst, geh rüber zum Deich, und überzeuge dich selbst. Immer, wenn die Luft derart klar ist und man den Eindruck hat, dass entfernte Dinge zum Greifen nah sind, dann wird es Regen geben.«

»Also bist du jetzt auch noch ein Wetterfrosch?« Michelle lachte unsicher. »Von so etwas habe ich noch nie gehört.«

»Nur weil du noch nie von etwas gehört hast, bedeutet das nicht, dass es nicht existiert.« Tim bedachte sie mit einem vielsagenden Blick, in dem nun doch wieder leichte Herablassung flackerte. »Regen vorauszusagen, auch wenn gerade die Sonne scheint, lernen wir hier in Lichterhaven schon als Kleinkinder. An der Küste ist es wichtig, jederzeit das Wetter richtig einschätzen zu können. Andernfalls kann das ganz schön ins Auge gehen. Der Umschwung von ruhigem Sonnenwetter zu Regen und sogar Sturm geht bei uns manchmal innerhalb von weniger als einer Stunde. Wenn du dann irgendwo unterwegs bist und dich nicht vorbereitet hast, sitzt du ganz tief in der Tinte. Oder vielmehr im Regen. Ziemlich wahrscheinlich auch im Schlamm.« Er grinste, wurde jedoch gleich wieder ernst. »Ich habe gehört, dass ihr jetzt oft im Watt spazieren geht. Mit Finchen und so. Gerade da ist es enorm wichtig, das Wetter immer im Auge zu behalten. Wenn du nämlich mitten im Watt von einer Sturm- und Regenfront heimgesucht wirst, kann das sogar gefährlich werden. Besonders dann, wenn du ein paar Priele durchquert hast. Die füllen sich nämlich bei Regen extrem schnell mit Wasser, und dann kann es passieren, dass du nicht mehr ans Ufer zurückfindest.«

Michelle schauderte unwillkürlich. »Willst du mir etwa Angst machen?«

»Nein, nur warnen. Unsere Küstenwache rettet jedes Jahr Leute aus dem Watt, die zu leichtsinnig waren und das Wetter nicht richtig eingeschätzt haben. Übrigens … Gib mir mal dein Handy.«

»Warum?« Unwillkürlich machte Michelle einen Schritt rückwärts.

Tim verdrehte die Augen. »Keine Sorge, du kriegst es sofort wieder zurück. Ich will dir nur unsere Lichterhaven-App installieren. Damit bleibst du immer auf dem neuesten Stand, wenn es um die Belange des Ortes geht. Und außerdem ist dort eine Unwetter- und Gefahren-Warnfunktion integriert. Die meldet viel zuverlässiger, wenn es schlechtes Wetter gibt oder irgendwelche anderen Vorkommnisse, als jede andere Wetter-App. Also ...« Auffordernd wackelte er mit den Fingern der rechten Hand.

Zögernd schaltete Michelle die Benutzeroberfläche ihres Handys frei und reichte es dann Tim. Er nahm es entgegen und installierte mit wenigen Handgriffen die App. »Wenn du dir einen Benutzeraccount erstellst, kannst du dort auch selbst posten«, erklärte er. »Man kann zum Beispiel bis zu dreimal am Tag die Tagestemperaturen melden oder die Niederschlagsmengen. Außerdem gibt es einen Marktplatz und mehrere Pinnwände, zum Beispiel für Flohmarktartikel oder wenn du auf Jobsuche bist, so was halt. Auch im Veranstaltungskalender kann man selbst etwas eintragen, wenn man will. Meine Mutter nutzt das ziemlich häufig, zum Beispiel wenn wir einen Tag des offenen Hofes anbieten oder auch um unsere Wochenangebote im Hofladen zu bewerben. Alles, was du in der App findest, wird auch auf der Lichterhavener Website veröffentlicht. Auf diese Weise hat man alle Informationen zum Ort an einer Stelle. Und alle können mitmachen.«

»Danke.« Als er das Handy zurückgab, streiften sich ihre Hände kurz. Hastig schob sie das Handy zurück in ihre Gesäßtasche. »Also, dann ... Ich schätze, ich muss jetzt weiter.«

»Klar, ich auch. Ich will mit dem Feld fertig werden, bevor es dunkel ist.« Er nickte ihr noch einmal knapp zu. »Man sieht sich.«

Michelle beobachtete, wie er zum Führerhaus zurückkehrte und sich behände hineinschwang. Dabei versuchte sie vergeblich, das Spiel der Muskeln an seinen kräftigen Armen zu ignorieren. Sie war ja nicht mehr ganz gescheit! Er war ein Bauer! Ein Dorftrampel! Ein ... was auch immer. Auf jeden Fall ganz bestimmt nicht ihr Typ.

So abrupt, dass sie beinahe über ihre eigenen Füße gestolpert wäre, drehte sie sich um und ging den Weg zurück, auf dem sie gekommen war. Hinter sich hörte sie, wie der Traktor wieder anrollte. Als Tim einmal ganz kurz die Hupe betätigte, zuckte sie heftig zusammen. Als sie über die Schulter blickte, fuhr der Trecker jedoch bereits wieder in Richtung der entgegengesetzten Wiesenseite. Entschlossen, sich nicht noch einmal aus der Fassung bringen zu lassen, stapfte sie weiter. Als sie die Straße erreichte, zögerte sie kurz, bog dann aber nach rechts ab, in Richtung Deich. Obwohl die Sonne nun schon äußerst tief stand, stieg sie die Treppe zur Deichkuppe hoch und blickte hinaus aufs Watt, dann hinüber nach Osten, wo in weiter Entfernung der Lichterhavener Leuchtturm stand. Tatsächlich schien er in der klaren Abendluft regelrecht zum Greifen nah zu sein, ebenso wie der riesige Containerfrachter, der weit draußen auf der offenen See vorbeizog.

Ihr Blick wanderte zum wolkenlosen Himmel, der sich dort, wo in Kürze die Sonne untergehen würde, in allen Schattierungen von Orange, Rot, Pink und Violett verfärbte.

»Ich glaube trotzdem nicht, dass es regnen wird«, sagte sie laut zu sich selbst. Entschlossen ging sie in Richtung Osten bis zur übernächsten Deichtreppe, stieg sie wieder hinab und kehrte dann in einem Bogen durch den Ort nach Hause zurück. Als sie das Haus erreichte, war von Tim und seinem Traktor weit und breit nichts mehr zu sehen.

15. Kapitel

»Du hast was getan?« Ella warf eine Handvoll Unkraut, das sie aus einem der zugewucherten Beete auf der Rückseite des Eventhauses gerupft hatte, auf den immer größer werdenden Haufen hinter sich. Nachdem es in der zweiten Nachthälfte zum Sonntag kräftig geregnet hatte, war der Himmel nun überwiegend bewölkt und die Temperaturen erträglich, sodass die drei Freundinnen beschlossen hatten, den späten Nachmittag und Abend dazu zu nutzen, an den Außenanlagen weiterzuarbeiten. »Das ist doch wohl nicht dein Ernst!«

Hannah warf ebenfalls ein Büschel Unkraut auf den Haufen. »Was hätte ich denn tun sollen? Ihn extra aufwecken, nur um zu knutschen? So nötig habe ich es nun wirklich nicht.«

»Natürlich nicht«, mischte Caroline sich ein. »Aber mal ehrlich! Du hast ihn einfach auf der Couch schlafen lassen, ihn zugedeckt und bist dann nach Hause gefahren?«

»Es war ja meine Idee, den Film zu sehen.« Hannah ließ sich auf die Knie nieder und rupfte weiter am Unkraut. »Wobei ich zugeben muss … Nun ja …«

»Was?« Ella und Caroline waren augenblicklich bei ihr und knieten sich links und rechts von ihr hin.

»Sag schon, was hast du getan?« Ella rüttelte Hannah am Arm. »Einen Dornröschenkuss versucht, um ihn zu wecken?«

»Nein!« Empört schüttelte Hannah den Kopf. »Ich sage doch, ich wollte ihn nicht wecken. Habe ich auch nicht getan. Ich habe nur …« Sie zuckte mit den Achseln. »Na ja, ihn eine Weile im Schlaf beobachtet.«

»Ach.« Caroline runzelte die Stirn. »Und was gab es da zu sehen?«

»Ich weiß auch nicht.« Hannah strich sich mit der behandschuhten Hand über die Stirn und hinterließ dabei einen kleinen Schmutzstreifen. »Erst habe ich gar nicht bemerkt, dass er schlief. Als es mir dann aufgefallen war, konnte ich eine ganze Weile nicht wegsehen. Ich glaube, das war das erste Mal, dass ich ihn vollkommen entspannt gesehen habe. Ich meine, es ist schon ein großer Unterschied, wie er sich jetzt gibt im Vergleich zu vergangenem Jahr. Er ist viel lockerer geworden, aber irgendwie scheint er immer noch ein bisschen unter Strom zu stehen. Man merkt, dass er versucht, etwas dagegen zu tun, aber manchmal gelingt es ihm wohl noch nicht.«

»Hört, hört!« Caroline setzte sich auf die Fersen. »Das sind ja ganz neue Töne. Kein Wunder, dass ihr euch fast geküsst hättet. Du scheinst ja inzwischen richtig angetan von unserem Anwalt zu sein.«

Hannah spürte, wie sich ihre Wangen erwärmten. »Ich weiß, ehrlich gesagt, nicht so genau, was ich von ihm halten soll. Er ist auf jeden Fall anders, als ich anfangs dachte«, gab sie zu, schränkte dann jedoch ein: »Aber irgendwie auch wieder nicht. Er hat schon eine raue Seite, und anscheinend fällt es ihm schwer, Gefühle zu zeigen.« Sie erzählte ihren Freundinnen kurz, wie sie die Situation zwischen Jakob und Maik erlebt hatte. »Er hat gar keinen emotionalen Draht zu den beiden Kids.«

»Das wundert mich eigentlich nicht«, befand Caroline. »Immerhin hatte er bis vor Kurzem noch nie etwas mit den beiden zu tun. Wie soll er da eine emotionale Bindung aufgebaut haben? Er hat rein kopfmäßig getan, was das Beste für die beiden war, indem er sie zu sich genommen hat. Wenn sie im Heim gelandet wären oder in Pflegefamilien, dann hätte man nie gewusst, wie das ausgehen würde. Über so etwas hört man ja immer die unterschiedlichsten Dinge. Meistens natürlich die schlechten. Selbstverständlich gibt es auch ganz toll geführte Heime und wundervolle Pflegefamilien, aber das ist wohl immer ein Glücksspiel. Bei Maik haben die zwei es zumindest materiell sehr gut, und nach allem, was man so sieht und hört, gibt er sich auch ansonsten sehr viel Mühe mit ihnen. Er hat immerhin sogar dich als Kochlehrerin eingestellt«, frotzelte sie, »obwohl er dich anfangs ganz bestimmt genauso wenig mochte wie du ihn.«

»Haha.« Hannah verdrehte die Augen.

»Nein, wirklich!« Caroline beugte sich vor und rupfte nun weiter Unkraut. »Er gibt sich Mühe. Wenn er nicht so der gefühlsbetonte Typ ist, tja, dann ist das eben so. Ich schätze, damit werden Jakob und Michelle zurechtkommen. Solange es ihnen gut geht und es ihnen an nichts fehlt, werden die drei sich irgendwie zusammenraufen.«

»Ich weiß nicht.« Nachdenklich betrachtete Hannah die Halme und Blätter in ihren Händen. »Ich glaube eher, dass er erst wieder lernen muss, Zugang zu seinen eigenen Gefühlen zu bekommen. Ich weiß ja nicht, ob er den jemals hatte oder ob er ihn nur einfach durch den Burn-out verloren hat.« Zögernd warf sie das Unkraut hinter sich. »Ich frage mich die ganze Zeit, ob es klug ist, sich auf jemanden wie ihn einzulassen. Das wollte ich von Anfang an nicht, wie ich euch klipp und klar gesagt habe.« Sie warf erst Caroline, dann Ella einen strengen Blick zu. »Aber ihr musstet mir ja mit den Fröschen kommen.«

»Und trotzdem oder gerade deswegen habt ihr euch beinahe geküsst«, wandte Ella triumphierend ein. »Was sagt uns das?«

»Dass meine Hormone kurzfristig außer Kontrolle geraten sind«, schlug Hannah vor.

»Nein, dass wir den richtigen Riecher hatten«, widersprach Caroline. »Ich dachte mir gleich, dass zwischen euch jede

Menge Spannung in der Luft liegt. Entweder entlädt sich so etwas in Mord und Totschlag oder in heißem Sex.«

»Hey, Moment mal!« Entsetzt starrte Hannah sie an. »Von Sex war überhaupt keine Rede. Von heißem schon mal gar nicht.«

»Noch nicht«, korrigierte Ella und fuhr mit einem Grinsen fort: »Außerdem sollte Sex eigentlich immer heiß sein, zumindest so ganz am Anfang. Kuscheln kann man später immer noch oder die Hitze gerade je nach Lust und Laune variieren. Aber wenn es schon am Anfang nicht heiß hergeht, wann dann?«

Caroline kicherte. »Da muss ich Ella recht geben. Ich könnte mir vorstellen, dass zwischen euch ganz schön die Funken sprühen könnten, wenn ihr …«

»Lalalalala!« Hannah presste ihre Hände auf die Ohren. »Können wir bitte das Thema wechseln?«

Ella und Caroline lachten.

»Seit wann bist du so prüde?« Sachte stieß Ella sie mit dem Ellenbogen an. »So kenne ich dich gar nicht.«

Hannah seufzte. »Ich bin überhaupt nicht prüde! Ich will mir nur keine Gedanken über Dinge machen, die vielleicht niemals passieren werden. Ziemlich wahrscheinlich nicht. Schon gar nicht, nachdem ich …«

»Nachdem du den Mann einfach allein auf der Couch zurückgelassen hast?«, vollendete Caroline ihren Satz. Liebevoll legte sie Hannah einen Arm um die Schultern. »Ich kann mir nicht vorstellen, dass er dir das übel nehmen wird.«

»Nein, ja …« Geräuschvoll stieß Hannah die Luft aus. »Ich weiß auch nicht. Es ist alles ein bisschen seltsam. Ich muss mich wohl erst daran gewöhnen, dass ich ihn nicht mehr schrecklich finde. Irgendwie ging mir das gestern plötzlich zu schnell. Mein Gehirn kam nicht mehr hinterher, wenn ihr wisst, was ich meine.«

Nun legte auch Ella ihr einen Arm um die Schultern, sodass sie in einer Dreierumarmung endeten. »Dafür musst du dich ganz sicher nicht entschuldigen. Wenn du mehr Zeit brauchst, dann musst du sie dir nehmen. Wenn er das nicht versteht, dann schieß ihn gleich auf den Mond. Du bist schließlich nicht verpflichtet, ihn zu küssen, nur weil er dir signalisiert hat, dass er dazu bereit ist.« Sie drückte sanft Hannahs Schulter. »Wir wollten dich auch ganz bestimmt nicht zu irgendetwas drängen, was du nicht oder noch nicht möchtest. Das mit den Fröschen und Prinzen war doch eher als Scherz gemeint. Ich hoffe, das weißt du.«

»Na klar.« Obwohl sich an dem Aufruhr in ihrem Inneren seit dem vergangenen Abend nicht viel verändert hatte, schaffte sie es, einigermaßen gleichmütig zu lächeln. »Ich bin ja auch eigentlich ... Oh!« Beinahe hätte sie sich verschluckt, als ihr Blick auf die Männer fiel, die links von ihr um das Haus herumgekommen waren. Ihr Herz machte einen unmäßigen Satz, und ihre Wangen begannen, zu glühen.

»Was ist denn?« Verwundert drehte Ella sich um und ließ Hannah im nächsten Augenblick los, um aufzuspringen. »Henning, Maik! Wo kommt ihr denn her?«

»Ich würde ja sagen, *von drauß, vom Walde*«, witzelte Henning grinsend, »aber das trifft es nicht ganz. Wir kommen vom Hafen.« Er blickte über die Schulter. »Jörn, wo bleibst du denn?«

»Ich bin ja schon da.« Schwer beladen mit einer großen Plastikklappbox, kam nun auch Jörn um die Hausecke. »Ihr hättet mir ja ruhig mal beim Tragen helfen können.«

»Was machst du denn hier?« Ella eilte auf ihren Verlobten zu und half ihm, die Box zu dem Klapptisch zu tragen, den sie kurz zuvor mit Caroline aufgestellt hatte, um darauf Gartenutensilien abzulegen. »Ich dachte, du hättest heute Nachmittag noch eine Touristenfahrt mit der *Paulsen 1*.« Jörn war nicht nur von Beruf Fischer mit einem großen Familienbetrieb, sondern er besaß auch zwei aufwendig restaurierte Kutter aus dem 19. Jahrhundert, mit denen er Fahrten zu den Seehundbänken sowie weiteren Touristenattraktionen auf See anbot.

»Alles abgesagt.« Jörn zog Ella an sich und küsste sie erst auf die Wange, dann auf den Mund. »Ich weiß nicht, ob ihr es bemerkt habt, aber der Wind hat ziemlich aufgefrischt. Für den Abend ist Sturm vorausgesagt, und der Seegang ist jetzt schon so ordentlich, dass wir ihn den Touristen lieber nicht mehr antun.«

»Ich hatte mir tatsächlich schon Sorgen gemacht«, gab Ella zu. Lächelnd lehnte sie sich an ihn. »Aber nun ist mein Seemann ja in Sicherheit.« Sie blinzelte ihm zu, wurde dann aber wieder ernst. »Glaubst du, es wird eine Sturmflut geben?«

»Schwer zu sagen.« Jörn fuhr sich mit gespreizten Fingern durch sein blondes Haar. »Möglich ist es. Nach den übermäßig heißen Temperaturen kann es durchaus zu heftigen Unwettern kommen. Und Unwetter haben nun mal gerne auch Sturmfluten im Gepäck. Ich habe die Feuerwehr sicherheitshalber bereits vorgewarnt und einen Eintrag in die Lichterhaven-App gemacht. Auf diese Weise erreiche ich am ehesten so viele Einwohner wie möglich. Ich will zwar die Pferde nicht scheu machen, aber ich warne lieber einmal zu oft als einmal zu wenig.«

»Glücklicherweise wissen die Lichterhavener Ureinwohner genau, wie sie sich im Falle einer Sturmflut zu verhalten haben.« Henning stieß Maik grinsend an. »Ich hoffe, du hast dich in dieser Hinsicht auch schlaugemacht. Andernfalls kann Jörn dir gerne einen kleinen Vortrag darüber halten.«

»Darauf komme ich vielleicht noch zurück.« Maik warf Hannah einen kurzen, undefinierbaren Blick zu. »Was die Verhaltensweisen der hiesigen Ureinwohner, wie du sie nennst, betrifft, muss ich wohl tatsächlich noch einiges lernen.«

Am liebsten hätte Hannah sich mit den Händen über die Wangen gerieben. Ihr Gesicht glühte immer noch, und sie war sich sicher, dass er eine Reaktion von ihr erwartete. Doch ehe sie auch nur darüber nachdenken konnte, was sie sagen und wie sie ihm ihr heimliches Verschwinden am Vorabend erklären sollte, durchschnitt fröhliches Gebell die Stille, und ein braunschwarzes Fellgeschoss sauste um die Hausecke. Nur wenige Schritte dahinter am anderen Ende der Leine hastete Michelle.

»Stopp, halt! Nun warte doch mal, Finchen! Ich kann nicht so schnell rennen wie du.«

Selbst schuld. Warum machst du mich auch nie von der Leine los? Ich hab es nun mal eilig, weil ich hier lauter bekannte Menschen gewittert habe. Hier sind Ella und Caroline und Hannah. Wau! Dass Hannah hier ist, freut mich ganz besonders. Ich muss sie unbedingt begrüßen. Wild wedelnd strebte Finchen zu den drei Frauen, versuchte, an ihnen hochzuspringen und ihnen allen dreien gleichzeitig die Hände abzulecken. *Hach, wie ist das schön, so viele tolle Menschen um mich zu haben. Au ja, bitte streichelt und krault mich, das gefällt mir total gut!*

»Mist, pass doch auf!« Verzweifelt bemühte sich Michelle, zu verhindern, dass Finchen die drei Frauen immer wieder umrundete und sie in die lange Flexileine einwickelte, die sie heute benutzte.

»Wo hast du denn Jakob gelassen?« Suchend blickte Maik sich um.

Michelle, die immer noch mit Finchen und der Leine kämpfte, sah sich ebenfalls um. »Eben war er noch hinter mir.«

Noch während sie sprach, bog der Junge um die Hausecke. Er hielt etwas in der Hand, und es sah aus, als würde er weinen. Rasch ging Maik auf ihn zu. »Jakob? Was ist denn los? Was hast du da?«

Mit unglücklicher Miene hielt der Junge ihm den Gegenstand entgegen. »Das ist ein Seestern. Ich habe ihn dahinten an der Straße im Gras gefunden. Den hat jemand da hingeworfen, und jetzt ist er tot.« Seine Stimme schwankte.

»Oh, also …« Vorsichtig wollte Maik dem Jungen den Seestern aus der Hand nehmen, doch dieser zog die Hand hastig wieder zurück.

»Das ist so gemein! Warum hat den jemand weggeworfen und totgemacht? Man darf Seesterne doch nicht aus dem Wasser holen. Davon sterben sie.« Nun rannen Jakob tatsächlich die Tränen über die Wangen.

»Hör mal, Jakob …« Sichtlich verunsichert, ging Maik vor seinem Neffen in die Hocke. »Das ist natürlich nicht schön, aber …«

»Nein, das ist total gemein!«, begehrte der Junge auf. »Ich will nicht, dass der Seestern tot ist. Den hat einer einfach mitgenommen und dann weggeworfen.«

Eilig befreite Hannah sich aus dem Leinengewirr, ging zu Jakob hinüber und vor ihm in die Hocke. Sanft ergriff sie seine Hand, in der er den Seestern hielt, und betrachtete das tote Lebewesen. »Das war gemein, da hast du recht. Manche Menschen sind wirklich gedankenlos. Wie schön, dass du es besser weißt.« Ganz sachte drückte sie die Hand des Jungen. Dabei bemühte sie sich, nicht in Maiks Richtung zu schauen, denn nun, da sie sich direkt neben ihm befand, wurde ihr seltsam warm.

»Was machen wir denn jetzt mit dem armen Seestern?« Fahrig wischte der Junge sich mit dem Handrücken über die Augen. »Kann man ihn nicht wieder zurück ins Wasser tun? Lebt er dann wieder?«

»Ich fürchte, das wird nicht funktionieren«, antwortete Maik. »Dieser Seestern sieht aus, als hätte er schon eine ganze Weile auf dem Trockenen gelegen. Wahrscheinlich schon seit ein paar Tagen, und die Sonne hat ihn ganz ausgetrocknet.«

»Scheiße!« Das Wort entfuhr Jakob wie ein Schrei. Unvermittelt stürzte er sich auf Maik und so heftig in dessen Arme, dass dieser beinahe hintenübergekippt wäre. Laut schluchzend presste der Junge sich an ihn, verbarg sein Gesicht an Maiks Brust. »Das ist so gemein und fies und schlimm. Der arme Seestern. Ich will nicht, dass Leute einfach so Seesterne totmachen.«

Einigermaßen hilflos ging Maik in die Knie und hielt den heftig schluchzenden Jungen im Arm. Im ersten Impuls wollte Hannah ihm Jakob abnehmen, entschied sich dann jedoch dagegen und streichelte stattdessen nur sanft über den Kopf des Jungen. Dann zog sie sich zurück. Ein kurzer Blick über die Schulter zeigte ihr, dass die anderen die Szene mit betroffenen Mienen beobachtet hatten, nun jedoch so taten, als wären sie mit etwas anderem beschäftigt.

»Schon gut«, hörte Hannah Maik mit rauer Stimme murmeln. »Ist ja schon gut, Jakob, alles wird wieder gut.« Eine merkwürdige Gänsehaut breitete sich über ihren Rücken und dann über ihren gesamten Körper aus. Etwas an Maiks Stimme ließ ihre Nervenenden vibrieren, und das, obwohl er sie gerade überhaupt nicht beachtete, sondern voll und ganz auf seinen Neffen konzentriert war. »Nicht …« Er stockte, und sie dachte schon, er wollte *nicht weinen* sagen, und war kurz davor, ihn dafür zurechtzuweisen, doch im letzten Augenblick hielt sie sich zurück, als er weitersprach: »Nicht so sehr drücken, Jakob, sonst machst du den Seestern noch kaputt. Sollen wir ihn nicht lieber ganz lassen und überlegen, was wir damit machen?«

Das Schluchzen und Schniefen hörte abrupt auf, Jakob hob den Kopf und blickte Maik überrascht an. »Was sollen wir denn damit machen? Er lebt doch nicht mehr. Und wenn etwas tot ist, ist es weg, und man kann nie wieder etwas damit machen. So wie Mama.« Geräuschvoll zog der Junge die Nase hoch. Automatisch griff Hannah in ihre Hosentasche, zog ein zwar zerknittertes, jedoch sauberes Taschentuch hervor und reichte es ihm.

Jakob nahm es zwar an, benutzte es jedoch nicht, sondern blickte nur todtraurig auf den Seestern in seiner Hand.

Maik fasste sich an die Stirn und fuhr sich schließlich durch sein kurzes dunkles Haar. Zögernd berührte er seinen Neffen erneut am Arm und zog ihn vorsichtig wieder an sich. »Mag sein, dass der Seestern tot ist«, sagte er erneut mit dieser eigentümlich rauen Stimme, die sich verheerend auf Hannahs Nervenkostüm auswirkte. »Aber bestimmt fällt uns doch noch etwas ein, was wir für ihn tun können.« Zu Hannahs Überraschung hob er den Kopf und sah sie fragend an.

Sie ging noch einmal vor Jakob in die Hocke. »Ich habe eine Idee. Möchtest du sie hören?«

Jakob hielt inne, drehte sich in Maiks Armen zu ihr um und sah sie aus geröteten Augen neugierig an. »Was für eine Idee?«

Kurz warf Hannah einen Blick über die Schulter zu ihren beiden Freundinnen, die natürlich erneut gelauscht hatten, wenn auch etwas weniger auffällig als zuvor. Als sie sich Jakob wieder zuwandte, lächelte sie warm. »Hast du gesehen, dass wir auf der Seite zum Hafen hin ein Café aufmachen wollen? Vor dem Eingang gibt es eine Trockenmauer, in die wir verschiedene Steingartengewächse und Blumen pflanzen wollen. Dann wollen wir auch noch ein paar Kübel und Fässer aufstellen und darin ebenfalls bunte Blumen pflanzen. Was hältst du davon, wenn wir den Seestern in einem von diesen Kübeln feierlich begraben und ihm eine kleine Grabplatte basteln, auf die wir einen schönen Spruch schreiben, der zugleich auch eine Mahnung an die Menschen ist? So etwas wie *Hier ruht der kleine Seestern. Er musste sterben, weil ein Mensch ihn gedankenlos aus dem Wasser genommen hat. Wir trauern alle sehr um ihn.*« Auf Maiks leises Hüsteln hin lächelte sie schief. »Na ja, so etwas Ähnliches zumindest. An der Inschrift können wir ja noch feilen. Aber wenn wir dieses kleine Grab strategisch günstig platzieren, sodass viele Menschen daran vorbeikommen und es sehen, dann tragen wir dazu bei, dass die Menschen nicht einfach einen Seestern, ohne nachzudenken, aus dem Wasser nehmen.« Während sie sprach, blickte sie noch einmal ganz kurz über die Schulter zu ihren Freundinnen und war erleichtert, als sie in deren lächelnden Gesichtern Zustimmung las. »Was meinst du, Jakob? Ich könnte gleich morgen mal jemanden fragen, der solche Inschriften auf Grabplatten graviert. Und Ella ist ganz wunderbar darin, Blumenschmuck anzufertigen. Sie könnte einen kleinen Kranz oder so etwas basteln mit einer Schleife. Nicht wahr, Ella? Das kannst du doch?«

Ella nickte hastig. »Ja klar, das ist gar kein Problem. Sag mir nur, wann der Blumenschmuck fertig sein soll.« An ihrer Stimme erkannte Hannah, dass ihre Freundin äußerst gerührt war.

»Siehst du«, wandte Hannah sich wieder an Jakob. »Caroline und ich backen und kochen etwas Schönes, damit wir nach der Beerdigung noch eine kleine Gedenkfeier abhalten können.« Neben ihr gab Maik einen undefinierbaren Laut von sich, doch als sie ihn mit gerunzelter Stirn ansah, lächelte er nur und nickte zustimmend.

»Das ist zwar eine ungewöhnliche Idee«, sagte er, »aber warum nicht? Wir sind dabei, nicht wahr, Michelle?« Diesmal wanderte sein Blick zu seiner Nichte, die daraufhin ebenfalls heftig nickte.

Sagt mal, was ist denn hier eigentlich los? Eben war es noch so lustig hier, aber jetzt sind auf einmal alle so seltsam, und Jakob hat sogar geweint. Warum ist er denn so traurig? Das gefällt mir gar nicht. Finchen, die von Michelle inzwischen an die kurze Leine genommen worden war, tappte neugierig auf Jakob zu, schnüffelte an ihm und stieß ihn mehrmals sanft mit der Nase an. *Hey, du, kleiner Freund. Was ist los mit dir? Ich finde es schrecklich, wenn du traurig bist. Kann ich dich irgendwie aufheitern?*

Jakob sah so aus, als wisse er nicht, ob er noch einmal in Tränen ausbrechen sollte. Doch Finchens wiederholte Versuche, ihn mit der Nase im Gesicht zu treffen und ihn abzuschlecken, brachten ihn schließlich doch zum Kichern. »Nicht, Finchen! Das kitzelt.«

Genau das war der Plan. Er scheint zu funktionieren. Komm schon, lach noch mal! Finchen hüpfte auf und ab und versuchte erneut, an Jakobs Gesicht heranzugelangen. Dabei stieß sie mehrmals heftig gegen Maik, der daraufhin das Gleichgewicht verlor und auf seinem Hinterteil landete.

Hannah versuchte, nicht zu lachen, musste dann aber doch prusten. Prompt erntete sie dafür von Maik einen bezeichnenden Blick. Wortlos reichte sie ihm die Hand und half ihm, aufzustehen. Die Berührung verursachte ein merkwürdig prickelndes, knisterndes Gefühl, sodass sie ihn sicherheitshalber rasch wieder losließ und sich erneut Jakob zuwandte. »Na, was meinst du? Wann sollen wir das machen? Vielleicht am nächsten Wochenende? Bis dahin könntest du den Seestern in eine hübsche Schachtel legen. Ich glaube, ich habe sogar irgendwo eine in der passenden Größe gesehen. Ella, hattest du nicht irgendwo drinnen solche kleinen weißen Schachteln?«

»Die mit den roten Schleifen, meinst du?« Ella kam näher. »Du hast recht, die kleinsten davon würden perfekt für den Seestern passen. Die Schleifen kann man ja abmachen. Ich gehe gleich mal eine holen.« Schon wandte sie sich um und verschwand durch den Hintereingang.

Hannah blickte immer noch abwartend auf Jakob, der nachdenklich den Seestern in seiner Hand betrachtete. Schließlich nickte er. »Und wo soll der Seestern so lange bleiben, bis wir ihn begraben?«

»Das ist deine Entscheidung«, antwortete Maik an Hannahs Stelle. »Wenn du willst, kannst du ihn solange in deinem Zimmer aufbewahren. Zum Beispiel auf der Fensterbank.«

Wieder dachte der Junge nach, wieder nickte er. »Gut. Und wann nächstes Wochenende?«

»Am Sonntagnachmittag?«, schlug Caroline vor. »Am Freitagabend beginnt zwar auch unser Stadtfest, aber wenn wir die Feier am Sonntagnachmittag abhalten, kollidieren wir nicht mit dem Festumzug oder irgendeinem anderen offiziellen Termin.«

Nach und nach stimmten alle diesem Vorschlag zu. In diesem Moment kam auch schon Ella wieder aus dem Haus und stellte eine kleine quadratische flache Schachtel aus weißer Pappe auf den Klapptisch. Sie hob den Deckel ab und winkte Jakob zu sich. »Schau mal, möchtest du den Seestern hier hineinlegen? Da ist er gut geschützt.«

Zögernd trat Jakob an den Tisch heran, beäugte die Schachtel, berührte sie kurz am Rand. Schließlich bettete er sehr vorsichtig den Seestern hinein und schloss den Deckel. Dann fuhr er sich noch einmal mit dem Handrücken über die Augen.

»Und nun wird erst einmal etwas gegessen«, verkündete Henning in übertrieben euphorischem Tonfall. Auf die Blicke, die ihn prompt daraufhin trafen, reagierte er, indem er beschwichtigend die Hände hob. »Nun schaut nicht so grimmig! Wenn wir hier schon eine großartige Seesternbeerdigung planen, brauchen wir dafür viel Kraft, oder etwa nicht? Immerhin haben wir vorhin extra jede Menge gute Sachen vom Hafen mitgebracht. Fischbrötchen, Matjessalat, Fritten, die hoffentlich noch nicht kalt geworden sind, und sogar einen riesigen Stapel Crêpes, weil uns ein Vögelchen namens Jörn gezwitschert hat, dass seine Herzallerliebste die besonders gerne isst.«

»Crêpes?« Jakobs Augen wurden kugelrund. »Wie die auf dem Jahrmarkt?«

Henning nickte mit bedeutungsvoller Miene. »Magst du die gerne?«

»Mhm.« Der Junge nickte heftig.

»Sehr gut.« Henning deutete auf die Klappbox. »Dann lasst uns mal reinhauen. Besteck aus Bambus haben wir auch mitgebracht. Die Essschalen können wir zurückgeben, da ist Pfand drauf.«

Während nun alle gleichzeitig versuchten, die Klappbox zu leeren und die mitgebrachten Speisen zu verteilen, brachte Hannah die Schachtel mit dem Seestern in Sicherheit und legte sie auf eine Fensterbank neben dem Hintereingang. Als sie gerade zu den anderen zurückkehren wollte, vernahm sie Schritte hinter sich, die dicht hinter ihr innehielten. Prompt stellten sich ihre Nackenhärchen auf, und ihr Herz beschleunigte seine Schlagzahl.

Sicherheitshalber drehte sie sich nicht zu ihm um, sondern rückte an der Schachtel hin und her. »Die Sache mit dem Seestern hat Jakob ganz schön zugesetzt, was? Ich hoffe, mein Vorschlag mit der Beerdigung war nicht zu anmaßend.«

»Nein, gar nicht. Ich wäre selbst nie auf so etwas gekommen.« Sie hörte ihn ein- und wieder ausatmen, dann ein leises Scharren seiner Füße. »Was die andere Sache angeht ...« Nun war seine Stimme wieder so eigentümlich rau und tief und verursachte ihr eine Gänsehaut.

Sie hielt mitten in der Bewegung inne. »Die andere Sache?«

Es entstand eine kurze Pause von zwei oder drei Sekunden, bevor sie Maik erneut deutlich einatmen hörte. Er trat noch einen halben Schritt auf sie zu, sodass sich ihre Körper beinahe berührten. »Du weißt schon, dass ich das weiterverfolgen werde? Gestern magst du mir noch entkommen sein, aber aufgeschoben ist nicht aufgehoben.«

Ehe sie auch nur reagieren konnte, hatte er sich abgewandt und war zu den anderen zurückgekehrt. Für einen langen Augenblick blieb sie einfach nur bewegungslos stehen und spürte dem entschlossen-verheißungsvollen Ton nach, der seine Worte begleitet hatte und in ihrem Inneren warm und erregend widerhallte.

»Hey, Süße.« Ella tauchte neben ihr auf und stieß sie betont heiter an. »Hast du keinen Hunger? Wenn du dich nicht beeilst, lässt dir diese gefräßige Meute keinen Krümel übrig.« Auffordernd streckte sie ihre Hand aus und blinzelte Hannah wissend zu, als diese sich endlich umdrehte, ihre Hand ergriff und sich zum Klapptisch ziehen ließ.

16. Kapitel

»Wofür brauchen wir denn die ganzen Eier?«, wollte Michelle zehn Tage später wissen, nachdem sie den Inhalt des Korbs, den Hannah mitgebracht hatte, auf der Kücheninsel ausgebreitet hatte. »Soll das ein Eiersalat werden, oder was?«

»Nein.« Hannah hängte ihre blaue Windjacke über die Rückenlehne eines Küchenstuhls. »Obwohl die Idee gar nicht schlecht wäre. Aber ich habe mir gedacht, wir machen heute Pfannkuchen.«

Michelle verzog skeptisch die Lippen. »Echt jetzt?«

»Absolut.« Hannah nickte mit Nachdruck. Dann lächelte sie dem Mädchen zu. »Genauer gesagt, wird es eine Variation von verschiedenen Pfannkuchen. Erst einmal welche ohne Füllung, dann welche mit Äpfeln, mit Kirschen, mit Schokoladenstückchen und welche mit Blaubeeren. Um diese Jahreszeit gibt es leider noch keine frischen aus der Gegend, aber ich habe tiefgefrorene mitgebracht. Bei denen muss man nur ein bisschen aufpassen, dass sie nicht zu viel Flüssigkeit ziehen. Dazu bereiten wir verschiedene Aufstriche und Soßen zu.« Sie musterte das Mädchen aufmerksam. »Du siehst nicht so begeistert aus, Michelle. Würdest du lieber etwas anderes kochen?«

Michelle zuckte mit den Achseln. »Ist schon okay. Ich dachte nur … Lernt man so etwas wirklich in einem Kochkurs? Machen wir nicht mal bald was Komplizierteres als Reisauflauf und Nudeln mit Soße und Bratkartoffeln und so?«

Hannah schmunzelte. »In meinem Kochkurs gehen wir Schritt für Schritt vor. Ich habe schon als Kind immer meiner Mutter und meiner Oma beim Kochen zugeschaut und geholfen. Da gab es meistens ganz einfache Sachen, weil beide Frauen sehr eingebunden waren, sowohl in der Familie als auch im Beruf. Sie hatten schlicht und ergreifend nicht viel Zeit, aufwendige Mahlzeiten zuzubereiten. Zumindest nicht an normalen Tagen. Aber trotzdem haben sie es immer geschafft, etwas Leckeres und zugleich Nahrhaftes auf den Tisch zu bringen. Meine Oma war darin ganz besonders gut. Sie hat aus den einfachsten Gerichten immer sehr fantasievolle Kreationen gemacht. Natürlich konnte sie auch Menüs mit mehreren Gängen zubereiten, hauptsächlich an Feiertagen. Ihre Weihnachts- und Osterbraten nebst Beilagen waren zum Niederknien. Ich bin der Ansicht, dass man, wenn man wirklich kochen lernen will, die einfachen Dinge schätzen lernen sollte, bevor man sich an die aufwendigeren Rezepte wagt. Dabei lernt ihr ganz nebenbei alle wichtigen Handgriffe, die ihr später für schwierigere Gerichte braucht und bestenfalls so verinnerlicht habt, dass sie euch rasch und fehlerfrei von der Hand gehen. Also sei nicht traurig, wenn es heute nur Pfannkuchen gibt. Ich bin sicher, sie werden dir sehr gut schmecken.« Sie wandte sich Maik zu, der bisher schweigend am Küchentisch gesessen hatte, vor sich seinen aufgeklappten Laptop. Die Tastatur klapperte leise vor sich hin, während seine Finger nur so darüberflogen. »Na, was ist? Machst du mit, oder schmeißt du schon das Handtuch?«

Maik hob nur ganz kurz den Blick, tippte jedoch erst noch etwas zu Ende, bevor er den Laptop schloss. »Entschuldige bitte, das war beruflich und sehr wichtig. Ich muss für Freitag einen Gerichtstermin vorbereiten, und ausgerechnet kurz nach Feierabend kamen noch ein paar wichtige Akten herein, die ich durchsehen muss. Allerdings nicht mehr heute Abend.« Entschlossen schob er den Laptop von sich und erhob sich. »Habe ich das eben richtig mitbekommen? Es gibt heute Pfannkuchen?«

»Das war der Plan«, bestätigte Hannah.

Maik trat dicht neben sie an die Arbeitsinsel und stützte sich so darauf ab, dass sie, wenn sie an ihm vorbeiwollte, um die ganze Insel herumgehen musste. »Süße Pfannkuchen zum Abendessen? Kriegen wir da nicht einen Zuckerschock?«

Hannah entschied sich, nicht die Flucht zu ergreifen, auch wenn ihr Blutdruck in seiner Nähe wie immer außer Kontrolle geriet. »Keine Sorge, ich habe auch ein paar herzhafte Versionen in petto. Dafür habe ich das Gemüse und den Schinken besorgt.«

Stirnrunzelnd betrachtete nun auch Maik die mitgebrachten Lebensmittel. »Willst du Pfannkuchen für eine ganze Armee machen? Sind das nicht ziemlich viele Eier?«

Hannah grinste. »Die sind ganz frisch aus Dennersens Hofladen. Bessere Eier kriegst du kaum, es sei denn, du hältst dir selbst Hühner. Die überzähligen Eier halten sich eine ganze Weile im Kühlschrank. Vielleicht wollt ihr ja mal Spiegeleier oder Rührei zum Frühstück machen.« Sie blickte von Maik zu Michelle und wieder zurück. »Rührei oder Spiegelei bekommt ihr doch wohl ohne Hilfe hin, oder?«

»Klar, kein Problem.« Michelle nickte hastig und schob die Eierkartons hin und her. »Rührei geht wirklich einfach. Aber Spiegeleier werden bei mir immer glibberig. Das war bei Mama aber auch so, deswegen haben wir ihr gesagt, sie soll keine mehr machen. Im Fernsehen sehen die immer so lecker aus, aber wenn es obendrauf so glibbert und schwabbelt, ist das eklig.«

Hannah lachte auf. »Stimmt, ein glibberiges Ei ist nicht gerade eine kulinarische Glanzleistung. Also werden wir irgendwann mal zusammen üben, Spiegeleier und Rührei so zuzubereiten, dass sie perfekt werden.« Sie zwinkerte Michelle zu. »Siehst du, da sind wir wieder bei den Grundbegriffen. Aber nun kümmern wir uns erst einmal um die Pfannkuchen.

Michelle, du holst eine beschichtete Pfanne und etwas Pflanzenöl. Maik, du wiegst das Mehl ab und stellst die Milch bereit.« Sie sah sich suchend um. »Ist Jakob mit Finchen spazieren gegangen?«

»Er müsste bald wieder hier sein.« Maik warf einen kurzen Blick durch das Küchenfenster. »Ich glaube nicht, dass er inzwischen noch großes Interesse am Kochen hat. Er freut sich zwar immer, wenn du herkommst, aber wahrscheinlich eher wegen des guten Essens, nicht wegen dessen Zubereitung.« Während er sprach, stellte er die Küchenwaage neben die Lebensmittel auf die Kochinsel. Hannah reichte ihm eine Rührschüssel, die sie aus dem Schrank genommen hatte. Als er sie ihr abnahm, berührten sich ihre Hände, und er verharrte für einen kurzen Moment. In seine Augen trat ein Lächeln, doch er sagte nichts.

Betont unbeteiligt zog Hannah ihre Hände zurück und tat, als sei nichts gewesen. »Das Mehl«, sagte sie und räusperte sich prompt, weil ihre Stimme belegt klang. »Da wir verschiedene Sorten Pfannkuchen zubereiten möchten, nehmen wir eine etwas größere Menge. Wenn später etwas übrig bleibt, kann man die Pfannkuchen noch kalt essen.« Sie deutete auf die Waage. »Fünfhundert Gramm.«

Gehorsam wog Maik die entsprechende Menge Mehl ab.

Sie öffnete einen Eierkarton. »Wir brauchen insgesamt acht Eier. Vier davon geben wir ganz zu dem Mehl …«

»Ganz?« Maik grinste. »Mit Schale?«

»Haha.« Hannah deutete auf die Eier. »Pass auf, dass du beim Aufschlagen keine Splitter ins Mehl fallen lässt. Eierschalen sind zwar nicht giftig, aber sie knirschen unangenehm zwischen den Zähnen.«

Da Michelle inzwischen die Pfanne auf den Herd gestellt und die Ölflasche daneben platziert hatte, trat Hannah zur Seite, damit das Mädchen ebenfalls bei der Vorbereitung des Teiges zusehen konnte. »Die übrigen vier Eier trennen wir.

Das Eigelb kommt in den Teig, das Eiweiß schlagen wir später steif und heben es zuletzt unter, damit die Pfannkuchen schön fluffig werden.«

»Im Fernsehen machen die Köche das immer einhändig.« Probeweise nahm Michelle eines der Eier in die Hand und musterte es eingehend.

Schmunzelnd nahm Hannah es ihr aus der Hand, schlug es geschickt mit einer Hand auf, ließ das Eiweiß in einen hohen Mixbecher rinnen und gab das Eigelb danach in die große Schüssel. »So meinst du?« Sie schüttelte den Kopf. »Dafür braucht man schon ein bisschen Übung. Wir fangen heute ganz einfach an. Maik.« Lächelnd drückte sie Maik ein Ei in die Hand. Michelle nahm sich ebenfalls eines.

»Und jetzt?« Auch Maik beäugte sein Ei skeptisch und suchte dann mit Blicken nach einer passenden Stelle, an der er die Eierschale aufschlagen konnte.

Hannah verkniff sich ein Lachen. »Es beißt nicht. Hier, nimm einfach den Rand der Schüssel. Aber vorsichtig!«, warnte sie, doch da hatte Maik die Schale schon einigermaßen zertrümmert. Hastig griff sie nach seiner Hand und gleichzeitig nach dem Ei und teilte die beiden Hälften der Schale so, dass nicht der gesamte Inhalt über die Arbeitsplatte verteilt wurde. Sie führte seine Hand über den Mixbecher. »Ein bisschen sanfter darfst du schon vorgehen. Hier, so.« Mittlerweile hatte er seine zweite Hand zu Hilfe genommen, sodass sie mit vier Händen an dem zerbrochenen Ei herumwerkelten. »Normalerweise öffnet man die Schale ganz vorsichtig und füllt dann das Eigelb immer von einer Seite zur anderen, während das Eiweiß abläuft.« Da er immer noch nicht genau zu wissen schien, was er tun sollte, nahm sie ihm schließlich die Schalen ab und zeigte ihm, was sie meinte.

Er hüstelte. »Okay. Gut, dass noch genügend Eier übrig sind.«

»Verschwenden wollen wir sie aber nicht«, mahnte Hannah. »Also, jetzt noch mal. Nimm ein Ei.«

Er gehorchte.

Sie umfasste seine Hand mit dem Ei, obwohl dies nicht ganz einfach war, weil ihre Hand deutlich kleiner war als seine. »Jetzt aufschlagen.« Sie führte seine Hand, sodass er nicht wieder zu viel Schwung nahm. »Jetzt vorsichtig teilen und das Eiweiß in den Becher laufen lassen. Immer hin und her mit dem Eigelb, von einer Schalenhälfte in die andere, bis das Eiweiß vollständig abgelaufen ist. Dabei aufpassen, dass das Eigelb nicht verletzt wird, sonst mischt es sich mit dem Eiweiß, und das lässt sich dann nicht mehr so gut steif schlagen.« Zur Sicherheit half sie nun auch wieder mit beiden Händen nach. Als sie kurz den Kopf hob, begegnete sie seinem Blick, der zugleich amüsiert und aufmerksam wirkte. Ihr wurde warm. Für einen kurzen Moment vergaß sie, wo sie sich befand.

»Ich glaube, jetzt ist nur noch das Eigelb übrig«, raunte er.

Erschrocken richtete sie ihren Blick wieder auf das Ei und zog ihre Hände zurück. »Sehr gut.« Zu ihrer Erleichterung gehorchte die Stimme ihr einigermaßen!

»Ich will auch mal.« Michelle schlug ihr Ei vorsichtig am Rand des Mixbechers auf und trennte geschickt Eigelb von Eiweiß. »Das ist doch total simpel!«

»Alles klar.« Hannah atmete tief durch. Sie hatte nicht damit gerechnet, dass ihre Hormone zu solchen Komplikationen führen würden. Von ihrem viel zu schnell pochenden Herzen ganz zu schweigen. Das war verrückt! Ausgerechnet Maik Zengler brachte sie derart aus dem Gleichgewicht. Und dann grinste er auch noch so wissend! Am liebsten hätte sie ihn erwürgt. »Jetzt noch etwas Salz, Vanillezucker und die Milch. Michelle, mach schon mal den Handmixer bereit, und dann kannst du die beiden Äpfel aufschneiden, entkernen und in kleine Würfel schneiden. Schälen brauchst du sie nicht, die Schalen kann man ganz gut mitessen.« Sie gab noch ein paar weitere Anweisungen, und während Maik schließlich das Eiweiß steif schlug und den Teig rührte, öffnete sie ein Glas Sauerkirschen und den Beutel mit den Blaubeeren und stellte mehrere Teller bereit, damit sie die verschiedenen Sorten Pfannkuchen darauf verteilen konnten.

»Sagtest du nicht etwas von herzhaften Pfannkuchen?«, fragte Maik mit erhobener Stimme über das Surren des Mixers hinweg. »Jetzt haben wir Vanillezucker im Teig. Passt das überhaupt?«

»Vertrau mir.« Sie stellte ein paar weitere Zutaten für Soßen und Aufstriche bereit und griff dann nach den Tomaten, Zucchini und dem Bund Kräuter sowie dem Päckchen mit dem Schinken, den sie wie die Eier aus Dennersens Hofladen mitgebracht hatte. »Süß und salzig passt sehr gut zusammen. Abgesehen davon ist so wenig Vanillezucker im Teig, dass man von süß fast gar nicht sprechen kann.«

»Das ist kein Vanillezucker aus dem Laden, oder?«, wollte Michelle wissen, die sich das Glas mit dem Zucker geschnappt hatte und es neugierig betrachtete. »Da sind schwarze Punkte drin.«

»Das ist echte Vanille.« Hannah trat neben sie. »Ich stelle meinen Vanillezucker immer selbst her. Dazu gibt man einfach normalen Zucker in ein Glas und eine ausgeschabte Vanilleschote dazu, verschließt das Glas gut und lässt es zwei, drei Wochen stehen. Zwischendurch kann man es immer mal wieder schütteln, damit sich das Aroma besser verteilt. Die schwarzen Punkte sind Reste der Vanille.«

»Und was machst du mit dem Inhalt der Schote?«, hakte Michelle nach.

»In dem Fall nichts. Ich habe die Vanilleschote einfach Caroline geklaut, die sie vom Backen übrig hatte. Sie hat das Mark verwendet, ich die Schote. Teamwork.« Sie stellte das

Glas mit dem Vanillezucker wieder auf den Tisch zurück. »Aber grundsätzlich kann man echte Vanille für viele verschiedene Speisen nutzen. Hauptsächlich für Desserts. Das schmeckt viel besser und aromatischer als gekaufter Vanillezucker. Wenn du willst, bringe ich beim nächsten Mal Vanilleschoten mit. Dann können wir hier für euch auch echten Vanillezucker ansetzen.«

Michelle nickte nur zustimmend und machte sich wieder an ihre Aufgaben.

Hannah warf einen Blick auf die Teigschüssel. »Genug gerührt. Der Eischnee sieht auch sehr gut aus«, lobte sie Maik. »Dann können wir jetzt ...« Sie brach ab, da in diesem Moment Jakob und Finchen hereingestürmt kamen. »Na, das ist perfektes Timing. Da haben wir ja schon jemanden, der den Tisch decken kann.«

Jakob lächelte breit. »Ist das Essen schon fertig?«

Hannah schüttelte den Kopf. »Ein bisschen dauert es noch, aber du kannst dich trotzdem schon nützlich machen. Hey, Finchen, ist ja gut, nicht so wild«, wehrte sie lachend ab, denn das Airedale-Terrier-Mädchen sprang immer wieder an ihr hoch.

Doch, doch, hallo, hallo! Ich wusste ja gar nicht, dass du heute zu Besuch kommst. Wie toll ist das denn? Da muss ich dich doch gebührend begrüßen. Komm, lass dich knutschen! Und ja, bitte kraulen. Hinter den Ohren und so und überall! Das mag ich total! Als Hannah in die Hocke ging und sich mit der Hündin befasste, rekelte die sich wohlig in ihren Armen.

»So, jetzt darf ich mich erst einmal grundreinigen.« Lachend erhob Hannah sich wieder und ging zur Spüle, um sich Hände und Unterarme zu waschen. Als sie sich wieder umdrehte, erschrak sie, denn dicht vor ihr stand Maik und sah mit einem undeutbaren Blick auf sie herab. Dann hob er plötzlich die Hand und berührte sie oberhalb ihrer Brust. Sie erstarrte, und die Luft verfing sich in ihrer Kehle.

»Du hast da ein paar Kletten.« Vorsichtig zupfte er die grünen Kügelchen von ihrer geblümten Bluse. »Die scheint Finchen dir vermacht zu haben. Wo habt ihr euch denn herumgetrieben?«, fragte er über die Schulter in Jakobs Richtung, wandte sich aber gleich wieder ihr zu und entfernte auch noch einen Grashalm aus dem Ausschnitt ihrer Bluse. In seinen Augen funkelte es erheitert. »Der Naturlook steht dir zwar gut, aber ich schätze, wir sollten vermeiden, dass das Grünzeug in unser Essen fällt.« Achtlos warf er Kletten und Grashalm in die Spüle.

Hannahs Herz vollführte einen unangebrachten Salto in ihrer Brust. »Ja, äh, danke.« Da er keine Anstalten machte, sich zurückzuziehen, blieb sie ebenfalls ganz still stehen und blickte zu ihm auf. Je länger der Blickkontakt dauerte, desto mehr schien sich die Luft zwischen ihnen aufzuheizen und zu knistern.

»Wir sind bloß hinten über die Pferdeweide gelaufen.« Jakob klapperte mit dem Geschirr auf dem Küchentisch. »Da stehen im Moment keine Pferde, und man kann toll rennen. Und es ist überall Zaun drum herum, und da haben wir ein bisschen gespielt.«

Ja, genau! Das hat Spaß gemacht. Ich liebe es, herumzutollen und mal so richtig zu rennen.

Widerstrebend trat Maik nun doch einen Schritt zurück und kehrte an die Arbeitsinsel zurück. »Wenn Finchen noch mehr Kletten im Fell hat, müssen wir die später noch entfernen. Am besten geht das mit der Bürste, die ich extra dafür gekauft habe.«

»Darf ich das machen?«, rief Jakob begeistert.

»Ich bitte darum.« Während Maik die Teigschüssel zum Herd trug, warf er Hannah noch einen langen, eindringlichen

Blick zu. »Ich schätze, es wird allmählich Zeit, dieses Zeug hier endlich in Pfannkuchen zu verwandeln, oder?«

»Allerdings.« Mit einiger Mühe riss Hannah sich zusammen, um sich nicht anmerken zu lassen, dass ihr Inneres heftig in Aufruhr geraten war. Allerdings glühten ihre Wangen, und es stand zu befürchten, dass man ihre Gefühle deutlich erkennen konnte. Ein kurzer Blick in Michelles Richtung bestätigte ihr, dass das Knistern zwischen Maik und ihr nicht unbemerkt geblieben war. Das Mädchen wandte zwar sofort den Blick ab, doch Hannah war sich sicher, dass Michelle alles genau beobachtet hatte. Auch das noch!

»Das Ausbacken der Pfannkuchen geht ebenso schnell und einfach wie das Anrühren des Teiges.« Sie ließ Michelle Öl in die aufgeheizte Pfanne geben und gleichmäßig verteilen. Dabei versuchte sie, zu ignorieren, dass Maik sich dicht hinter sie gestellt hatte und ihr aufmerksam über die Schulter schaute. Zwar berührten ihre Körper sich nicht, dennoch wurde ihr erneut unnatürlich warm. Mit dem letzten Rest an Professionalität, den sie aufbringen konnte, zeigte sie ihren beiden Kochschülern beim ersten Pfannkuchen, wie sie vorgehen sollten, dann überließ sie Pfanne und Teigschüssel Maik und Michelle.

***

Sie hatten gerade den letzten Pfannkuchen aus der Pfanne genommen, als es an der Haustür klingelte. Nicht ganz sicher, ob er über diese Unterbrechung erfreut sein sollte oder verärgert, entschuldigte Maik sich und ging zur Haustür. Einerseits störte es ihn, sich aus Hannahs Nähe zu entfernen, denn inzwischen machte es ihm eindeutig Spaß, mit ihr zu flirten und sie herauszufordern. Auf der anderen Seite hatte er genau so etwas vermeiden wollen. In seinem Leben war derzeit so viel durcheinandergeraten und nichts mehr, wie es einmal gewesen war, dass eine weitere Komplikation ganz sicher nicht angebracht war. Er hatte schon genug mit sich selbst und den Kindern zu tun; wie sollte er da in seinem Leben auch noch Platz für eine Frau finden?

Ganz bestimmt war es nicht fair gegenüber Hannah, wenn er die Sache zu weit trieb. Sosehr er sich anfangs auch über sie geärgert hatte, inzwischen fühlte er sich recht eindeutig zu ihr hingezogen. Ihn faszinierte diese Mischung aus kreativer Köchin, bodenständiger Geschäftsfrau und ihrer lebensfrohen Art. Sie nahm selten ein Blatt vor den Mund, wirkte aber meistens liebenswürdig und angenehm ausgeglichen – außer wenn sie sich mit ihm stritt, was immer noch ab und zu vorkam, wenn sie für ihre Kochstunden herkam, jedoch längst nicht mehr so heftig wie zu Beginn ihrer Bekanntschaft. Inzwischen war es mehr ein Kräftemessen geworden, bei dem zwischen ihnen nicht selten die Funken stoben.

Zu Jakob und Michelle schien sie gleichermaßen einen Draht gefunden zu haben, wobei sie mit beiden recht unterschiedlich umging. Dass Jakob von ihr begeistert war, stand außer Zweifel, spätestens seit der feierlichen Beerdigung des Seesterns am vergangenen Sonntagnachmittag mit anschließender Trauerfeier und gutem Essen verehrte der Junge sie heiß und innig.

Michelle hatte manchmal zwar ihre Eigenarten, doch selbst sie ließ sich etwas von Hannah sagen und kam gut mit ihr aus. Möglicherweise lag es daran, dass sie Hannahs Interesse am Kochen teilte.

Kurz und gut: Hannah war eine tolle Frau. In seinem Leben war jedoch kein Platz für sie. Dumm nur, dass diese überaus kluge und sinnvolle Entscheidung weder gegen sein Bauchgefühl noch gegen seine Hormone anzukommen schien. Über die Zwickmühle in seiner Herzgegend wollte er erst gar nicht nachdenken, das führte viel zu weit! Wahrscheinlich bildete er sich das auch nur ein. Möglicherweise stand er ja kurz vor einem Herzinfarkt.

Als er die Haustür öffnete, sah er sich Max Paulsen gegenüber, Jörns jüngerem Bruder. Überrascht trat er einen Schritt auf ihn zu. »Hallo, guten Abend. Max, äh, Herr Paulsen, ich weiß gerade gar nicht ...«

»Max ist okay. Wir kennen uns doch von der Feuerwehrsache damals.«

»Gut.« Maik lächelte. »Was kann ich für dich tun? Braucht die Feuerwehr noch einmal einen Helfer mit zwei linken Händen?«

Max lachte. »Ich glaube nicht.« Fahrig strich er sich durch sein fast kragenlanges hellbraunes Haar. »Ich, also ... Ich wollte mal fragen ... Vielleicht hätte ich besser in die Kanzlei kommen sollen. Es ist nur so, ich weiß überhaupt noch nicht, ob ich etwas tun soll, und wenn ja, was. Da dachte ich, ich schau einfach mal vorbei und frage, ob du ... Na ja, ob du einen Rat weißt.«

Nach einem kurzen Blick über die Schulter trat Maik hinaus und zog die Tür hinter sich bis auf einen kleinen Spalt zu. »Worum geht es denn?«

Wieder fuhr sich Max durchs Haar, diesmal mit gespreizten Fingern. »Um Inga, das ist meine Frau. Sie hatte ... Also, sie hat wohl vor, die Scheidung einzureichen. Ich weiß nicht, ob du schon davon gehört hast.«

Maik schüttelte den Kopf. »Ich bin ja noch nicht so lange hier. Jörn und Henning haben zwar angedeutet, dass es bei euch nicht so gut läuft, aber ich habe nicht weiter nachgefragt. Ihr lebt also getrennt?«

»Nein. Oder ... Doch, irgendwie schon. Sie schläft jetzt im Gästezimmer, wenn sie ...« Er ballte sichtlich hilflos die Hände zu Fäusten, lockerte sie aber gleich wieder. »Wenn sie nicht gerade bei Helge ist. Helge Mendelsen«, fügte er leise hinzu.

Maik runzelte die Stirn. Der Name kam ihm bekannt vor. »Ist das nicht Jörns Stellvertreter?«

Max nickte. »Die beiden haben seit über einem Jahr was miteinander. Ich habe es erst eine ganze Weile gar nicht gewusst, im Gegensatz zu halb Lichterhaven.« Er seufzte. »Sie sagt, sie kann nicht mehr mit mir verheiratet bleiben, auch nicht der Kinder wegen. Das mit Helge ist wohl ernst und ...« Er zuckte mit den Achseln. »Was soll ich machen?«

»Eine Ehe nur der Kinder wegen aufrechtzuerhalten, halte ich für wenig sinnvoll«, befand Maik. »Das geht selten gut, und die Kinder leiden meist darunter, auch wenn man sich noch so viel Mühe gibt, höflich miteinander umzugehen und den schönen Schein zu wahren.« Er musterte sein Gegenüber eingehend. »Du willst also keine Scheidung, obwohl sie dich betrogen hat?«

»Ich weiß nicht.« Hilflos hob Max die Hände, ließ sie aber gleich wieder sinken. »Wir sind schon seit der Schulzeit zusammen, wollten den Hof zusammen aufbauen, eine Familie gründen. Und jetzt auf einmal das. Inga behauptet, sie würde sich bei mir nur eingeengt fühlen und dass wir sie alle gar nicht richtig kennen würden. Dass sie immer nur getan hat, was andere von ihr erwarten.« Nach einem kurzen Blick gen Himmel fuhr er zögernd fort: »Möglicherweise stimmt das sogar, aber sie hat sich nie beschwert. Wenn sie etwas anderes gewollt hätte als den Hof oder die Kinder, dann hätte sie das nur sagen müssen. Vielleicht hätten wir einen Weg gefunden ... Aber jetzt haben wir Lilly und Jonathan und ...« Er schluckte hörbar. »Sie sagt, sie will sich nicht mehr um die Kinder kümmern müssen. Ich soll das alleinige Sorgerecht erhalten. Ich meine, was soll das? Warum sagt sie so etwas? Sie redet fast so, als würde ihr nicht wirklich etwas an den beiden liegen. Sie ist doch ihre Mutter!« Nun griff er sich mit beiden Händen ins Haar und zerrte daran. »Sie hat angedeutet, dass sie Geld haben will, um neu anzufangen. Wir sind zusammen veranlagt und so. Wenn sie bei der Scheidung die Hälfte vom Hof haben will, dann weiß ich nicht, wie es weitergehen soll. Unser Hof ist alles, was ich habe. Meine Eltern und die von Inga haben bei der Finanzierung geholfen. Jetzt hat sie angedeutet, dass wir alles verkaufen könnten, um den Erlös zu teilen. Ich erkenne sie überhaupt nicht wieder!«

Bedächtig rieb Maik sich übers Kinn. »Das klingt nach einem Rosenkrieg, der sich da zusammenbraut. Warum kommst du damit zu mir und nicht zu Alex? Ihn kennst du doch schon viel länger und er euch beide.«

»Ich hatte Alex schon mal angerufen, aber er hat gesagt, ich soll erst dich fragen. Du hättest deutlich mehr Erfahrung in Scheidungsfällen. Stimmt das? Ich dachte, du würdest Vertragssachen machen wie für Henning und für Caroline, Ella und Hannah. Solche Sachen. Scheidungen auch?«

»Scheidungen auch«, bestätigte Maik. In dieser Hinsicht hatte er tatsächlich einiges an Erfahrung. Womöglich einer der Gründe, warum er immer noch Single war. »Also gut, soweit ich es überblicke, tust du gut daran, dir so schnell wie möglich einen Anwalt zu nehmen. Wie wäre es, wenn wir uns in den nächsten Tagen in der Kanzlei zusammensetzen und du mir noch einmal alles ganz genau und der Reihe nach erzählst?« Als aus dem Inneren des Hauses mehrstimmiges Gelächter und Finchens fröhliches Bellen erklang, warf Maik unwillkürlich einen Blick über die Schulter. »So zwischen Tür und Angel ist es schwierig, etwas zu besprechen und einen klugen Plan zu fassen.«

»Ja, klar.« Max nickte hastig. »Ich wollte euch auch gar nicht lange stören, sondern nur fragen, ob du generell bereit wärst, dich dieser ... Sache anzunehmen. Ich habe keine Ahnung ...« Er stockte, räusperte sich. »Oh, hallo, Hannah. Wie geht's?«

Maik fuhr herum und sah sich Hannah gegenüber, die gerade aus der Tür getreten war.

»Hallo, Max! Ich wollte nur ...« Sie wandte sich an Maik. »Die Pfannkuchen werden kalt.« Sie grinste. »Wäre doch schade, wo ihr euch so viel Mühe damit gegeben habt. Max, komm doch mit herein. Was steht ihr hier draußen herum? Drinnen redet es sich doch bestimmt viel gemütlicher.«

»Nein, schon gut.« Abwehrend hob Max die Hände. »Ich will wirklich nicht stören. Außerdem muss ich zurück zum Hof. Meine Eltern sind im Augenblick allein im Stall. Inga hilft ja jetzt nicht mehr mit und war auch nicht sehr erbaut darüber, dass ich ihr gesagt habe, sie soll für eine Weile auf die Zwillinge aufpassen. Ich hätte die beiden sonst mitnehmen müssen.« Hilflos hob er die Schultern. Ihm war anzusehen, dass er die Welt nicht mehr verstand. »Deshalb kehre ich jetzt lieber ganz schnell wieder zurück und sehe zu, dass wenigstens die Arbeit gemacht wird.« Hoffnungsvoll wandte er sich an Maik. »Wann kann ich in die Kanzlei kommen?«

Maik zog sein Smartphone aus der Hosentasche und rief seinen Kalender auf. »Donnerstagvormittag um halb zehn?«

Ohne zu zögern, nickte Max. »Das geht. Da sind die Zwillinge in der Schule. Ich muss aber spätestens um Viertel nach zwölf zu Hause sein, wenn die beiden nach Hause kommen.«

»Keine Sorge, so lang wird unser erstes Gespräch schon nicht dauern.« Maik lächelte sein geschäftsmäßig aufmunterndes Lächeln, das er sich über die Jahre hinweg antrainiert hatte. »Ich werde dir jetzt nicht nahelegen, dir keine Sorgen zu machen, aber ich kann dir versprechen, dass ich alles tun werde, was in meiner Macht steht, um dir und, soweit es notwendig ist, auch deinen Kindern zu ihrem Recht zu verhelfen.«

»Danke.« Max atmete sichtlich auf, dann lächelte er sogar. »Ich wusste gar nicht, dass ihr beide jetzt ...« Vage wies er zwischen Maik und Hannah hin und her.

»Nein, also, wir sind nicht, also …« – »Da ist gar nichts …«
Maik räusperte sich. Er und Hannah hatten gleichzeitig gesprochen und sahen einander nun halb verblüfft, halb erheitert an. »Hannah gibt mir und Michelle Kochunterricht. Ich dachte, das hätte sich inzwischen überall herumgesprochen.« Er grinste schief. »Ist Lichterhaven dafür nicht bekannt, dass die Buschtrommeln immer sofort alles weitertragen?«

»Kochunterricht, ja?« Nun wurde aus Max' Lächeln ein erheitertes Grinsen. »Klar habe ich davon gehört. Ich dachte, das sei so eine Art Synonym für … ihr wisst schon.«

»Nein, das mit dem Kochunterricht stimmt.« Maik wandte sich an Hannah. »Sie ist eine gute Lehrerin.«

»Kann ich mir vorstellen.« Max wandte sich zum Gehen. »Ich muss los. Viel Spaß noch beim … Kochen … und so weiter. Habt ihr übrigens mal die Lichterhaven-App gecheckt? Für heute Abend ist wieder schlechtes Wetter angesagt, noch schlimmer als letzte Woche. Jörn hat für die Feuerwehr schon die erste Warnstufe ausgerufen, was bedeutet, dass wir uns bereithalten sollen, um Sandsäcke zu verteilen, falls es sehr heftig regnen sollte.« Er hob grüßend die Hand. »Also, bis Donnerstag. Danke noch mal, Maik.«

»Keine Ursache. Bis dann.« Maik war sich nicht sicher, ob Max diese Worte noch mitbekommen hatte, denn er hatte sich bereits mit ausholenden Schritten auf den Weg gemacht. Für einen Moment sah Maik ihm nach, dann wandte er sich Hannah zu. »Jetzt bin ich neugierig auf unsere Pfannkuchen.«

Hannah nickte zwar, blieb aber so in der Tür stehen, dass er nicht an ihr vorbeikam. Zu seiner Überraschung legte sie ihm eine Hand auf den Arm. »Es geht um Inga, nicht wahr? Hat sie die Scheidung eingereicht?«

Er nickte, schüttelte aber gleich darauf den Kopf. »Max sagt, sie hat es vor. Bisher scheint sie aber noch nichts in dieser

Hinsicht unternommen zu haben.« Als er auf ihre Hand an seinem Arm blickte, zog sie sie rasch wieder zurück.

»Sie hat Max ziemlich wehgetan. Er ist ein guter Kerl, das hat er nicht verdient. Sie hat ihn monatelang betrogen und es ihm erst gesagt, nachdem Henning und Caroline sie unabhängig voneinander mit Helge beobachtet und sie darauf angesprochen hatten.« Ihre Wangen röteten sich, und ihre Augen funkelten verärgert. »Wer weiß, wie lange sie die Sache sonst noch weitergetrieben hätte. Wir waren alle wie vor den Kopf gestoßen. Ich meine, das sieht ihr so gar nicht ähnlich. Obwohl … Sie hatte schon immer etwas von einer Prinzessin. Versteh mich nicht falsch, ich fand sie immer nett, und Max und Inga, das war so etwas wie das Synonym für Traumpaar. Sie haben sich schon in der zehnten Klasse ineinander verliebt und waren seither unzertrennlich. Für alle war es nur natürlich, dass sie heiraten und eine Familie gründen, und als sie zusammen den Hof von Max' Großeltern übernommen haben und die beiden Kinder kamen, schien das Glück perfekt zu sein.« Seufzend senkte sie den Blick. »Wahrscheinlich gibt es so etwas wie perfekt gar nicht.« Sie schüttelte sich, so als wollte sie die negativen Gedanken abschütteln, hob den Kopf wieder und lächelte entschlossen. »Jetzt ab in die Küche, sonst haben Michelle und Jakob uns gleich alle Pfannkuchen weggefuttert.«

***

Es war bereits kurz vor neun, als sie den Tisch abgeräumt und die Küche in einen einigermaßen ordentlichen Zustand versetzt hatten. Eigentlich hatte Hannah sich gleich verabschieden wollen, doch Jakob hatte so lange gebettelt, bis sie zugestimmt hatte, ihm noch etwas vorzulesen. Michelle war sich nicht sicher, was sie davon halten sollte. Sie hatte irgendwie gedacht, dass Hannah diese Sache mit dem Kochkurs nicht durchziehen würde, oder falls doch, dann nur, weil Maik sie gut dafür bezahlte. Erwachsene taten solche Dinge nicht einfach so für lau oder weil sie so nett waren. Doch das war das Problem: Hannah war echt nett. Sie wurde nie ungeduldig, weder mit Jakob noch mit Michelle, auch wenn sie sich richtig Mühe gab, bockig oder pampig zu werden. Hannah lachte einfach, aber nicht von oben herab, sondern so, als würde Michelle dann automatisch mitlachen, was auch manchmal schon fast passiert war.

Hannah konnte außerdem gut erklären und ließ Michelle und Maik immer gleich alle Handgriffe selbst ausprobieren. *Learning by doing* nannte sie das und hatte schon mehrmals erzählt, dass sie genau auf diese Weise selbst das Kochen gelernt hatte … bei ihrer Oma.

Michelle hatte nie eine Oma oder einen Opa gehabt oder vielmehr gekannt. Es hatte immer nur sie drei gegeben – Mama, Jakob und Michelle. Und jetzt war Mama tot und Maik ihre und Jakobs neue Familie. Das fühlte sich so seltsam an, so falsch, aber andererseits auch wieder richtig, weil er immer noch besser war als das Kinderheim oder eine Pflegefamilie. Aber Hannah? Wie passte sie da hinein?

Michelle war nicht dumm und blind schon gar nicht. Sie hatte bemerkt, wie Maik Hannah manchmal ansah – oder Hannah Maik. Ein bisschen so wie im Film. Das hatte sogar ein bisschen in Michelles Magengrube gekribbelt.

Ob die beiden verliebt waren? Ein komischer Gedanke, und Michelle war sich nicht sicher, ob sie ihn gut fand. Sie wollte keine neue Mutter oder was auch immer Hannah wäre, wenn sie mit Maik zusammenkäme. Andererseits wirkte Maik irgendwie anders, wenn Hannah da war. Netter oder weicher, Michelle fand irgendwie nicht das richtige Wort dafür. Er war nicht der kuschelige Typ, aber seit Hannah die Kochstunden gab, berührte Maik Jakob und sie viel öfter, mal am Arm oder er wuschelte Jakob durchs Haar oder knuffte Michelle spielerisch in die Seite. So etwas hatte er vorher nie gemacht. Fast war es, als ob etwas von Hannahs Nettigkeit auf Maik abfärben würde. Deshalb konnte Michelle Hannah nicht ablehnen, auch wenn sie es versucht hatte.

Jakob brauchte solche Zuwendung noch total, denn er war ja erst acht. Sie selbst, so fand Michelle, hätte auch ohne diese beginnende Nähe auskommen können. Immerhin wollte sie in absehbarer Zeit wieder weg von hier. Aber Jakob war ihr kleiner Bruder, und sie wollte auf jeden Fall das Beste für ihn. Da er Hannah inzwischen regelrecht verehrte, hatte Michelle jetzt für sich beschlossen, der rothaarigen Köchin eine Chance zu geben. Was schadete es schon, sie nett zu finden? Außerdem hatte Michelle Gefallen am Kochen gefunden. Sie hätte nicht gedacht, dass es ihr Spaß machen könnte, aber seltsamerweise war es so, und da kamen ihr die Kochstunden gerade recht.

Während Maik irgendwelche Notizen in seinem Arbeitszimmer machte, weil er mit Max Paulsen gesprochen hatte, und Hannah Jakob ins Bett brachte, hatte Michelle sich in ihr Zimmer zurückgezogen, wo sie nun quer auf dem ziemlich genialen breiten französischen Bett lag und nachdachte. Das tat sie oft, auch wenn sich ihre Gedanken häufig wiederholten oder regelrecht im Kreis drehten. Manchmal wünschte sie sich, sie könnte sie dann mit jemandem teilen, aber die einzige Person, die sie regelmäßig nach ihren Gedanken und Gefühlen fragte, war in Berlin die Therapeutin gewesen, zu der Maik sie und Jakob geschleppt hatte, und jetzt diese Frau Dr. Scholz. Leider hatte sie dort aber erst am Freitag wieder einen Termin, und mit Maik zu sprechen, traute Michelle sich nicht. Was, wenn er sie nicht verstand oder, schlimmer noch, über ihre Gedanken und Ideen lachte?

Und Hannah? Nein, auch wenn sie nett war, war sie doch eine Fremde. Noch fremder als Maik, auch wenn sie ihnen inzwischen seit über fünf Wochen Kochunterricht gab. Nicht ganz regelmäßig, weil ihr immer wieder mal Cateringtermine dazwischenkamen. Aber so lange kannten sie sich nun schon. Trotzdem glaubte Michelle nicht, dass sie Hannah einfach so ihre Gedanken anvertrauen könnte. Hannah hatte zwar mal zu ihr gesagt, dass sie immer mit ihr reden konnte, aber sagten Erwachsene das nicht immer, auch wenn sie es nicht so meinten? Andererseits war Hannah wirklich nett, und Michelle glaubte nicht, dass sie so etwas nur so dahinsagte. So ein Mist! Das war alles schrecklich verwirrend.

Unglücklich starrte Michelle zur Zimmerdecke hinauf, dann schielte sie zu ihrem Smartphone, das neben ihr auf dem Bett lag. Sie griff danach, öffnete die App für Kurznachrichten und rief den Kontakt ihrer Freundin Tina aus Berlin auf. Sie las die letzten Nachrichten, die sie vor ein paar Tagen ausgetauscht hatten. Es ging um die Schulferien, Mitschüler und den neuesten Tratsch. Irgendwie war das alles so weit weg, so als gäbe es in Berlin ein anderes Leben, das zwar ein Teil von Michelle war, aber gleichzeitig nicht mehr zu ihr gehörte.

Rasch schloss sie den Kontakt wieder und öffnete einen anderen. Jenny. Sie hatte vor einer Woche das letzte Mal mit Michelle getextet. Da war es um einen Jungen gegangen, der zwei Klassen über ihnen war und laut Jenny einfach göttlich aussah. Wie ein Schauspieler aus irgend so einer schnulzigen Netflixserie. Hannah kannte sie nicht, weil ihre Mutter sich Netflix nicht hatte leisten können. Maik hatte zwar nicht nur Netflix, sondern auch ein paar andere Streamingdienste abonniert, aber Michelle hatte sich bislang nur hin und wieder ein paar Actionfilme angeschaut oder mit Jakob zusammen etwas aus dem Kinderprogramm. Sie mochte solchen Herzschmerzschnulz nicht. Er erinnerte sie zu sehr an alles, was sie nicht oder nicht mehr hatte. Oder noch nie gehabt hatte. Das tat zu weh, also schaute sie lieber Filme, in denen möglichst viel explodierte oder zerschossen wurde. Das passte viel besser zu ihr und ihrer derzeitigen Gefühlslage. Ob Jenny jetzt mit dem Typen zusammen war, weil sie sich gar nicht mehr gemeldet hatte? Sollte sie Tina danach fragen?

Schon rief Michelle erneut den vorherigen Kontakt auf, starrte auf die letzten Nachrichten. Schule, Jungs, Nichtigkeiten. Alles weit, weit weg.

Scheiße! Sie warf das Handy zur Seite. In ihren Augen brannten plötzlich Tränen. »Nein!« Ruckartig setzte sie sich auf. Sie würde jetzt nicht heulen, weil sie das Gefühl hatte, nirgendwo dazuzugehören. Weil sie ihre Mama verloren hatte. Weil sie sich allein und total fehl am Platz fühlte. »Ich gehe jetzt nach draußen«, sagte sie laut und zu niemand im Besonderen. Entschlossen sprang sie auf und rannte aus dem Zimmer. Dabei wäre sie beinahe über Finchen gestolpert, die mitten im Flur gelegen hatte. »Huch!« Gerade noch konnte Michelle sich fangen. »Was machst du denn hier?«

Wau! Du meine Güte, hast du mich erschreckt. Finchen schoss hoch und schüttelte sich heftig. *Was sollte das denn? Ich habe doch bloß hier gewartet, ob jemand mit mir spielt. Ihr wart auf einmal alle in den Zimmern verschwunden, und ich wusste nicht, wohin.*

»Sorry, Finchen, ich wollte dich nicht erschrecken!« Michelle tätschelte den Kopf der Hündin, ging aber gleich weiter. »Ich will noch ein bisschen raus, in den Garten. Kommst du mit?«

Wau ja! Unbedingt. Begeistert sauste Finchen an Michelle vorbei die Treppe hinab. Unten blieb sie stehen und blickte erwartungsvoll über die Schulter. *Was ist? Wo bleibst du denn?*

Der eindeutig ungeduldige Ausdruck der jungen Hündin reizte Michelle trotz ihrer miesen Stimmung zum Lachen. Sie nahm die Terrassentür und sah als Erstes nach, ob das Törchen zur Straße hin geschlossen war, damit Finchen nicht abhauen konnte. Die Hündin hüpfte fröhlich um sie herum, fand dann offenbar eine interessante Spur und stromerte mit der Nase am Boden quer durch den Garten.

Michelle blickte nur kurz hinter ihr her, setzte sich auf einen der Gartenstühle aus Eukalyptusholz, sprang aber gleich wieder auf, weil sie das Gefühl hatte, dass eine Schar Ameisen durch ihre Adern kribbelte und krabbelte. Ein komisches Gefühl und nicht gerade angenehm. Als sie wieder stand, konnte sie besser atmen. Das Ameisengekrabbel hörte aber nicht auf, sondern wurde sogar noch schlimmer. Ihr wurde unheimlich zumute und übel.

Als Finchen wie verrückt zu bellen begann, schrak Michelle zusammen. Leicht desorientiert sah sie sich um. »Finchen? Was ist denn los? Wo bist du?«

Hier! Wau! Also Hilfe-Wau! Komm schnell, hier ist ein gruseliges und bestimmt total gefährliches Ungeheuer! Schnell, hierher, das musst du sehen.

Hastig umrundete Michelle den ovalen Holztisch und folgte dem gleichermaßen wütenden wie ängstlichen Gebell der Hündin. Im hintersten Winkel des Gartens hinter einem üppig blühenden Flieder entdeckte sie Finchen, die, jeden Muskel angespannt und den Körper vorgebeugt, auf einen Punkt am Boden starrte und sich nicht beruhigen zu wollen schien. Neugierig trat Michelle näher. »Hey, Süße, was ist denn passiert? Warum bellst du denn so?«

Na, deswegen! Guck doch mal, das da! Wahnsinnig gefährlich, echt. Mach das weg, ganz schnell! Wau! Finchen trippelte und hüpfte vor und zurück. *Nun mach schon, bring das weg! Ich will das nicht in unserem Garten haben.*

»Ach, Finchen.« Michelle bückte sich. »Das ist doch bloß ein Stückchen Seil im Gras. Nichts Schlimmes.« Sie streckte die Hand aus … und schrie auf, als das vermeintliche Seil sich bewegte und sie begriff, um was es sich tatsächlich handelte. »Iiih!« Sie fuhr zurück, stolperte über ihre eigenen Füße und gleich darauf über Finchen, die hinter ihr in Deckung gegangen war. Sie stieß einen weiteren spitzen Schrei aus, ruderte wild mit den Armen, doch es war schon zu spät. Unsanft landete sie auf ihrem Hinterteil. Finchen jaulte empört und sauste zur Seite, um aus gebührendem Abstand erneut ihr Gekläff aufzunehmen.

Michelle versuchte, sich aufzurappeln, schrie jedoch zum dritten Mal auf, als sich im Gras erneut etwas bewegte. Panisch versuchte sie, rückwärts wegzukrabbeln, landete dabei jedoch mitten im Flieder. Blütenblätter rieselten auf sie herab. Der nächste Schrei blieb ihr in der Kehle stecken.

»Was ist denn mit euch los? Brennt es?« Tim Dennersen tauchte vor Michelle auf und blickte verblüfft auf sie herab.

Michelle hätte fluchen mögen. Vor Schreck hatte ihr Herz bei seinem Anblick einen riesigen Satz gemacht und raste jetzt wie wild weiter. Ihre Hände zitterten, als sie zur Seite kroch und damit noch mehr Blütenblätterregen auslöste. »Wo kommst du denn her?« Ihre Stimme klang piepsig, was sie fürchterlich ärgerte.

Tim stemmte die Hände in die Seiten, was die Muskeln an seinen nackten Armen deutlich hervortreten ließ. »Ich war gerade auf dem Weg hierher und hab dich kreischen und Finchen bellen gehört.« Er runzelte die Stirn. »Was soll denn das Spektakel überhaupt?«

Sie schluckte hektisch und deutete reichlich zittrig schräg vor sich. »Da!«

Ja, genau, wau, da ist das gefährliche Ding! Warum tut denn keiner von euch was? Ich bin gleich ganz heiser vom Bellen!

»Wo?« Verständnislos blickte Tim zu Boden ... Dann grinste er breit.

Michelle hätte ihn gerne auf der Stelle erwürgt, doch ihre Angst war größer als ihr Zorn. »Mach sie weg! Die ist bestimmt giftig, oder? Finchen hat sie gefunden.«

Ja, genau, habe ich. Nun tut endlich was, in des großen Hundes Namen!

Anstatt auf Michelles Forderung einzugehen, wandte Tim sich in aller Gemütsruhe der mittlerweile wild hechelnden Hündin zu. »Hey, Kleine, immer ruhig! Hast du eine Schlange gefunden?«

Hab ich, ganz genau. Also wenn das Untier da Schlange heißt.

»So eine brave Hündin.« Zu Michelles Verblüffung ging Tim vor Finchen in die Hocke und streichelte sie sanft. »Du bist ja eine tolle Wachhündin. Fein gemacht!«

Ja, echt? Danke sehr. Du bist aber nett. Und von deinem Streicheln werde ich jetzt ein bisschen ruhiger, das tut gut.

»Spinnst du?« Michelle kroch erneut fast in den Flieder hinein. »Die ist eklig, bring sie weg! Wenn sie Finchen beißt …«

»So 'n Tüdelkram!« Tim richtete sich wieder auf. »Bist du echt so 'ne Bangebüx?« Er trat auf Michelle zu und bückte sich, jedoch nicht, um ihr aufzuhelfen, sondern um einen Stock aufzuheben. Mit seiner Hilfe hob er die gut einen Meter lange Schlange an. »Das ist eine einfache Ringelnatter, die ist vollkommen ungefährlich.«

»Bring sie weg!«, flehte Michelle erneut, obwohl sie vor Verlegenheit am liebsten im Erdboden versunken wäre. »Bitte!«

»Die tut niemandem was«, sprach Tim ruhig weiter. »Schau, sie stellt sich tot, weil sie glaubt, sie wäre in Gefahr. Ihr habt sie mit eurem Gebell und Geschrei bestimmt zu Tode erschreckt.«

»*Wir* haben *sie* erschreckt?« Ungläubig starrte Michelle ihn an.

»Und wie. Bestimmt glaubt sie, ihr wollt sie umbringen. Dabei ist sie wirklich vollkommen ungefährlich.« Sehr vorsichtig trug Tim die Schlange ein paar Meter weg und setzte sie unter einem Hundsrosenstrauch ab.

»Was machst du denn da?« Entsetzt verfolgte Michelle jede seiner Bewegungen. »Die kommt doch zurück!«

»Kann sein«, gab er zu, »aber nicht mehr heute. Dazu hat sie viel zu viel Angst.« Kopfschüttelnd trat er wieder auf sie zu. »Du weißt schon, dass Schlangen sich gerne unter Büschen verstecken. Du sitzt da wahrscheinlich genau mitten in ihrem Wohnzimmer.«

»Was? Iiih!« Entgeistert versuchte Michelle, sich aus dem Geäst des Flieders zu befreien, schaffte es aber nicht, aufzustehen. »Mist, aua!« Bilder von einem ganzen Nest voller Schlangen schürten ihre Panik, doch sie verhedderte sich nur noch mehr in den Zweigen.

»Mannomann.« Sichtlich amüsiert packte Tim ihren Arm und zog sie mit einem Ruck auf die Füße. »Du bist ja noch schlimmer als Celeste. Die kriegt schon immer einen Anfall bei Schlangen, aber du toppst echt alles. Krieg dich mal wieder ein.«

Verlegen und immer noch zittrig klopfte Michelle sich Blättchen, kleine Zweige und Blütenblätter von ihren Jeans und dem schwarzen T-Shirt. »Ich wusste nicht, dass es hier so große Schlangen gibt.«

»Ringelnattern sind harmlos. Es gibt hier auch noch die Schlingnattern, aber die sind viel kleiner und höchstens so dick wie dein Zeigefinger. Und natürlich Kreuzottern, die sind tatsächlich giftig. Ich habe aber schon ewig keine mehr gesehen. Menschen gehen sie eigentlich eher aus dem Weg.«

»Okay.« Unsicher, wie sie sich verhalten sollte, druckste sie herum. »Ja, also, ähm …«

»Gern geschehen.« Tim grinste. »Du bist echt 'ne Marke, würde meine Oma sagen.« Unvermittelt hob er die Hand und zupfte ihr einen winzigen Fliederzweig aus den Haaren.

Für einen kurzen Moment erstarrte Michelle und hielt den Atem an, doch er sagte nichts weiter dazu, sodass sie schließlich einmal tief durchatmete. »Warum bist du denn überhaupt hergekommen?«

»Ich habe dir die beiden Bücher über Mikroorganismen rausgesucht.« Er warf einen kurzen Blick auf seine Armbanduhr. »Sorry, ist ja schon ein bisschen spät, aber wir waren erst um kurz nach acht im Stall fertig. Dann musste ich noch mit der Family Abendbrot essen. Mama und Oma sind da ziemlich streng. Na ja, aber ich dachte, ich bringe dir die Bücher endlich mal. Das wollte ich eigentlich schon früher tun, aber dann kam dauernd was dazwischen. Die Arbeit auf dem Hof vor allem, weil meine Oma die Sommergrippe erwischt hatte und nicht mithelfen konnte. Da musste ich mehr einspringen. Dann kam das Stadtfest – das war toll, oder? Der Umzug mit den Festwagen war klasse. Allerdings musste ich da ständig was für die Feuerwehr machen. Deshalb bin ich erst jetzt dazu gekommen, dir die Bücher rauszusuchen und zu bringen. Ich habe sie vor die Haustür gelegt, als ich dich schreien gehört habe.« Er räusperte sich, und für einen kurzen Moment glaubte Michelle, an ihm ebenfalls eine Spur Verlegenheit zu erkennen. Sie war sich jedoch nicht sicher, denn nun lächelte er wieder frech. »Ich dachte echt, hier wäre ein Feuer ausgebrochen oder dass du dich verletzt hättest. Oder Finchen. Du hast eine ganz schön laute Stimme.« Er blickte auf die Hündin hinab, die sich völlig erschöpft neben Michelle gelegt hatte. »Ihr geht jetzt mit ihr in die Hundeschule, oder? Christina gibt echt gute Kurse.«

»Maik geht mit ihr, ich war aber auch schon mal mit dort.«

»Gut.« Tim schob die Hände halb in die Taschen seiner Jeans. »Es gibt gleich Regen.«

Automatisch blickte Michelle zum Himmel hinauf, doch dort waren nur ein paar Quellwolken zu sehen. Da er aber beim letzten Mal mit seiner Wettervorhersage recht gehabt hatte, hakte sie nach: »Woher weißt du das?«

Er schmunzelte. »Wetterbericht.«

Prompt verdrehte sie die Augen.

Tim lachte. »Den hören wir regelmäßig und checken auch die landwirtschaftliche Wetter-App. Das ist wichtig, weil wir unsere Ernte und alle Feldarbeiten nach dem Wetter ausrichten. Aber davon abgesehen, dass die Luft wieder mal total klar ist, riecht man den Regen auch schon.«

»Du riechst den Regen?« Skeptisch musterte sie ihn und fragte sich, ob er sich mal wieder über sie lustig machen wollte.

Tim blieb jedoch vollkommen ernst. »Das kann jeder. Merkst du nicht, wie intensiv der Flieder riecht? Ich könnte wetten, dass du …« Er beugte sich vor und schnupperte an ihr. »Ja, genau. Du riechst auch schon danach. Das färbt regelrecht ab. Wenn der Flieder oder auch andere Blühsträucher so intensiv ihren Duft abgeben und es noch dazu so schwül ist wie jetzt gerade, ist der nächste Regen nicht mehr fern.«

Michelle schluckte vor Schreck heftig, versuchte sich jedoch nicht anmerken zu lassen, dass ihr Herz gerade versuchte, aus ihrer Brust zu springen. »In Berlin riecht man eher die Abgase, außer im Park. Bei Wetterumschwung ist der Gestank auch schlimmer, und manchmal riechen dann auch die Gullys.«

»Da ist mir der Flieder aber schon lieber.« Tim lächelte. »Ich schätze, ich fahre dann mal wieder. Ich bin mit dem Rad da. Ich gebe dir noch schnell die Bücher, und dann, na ja, wird's wohl Zeit.«

»Ich dachte, die liegen vor der Tür.«

»Klar. Ich zeig dir noch ein paar Markierungen, die ich reingeklebt habe.« Da er sich bereits in Bewegung gesetzt hatte, folgte sie ihm rasch.

»Du hast da was für mich markiert?«

Hey, wartet auf mich! Ich komme mit! Finchen sprang auf und raste hinter ihnen her.

»Ja, nein, also eigentlich für mich, weil das eine Buch ein bisschen schwierig zu lesen ist. Am besten fängst du mit dem anderen an. Aber vielleicht helfen dir die Notizen ja.«

»Okay …« Sie wusste nicht recht, was sie davon halten sollte. Als er ums Haus herumgehen wollte, hielt sie ihn auf. »Warte, wir können durchs Haus gehen.« Sie zögerte kurz. »Willst du etwas trinken? Wir haben Biocola und -limo und Wasser und so. Maik ist voll auf dem Biotrip. Eigentlich cool, Mama konnte sich das nie leisten.« Der Gedanke an ihre Mutter versetzte ihr einen Stich, doch sie versuchte wieder, sich nichts anmerken zu lassen.

»Eine Cola nehme ich gerne.« Tim sah sie aufmerksam an. »Ist alles okay?«

»Klar.« Sie eilte in die Küche. »Ich hole schnell Gläser und so.« Während sie den Kühlschrank aufriss, hörte sie Tims Schritte, dann wie er die Haustür öffnete und wieder schloss. Als sie die Colaflasche und zwei Gläser auf den Küchentisch stellte, war er bereits mit den zwei Büchern zurückgekehrt, die er ebenfalls auf dem Tisch ablegte. »Hier, das Dünne ist für den Anfang einfacher.« Er nahm mit einem kurzen Nicken das Glas entgegen, das sie für ihn gefüllt hatte, und zeigte ihr die Textmarkierungen und Notizzettel, die er in dem umfangreicheren Werk verteilt hatte. Wie es gekommen war, wusste Michelle nicht, aber wenig später saßen sie nebeneinander auf der Eckbank, beugten sich einträchtig über die Bücher, und Tim hielt ihr einen sehr interessanten Vortrag über Mikroorganismen und ihren Nutzen für die Landwirtschaft und Umwelt.

17. Kapitel

Überrascht runzelte Maik die Stirn, als er sein Arbeitszimmer verließ und aus der Küche Stimmen vernahm. Neugierig begab er sich dorthin und blieb erstaunt stehen, als er Michelle neben einem jungen Mann auf der Eckbank sitzen sah. Die beiden blätterten in einem Buch und unterhielten sich sehr angeregt über ... Landwirtschaft? Er räusperte sich leise, und prompt hoben beide ruckartig den Kopf. Nun erkannte er den Besucher. »Guten Abend. Du bist Tim Dennersen, nicht wahr?«

Tim sprang auf und ging auf ihn zu. »Ja, guten Abend, Maik. Darf ich Maik sagen? Ich meine, wir kennen uns ja von dieser Feuerwehrsache und so ...« Er streckte seine rechte Hand aus, die Maik automatisch ergriff.

»Maik ist in Ordnung. Ich wusste gar nicht, dass Michelle heute Abend noch Besuch erwartet.«

Nun stand auch Michelle hastig auf. »Nein, also, das habe ich gar nicht. Besuch erwartet, meine ich. Tim ist zufällig vorbeigekommen, weil er, also er hat mir zwei Bücher gebracht.«

»Wir haben neulich über Mikroorganismen und so gesprochen«, fügte Tim hinzu. »Ich hatte Michelle versprochen, ihr zwei Bücher darüber zu bringen.« Er deutete auf die beiden Bände auf dem Tisch. »Na ja, und jetzt habe ich ihr noch ein paar Dinge dazu erklärt.« Er warf einen Blick auf die Küchenuhr an der Wand. »Es ist schon ganz schön spät. Am besten fahre ich jetzt nach Hause.« Er zog den Kopf ein, als genau in diesem Moment ein Blitz aufzuckte und nur wenige Sekunden später ein rumpelnder Donner ertönte. »Mist! Jetzt werde ich wohl oder übel nass, bevor ich zu Hause bin.«

Maik trat ans Küchenfenster und blickte hinaus. Er hatte gar nicht bemerkt, dass das Wetter umgeschlagen war. Dunkle Gewitterwolken hatten sich von der See her über Lichterhaven zusammengezogen, und schon wieder zuckte ein Blitz auf, gefolgt von lautem Donnerschlag. »Unsinn. Meinetwegen musst du jetzt nicht hinaus ins Unwetter. Ihr könnt gerne noch ein Weilchen hier zusammensitzen und abwarten, bis das Gewitter vorübergezogen ist.« Er deutete einladend auf die Eckbank, und prompt setzten Tim und Michelle sich wieder hin.

»Danke.« Tim warf einen besorgten Blick in Richtung Fenster. »Ich fürchte nur, das könnte länger dauern. Laut meiner Wetter-App und allem, was ich heute in den Nachrichten gehört habe, dürfte es eine unruhige Nacht werden. Die Temperaturen waren einfach viel zu hoch, genau wie die Luftfeuchtigkeit. Das ist erfahrungsgemäß eine ziemlich explosive Mischung und führt meistens zu heftigen Gewittern. Es könnte sogar eine Sturmflut geben, wenn der Wind die entsprechende Stärke erreicht.«

Erschrocken trat Maik näher an das Küchenfenster heran. Die ersten großen Regentropfen platschten zu Boden. »Das hört sich nicht gut an. Ich habe heute den ganzen Tag noch keinen Wetterbericht gehört. Wirklich, eine Sturmflut?«

»Durchaus möglich«, bestätigte Tim. »Hier in Lichterhaven tut man gut daran, täglich den Wetterbericht zu verfolgen und zusätzlich immer einen Blick auf die Wetterseite der Lichterhaven-App oder -Website zu werfen. Ihr wohnt ja noch nicht so lange hier und könnt das nicht wissen. Das Nordseewetter ist unberechenbar, und inzwischen schlägt auch hier der Klimawandel zu. Sturmfluten kommen immer häufiger vor. Wir hatten auch schon ein paar Tornados, die aber bisher zum Glück nicht viel Schaden angerichtet haben.« Tim zog sein Smartphone aus der Hosentasche und warf einen Blick darauf. »Kann auch sein, dass ich nachher noch einen

Feuerwehreinsatz habe. Wenn das der Fall ist, meldet sich die Alarmierungs-App auf meinem Handy.«

Maik kehrte zum Tisch zurück und setzte sich ebenfalls. »Schon spannend, für was es heutzutage alles eine App gibt. Was haben wir nur früher gemacht?«

Tim hob die Schultern und lächelte. »Die App haben wir noch nicht so sehr lange. Mein Vater hat auch noch einen ganz normalen Funkmeldeempfänger, über den ebenfalls im Einsatzfall alarmiert wird. Das geht sogar deutlich besser, wenn der Strom ausfällt. Denn ohne Strom haben wir oft auch kein Mobilfunknetz, und ohne Mobilfunknetz geht auch die Alarmierungs-App nicht.«

Maik grinste. »Und wenn auch der Funkmeldeempfänger nicht funktioniert?«

Lachend hob Tim beide Hände. »Dann geben wir Rauchzeichen oder schicken jemanden von Haus zu Haus. Ist alles schon da gewesen.« Er warf Michelle einen kurzen Blick zu. »Das ist übrigens in der Großstadt genauso ein Problem wie hier auf dem Land. Ohne Strom geht gar nichts.«

Michelle runzelte die Stirn. »Ich habe doch gar nichts gesagt.«

Tim zuckte mit den Achseln. »Ich wollte nur darauf hingewiesen haben. Immerhin weiß ich ja, dass du mit Lichterhaven auf Kriegsfuß stehst.«

Michelle antwortete nicht darauf, doch Maik hätte schwören können, einen rosigen Hauch auf ihren Wangen wahrzunehmen. Wohlweislich verkniff er sich jeglichen Kommentar. Da in diesem Augenblick Hannah in der Küche erschien, ließen sie das Thema fallen.

Wie Maik zuvor trat sie ans Küchenfenster und blickte hinaus. Inzwischen war aus den einzelnen Regentropfen ein heftiger Regenschauer geworden. Sie hüstelte. »Das hatte ich eigentlich anders geplant.« Sie drehte sich zu Maik um.

»Jakob ist jetzt eingeschlafen. Ich hatte nicht damit gerechnet, so lange hierzubleiben. Eigentlich wollte ich noch vor dem schlechten Wetter zu Hause sein. Ausgerechnet heute bin ich nicht mit dem Auto hier. Mein Fahrrad dürfte jetzt eher nicht das Fortbewegungsmittel der Wahl sein.«

Maik stand auf. »Wenn du möchtest, fahre ich dich rasch nach Hause. Und dich auch, Tim.« Er wandte sich Michelle zu. »Das dauert nicht lange.«

»Schon klar.« Direkt gutmütig nickte Michelle. »Ich halte hier die Stellung.«

»Gut, also …« Maik wandte sich wieder Hannah und Tim zu. »Wollen wir?«

Tim zögerte, schüttelte dann aber den Kopf. »Ich leiste Michelle Gesellschaft. Bei einem Unwetter allein zu Hause zu sein, ist nicht gerade ein großer Spaß.«

Hannah nickte hingegen erleichtert. »Ich nehme das Angebot gerne an.« Sie griff nach dem Korb, den sie mitgebracht hatte, und nach ihrer Handtasche, die sie über die Rückenlehne eines Küchenstuhls gehängt hatte. »Dann mal los!«

Der Regen pladderte kräftig auf das Pflaster, als sie zu Maiks Auto eilten und lachend einstiegen.

»Igitt!« Mit beiden Händen fuhr Hannah sich in die nassen Haare. »Auf die Dusche hätte ich gut verzichten können.«

»Tut mir leid. Wir hätten auch warten können, bis der Regen nachlässt.« Rasch startete Maik den Motor und lenkte seinen Wagen auf die Straße.

Hannah winkte ab. »Da hätten wir womöglich lange warten können. Schau dir bloß mal die Wolken an! Das ist kein einfacher Regenschauer, sondern der Anfang eines ausgewachsenen Unwetters.« Sie hielt einen Moment inne. »Ich wusste gar nicht, dass Michelle und Tim miteinander befreundet sind.«

»Ich auch nicht«, gab Maik zu. »Das muss noch ziemlich neu sein.«

»Tim ist ein netter Kerl.« Lächelnd sah Hannah ihn von der Seite an. »Es könnte dich definitiv schlimmer treffen.«

Maik zuckte zusammen und erwiderte ihren Blick für einen kurzen Moment. »Wieso mich?«

»Ach, nur so.« Hannahs schalkhaftes Grinsen verursachte ihm ein flaues Gefühl in der Magengrube. »Die beiden geben ein hübsches Paar ab.«

»Hannah!« Beinahe hätte er vor Schreck auf die Bremse getreten. »Sag doch so etwas nicht. Michelle ist erst vierzehn!«

»Fast fünfzehn. Eine junge Frau.«

»Ein Mädchen!«

Hannah nickte bedächtig. »Beides, würde ich sagen. Auf jeden Fall ist sie alt genug, um einen ersten Freund zu haben.«

Maik brach der Schweiß aus. »Einen Freund! Aber doch nicht ... einen *Freund*.« Vergeblich versuchte er, die damit verbundenen Assoziationen zu verdrängen. »Er ist doch nur zufällig vorbeigekommen, um ihr diese beiden Bücher zu bringen. Und jetzt reden sie über Mikroorganismen und Landwirtschaft.« Er hätte nie gedacht, dass Michelle sich für so etwas interessieren könnte.

»Jaja.« Hannah grinste immer noch so entsetzlich schelmisch. »So fängt es meistens an. Deshalb war er auch so schnell bereit, Michelle in diesem Unwetter beizustehen, anstatt sich von dir nach Hause fahren zu lassen.«

»Hör auf damit! An so etwas will ich gar nicht denken.«

Nun lachte Hannah hell auf. »Ich hätte nicht gedacht, dass du so ein leichtes Opfer bist. Keine Sorge, Tim wird schon nicht in deiner Abwesenheit über Michelle herfallen. Erstens ist er zu gut erzogen, und zweitens sind alle beide für so etwas viel zu schüchtern.«

»Schüchtern?« Skeptisch schürzte Maik die Lippen. »Michelle ist doch nicht schüchtern. Und Tim macht auch nicht den Eindruck, als ob ...«

»Doch, doch«, unterbrach Hannah ihn, nun wieder ernst. »Fürs Erste brauchst du dir keine Sorgen zu machen. Wie gesagt, Tim ist ein netter Kerl. Der weiß genau, was sich gehört und was nicht. Und wenn du bis jetzt noch nicht bemerkt hast, dass Michelle schüchtern ist, dann solltest du mal genauer darauf achten. Sie hat zwar zu Hause gerne mal eine große Klappe, aber nach allem, was ich bisher von ihr weiß, gehört sie nicht gerade zu der Sorte extrovertierter Mädchen, die wild herumflirten. Glaub mir, ich kenne mich aus. Immerhin ist Ella meine beste Freundin, und sie war schon in ihrer Jugend kein Kind von Traurigkeit. Erst seit sie fest mit Jörn zusammen ist, ist ihre stabile Seite zum Vorschein gekommen.« Sie seufzte leise. »Spannend, nicht wahr? Was die Liebe alles bewirken kann? Caroline und ich haben uns schon Sorgen gemacht, dass Ella nie zur Ruhe kommen könnte. Sie war immer ein bisschen rastlos, ist von Mann zu Mann gezogen, ohne jemals eine feste und ernste Beziehung zu führen. Versteh mich nicht falsch, für manche Menschen ist das sicherlich die beste Form, um über die Runden zu kommen. Aber Ella ist so viel mehr. Im Nachhinein frage ich mich, warum wir nicht schon eher begriffen haben, dass nur jemand wie Jörn ihre perfekte Ergänzung ist. Sie hatte sich immer so sehr dagegen gewehrt, etwas mit einem Mann aus Lichterhaven anzufangen. Einerseits war das eine nachvollziehbare Einstellung, aber andererseits hatte es schon ein paar extreme Züge angenommen. Vielleicht hat sie instinktiv gespürt, dass sie ihr Herz verlieren würde, wenn sie sich auf jemanden wie Jörn einlässt, der hier fest verwurzelt ist und dem sie niemals wird ausweichen können.« Sie atmete hörbar ein und wieder aus. Dann lächelte sie wieder. »Aber nun ist ja alles wunderbar. In ein paar Wochen werden die beiden heiraten. Ich kann es noch gar nicht glauben! Niemals hätte ich gedacht, dass Ella die Erste von uns dreien sein würde, die vor den Traualtar tritt.«

»Von wem hättest du das denn eher vermutet?«

Sie dachte einen Augenblick über seine Frage nach, dann hob sie die Schultern. »Keine Ahnung. Wenn du Ella oder Caroline fragen würdest, dann hätten sie dir bestimmt mich genannt.«

»Warum dich?«

Mit beiden Händen griff Hannah in ihr Haar und wuschelte hindurch, so als wolle sie es auflockern. »Weil ich die Romantische von uns dreien bin. Ich war schon immer diejenige, die an Märchen glaubt und an Ritter hoch zu Ross.«

»An Ritter?« Verblüfft warf er ihr einen weiteren Seitenblick zu. »Wie soll ich das verstehen?«

Sie gluckste. »So, wie ich es gesagt habe. Ein Ritter hoch zu Ross, der mir im wahrsten Sinne des Wortes den Boden unter den Füßen wegzieht. Regenbögen, Sternenhimmel, Küsse im Regen unter einer brennenden Straßenlaterne, romantischer Sex am Strand und ein klassischer Heiratsantrag, bei dem der Mann vor mir auf die Knie fällt.« Ihr Ton war nüchtern, dennoch war zu erkennen, dass es ihr vollkommen ernst war. »Ich hoffe immer noch auf das Komplettpaket, auch wenn ich weiß, dass vieles davon für die meisten Männer die reinste Horrorvorstellung ist.«

Maik hüstelte amüsiert. »Vielleicht nicht gerade eine Horrorvorstellung …«

»Sondern?«

Erneut machte sich ein flaues Gefühl in seiner Magengrube breit, diesmal jedoch zu seiner Überraschung deutlich angenehmer als das von zuvor. »Wahrscheinlich tust du gut daran, diese Wunschliste gleich zu Beginn einer Bekanntschaft kundzutun«, wich er ihrer Frage aus. »Damit stellst du sicher, dass unwillige Kandidaten sofort die Flucht ergreifen und du dir keine unnötigen Mühen machen musst.«

»Aha.« Hannah schwieg eine ganze Weile und ergriff erst

wieder das Wort, als er vor dem Mehrfamilienhaus anhielt, in dem sie wohnte. »Du bist also der Ansicht, dass ich auf diese Weise unbrauchbares Material aussortieren kann?«

»Unbrauchbares Material?« Beinahe hätte er sich verschluckt und hustete. »Wenn du es so bezeichnen willst, dann ja.« Angestrengt blickte er durch die Windschutzscheibe auf den nach wie vor kräftig fallenden Regen. »Wir sind da«, fügte er überflüssigerweise hinzu.

»Ja.« Wieder entstand eine Pause, bevor sie fragte: »Möchtest du noch für einen Moment mit hereinkommen?«

Sollte er? Alles, was er sich vorgenommen hatte, sprach dagegen. Alles, was sein Herz und sein Bauchgefühl ihm rieten, sprach dafür. Er lächelte ihr zu. »Sehr gerne.«

＊

Bei Maiks Lächeln schoss Hannahs Blutdruck augenblicklich erschreckend in die Höhe. Natürlich hatte sie gehofft, dass er ihre Einladung annehmen würde, andererseits wusste sie nun nicht weiter. Es knisterte zwar schon eine ganze Weile zwischen ihnen, dennoch war sie unsicher, was sie davon halten sollte. Noch vor Kurzem hätte sie jegliches Interesse an ihm weit von sich gewiesen, und jetzt? Auf die Frage, ob er überhaupt ihr Typ sei, hätte sie selbst jetzt rigoros mit Nein geantwortet. Dabei war er ganz anders, als sie gedacht hatte. Viel weniger arrogant und nervtötend. Zwar immer noch reserviert, aber sie hatte den Eindruck, dass unter der Oberfläche ein Mensch verborgen war, den näher kennenzulernen sich wirklich lohnen könnte.

Normalerweise ging sie solche Dinge anders an. Auf keinen Fall jedenfalls, indem sie einen Mann zu vorgerückter Abendstunde in ihre Wohnung einlud. Denn das, so musste sie zugeben, war doch ein sehr eindeutiges Signal, das kaum misszuverstehen war. Warum tat sie so etwas? War sie überhaupt schon bereit dazu?

»Stimmt etwas nicht?« Maiks leise Frage riss sie aus ihren verworrenen Gedanken.

»Das weiß ich, ehrlich gesagt, nicht so genau«, gab sie zu. »Ich habe mich gerade gefragt, was mich dazu veranlasst hat, dich hereinzubitten.«

»Ich nehme an, du tust so etwas sonst nicht?«

»Nein, nie. Zumindest nicht …« Zaghaft hob sie die Hände. »… bei Männern, die ich so wenig einschätzen kann wie dich.«

Ein fast unmerkliches Lächeln erschien auf seinen Lippen. »Das klingt nicht gerade nach einem Kompliment.«

Sie spürte, wie ihre Wangen sich erwärmten. »Es ist nichts weiter als die Wahrheit.«

»Okay.« Er wurde wieder ernst. »Dabei habe ich mir wirklich Mühe gegeben, den ersten Eindruck, den du von mir hattest, so weit wie möglich zu korrigieren. Ich weiß, dass ich mich danebenbenommen habe. Ich könnte es mit meinem desolaten Zustand seit dem Burn-out erklären, aber ich erwarte nicht, dass du das als Entschuldigung akzeptierst. Ich bin nicht einmal sicher, ob ich das selbst tun würde. Vermutlich bin ich einfach noch nicht wieder in einem vorzeigbaren Gesamtzustand.«

Gegen ihren Willen musste sie lachen. »Vorzeigbar schon …«

»Danke für die Blumen.« Er grinste. »Aber der Rest ist noch nicht wieder so richtig in der Reihe. Ich kann es also vollkommen verstehen, wenn du es dir anders überlegt hast.«

Hatte sie das? »Habe ich nicht.« Auch wenn Puls und Blutdruck bei dieser Feststellung augenblicklich wieder in ungeahnte Höhen schossen, öffnete sie entschlossen die Autotür. »Die Einladung steht.«

»Moment mal! In dem Fall …« So schnell, dass sie es kaum

mitbekam, war er ausgestiegen und um das Auto herumgelaufen. Galant öffnete er ihr die Tür und half ihr aus dem Wagen. »Zumindest erinnere ich mich noch, wie sich ein Gentleman zu verhalten hat.« Da es immer noch kräftig regnete, zog er den Kopf ein. »Wir werden nass.«

»Und wie!« Sie warf die Autotür ins Schloss und rannte Seite an Seite mit ihm unter das Vordach an der Haustür. Dort schüttelte sie sich heftig. »Pfui Teufel! Da haben wir uns ja das beste Wetter ausgesucht.« Hastig kramte sie in ihrer Handtasche nach dem Hausschlüssel und schloss auf. Als sie den Kopf kurz hob, begegnete sie seinem überaus intensiven Blick. Ihr Herz zuckte heftig.

»Ohne dieses Wetter wären wir jetzt wohl kaum hier«, gab er zu bedenken.

»Stimmt auffallend.« Etwas zu hastig stieß sie die Tür auf und eilte die Stufen in den zweiten Stock hinauf. Seine Schritte hinter ihr machten sie nervös und ließen ihren Herzschlag noch ein wenig mehr außer Kontrolle geraten. Nachdem sie auch ihre Wohnungstür aufgeschlossen hatte, eilte sie sofort ins Bad und zerrte zwei Handtücher aus dem Regal. »Du möchtest dich bestimmt abtrocknen, oder?« Sie drehte sich um und erschrak, als sie ihn in der Badezimmertür stehen sah. Regenwasser tropfte aus seinen kurzen dunklen Haaren, und auch sein Hemd war an Schultern und Brust durchnässt. Zögernd trat sie einen Schritt auf ihn zu und hielt ihm ein Handtuch hin.

Er griff danach, und als sie nicht sofort losließ, zog er sie sanft an dem Handtuch zu sich heran, bis sie dicht vor ihm stand. »Weißt du, was mich ein bisschen irritiert?« Seine Stimme klang rauer und mindestens einen Ton tiefer als gewöhnlich. Prompt bekam sie eine Gänsehaut, und ihr Herzschlag verdoppelte seine Frequenz, als er die Hand hob und sachte an einer ihrer weichen Haarsträhnen zupfte. »Mit den

nassen Haaren siehst du sogar noch jünger aus als sonst.«
Seine Lippen umspielte ein kaum merkliches Lächeln. »Fast
schon ...«

»Fast schon was?« Sie erschauerte unwillkürlich, als er mit
den Fingerspitzen sehr vorsichtig ihre Schläfe hinab und über
ihre Wange und Kinnlinie strich.

»Fast schon ... unschuldig.« Nun war seine Stimme nur
mehr als ein Raunen zu vernehmen. »Das macht mich verrückt, denn ich traue mich fast gar nicht, die Gedanken zuzu-
lassen, die in meinem Kopf herumspuken.«

Ehe er die Hand wieder sinken lassen konnte, fing sie sie
auf. Die Berührung ihrer Hände löste einen heftigen Schauer
in ihr aus. »Was für Gedanken?«

Er drückte ganz leicht ihre Hand, dann grinste er. »Gut,
dass du das gefragt hast. Das reißt mich aus dem Trauma, womöglich etwas Verbotenes zu tun.«

Beinahe hätte sie gelacht. »Das beantwortet meine Frage
nicht.«

»Stimmt auffallend.« Er zog sie an der Hand noch näher
zu sich heran, bis ihre Körper sich berührten. Unvermittelt
wurde ihr warm. Sehr, sehr warm. Er senkte seine Stimme
wieder deutlich. »Ein paar dieser Gedanken haben etwas mit
dieser hübschen Stirn zu tun.«

Verblüfft riss sie die Augen auf. »Mit meiner Stirn?«

»O ja, unbedingt.« Er beugte sich zu ihr herab und streifte
mit den Lippen ihre Stirn. »Und mit diesen Augenbrauen ...«
Er ließ seine Lippen genau dorthin wandern. Ein Kribbeln lief
ihr Rückgrat hinab. »Und mit dieser zauberhaften Nase ...«
Sogleich berührten seine Lippen ihre Nasenspitze.

Ihr Herz überschlug sich beinahe.

»Aber vor allen Dingen«, er verharrte mit seinen Lippen
ganz dicht vor ihren, und sie vergaß völlig, wie man atmet,
»mit deinem Mund.«

Für einige Sekunden blickte er ihr schweigend, erwartungsvoll in die Augen, bis sie es schließlich nicht mehr aushielt, sich auf die Zehenspitzen stellte und mit ihren Lippen die seinen berührte.

Im gleichen Augenblick zuckte ein greller Blitz auf, und nur einen Lidschlag später krachte ein Donnerschlag über ihnen, der das Haus regelrecht erzittern ließ. Erschrocken zuckte sie zurück.

Wieder sahen sie einander für einige Sekunden schweigend an, dann lachten sie beide, und sie wollte etwas sagen. Doch noch bevor sie die Worte auch nur in ihrem Kopf formen konnte, zog er sie in seine Arme und küsste sie erneut. Nicht sanft, tastend, so wie sie zuvor, sondern heiß, hungrig, leidenschaftlich, und sie zögerte nicht einen Moment, den Kuss auf die gleiche Weise zu erwidern. Ihr Herz pochte wild, heiße, süße, schmerzliche Stiche durchzuckten sie immer und immer wieder, und etwas Seltsames brach sich in ihr Bahn. Sie konnte es nicht identifizieren, sondern nur spüren. Ein eigenartig warmes, fließendes Gefühl, das von seinen Lippen auf ihre überging und durch sie hindurchströmte – durch ihr Herz, ihren Bauch bis in ihre Fingerspitzen und Zehen hinab. Fast fühlte es sich an wie warmer, fließender, flüssiger Strom.

Erschrocken über diese Empfindung, löste sie ihren Mund von seinem, starrte ihn atemlos an. In seinem dunklen Blick las sie, dass auch er es gespürt hatte.

Was war das gewesen? Jetzt, da sie sich nicht mehr küssten, schien der Stromfluss unterbrochen zu sein. Hatte sie sich das alles nur eingebildet?

»Wie eigenartig«, murmelte er, nahm ihr Gesicht in seine Hände, ganz sanft, und küsste sie erneut.

Wieder durchrieselte sie ein heißer Schauer, und das fließende Gefühl war sogleich wieder da.

Diesmal unterbrach er den Kuss, blickte sie sichtlich erstaunt an. »Höchst eigenartig.« Seine Finger glitten in ihr feuchtes Haar und von dort zärtlich ihren Nacken hinab. Am liebsten hätte sie geschnurrt, so wundervoll fühlte sich diese Berührung an. Erneut reckte sie sich ihm entgegen, küsste ihn, um diesen eigentümlichen Stromkreislauf wieder zu schließen.

Seine Finger glitten ihren Nacken hinauf in ihr Haar, und als sie die Lippen öffnete, folgte er, ohne zu zögern, dieser Einladung, strich mit der Zunge forschend über ihre Unterlippe, tastete sich weiter vor. Ein heißer Stich durchfuhr sie, als sich ihre Zungenspitzen zum ersten Mal berührten, und verwandelte sich in ein sehnsüchtiges Ziehen, als ihre Zungen wieder und wieder zusammenfanden und einen zunächst trägen, dann immer hungrigeren, heißeren Tanz vollführten.

Sie bekam kaum noch Luft; das Herz hämmerte bis weit hinauf in ihre Kehle, und das sehnsüchtige Ziehen breitete sich aus, wurde zu einem warmen Pochen, dann zu einem heißen Pulsieren in ihrer Körpermitte.

Das ging zu schnell, viel, viel zu schnell! Doch sie wollte und konnte jetzt nicht aufhören. Sie schlang ihre Arme um seinen Hals, vergrub ihre Hände in seinen Haaren, spürte, wie er erschauerte, als sie mit ihren kurzen Fingernägeln über seine Kopfhaut kratzte. Ein unartikulierter Laut entrang sich seiner Kehle und mischte sich mit einem ganz ähnlichen Ton, den sie selbst nicht zurückhalten konnte.

Sie taumelten, prallten gegen den Türstock. Seine Hände glitten über ihre Schultern hinab, an ihren Armen entlang, legten sich schwer auf ihre Hüften. Dann wanderten sie wieder hinauf bis zu ihren Rippen. Eine Hand schloss sich um ihre Brust, genau dort, wo ihr Herz wie verrückt pochte.

»Hannah.« Widerstrebend löste er seinen Mund von ihr und vergrub sein Gesicht in ihrer Halsbeuge. Er fuhr mit Lippen und Zunge über die empfindliche Haut dort, und sie spürte kurze raue Bartstoppeln. Das Pulsieren verstärkte sich. Unwillkürlich stieß sie ein leises Stöhnen aus, als er die Haut über ihrer Halsschlagader einsaugte. »Du musst mich aufhalten, wenn dir das zu schnell geht.« Seine Stimme klang noch tiefer, noch rauer, atemlos.

»Mh mh.« Sie schluckte hart. »Also doch, natürlich geht das viel zu schnell.« Unstet atmete sie ein und wieder aus. »Wag es nicht, jetzt aufzuhören.«

Wieder zuckte ein Blitz auf, wieder krachte gleich darauf ein ohrenbetäubender Donnerschlag. Im nächsten Augenblick vernahmen sie das Rauschen eines Wolkenbruchs und zugleich ein hohles Pfeifen: Sturm. Doch nicht einmal diese Naturgewalten konnten sie auch nur im Geringsten ablenken. Sie griff erneut in sein Haar, zog seinen Kopf daran so weit zurück, dass sie ihm in die Augen sehen konnte, in denen sich ihr eigenes Begehren zu spiegeln schien. Ihre Lippen trafen erneut heiß und leidenschaftlich aufeinander.

Schon spürte sie, wie seine Hände sich an den Knöpfen ihrer Bluse zu schaffen machten, und zerrte selbst ungeduldig an seinem Hemd, bis sie es aus dem Bund seiner Jeans befreit hatte. Als er die obersten Knöpfe ihrer Bluse geöffnet hatte, half sie ihm, indem sie das Kleidungsstück rasch über den Kopf zog und von sich warf. Zugleich spürte sie seinen Mund wieder an ihrem Hals, in ihrer Halsbeuge, an ihrem Schlüsselbein, auf der zarten Haut über ihren Brüsten. Köstlich kratzte sein Eintagebart darüber und verursachte ihr eine Gänsehaut.

Viel zu eilig versuchte sie, die Hemdknöpfe zu öffnen, schaffte es schließlich und streifte ihm das Hemd von den Schultern. Breite, muskulöse Schultern kamen zum Vorschein und ein ebensolcher Brustkorb, auf dem sich kurze, weiche dunkle Härchen kräuselten, sich unterhalb der Brust zu einem schmalen Streifen verjüngten und oberhalb seines Bauchnabels endeten. Mit beiden Händen strich sie sehr sachte darüber und lächelte, als sie spürte, wie er erschauerte. Fasziniert beobachtete sie, wie sich seine Brustwarzen bei der Berührung zusammenzogen.

Sie wollte diese warme glatte Haut, diese weichen Härchen an ihrer eigenen Haut spüren, deshalb griff sie mit einer Hand hinter sich, öffnete den Verschluss ihres BHs und streifte auch dieses Kleidungsstück hastig ab. Noch bevor es auf dem Boden angekommen war, zog Maik sie fest in seine Arme, berührten sich ihre Körper auf ganzer Länge. Jetzt konnte sie auch sehr eindeutig seine Erregung spüren und drängte sich instinktiv noch fester an ihn.

Wieder küssten sie sich wild und leidenschaftlich, während draußen ein ohrenbetäubendes Unwetter niederging.

***

»Wo ...« Maik schluckte, musste sich räuspern, weil er vor Erregung kaum einen Ton herausbrachte. »Wohin?«

»Andere Flurseite.« Entschlossen nahm Hannah ihn bei der Hand und zog ihn mit sich hinüber in ihr kleines Schlafzimmer. Sie besaß ein französisches Bett von etwa einem Meter vierzig Breite. Kissen und Decke waren nur halbherzig gerade gezogen, was ihn seltsam berührte und für sie einnahm. Weiter darüber nachdenken konnte er jedoch nicht, denn schon war sie wieder ganz dicht bei ihm, spürte er ihre Hände auf seinem Oberkörper, ihre Lippen auf seinen. Ihre Zungen rangen miteinander, sie taumelten, fielen aufs Bett. Begierig und doch zugleich so sanft und zärtlich, wie es ihm nur möglich war, umfasste er mit der rechten Hand ihre wunderbar weiche, volle Brust, liebkoste mit dem Daumen die empfindliche Spitze, bis sie sich fest zusammengezogen hatte. Ein warmer, gurrender Ton entrang sich ihrer Kehle und mischte sich mit seinem rauen Stöhnen, als er spürte, wie ihre Hand zu seiner Hose hinabwanderte und auf höchst eindeutige Weise über die harte Erhebung unter dem Jeansstoff streichelte. Für einen Moment wurde ihm beinahe schwarz vor Augen; heiße Stiche durchzuckten ihn, Lust stach in seinen Lenden. Er wollte sie, wie lange eigentlich schon?

Etwas fester als zuvor umfasste er ihre Brust, löste seinen Mund von ihren Lippen und umschloss stattdessen die keck aufgerichtete Brustwarze. Sie hatten kein Licht gemacht, doch das war auch gar nicht nötig, denn immer wieder durchzuckten grelle Blitze die Dunkelheit, gefolgt von rumpelndem, dröhnendem, manchmal schepperndem Donner und begleitet vom Wüten und Pfeifen des Sturmwindes. Fast schien es ihm, als würde das Wetter seine Gefühle exakt widerspiegeln. Sein wildes, ungezügeltes Begehren. Das Blut rauschte heiß durch seine Adern, ein schriller Ton klingelte in seinen Ohren.

Irritiert ließ er von Hannahs wundervoller Brust ab und versuchte, wieder zu Atem zu kommen. »Was ist das?«

Auch Hannah schien für einen Moment verwirrt zu sein. Sie hob den Kopf, lauschte. »Ich glaube, dein Handy klingelt.«

Nun erkannte auch er das Schrillen als seinen Handyklingelton. Verdammt! »Tut mir leid.« Er drehte sich, bis er dicht neben ihr auf der Seite lag, und angelte mit der Hand das Smartphone aus seiner Gesäßtasche. »Wehe, wenn das nicht wichtig …« Er runzelte die Stirn, als er Michelles Handynummer erkannte. Sein Herz zog sich unangenehm zusammen. Rasch nahm er das Gespräch an. »Michelle? Was ist los? Stimmt etwas nicht?«

Als Hannah den Namen vernahm, setzte sie sich erschrocken auf.

»Maik?« Michelles Stimme klang ungewöhnlich wenig rebellisch. »Bist du noch bei Hannah? Ich glaube, du musst herkommen. Ich weiß nicht, was ich mit Jakob machen soll.«

»Mit Jakob?« Erschrocken richtete auch Maik sich auf und nickte gleichzeitig dankbar, als Hannah ihm sein Hemd reichte. »Was ist mit ihm? Ist er krank?«

»Nein, nicht krank. Aber ich weiß nicht ...« Michelles Stimme zitterte leicht, und das alarmierte ihn mehr als alles andere. »Er hat wahnsinnige Angst. Erst hat er ganz normal geschlafen, aber dann wurde das Gewitter immer lauter, davon ist er aufgewacht. Er hat nach dir gefragt, und als ich ihm gesagt habe, dass du kurz mit Hannah weggefahren bist, hat er angefangen zu weinen. Dann ist das Gewitter immer und immer schlimmer geworden, und er hat richtig Angst bekommen. Erst hat er gezittert und geweint, und als ich ihn trösten wollte, hat er ganz laut geschrien und immer wieder nach dir gerufen. Das hat er noch nie gemacht.«

Maik konnte hören, wie Tim im Hintergrund versuchte, den laut weinenden Jakob zu beruhigen.

»Er hat früher schon Angst vor Gewitter gehabt, aber noch nie so schlimm wie heute«, fuhr Michelle fort. »Jetzt ist er auch ganz heiß, so als ob er Fieber hätte, und, und ...« Er hörte ihr schweres Atmen. »Mir ist auch nicht gut. Das hatte ich vorhin schon mal. So als hätte ich Ameisen in den Armen und Beinen und überall, und ich kriege auch nicht so richtig Luft. Es ist wahrscheinlich, weil ich nicht weiß, was ich mit Jakob machen soll. Bitte, Maik, kannst du ganz schnell nach Hause kommen?«

Noch während sie gesprochen hatte, war Maik in sein Hemd geschlüpft und hatte versucht, es mit einer Hand zuzuknöpfen. Michelle hatte so laut gesprochen, dass Hannah jedes Wort verstanden hatte, und auch sie zog sich hastig wieder an. »Ich mache mich sofort auf den Weg, Michelle«, versprach er. »Es dauert nur ein paar Minuten. Schaffst du das solange?«

»Muss ich wohl.« Michelle klang alles andere als sicher. »Ja, schon. Beeil dich bitte.«

»Okay, ich bin schon unterwegs. Sag Jakob, dass ich gleich da bin. Ich lege jetzt auf, ja? Damit ich Auto fahren kann.«

»Ja, gut. Bis gleich.«

Er war schon halb die Treppe hinunter, als er die Verbindung unterbrach und das Handy wieder in die Hosentasche schob. »Tut mir leid, Hannah.« Er blickte über die Schulter und konstatierte erstaunt, dass sie sich eine Regenjacke übergeworfen hatte und ihre Handtasche in der Hand hielt. »Was hast du vor?«

»Na, was schon? Ich komme mit! Was denn sonst?«, antwortete sie so, als sei dies das Selbstverständlichste auf der Welt. »Los, komm, wir müssen uns beeilen.« Während sie sprach, rannte sie bereits ihm voraus zu seinem Auto. Als sie die Beifahrertür aufriss, bemerkte er, dass er den Wagen gar nicht abgeschlossen hatte.

Hastig klemmte er sich hinter das Steuer und fuhr bereits an, kaum dass er die Tür ins Schloss gezogen hatte.

***

Maik konnte sich nicht erinnern, schon jemals so schnell gefahren zu sein. Der Regen rauschte wie eine Wasserwand aus den Wolken, Sturmböen warfen sich gegen den Wagen, Blitz und Donner wechselten sich im Stakkato ab. Auch an ein solches Unwetter konnte er sich nicht entsinnen. Entweder hatte er so etwas in Berlin nie so deutlich wahrgenommen, oder aber das Wetter hier an der Nordseeküste war deutlich heftiger. Obwohl die Sonne noch nicht gänzlich untergegangen sein konnte, war es so dunkel wie in tiefster Nacht.

Sicherheitshalber parkte er sein Auto sofort in der Garage, denn kaum waren sie angekommen, als sich in den Regen die ersten Hagelkörner mischten.

Tim öffnete ihnen bereits, als sie die wenigen Schritte von

der Garage zur Haustür zurücklegten. Er wirkte gefasst, jedoch sichtlich beunruhigt. »Michelle ist mit Jakob im Wohnzimmer«, erklärte er hastig. »Der Kleine ist total durch den
Wind. Mein Bruder Mirko hatte, als er klein war, auch Angst
vor Gewitter und hat sich dann oft bei mir oder Lynn versteckt. Ich dachte, ich kann ihn beruhigen, aber das hier ist
doch eine andere Hausnummer. Er zittert regelrecht, und ich
glaube, er kriegt auch nicht richtig Luft. Vielleicht so etwas
wie eine Panikattacke.«

Maik wurde es heiß und kalt zugleich. Panikattacken
kannte er von sich selbst, sie waren alles andere als ein Spaß.
Dass jetzt auch noch Jakob damit zu kämpfen hatte, versetzte
ihn in noch größere Sorge. Mit großen Schritten rannte er
ins Wohnzimmer, wo Michelle mit Jakob auf der Couch saß.
Oder vielmehr lag der Junge, den Kopf auf einem Kissen auf
Michelles Schoß. Er weinte, keuchte und atmete viel zu hektisch und unregelmäßig; sein Körper wirkte steif und angespannt. Michelle rannen ebenfalls Tränen über die Wangen,
doch sie gab keinen Laut von sich, sondern streichelte nur
ein ums andere Mal über die Stirn und den Haarschopf ihres
Bruders. Finchen lag dicht an Jakobs Füßen und rührte sich
auch nicht von der Stelle, als sie die Ankömmlinge bemerkte.
Lediglich ihre Rute schwang heftig hin und her.

*Oh, gut! Endlich kommt Herrchen wieder nach Hause.
Und Hannah auch. Hoffentlich können sie irgendwas tun.
Mit Jakob stimmt nämlich etwas nicht. Ich glaube, er ist krank
oder so. Ich weiß gar nicht, was ich machen soll. Normalerweise kann ich ihn immer aufheitern, aber er reagiert gar nicht
darauf, wenn ich versuche, ihn zum Spielen zu animieren,
oder wenn ich ihm die Hände oder die Füße lecke oder daran knabbere. Sonst lacht er dann immer, aber jetzt nicht. Ich
spüre, dass es ihm schlecht geht und dass er Angst hat. Tut bitte
etwas!*

Als Maik den Couchtisch zur Seite schob und sich dicht vor der Couch auf die Knie fallen ließ, hob Michelle ruckartig den Kopf, und er konnte geradezu erkennen, wie eine Welle der Erleichterung über sie hinwegflutete.

»Maik, endlich! Ich weiß nicht mehr, was ich machen soll. Ich glaube, Jakob braucht einen Arzt. Aber wir haben hier doch noch gar keinen Hausarzt. In Berlin waren wir immer bei einer Ärztin, Frau Dr. Nitsche. Das war unsere Kinderärztin, obwohl Mama gesagt hat, dass ich bald nicht mehr zur Kinderärztin zu gehen brauche, sondern zu einer für Erwachsene.« Ihre Worte kamen etwas zusammenhanglos, und sie ließ nicht nach, Jakobs Kopf zu streicheln.

»Onkel Maik?« Jakob, der bisher die Augen fest zusammengekniffen hatte, öffnete sie nun vorsichtig und blickte sichtlich verzweifelt zu ihm auf. Dann streckte er spontan seine Arme nach ihm aus, und noch ehe Maik überhaupt nachdenken konnte, hatte er seinen Neffen bereits fest an sich gezogen. Der Junge klammerte sich regelrecht an ihm fest und presste das Gesicht gegen seine Brust. Er zitterte tatsächlich heftig und war zugleich ganz steif und verkrampft.

»Schon gut«, raunte Maik ganz dicht am Ohr des Jungen. »Alles wird wieder gut, Jakob, alles wird wieder gut. Ganz ruhig. Ich bin ja da, ich bin da.« Wie von selbst begann er, dem Jungen über den Rücken zu streicheln und gleichzeitig mit der anderen Hand übers Haar. Sein Herz krampfte sich zusammen, weil er Jakobs Angst und Verzweiflung geradezu körperlich spüren konnte, und gleichzeitig erfasste ihn eine Welle der Zuneigung, die ihm bislang völlig unbekannt gewesen war. In diesem Moment wollte er nichts, rein gar nichts anderes, als dass es diesem kleinen Jungen, für den er verantwortlich war, wieder besser ging. Dafür hätte er alles gegeben, was er hatte, und sogar noch mehr. Diese Erkenntnis traf ihn vollkommen unvorbereitet und wie ein Schlag ins Gesicht. Er hatte jedoch gar keine Möglichkeit, darüber nachzudenken oder mit diesen neuen Emotionen fertigzuwerden. Dazu waren alle seine Sinne und Gedanken viel zu sehr darauf ausgerichtet, Jakob zu helfen.

Jakob ... und Michelle ebenfalls. Seine Nichte hatte sich immer noch nicht vom Fleck gerührt und streichelte weiter über Kopf und Schultern ihres Bruders. Aus einem weiteren Impuls heraus ergriff Maik ihre Hand, drückte sie und hielt sie fest. Als sich ihre Blicke trafen, breitete sich dieses warme Gefühl in ihm weiter aus und umfasste auch sie.

Michelle und Jakob – die beiden waren jetzt nicht mehr nur seine Verantwortung, sie waren seine Familie. So hatte er sie auch früher schon genannt, aber nicht wirklich begriffen, was das bedeutete. Sie gehörten jetzt beide zu ihm und er zu ihnen.

Michelles Hand zuckte leicht, doch sie entzog sie ihm nicht. »Tim hat gesagt, das sieht aus wie eine Panikattacke. Was macht man denn da?«

Wenn er das so genau wüsste! Er überlegte bereits selbst, ob er nicht Frau Dr. Scholz anrufen sollte. Um so etwas wie einen Hausarzt oder Kinderarzt hatte er sich tatsächlich noch nicht gekümmert; das hatte er dummerweise vor sich hergeschoben.

Hannah beugte sich über die Rückenlehne der Couch und berührte ihn an der Schulter. »Ich mache uns einen Tee und schau mal, ob ich etwas in der Küche finde, was uns weiterhelfen könnte.« Ihre Worte gingen beinahe in einem weiteren krachenden Donnerschlag unter.

Prompt verkrampfte Jakob sich in Maiks Armen noch mehr und atmete noch hektischer. Er versuchte, etwas zu sagen, doch Maik konnte die Worte nicht verstehen. Sehr, sehr vorsichtig schob er den Jungen ein klein wenig von sich, sodass er ihn zwar weiterhin fest im Arm hielt, Jakobs Gesicht jedoch nicht mehr so fest gegen seine Brust gepresst war und er mehr Luft bekam. »Ruhig, Jakob, du musst langsam atmen.«

»K… Ka… Kann … ni… nicht.« Schnaufend und keuchend atmete Jakob ein und wieder aus und weinte dabei noch heftiger.

»Doch, das kannst du«, versuchte Maik, ihn mit leiser Stimme zu ermutigen. »Sieh mich mal an!«

»Mh mh, kann nicht.«

So vorsichtig, wie es ihm nur möglich war, legte Maik seinem Neffen zwei Finger unters Kinn und hob es behutsam so weit an, bis sich ihre Blicke trafen. »Siehst du, und wie du das kannst. Und jetzt pass genau auf: Du atmest jetzt ein«, er machte es ihm vor, »und wieder aus.« Wieder führte er die Übung dem Jungen vor. »Jetzt du. Ein – aus. Ein – und wieder aus.«

Jakob gab sich sichtlich Mühe, den Anweisungen zu folgen, aber es dauerte eine ganze Weile, bis er den vorgegebenen Rhythmus gefunden hatte.

»Sehr gut«, lobte Maik und versuchte sich an einem aufmunternden Lächeln. »Und jetzt immer weiter so, schön langsam, ein – aus. Das ist doch viel besser, oder? So bekommst du viel mehr Luft.«

Tim tauchte neben der Couch auf und hielt ihm eine Papiertüte aus der Bäckerei hin. »Hier, die hat Hannah mir gegeben. Sie sagt, da soll Jakob reinatmen, falls er hyperventiliert. Das habe ich schon mal im Fernsehen gesehen.«

Maik nahm ihm die Tüte ab und legte sie neben sich. »Danke. Ich hoffe, wir werden sie nicht brauchen. Was ist eigentlich mit dir? Müsstest du nicht längst zu Hause sein? Ich meine, du musst jetzt nicht bei diesem Wetter nach draußen gehen, versteh mich nicht falsch. Aber hast du deine Eltern informiert, wo du bist?«

Tim nickte. »Ich habe vorhin zu Hause angerufen und Bescheid gesagt, dass ich noch hier bin und Michelle helfe. Ich meine, ich konnte sie ja nicht mit Jakob allein lassen. Sie war selbst total … na ja, aufgeregt und hatte Angst.« Sein Blick irrte kurz zu Michelle, die sich gerade mit dem Handrücken die Tränen aus dem Gesicht wischte. »Meine Mutter hat gesagt, ich soll erst mal hierbleiben, wenn es für dich in Ordnung ist. Papa ist schon bei einem Feuerwehreinsatz, und eigentlich hätte ich da auch hingemusst, aber Mama meint, das hier ist wichtiger. Dafür helfe ich dann morgen mit, entweder wenn wieder ein Einsatz ist oder später beim Aufräumen. Mama hat gesagt, sie ruft dich später noch mal an. Wahrscheinlich, um zu fragen, ob du mich nach Hause fahren kannst, wenn das Unwetter nicht nachlässt. Sie und meine Geschwister sind jetzt nämlich voll damit beschäftigt, sich um die Tiere zu kümmern. Denen gefällt so ein heftiges Gewitter mit Sturm nämlich auch nicht. Außerdem sollen heute Nacht zwei Kühe kalben.« Er seufzte. »Eigentlich müsste ich auch da mithelfen. Bei so etwas werden alle Hände gebraucht. Aber Mama hat darauf bestanden, dass ich hierbleibe.« Er grinste schief.

»Und was deine Mutter sagt, ist Gesetz?« Maik konnte sich ebenfalls ein Grinsen nicht verkneifen.

Tim zuckte mit den Achseln. »Es ist schon besser, wenn man sich daran hält. Na ja, meine Oma ist ja auch noch da, die hilft auch noch kräftig bei allem mit. Zum Glück hat sie sich schon wieder von der Sommergrippe erholt. Wenn ich beim Feuerwehreinsatz gewesen wäre, hätte ich auch nicht im Stall mithelfen können.« Er beugte sich etwas vor. »Hey, Kleiner, geht es dir wieder besser?«

Tatsächlich hatte sich Jakob inzwischen zu Maiks grenzenloser Erleichterung beruhigt. Sein Atem ging jetzt gleichmäßig und nicht mehr so schnell, und auch die Anspannung in seinem Körper war gewichen. Er drehte sich in Maiks Armen, um zu Tim aufzusehen. »Ich bin kein Kleiner.«

Tim lächelte ihn frech an. »Also, im Vergleich zu mir bist du das schon.«

»Bin ich gar nicht!«

»Willst du es mal ausprobieren? Dann stell dich nur mal neben mich, und du wirst schon sehen, wie klein du bist.« Herausfordernd stellte Tim sich absichtlich hoch aufgerichtet in Pose. »Solange du nicht mindestens so groß bist wie ich, wirst du für mich immer der Kleine bleiben.«

Zu Maiks Überraschung streckte Jakob ihm daraufhin die Zunge heraus.

Tim streckte Jakob die Zunge heraus.

Jakob prustete los.

Maik hatte das Gefühl, als würde ihm der sprichwörtliche Felsbrocken vom Herzen herunterpoltern. Vorsichtig erhob er sich, jedoch nur, um sich auf die Couch zu setzen. Dabei ließ er seinen Neffen nicht einen Augenblick los.

Jakobs Arme schlangen sich erneut um ihn, und er kuschelte sich so selbstverständlich und vertrauensvoll an Maik, dass sich ihm die Kehle zuschnürte. Er schluckte ein paarmal, weil er sich nicht anmerken lassen wollte, wie berührt er war. Als er Schritte aus der Küche näher kommen hörte, drehte er den Kopf und begegnete Hannahs Blick, während sie ein Tablett mit Tee, Milch, Kakao und Keksen auf dem Couchtisch abstellte. Sein Herz zuckte in seiner Brust und verkrampfte sich erneut. Sie hatte es gesehen. Sie wusste es. Und sie lächelte. Ein Lächeln, das ihm eine Gänsehaut bereitete und sein Herz höherschlagen ließ.

Nachdem sie alles abgestellt hatte, ging sie vor Jakob in die Hocke und ergriff seine linke Hand. »Na, wieder besser?«

Jakob nickte, klammerte sich aber prompt noch fester an Maik. »Das Gewitter war so schlimm, und es hat sich so angehört, als ob der Sturm das Haus umwehen wollte. Ich bin davon aufgewacht, aber vorher habe ich geträumt, dass ich zu Hause in Berlin bin. Also da, wo wir früher gewohnt haben, weil zu Hause sind wir ja jetzt hier. Mama hat mich ins Bett gebracht und zugedeckt und so und alles. Und dann habe ich geschlafen, und dann war der Donner so laut, und es kamen ganz viele Blitze, und ich hab nach Mama gerufen, aber sie ist nicht gekommen. Ich habe immer wieder gerufen, weil sie doch immer gekommen ist, wenn ich schlecht geträumt habe oder Angst hatte. Aber sie war nicht da. Niemand war da. Und dann bin ich aufgewacht, und da war wirklich Sturm und Gewitter und …«

»Wir haben hier unten gesessen, in der Küche«, übernahm Michelle. »Plötzlich haben wir gehört, wie Jakob nach unserer Mama gerufen hat. Er hat gar nicht mehr aufgehört. Ich bin sofort raufgerannt. Anscheinend hat er im Schlaf geschrien und ist erst davon aufgewacht. Ich bin dann zu ihm hin, aber er hat sich einfach nicht beruhigt. Tim hat auch alles Mögliche versucht, aber wir haben es einfach nicht geschafft. Deshalb habe ich dich angerufen.«

»Das war vollkommen richtig«, erwiderte Hannah mit einem warmen Lächeln. »Mit so etwas musst du natürlich nicht allein fertigwerden.«

»Ich hätte nicht gedacht, dass du auch mitkommst.« Verlegen zog Michelle die Schultern hoch. »Du bist ja nicht, ich meine … Also, wir sind ja nicht deine Familie. Du gibst uns ja bloß Kochstunden und so.«

»Natürlich bin ich mitgekommen.« Hannah ließ Jakobs Hand los und nahm stattdessen die von Michelle und drückte sie leicht. »Ihr seid doch, ich meine …« Sie warf einen kurzen Blick in Maiks Richtung, wandte sich aber sofort wieder Michelle zu. »Ich hoffe doch sehr, dass ich nicht nur eure Kochlehrerin bin, sondern auch eure Freundin. Das möchte ich nämlich sehr gerne sein.«

»Klar bist du unsere Freundin«, stellte Jakob mit so viel Vehemenz fest, dass sie lächeln musste.

»Mhm, ja, doch.« Michelle nickte, und auf ihren Wangen erschien ein rötlicher Hauch. »Bist du.«

»Gut.« Schwungvoll erhob Hannah sich wieder und ließ sich auf einem Sessel nieder. »Da das nun geklärt ist, würde ich sagen, wir essen und trinken jetzt eine Kleinigkeit. Das sind zwar gekaufte Kekse, keine selbst gebackenen, aber trotzdem ganz lecker zu Tee, Milch oder Kakao. Tim, greif doch auch zu. Halt, nein, Finchen! Du nicht! Das sind keine Hundekekse.« Im letzten Moment konnte sie verhindern, dass Finchen, die von der Couch heruntergesprungen war, ihre Nase mitten in den Teller mit den Keksen steckte.

Warum denn nicht? Die riechen total gut. Und jetzt, wo anscheinend alles in Ordnung ist und es Jakob wieder gut geht, hätte ich schon Lust auf das eine oder andere Leckerchen. Komm schon, sei nicht so! Ich bin auch ganz lieb, siehst du? Mit Schwung und gleichzeitig überraschend graziös warf Finchen sich auf den Rücken und streckte regelrecht elegant ihre Vorderpfoten von sich. Dabei schielte sie so auffordernd und erwartungsvoll zu Hannah hinauf, dass diese laut lachte.

»Du liebe Zeit, was bist du für eine Schauspielerin! Das ist ja geradezu filmreif. Warte mal, irgendwo habe ich doch in der Küche ein Paket mit Hundekuchen gesehen, oder?« Sie warf einen fragenden Blick in Maiks Richtung.

»Hundefutter ist in dem Schrank rechts neben der Spülmaschine, aber auf der Anrichte steht, glaube ich, auch noch eine angebrochene Packung. Soll ich sie holen?«

»Quatsch, bleib sitzen, ich mach das schon.« Sie war bereits aufgesprungen und eilte in die Küche. Finchen folgte ihr dicht auf den Fersen.

***

In der Küche schnappte Hannah sich die halb volle Packung Hundekuchen, blieb dann jedoch noch einen Moment bei der Anrichte stehen, um sich zu sammeln. Wenn sie vorhin, in ihrer Wohnung, schon einigermaßen die Fassung verloren hatte, dann war ihre Welt soeben völlig aus den Fugen geraten. Sie wusste nicht, wie sie mit dem Aufruhr in ihrem Inneren umgehen sollte, seit sie zugesehen hatte, wie sich Jakob Maik in die Arme geworfen und dieser spontan, ohne nachzudenken, und vollkommen selbstverständlich die Umarmung erwidert hatte.

Der Anblick hatte ihr Herz bis ins tiefste Innere berührt. Sie hatte förmlich spüren können, nicht nur sehen, wie etwas mit Maik geschehen war, so als sei ein Damm gebrochen oder eine unsichtbare Grenze überwunden worden. Doch nicht nur bei ihm. Auch bei ihr hatte dieser Augenblick etwas verändert, was sie noch nicht einordnen konnte. Was noch zu frisch war, um es in Worte zu fassen oder auch nur ansatzweise zu begreifen. Sie musste mehrfach tief ein- und wieder ausatmen, fast so wie Jakob zuvor, um wieder Herrin ihrer selbst zu werden. Sie wollte sich im Augenblick nicht anmerken lassen, was in ihr vorging, denn sie vermutete, dass es an Drama für diesen Abend genug war.

Hey, was ist denn nun mit meinen Keksen? Wolltest du mir die nicht geben? Das ist aber gemein! Mit einem leisen Winseln machte Finchen auf sich aufmerksam. *Ich habe Hunger!*

»Schon gut, schon gut.« Hannah lachte, fischte einen Hundekeks aus der Packung und hielt ihn Finchen vor die Nase. »Aber erst machst du brav Sitz.«

Wenn es unbedingt sein muss, bitte sehr. Augenblicklich ließ Finchen sich auf ihr Hinterteil plumpsen. *Jetzt aber her damit!*

»Fein gemacht!«, lobte Hannah. »Was kannst du denn noch alles? Diese Rolle auf den Rücken von eben vielleicht?«

Hä? Was meinst du denn? Mit hoch aufgerichteten Ohren blickte Finchen sie fragend an.

»Na, die Rolle von eben. Das sah super aus.« Hannah führte ihre Hand mit dem Keks an Finchens Nase vorbei bis

337

zum Boden, und als Finchen sich daraufhin hinlegte, ließ sie die Hand so weiterwandern, dass Finchen sich drehen musste, um sie zu erreichen. »Ja, genau so!« Hannah lachte. »Mach eine Rolle.«

Ich habe nicht die geringste Ahnung, was du meinst. So auf den Rücken rollen soll ich mich? Ach ja, so wie vorhin! Jetzt kapiere ich! Finchen drehte sich ganz auf den Rücken und streckte wieder auf diese witzig-elegante Weise die Pfoten von sich.

»Ja, super! Die Rolle! Fein gemacht«, jubelte Hannah begeistert und gab der Hündin nun endlich den Keks.

Okay, das ist also die Rolle? Ist ja einfach. Das kann ich mir merken. Aber jetzt erst mal: Mjam! Der Keks ist nämlich total lecker!

Hannah lächelte zufrieden auf die Hündin hinab und wollte gerade wieder zu den anderen zurückkehren, als ihr Handy klingelte. Der Klingelton verriet bereits, um wen es sich handelte. Rasch nahm sie das Gespräch an. »Hallo, Ella, liegst du etwa noch nicht im Bett?«, scherzte sie. »Ich dachte, du schläfst so gut bei Unwetter.«

»Von wegen schlafen.« Ella lachte trocken. »Dazu muss später Zeit sein. Jörn ist mit der Feuerwehr schon wieder voll im Einsatz, und er hat über die Lichterhaven-App einen Aufruf gestartet, dass Verpflegung gefragt ist. Ich organisiere gerade die entsprechenden Einsatzpläne. Später fahre ich dann selbst los und helfe mit. Ich wollte dich fragen, ob du zusammen mit Caroline morgen früh ab neun übernehmen kannst. Für die Abend- und Nachtschicht habe ich schon genug Leute, aber für morgen Vormittag noch nicht. Caroline hat schon zugesagt. Sie fährt morgen ganz früh zum Eventhaus und bereitet Gebäck, Kuchen und so weiter vor. Es wäre toll, wenn du einen deiner schnellen Eintöpfe und ein paar Salate mitbringen könntest. Geht das?«

»Selbstverständlich.« Hannah nickte, obwohl Ella das nicht sehen konnte. »Ich müsste noch genügend Vorräte im Kühlraum haben. Für eine Suppe und Kartoffelsalat reicht es allemal. Neun Uhr, hast du gesagt? Nicht früher?«

»Du brauchst frühestens um halb neun dort zu sein. Um neun ist Schichtwechsel bei der Feuerwehr. Dann könnt ihr die müden, ausgehungerten Feuerwehrleute versorgen. Die neue Schicht wird sich ja vermutlich schon zu Hause gestärkt haben. Ich übernehme dann mit der anderen Helfergruppe nachmittags wieder, damit ihr euch ausruhen könnt. Die Wetterfrösche sagen auch noch für morgen bis mindestens zum frühen Abend heftige Regenfälle und Sturmflut voraus. Ob es auch Tornados geben könnte, waren sie sich noch nicht ganz einig. Zum Glück funktioniert die Organisation der Helfer über die Lichterhaven-App inzwischen richtig gut. So muss man nicht extra alle anrufen, sondern kann sie alle gleichzeitig über die entsprechende Chatgruppe erreichen. Also, das geht klar? Dann mache ich mich gleich auf den Weg.«

»Ja klar, kein Problem. Ich werde pünktlich zur Stelle sein. Mach's gut, Ella, und pass auf dich auf.«

»Mache ich. Du aber auch! Bis dann.« Ella unterbrach die Verbindung, und Hannah trug nun endlich die Packung mit den Hundekuchen hinüber ins Wohnzimmer.

Sie stellte sie auf dem Couchtisch ab. Gleichzeitig klingelte Maiks Handy. Ohne Jakob loszulassen, angelte er es aus seiner Gesäßtasche, blickte kurz aufs Display und nahm das Gespräch dann an. »Zengler?« Während er lauschte, runzelte er die Stirn, gleich darauf richtete er sich auf. »Guten Abend, Frau Dennersen.« – »Okay, Elke.« – »Ja, daran muss ich mich erst gewöhnen.« Er lauschte und nickte dabei vor sich hin. Kurz blickte er zu Tim hinüber, der sich ebenfalls aufgerichtet hatte und ihn aufmerksam ansah. »Ja, natürlich können wir das so machen.« – »Nein, überhaupt nicht, das ist doch selbstverständlich.« Während er sprach, drehte er seinen linken Arm, der um Jakobs Schulter lag, und blickte auf seine Armbanduhr. »Nein, wir sitzen hier gerade alle zusammen im Wohnzimmer und essen Kekse.« Er lachte leise. »Ich richte es ihm aus.« – »Bestimmt nicht. Ihre Tiere sind ganz sicher wichtiger als mein Auto. Falls es wirklich ein paar Dellen abbekommen sollte, kann ich es immer noch der Versicherung melden.« – »In Ihrer Scheune? Das ist sehr nett, wird aber nicht nötig sein. Ich muss sowieso gleich wieder zurückfahren und mich um Jakob und Michelle kümmern.« – »Wir beeilen uns, dann können Sie … Entschuldigung, dann kannst du ihm das selbst sagen. Bis gleich.«

Nachdem er das Gespräch beendet hatte, schob er das Handy zurück in seine Hosentasche. »Tim, wie es aussieht, muss ich dich doch sofort nach Hause bringen. Anscheinend gab es über diese Lichterhaven-App einen Aufruf der Feuerwehr, dass die Feuerwehrangehörigen sich um die Verpflegung derjenigen kümmern sollen, die sich im Einsatz befinden. Deine Mutter möchte diesem Aufruf gerne folgen, deshalb bittet sie dich, zu kommen, damit deine Großmutter noch ein paar helfende Hände mehr im Stall hat. Wie es aussieht, soll das Unwetter noch länger andauern und stärker ausfallen als ursprünglich angenommen.«

»Ella hat mich eben angerufen und das Gleiche erzählt.« Hannah ließ sich auf der Kante ihres Sessels nieder, sprang aber gleich wieder voller Unruhe auf. »Sie ist ebenfalls schon voll im Einsatz und hat mich gebeten, zusammen mit Caroline morgen die Schicht ab halb neun zu übernehmen.«

Tim erhob sich. »Okay, also fährst du mich nach Hause? Kann ich mein Fahrrad so lange hier stehen lassen?«

»Natürlich.« Maik nickte und löste sich sanft von Jakob. »Das ist überhaupt kein Problem.« Prüfend musterte er seinen Neffen, der inzwischen offensichtlich todmüde war und kaum noch die Augen offen halten konnte. Dazu trug vermutlich bei, dass das Gewitter weitergezogen und nur noch hin und wieder ein entferntes Grollen zu vernehmen war. »Jakob, ist es okay, wenn ich kurz mit Tim zu ihm nach Hause fahre? Ich komme auch sofort wieder zurück und sehe nach dir. Versprochen.«

Für einen kurzen Augenblick schien Jakob wieder hellwach zu sein. Er griff nach Maiks Hand. »Aber nicht lange, oder? Bestimmt nicht?«

»Ehrenwort«, bekräftigte Maik.

»Ich bleibe solange bei dir, Jakob«, beschwichtigte Hannah ihn. »Was hältst du davon, wenn ich dir etwas vorlese? Dann vergeht die Zeit, bis Maik zurück ist, bestimmt ganz schnell.« Sie lächelte Maik zu, als dieser sie dankbar ansah, und spürte dabei einem angenehm warmen, zehrenden Gefühl nach, das von ihrer Magengrube bis in die Herzgegend ausstrahlte.

»Also dann …« Maik erhob sich. »Ich würde sagen, brechen wir auf.«

Auch Michelle erhob sich hastig. »Kann ich mitkommen?« Auf Maiks verwunderten Blick hin zuckte sie betont lässig mit den Achseln. »Ich kann hier ja doch nichts anderes machen als herumsitzen. Ob ich hier sitze oder im Auto, ist doch egal, oder?«

»Dann könnte ich dir noch das Buch über Ökologie mitgeben, über das wir vorhin gesprochen haben«, sprang Tim ihr bei. »Ich kann es dir aber auch ein andermal vorbeibringen.«

»Also gut, von mir aus, wenn du unbedingt bei diesem Sauwetter mitfahren willst.« Maik war schon auf dem Weg in den Flur und warf sich seine Windjacke über.

Hannah wechselte von ihrem Sitzplatz auf dem Sessel hinüber zur Couch und nahm Jakobs Hand. »Dann machen wir beide es uns hier total gemütlich, bis dein Onkel Maik und Michelle zurück sind. Was meinst du?«

»Mhm.« Jakob nickte, beugte sich vor und nahm sich einen Keks und das Glas, das sie für ihn halb mit Milch gefüllt hatte.

Sie blinzelte ihm zu. »Bevor du ins Bett gehst, musst du dir wohl oder übel noch mal die Zähne putzen.«

»Ich muss sowieso noch mal ins Bad.« Er biss in seinen Keks und krümelte dabei etwas über seinen Schlafanzug, der, wie Hannah erst jetzt bemerkte, mit irgendwelchen Manga-Actionfiguren bedruckt war. Möglicherweise, so dachte sie bei sich, wurde es Zeit, dass sie sich in dieser Hinsicht weiterbildete. Allein dieser Gedanke ließ das zehrende Gefühl von vorhin wieder aufleben.

Sie wartete noch, bis Jakob seinen Keks aufgegessen und die Milch ausgetrunken hatte, dann begleitete sie ihn hinauf ins Obergeschoss.

18. Kapitel

Maik war heilfroh, als er zwanzig Minuten später sein Auto wieder in der Garage parken konnte. Zwar hagelte es nicht mehr, und die Regensturzbäche hatten ebenfalls nachgelassen, aber Sturm und Gewitter tobten weiterhin unvermindert über Lichterhaven. Noch einmal würde er nur ungern in dieses Wetter hinausgehen, allerdings war da noch Hannah, die er sicher nach Hause bringen musste. Es sei denn …

Ging das nicht alles ein bisschen zu schnell? War sein Leben nicht schon genug aus den Fugen geraten? Diese Frage hatte er sich in den letzten Tagen immer und immer wieder gestellt, konstatierte er bei sich, doch eine befriedigende Antwort hatte er nicht gefunden. Oder doch? Lag die Antwort so sehr auf der Hand, war sie so eindeutig und einleuchtend, dass er sie nicht wahrhaben wollte? Er hatte nie an Liebe auf den ersten Blick geglaubt, und das, was ihn und Hannah verband, war ganz sicher alles andere als das. Allein das Wort – Liebe – jagte ihm einen Heidenrespekt ein. War es nicht wirklich zu früh, auch nur daran zu denken? Immerhin kannten sie einander erst seit wenigen Wochen.

Nein, das stimmte so nicht. Sie kannten einander schon seit gut einem Jahr. Aber ob das tatsächlich zählte? Schließlich hatten sie innerhalb dieses Jahres so gut wie keinen Kontakt miteinander gehabt, sah man einmal von einigen Videomeetings ab, die nötig gewesen waren, um die Einzelheiten hinsichtlich des Vertrags zu klären, den die *Foodsisters* mit Henning Magnusson als ihrem stillen Teilhaber und Investor geschlossen hatten.

Wenn er also klug und besonnen vorgehen wollte, dann blieb ihm nichts anderes übrig, als Hannah gleich umgehend wohlbehalten wieder zu ihrer Wohnung zurückzubringen – und diesmal nicht wieder mit hineinzugehen. Das war vernünftig. Auf diese Weise konnten sie nichts überstürzen.

Froh, diese Angelegenheit mit sich selbst geklärt zu haben, stieg Maik endlich aus seinem Wagen und legte den kurzen Weg zur Haustür in einem Sprint zurück. Im Haus war es sehr still; ein wohltuender Kontrast zu dem Heulen und Rauschen des Sturms draußen und den wiederholten, wenn auch inzwischen entfernten Donnerschlägen.

»Maik?« Hannahs Stimme drang aus dem Wohnzimmer zu ihm. »Seid ihr endlich wieder zurück? Das hat ja länger gedauert, als ich dachte.«

Er folgte der Stimme und blieb im Durchgang zum Wohnzimmer stehen, als er Hannah im Schneidersitz auf der Couch entdeckte. Sie hatte sich ein Buch aus dem Regal genommen, dem Augenschein nach einen Thriller. Der Anblick hatte etwas so Selbstverständliches, dass sich sein Magen gefühlt um mehrere Meter absenkte und gleich darauf wieder wie an einem Gummiband hochschnellte. Um nichts Falsches zu tun, lehnte er sich sicherheitshalber gegen den Türstock. Auf diese Weise hielt er einen gebührenden Abstand und hinderte sich daran ... Dinge mit ihr zu tun. »Tut mir leid, dass du warten musstest. Als wir bei Dennersens ankamen, haben sich die Zwillinge, in deren Klasse Michelle nach den Ferien gehen wird, geradezu auf sie gestürzt.« Er grinste bei der Erinnerung. »Besonders diese Celeste scheint ja einen sehr ... sagen wir mal energischen Charakter zu besitzen. Sie hat Michelle gar nicht zu Wort kommen lassen, als diese mit Ausflüchten anfing, warum sie überhaupt mitgefahren ist und weshalb sie erst nicht aussteigen wollte. Das Mädel hat es aber irgendwie geschafft, dass Michelle mit in den Stall gegangen ist. Anscheinend sollte sie sich ein neugeborenes Kälbchen ansehen. In der Zwischenzeit habe ich mich mit Tims Großmutter Lotti unterhalten, und das alles lief schließlich darauf hinaus, dass Michelle nun über Nacht dortbleibt.«

»Michelle übernachtet bei Celeste? Das ist ja toll.« Hannah klappte das Buch zu, legte es zur Seite und erhob sich. »Wenn Celeste sich ihrer annimmt, hat sie wirklich Glück. Celeste ist ein tolles Mädchen.« Sie lachte. »Energisch ist allerdings eine noch untertriebene Bezeichnung für sie. Ich glaube, wenn sie mal erwachsen ist, wird man sie als Naturgewalt bezeichnen. Sie weiß sehr genau, was sie will und was nicht, dabei hat sie aber auch ein unheimlich gutes Gespür für Menschen. Ihr Zwillingsbruder Mirko ist ihr in dieser Hinsicht sehr ähnlich, allerdings ist er viel ruhiger und zurückhaltender. Bei Celeste kommen, glaube ich, die Eigenschaften von Elke und Lotti zusammen und verstärken sich gegenseitig. Mirko und Tim kommen mehr nach ihrem Vater, und die Älteste, Lynn, ist in meinen Augen eine interessante Mischung aus ihren Eltern.«

»Eine interessante Mischung?« Fragend hob Maik die Augenbrauen.

»Sie kann energisch sein wie ihre Mutter, bleibt aber meist eher zurückhaltend und ruhig und ähnelt damit vielmehr Bruno. Ähnlich wie er macht sie nicht viele Worte, sondern handelt lieber. Außerdem ist sie eine unglaublich gute Zuhörerin; ihr entgeht so schnell nichts. Darin wiederum ähnelt sie ihrer Mutter, aber auch ihrer Großmutter sehr. Sie wird einmal Ärztin werden, und ich finde, dass all diese Eigenschaften sie hervorragend für diesen Beruf qualifizieren. Findest du nicht?«

»Kann schon sein.« Es entstand eine längere Pause, während der sie einander schweigend ansahen. Beendet wurde sie durch eine besonders heftige Sturmbö, die sich mit voller Wucht gegen das Haus warf. Unwillkürlich zuckte Maik zusammen und warf einen Blick über die Schulter zur Treppe, doch diesmal schien Jakob nicht aufgewacht zu sein.

»Er schläft tief und fest. Finchen passt auf ihn auf.« Hannah trat einen Schritt auf ihn zu, dann noch einen. »Nach dem vielen Weinen war er vollkommen erschöpft. Ich habe ihm noch etwas vorgelesen, aber er ist praktisch sofort eingeschlafen, als sein Kopf auf dem Kissen gelandet ist.« Sie lächelte leicht. »Aus der Sache kommst du jetzt nicht mehr heraus.«

»Aus der Sache?« Verständnislos runzelte er die Stirn.

»Du hast dich verliebt.«

»Was?« Dieses Wort löste bei ihm einen heftigen Stich aus, der einmal quer durch seine Eingeweide fuhr. Gleichzeitig senkte sich sein Magen erneut meterweit ab, und als er wieder emporschnellte, nahm er seinen Blutdruck mit, der daraufhin in ungeahnte Höhen schoss.

Hannah kam noch zwei Schritte auf ihn zu, blieb dann nur eine halbe Armlänge von ihm entfernt stehen. »In Jakob und Michelle. Ich konnte es genau sehen. Es hat schon vor einer Weile angefangen, hat sich mit dem Seestern gesteigert, und heute hat es so richtig zugeschlagen.«

Für einen langen Moment starrte er sie verblüfft an, dann entspannte er sich wieder. Lediglich sein Herzschlag kam auf dieser Achterbahnfahrt nicht so rasch hinterher und hämmerte weiter bis in seine Kehle hinauf. »Ich weiß nicht, ob ich es verliebt nennen würde«, brachte er schließlich mit kratziger Stimme hervor.

»Doch, doch, ganz eindeutig.«

Hannah ergriff erst seine linke, dann seine rechte Hand und zog ihn sanft zu sich heran. »Auch wenn ich so etwas zuvor noch nie erlebt habe, konnte ich es doch ganz eindeutig erkennen.« Auf ihren Lippen erschien ein schalkhaftes Lächeln. »Jetzt hast du den Salat. Wie gesagt, da kommst du nicht mehr heraus.«

»Aus dem Salat?« Halb besorgt, halb amüsiert blickte er auf sie hinab.

Sie musste den Kopf in den Nacken legen, um seinen Blick zu erwidern. In ihren Augen entdeckte er einen warmen Ausdruck, der ihm vollends den Boden unter den Füßen wegzuziehen drohte. »Behaupte nicht, dass der Gedanke an Liebe, Familie und all das dich nicht in Furcht und Schrecken versetzt.«

Einen Moment lang dachte er über ihre Worte nach, dann noch einen und noch einen. »Vielleicht weniger, als du glaubst.« Seine Antwort überraschte ihn ebenso wie sie. »Ich bin mir meiner Verantwortung gegenüber meiner Nichte und meinem Neffen sehr wohl bewusst, und nicht erst seit heute.«

»Das Wissen um eine Verpflichtung ist etwas anderes als das Wissen darum, dass man jemanden liebt«, gab sie zu bedenken.

Sie hatte natürlich recht. Die Gefühle, die ihn vorhin beim Anblick des völlig außer sich geratenen Jungen überrollt hatten, hallten noch immer in ihm nach. So etwas hatte er tatsächlich noch nie verspürt. Andererseits war er seinen Gefühlen nie bewusst ausgewichen oder davongelaufen. Sie waren ihm nur durch seine Lebensweise, sein ständiges Hasten auf der Überholspur, aus dem Blick geraten. Er hatte sie unbewusst unterdrückt, ignoriert, missachtet, bis er die Quittung in Form des Burn-outs dafür erhalten hatte.

»Auch wenn es dich überrascht, aber ich habe gar nichts dagegen, in dieser Art Salat festzusitzen. Es war von Anfang an meine Entscheidung, Mariannes Letzten Willen zu erfüllen. Es hätte Mittel und Wege gegeben, mich der Sache zu entziehen. Auch wenn ich nicht in einer klassischen Familie aufgewachsen bin, weiß ich doch, wie wichtig es ist, von Menschen umgeben und mit ihnen verbunden zu sein, die einem etwas bedeuten und am Herzen liegen. Insofern: Nein, du siehst mich nicht in Angst und Schrecken versetzt, sondern

höchstens ein bisschen konfus. Ich habe lange Zeit allein gelebt und für etwas gekämpft, was sich am Ende als eine Art
Seifenblase entpuppt hat, die, nachdem sie einmal geplatzt
war, mir ganz deutlich gezeigt hat, dass ich auf dem Holzweg
war. Ich muss erst wieder lernen, und damit zitiere ich sowohl
meine frühere als auch meine jetzige Therapeutin, mit alldem
umzugehen, was sich hier«, er tippte sich gegen die Schläfe,
»und hier«, er klopfte sich auf die Herzgegend, »so tut.« Er
räusperte sich, weil seine Stimme krächzte. »Und das ist eine
ganze Menge«, gab er schließlich in einem Anflug von Mut zu.
»Nicht nur, was Michelle und Jakob angeht.«

»Ist das so?« Hannah zog ihn an den Händen noch dichter
zu sich heran, bis sich ihre Körper berührten. Prompt wurde
ihm warm. »Was geht denn hier«, sie ließ seine linke Hand los
und berührte ganz sachte seine Schläfe, »und hier«, ihre Hand
legte sich auf seine Brust direkt über seinem Herzen, »noch
so alles vor?«

Sein Herzschlag, zuvor schon deutlich schneller als normal,
verstärkte sich noch einmal, und er wusste, dass sie es spüren
konnte. »Im Augenblick …«

»Ja?« Erwartungsvoll hielt sie seinen Blick gefangen.

»In diesem Augenblick«, setzte er erneut an, »fällt es mir einigermaßen schwer, irgendeinen klaren Gedanken zu fassen.«

»Tatsächlich? Woran mag das liegen?«

Er ließ auch ihre linke Hand los, jedoch nur, um zärtlich ihr
Gesicht mit beiden Händen zu umfassen. »Lass mich überlegen …« Der Wunsch, sie zu küssen, wurde beinahe übermäch-
tig. Dennoch näherte er sich ihren Lippen nur ganz langsam
und spürte gleichzeitig dem sehnsüchtigen Ziehen nach, das
sich von seiner Magengrube in alle Richtungen seines Körpers
ausbreitete. Nur wenige Fingerbreit von ihrem Mund entfernt
hielt er inne. »Möglicherweise liegt es an einer kleinen rothaarigen Hexe …«

»Hexe?« Ihre Augen weiteten sich gleichzeitig amüsiert und empört.

»Zauberin?«, versuchte er sich an einer anderen Bezeichnung. Als ein Lächeln in ihre Augen trat, senkte und hob sich sein Magen erneut. »Also möglicherweise liegt es an dieser kleinen, rothaarigen Person, die offenbar Zauberkräfte besitzt, dass mir sämtliche vernünftigen, zusammenhängenden Gedanken abhandengekommen sind.«

In ihren Augen funkelte es vielversprechend. »Wenn du mich noch einmal klein nennst, dann muss ich dir, fürchte ich, wehtun.«

Fast hätte er laut aufgelacht. »Du bist nun einmal … nicht groß«, versuchte er sich an einer ungefährlicheren Umschreibung. »Und wenn man noch hinzunimmt, dass du, ob es dir gefällt oder nicht, auf den ersten Blick den Eindruck erweckst, kaum alt genug zu sein, um dich mit mir hier allein in einem Raum und auf Tuchfühlung zu befinden, weiß ich gerade nicht, welche Beschreibung besser auf dich zutreffen könnte.«

Zu dem Funkeln in ihren Augen gesellte sich ein freches Grinsen. »Auf den ersten Blick?« Während sie sprach, spürte er ihren warmen Atem auf dem Gesicht, was merkwürdige Dinge mit ihm anstellte.

»Ich weiß, dass ich gleich zweimal auf diesen ersten Blick hereingefallen bin«, gab er freimütig zu. »Ich hoffe, das kannst du mir irgendwann verzeihen. Denn inzwischen …«

»Inzwischen?«

Zärtlich streichelte er mit den Daumen über ihre Wangenknochen. »Inzwischen weiß ich es besser«, raunte er.

»Tust du das?« Auch ihre Stimme war nur noch ein Hauch. Sie atmete eindeutig etwas schneller und flacher als zuvor.

»Ja.« Nun war sein Mund nur noch wenige Zentimeter von ihrem entfernt. »Schließlich hatte ich mittlerweile ausreichend Gelegenheit, dir einen zweiten Blick zu widmen.«

»Nur einen zweiten?«

»Und einen dritten …« Sehr, sehr sachte berührte er ihre Lippen mit den seinen und spürte dem Prickeln nach, das dies bei ihm auslöste. »Und einen vierten …« Wieder berührten ihre Lippen sich für den Bruchteil einer Sekunde. »Und einen fünf…« Er lächelte, als sie seinen Kopf energisch zu sich herabzog und ihren Mund fest auf seinen presste.

Im nächsten Moment vergaß er seine Erheiterung, denn Hannah öffnete einladend die Lippen und tastete mit ihrer Zunge nach seiner. Eine heiße Spitze des Begehrens durchfuhr ihn, sein Blut erhitzte sich so rasch in seinen Adern, dass er das Gefühl hatte, von einer Sekunde zur nächsten in Flammen zu stehen. Er ließ seine Finger in ihr kurzes weiches Haar gleiten, bog ihren Kopf zurück, um sie noch tiefer küssen zu können. Ein eigenartig berauschendes Pulsieren durchfloss ihn, so als käme es direkt von ihr und würde auf ihn übergehen. So war es auch zuvor gewesen, als sie sich geküsst hatten und einander nahegekommen waren. Ein Gefühl fast wie fließender Strom, wie eine unsichtbare Verbindung oder Leitung, die sie geschlossen hatten.

Hitze stieg zwischen ihnen auf, je leidenschaftlicher sie sich küssten. Schon drohten sich auch noch die letzten kohärenten Gedanken aus seinem Kopf verabschieden zu wollen. Dabei hatte er es doch langsam angehen wollen! Bedachtsam, klug, vernünftig. Doch Himmel, er wollte sie küssen, spüren, jetzt!

»Hannah!« Er erschrak selbst über das raue Knurren, mit dem er ihren Namen ausstieß. »Bist du sicher, dass wir …«

»Ja, unbedingt«, unterbrach sie ihn atemlos. Schon zerrte sie sein Hemd aus dem Bund seiner Jeans und schob ihre Hände darunter.

Auch seine Hände gingen wie von selbst auf Wanderschaft über ihren Körper, knöpften ihre Bluse auf. »Dann …« Verflucht noch eins, hatte er überhaupt Kondome im Haus? Ihm fiel das vor langer Zeit angebrochene Päckchen ein, das er aus Berlin mitgebracht hatte und das, wenn er sich nicht täuschte, irgendwo in seinem Nachttisch lag. In seinem Schlafzimmer. Nur zwei Türen von Jakobs Zimmer entfernt. Verdammt.

»Was ist los?« Aufmerksam musterte Hannah ihn. »Hast du es dir anders überlegt?«

Er schluckte hart. Nein, ganz sicher nicht. »Komm mit.« Er nahm sie bei der Hand und zog sie mit sich zum hinteren Flügel des Hauses, in dem sich neben seinem Arbeitsraum auch das Gästezimmer befand.

Hannah grinste, als sie begriff, wohin er sie gebracht hatte. Sie stellte sich auf die Zehenspitzen und zog gleichzeitig seinen Kopf zu sich herab. »Feigling«, raunte sie ihm zu, lächelte dabei aber verständnisvoll.

Zärtlich streichelte er über ihre Wange. »Warte bitte kurz hier.«

»Worauf?«

Er hob die Schultern. »Wenn das hier keine bleibenden Folgen nach sich ziehen soll, muss ich kurz nach oben und Kondome holen. Ich hoffe nur, dass sie noch haltbar sind.« Bei dem Gedanken, dass dem nicht so sein könnte, brach ihm der Schweiß aus.

Hannah schmunzelte und hob ihre Handtasche an, die sie, wie er erst jetzt bemerkte, aus dem Wohnzimmer mitgebracht hatte. »Ich habe vorhin in weiser Voraussicht das Päckchen von zu Hause mitgenommen, das ich neulich gekauft habe.«

»Ach.« Verblüfft hob er den Kopf, dann runzelte er argwöhnisch die Stirn. »Wann war neulich?«

Wieder erschien dieses freche Grinsen auf ihren Lippen. »Es ist schon ein paar Tage her. Genau genommen wollte ich auf Nummer sicher gehen, nachdem Ella und Caroline mir nahegelegt hatten, über die Möglichkeit, mit dir Sex zu haben, eingehender nachzudenken.«

Entgeistert starrte er sie an. »Du hast mit Ella und Caroline über mich gesprochen? Über … Sex? Schon vor einer Weile?«

»Tu nicht so, als ob so etwas unter euch Kerlen niemals ein Thema wäre.« Sie öffnete ihre Handtasche und zog ein nagelneues Päckchen Kondome daraus hervor. Noch ehe sie die Handtasche auf dem Sideboard abgelegt hatte, nahm er es ihr ab, musterte es, dann warf er es aufs Bett. »Deine beiden Freundinnen haben dir also nahegelegt, Sex zu haben?«

Hannah schmunzelte. »Sie haben mir nahegelegt, den Gedanken nicht rundheraus abzulehnen.«

»Hattest du das denn vor?«

Sie schwieg einen Moment, bevor sie die Schultern hob. »Zu dem Zeitpunkt war ich mir nicht sicher, ob das so eine gute Idee ist.«

»Aber jetzt bist du dir sicher?«

»Hätte ich die Kondome sonst mitgebracht?«

»Was …« Er schluckte gegen sein Herzklopfen an. »Was hat dich veranlasst, deine Meinung zu ändern?«

»Genau genommen musste ich sie nicht ändern, sondern nur den bereits vorhandenen Gegebenheiten anpassen, die ich damals aber noch nicht so klar erkennen konnte.« Sanft zog sie ihn an sich, und als sie ihre Arme um seinen Nacken schlang, zog er sie in eine feste Umarmung.

»Und was sind das für Gegebenheiten?«

Sie blickte ihm lange, sehr lange, eindringlich in die Augen. Dann lächelte sie so warm und zärtlich, dass es ihm die Kehle zuschnürte und er keine Luft mehr bekam. »Das würde ich gerne mit dir gemeinsam herausfinden«, flüsterte sie.

Bevor ihm darauf eine Antwort einfallen konnte, küsste sie ihn bereits warm, nein, heiß, leidenschaftlich. Er reagierte instinktiv, öffnete die verbliebenen Knöpfe an ihrer Bluse, streifte ihr das Kleidungsstück von den Schultern. Wenig später folgten ihr BH und sein Hemd. An dieser Stelle waren sie kurz zuvor schon einmal gewesen, und er hoffte bei allen himmlischen und irdischen Instanzen und dem Universum, dass sie nicht noch einmal unterbrochen würden.

✳✳✳

Hannah wusste selbst nicht, woher sie den Mut genommen hatte, so direkt ihre Wünsche auszusprechen. Das hatte sie bisher noch nie getan, doch in dieser Situation fühlte es sich vollkommen richtig und natürlich an. So, wie sich alles, was mit Maik Zengler zu tun hatte, richtig und natürlich anfühlte. Eine Gänsehaut rieselte ihr Rückgrat hinab, und ihr wurde gleichzeitig heiß und kalt, als sich ihre Oberkörper berührten, nackte Haut auf nackte Haut traf. Maiks warme Hände waren plötzlich überall zugleich – in ihrem Haar, auf ihrem Rücken, an ihren Brüsten, auf ihrem Hinterteil. Dort verharrten sie besonders lange, griffen zu, kneteten gerade so fest, dass es ein heißes, sehnsüchtiges Prickeln in ihr auslöste.

Sie küssten sich hungrig, ihre Zungen rangen miteinander, mal träge, mal wild. Dieser Wechsel machte sie ganz schwindelig.

Als er, wie zuvor schon einmal, mit seinen Lippen auf Wanderschaft über ihre Kinnlinie hinab bis in ihre Halsbeuge ging, erschauerte sie wieder und wieder. Ihr Herzschlag nahm rasant an Geschwindigkeit zu, denn nun strich sein Mund noch weiter nach unten, und seine Bartstoppeln reizten die empfindliche Haut an ihren Brüsten.

Sie wollte noch mehr! Mehr spüren, mehr ertasten, mehr von ihm! Er stöhnte unterdrückt, als sie ihr Becken fester gegen seines drängte, sich an ihm rieb. Überdeutlich konnte sie seine Erektion spüren, was wiederum das Prickeln in ihrem Inneren verstärkte. Flüchtig versuchte sie, sich daran zu erinnern, ob sie zuvor schon jemals so heftig auf einen Mann reagiert hatte, doch der Gedanke verflog sogleich wieder, denn nun schloss Maik seine Lippen um ihre linke Brustwarze. Sie spürte ein leichtes Saugen, das ihr durch und durch ging, dann seine Zunge, die sie sanft und beharrlich reizte. Sternchen flimmerten vor ihren geschlossenen Augenlidern, und sie sog scharf die Luft ein.

Begehrlich tastete sie an seinen Seiten hinab bis zu seinen Hüften, umschloss sein Gesäß, zog ihn noch dichter zu sich heran. Sein heiseres Keuchen verriet ihr, dass er ebenso begierig auf mehr war wie sie. Sie tastete sich zu seinem Gürtel vor, öffnete ihn, und er half ihr, auch die Knöpfe seiner Jeans aufzubekommen. Diesmal, so hoffte sie, würde es keine Unterbrechung geben. Diesmal, hier und jetzt, war richtig und sollte genau so und nicht anders geschehen.

Inzwischen kämpfte auch Maik mit Knopf und Reißverschluss ihrer Jeans. Für einen kurzen Moment lösten sie sich voneinander, befreiten sich von Schuhen, Socken und Hosen. Doch nur Augenblicke später prallten ihre Körper wieder aufeinander, küssten sie sich leidenschaftlich und landeten nebeneinander auf dem Bett. Seine Hände waren wieder überall – streichelnd, tastend, knetend. Sein Mund folgte ihnen überallhin, zu jeder Erhebung, in jeden Winkel, rau und zärtlich zugleich.

***

Maik kämpfte mit seiner Selbstbeherrschung. Es war wohl schon zu lange her, dass er mit einer Frau zusammen gewesen war. Ein Jahr, um genau zu sein. Damals war es dieser One-Night-Stand mit der Studentin aus Berlin gewesen. Hier in Lichterhaven! Er erinnerte sich noch sehr genau daran, wie leicht er sie zu der gemeinsamen Nacht überredet hatte. Doch hauptsächlich erinnerte er sich an die Leere, die er hinterher verspürt hatte. Es war ein nichtssagendes Abenteuer gewesen, weder so leidenschaftlich noch so intensiv wie das, was er gerade erlebte. Es hatte ihm schlicht und ergreifend nichts bedeutet, und das, so begriff er nun, bezog sich auch auf all die anderen Abenteuer, die er in den vergangenen Jahren mit Frauen erlebt hatte. Viele waren es nicht gewesen, denn er hatte sich nur selten einmal genug Zeit genommen, um überhaupt eine Frau so sehr wahrzunehmen, dass sie ihn dazu gereizt hatte, sich auf sie einzulassen. Wann hatte er eigentlich angefangen, Frauen auf derart oberflächliche Art und Weise zu konsumieren? Wenn man das überhaupt so nennen konnte, denn allein das Wort konsumieren suggerierte eine gewisse größere Menge.

Erst hier, heute, in diesem Moment wurde er sich bewusst, was in seinem Leben wirklich schiefgelaufen war, was ihm gefehlt hatte: eine richtige, echte Beziehung, dieses Gefühl der Verbundenheit, dieses … Als erneut Hannahs Mund mit dem seinen verschmolz, ihre Zunge die seine suchte und fand, war da wieder dieses zehrende Pulsieren, das von ihr auf ihn überzugehen schien. Oder war es umgekehrt? Er wusste es nicht genau. Das Einzige, was in seinem Kopf, in seinem Herzen, in seinem gesamten Sein im Augenblick Platz hatte, war der Wunsch nach mehr, nach Hannah. Danach, wirklich und wahrhaftig mit ihr verbunden zu sein.

Wunderbar üppige, weiche Rundungen drängten sich an seine durch regelmäßiges Training definierten Muskeln. Genauso musste es sein, fühlte es sich richtig an. Perfekt.

Er wollte nicht länger warten, tastete sich über ihre Brüste und ihren Bauch hinab bis zu ihrem Slip. Ohne zu zögern, half sie ihm, auch dieses letzte Kleidungsstück auszuziehen, und griff gleich danach an den Bund seiner Shorts, um ihn ebenfalls davon zu befreien. Wieder kämpfte er mit sich und seiner Selbstbeherrschung. Wenn er nicht achtgab, verausgabte er sich zu früh, und das war das Letzte, was er wollte.

Er wollte sie, wollte, dass dieser besondere, leidenschaftlich-wilde Rausch kein Ende nahm. Sie machte es ihm jedoch alles andere als einfach, denn schon umfasste sie sanft, aber bestimmt sein hart aufgerichtetes Glied. Scharf sog er die Luft ein, schloss die Augen, und hinter seinen Lidern ging ein Sternenregen nieder. Für einen kurzen Moment biss er die Zähne hart zusammen, und wieder entrang sich seiner Kehle dieses dunkle, beinahe furchterregende Knurren.

Es schien Hannah jedoch in keiner Weise zu erschrecken, sondern ihr vielmehr zu gefallen. Sie wusste offenbar ganz genau, wie schwer es ihm fiel, sich zu beherrschen, denn sie trieb ihn nun nicht weiter an, sondern liebkoste ihn so sachte, so zärtlich, dass seine Erregung wuchs, ohne überhandzunehmen.

Für einen Moment gab er sich nur den lustvollen Empfindungen hin, die ihn wie Wellen durchtosten, doch lange hielt er die Untätigkeit nicht aus. Vorsichtig entzog er sich ihr, drückte sie rücklings in die Kissen und schickte seine Lippen zum wiederholten Mal auf Erkundung über ihren Körper. Erst ihre Wangen, dann ihr Kinn, ihre Schultern, ihre Brüste, ihren Bauch. Neckend stieß er seine Zunge in ihren Bauchnabel und staunte, wie heftig sie darauf reagierte. Mit einem kehligen Stöhnen bäumte sie sich auf, krallte ihre Hände in seine Schulter, in seine Haare. Fasziniert wiederholte er die süße Tortur und konnte geradezu spüren, wie sich erwartungsvolle, sehnsüchtige Hitze in ihr aufbaute.

Ermutigt ließ er seine Hand zwischen ihre Schenkel gleiten, ertastete mehr Hitze, einladende Feuchtigkeit. Zärtlich tauchte er in sie ein, ließ seine Lippen, schließlich auch seine Zunge folgen. Wieder bäumte sie sich auf, krallte ihre Finger nun in die karierte Tagesdecke, auf der sie lagen.

»Maik!« Ihre Stimme klang heiser und doch energisch. »Jetzt, bitte jetzt. Ich kann nicht mehr warten.«

Lächelnd hob er den Kopf und begegnete ihrem verhangenen, von der Leidenschaft dunklen Blick. Ein Blitz zuckte auf, draußen, im Gewitter, und setzte sich in ihm fort. Ein grollender Donner folgte.

Hannah griff nach seiner Schulter, zog ihn zu sich herauf. »Ich will jetzt nicht mehr warten.«

Gleichzeitig tasteten sie nach dem Päckchen mit den Kondomen. Als er es endlich gefunden hatte, riss er vor Ungeduld beinahe den Deckel ab, nahm sich dann jedoch so weit zusammen, dass er den Latex nicht zerstörte, als er sich ein Präservativ überstreifte. Kaum hatte er sich Hannah wieder zugewandt, als sie auch schon dicht bei ihm war, ihn in die Kissen drückte und sich rittlings auf ihn setzte. Instinktiv umfasste er ihre Hüften, dirigierte sie dorthin, wo er sie haben wollte, wo er sie brauchte.

Feucht und heiß hieß sie ihn willkommen, und er drang tief, immer tiefer in sie vor. Als er sie gänzlich ausfüllte, hielt er inne, weil er ihr die Gelegenheit geben wollte, sich an ihn zu gewöhnen.

Er hörte – und sah –, wie sie scharf die Luft einsog, ebenfalls innehielt. Sie öffnete die Augen, blickte auf ihn herab, geradewegs in seine Augen. Für einen langen Moment verharrten sie einfach so, miteinander verbunden, ineinander gefangen. Dann umschloss sie ihn mit den Muskeln in ihrem Inneren und begann, sich langsam, fast träge auf ihm zu bewegen. Dabei löste sie ihren Blick nicht von ihm, und plötzlich war es wieder da, dieses verzehrende, fließende Gefühl zwischen ihnen, einem Stromkreis ähnlich, der sich schloss, nachdem er zuvor ein Leben lang unterbrochen gewesen war.

Wie war so etwas möglich? Wo kam dieses Gefühl her? Er war sich sicher, es niemals zuvor verspürt zu haben, und noch sicherer, dass nur diese eine besondere Frau in der Lage war, es in ihm zu wecken.

Mühelos passte er sich ihrem Rhythmus an, beobachtete sie fasziniert, als sie sich hoch über ihm aufrichtete, die Augen schloss. Zärtlich, begehrlich umschloss er mit beiden Händen ihre Brüste, zog sie zu sich herab, küsste sie tief und innig.

***

Hannah wusste nicht, was sie erwartet hatte, doch ganz sicher nicht diese intensive, fast schon schmerzliche Verbundenheit. Nicht nur ihre Körper waren miteinander vereint, sondern auch ihre Blicke, und als Maik sie zu sich hinabzog und leidenschaftlich küsste, flossen alle Emotionen, alle bekannten und unbekannten Empfindungen, die ihr Herz durchtosten, geradewegs auf ihn über. Fast war es zu viel für sie, wollte sie die Augen schließen, um wenigstens einen ihrer Sinne zu entlasten, doch sie brachte es nicht fertig. Sie hörte seinen unsteten Atem, sein raues Stöhnen, das sich mit ihrem vermischte. Sie blickte in seine blaugrauen Augen, in denen sie ihre eigene Leidenschaft und noch viel mehr widergespiegelt sah. Sie spürte seinen Körper und ihren eigenen und wusste für einen Moment nicht, wo er endete und sie begann.

Das war Wahnsinn! Konnte es so etwas überhaupt geben? Einfach so? Ganz plötzlich und mit einem Menschen, den sie noch gar nicht richtig kannte und von dem sie so etwas niemals geahnt hätte?

Maik riss sie aus ihren verworrenen Gedanken, als er in diesem tiefen, knurrenden Tonfall ihren Namen ausstieß, sie von sich herunter und auf den Rücken drängte. Gleich darauf war er über ihr, auf ihr, wieder in ihr. Sie rang keuchend nach Atem, als er wild ihre Hände ergriff, sie oberhalb ihres Kopfes in die Kissen drückte und ungezügelt wieder und wieder in sie stieß. Ihre Finger verflochten sich miteinander; sie schlang die Beine fest um seine Hüften, kam ihm begierig bei jedem Stoß entgegen. Unwillkürlich spannte sich ihr Körper immer mehr an, umschloss sie ihn immer und immer fester mit den Muskeln in ihrem Inneren, drängte sich an ihn. Dass er ihre Hände fest gefangen hielt, war berauschende, süße Tortur, denn sie fühlte sich ihm ausgeliefert, konnte jedoch zugleich in seinem Blick lesen, dass sie vollkommene Macht über ihn hatte.

Er küsste sie tief und gierig, leidenschaftlich und doch zärtlich. Dabei raunte er immer wieder ihren Namen und sie den seinen, sodass sie sich miteinander verbanden, den Kreis schlossen.

Sie spürte, dass sie den Punkt erreicht hatte, an dem es kein Zurück mehr gab, und trieb ihn noch begieriger an, gab ihm damit das Zeichen, seine Selbstbeherrschung zu vergessen. Sie rollten auf dem Bett hin und her in dem Bemühen, sich noch näher zu kommen, gegenseitig noch mehr Lust zu schenken. Sie kam seinem Rhythmus gierig entgegen und stieß im nächsten Moment einen erschrockenen Schrei aus, als der Orgasmus sie scharf wie ein Messer durchzuckte, schmerzhaft fast und doch schöner als alles, woran sie sich erinnern konnte.

Maik schien genau zu spüren, was mit ihr geschah, trieb sie noch weiter an, bis auch er sich anspannte und im nächsten Moment, ein kehliges Stöhnen ausstoßend, zum Höhepunkt kam.

***

Für eine geraume Weile blieben sie einfach so liegen, hielten einander fest umschlungen, blieben miteinander verbunden. Zunächst konnte Maik nichts anderes wahrnehmen als das Rauschen des Blutes in seinen Ohren und seinen rasenden Herzschlag. Doch nach und nach kehrte er, wenn auch widerstrebend, in das Hier und Jetzt zurück. Er spürte Hannahs erhitzten, wunderbar weichen und anschmiegsamen Körper an seinem, das schnelle, gleichmäßige Pochen ihres Herzens, das mit dem seinen im Einklang zu sein schien.

Im Einklang. Der Gedanke gefiel ihm und erschreckte ihn gleichermaßen. Das, was sie eben miteinander geteilt hatten, war anders als alles, was er bisher in seinem Leben erlebt hatte. Als Hannah sich unter ihm bewegte und ein Seufzen ausstieß, das auch ein Schnurren hätte sein können, rückte er rasch ein wenig zur Seite, um sie von dem Gewicht seines Körpers zu befreien.

»Nicht! Bleib hier.« Energisch zog sie ihn wieder zu sich heran.

»Ich bin zu schwer für dich«, brachte er mit schwankender Stimme hervor.

»Du warst mir bis eben nicht zu schwer«, widersprach sie mit einem Glucksen in der Stimme. »Weshalb sollte sich daran jetzt plötzlich etwas geändert haben?«

Als sich ihre Blicke trafen, musste er unwillkürlich lächeln. »Bist du sicher?«

»Absolut.« Zum Beweis schlang sie ihre Beine fest um seine Hüften. »Ich möchte einfach noch nicht, dass das hier vorbei ist«, gab sie freimütig zu.

Sein Herz wollte sich bei ihren Worten ausdehnen, und ihm wurde klar, dass er dasselbe empfand wie sie. Zärtlich strich er ihr eine Haarsträhne aus der Stirn und zeichnete mit der Spitze seines Zeigefingers von ihrer Schläfe, über ihre Wange bis hinunter zu ihrem Kinn die Konturen ihres Gesichts nach. »Wer hat denn behauptet, dass irgendetwas zu Ende sein muss? Mir kommt es eher so vor, als ob wir gerade erst etwas angefangen haben. Etwas …« Er suchte nach Worten.

»Etwas Großes«, half sie ihm aus.

Wieder schien sein Herz sich in seinem Brustkorb auszudehnen. Höchst merkwürdig, nicht unangenehm. »Etwas Großes«, bestätigte er. »Das eben war …« Noch einmal strich er mit der Fingerspitze über ihr Gesicht. »Das war mehr, als ich erwartet hatte. Ehrlich gesagt sogar mehr, als ich mir jemals hätte vorstellen können.«

»Ziemlich viel mehr.« Sie legte ihm die rechte Hand an die Wange. Eine Geste, die er in einem Film womöglich für übertrieben kitschig gehalten hätte. Doch seltsamerweise fühlte er sich dadurch erst so richtig wahrgenommen und … Das war sogar noch erstaunlicher: Er fühlte sich geborgen. Die Empfindung verstärkte sich noch, als sie ihre Finger sanft in sein Haar gleiten ließ, seinen Hinterkopf umfing, ihn zu sich heranzog, bis ihre Lippen sich trafen.

Dieser Kuss war nicht mehr heiß und leidenschaftlich, sondern warm, zärtlich und auf eine vibrierende, schwer zu greifende Weise vielversprechend. Als sie sich wieder voneinander lösten, lächelte Hannah wieder. »Es ist wirklich schlimm, dass Ella und Caroline recht hatten.«

»Schlimm?« Erheitert zog er die Stirn in Falten.

»Die beiden kennen mich einfach zu gut. Manchmal sogar besser, als ich mich selbst kenne. Das kann schon hin und wieder nervtötend sein.«

Er lachte. »Erst schlimm, jetzt sogar nervtötend? Ich weiß nicht, ob das in irgendeiner Form noch als Kompliment durchgehen könnte oder ob ich jetzt beleidigt sein soll.«

Kichernd küsste Hannah ihn erneut. »Du bist doch nicht nervtötend! Zumindest schon seit einer geraumen Weile nicht mehr«, schränkte sie mit einem schelmischen Blitzen in den Augen ein und brachte ihn damit erneut zum Lachen. »Aber dass die beiden schon vor Wochen so haargenau vorausgesagt haben, was passieren würde, ist ein bisschen irritierend.«

»Schon vor Wochen? Das wird ja immer interessanter!«

Auf seinen Ausruf ging sie nicht ein. »Vielleicht war das aber auch einfach ihre Retourkutsche. Immerhin haben Caroline und ich etwas Ähnliches bei Ella gemacht und Ella und ich vergangenes Jahr bei Caroline. Vermutlich musste es einfach so kommen; irgendwann war ich wohl an der Reihe. Ich hatte nur nie gedacht ...«

»Dass es mit mir sein würde«, vollendete er ihren Satz. Forschend ließ er seinen Blick über ihr wunderschönes Gesicht wandern und stellte fest, dass es, obgleich es nach wie vor auf den ersten Blick sehr jung wirkte, doch eine kluge, gefestigte, sogar weise Ausstrahlung hatte. Wahrscheinlich lag es an ihren faszinierenden graublauen Augen, in denen er sich nun, da er ihr so nah war, selbst erkennen konnte, in denen er zugleich aber auch ihre Kraft leuchten sah und eine Zärtlichkeit, die ihn bis tief in sein Inneres wärmte. Und da war noch etwas. Etwas Größeres, Schöneres, beängstigend in seinem Ausmaß und doch zugleich, das erkannte er nun, genau das, was er brauchte, was er wollte, wonach er sich unbewusst sogar sein Leben lang gesehnt hatte.

»Dass es mit dir sein würde«, wiederholte sie seine Worte mit leiser Stimme. Sie blinzelte ein paarmal, so als sei sie gerade erst erwacht oder über das, was mit ihr, mit ihnen, geschehen war, überaus verwundert. Er konnte es ihr nicht verdenken, denn er empfand ganz genauso.

Ehe die Stimmung zwischen ihnen allzu seltsam werden konnte, rückte er nun doch ein wenig zur Seite, und als sie erneut protestierte, legte er ihr zärtlich seinen Zeigefinger an die Lippen. »Nur einen kleinen Augenblick«, flüsterte er. Eilig entfernte er das Kondom, brachte es ins Gästebad, das sich direkt neben dem Gästezimmer befand, und entsorgte es im Mülleimer. Er war schon fast wieder auf dem Weg zurück, als er innehielt, dem Mülleimer einen argwöhnischen Blick zuwarf und dann rasch ein paar Taschentücher aus der Box zupfte, die auf der Fensterbank stand, sie zerknüllte und ebenfalls in den Abfalleimer warf. Nach kurzem Zögern legte er auch noch den halb aufgefressenen Kauknochen obenauf, den Finchen irgendwann im Lauf des Tages vor der Badezimmertür deponiert hatte. Nicht auszudenken, wenn Jakob oder Michelle die eindeutigen Spuren seines Zusammenseins mit Hannah entdeckten! Da er allerdings annahm, dass es heute Nacht nicht bei dieser einzelnen Spur bleiben würde, machte er sich im Geiste eine Notiz, möglichst noch vor dem Morgengrauen den Mülleimer im Gästebad zu leeren.

Als er ins Gästezimmer zurückkehrte, hatte Hannah die Tagesdecke zurückgeschlagen, sich bequem in den Kissen zurückgelegt und die leichte Daunendecke über sich ausgebreitet. Ihr Anblick, so schön, zugleich so natürlich und selbstverständlich, so als sei sie schon immer hier zu Hause gewesen, ließ sein Herz unwillkürlich höherschlagen.

Als sie sich bei seinem Eintreten aufsetzte, rutschte die Decke herunter und gab den Blick auf ihre bezaubernden vollen Brüste frei. Für einen Moment blieb er einfach stehen und betrachtete sie.

Überrascht sah sie zu ihm auf. »Was ist? Stimmt etwas nicht?«

»Doch, doch, es stimmt alles.« Einfach alles. Rasch gesellte er sich zu ihr, zog sie fest in seine Arme. O ja, es würde definitiv nicht nur bei dieser einzelnen Spur bleiben, dachte er bei sich und küsste sie hungrig. Das mit dem Leeren des Mülleimers durfte er morgen früh auf gar keinen Fall vergessen!

19. Kapitel

»Also gut, seid ihr jetzt alle wieder sauber und vorzeigbar?«
Lotti Dennersen stand mitten in der großen Wohnküche, die
Hände in die Hüften gestemmt, und musterte ihre Enkelkin-
der eins nach dem anderen sehr eingehend und schließlich
auch Michelle, der Celeste ein Paar Jeans und ein T-Shirt geliehen hatte, weil Michelles Sachen im Stall schmutzig geworden waren. Zufrieden nickte sie. »Sehr gut. Ich würde euch ja
gerne sofort allesamt ins Bett schicken, aber ich fürchte, dazu
seid ihr viel zu aufgedreht.«

Celeste machte eine ausholende Bewegung mit beiden Armen. »Oma! So spät ist es ja auch noch nicht. Wir sind doch
keine kleinen Kinder mehr. Außerdem haben wir Ferien. Wir
können also richtig ausschlafen.«

Lotti seufzte theatralisch. »Also gut, macht doch, was ihr
wollt. Aber übertreibt es nicht. Ich will morgen von Michelles
Onkel keine Klagen hören, verstanden?«

»Klar doch, Oma. Wir könnten uns alle zusammen einen
Gruselfilm angucken. Das passt so richtig gut zum Wetter. Das
Gewitter ist ja endlich vorbeigezogen, sodass wir auch keine
Angst mehr zu haben brauchen, dass der Blitz einschlägt.«

»Ha! Genau, so ein richtiger Horrorschocker.« Mirko
grinste breit.

»Von wegen Horrorschocker.« Mahnend, doch mit einem
Schmunzeln hob Lotti den Zeigefinger. »Ich sagte doch, ihr
sollt es nicht übertreiben. Schaut meinetwegen einen Film,
aber nichts, wovon ihr hinterher Albträume bekommt. Du
ganz besonders, Mirko. Nein, schau mich nicht so an, ich

kenne dich gut. Und Lynn mag solche Filme auch nicht, oder?« Fragend wandte sie sich ihrer ältesten Enkelin zu.

Lynn schüttelte sich prompt. »Auf gar keinen Fall! Wenn ihr euch irgend so einen Splatterkram anschauen wollt, dann ohne mich.«

»Sagt die Frau, die mal Ärztin werden will«, frotzelte Tim. »Gerade du solltest doch in der Lage sein, Blut zu sehen.«

»Blut sehen zu können und geradezu darin zu baden, sind zwei völlig verschiedene Dinge«, entgegnete Lynn. »Davon abgesehen weiß ich ziemlich genau, dass du auch kein Horrorfilm-Fan bist. Was ist denn mit dir, Michelle? Welche Art von Filmen magst du gerne?« An ihre Geschwister gewandt, erklärte sie in schulmeisterlichem Tonfall: »Es ist nämlich höflich, wenn man den Besuch den Film aussuchen lässt.«

»Ich weiß nicht.« Michelle, die sich inzwischen ganz wohl in Gesellschaft der Dennersen-Geschwister fühlte, wurde nun doch verlegen, als alle Blicke sich auf sie richteten. Sie spürte, wie ihre Wangen sich erwärmten, und schaute sicherheitshalber auf einen Punkt irgendwo zwischen Celeste und Lynn. Dennoch hatte sie das Gefühl, als würde ein bestimmtes Augenpaar ganz besonders intensiv auf ihr ruhen, und das machte sie ganz kribbelig. »Ich schätze, am liebsten mag ich Actionfilme. Jason Statham zum Beispiel ist einer meiner Lieblingsschauspieler, obwohl ich seine Filme eigentlich noch nicht anschauen darf, weil sie alle ab sechzehn sind. Aber Maik hat es mir trotzdem erlaubt. Ich mag aber auch ältere Sachen mit Bruce Willis oder Vin Diesel und so.«

»Hey, eine Frau ganz nach meinem Geschmack!« Tim grinste breit. »Ich hätte eine Idee. Wie wäre es mit dem Film *Die Mumie* mit Brendan Fraser? Der ist zwar schon alt, hat aber ausreichend Gruselfaktor für Celeste und Mirko und außerdem jede Menge Action. Okay, er ist ein bisschen trashig, das gebe ich zu, aber Arnold Vosloo ist einsame Spitze als Imhotep.«

»*Die Mumie?*« Michelle runzelte fragend die Stirn. »Ist das nicht so ein Schinken, der schon fast hundert Jahre alt ist? Ich glaube, Maik hat den auf DVD.«

»Das ist die älteste Verfilmung.« Tim starrte sie verblüfft an. »Sag bloß, du kennst die Version aus dem Jahr 1999 nicht. Das kann ja wohl nicht sein! Das ist eine kolossale Bildungslücke. Dagegen müssen wir sofort etwas tun.« Noch während er sprach, stürmte er hinüber ins Wohnzimmer und schaltete den Fernseher ein, der einen nicht unbeträchtlichen Teil der Wand gegenüber der Tür einnahm.

»Na toll.« Mirko grinste. »Wenn wir Pech haben, können wir jetzt einen ganzen Filmmarathon einlegen. Von den Mumienfilmen gibt es nämlich noch zwei Fortsetzungen, ganz zu schweigen von dem Spin-off *The Scorpion King*, zu dem es auch drei Fortsetzungen gibt. Tim ist ein totaler Fan, dabei sind die meisten Filme davon älter als er.«

»Es gibt vom *Scorpion King* sogar insgesamt fünf Teile«, stellte Celeste kichernd richtig. »Na, prost Mahlzeit. Das kann eine lange Nacht werden.«

»Nichts da!«, warf Lotti energisch ein. »Ein Film reicht vollkommen aus. Danach verschwindet ihr alle in eure Betten. Michelle, dir habe ich ein Klappbett in Celestes Zimmer aufgestellt. Wenn du etwas brauchen solltest, sag es ruhig. Ansonsten darfst du dich bei uns wie zu Hause fühlen.« Sie lächelte Michelle so mütterlich-freundlich zu, dass diese noch verlegener wurde. Sie hatte ja nie eine Großmutter gehabt und wusste nicht so recht, wie sie sich dieser Frau gegenüber verhalten sollte.

»Danke«, brachte sie mit etwas Verspätung heraus. »Das ist sehr freundlich von Ihnen.«

»Ach herrje!« Lotti trat neben sie und legte ihr einen Arm um die Schultern. »Komm bloß nicht auf die Idee, mich zu siezen! Das tut niemand in Lichterhaven, also brauchst du damit gar nicht erst anzufangen. Ich finde es zwar schön, dass du so höflich bist, aber ich bin Lotti für dich, und damit basta.«

»Also, ähm, klar, okay.« Unsicher nickte Michelle.

»Und nun ab mit euch ins Wohnzimmer. Ich bringe euch noch ein bisschen was von dem Streuselkuchen, den ich heute Mittag gebacken habe, und etwas zu trinken. Danach gehe ich ins Bett. Anders als ihr muss ich nämlich morgen zeitig aufstehen. Lynn, du als die Älteste achtest bitte darauf, dass die Bande sich einigermaßen benimmt. Ich will keine Füße auf dem Couchtisch sehen.« Damit schob sie die jungen Leute energisch hinüber ins Wohnzimmer und kehrte selbst in die Küche zurück, um Kuchen und Getränke zu holen.

Während Lynn und Mirko sich je einen Sessel schnappten und ein dritter von zwei Katzen und einem Schäferhund belagert wurde, machten zwei weitere Hunde es sich nebeneinander zwischen Couchtisch und Fernseher bequem.

Michelle ließ sich zögernd zwischen Celeste und Tim nieder, die jeweils an den äußeren Enden der Couch Platz genommen hatten. Celeste zog sofort die Füße hoch und stopfte sich zwei Sofakissen in die Seite, sodass sie mehr lag als saß. Tim hingegen lehnte sich bequem gegen die Rückenlehne und streckte seine langen Beine aus. Er hielt die Fernbedienung in der Hand und wartete, bis sich alle eingerichtet hatten. Um Celestes Füßen auszuweichen, rückte Michelle unwillkürlich in Tims Richtung, erschrak dann aber und spannte sich nervös an.

Tim schien jedoch nichts Ungewöhnliches darin zu sehen. Grinsend drückte er ihr ein Sofakissen in die Arme. »Hier, kannst du haben. Das brauche ich nicht. Ich weiß sowieso nicht, was man mit so vielen Sofakissen anfangen soll. Dauernd sind sie einem irgendwo im Weg.« Entspannt lagerte er seinen linken Arm auf der Seitenlehne und betätigte die Playtaste auf der Fernbedienung. »Und jetzt bitte die Klappe halten allerseits. Film ab!« Er drückte jedoch noch einmal kurz auf Pause, als Lotti eine Platte mit Kuchen und ein Tablett mit Gläsern und mehreren Flaschen Limonade auf dem Couchtisch abstellte. Als sie verschwunden war, drückte er erneut auf Play. »Jetzt aber.« Er warf Michelle einen kurzen Seitenblick zu, sagte jedoch nichts. Trotzdem, oder gerade deswegen, rieselte ihr eine Gänsehaut über den Rücken. Sie ließ sich jedoch nichts anmerken, umarmte aber das Sofakissen fester und richtete ihren Blick auf den großen Flachbildschirm.

Nach einigen Minuten runzelte sie die Stirn, nach einigen weiteren verzog sie spöttisch die Mundwinkel. »Was ist das denn für ein Sch…eibenkleister? Das ist ja wohl der schrottigste Quatsch aller Zeiten!«, schimpfte sie. »Ich meine: Hallo? Der Kerl hat dem Pharao die Frau ausgespannt. Sperrt ihn in den Sarg, packt die Käfer dazu und schmeißt den Schlüssel weg! Das reicht doch als Strafe.« Sie wandte sich kurz in Tims Richtung, der ihren Blick mit einem breiten Grinsen erwiderte.

»Echt jetzt!«, beharrte sie. »Welcher halbwegs intelligente Mensch denkt sich denn dann auch noch so einen oberdämlichen Fluch aus für den Fall, dass jemand den Schlüssel findet? Was kann denn die Menschheit dafür, dass der Hohepriester seine Finger nicht bei sich lassen konnte? Und warum wird der Typ auch noch mit ewiger Kraft und Unsterblichkeit belohnt, wenn ihn jemand wieder aufweckt? Ist doch klar, dass der total angepisst ist und wie ein Irrer alle kaltmachen will. Würde ich auch, wenn man mich mit diesem fiesen Krabbelgetier in eine Steinkiste sperren und bei lebendigem Leib mein Blut aussaugen lassen würde. Dazu braucht es gar keinen Fluch. Ich meine, wo ist da überhaupt die Logik? So ein Fluch fordert den Ärger doch bloß heraus, oder etwa nicht?«

Celeste neben ihr bekam einen Lachanfall, und auch Mirko hustete. Lynn kicherte. »Logik brauchst du bei diesem Film nicht zu suchen, das ist vergebene Liebesmüh.«

»Das ist ein Klassiker, junge Dame.« Tim feixte. »Der muss so sein. Außerdem habe ich gleich gesagt, dass er ein bisschen trashig ist. Irgendeinen Auslöser für die Story muss es ja geben. Warum also nicht diesen Fluch?«

»*Junge Dame?*« Mit hochgezogenen Brauen sah sie ihn an. »Hast du einen Knall?«

Sein Feixen wandelte sich in ein Lächeln, sein Blick wurde eigenartig intensiv und bescherte ihr erneut eine Gänsehaut. »Du bist nun mal jünger als ich, demnach eine junge Dame. Oder soll ich dich lieber alte Schachtel nennen?«

Das verschmitzte Funkeln in seinen Augen reizte sie gegen ihren Willen zum Lachen. Heftig stieß sie ihm den Ellenbogen in die Seite. »Halt die Klappe.« Nach einem Atemzug setzte sie hinzu: »Das ist trotzdem oberbescheuert.« Sie deutete auf den Bildschirm. »Jetzt haben sie natürlich nicht nur den Schlüssel, sondern auch noch das Buch gefunden, in dem der Zauberspruch aufgeschrieben wurde, mit dem man Tote wieder zum Leben erwecken kann! Wie blöd kann man eigentlich sein? Den Spruch schreiben sie sicherheitshalber auch noch auf und legen ihn samt dem Schlüssel praktisch neben dem Sarg ab, damit nur ja irgendwann jemand beides findet, den Schlüssel benutzt und den Spruch laut vorliest? Wenn sie wenigstens den Schlüssel eingeschmolzen hätten. Aber nein, den braucht man ja vielleicht noch mal, um den Irren auf die Welt loszulassen. Muss ja ein Wahnsinnsschlauberger gewesen sein, wer auch immer sich diesen Käse ausgedacht hat. Wer war das überhaupt? Der Pharao hatte doch das Zeitliche gesegnet, die Tussi ebenfalls, und dieser Imhotep war doch der Oberhäuptling der Hohepriester. Gab es da überhaupt jemanden, der das veranlassen durfte?«

Celeste neben ihr krümmte sich inzwischen vor Lachen und bekam einen Schluckauf, Mirko auf dem Sessel ihr schräg gegenüber ging es nicht viel anders. Lynn hatte die Hände vors

Gesicht geschlagen, doch am Zucken ihrer Schultern konnte Michelle erkennen, dass auch sie in sich hineinlachte.

Tim richtete sich in gespielter Empörung auf und stemmte die Hände in die Seiten. »Komm mir nicht mit Logik und zerstör damit einen meiner Lieblingsfilmklassiker, sonst ...«

»Sonst?« Auch Michelle richtete sich auf.

»Sonst ...« Unvermittelt entspannte Tim sich wieder und lehnte sich auf der Couch zurück. »Das wirst du dann schon sehen. Ich lass mir was einfallen.«

»Pfff.« Betont lässig ließ auch sie sich wieder gegen die Rückenlehne sinken, wich seinem Blick jedoch tunlichst aus. »Von wegen.«

Es dauerte fast eine halbe Stunde, bis sich ihr Herzschlag wieder halbwegs beruhigt hatte, und das auch nur, weil sie mit aller Kraft bemüht war, sich auf die Filmhandlung zu konzentrieren. Nach einer Weile begannen die Dennersen-Geschwister, immer wieder in Kommentaren und mit viel Gelächter ihren Senf zur Filmhandlung dazuzugeben, sodass auch Michelle etwa nach der Hälfte des Films wieder mutiger wurde und sich hier und da an den Scherzen beteiligte. Ab und zu glaubte sie, Tims Blick auf sich zu spüren, doch wenn sie zu ihm hinschielte, schaute er jedes Mal geradeaus zum Fernseher.

Noch eine Weile später bettete Celeste einfach ihre Füße in Michelles Schoß, um sich besser in ihre Kissen kuscheln zu können. Lynn war längst zusammengerollt auf dem Sessel eingeschlafen, und auch Mirko fielen bald die Augen zu. Als der letzte actionreiche Kampf geschlagen und die Mumie ins Reich der Toten zurückverfrachtet worden war, stellte Michelle fest, dass Tim und sie als Einzige noch wach waren. Irgendwann im Lauf der vergangenen halben Stunde hatte Tim seinen rechten Arm locker hinter Michelle auf die Rückenlehne gelegt und angefangen, an ihren Haaren herumzuspielen. Sie wusste nicht, was sie sagen oder wie sie sich verhalten sollte, deshalb tat sie, als würde sie es nicht bemerken. Natürlich wusste sie, dass er wusste, dass das nur gespielt war. Irgendwie war dieser ganze Tag total surreal und seltsam! Und aufregend.

Zu allem Überfluss gab es dann auch noch ein kitschig-schönes Happy End für die beiden Hauptfiguren in dem Film. Fast zu schön, um wahr zu sein. Sie hatte es ja sonst nicht so mit romantischen Filmen, aber das hier war dann doch irgendwie nett und passend. So ganz zugeben wollte sie das jedoch nicht. Als die beiden sich zum krönenden Abschluss innig küssten, verdrehte sie demonstrativ die Augen. »Na klar. Von wegen *sie lebten glücklich und zufrieden bis an ihr Lebensende.* Das Ganze hält doch bloß ein paar Tage, bis sie feststellen, dass sie überhaupt nichts gemeinsam haben. Und im nächsten Film findet er dann wieder eine andere, die er retten kann.«

»Weit gefehlt.« Tim lachte leise. »Du kennst die Mumien-filme tatsächlich nicht! Und du bist das erste Mädchen, das ich kenne, das nicht an ein Happy End glaubt.«

»Tue ich doch.« Sie zuckte mit den Achseln. »Das Ende ist wirklich nett. Es wird nur nicht halten.«

»Und wie es das wird«, widersprach er. »Glaubst du mir etwa nicht? Ich kann es dir ganz leicht beweisen. Wir müssen nur den zweiten Teil anschauen.«

»Aber ohne mich.« Herzhaft gähnend rappelte Lynn sich auf, ordnete ihr verstrubbeltes blondes Haar und rieb sich über den Nacken. »Ich gehe schlafen. Eine Mumie pro Abend reicht mir. Bis morgen.« Ohne sich noch einmal umzusehen, verließ sie das Wohnzimmer.

Mirko kroch ebenfalls von seinem Sessel herunter und schlurfte, ein undeutliches »Gute Nacht« auf den Lippen, von dannen.

»Wollt ihr echt jetzt noch den zweiten Film gucken?«, kam es verschlafen von Celeste. Fragend blinzelte sie erst in Tims, dann in Michelles Richtung.

Tim hob die Schultern. »Vielleicht nicht den ganzen Film, sondern nur den Anfang. Damit deine neue Freundin mir glaubt, dass es Happy Ends wirklich gibt.«

Mühsam richtete Celeste sich auf und rieb sich die Augen. Dabei wanderte ihr Blick zu seiner Hand, die sich nach wie vor wie zufällig mit Michelles Haaren beschäftigte. »Ja klar.« Sie gähnte hinter vorgehaltener Hand und lächelte Michelle zu. »Ich gehe auch ins Bett. Du weißt ja, wo mein Zimmer ist und wo das Bad. Versuch bitte, mich nicht aufzuwecken, wenn du raufkommst. Gute Nacht.«

»Lass dir von Celeste nichts weismachen«, flüsterte Tim so laut, dass seine Schwester es auf jeden Fall ebenfalls mitbekommen musste. »Sie schläft wie ein Stein. Neben ihr könnte ein Trecker durchs Zimmer fahren, und sie würde davon nicht aufwachen.«

»Dösbaddel«, war Celestes einziger Kommentar darauf. Sie ging zur Tür, dort drehte sie sich noch einmal zu ihnen um. »Lasst euch nicht erwischen bei … was auch immer. Mama wird bald nach Hause kommen, und Papa wahrscheinlich auch.« Sie lächelte Michelle noch einmal warm, ihrem Bruder hingegen vielsagend zu. Augenblicke später waren ihre Schritte auf der Treppe zu hören. Zwei der drei Hunde und eine der beiden Katzen nahmen die Verfolgung auf. Der Schäferhund schnarchte jedoch auf seinem Sessel weiter, neben sich auf der Lehne die zweite, grau getigerte Katze, die bei dem Aufruhr, den der allgemeine Aufbruch ausgelöst hatte, lediglich die Augen einen winzigen Spaltbreit geöffnet hatte, nun jedoch ebenfalls leise schnurrend wieder eingeschlafen zu sein schien.

»Tja.« Wesentlich weniger frech und forsch als zuvor lehnte Tim sich wieder auf der Couch zurück und spielte mit der Fernbedienung.

»Tja.« Michelle fiel ärgerlicherweise keine andere Antwort darauf ein.

»Du musst jetzt nicht meinetwegen hier sitzen bleiben.«
Tims Stimme klang ein ganz klein wenig rau und irgendwie
etwas tiefer als sonst. »Wenn du dir den zweiten Teil nicht anschauen willst, ist das okay. Du kannst ...« Er räusperte sich.
»Also, wenn du lieber auch ins Bett gehen willst ...«

Als sie seinem Blick begegnete, der nun nicht mehr so
selbstbewusst und vielmehr fragend oder forschend auf ihr
ruhte, wollte sich ihr Puls plötzlich wie wild überschlagen.
Bis in ihre Kehle hinauf spürte sie ihren Herzschlag. »Nein,
also, doch. Also wenn es dir nichts ausmacht ... Ich bin noch
nicht sehr müde. Wenn du dir den Film anschauen willst ...«
Sie lächelte verunsichert. »Sind die beiden echt im zweiten Teil
noch zusammen?«

»Sogar auch im dritten immer noch«, bestätigte Tim mit
einem Lächeln, das ihr schon wieder eine Gänsehaut verursachte. »In Teil zwei haben sie einen kleinen Sohn, der im dritten Teil dann schon selbst erwachsen ist und ...« Er grinste
schief. »Na ja, der Sohn findet dann am Ende auch noch die
Frau fürs Leben. Also noch mehr Happy Ends.« Er musterte
sie neugierig. »Glaubst du wirklich nicht daran, dass zwei
Menschen für immer miteinander glücklich sein können?«

»Im Film? Doch, klar.« Vorsichtig lehnte sie sich ebenfalls
auf der Couch zurück, und prompt begann er wieder, an ihren Haaren herumzuspielen. Gleichzeitig wählte er auf der
Streamingplattform den Film *Die Mumie kehrt zurück* aus
und startete ihn.

»Nur im Film?« Nun streiften seine Fingerspitzen immer
wieder auch die Haut an ihrem Nacken und ließen sie unwillkürlich erschauern. »Warum nicht im wirklichen Leben?«

»Das habe ich doch gar nicht gesagt!« Sicherheitshalber
richtete sie ihren Blick fest auf den Film. »Kann schon sein,
dass es so etwas gibt. Ich hab bloß ...« Ganz plötzlich brannten ihre Augen, und sie musste mehrmals blinzeln, um die

aufsteigenden Tränen zurückzuhalten. Wie bescheuert war das denn? Sie wollte jetzt nicht heulen. Warum passierte ihr das nur immer wieder? »Ich habe bloß selbst noch nicht viele Happy Ends erlebt.« Sie schluckte hart. »Eigentlich noch gar keins.«

»Hey, tut mir leid, Michelle.« Erschrocken hörte Tim auf, ihren Nacken zu liebkosen, und das hätte sie beinahe noch mehr zum Weinen gebracht. Doch dann rückte er näher an sie heran und legte ihr seinen Arm fest um die Schultern. Sanft zog er sie an sich, bis sie den Kopf gegen seine Schulter lehnen konnte. »Ich wollte dich nicht zum Weinen bringen.«

»Hast du ja nicht.« Fahrig rieb sie mit dem Handrücken über die Augen, doch gegen die Tränen, die ihr nun doch über die Wangen rannen, konnte sie nichts ausrichten. »Ich heule manchmal einfach so, ganz von selbst. Das hat gar nichts mit dir zu tun. Sondern mit, mit …« Sie brach ab, weil sich ihre Kehle immer mehr schmerzhaft zuschnürte.

Rasch pausierte Tim den Film und blieb ganz still neben ihr sitzen, den Arm fest um sie gelegt, während sie vor sich hin weinte.

Nach einer Weile schniefte sie hilflos. »Du musst mich ja für total bescheuert halten.«

»Warum?« Er rutschte ein wenig hin und her, zog schließlich ein angebrochenes Päckchen Taschentücher aus seiner Hosentasche und reichte es ihr. »Hier.« Nach einem Atemzug fügte er hinzu: »Das mit deiner Mutter muss schlimm für dich sein. Ich kann mir gar nicht vorstellen, wie es wäre, wenn Mama oder Papa nicht mehr da wären. Ich meine, wir haben auch noch Oma und jede Menge Verwandtschaft, die sich um uns kümmern würde, aber …« Sie spürte, wie er heftig schauderte. »Nein, ich kann nicht einmal die Vorstellung ertragen. Es ist doch ganz natürlich, dass du manchmal weinen musst. Ich weiß gar nicht, was ich täte, wenn ich in deiner Situation

wäre. Und dann auch noch in eine völlig fremde Stadt umziehen ...« Er stieß geräuschvoll die Luft aus. Plötzlich klang
seine Stimme wieder heiter und eine Spur frech. »Zu lauter
Dorftrampeln ...«

Erschrocken zuckte sie zusammen.

Er drückte ihre Schulter, bis sie den Kopf hob und ihn ansah. »An dem Tag, an dem wir uns zum ersten Mal begegnet
sind, hast du deine Nase ganz schön hoch getragen.«

»Ich weiß.« Sie nestelte ein Taschentuch aus der Packung,
rieb sich damit übers Gesicht und schnäuzte sich so damen-
haft wie nur möglich. Dann faltete sie es zusammen und ver-
staute es in ihrer Hosentasche. »Ich habe mich hier so falsch
gefühlt, total fehl am Platz. Ich habe mein ganzes Leben in
Berlin verbracht und dachte, ich würde für immer dortblei-
ben. Klar, schon mal einen Urlaub irgendwo anders, wenn
ich es mir leisten kann, aber sonst? Und dann war plötzlich
alles anders. Meine Mama tot, mein Onkel, den ich bis dahin
überhaupt nicht kannte, ist plötzlich unser Vormund. Dann
der Umzug. Ich passe doch gar nicht hierher.« Ihre Stimme
erstarb fast. »Ich passe nirgendwohin und gehöre nirgendwohin. Meine Freundinnen in Berlin texten mir immer seltener
zurück, und hier in Lichterhaven habe ich auch niemanden.«

»Also, was das angeht, kenne ich aber inzwischen einige,
die dir in diesem Punkt laut und deutlich widersprechen würden.« Tim drückte erneut ihre Schulter und brachte sie dazu,
ihren Kopf wieder an seine zu lehnen. »Celeste mag dich,
glaube ich, ziemlich gerne. Sie ist überall sehr beliebt, aber
bisher hatte sie noch nie eine richtige beste Freundin, weil sie
ihre Freundschaft immer auf alle möglichst gleichmäßig verteilt. Und Mirko kann dich auch gut leiden, andernfalls hätte
er es dir längst gesagt.« Er lachte verhalten. »Soweit ich weiß,
mag auch meine Mutter dich, meine Oma sowieso, sonst hätte
sie dir nicht erlaubt, heute hier zu übernachten. Und wenn

du weder die Großstadttussi noch die Tüddeltrine allzu sehr heraushängen lässt, bin ich sicher, dass du hier noch viele weitere Freunde finden wirst. Natürlich nur, wenn du das auch wirklich willst.«

Wollte sie das? Freunde in Lichterhaven finden? An dem Ort, von dem sie so schnell wie möglich wieder Reißaus hatte nehmen wollen? »Wenn ich achtzehn bin, will ich wieder zurück nach Berlin, habe ich zu Maik gesagt.«

»Mhm.« Täuschte sie sich, oder wirkte Tim mit einem Mal bedrückt? Oder enttäuscht?

»Und du?«

Fragend erwiderte er ihren Blick. »Was ist mit mir?«

»Wolltest du noch nie von hier weg?«

»Nein. Also, klar, für einen Urlaub schon oder so etwas. Aber für immer? Das kann ich mir nicht vorstellen. Wir haben den Hof, und den will ich eines Tages von meinen Eltern übernehmen. Nach dem Abitur will ich eine Ausbildung in der Landwirtschaft machen. Zum Glück gibt es hier in der Umgebung einige Landwirte, bei denen ich lernen kann. Und nebenher will ich studieren, entweder in Abendkursen oder über einen Fernlehrgang. Aber der Hof hier, das alles«, er machte eine ausholende Bewegung, »das soll in unserer Familie bleiben, und das will ich dann auch irgendwann an die nächste Generation weitergeben.«

Michelle versuchte, sich vorzustellen, wie es war, so sehr mit seiner Heimat verwurzelt zu sein und so sicher, wie die eigene Zukunft aussehen würde. Sie lächelte schwach. »Das geht aber nur, wenn du eine Frau findest, die da mitmacht. Gibt …« Sie räusperte sich verlegen. »Gibt es hier welche, die das wollen?«

»Keine Ahnung.« Er lächelte leicht. »Bisher habe ich noch nicht nach einer gesucht. Dafür habe ich ja wohl auch noch ein bisschen Zeit, oder? Andererseits …« Sie erfuhr nicht, was anfangs war, denn anstatt weiterzureden, startete er erneut den Film. »Siehst du!« Er deutete auf den Bildschirm. »Da hast du den Beweis.«

»Was für einen Beweis?« Etwas konfus blickte sie ebenfalls zum Fernseher und versuchte, den Themenwechsel zu verdauen.

»Den Beweis für das Happy End.« Er gestikulierte mit der Fernbedienung, legte sie dann jedoch auf der Armlehne ab.

Eine Weile verfolgten sie beide schweigend den Film. Anfangs schlug ihr Herz noch viel zu schnell und hart gegen die Rippen, doch nach einer Weile entspannte sie sich wieder ein bisschen und konnte sogar wahrnehmen, wie Tim gleichmäßig ein- und ausatmete. Hin und wieder lächelte oder grinste er über die Handlung oder gab einen kurzen Kommentar ab, und irgendwann traute sie sich dann auch, ihm darauf etwas Kluges zu antworten.

Als der Film etwa zur Hälfte vorbei war, fasste sie endlich Mut, den Faden von vorhin noch einmal aufzunehmen. »Glaubst du echt, dass Celeste meine Freundin sein möchte?«

»Ich glaube, das ist sie schon.« An Tims Stimme hörte sie, dass er lächelte. »Wenn sie sich etwas in den Kopf gesetzt hat, macht es nicht viel Sinn, sich dagegen zu wehren. Es sei denn natürlich, du würdest sie nicht mögen. Das wäre dann etwas anderes.«

»Nein!« Verlegen schluckte sie. »Doch, also, ich mag sie schon.«

»Dann dürfte eurer Freundschaft nichts mehr im Weg stehen. Wie gesagt, allein oder fehl am Platz musst du dich in Lichterhaven nicht fühlen. Es gibt hier Menschen, die dich mögen und für dich da sind, wenn du willst. Du musst es halt nur zulassen, das liegt ganz bei dir.«

Michelle senkte den Blick und nickte. Die nächste Frage, die sich ihr auf die Zunge drängte, ließ ihren Herzschlag wieder wie wild ansteigen. »Du meinst also, dass deine Geschwister mich alle nett finden. Und …« Sie schluckte hektisch. »Was ist mit dir? Findest du mich auch nett oder …« Sie schüttelte heftig den Kopf. »Nein, beantworte die Frage lieber nicht. Ich komme mir so schon total bescheuert vor. Du warst ja die ganze Zeit so freundlich zu mir, na ja, außer ganz am Anfang und so. Und dann hast du mir heute auch noch die Bücher gebracht. Das hättest du ja auch nicht tun müssen. Wahrscheinlich seid ihr einfach alle so, oder? So nett und hilfsbereit?«

Tim antwortete nicht darauf. Sie hörte und spürte, dass er ungleichmäßiger atmete und ein- oder zweimal schluckte, und wurde immer verlegener. Hätte sie bloß nichts gesagt! Jetzt hatte sie sich auch noch um Kopf und Kragen geredet. Am besten haute sie so schnell wie möglich ab. Ins Bett, oder noch besser, sie lief sofort nach Hause oder vergrub sich irgendwo in einem tiefen Loch. Sie wollte schon aufspringen und sich mit irgendeiner halbherzigen Entschuldigung verabschieden, doch Tim hielt sie am Arm fest und zog sie wieder zurück, sodass sie gegen ihn prallte. Erschrocken sah sie ihn an. Ihr Herz überschlug sich beinahe, als sie bemerkte, wie intensiv der Blick seiner strahlend blauen Augen geworden war.

»Was mich angeht …« Er atmete hörbar ein, und diesmal lächelte er nicht. »Ich glaube, ich habe mich verliebt.«

In ihrer Magengrube begannen tausend Ameisen oder mehr, zu kribbeln. »Verliebt?«

»In dich. Total verrückt, oder?«

Das war es wirklich. Total verrückt! Sie bekam kaum noch Luft.

»Und du?« Sein forschender Blick tastete über ihr Gesicht. Sie konnte es nicht nur sehen, sondern sogar spüren!

»Ich glaube, mir geht es umgekehrt genauso.« Ihre Stimme schwankte ganz leicht. »Ich meine, ich glaube, ich bin irgendwie auch in dich verliebt.« So etwas hatte sie noch nie zu einem Jungen gesagt. Vor Aufregung begannen ihre Hände, zu zittern.

»Irgendwie, oder so richtig?« Da war wieder dieses schelmische Funkeln in seinen Augen.

Sie hatte Mühe, noch einigermaßen Luft zu bekommen. »Doch, schon so richtig.«

»Okay.« Auf seinen Lippen erschien ein gleichermaßen glückliches wie besorgtes Lächeln. »So ein Mist. Mensch, du bist erst vierzehn, oder?«

»Ich werde im September fünfzehn.«

»Mhm ... und ich im März achtzehn.«

Für eine Weile lehnten sie sich beide schweigend gegen die Rücklehne und taten so, als würden sie der Filmhandlung folgen. Bald jedoch, wie auf Kommando, sahen sie sich doch wieder an. Fast unmerklich rückte Tim näher zu ihr heran. »Ich würde gerne ...« Er zögerte kurz. »Darf ich dich küssen?«

Augenblicklich schlug ihr das Herz wieder bis hinauf in die Kehle. Schweigend nickte sie. Sie hatte noch nie einen Jungen geküsst. Tausend verwirrende Gedanken zugleich zuckten ihr durch den Kopf, doch sie verstummten allesamt in dem Moment, als Tim sich zu ihr herabbeugte und ihre Lippen mit seinen berührte. Ein aufregender Stich durchzuckte sie. Ihr Herz pochte noch schneller, und die Ameisen in ihrer Magengrube kribbelten und krabbelten plötzlich nicht mehr nur dort, sondern überall in ihrem Körper gleichzeitig.

Ohne sich dessen wirklich bewusst zu sein, erwiderte sie den Kuss, erst etwas zögernd und unsicher, doch als er sie in seine Arme zog, wurde sie mutiger und schlang ihre Arme um seinen Hals.

Sie erschraken beide, als der Schäferhund mit einem leisen Wuffen zu Boden sprang und aus dem Zimmer sauste.

Widerstrebend löste Tim sich von ihr. »Meine Mutter kommt nach Hause. Ronja wittert das immer schon, bevor sie zur Tür hereinkommt.« Als die Haustür ging, grinste er schief. »Siehst du?« Da Elke Dennersen nur einen Augenblick später in der Wohnzimmertür erscheinen würde, entließ Tim Michelle aus seiner Umarmung, nahm jedoch zu ihrer größten Verlegenheit ihre Hand und hielt sie für seine Mutter gut sichtbar umfasst. »Hallo, Mama. Wie war es? Ist alles gut gegangen? Der Sturm ist ja immer noch ziemlich heftig.«

»Das gibt noch eine saftige Sturmflut«, bestätigte sie. Ganz offensichtlich hatte sie die Situation mit einem Blick erfasst, doch sie äußerte sich nicht weiter dazu, sondern lächelte Michelle nur freundlich zu. »Guten Abend, Michelle. Lotti hat mir schon getextet, dass du heute bei Celeste übernachtest.« Nun wanderte ihr Blick doch in recht eindeutiger Weise zu ihrem Sohn.

Michelles Wangen erhitzten sich.

Tim räusperte sich vernehmlich. »Die anderen hatten keine Lust mehr, auch noch den zweiten Mumienfilm anzuschauen. Wir waren noch nicht müde, also dachten wir, wir gucken den Film einfach zu zweit an. Ist doch okay, oder? Oma hat schon das Klappbett für Michelle in Celestes Zimmer aufgestellt und alles fertig gemacht.«

»Natürlich ist das okay.« Elkes warmer und zugleich mütterlich-strenger Blick traf nun auch Michelle. »Wenn der Film zu Ende ist, reicht es dann aber. Wenn ihr morgen zeitig aus den Federn kommt, könntet ihr eigentlich im Stall helfen.«

»Mama!« Tim verdrehte die Augen. »Morgens sind doch die Aushilfen da. Du hast versprochen, dass wir in den Ferien ausschlafen dürfen. Wenn die Schule wieder losgeht, stehe ich jeden Tag um halb sechs auf, um zu helfen …«

»Lieber Himmel, bist du ein leichtes Opfer!« Elke lachte erheitert auf. »Hast du ein schlechtes Gewissen?«

»Ich? Äh … nein.« Tim schluckte.

»Na, dann mach dir mal keine Sorgen. Der Stall kommt morgen früh schon auch ohne euch aus.« Elke zwinkerte ihm vergnügt zu. »Ich gehe jetzt ins Bett. Macht nicht mehr zu lange, ja?« Ohne die beiden noch weiter zu beachten, verließ sie das Wohnzimmer.

Tim hüstelte. »Tja, hm … also, ich schätze, meine Mutter weiß schon mal Bescheid.«

»Ist sie nicht sauer?« Nervös schluckte Michelle gegen ihr Herzklopfen an.

»Warum sollte sie?« Tim grinste schief. »Ich sagte doch, sie mag dich. Allerdings wird sie uns jetzt vermutlich mit Argusaugen beobachten.«

»Beobachten?« Erschrocken starrte sie ihn an.

Er hob die Schultern. »Na ja, damit wir uns benehmen, du weißt schon.«

»Benehmen?« Ihr wurde merkwürdig warm.

Zärtlich zog er sie wieder zu sich heran und küsste sie. »Gegen küssen hat sie bestimmt nichts. Und alles sonst …« Er hielt kurz inne, und es schien, als sei er nun auch wieder verlegen. »Das hat ja alles noch ganz viel Zeit. Du brauchst nicht zu denken, dass ich … Wir machen nichts, was du nicht möchtest und wozu du nicht bereit bist. Okay? Ich möchte …« Er lächelte leicht. »Ich möchte dich aber gerne richtig kennenlernen. Alles von dir, also nicht bloß die eingebildete Großstadttussi. Ich glaube nämlich, dass du noch viel mehr bist.«

»Ja?« Sie lächelte geschmeichelt.

Er grinste. »Ich bin auch mehr als nur ein Bauerntrampel.«

»Oh … äh …« Darauf fiel ihr beim besten Willen keine kluge Antwort ein.

»Weißt du, dass es bei mir schon an dem ersten Tag angefangen hat?«, gestand er ihr unerwartet. »Ich hab es erst nicht kapiert oder … Na ja, war ja auch ein bisschen verrückt, das Ganze. Du bist einfach stur die Straße langgelatscht, ohne auf mich zu achten. Und dann, anstatt irgendwie kleinlaut zur Seite zu gehen, bist du voll zum Angriff übergegangen. Das fand ich irgendwie … stark.«

»Wirklich?« Verblüfft sah sie ihn an. »Ich habe mich da überhaupt nicht stark gefühlt. Ich war einfach nur … wütend auf alles. Auch auf dich, weil du mich so arrogant angeschnauzt hast. Und hinterher dachte ich, ich habe mich wahrscheinlich komplett lächerlich gemacht. Ich war einfach … durch den Wind.«

»Ich weiß.« Er nahm ihre Hände und drückte sie. »Inzwischen verstehe ich es besser. Aber ehrlich, du hast ganz schön stark und beeindruckend gewirkt.« Er grinste schief. »Und dann bist du mir nicht mehr aus dem Kopf gegangen. Und jetzt bist du auch hier drinnen.« Er hob ihre Hand und legte sie auf seine Brust, sodass sie seinen raschen, stetigen Herzschlag spürte.

»Und …« Sie schluckte nervös. »Was nun?«

»Jetzt schauen wir den Film zu Ende an. Ich schätze aber, wir müssen ein gutes Stück zurückspulen.«

»Nein.« Sie lachte verlegen. »Ich meine das mit uns. Wie geht es da weiter?«

»Das finden wir schon heraus.« Der Blick aus seinen blauen Augen war so warm und vielversprechend, dass ihr schon wieder die Luft wegblieb. »Ich war noch nie verliebt«, gab er zu, »aber jetzt bin ich es definitiv, und ich glaube nicht, dass dieses Gefühl so schnell wieder weggeht. Wenn wir Glück haben, geht es dir ja genauso, und dann können wir versuchen, an unserem persönlichen Happy End zu arbeiten.« Er beugte sich vor und streifte zärtlich mit den Lippen über ihre. »Damit du nie wieder sagen musst, dass du noch nie eins erlebt hast.« Damit zog er sie ganz fest an sich.

Bis zum Ende des Films sprachen sie nicht mehr viel. Hin und wieder küssten sie sich – und verpassten dadurch doch wieder einiges von der Handlung. Doch das störte Michelle nicht. Zum ersten Mal, seit sie und Jakob an jenem Nachmittag nach der Schule ihre tote Mutter in ihrer Wohnung gefunden hatten, verspürte Michelle wieder so etwas wie Glück – und einen Funken Hoffnung in ihrem Herzen.

20. Kapitel

Ein bisschen verlegen war Michelle schon, als Elke Dennersen sie am folgenden Morgen um kurz nach halb neun zu Hause absetzte. Der Sturm wütete immer noch unvermindert weiter, und es regnete wieder kräftig. Erst hatte sie gedacht, nach dem Abend mit Tim überhaupt keine Ruhe finden zu können, aber dann war sie doch überraschend schnell eingeschlafen und hatte lauter verrückte Sachen geträumt. Im Gegensatz zu Celeste und Mirko war Michelle bereits um sieben Uhr in der Frühe wieder wach gewesen, und zu ihrer Überraschung hatte sie durch das Fenster gesehen, dass Tim sogar schon auf war und doch im Stall mithalf.

Für einen Moment hatte sie sich Sorgen gemacht, dass sie sich alles vom Vorabend nur eingebildet haben oder dass Tim es doch nicht ernst mit ihr meinen könnte. Doch als sie sich in Celestes Klamotten hinunter in den Hof getraut und er sie durch die Stalltür entdeckt hatte, war er sofort zu ihr gekommen und hatte sie mit einem Kuss begrüßt. Einem Kuss wohlgemerkt, den mindestens zwei Aushilfen sowie Lotti gesehen haben mussten. Außerdem hatte er sie gefragt, ob sie ebenfalls im Stall mithelfen wolle, aber sie hatte abgelehnt und ihm gesagt, dass sie lieber erst einmal nur zusehen wolle, weil sie sich mit der Stallarbeit überhaupt nicht auskannte.

Auch am Abend zuvor hatte sie die meiste Zeit nur den Geschwistern zugesehen, wie sie bei der Geburt eines Kälbchens geholfen und die Tiere während des Gewitters beruhigt hatten. Erst nach einer Weile hatte sie sich getraut, eine Kuh oder eines der Kälber anzufassen. Die Tiere kamen ihr immer noch unglaublich riesig vor, und sie hatte einen Heidenrespekt vor ihnen. Glücklicherweise hatte Tim Verständnis dafür, prophezeite ihr jedoch, dass es nicht lange dauern würde, bis sie ihre Scheu verlieren würde.

Noch vor einigen Wochen hätte sie niemals geglaubt, dass so etwas möglich war oder dass sie die Aussicht darauf mit Aufregung und Freude erfüllen würde. Doch nun war alles anders.

Das änderte jedoch nichts daran, dass sie sich in Gegenwart von Tims Mutter befangen fühlte. Elke ging mit keinem Wort und keiner Geste auf die neue Situation zwischen Michelle und Tim ein, stattdessen erzählte sie ihr von den Ereignissen beim Feuerwehreinsatz am vergangenen Abend und stellte ihr ein paar allgemeine Fragen, die alle in die Richtung gingen, ob Michelle sich inzwischen in Lichterhaven eingelebt hätte, wie es ihr gefiel und ob sie besondere Interessen oder Hobbys hätte.

Vielleicht wollte sie damit Michelle die Verlegenheit nehmen, doch so ganz schaffte sie es nicht. Es war aber auch eine verrückte Situation! Sie war jetzt … Du liebe Zeit! Sie war jetzt offiziell und fest mit Tim Dennersen zusammen. Ob sie das Tina und Jenny texten sollte? Was die beiden wohl dazu sagen würden? Ob sie überhaupt antworten würden? Ja, wahrscheinlich schon, irgendwann. Am besten wartete sie mit der Nachricht noch ein Weilchen, bis es ein Foto von ihr und Tim gab, dass sie den Freundinnen in Berlin schicken konnte.

»Wenn du Lust hast, kannst du mir oder vielmehr uns heute Nachmittag helfen«, schlug Elke vor, bevor Michelle aus dem Auto ausstieg. »Tim wird am späten Vormittag in den Einsatz gehen. Wahrscheinlich wird Jörn ihn entweder für Hilfsarbeiten einsetzen oder, falls das schon möglich ist, zum Aufräumen. Wir müssen erst abwarten, wie der Sturm sich entwickelt. Noch sagt der Wetterbericht erst für die kommende

Nacht eine Besserung des Wetters voraus. Bis dahin müssen wir weiterhin die Feuerwehrleute und die Helferinnen und Helfer unterstützen und mit Speisen und Getränken versorgen. Lynn hilft heute Vormittag schon, und Mirko und Celeste kommen dazu, sobald sie ausgeschlafen haben. Wenn du möchtest, können wir dich abholen, oder du stößt einfach irgendwann dazu. Wir haben in der Lichterhavener Hauptstraße vor den Geschäften eine Zeile mit Ständen aufgebaut, an denen wir Essen und Getränke anbieten. Das Hauptquartier ist diesmal im Eventhaus, weil es dort eine große Küche gibt. Was meinst du?«

Ein merkwürdiges, irgendwie aufregendes Gefühl kribbelte in Michelles Magengrube. »Ja klar, gerne. Ich frage mal, was Maik vorhat. Aber wir müssen auch Jakob und Finchen mitbringen.«

»Selbstverständlich.« Elke lächelte ihr mütterlich zu. »Für Jakob finden wir auch noch eine Beschäftigung. Vielleicht bekommt er Lust, bei der Kinderfeuerwehr mitzumachen.«

»Davon hat er sowieso schon mal gesprochen.«

»Umso besser.« Elke nickte ihr zu. »Ich fürchte, du musst dich ganz schön beeilen, wenn du nicht klatschnass werden willst. Und ich muss jetzt auch wieder zurück und ein bisschen was arbeiten.«

»Okay.« Michelle öffnete die Autotür und musste prompt aufpassen, dass der Sturm sie ihr nicht aus der Hand riss. Erschrocken zog sie sie wieder zu.

Elke lachte. »Du musst vorsichtig sein. So ein Nordseesturm ist nicht ohne.« Einen kurzen Moment hielt sie inne. »Ach, und noch etwas.« Zu Michelles Überraschung legte Tims Mutter ihr eine Hand auf den Arm und drückte ihn leicht. »Willkommen in Lichterhaven, Michelle. Und in der Familie.«

Michelle schluckte. »In der Familie?«

Ein wissender, beinahe schon unheimlicher Ausdruck trat in Elkes Augen, als sie ihr erneut zulächelte. »In der Familie«, bestätigte sie. »Ich wusste schon immer, dass mein Sohn einen guten Geschmack hat.« Sie blinzelte ihr zu. »Und jetzt ab mit dir, das Wetter wird heute so schnell nicht mehr besser.«

Michelle wusste partout nicht, was sie darauf erwidern sollte, deshalb nickte sie nur, öffnete erneut die Beifahrertür, diesmal jedoch viel vorsichtiger, stieg aus, schloss die Tür wieder und rannte, so schnell sie konnte, zur Haustür. Dort angekommen, drehte sie sich noch einmal zu Elke um, die daraufhin kurz hupte und gleich darauf davonfuhr.

In der Familie. Die Worte hallten ganz seltsam in Michelle nach. Mit einem Lächeln auf den Lippen kramte sie den Hausschlüssel aus der Hosentasche hervor, schloss auf und betrat das Haus. Sofort kam Finchen auf sie zugeschossen und sprang wie wild an ihr hoch.

Michelle, Michelle! Da bist du ja endlich wieder. Ich habe mich schon gefragt, wo du steckst. Du warst die ganze Nacht nicht zu Hause! Das geht doch nicht. Wenn jemand von euch fehlt, kann ich überhaupt nicht gut schlafen. Ich habe heute Nacht mehrmals einen Rundgang durchs Haus gemacht in der Hoffnung, dich irgendwann doch in deinem Bett vorzufinden. Aber du warst einfach nicht da. Dafür hatten wir Besuch von Hannah. Das war auch sehr aufregend und spannend. Ich wünschte, ich könnte dir davon erzählen. Aber leider verstehst du ja meine Sprache nicht so gut wie ich deine. Nun komm mit in die Küche! Maik und Jakob sind da und frühstücken, und ich will unbedingt sehen, ob noch etwas von dem Toast oder dem Spiegelei für mich abfällt. Die Hündin brummelte und bellte leise, dann zupfte sie an Michelles Hosenbein, so als wolle sie sie auffordern, ihr zu folgen.

Michelle atmete ein-, zweimal tief durch und warf einen kurzen Blick in den Garderobenspiegel. Hatte sie sich seit gestern irgendwie verändert? Sah man ihr an, dass sie verliebt war? Dass sie jetzt sogar einen festen Freund hatte? Sie war sich nicht sicher. Vorsorglich zupfte sie an dem einfachen Pferdeschwanz herum, den sie sich gebunden hatte, entschied sich dann jedoch anders und zog das Haarband heraus. Tim hatte ihr gestern Abend zugeflüstert, dass es ihm gefiel, wenn sie ihr Haar offen trug. Als sie sich im Spiegel betrachtete, fand sie, dass es sie erwachsener wirken ließ. Zufrieden mit diesem Ergebnis, strich sie das geblümte T-Shirt glatt, das ihre Freundin Celeste ihr geliehen hatte, und betrat die Küche. »Hallo, Maik, guten Morgen, Jakob«, grüßte sie gut gelaunt und merkte sofort, dass sie einen Fehler gemacht hatte, denn diesen fröhlichen Ton waren die zwei von ihr nicht gewohnt. Prompt hoben beide ruckartig den Kopf und starrten sie verblüfft an.

Jakob fing sich als Erster wieder. »Hallo, Michelle! War es schön bei Celeste? Onkel Maik hat gesagt, dass sie unbedingt wollte, dass du bei ihr bleibst. Ist sie jetzt deine beste Freundin? Ich habe auch neue Freunde gefunden, die gehen alle in meine Schule und nach den Ferien auch fast alle in meine Klasse. Toll, oder?«

»Ja, das ist schön«, bestätigte sie und setzte sich auf Maiks Wink mit an den Tisch. »Mal sehen, ob Celeste meine *beste* Freundin wird. So gut kenne ich sie ja noch nicht. Aber meine Freundin ist sie auf jeden Fall schon mal.« Unsicher schielte sie zu Maik, dessen Verblüffung sich nun in aufmerksame Neugier gewandelt hatte. Um irgendwelche peinlichen Fragen zu vermeiden, platzte sie heraus: »Du, Maik, sag mal, kann ich heute Nachmittag Celeste und Mirko und Lynn und ihrer Mutter helfen? Sie sind nachher alle in der Lichterhavener Hauptstraße und versorgen die Feuerwehrleute und die Helfer mit Essen und Getränken. Elke, also Tims Mutter ...« Erschrocken schluckte sie. »Äh, Elke hat gefragt, ob ich Lust habe, ihnen zu helfen.«

»Sicher, warum nicht?« Maik nickte ihr zu. »Henning hat vorhin auch schon angerufen und gefragt, ob ich helfen will. Wir können also auch alle zusammen hinfahren.«

»Hannah ist auch schon da«, ergänzte Jakob. Eifrig rührte er Kakaopulver in seine Tasse mit Milch. »Sie ist heute Morgen schon total früh los, obwohl es immer noch wie verrückt gestürmt hat und auch ein bisschen geregnet. Aber nicht so stark wie jetzt. Aber sie hat gesagt, das ist egal, weil sie sowieso zu Hause noch duschen und sich umziehen muss.«

Überrascht hob Michelle den Kopf. »Hat Hannah denn heute hier übernachtet?«

»Ja, im Gästezimmer.« Jakob nickte heftig. »Sie hat mir gestern noch vorgelesen, bis ich eingeschlafen bin.« Jakob verschloss die Dose mit dem Kakao sorgsam. »Das war echt schlimm gestern. So eine Angst hatte ich überhaupt noch nie. Onkel Maik hat gesagt, darüber müssen wir mit Frau Dr. Scholz reden. Vielleicht kann sie ja was dagegen machen. Ich hab echt gedacht, das Gewitter macht uns alle tot. Und vor lauter Angst wollte ich nach Mama rufen, aber die kann ja nicht kommen, und deshalb habe ich nach Onkel Maik gerufen, aber er war nicht zu Hause. Aber dann ist er doch zurückgekommen. Und dann hatte ich auch nicht mehr so viel Angst wie vorher. Komisch, oder? Sonst hatte ich immer nur keine Angst mehr, wenn Mama bei mir war. Hannah hat gesagt, dass Mama aber eigentlich immer bei mir ist und auch bei dir, wir müssen nur ganz fest an sie denken, dann geht sie nie ganz weg. Jetzt haben wir Onkel Maik, der für Mama auf uns aufpasst. Und Hannah«, setzte er zu Michelles Überraschung nach einem Atemzug ganz selbstverständlich hinzu. Sie wartete, ob er noch mehr sagen würde, doch das war anscheinend alles gewesen, was ihr kleiner Bruder hatte erzählen wollen. Er hob die Tasse mit dem Kakao an den Mund und trank in großen Schlucken.

»Wie war es denn bei Dennersens?«, wechselte Maik das Thema. »Du scheinst ja außerordentlich gut gelaunt zu sein. Gehe ich recht in der Annahme, dass ihr euch alle gut vertragen habt?«

Michelle nickte so vage wie nur möglich, konnte jedoch nicht verhindern, dass erneut ein Lächeln ihre Lippen umspielte. »Wir haben im Stall auf die Tiere aufgepasst und so und später noch Filme geguckt. Es war ganz okay.«

»Nur okay?« Maiks Augenbrauen wanderten ein gutes Stück in die Höhe.

Sie räusperte sich. »Ja, also schon ... Sehr okay. Celeste ist echt nett. Und Mirko und Lynn auch«, setzte sie nach einem Atemzug hinzu. Als Maiks Augenbrauen noch ein Stückchen höher wanderten, räusperte sie sich erneut. »Und Tim natürlich.«

»Aha.« Maiks Augenbrauen erreichten wieder ihre normale Position. »Dann ist es ja gut.« Seine Mundwinkel zuckten. »Auch wenn es sich um Dorftrampel handelt.«

»Äh ...« Verlegen blickte sie auf ihre Hände, die sie auf der Tischplatte verschränkt hatte. »Sie sind doch nicht so schlimm, wie ich dachte.«

Maik lächelte nur und erhob sich, um seine Tasse und sein Frühstücksbrettchen samt Messer zur Spüle zu tragen. Er stellte Tasse und Besteck in die Spülmaschine, reinigte mit wenigen Handgriffen das Brettchen und stellte es zurück an seinen Platz im Schrank über der Anrichte. »Ich muss jetzt los, in die Kanzlei. Leider ist das Wetter ja immer noch nicht so besonders. Wenn etwas sein sollte, ruf mich bitte sofort an. Ich versuche, heute Nachmittag etwas früher freizumachen, dann können wir zusammen rüber in die Hauptstraße fahren und den anderen bei der Versorgung der Feuerwehrleute helfen.«

»Mhm.« Michelle folgte Maik bis zur Haustür. Sie überlegte fieberhaft, ob sie ihm gestehen sollte, dass sie jetzt mit

Tim fest zusammen war. Schließlich entschied sie sich jedoch dagegen. So zwischen Tür und Angel war das bestimmt nicht sinnvoll, und außerdem war dafür später bestimmt noch mehr Zeit. Etwas anderes beschäftigte sie jedoch, aber sie wusste nicht so recht, wie sie das Thema anschneiden sollte. In Ermangelung einer anderen Strategie platzte sie schließlich einfach damit heraus: »Hast du Hannah gern?«

Maik, der sich bereits seine Jacke übergeworfen und die Hand auf den Türgriff gelegt hatte, fuhr ruckartig zu ihr herum. »Wie bitte?«

Michelles Wangen erwärmten sich, und sie wusste, dass sie sich wieder einmal gerötet hatten. »Ich meine ja nur, magst du sie sehr? Also … so sehr, dass sie jetzt noch öfter bei uns zu Besuch ist oder bei uns übernachtet?«

Zu ihrer Überraschung verzogen sich Maiks Lippen zu einem eigenartig versonnenen Lächeln, das ihr aus irgendeinem Grund eine Gänsehaut bescherte. »Das will ich doch sehr hoffen. Ich meine, dass wir sie zukünftig recht oft zu sehen bekommen. Dass ich sie sehr mag, weiß ich bereits sehr genau.« Nun wurde sein Lächeln etwas schief. »Ich vermute mal, du kannst nachempfinden, wie ich mich gerade fühle. Immerhin scheinen du und Tim ja auch …« Er vollendete den Satz nicht, doch das war auch gar nicht nötig, denn allein die Andeutung führte dazu, dass Michelles Kopf ganz heiß wurde. Bestimmt glühten ihre Wangen jetzt wie zwei reife Tomaten. Doch bevor sie sich fangen und irgendeine Antwort geben konnte, sprach Maik bereits weiter: »Ich weiß ehrlich gesagt noch nicht so genau, was ich davon halten soll. Immerhin bist du erst vierzehn.«

»Fast fünfzehn!« Sie staunte, dass sie die Worte so klar und deutlich hervorbrachte.

»Schon gut, fast fünfzehn. Immer noch sehr jung. Aber wahrscheinlich kann ich froh sein, dass du dir so einen vernünftigen jungen Mann ausgesucht hast. Zumindest wirkt er auf mich sehr … verantwortungsvoll.« Sein Lächeln wurde noch schiefer, und es kam Michelle so vor, als sei nun auch er ziemlich verlegen. »Das ist er doch, oder? Vernünftig und … verantwortungsvoll?«

Noch röter und heißer konnte ihr Kopf garantiert nicht mehr werden! Fast hatte Michelle das Gefühl, er würde gleich explodieren. Hastig nickte sie. »Na klar, total … vernünftig und so.«

»Gut. Dann mache ich mich jetzt mal auf den Weg.« Maiks Hand legte sich wieder auf den Türgriff. »Gib mir ein bisschen Zeit, mich an den Gedanken zu gewöhnen. Wir kennen uns ja noch nicht so lange, aber ich glaube, ich brauche ein bisschen, um zu begreifen, dass du … bereits auf dem besten Weg bist, erwachsen zu werden. Vielleicht ist es aber auch ein Glück, dass wir uns erst so spät kennengelernt haben. Wenn ich dich schon von klein auf gekannt hätte, würde es mir garantiert noch schwerer fallen, mir dich zusammen mit einem jungen Mann vorzustellen. Ehrlich gesagt hatte ich gestern schon nicht übel Lust, Tim gehörig auf den Zahn zu fühlen. Hannah hat mich davon abgebracht und mir praktisch verboten, mich einzumischen, es sei denn, du würdest mich ausdrücklich darum bitten.« Seine Miene wirkte nun eine Spur erheitert. »Ich werde versuchen, mich daran zu halten, solange von deiner Seite keine Klagen irgendeiner Art über ihn kommen.« Er öffnete die Haustür und zog prompt den Kopf ein, weil der Sturm einen Schwall kalte Luft und Regentropfen hereinwehte. »Bis später dann, Michelle.«

Sie rief ihm ebenfalls noch einen Abschiedsgruß hinterher, war sich jedoch nicht sicher, ob er ihn noch gehört hatte, denn er hatte die Tür sehr rasch wieder hinter sich ins Schloss gezogen. Durch die Glasscheibe neben der Tür konnte sie sehen, wie er zur Garage rannte und durch deren Seitentür verschwand. Gleich darauf öffnete sich das Garagentor und Maik fuhr davon.

»Michelle?« Jakob war hinter ihr aufgetaucht, neben sich Finchen, die sich dicht bei dem Jungen hielt und ganz offensichtlich seine Streicheleinheiten genoss. »Was machen wir denn mit Finchen? Onkel Maik war vorhin nur ganz kurz mit ihr im Garten, aber sie muss doch einen richtigen Spaziergang machen. In dem Regen werden wir aber ganz nass, und bei dem Sturm fliegen wir bestimmt weg.«

Rausgehen? Bei dem Wetter? Also, ich weiß ja nicht ... Grundsätzlich habe ich nichts gegen Regen oder Wind, aber das, was seit gestern da draußen los ist, ist mir nicht ganz geheuer. Von mir aus können wir auch nur eine ganz kleine Runde drehen und dann abwarten, bis die Sonne wieder scheint. Finchen schnaufte, schüttelte sich und ließ sich auf ihr Hinterteil plumpsen.

Michelle gluckste. »Ich glaube, Finchen hat dir gerade selbst eine Antwort gegeben. Sie sieht nicht so aus, als ob sie unbedingt nach draußen will. Wir gehen aber trotzdem gleich eine Runde mit ihr. Wegfliegen werden wir wohl nicht, aber wir müssen aufpassen, dass wir nicht in den Wald und nicht unter Bäumen entlanggehen. Celeste hat mir erklärt, dass man bei so einem Wetter am besten entweder im Ort bleibt, aber immer aufpassen muss, dass man nicht zu nah an den Dächern vorbeigeht, weil es sein kann, dass bei solchem Sturm Dachziegel heruntergeweht werden. Oder man geht auf der Landseite ganz dicht am Deich vorbei, da ist der Wind meistens nicht ganz so stark. Ich würde sagen, das probieren wir gleich mal aus.« Sie deutete auf seine nackten Füße und zupfte an seinem Manga-Schlafanzugärmel. »Dazu musst du dich zuallererst anziehen. Und vergiss nicht, dir die Zähne zu putzen.« Schon komisch, überlegte sie. Plötzlich kam sie sich bei diesen Worten viel erwachsener vor als früher. »Ich muss mich auch umziehen. Die Sachen hier hat Celeste mir geliehen, weil meine gestern im Stall schmutzig geworden sind. Celestes Oma Lotti hat sie gleich in die Waschmaschine gesteckt und gesagt, ich kann sie morgen oder so abholen kommen.«

»Warum warst du denn schmutzig?«

Michelle lächelte bei der Erinnerung. »Ich habe im Stall mitgeholfen.«

Wie erwartet riss Jakob staunend die Augen auf. »Du? Echt? Im Stall? Was hast du denn da geholfen?«

»Weißt du was?« Michelle wandte sich zur Treppe. »Das erzähle ich dir nachher, wenn wir mit Finchen unterwegs sind. Deal?«

Jakob grinste breit. »Deal.« Dann raste er polternd an ihr vorbei die Treppe hinauf, Finchen folgte ihm dicht auf den Fersen.

Michelle ließ sich mehr Zeit, denn irgendwie wollte sie ihre neu erlangte Erwachsenenwürde nicht gefährden. Als sie auf dem Weg ins Bad an Maiks Schlafzimmer vorbeikam, bemerkte sie, dass die Tür halb offen stand. War das nicht gestern Nachmittag auch schon so gewesen? Und gestern Abend? Unwillkürlich blieb sie stehen und warf einen Blick in das Zimmer. Das Bett war ordentlich gemacht. Irgendwie sah es ganz genauso aus wie gestern. Sogar das T-Shirt, das gestern auf der Decke gelegen hatte, lag noch exakt an derselben Stelle. Obwohl Michelle normalerweise Maiks Schlafzimmer nicht betrat, ging sie nun doch ein paar Schritte auf das Bett zu und betrachtete es stirnrunzelnd. Hatte er heute Nacht überhaupt nicht darin geschlafen?

Plötzlich wurde ihr ganz merkwürdig zumute, und ihr Herzschlag beschleunigte sich. Sie machte auf dem Absatz kehrt und rannte, diesmal ohne jede Würde, nach unten zum Gästezimmer. Vor der Tür blieb sie mit inzwischen wild pochendem Herzen stehen und zögerte, stieß die Tür dann aber entschlossen auf. Auch hier war das Bett ordentlich gemacht, die Tagesdecke jedoch zurückgeschlagen. Vorsichtig, als würde sie sich auf rohen Eiern bewegen, durchquerte Michelle das Zimmer und blieb dicht vor dem Bett stehen. Es war nicht zu erkennen, ob hier eine Person geschlafen hatte oder ob es zwei gewesen waren. Auch ein Blick ins Gästebad verriet nicht, was Michelle gerne in Erfahrung gebracht hätte. Lediglich ein Hauch von Duschgelduft hing in der Luft. Widerstrebend machte Michelle kehrt, ging zurück ins Gästezimmer und beäugte noch einmal argwöhnisch das Bett. Dann fiel ihr etwas ein. Sie trat an die linke Seite des Bettes und schnüffelte am Kopfkissen. Dann lächelte sie. Das war ganz eindeutig Hannahs Parfüm, was ihr in die Nase stieg. Eilig umrundete sie das Bett und brachte ihre Nase ganz nah an das andere Kissen. Eine Gänsehaut rieselte ihr das Rückgrat hinab, und ihr Puls beschleunigte sich wieder, bis ihr das Herz schließlich bis zum Hals hinauf pochte. Maik benutzte ein total gut riechendes Deo und das passende Rasierwasser. Wahrscheinlich furchtbar teuer. Auf jeden Fall kannte sie keinen anderen Mann, der es benutzte – und erst recht keine Frau! Das Kissen auf der rechten Seite und auch der obere Teil der Bettdecke verströmten genau diesen Duft sehr intensiv.

Michelles Magen fühlte sich an, als wolle er sich bis zur Erde absenken, gleich darauf kam es ihr so vor, als ob sie in einer Achterbahn sitzen würde. Hastig zog sie sich von dem Bett zurück, schloss die Tür ein wenig zu heftig und lehnte sich schwer atmend dagegen. Eigentlich hatte sie es schon geahnt, doch nun war sie sich ganz sicher. Maik und Hannah hatten die Nacht zusammen in diesem Bett verbracht. Zusammen ... Wieder einmal stieg ihr Wärme in die Wangen, sodass sie ihre Handflächen dagegen legte. Dann lächelte sie, stieß sich von der Tür ab und machte sich auf den Weg in ihr Zimmer.

21. Kapitel

Hannah staunte nicht schlecht, als sie um kurz vor neun beim Eventhaus eintraf. Zwar hatte Ella ihr bereits mehrere Nachrichten mit Instruktionen aufs Handy geschickt, dabei jedoch vergessen, zu erwähnen, dass sie einfach das zukünftige *Café Mauerblümchen* als Ausgabeort für die von den Helferinnen und Helfern vorbereiteten Lebensmittel geöffnet hatte. Da das Café bei der Eröffnung des Eventhauses noch keine Priorität hatte, war es bisher nur ein großer, leer stehender Raum ohne besonderen Schmuck und vor allem noch vollkommen ohne Möbel. Irgendjemand, vermutlich waren es Jörn und Max Dennersen gewesen oder jemand aus ihrer Familie, hatte mehrere Garnituren Festzelttische und -bänke aufgebaut und aus zwei Metallböcken und einem langen Brett eine provisorische Theke gezaubert. Auf ihr hatte Caroline bereits mehrere Körbe mit frischem, duftendem und noch warmem Gebäck und Platten mit kleinen gefüllten Pasteten verteilt. Als Hannah eintrat, saßen allerdings nur zwei ältere Herren an einem der Tische, vor sich je einen Teller mit einem Muffin und eine Tasse Kaffee. Beide grüßten freundlich, vertieften sich aber sogleich wieder in ihr Gespräch. Hannah kannte die beiden vom Sehen, sie gehörten zum Lichterhavener Heimatverein und waren vermutlich schon so früh unterwegs, um sich zu vergewissern, dass bei der Sturmflut die Schiffe und Kutter im Museumshafen nicht zu Schaden kamen.

Nachdem sie ebenfalls gegrüßt und den beiden einen guten Appetit gewünscht hatte, stellte sie erst einmal die riesige Schüssel voll Pellkartoffeln auf der provisorischen Theke ab.

Dann eilte sie noch einmal hinaus zum Auto und brachte die Körbe mit den Zutaten für diverse Salate und einfaches Fingerfood herein. Sie war schon um kurz nach sechs bei Maik aufgebrochen, hatte zu Hause all ihre Vorräte an Kartoffeln geplündert und gekocht und sich währenddessen rasch umgezogen. Danach war sie mitsamt den Kartoffeln zu einer frühen Einkaufstour aufgebrochen und hatte sämtliche Supermärkte und Discounter abgeklappert, die bereits zwischen sieben und halb acht geöffnet hatten. Glücklicherweise hatte es trotz des heftigen Sturms und des Gewitters keine Stromausfälle gegeben, andernfalls hätte es möglicherweise in den Geschäften Probleme gegeben. So aber hatte sie nun alle nötigen Zutaten in ausreichender Menge beisammen und verfrachtete ihre Beute in die bereits fertiggestellte große Küche. Einfacher wäre es gewesen, wenn sie schon die kleine Küche des Cafés hätte nutzen können, doch auch hier war wie im Gastraum noch nichts so, wie es einmal sein sollte.

»Moin Moin«, grüßte sie gut gelaunt, als sie Caroline entdeckte, die gerade auf allen vieren vor einem weit geöffneten Schrank kniete und geräuschvoll darin herumkramte.

»Verflixt noch mal! Ich weiß noch genau, dass ich die Backformen hier irgendwo hingepackt habe. Die können doch nicht einfach so verschwinden!«

Etwas ungelenk kroch Caroline rückwärts wieder aus dem Schrank heraus. Über die Schulter warf sie Hannah einen kurzen Blick zu. »Moin Moin. Du bist aber spät. Ella schrieb mir vorhin, du wolltest schon gegen acht hier sein.« Sie schloss die Schranktüren, krabbelte zur Seite und öffnete den nächsten Schrank. »Aha! Hier habt ihr euch versteckt. Ich wusste doch, dass ihr hier irgendwo sein müsst.« Mit triumphierender Miene zog sie einen Stapel runder und eckiger Backformen hervor und stellte sie auf der Anrichte ab. Rasch schloss sie den Schrank wieder und wandte sich nun ganz Hannah zu. »Im Moment ist hier noch alles ruhig, aber Henning hat mich vorhin schon angerufen und angekündigt, dass spätestens zwischen neun und halb zehn ein ganzer Schwung Feuerwehrleute mit ordentlich Hunger hier eintreffen wird. Ella hat sich mit Elke Dennersen, Deana Holthusen und Francesca Hayderoglu fast die ganze Nacht um die Versorgung der Feuerwehr gekümmert. Es waren wohl auch sehr viele freiwillige Helfer auf den Beinen, die Sandsäcke geschleppt und Dächer befestigt haben. Die sind aber mittlerweile fast alle nach Hause gegangen, um sich auszuruhen. Ich nehme an, dass etliche von ihnen erst um die Mittagszeit wieder hier auftauchen werden. Der neueste Wetterbericht besagt, dass der Sturm noch bis zur kommenden Nacht anhalten und sogar noch stärker werden wird. Das Unwetterpotenzial ist immer noch scheußlich hoch.« Sie seufzte. »Ich hasse den Klimawandel!«

»Wer nicht?« Hannah hatte sich bereits daran begeben, die Kartoffeln zu pellen. »Ich hatte Ella tatsächlich heute früh gleich nach dem Aufstehen geschrieben, dass ich gegen acht hier sein würde. Allerdings bin ich dann …« Sie hüstelte. »… aufgehalten worden.« Eine warme Welle durchflutete sie, und in ihrer Magengrube kribbelte es herrlich, als sie an die Art der Ablenkung dachte, durch die sie von ihrem ursprünglichen Zeitplan abgekommen war.

»Du bist aufgehalten worden? Wodurch?« Neugierig musterte Caroline sie.

»Ach, du weißt ja, wie das ist, wenn man sich etwas vornimmt und dann so verschiedene Dinge … dazwischenkommen.« Hannah spürte, wie sich ihre Wangen erwärmten. Wie ärgerlich, dass ihr so etwas immer wieder passierte und sie deshalb nie auch nur für die kürzeste Zeit ein Geheimnis für sich behalten konnte. »Aber jetzt bin ich ja hier.«

»Dir sind also Dinge dazwischengekommen«, hakte Caroline sofort argwöhnisch nach und malte dabei vielsagend mit den Fingern Anführungszeichen in die Luft. »Was denn für Dinge?« Mit zwei großen Schritten stand sie dicht vor Hannah und musterte sie noch einmal scharf. »Raus mit der Sprache! Deine Wangen sind gerötet, deine Augen …« Sie kniff die ihren zu schmalen Schlitzen zusammen. »O ja, deine Augen leuchten ganz außerordentlich! Überhaupt ist etwas an dir anders. Etwas wie eine Aura …«

»Eine Aura?« Ertappt, gleichzeitig jedoch erheitert hob Hannah den Kopf. »Seit wann nimmst du so etwas wahr?«

»Seit du eine hast.« Caroline fasste sie mit beiden Händen an den Schultern. »Und wie du die hast! Du glühst ja geradezu von innen heraus. Ha! Warst du etwa heute Nacht nicht allein?«

Hannah lächelte leicht.

Carolines Griff um ihre Schultern wurde fester, und sie schüttelte Hannah leicht. »Nein! Ja? Mit wem? Mit Maik? Natürlich mit Maik! Mit wem denn sonst? Um Himmels willen, das ging aber jetzt schnell. Weiß Ella schon davon? Nein? Das muss sie so schnell wie möglich erfahren.« Caroline zog bereits ihr Smartphone aus der Gesäßtasche ihrer Jeans, schob es dann jedoch sogleich wieder zurück. »Ach nein, bestimmt schläft sie jetzt, da will ich sie nicht stören. Aber das muss sie unbedingt wissen! Hannah und Maik, Hannah und Maik«, singsangte sie fröhlich. »Habt ihr wirklich Sex gehabt? Das ist ja so toll!« Sie hielt inne, musterte Hannah erneut scharf. »Ist es doch, oder? Toll, meine ich? Also … War es …« Sie hüstelte. »War es schön? Du siehst so glücklich aus.«

Allein der Gedanke an die vergangene Nacht, an die Stunden, die sie in Maiks Armen verbracht hatte, ließ ihren Puls und Blutdruck erheblich ansteigen. »Mehr als schön«, gab sie freimütig zu, denn es hatte keinen Sinn, ihrer besten Freundin solch ein besonderes, lebensveränderndes Ereignis zu verschweigen. »Ich weiß ehrlich gesagt noch gar nicht so genau, wie mir geschehen ist und was ich denken und fühlen soll. Das war alles ziemlich viel auf einmal.«

»Aber du bist glücklich?«, hakte Caroline nun mit sanfter Stimme nach.

»Sehr«, bestätigte Hannah und fand sich gleich darauf in Carolines fester Umarmung wieder.

»Ich wusste es gleich«, flüsterte Caroline ihr ins Ohr. »Sonst habe ich es ja nicht so mit Intuition und Wahrsagerei, aber in dem Fall ... Ich freue mich für dich. Für euch beide.« Sie rückte von Hannah ab und sah ihr ins Gesicht. »Da hast du dir ja ganz schön was vorgenommen. Oder sollte ich lieber aufgeladen sagen?«

Hannah lachte, seufzte, dann lachte sie wieder. »Da hast du, fürchte ich, recht. Wie gesagt, ich weiß noch gar nicht, wo mir der Kopf steht. Wer rechnet aber auch mit so etwas!«

Auch Caroline lachte. »Niemand. Das macht das Leben ja so aufregend und unberechenbar. Manchmal habe ich das Gefühl, dass da irgendjemand sitzt und die Strippen zieht. Oder nein, vielleicht eher, dass mein Leben ein Roman ist, den sich irgendjemand ausgedacht hat. Bloß, dass ich nicht so einfach vorblättern kann, um nachzulesen, was als Nächstes passiert.«

Hannah nickte bedächtig. »Da ist etwas dran. Ein bisschen fühlt es sich wirklich so an. Ich hoffe bloß, in dem Buch ist dann wenigstens auch ein richtig schönes, fettes Happy End drin. Ich mag nämlich keine Bücher, die nicht gut ausgehen.«

»Ich auch nicht.« Caroline grinste. »Aber wenn wir schon die Protagonistinnen in unseren Lebensromanen sind, können wir ja daran arbeiten und selbst dafür sorgen, dass wir unser Happy End bekommen.«

»Glaubst du, dass, wer auch immer diese Lebensromane schreibt, sich einfach von uns auf der Nase herumtanzen lässt?«

»Warum denn nicht?« Während sie sprach, suchte Caroline sich die Zutaten für weiteres Gebäck zusammen. »Kennst du zum Beispiel diese Autorin, die so schöne Romane über Lichterhaven schreibt? Melanie Messner wollte sie schon lange mal zu einer Lesung in ihr Kunsthandwerksgeschäft einladen. Es hat nur leider bisher zeitlich nie geklappt. In ihrem Blog schreibt diese Autorin, dass ihre Romanfiguren praktisch ständig die Kontrolle über die Geschichten übernehmen. Warum sollten wir das also nicht auch können?«

Amüsiert kicherte Hannah in sich hinein. »Stimmt, so gesehen hast du natürlich recht. Meine Oma hat immer gesagt, jeder ist seines eigenen Glückes Schmied. Also schätze ich, dass ich dringend mit dem Schmieden anfangen sollte.«

»Das ist die richtige Einstellung«, lobte Caroline. »Aber jetzt mal im Ernst, wir müssen das unbedingt Ella erzählen. Sie wird vor Begeisterung im Dreieck springen.« Sie wurde wieder ernst. »Wovon sie nicht ganz begeistert sein wird, ist der Schaden, den der Sturm hinten in der zukünftigen Laube angerichtet hat. Fast die ganze Gartenarbeit hätten wir uns sparen können. Anscheinend ist so etwas wie eine kleine Windhose mitten hindurchgefegt, und der Regen hat die ganzen jungen Blümchen und Setzlinge ersäuft. Wir können also, sobald das Wetter besser wird, noch mal ganz von vorne anfangen. Hoffentlich schaffen wir es auch nur ansatzweise, bis zur Hochzeit fertig zu werden, damit alles so schön ist, wie wir uns das vorgestellt haben.«

»Ist es wirklich so schlimm?« Betroffen verzog Hannah die Lippen. »So ein Mist. Aber was wäre das Leben wohl ohne solche Herausforderungen?«

»Gähnend langweilig«, erwiderte Caroline trocken. »Ich schätze, wir sollten uns jetzt ranhalten, sonst überfallen uns die hungrigen Feuerwehrleute, und wir haben noch nichts fertig.« Kurz warf sie einen Blick aus dem Fenster, und ihre Miene hellte sich auf. »Hey, es hat aufgehört, zu regnen! Das ist doch zumindest schon mal ...« Sie zuckte zusammen, als eine besonders heftige Sturmbö sich gegen das Gebäude warf. »Oh, oh. Ein gutes Zeichen, wollte ich sagen, aber das verkneife ich mir lieber, solange das Sturmmonster noch da draußen umgeht.«

»Was ist denn ein Sturmmonster? Gibt es das wirklich?« Die helle Jungenstimme ließ beide Frauen verblüfft herumfahren.

»Jakob!« Hannah warf das Schälmesser, mit dem sie immer noch die Kartoffeln pellte, auf die Anrichte und eilte mit großen Schritten auf den Achtjährigen zu, der in der Tür erschienen war. »Was machst du denn hier?« In diesem Moment tauchte hinter ihm seine große Schwester auf. »Michelle.« Hannah wandte sich ihr zu. »Das ist aber eine Überraschung.«

»Wir wollen dich besuchen und helfen, damit die Feuerwehrfrauen und -männer genug zu essen kriegen und nicht verhungern müssen«, erklärte Jakob. »Eigentlich hat Onkel Maik gesagt, dass wir erst heute Nachmittag herkommen, aber dann war uns langweilig, und Michelle hat Onkel Maik angerufen und ihn gefragt, ob wir jetzt schon helfen können. Er hat Ja gesagt und dass wir Finchen zu ihm auf die Arbeit bringen sollen, damit sie nicht allein zu Hause ist. Jetzt ist sie bei ihm im Büro und spielt mit Schoki, das ist eine total süße dunkelbraune Labradorhündin, die Alex gehört. Er arbeitet zusammen mit Onkel Maik in dem Büro, und sie helfen beide Menschen, die vor Gericht müssen. Vielleicht werde ich auch mal Anwalt, wenn ich groß bin.«

»Vorhin wolltest du noch Feuerwehrmann werden.« Michelle schmunzelte, was Hannah noch nicht oft bei ihr gesehen hatte. Überhaupt wirkte sie viel entspannter als sonst und fast schon … glücklich? Ein Verdacht regte sich in Hannah, den sie jedoch nicht aussprach. Stattdessen schenkte sie Michelle ein herzliches Lächeln.

»Das eine schließt doch das andere nicht aus, oder? Alex Messner ist doch, soweit ich weiß, auch bei der Feuerwehr und gleichzeitig Anwalt und sogar auch noch Notar. Aber abgesehen davon hat Jakob ja noch jede Menge Zeit, sich zu überlegen, was er später mal werden möchte. Es schadet sicherlich nicht, wenn er verschiedene Pläne schmiedet. Ich könnte wetten, dass mit der Zeit noch einige weitere hinzukommen werden. War das bei dir nicht auch so?«

Michelle zuckte mit den Achseln. »Ehrlich gesagt habe ich mir bisher noch nie Gedanken darüber gemacht, was ich später mal beruflich machen möchte. Also, ich will schon Abitur machen, aber danach ... Das war bisher immer so ein schwarzes Loch«, gab sie überraschend zu. »Weil wir immer von Hartz IV leben mussten und so knapp bei Kasse waren und irgendwie keine richtige Perspektive hatten. Mama hat ...« Hannah konnte sehen, wie das Mädchen schluckte. »Mama hat zwar immer gesagt, dass uns die Welt offensteht, wenn wir es nur genug wollen und uns richtig anstrengen, aber so einfach ist das nicht, wenn man da herkommt, wo wir gewohnt haben. Da haben fast alle kein Geld oder nur sehr wenig und leben irgendwie nur so in den Tag hinein. Über die Zukunft macht sich da niemand so richtig viele Gedanken, weil sie irgendwie nicht greifbar ist. Auch mit meinen Freundinnen habe ich nie über so etwas gesprochen, weil es sie nicht interessiert hat.«

Hannah staunte. So offen hatte Michelle bisher noch nie mit ihr geredet, und schon gar nicht so ausführlich. Irgendetwas war tatsächlich anders an ihr. Carolines Bemerkung über die Aura kam ihr in den Sinn. Ja, das schien es tatsächlich zu sein. Michelle hatte eine andere Aura. Der Gedanke erheiterte sie und erschreckte sie zugleich. Immerhin hatte ihre eigene veränderte Aura einen ganz bestimmten Grund, von dem sie hoffte, dass er auf das Mädchen noch nicht zutraf. Zumindest jetzt noch nicht und hoffentlich noch für eine ganze Weile nicht. So schön es auch war, verliebt zu sein, aber in Michelles Alter durfte sie sich ruhig noch eine ganze Menge Zeit nehmen, um all diese neuen Erfahrungen zu machen.

Außerdem hatte sie Maik regelrecht genötigt, sich möglichst nicht in Michelles Liebesleben einzumischen, wenn diese es nicht selbst ausdrücklich wünschte. Nicht auszudenken, wenn er dann gleich mit solch heftigen Themen konfrontiert würde – oder vielmehr sie beide. Energisch rief sie ihre davonwandernden Gedanken zur Räson und konzentrierte sich wieder auf das, was Michelle zu ihr gesagt hatte. »Du hast doch noch genügend Zeit, dir zu überlegen, wie deine Zukunft aussehen soll. Noch gehst du ja zur Schule und hast alle Möglichkeiten. Übers Knie zu brechen brauchst du in der Hinsicht nichts. Ich bin sicher, dass Maik dich in allem unterstützen wird, ganz gleich, wozu du dich am Ende entscheidest.«

Michelle lächelte – wieder ein Anblick, der so selten war, dass Hannah staunte. Die fast Fünfzehnjährige war bildhübsch, aber wenn sie lächelte, war diese Bezeichnung bei Weitem nicht mehr ausreichend. Bezaubernd, kam es ihr in den Sinn. Kein Wunder, dass sich ein gewisser Tim Dennersen ganz offensichtlich in sie verguckt hatte. Es hatte am vergangenen Abend nicht lange gedauert, bis Hannah das bemerkt hatte. In dieser Hinsicht war Tim ein offenes Buch. Offenbar hatte diese Offenheit zusammen mit der Tatsache, dass er ein nicht nur gut aussehender, sondern auch sehr einfühlsamer junger Mann war, die Mauer durchbrochen, die Michelle um sich herum errichtet hatte.

»Ich glaube, ich muss mich erst daran gewöhnen, dass jetzt alles so anders ist«, gab Michelle zu. »Aber ich glaube, genau das hat Mama für uns gewollt. Bestimmt hat sie deshalb in ihr Testament geschrieben, dass wir bei Maik leben sollen, wenn …« Sie schluckte, und für einen Moment umwölkte sich ihr Blick.

»Sie hat euch sehr lieb gehabt und ganz bestimmt nur das Allerbeste für euch gewollt.« Vorsichtig legte Hannah eine Hand auf Michelles Arm.

»Für mich auch?«, mischte Jakob sich überraschend ins Gespräch. Bisher hatte er nur schweigend zugehört. »Hat sie das gemacht, damit wir, wenn wir keine Mama mehr haben, dafür jetzt einen Papa haben? Also eigentlich ist er unser Onkel, aber irgendwie ist es doch so ähnlich, als wäre er ein Papa. Er hat ja jetzt das Sorgerecht für uns, und das haben ja sonst immer nur Eltern, oder? Wir hatten noch nie einen Papa. Einen Onkel aber auch nicht«, fügte er nach kurzem Überlegen hinzu.

Hannah ließ Michelles Arm wieder los und ging vor Jakob in die Hocke. »Natürlich wollte deine Mama auch für dich das Beste, genauso wie für deine Schwester. Und Maik geht es genauso. Er hat noch nicht so viel Übung darin, ein Papa zu sein – oder ein Onkel«, sie lächelte leicht, »aber ich finde, er schlägt sich bisher schon ganz gut. Auf jeden Fall hat er euch beide sehr gern und will, genau wie eure Mama, dass es euch gut geht. Ich bin sicher, ihr werdet mit der Zeit noch ein richtig tolles Team.«

»Du auch?« Aufmerksam blickte Jakob ihr ins Gesicht.

Etwas verunsichert suchte sie nach Worten. »Was meinst du?«

»Er will wissen, ob du auch mit in dem Team bist«, kam es in einem seltsam trockenen, wissenden Tonfall von Michelle.

Verblüfft blickte Hannah zu ihr auf. »Ich? In eurem Team?« Sie wusste nicht recht, was sie darauf antworten sollte.

Michelle legte den schwarzen Rucksack ab, den sie bis jetzt über der rechten Schulter getragen hatte, zog nun auch ihre Jacke aus und nahm die von Jakob entgegen. Dabei ließ sie Hannah nicht eine Sekunde aus den Augen. »Hast du Maik gern? So richtig ... lieb, meine ich?«

Hannah erschrak. »Wie kommst du denn jetzt darauf?«

»Eine Frage mit einer Gegenfrage zu beantworten, ist nicht sehr höflich«, kam es amüsiert von Caroline, was Hannah daran erinnerte, dass ihre beste Freundin dem Gespräch die ganze Zeit gelauscht hatte, während sie einen Hefeteig knetete.

Michelle schien es nichts auszumachen, dass sie eine Zuhörerin hatten. »Maik hat vorhin zu uns gesagt, dass er dich sehr gernhat.«

»Ach ja?« Ein nicht unangenehmer Stich durchzuckte Hannah. »Das hat er gesagt?«

Überraschend eindringlich blickte Michelle ihr in die Augen. »Da wäre es natürlich gut, wenn du ihn genauso gernhast. Ich weiß, dass ihr …« Sie stockte, und ihre Wangen färbten sich rosig. Nach einem kurzen Blick auf ihren kleinen Bruder fuhr sie fort: »Ich weiß, dass Maik heute Nacht nicht in seinem Bett geschlafen hat.«

»Echt nicht?«, kam es prompt von Jakob. »Wo hat er denn dann geschlafen?«

»Woanders«, kam es lapidar von Michelle.

Diese Antwort reichte Jakob allerdings nicht aus. »Wo denn woanders?«

Caroline ließ ein unterdrücktes Glucksen hören.

Hannah warf ihrer Freundin einen strafenden Blick zu. Dann wandte sie sich wieder an Jakob. »Er hat im Gästezimmer geschlafen.«

Sie konnte geradezu sehen, wie es in dem Jungen arbeitete. »Aber du hast doch im Gästezimmer geschlafen, oder nicht?«

Sie räusperte sich und versuchte gleichzeitig, das erneute Glucksen aus Carolines Richtung zu ignorieren. »Ja, stimmt, ich habe ebenfalls im Gästezimmer geschlafen. Das Bett dort ist doch groß genug für zwei Personen.«

»Aber warum hat er auch im Gästezimmer geschlafen?« Jakob war anzusehen, wie sehr er versuchte, sich einen Reim darauf zu machen. »Hattest du auch Angst vor dem Gewitter und dem Sturm? Weil, als ich gestern so große Angst hatte, ist er gekommen und hat mich getröstet, und danach hatte ich nicht mehr so schlimm Angst. Hat er dich auch getröstet?«

»Nein, also …« Inzwischen suchte Hannah regelrecht verzweifelt nach den rechten Worten. »Getröstet ist nicht ganz das richtige Wort. Ich … Wir … Also, wir hatten einfach keine Lust, jeweils allein in einem Bett zu schlafen.«

»Aha.« Jakob zog die Stirn in Falten. »Hattet ihr dann auch Sex?«

Von Caroline kam ein unterdrücktes Quietschen, dann ein Prusten. Als Hannah ihr erneut einen strafenden Blick zuwerfen wollte, sah sie, dass die Freundin sich inzwischen regelrecht vor Lachen krümmte.

»Was weißt du denn von Sex?«, wollte Michelle verblüfft wissen.

Jakob hob die Schultern. »Ich bin doch kein Baby mehr. Yannick aus der Kinderfeuerwehrgruppe hat gesagt, dass sein älterer Bruder gesagt hat, dass alle Erwachsenen immerzu Sex haben. Also jedenfalls dann, wenn sie zusammen als Mann und Frau in einem Bett schlafen. Und manchmal auch, wenn zwei Frauen oder zwei Männer in einem Bett schlafen. Das ist total egal.« Er hielt inne und musterte erneut Hannah. »So etwas macht man doch nur, wenn man sich wirklich ganz doll gernhat, oder? Weil sonst müsste man ja auch keinen Sex haben. Weil dann ist man ja nackt und alles, und so was würde ich echt nur mit jemandem machen, den ich total lieb habe.«

»Wer ist nackt?«, erklang von der Küchentür her Hennings erheiterte Stimme. »Kommt, Jungs, die Frauen sind hier. Wusste ich doch, dass wir sie um diese Zeit in der Küche finden.« Schon trat er ein, dicht gefolgt von Maik und Tim. Sofort ging er zu Caroline und gab ihr einen innigen Kuss. »Guten Morgen, mein Schatz. Du hast dich ja heute Morgen so leise aus dem Haus geschlichen, dass ich es gar nicht bemerkt habe.«

»Das war keine große Kunst«, konterte Caroline lachend. »Nach dem Einsatz gestern warst du so erschöpft, dass du wie ein Stein geschlafen hast. Ich wollte dich eigentlich wecken, aber es ist mir nicht geglückt.«

»Was machst du denn hier?« Michelle hatte sich an Tim gewandt, und Hannah konnte sehen, wie die Augen des Mädchens aufleuchteten. Und nicht nur ihre! Tims Blick war so voller Zuneigung auf Michelle gerichtet, dass Hannah davon ganz warm ums Herz wurde.

Sein Lächeln galt ebenfalls ausschließlich Michelle. »Ich wollte eigentlich nachher kurz bei dir vorbeikommen und, äh, noch etwas mit dir … besprechen.« Er räusperte sich verlegen. »Aber du warst nicht zu Hause. Auf dem Rückweg bin ich dann Maik begegnet, der mir erzählt hat, dass du mit Jakob hierhergegangen bist. Also dachte ich, ich schaue rasch noch hier vorbei. Viel Zeit habe ich aber nicht.« Er warf einen Blick auf seine Armbanduhr. »Spätestens um zehn Uhr muss ich mich bei Jörn melden.«

»Tja, also wenn ihr noch etwas zu besprechen habt, dann nur zu.« Hannah deutete hinter sich auf den Durchgang zur Vorratskammer. »Da drüben seid ihr ungestört.«

Maik räusperte sich vernehmlich, sagte jedoch nichts, als sie ihm einen warnenden Blick zuwarf. Zufrieden lächelte sie, als die beiden frisch verliebten Teenager sich tatsächlich in den Durchgang zurückzogen. Als Tim die Arme um Michelle legte und sie zärtlich küsste, wandte sie sich rasch ab, umfasste Maiks Arm und schob ihn ein wenig zur Seite, sodass die beiden nicht genau in seinem Blickfeld standen. »Und was machst du hier? Ich dachte, du musst heute arbeiten.«

»Das dachte ich auch«, erwiderte er mit einem skeptischen Blick in Richtung des Durchgangs. »Alex meinte jedoch, dass es nicht viel Sinn macht, die Kanzlei heute geöffnet zu halten. Die meisten unserer Klienten, die Termine für heute hatten, haben bereits abgesagt.« Er zuckte zusammen, als sich wieder einmal eine schwere Bö gegen das Gebäude warf und es geradezu erzittern ließ. »Wird das noch schlimmer?«

Hannah hob die Schultern. »Schwer zu sagen. Laut Wetterbericht scheint es zumindest erst mal nicht besser zu werden. Bei solchem Wetter erlahmt das normale Leben bei uns teilweise. Die eine Hälfte der Bevölkerung hilft dabei, die Stadt sturmfest zu machen, die andere Hälfte verkriecht sich irgendwo an einem warmen, sicheren Plätzchen und wartet auf bessere Zeiten.«

»Das mit dem Verkriechen an einem gemütlichen Plätzchen hört sich gar nicht so schlecht an.« Er grinste vielsagend. »Natürlich nur, wenn ich dich dazu überreden kann, dich mit mir zusammen zu verkriechen.«

Erneut kam von Caroline ein Glucksen, und als Hannah sich zu der Freundin umdrehte, traf sie deren warmherziger Blick.

Henning hingegen stieß einen nicht zu überhörenden Pfiff aus. »Na, sieh mal einer an! So weit ist die Sache also schon gediehen. Und ich dachte, ihr braucht noch ein bisschen Ermutigung. Da bin ich ja froh, dass ich mir in dieser Hinsicht nichts auszudenken brauche.«

Caroline boxte ihn gegen die Schulter. »Du hast dich da überhaupt nicht einzumischen.«

»Sagt die Frau, die sich praktisch permanent in das Leben ihrer beiden besten Freundinnen einmischt.« Henning feixte. »Gleiches Recht für alle, würde ich sagen.«

»Wo habt ihr denn eigentlich Finchen gelassen?« Suchend blickte Hannah sich um.

»Sie sitzt noch in ihrer Box im Auto.« Maik machte eine unbestimmte Handbewegung in Richtung Parkplatz vor dem

Haus. »Ich wollte sie eigentlich mit hereinbringen, aber sie hat sich partout geweigert, die Box zu verlassen. Sie hat sich um ihre Plüschente Ducky gekringelt und ist praktisch vor meinen Augen eingeschlafen. Anscheinend gefällt es ihr, im Auto zu schlafen, wenn es draußen stürmt. Sie ist schon manchmal eine seltsame Hündin. Allerdings möchte ich sie nicht allzu lange dort draußen allein lassen. Nicht, dass sie irgendwann aufwacht und dann doch Angst bekommt. So ganz geheuer ist mir der Sturm auch nicht.«

»Wir können ja gleich versuchen, sie zusammen hereinzulocken«, schlug Hannah vor. »Sie ist doch sonst so gerne in Gesellschaft. Vorne ins Café darf sie auch sehr gerne, nur nicht in die Küche. Andernfalls steigt uns das Gesundheitsamt aufs Dach.«

Zustimmend nickte Maik, warf dann aber einen Blick auf die Schüssel voller Pellkartoffeln. »Du bist schwer beschäftigt. Mit Finchen werde ich schon allein fertig. Ich bin gleich wieder zurück.«

»Warte, ich komme mit.« Henning schloss sich ihm an. »Wir sollten Ausschau nach Jörn halten oder nach Helge, je nachdem, wer von den beiden gerade im Einsatz ist. Jemand muss uns schließlich sagen, wo noch Hilfe benötigt wird.«

»Ich will auch mit und Finchen holen. Und helfen auch.« Jakob rannte ebenfalls hinter Maik her und schnappte sich dessen Hand.

Hannah blickte ihnen lächelnd nach und bemerkte erst jetzt, dass Maik zu seinen Jeans gelbe kniehohe Gummistiefel trug, genau wie Henning und die meisten anderen Männer des Ortes. Vielleicht wusste er es selbst noch nicht, aber er war in Lichterhaven angekommen.

»Hui.« Caroline erschauerte übertrieben. »Zwischen euch beiden sprühen ja ganz schön die Funken. Da bekommt man ja schon vom Zusehen Brandblasen.« Sie kicherte. »Dass ich das noch erleben darf! Wo du doch immer der Meinung warst, für dich würde kein Mann jemals in wahrer Leidenschaft entbrennen.«

»Entbrennen?« Hannah runzelte die Stirn.

»Ja, entbrennen.« Caroline lächelte ihr warm zu. »Anders kann man es nämlich nicht bezeichnen. Dieser Mann ist dir mit Haut und Haaren verfallen, das sieht man schon allein an der Art, wie er dich ansieht. Kann schon sein, dass das bei euch nicht auf den ersten Blick geklappt hat, auf den zweiten oder dritten oder wievielten auch immer aber auf jeden Fall. Wie gesagt, mir war das eigentlich schon lange klar. Irgendwie musste es doch so kommen.«

»Musste es das?«

»Absolut.« Caroline nickte aus tiefster Überzeugung.

»Dann weißt du bestimmt auch, wie es jetzt weitergeht?«

Diesmal schüttelte Caroline jedoch den Kopf. »Das liegt ganz bei euch.« Mit einem leichten Lächeln wies sie mit dem Kinn in Richtung des Durchgangs zur Vorratskammer, aus dem Tim und Michelle nun wieder auftauchten und Händchen hielten. »Tim, schau besser mal auf die Uhr. Wenn du pünktlich bei Jörn sein willst, musst du dich beeilen.«

Tim nickte »Ich weiß. Ich bin schon auf dem Weg.« Zwar ließ er nun Michelles Hand los, jedoch nur, um ihr zärtlich eine Haarsträhne hinters Ohr zu streichen. »Wir sehen uns dann später, okay?«

Sie lächelte. »Ja, bis später.«

»Hach, junge Liebe!« Begeistert verdrehte Caroline die Augen.

»Sie sind ein schönes Paar, nicht wahr?«, raunte Hannah ihr zu.

»Fast so schön wie du und Maik.« Caroline strahlte sie an. »Allerdings solltest du noch gegen seine Zurückhaltung vorgehen. Da kann er sich von Tim ein paar Scheiben abschneiden. Er hat dich zwar eben die ganze Zeit mit den Augen verschlungen, aber dich zu küssen, hat er sich nicht getraut. Vielleicht ist er schüchtern.«

»Ganz sicher nicht.«

Caroline stieß einen Pfiff aus. »Du musst es ja wissen.«

»Und wie ich das weiß.«

»Hannah?« Michelle war näher gekommen. »Kann ich dir eine Frage stellen?«

»Aber sicher doch.« Hannah wandte sich ihr voll zu. »Du kannst und du darfst. Während du mich fragst, könntest du mich eigentlich ein bisschen unterstützen und mir bei der Zubereitung des Kartoffelsalats helfen.«

»Ja, klar!« Das Mädchen eilte zur Spüle und wusch sich gründlich die Hände, dann übernahm es von Hannah das Schälmesser und begann, die Kartoffeln zu pellen.

Eine kurze Pause entstand, in der niemand etwas sagte.

»Was wolltest du mich denn fragen?«, erinnerte Hannah sie an ihr Anliegen.

Michelle zögerte, blickte in die Richtung, in die Tim zuvor verschwunden war, dann straffte sie die Schultern. »Was muss ich eigentlich tun, wenn ich Köchin werden will?«

Vor Überraschung hätte Hannah beinahe das Glas mit eingelegten Gurken fallen lassen, das sie aus einem ihrer beiden Einkaufskörbe genommen hatte. »Köchin?«

»Ja.« Michelle nickte. »Also, ich weiß, dass ich eine Ausbildung machen muss. Aber was für einen Schulabschluss brauche ich, und wie mache ich das alles?«

Hannah öffnete das Gurkenglas und begann, ein Gürkchen nach dem anderen in Würfel zu schneiden. »Eine Ausbildung zur Köchin kannst du schon nach der Mittleren Reife machen. Ein Realschulabschluss reicht vollkommen aus. Es schadet aber auch nichts, wenn du dein Abitur machst oder auch ein Fachabitur mit dem Schwerpunkt Hauswirtschaft.

Das liegt ganz bei dir. Die Ausbildung selbst dauert dann drei Jahre, und du kannst sie im Grunde in jedem größeren oder kleineren Küchenbetrieb machen. Es gibt natürlich Unterschiede zwischen den diversen Betrieben und Branchen, und es schadet sicherlich nicht, wenn du dir mindestens zwei verschiedene Ausbildungsorte auswählst. Ich war zum Beispiel zu Anfang in einer Großküche und ab dem zweiten Lehrjahr dann in einem mittelgroßen, aber schon leicht gehobenen Gastronomiebetrieb. Kommt auch immer darauf an, was für eine Art von Köchin du später selbst einmal werden möchtest. Die Systemgastronomie zum Beispiel unterscheidet sich extrem von dem, was du in einer Sterneküche lernen und erleben würdest. Wenn du möchtest, kann ich dir mal die Unterlagen heraussuchen, die ich noch von meiner eigenen Berufsberatung habe. So schrecklich viel wird sich seit damals nicht geändert haben, und falls doch, kannst du dich darüber immer noch zeitnah im Internet und bei den Berufsberatungsstellen informieren.«

»Ja, also das wäre schon nett von dir, wenn du mir die Unterlagen geben würdest.« Michelle druckste herum.

Hannah lächelte ihr aufmunternd zu. »Möchtest du noch etwas wissen?«

Michelle zögerte, dann schien sie sich ein Herz zu fassen. »Könnte ich meine Ausbildung auch bei dir machen? Also hier in der Eventhausküche oder auch nebenan in dem Café, wenn es mal eröffnet hat?«

Verblüfft starrte Hannah das Mädchen an. »Bei mir?« Mit so etwas hatte sie nicht gerechnet. »Möchtest du das denn unbedingt?«

Michelle ließ das Schälmesser sinken. »Schon, also ... Deinetwegen bin ich ja überhaupt darauf gekommen, dass kochen mir total viel Spaß macht. Außerdem kannst du gut erklären, und außerdem, na ja ...«

»Außerdem?« Hannah trat dicht an das Mädchen heran und legte ihm eine Hand auf den Arm.

Zunächst wich Michelle ihrem Blick aus, hob dann jedoch den Kopf. Sichtlich verlegen knabberte sie an ihrer Unterlippe. »Ich dachte, weil du und Maik, also wenn das mit euch was wird und so und das mit Tim und mir auch, dann wäre es doch irgendwie …«

»Irgendwie?«, hakte Hannah sanft nach.

Michelle atmete tief ein. »Ich dachte, wenn ich bei dir lerne, dann kriege ich auch gleich mit, wie das hier im Eventhaus alles funktioniert. Und wenn ich dann mal mit der Ausbildung fertig bin, könnte ich hier mitmachen. Natürlich nur, wenn ich darf, also wenn ihr das auch wollt.«

Für einen Moment wusste Hannah nicht, was sie sagen sollte. Vollkommen verblüfft blickte sie von Michelle zu Caroline, die ihr jedoch nur ein wenig hilfreiches, aber wohltuendes Lächeln schenkte. »Tja …« Sie richtete ihren Blick wieder auf Michelle. »Das kommt jetzt ein bisschen überraschend, aber wenn du das wirklich möchtest, auch später noch, wenn du mit der Schule fertig bist, dann steht dem eigentlich nichts entgegen. Ich habe zwar noch nicht darüber nachgedacht, jemanden auszubilden, aber möglich wäre es auf jeden Fall, denn ich habe die Berechtigung, Auszubildende aufzunehmen.«

»Gut.« Michelles Lippen umspielte ein kaum wahrnehmbares Lächeln, als sie nach der nächsten Pellkartoffel griff und ihre Arbeit wieder aufnahm.

Hannah überlegte fieberhaft, was sie als Nächstes sagen sollte, wurde jedoch unterbrochen, als sie von draußen einen erschrockenen Ruf hörte. Im nächsten Augenblick schoss Finchen wie ein Wirbelwind herein, drehte schlitternd eine Runde durch die Küche und steuerte anschließend fröhlich bellend auf Hannah zu. Ihre Leine schleifte dabei rasselnd hinter ihr her.

Hey, hallo! Hier bist du also. Ich wusste doch, dass es hier nach Hannah riecht. Warum versteckst du dich denn hier hinten? Komm spielen! Ich freue mich so, dich zu sehen, wuff!

Erschrocken wehrte Hannah die übermütige Airedale-Terrier-Dame ab. »Finchen! Was machst du denn hier? Du darfst doch nicht in die Küche. Wenn das jemand vom Gesundheitsamt mitkriegt, machen sie uns den Laden dicht. Los, raus mit dir!« Beherzt griff sie in Finchens Geschirr und hielt sie fest, bevor sie erneut eine Runde durch die Küche drehen konnte. Im gleichen Augenblick erschien ein sichtlich zerknirschter Maik in der Küchentür. »Mist. Entschuldige bitte, Hannah. Ich habe nur eine Sekunde nicht aufgepasst, da hat sie sich so ruckartig in die Leine geworfen, dass ich sie nicht mehr halten konnte.« Eilig schnappte er sich die am Boden liegende Griffschlaufe der Lederleine. »Los, komm, Finchen. Wir zwei haben hier drinnen nichts zu suchen.« Rasch zog er sich mitsamt der Hündin zur Küchentür zurück. Von dort aus warf er Michelle einen prüfenden Blick zu. »Oha, bist du bereits zum Arbeitseinsatz verdonnert worden?«

»Im Gegenteil.« Hannah schenkte Michelle ein Lächeln voller Zuneigung. »Deine Nichte hat sich freiwillig zum Dienst gemeldet. Und wie man sieht, ist sie schon Profi im Pellen von Kartoffeln. Nachher kann sie mir auch noch dabei helfen, die restlichen Zutaten für den Kartoffelsalat vorzubereiten.« Sie freute sich, als sich bei diesen Worten Michelles Miene aufhellte.

Das Mädchen hüstelte verhalten. »Hannah?« Sie blickte zwischen Hannah und Maik hin und her. »Könntest du …?«

Hannah begriff. »Möchtest du ihm deine Pläne nicht lieber selbst mitteilen?«

Michelle biss sich auf die Unterlippe. »Das mache ich noch. Aber vielleicht … Ich meine ja nur …«

Schmunzelnd zwinkerte Hannah dem Mädchen zu. »Ich habe sowieso noch etwas mit deinem Onkel zu bereden.«

»Tatsächlich?« Fragend blickte Maik nun zwischen Michelle und Hannah hin und her. »Ist mir irgendetwas entgangen? Was für Pläne hat Michelle?«

»Komm mit. Das besprechen wir lieber unter vier Augen.« Energisch nahm Hannah ihn bei der Hand und zog ihn einfach mit sich in den Durchgang zum Vorratsraum und dann noch ein Stückchen weiter, bis sie mitten in dem Vorratsraum standen.

Huch, was soll das denn jetzt? Wo sind wir denn hier gelandet? Finchen war ihnen natürlich gefolgt, da Maik sie an der Leine hielt. *Hier riecht es aber interessant! Irgendwie nach Futter. Ob ich davon gleich etwas abbekomme?*

»Finchen, mach brav Sitz.« Hannah ließ ihren Worten das entsprechende Handzeichen folgen und freute sich, als die Hündin prompt gehorchte. »Fein! Bist du ein braver Schatz. Und jetzt lass mich bitte kurz mit deinem Herrchen reden. Danach kann er sich wieder ganz und gar um dich kümmern.«

»Worüber reden?« Auf Maiks Stirn hatten sich ein paar Furchen gebildet, und er wirkte neugierig und besorgt zugleich. »Ist irgendetwas vorgefallen? Mit Michelle womöglich? Oder ... Michelle und Tim?« Alarmiert blickte er über die Schulter in Richtung Küche.

Hannah lachte und nahm seine Hände in die ihren. »Nein, keine Sorge, es ist nichts vorgefallen. Zumindest nichts ... allzu Schlimmes.« Sie kicherte, als er sie nun noch argwöhnischer musterte. »Wirklich, du brauchst dir keine Sorgen zu machen. Es ist alles gut.«

»Und worüber müssen wir dann so dringend unter vier Augen reden?«

Lächelnd trat sie dicht an ihn heran und spürte dabei dem wohlig flauen Gefühl nach, das sich prompt in ihrer Magengrube meldete. »Na, zunächst einmal darüber.« Sie stellte sich auf die Zehenspitzen und küsste ihn.

Der fragende Ausdruck in seinen Augen wandelte sich in Überraschung und gleich darauf in ein warmes Leuchten. Mit dem Fuß schob er die Tür hinter sich ins Schloss, ließ gleichzeitig Finchens Leine los und schlang seine Arme fest um Hannahs Körper.

Ihr wurde heiß, als er den Kuss intensivierte und ihre Zungenspitzen aufeinandertrafen. Etwas atemlos löste er seine Lippen wenig später von ihrem Mund und lehnte stattdessen seine Stirn gegen ihre. »Das ist allerdings ein Gesprächsthema, das mir außerordentlich gut gefällt. Aber warum müssen wir uns dafür hier verstecken?«

Hannah grinste. »Ich weiß nicht. Ich dachte, eine öffentliche Zurschaustellung von Zärtlichkeiten wäre möglicherweise nicht ganz so dein Ding. Zumindest hat Caroline vorhin diesen Eindruck geäußert, weil du so … zurückhaltend reagiert hast, als du hier eingetroffen bist«, formulierte sie vorsichtig.

»Zurückhaltend?« Nun grinste auch er. »Ich bin doch gar nicht dazu gekommen, irgendetwas zu sagen oder zu tun. Wenn ihr mich gelassen hättet, dann wäre ich schon ein bisschen … aktiver gewesen.« In seinen Augen funkelte es liebevoll.

»Wie hätte sich diese Aktivität denn konkret geäußert?«

Mit einem Ruck zog er sie erneut fest an sich und presste erneut seinen Mund auf ihren. Sogleich loderte die Flamme der Leidenschaft wieder zwischen ihnen auf. »So in etwa hatte ich mir das vorgestellt«, raunte er, umfasste ihr Gesicht mit beiden Händen und neigte ihren Kopf nach hinten, um sie noch tiefer küssen zu können.

Hannah schlang ihre Arme um seinen Hals und verlor sich eine ganze Weile in diesem herrlichen heißen Rausch. Schließlich löste sie sich jedoch widerstrebend von seinem Mund. Da ihr Körper dicht an seinen gepresst war, konnte sie genau spüren, was der Kuss bei ihm ausgelöst hatte. Ein mutwilliges

Grinsen schlich sich auf ihre Lippen. »In dem Fall war es ganz klug, dass du davon abgehalten wurdest.« Aufreizend rieb sie sich an ihm.

Ein konfuser Ausdruck trat in seine Augen, dann begriff er und lachte. »Da könntest du nicht ganz unrecht haben.« Plötzlich wurde er wieder ernst und schaute sie geradezu entsetzt an. »Waren Michelle und Tim nicht auch vorhin hier?«

Hannah prustete. »Ja, waren sie.« Als er sie noch entgeisterter anstarrte, schränkte sie rasch ein: »Sie waren nur im Gang. Du liebe Zeit, dich kann man aber schnell ins Bockshorn jagen. Keine Sorge, ich hatte sie die ganze Zeit im Auge.« Sie schmunzelte. »Überwiegend.«

»Also wirklich, du machst es mir hier nicht gerade leicht.« Maik war anzusehen, dass er krampfhaft versuchte, sich nicht vorzustellen, was zwischen Tim und Michelle möglicherweise vor sich gegangen war.

»Du bist einfach ein zu leichtes Opfer.« Wieder kicherte sie. »Sie werden sich wohl geküsst haben. Das ist doch vollkommen in Ordnung.«

»Ich dachte, du hättest sie die ganze Zeit im Auge behalten.« Maik seufzte theatralisch. »Ich fürchte, diese Gedanken werde ich niemals wieder los. Ich weiß natürlich, dass Michelle erwachsen wird, aber so mit der Holzhammermethode wollte ich es eigentlich nicht erfahren.«

Locker schlang Hannah ihre Arme um seine Hüften. »Tim ist ein lieber Kerl. Er wird nichts tun, was Michelle ihm nicht ausdrücklich erlaubt. Und ich bin sicher, dass sie sich damit deutlich mehr Zeit lassen werden als wir beide.« Sie lächelte ihn an. »In dieser Hinsicht waren wir nicht das allerbeste Vorbild.«

Geräuschvoll stieß Maik Luft aus, dann lachte er. »Wahrscheinlich nicht.« Er wurde wieder ernst. »Du bereust es doch nicht etwa?«

»Keine Sekunde.« Nachdenklich knabberte sie an ihrer Unterlippe. »Es gibt nur eine Sache, die mich nicht loslässt.«

»Und die wäre?« Neugierig musterte er sie.

Sie hob die Schultern. »Das mit uns hat ja ziemlich, nun, sagen wir mal holprig angefangen.«

»Könnte man so sagen«, bestätigte er.

Sie nickte leicht. »Aber seitdem ging alles irgendwie so ...« Sie suchte nach Worten.

»Glatt? Einfach?«, half Maik ihr aus. »Dieser Gedanke ist mir ebenfalls schon durch den Kopf gegangen. Ich bin eigentlich nach Lichterhaven gekommen, um mein Leben wieder in ruhige Bahnen zu lenken und mich nach dem Burn-out erst einmal ganz auf mich zu konzentrieren und natürlich auf Jakob und Michelle. Und Finchen«, fügte er nach einem Atemzug hinzu.

Aber hallo, das will ich meinen. Immerhin gehöre ich auch zur Familie. Finchens leises Wuffen veranlasste sie beide, zu der Hündin hinabzusehen. *Was denn? Dachtet ihr, ich verstehe nicht, was ihr über mich redet?*

»Manchmal glaube ich, sie versteht alles, was wir sagen.« Maik schmunzelte.

»Selbstverständlich tut sie das.« Hannah streichelte Finchen, die sich dicht neben sie gesetzt hatte, über den Kopf. »Nicht wahr, Finchen, du verstehst alles.«

Klar, sag ich doch! Finchen schnaubte und nickte dabei mit dem Kopf, sodass es aussah, als würde sie direkt auf Hannahs Frage antworten.

»Du wolltest keine Beziehung«, kam Hannah auf das Thema zurück.

»Ich bin überhaupt nicht davon ausgegangen, dass diese Möglichkeit bestehen könnte«, gab Maik freimütig zu. »Wie hätte ich auch ahnen können, dass mir diese freche rothaarige Köchin vom vergangenen Jahr so schnell und restlos den Kopf verdrehen könnte?« Er küsste sie sachte auf die Nasenspitze. »Ich war nicht darauf vorbereitet, dass du mein Leben mal eben vollständig auf den Kopf stellen würdest. Aber das hast du getan. Und nun …«

»Was nun?« Gespannt erwiderte sie seinen Blick.

»Nun will ich es auf keinen Fall jemals wieder anders haben.« Er brachte seinen Mund ganz dicht an ihren, sodass sein warmer Atem über ihr Gesicht strich. »Ich habe mich in dich verliebt, Hannah. Nein, noch mehr: Ich fürchte, ich liebe dich.«

Ihr Herz überschlug sich, und in ihrem Bauch stob eine Schar Schmetterlinge auf. »Was ist daran zu fürchten?«

»Nichts, nehme ich an. Es ist nur so, dass ich mir einreden wollte, zu diesem Zeitpunkt auf keinen Fall auch noch eine Beziehung anfangen zu dürfen, weil das meine Heilung gefährden könnte. Es ist nur so …« Wieder lehnte er seine Stirn gegen ihre. »Es ging mir noch nie besser als in deiner Gegenwart.«

Das warme, zehrende Gefühl durchfloss Hannah bei seinen Worten, doch sie fand keine passende Antwort darauf.

Maik schien allerdings auch keine Erwiderung erwartet zu haben, denn er fuhr bereits fort: »Jetzt kommt es mir so vor, als ob ich ständig darauf warten würde, dass sich irgendwo doch noch ein Hindernis zwischen uns aufbauen könnte. Gerade, weil seit unserem holprigen Anfang alles so einfach, so glatt, so problemlos lief. Ich frage mich einfach immer wieder, ob das wirklich wahr sein kann.«

Zutiefst berührt umschloss Hannah mit ihren Händen sein Gesicht. »Mir geht es ganz genauso wie dir. Ich habe mich aus mir unerfindlichen Gründen in dich verliebt, und dieses Gefühl ist so schnell so stark geworden …« Sie holte tief Luft. »… so tief, dass ich mich dauernd frage, wie das sein kann und ob es nicht irgendwo einen Haken gibt. Aber sosehr ich auch darüber nachdenke und alles drehe und wende, ich kann keinen Haken entdecken.« Ihr fiel das Gespräch mit Caroline vorhin ein. Dabei kam ihr ein Gedanke, der sie zugleich erheiterte und ermutigte. »Vielleicht ist es ja wirklich so, dass unser Leben eine Geschichte ist, die von einer übergeordneten Kraft geschrieben wird.«

»Eine Geschichte?«

»Ja, darüber habe ich vorhin mit Caroline gesprochen, weil wir beide manchmal das Gefühl haben, als wären wir die Figuren in einem Roman. Vielleicht«, sie schmiegte sich fester an ihn, »ist unsere Geschichte ja einfach so vorgezeichnet, und diese übergeordnete Kraft will gar nicht, dass sich uns irgendwelche Hindernisse in den Weg stellen. Immerhin hattest zumindest du in der Vergangenheit schon genug durchzustehen. Und was mich angeht …« Sie hob die Schultern. »Ich schätze, ich hatte schon fast die Hoffnung aufgegeben, jemanden zu finden, der möglicherweise bereit ist, mit mir alt zu werden, auch wenn ich selbst mit neunzig wahrscheinlich noch aussehen werde, als wäre ich gerade aus dem Ei geschlüpft.« Sie kicherte leise. »Doch, wirklich! Schau nicht so. Du hast dich wahrscheinlich inzwischen daran gewöhnt, dass ich so jung aussehe, aber warte erst mal ab, bist du so richtig faltig und schrumpelig bist und dann jeden Morgen neben einer Frau aufwachst, die wahrscheinlich nicht ein einziges kleines Knitterchen im Gesicht hat … oder sonst irgendwo. Das mag dir jetzt im ersten Moment vermutlich erstrebenswert vorkommen, aber warten wir mal ab, ob das in sechzig Jahren immer noch so ist.«

Maik lachte unterdrückt. »Ich schätze, dieses Risiko gehe ich gerne ein. Zufällig gefällt mir nämlich dieses knitterfreie Gesichtchen ausnehmend gut, und der Rest, der dazugehört, ist sogar außerordentlich heiß. Wenn ich darauf ein exklusives Abo für die nächsten sechzig Jahre abschließen darf, nehme ich dafür ein paar mögliche Minderwertigkeitskomplexe wegen meiner eigenen faltigen Erscheinung gerne in Kauf.« Er hielt kurz inne. »Um noch einmal auf diese Geschichte zu sprechen zu kommen, in der wir möglicherweise die Hauptfiguren sind ...« Er dachte kurz nach. »Das würde ja bedeuten, dass alles in unserem Leben vorausbestimmt ist. Was aber, wenn uns nicht gefällt, was dieser überirdische Schreiberling für uns vorgesehen hat?«

Hannah grinste breit. »Auch dafür haben Caroline und ich bereits eine Lösung gefunden. Es gibt nämlich Autorinnen und Autoren, die ihre Geschichten zwar planen, ihren Figuren jedoch auch sehr viel Raum für eigene Entscheidungen einräumen. Das bedeutet, dass wir als Hauptfiguren in dieser Geschichte die Dinge selbst in die Hand nehmen können, falls uns die Richtung nicht gefällt, in die wir geschickt werden. Was meinst du?«

Maik lächelte versonnen. »Ich meine, das ist ein ausgezeichneter Plan.« Damit neigte er seinen Kopf zu ihr herab und küsste sie innig.

Du meine Güte, jetzt machen die beiden schon wieder dieses Mund-auf-Mund. Das muss ja wirklich Spaß machen. Mir wird hingegen allmählich langweilig! Können wir mal irgendetwas unternehmen? Hallo, ihr beiden? Könnt ihr das da nicht ein andermal machen und euch jetzt sofort mit mir beschäftigen? Mit aufforderndem Gebell, vermischt mit einem fröhlichen Fiepen, sprang Finchen energisch an ihm hoch.

Im selben Moment öffnete sich die Tür, und Michelle streckte den Kopf herein. »Oh.« Sie schien die Situation mit einem Blick zu erfassen und errötete, lächelte aber. »Ich, äh, soll fragen, ob ihr mal langsam zurückkommt oder hier Wurzeln schlagen wollt. Drüben im Café haben sich mindestens zwanzig Leute von der Feuerwehr und auch ein paar Helfer versammelt und warten darauf, dass es was zwischen die Kiemen gibt.« Sie grinste. »Das hat Caroline so gesagt und außerdem, dass sie mir beibringt, wie man diesen leckeren Rosenkuchen backt. Den hat Henning uns damals auch schon mitgebracht, als er uns zum ersten Mal besucht hat. Ich glaube, ich habe noch nie so einen leckeren Kuchen gegessen. Wenn Caroline mir das Rezept verrät, kann ich ihn mal irgendwann sonntags für uns backen.« Sie blickte zwischen Maik und Hannah hin und her. »Für uns alle?«

Maik wandte sich seiner Nichte zu und legte dabei Hannah seinen Arm fest um die Schultern. »Natürlich. Warum nicht?«

Für mich bitte auch! Ich liebe Kuchen.

Erneut durchflossen von diesem wunderbar warmen, zehrenden Gefühl, lehnte Hannah sich an ihn und schlang die Arme um seine Hüfte. »Das wäre wirklich schön.« Sie zwinkerte Michelle verschwörerisch zu. »Für uns alle.«

22. Kapitel

Sieben Wochen später

Eine lauwarme Brise ließ die frisch gepflanzten Jasmin- und Hundsrosenbüsche, die seit einigen Wochen das Grundstück hinter dem Eventhaus umgaben, leise rascheln. In der dezent geschmückten und mit warmweißen LED-Lichterketten beleuchteten Blütenlaube waren runde und eckige Tische rings um eine kleine Tanzfläche verteilt aufgestellt worden, an denen es sich die Hochzeitsgäste gemütlich gemacht hatten und fröhlich miteinander plauderten. Es wurde allmählich dunkel, die Sonne war nach einem prächtigen Farbenspiel aus Orange, Rot und Violett hinter dem Horizont verschwunden. Gerade ertönte in genau der richtigen Lautstärke der Song *Lady in Red* von Chris de Burgh aus den versteckt angebrachten Lautsprechern, und prompt begaben sich Ella und Jörn auf die Tanzfläche. Hannah erinnerte sich noch sehr gut daran, wie die beiden zum allerersten Mal zu diesem Song im Lichterhavener Tanzklub *Arche Noah* miteinander getanzt hatten. Nun, nur etwas mehr als zwei Jahre später, waren sie miteinander verheiratet. Ringsum wurde gejubelt und applaudiert, hier und da sogar gepfiffen.

Hannah musste ein paarmal blinzeln, um die Tränen der Rührung zurückzudrängen. Sie stand außerhalb der Laube und hatte bis eben zusammen mit Maik, Tim und Michelle dafür gesorgt, dass in dem großen Zelt, das sie sicherheitshalber neben der Laube aufgestellt hatten, weil der Wetterbericht für den Abend und die Nacht einzelne Schauer vorausgesagt hatte, wirklich alles gemütlich und zweckmäßig eingerichtet war und alle Speisen und Getränke ihren Weg vom Büfett in der Laube zu dem im Zelt gefunden hatten.

Wieder raschelte der auffrischende Wind in den Büschen, und sie warf einen besorgten Blick zum Himmel, an dem sich tatsächlich die ersten Wolken zeigten. Sie nahm es nicht als schlechtes Omen, denn abergläubisch war sie nicht, doch sie wollte sichergehen, dass die Feier auch bei einsetzendem Regen gebührend und ohne große Unterbrechungen fortgesetzt werden konnte. Deshalb ließ sie noch einmal zur Sicherheit den Blick über jedes Detail ihrer Umgebung wandern und nickte schließlich zufrieden.

»Es ist alles perfekt.« Maik war dicht hinter sie getreten und legte ihr von hinten die Arme um den Körper. Gemeinsam sahen sie schweigend zur Tanzfläche und beobachteten, wie Ella und Jörn sich ganz ineinander versunken zu ihrem Song wiegten.

»Ja, perfekt«, bestätigte sie leise. »Ich glaube, ich habe noch niemals eine so wunderschöne Hochzeit erlebt.« Sie seufzte andächtig. »Die beiden sehen so glücklich aus.«

»Genau so sollte es ja an einem Hochzeitstag sein.« Maik streifte mit dem Mund zärtlich ihre Schläfe. »Ihr habt euch aber auch wirklich ins Zeug gelegt, um diese Laube hier rechtzeitig fertig zu bekommen und die perfekte Hochzeit für die beiden zu gestalten. Das muss euch erst einmal jemand nachmachen. Ich nehme an, ihr werdet euch in nächster Zeit vor Buchungen nicht mehr retten können.«

»Das wäre schön.« Sie lachte. »Also nicht, dass ich mich gerne überarbeiten möchte, aber es wäre wunderbar, wenn dies der glückliche Startpunkt für unser Eventhaus wäre. So, wie wir es uns erhofft haben.«

»Ich bin ganz sicher, dass alles so werden wird, wie ihr euch das vorstellt.« Wieder streifte sein Mund ihre Schläfe. »Habt ihr für Hennings und Carolines Hochzeit auch schon etwas geplant?«

»Was?« Verblüfft drehte sie den Kopf so, dass sie ihm ins Gesicht sehen konnte. »Nein, die beiden sind doch noch gar nicht ...« Sie stockte, als sie das Funkeln in seinen Augen bemerkte. »Was? Sind sie etwa ...? Haben sie sich verlobt? Wann? Caroline hat mir gar nichts davon gesagt!«

»Sie halten es noch geheim, zumindest bis morgen.« Maik grinste. »Henning hat sich vorhin mir gegenüber verplappert. Offenbar haben sie sich schon neulich an ihrem Jahrestag oder dem, was sie dafür festgelegt haben, unten am Strand verlobt. Ich bin überrascht, dass Caroline dieses Geheimnis vor Ella und dir so lange geheim halten konnte. Sie wollten wohl Ella und Jörn nicht die Schau stehlen oder so. Deshalb haben sie auch noch keinen Termin festgesetzt, aber nachdem ich ihn ein bisschen ausgequetscht habe, hat Henning zugegeben, dass sie nicht unbedingt noch ein ganzes Jahr warten möchten. Nun ja, wozu wohl auch, wenn sie sich sicher sind?«

»Das sind ja wunderbare Neuigkeiten!« Hannah drehte sich in seinen Armen um und umschlang seinen Hals. »So ein Mist, dass ich den beiden nicht postwendend gratulieren kann! Ich muss aber hoffentlich nicht noch ewig so tun, als wüsste ich von nichts, oder?«

»Ich gehe davon aus, dass Henning schon ahnt, dass ich dir diese Nachricht nicht vorenthalten werde.« Maik zupfte zärtlich an einer ihrer roten Haarsträhnen. »Was das angeht, habe ich allzu schnell gelernt, mich hinsichtlich Klatsch und Tratsch den Gepflogenheiten hier in Lichterhaven anzupassen.«

»Gut für dich.« Hannah schmunzelte. »Und für mich. Ich freue mich so sehr für die beiden! Sie sollen auf jeden Fall eine genauso schöne Hochzeit bekommen wie Ella und Jörn. Es soll alles genau so werden, wie sie es sich wünschen. Das kriegen wir hin. Die *Foodsisters* kriegen alles hin!«

»Das ist meine Hannah!« Liebevoll küsste Maik sie. »Ich finde es toll, wie ihr drei euch mit allem, was ihr habt, für eure Träume einsetzt.«

Geschmeichelt lehnte Hannah für einen Moment ihren Kopf gegen seine Brust, hob ihn jedoch wieder, als ein Gedanke sie streifte. »Was Träume angeht, bin ich inzwischen zu dem Schluss gekommen, dass der alte, weise Spruch stimmt. Man muss sehr vorsichtig damit sein, was man sich wünscht.« Sie gluckste. »Zumindest sollte man absolut konkret mit den Details sein, denn andernfalls könnte es passieren, dass das Schicksal oder das Universum, oder wer auch immer zuständig ist, ein bisschen arg kreativ bei der Umsetzung werden könnte.«

»Kreativ?« Erheitert blickte er auf sie herab. »Wie meinst du das denn?«

Hannah kicherte. »Nimm doch nur mal mich. Ich habe mir schon seit meiner Teenagerzeit gewünscht, dass mir einmal mein Märchenprinz begegnen und mir den Boden unter den Füßen wegziehen würde. Denn nur, wenn das passiert, da war ich mir sicher, würde ich genau wissen, dass er der Richtige für mich ist.«

»Und?«

»Genau das ist geschehen.« Sie grinste breit.

»Tatsächlich?«

Hannah bemühte sich ohne viel Erfolg, ernst zu bleiben. »Die Ausführung dieses Wunsches war allerdings nicht ganz so, wie ich mir das vorgestellt hatte.«

»Nicht?« Auf seiner Stirn bildeten sich ein paar Falten. »Warum nicht?«

»Na, weil mir der Wunsch allzu wörtlich erfüllt worden ist.« Sie konnte das Lachen nicht mehr zurückhalten. »Erinnerst du dich nicht an unser erstes Zusammentreffen? Du hast mich beinahe umgerannt und zu Fall gebracht. Gut, das könnte man noch als Zufall bezeichnen, aber als wir uns dann im Juni im Supermarkt erneut begegnet sind … Was ist da passiert?«

Die Falten auf seiner Stirn vertieften sich für einen Moment, dann lachte er ebenfalls. »Unsere Einkaufswagen sind kollidiert.«

»Und ich bin unsanft auf dem Hintern gelandet«, ergänzte sie. »Du hast mir also im wahrsten Sinne des Wortes den Boden unter den Füßen weggezogen.« Sie wurde wieder halb ernst. »Damals habe ich das natürlich nicht erkannt, oder falls doch, dann habe ich mich erst einmal heftig geweigert, der Wahrheit ins Auge zu sehen. Möglicherweise wäre die Sache etwas sanfter abgelaufen, wenn ich meine Wünsche zuvor konkretisiert hätte.«

Amüsiert schüttelte Maik den Kopf. »Kann schon sein, aber ehrlich gesagt möchte ich rückblickend gar nicht, dass etwas anders stattgefunden hätte. Mir gefällt unsere gemeinsame Vergangenheit, auch wenn sie noch nicht besonders weit zurückreicht. Aber daran lässt sich ja arbeiten.« In seine Augen trat ein schalkhafter Ausdruck. »Deine Liste arbeiten wir ja bereits Punkt für Punkt ab.«

»Was für eine Liste?«

»Na, die Eckpunkte, die du mir neulich aufgezählt hast und die für dich unbedingt zu einer romantischen Beziehung dazugehören. Sex am Strand hatten wir zum Beispiel schon.« Er grinste vielsagend. »Wobei ich zugeben muss, dass es eine gute Idee war, in dieser Piratenbucht auf den Grasstreifen auszuweichen. Sand und Schlick sind mir in so einer Situation nicht ganz so sympathisch.«

Kichernd knuffte sie ihn gegen den Arm. »Siehst du, man muss konkret sein, sonst kann eine Ladung Sand an ungebührlicher Stelle den ganzen Spaß ruinieren.« Als ein Regentropfen sie an der Stirn traf, zuckte sie zusammen. »Oje, und wenn wir uns jetzt nicht beeilen, werden wir nass! Vielleicht hätten wir besser noch eine Palette Gummistiefel für die Gäste besorgen sollen.« Schon wollte sie Maik mit sich in das Zelt ziehen, doch er hielt sie auf.

»Oder wir streichen noch einen Punkt von der Liste.« Zu ihrer größten Verblüffung nahm er sie nun bei der Hand und zog sie mit sich im Laufschritt um das Eventhaus herum, während sich die übrigen Gäste kreischend und lachend unter die Zeltplane flüchteten.

»Was hast du vor?« Atemlos folgte sie ihm. »Wo willst du denn jetzt hin? Wir können doch nicht einfach die Hochzeitsgesellschaft verlassen! Außerdem wird mein schönes Kleid nass!« Sie stockte, als er genau unter der Straßenlaterne vor dem Eventhaus stehen blieb und sie in seine Arme zog. »Kuss unter der Straßenlaterne im Regen: Check«, raunte er dicht an ihren Lippen, bevor er diese mit den seinen zärtlich verschloss.

Wie immer, wenn sie einander so nah waren, ging dieses elektrisierende, fließende Gefühl von ihm auf sie über – oder auch von ihr auf ihn. Sie konnte immer noch nicht genau bestimmen, was nun genau der Fall war. Doch wahrscheinlich war das auch vollkommen egal. Während warme Regentropfen auf sie herabfielen, vergaß Hannah für einen Moment die Welt um sich und spürte nur noch Maik und sich selbst.

»Bestimmt klappt das mit dem Regenbogen auch noch«, flüsterte er dicht an ihrem Mund.

»Den habe ich schon gesehen«, flüsterte sie lächelnd zurück. »Gleich am Morgen nach unserem ersten gemeinsamen … Unwetter.«

»Okay, was fehlt dann noch auf der Liste?« Er lehnte sich ein wenig zurück und grinste so verschmitzt, dass ihr Herz noch höherschlug. »Stimmt, der Heiratsantrag, bei dem ich ganz klassisch einen Kniefall machen muss.«

Ihr stockte der Atem und verfing sich in ihrer Kehle. Erschrocken starrte sie ihn an, während ihr Herz sich geradezu überschlug. »Bist du verrückt geworden? Wir sind doch gerade erst seit ein paar Wochen zusammen!«

»Verrückt?« Ein versonnenes Lächeln umspielte seine Lippen. »Ja, wahrscheinlich bin ich das. Man könnte es aber auch entschlossen nennen, dich nie wieder loszulassen.« Er wurde wieder etwas ernster. »Wir können natürlich auch noch ein Jahr damit warten, so wie es deine Freundinnen gemacht haben.«

»Ein Jahr?« Sie bekam die Worte kaum heraus, so sehr vibrierte alles in ihr.

Er nickte, seinen Blick fest auf ihre Augen gerichtet. »Oder wir fragen Caroline und Henning, ob sie mit einer Doppelhochzeit einverstanden wären.«

»Eine …?« Sie schluckte hart. »Ist das dein Ernst?«

»Ich liebe dich, Hannah.« Unvermittelt küsste er sie erneut. »Das ist mein völliger Ernst.« Nach einem Atemzug setzte er hinzu: »Ich kann dir nicht versprechen, dass es einfach wird. Dazu haben wir alle drei zu viel emotionales Gepäck, das wir mit uns herumschleppen. Und immerhin würdest du ja im Falle, dass du einverstanden bist, nicht nur mich bekommen, sondern gleich eine ganze Patchworkfamilie.«

Ein warmes Glücksgefühl durchströmte sie bei diesem Gedanken – und plötzlich war für sie alles vollkommen klar. »Von einfach war bei meinen Träumen nie die Rede.« Diesmal küsste sie ihn zärtlich. »Bloß von *und sie lebten glücklich und zufrieden bis an ihr Lebensende.*«

In seinen Augen leuchtete so viel Liebe auf, dass ihr regelrecht die Knie weich wurden. »Daran können wir arbeiten«, versprach er leise. »Jeden Tag.«

So etwas Verrücktes war ihr noch nie passiert und würde ihr vermutlich auch niemals wieder passieren. Vor Glück war ihr regelrecht schwindelig, und sie musste sogar gegen die aufsteigenden Glückstränen ankämpfen. »Und wo bleibt nun der Kniefall?«

Zu ihrem Entzücken ließ Maik sich tatsächlich hier mitten im Regen unter der Straßenlaterne auf sein linkes Knie sinken. »Gut so?« Er grinste, wurde aber gleich wieder ernst und zog tatsächlich auch noch einen Ring aus der Tasche seines dunkelblauen Jacketts. »Hannah Ilka Pettersson, willst du ...«

»Ja!« Sie riss ihm das Kästchen mit dem Ring aus der Hand. »Ja, unbedingt!« Lachend und weinend zugleich ging sie ebenfalls vor ihm in die Knie, schlang ihre Arme um seinen Hals und küsste ihn.

In diesem Moment erklang irgendwo ein Schrei, dann lautes Gelächter, dann erschrockene Rufe.

»Halt, stopp, Finchen, bleib hier! Wo willst du denn hin? Finchen, stopp!«

Ja, von wegen! Endlich habe ich einen günstigen Moment erwischt, um mich loszureißen. Ich muss unbedingt nachsehen, wohin mein Herrchen und mein Hannah-Frauchen eben verschwunden sind. Als es angefangen hat, zu regnen, sind sie nämlich nicht mit ins Zelt gelaufen, sondern woandershin. Ha! Da sind sie ja! Achtung, ich komme! Moment mal, was macht ihr denn da auf dem Boden? Ach, egal, Hauptsache, ich habe euch gefunden.

»Halt, Finchen, bleib hier!« – Stopp, Finchen!« – »Nicht! Oje!« Die Stimmen von Michelle, Tim und Jakob kamen immer näher, doch da war es schon zu spät. Mit voller Geschwindigkeit raste Finchen auf Maik und Hannah zu ... und warf beide um.

Jau, wau, hab ich euch! Los, kuscheln, alle miteinander!